Magic so Pure and Evil

Mögliche Trigger findet ihr auf der letzten Seite des Buches. Passt auf euch auf!

C. F. Schreder ist das Pseudonym von Christina Fuchs. Sie wurde 1992 in einem kleinen Tiroler Städtchen geboren, studierte Psychologie und Wirtschaftswissenschaften, lebte ein Jahr lang in Hongkong und arbeitete anschließend als Personalmanagerin in Österreich und in den USA. Vor allem während ihrer Reisen und Auslandsaufenthalte sammelte sie Inspirationen für ihre Geschichten. Heute lebt und schreibt sie in Salzburg.

Weitere Bücher der Autorin im Loomlight-Verlag:

Turmalin: Magie aus Wasserseide

Turmalin: Kuss aus Sternenstaub

Für mehr Informationen über C. F. Schreder und ihre Bücher folgt der Autorin auf: www.instagram.com/christina.schreibt/

Mehr über unsere Bücher und Autor:innen auf: www.thienemann.de

C. F. Schreder

MAGIC
SO PURE & EVIL

LOOMLIGHT

Für Mau ♥

PALAY
MAGNOLIA BAY
OPALSITZ
KLAUENVIERTEL
Katzenpalast
SKARABÄUSVIERTEL
Luminer
Nemea-Villa
CITRIN ISLAND
JADEMARKT
PENINSULA
Magnolia Promenade
Omas Haus
Old Temple
Sol-Wave
Naels Wohnung
CENTRAL DISTRICT
REYTON DISTRICT
Needle
Magnolia Temple
Walled City
FLORINGTON BAY
Pearl Strip
ALMACEN
Bay Hospital
SILVER DISTRICT
UNIVERSITY DISTRICT
FOUR ELMES DISTRICT
Karis Elternhaus
MAGNOILA ISLAND

Prolog

10 Jahre zuvor

Das Zwitschern der Paradiesvögel vermischte sich mit dem Schluchzen von Karis Mutter zu einem tiefblauen Klagegesang. Strophen voller Trauer und Melancholie. Eine Melodie des Abschieds und doch von glockenheller Schönheit.

Kari schaute auf ihre Finger, an denen Goldringe voller Juwelen funkelten. Auf die perlenbesetzte Seide, die um ihre Schultern gewickelt war und in Kaskaden ihre Beine entlangfloss. Feinster Stoff und edelster Schmuck, die vermutlich zehnmal mehr wert waren als die schäbige Baracke ihrer Familie. Und doch hätte Kari all das liebend gern für einen weiteren Tag mit ihren Eltern eingetauscht.

Auf ihr linkes Handgelenk hatte eine Dienerin einen Skarabäus gemalt. Das Tier hatte ein geschlossenes Auge auf dem Rücken und hielt die Mondsichel in den Greifern. Ein Zeichen der Stärke und zugleich das Zeichen des Fremden, der schon bald ihre einzige Familie sein würde. Ihr neuer Vater. Ihr Herr. Ihr Besitzer. Auch wenn Kari nichts von alledem wollte.

Noch war der Skarabäus aufgemalt, doch sobald Kari sich als würdig erwies, würde der Fremde ihn permanent auf ihre Haut prägen lassen. Das hatte er versprochen.

Dann wäre sie eine richtige Nemea.

Zum ersten Mal in ihrem Leben hätte sie einen Nachnamen, wie ihn sonst nur die Mitglieder der ältesten oder einflussreichsten Familien Magnolia Bays trugen. Zum ersten Mal wäre sie jemand, der Bedeutung hatte.

»Sieh mich an, Kind«, forderte eine schneidende Frauenstimme. »Du bist jetzt Mitglied eines stolzen Hauses. Verhalte dich auch so.«

Bisher hatte Kari es vermieden, den Anwesenden ins Gesicht zu schauen. Vor allem dem Fremden und der Frau, die er mit sich gebracht und als Chichiko Nemea, seine Ehefrau, vorgestellt hatte. Nun hob Kari vorsichtig den Blick und zwang sich, der Frau in die Augen zu sehen. Sie stand zwischen Karis neuem und ihrem *echten* Vater in dem winzigen Garten hinter der Baracke ihrer Familie, aus der das Schluchzen von Karis Mutter drang. Diese hatte es nicht über sich gebracht, die Hütte zu verlassen.

Chichiko war auf eine stechende Art schön. Dunkelrote mandelförmige Augen glänzten in ihrem runden Gesicht. Die Lippen waren mit violettem Stift umrahmt und ihre Haare fielen in Wellen über ihre Schultern bis zur Taille. Doch wie sie Kari musterte, ließ jegliche Schönheit vermissen.

Chichiko machte einen Schritt auf Kari zu und forderte: »Dreh dich, Kind. Lass dich anschauen.«

Hilfe suchend wandte sich Kari zu ihrem *echten* Vater. Als dieser nickte, folgte sie der Anweisung und drehte sich um die eigene Achse. Chichiko fasste eine von Karis bunten Haarsträhnen und kräuselte die Nase, als ginge ein unangenehmer Geruch von ihr aus.

»Was ist das nur für eine Farbe auf deinem Kopf? Blau und Rosarot und Violett. Als wärst du in einen Farbtopf gefallen.«

Kari schluckte, nicht wissend, ob sie etwas erwidern sollte oder gar durfte. Chichiko ließ die Strähne fallen und zog die Oberlippe hoch, sodass sie ihre Schneidezähne entblößte.

»Was willst du nur mit diesem jungen Ding, Daishiro? Sieh dir ihre Ärmchen an! Dünn wie Zweige. Und das Haar, wie ein verfilztes Vogelnest auf ihrem Kopf. Die Kleine ist bloß ein Kind.«

Die letzten Worte sprach sie wie eine Beleidigung aus. Dabei bedachte sie Kari mit einem Blick aus rot glänzenden Augen, so kalt wie gefrorene Lava.

»Noch«, sagte der Fremde in ruhigem Tonfall. »Aber ich bin mit Geduld gesegnet. Gib ihr fünf Jahre und sie wird das schönste Paradiesvögelchen in meinem Haus sein.«

In seinem Käfig, wohl eher.

Dann fuhr er fort: »Schau mich an, Kari. Du solltest keine Angst vor mir haben.«

Karis Lippen bebten. Sie wollte den Kopf drehen, wollte der Bitte des Fremden folgen, doch sie konnte es nicht. Konnte sich nicht dazu durchringen, ihn anzusehen, diesen Mann, der sie von ihren Eltern und ihrem Zuhause fortreißen und mit sich nehmen würde.

Noch nie in ihrem Leben hatte sie so viel Angst gehabt.

»Bitte«, flehte ihr Vater. »Habt Geduld mit ihr, Don Nemea. Sie ist doch erst elf Jahre alt. Sie versteht das alles nicht.«

Und ob sie verstand! Was gab es da nicht zu begreifen?

Gestaltwandler-Familien stand ein Sitz im Äußeren Kreis der Regierung Magnolia Bays zu, was ihnen einen besonderen Status verlieh. In früheren Generationen hatte Karis Familie dies genutzt, um ein florierendes Handelsunternehmen aufzubauen. Doch in den letzten Jahren war die Macht der Gestaltwandler versickert, als hätte irgendjemand ein Loch in die unsichtbaren Schichten der Welt gebohrt, durch das die Magie unaufhaltsam abfloss. Während die Menschen mehrspurige Straßen und riesige Hochhäuser bauten, wurden immer weniger Leute mit magischem Potenzial geboren. Viele Wandler-Linien waren gänzlich verschwunden. Es war mit den Drachen geschehen, mit den Fischen und Bären, und nun auch mit Karis Familie, den Paradiesvögeln. Karis Großvater hatte es noch geschafft, sich Flügel und einen Schnabel wachsen zu lassen, ihr Vater konnte gerade einmal ein paar Federn auf seiner Haut sprießen lassen. Und Kari? Ihr fehlte jegliches magische Talent.

Mit der Magie waren auch die Stellung, die Geschäfte und das Geld ihrer Familie verebbt, und über die Jahre hatten sie in immer größerer Armut gelebt. Von ihrem Haus im Zentrum des Silver Districts hatten sie in eine Baracke umziehen müssen, die im Sommer heiß wie eine Sauna wurde und durch die im Winter der kalte Wind blies. Neue Kleidung hatten sie sich seit Jahren nicht leisten können und in den letzten Monaten war selbst das Essen knapp geworden.

Das wenige Geld, das sie hatten, und selbst solches, das sie eigentlich nicht hatten, gaben ihre Eltern für Karis Unterricht aus. Sie bezahlten Magier, Gurus und Professoren, in der Hoffnung, dass diese Kari das Verwandeln beibringen würden. Als letzte Nachkommin der Paradiesvogel-Linie war sie die einzige Chance für ihre Eltern, ihr altes Leben zurückzuerlangen. Wenn sie es schaffte, sich zu verwandeln, wäre ihre Familie wieder Teil der Oberschicht Magnolia Bays, ihnen stünde ein Sitz im Äußeren Kreis und damit in der obersten Linie der Macht zu. Ihr Leid wäre vorbei.

Doch trotz all der Übungsstunden und der Opfer, die ihre Eltern gebracht hatten, konnte Kari nicht einmal eine einzige Feder auf ihrer Haut wachsen lassen.

Sie hatte versagt.

Und nun war die letzte Möglichkeit, die Familienschulden bei den Nemeas zu begleichen, ihnen Kari zu verkaufen. Der Don des Skarabäusclans war ein Sammler, das hatte Karis

Vater ihr erklärt. Er sammelte Kunst, seltene Pflanzen und Tiere und, allen voran, seltene Menschen. So wie Kari einer war. Als letzter Paradiesvogel war Kari wertvoll genug für ihn, um ihren Eltern die Schulden zu erlassen. Sie verdrängte die Frage danach, was er tun würde, wenn er herausfand, dass sie keinerlei Wandlungsfähigkeit besaß. Kari war kein Paradiesvogel. Kein echter. Kari war wertlos.

Ein Schatten legte sich über sie, als Daishiro Nemea, der Don des Skarabäusclans, vor sie trat und seine Hand unter ihr Kinn legte. Mit sanftem Druck hob er ihr Gesicht an und zwang sie damit, ihm in die Augen zu schauen. Kari hielt den Atem an.

Wenn sie weinte, würde Don Nemea das als Beleidigung auslegen. Wenn sie Angst zeigte, würde er sie für ihre Schwäche missachten. Das hatte Karis Mutter ihr am Morgen eingeschärft. Also hielt sie seinem Blick stand, auch wenn das Rasen ihres Herzens beinahe ihre Brust sprengte.

Don Nemea hatte ein gewöhnliches Gesicht, wie man es auf den Straßen zu Hunderten sah. Ein grauer Bart bedeckte seine Wangen und kantigen Kieferknochen. Seine Nase war dünn, die Augen schwarz und überraschend sanft für einen Mann, dessen Namen die meisten Menschen aus Respekt oder Furcht nicht auszusprechen wagten. Falten zogen sich über seine Stirn. Kari hatte ihren Vater sagen hören, dass Don Nemea um die fünfzig Jahre alt war. Genauso gut hätte er hundert sein können. Für Kari sah er uralt aus.

»Nun, Kari«, sagte er mit weicher Stimme. »Freust du dich, Teil der Nemea-Familie zu werden?«

Sie zwang sich zu nicken.

»Ich verspreche dir, dich zu beschützen, dich zu lehren, dich zu achten. Im Gegenzug dafür erwarte ich von dir Gehorsamkeit und Wissbegierde. Folge mir und die Welt wird dir zu Füßen liegen.«

»Danke, Don Nemea«, flüsterte Karis Vater. Sein Gesicht war noch grauer und eingefallener als normalerweise.

»Sie sollten sich um Ihre Frau kümmern«, fuhr Don Nemea mit einer Kopfbewegung in Richtung der Baracke fort, von wo aus das Schluchzen drang. An Kari gewandt sagte er: »Komm, mein Paradiesvögelchen. Wir brechen auf. Dein neues Leben wartet auf dich.«

»Wir haben ihre Sachen gepackt und ...«, begann ihr Vater, auf einen schäbigen Koffer deutend.

»Die brauchen wir nicht«, unterbrach Chichiko ihn.

Don Nemea hob eine Hand, was wohl so viel hieß wie: ›Halt den Mund.‹ Seine Frau verschränkte die Arme vor der Brust und schürzte die Lippen. Sie funkelte Kari noch hasserfüllter an als ohnehin schon. Doch sie gehorchte ihm.

Genauso wie Kari ihm würde gehorchen müssen.

»Komm, Tochter«, sagte Don Nemea und legte seine Hand auf Karis Rücken. Die sanfte Berührung sandte ein unangenehmes Kribbeln ihr Rückgrat hinab. *Tochter.* Es fühlte sich so falsch an!

»Aber ...«, begann Kari, doch ihre Stimme versagte ihr den Dienst. Sie wollte sich verabschieden. Sie *musste*! Musste ihre Mutter ein letztes Mal in die Arme schließen. Musste sich von ihrem Vater sagen lassen, dass sie keine Angst haben sollte. Musste sich bei beiden dafür entschuldigen, dass sie versagt hatte.

Ihr Körper bebte, aber es gab nichts, das sie tun oder sagen konnte. Eine Wahl hatte sie sowieso nicht, als der Mann, der von nun an ihr Leben in der Hand hielt, sie von ihren Eltern wegführte, hin zu einer vor der Baracke geparkten Limousine. Chichiko stieg zuerst ein, Kari folgte ihr. Das Innere des Wagens war so stark heruntergekühlt, dass sie eine Gänsehaut bekam.

Aus den Augenwinkeln sah sie, wie der Chauffeur den Koffer mit ihren Habseligkeiten in eine Mülltonne warf, ehe er selbst einstieg. Dann schlossen sich die Türen des Wagens und Kari fühlte sich im eiskalten Inneren, als ob ihr jemand die Luft abschnürte.

Dies war der Käfig, in dem sie von nun an gefangen sein würde.

»High Heels bedeuten Macht.«

Kari

Jetzt

Kari liebte den Geruch von Angst.

Im Gegensatz zu Daishiro, der den Mief der Furcht fast noch mehr verabscheute als Schwäche. Als Kari jünger war, befahl er seinen Dienerinnen, sie in eine Wanne zu stecken und abzuschrubben, bis der Geruch von ihr abließ. Wenn es sein musste, stundenlang und bis Karis Haut rot glühte. Damals verstand sie nicht, was er von ihr abwaschen wollte. Zwar konnte sie Angst fühlen oder in den zitternden Lippen und dem gebrochenen Ausdruck in den Augen anderer sehen, aber riechen konnte Kari sie nicht.

Als sie ihn danach fragte, antwortete er: »Du wirst noch lernen, die Angst zu riechen, mein Paradiesvögelchen. Es ist ein Talent, eine Gabe und zugleich ein Fluch, die sich entwickeln, wenn du die Furcht anderer oft genug gekostet hast. Sie riecht nach Verwesung, süßlich und schwer, wie eine Mischung aus verdorbenem Obst, vergossenem Blut und Exkrementen. Wenn du diesen Gestank das erste Mal in der Nase hattest, wirst du ihn nie wieder los.«

Er hatte mit fast allem recht. Mit einer Ausnahme. Für Kari roch Angst nicht nach Verwesung, sondern nach der süßesten aller Versuchungen. Nach der Sache, die sie ihr Leben lang gewollt hatte und für die sie täglich kämpfen musste.

Angst roch nach Macht.

Und so sog sie die Luft tief ein, als sie gefolgt von ihren zwei Leibwächtern, dem schwarzhaarigen Haruo und dem silberhaarigen Genji, an dem Türsteher vorbeiging, der so tat, als würde er sich bei ihrem Anblick nicht fast in die Hose machen.

»G-guten Abend, Miss Nemea«, begrüßte der bullige Türsteher Kari und neigte den Kopf.

»Ich hoffe doch, dass es ein *sehr* guter Abend werden wird«, entgegnete sie und zog einen Mundwinkel nach oben.

Auf seiner Stirn erkannte Kari die ersten Schweißtropfen. Als sie noch breiter lächelte, zuckten seine Augenlider nervös. Ah, da war sie, diese unverkennbare Süße der Furcht.

Haruo trat hinter Kari und murmelte ihr ins Ohr: »Warte hier, während ich die Bar sichere.« Der leichte Befehlston in seiner Stimme fiel ihr sofort auf.

»Nein.«

»Kari ...«

Sie drehte sich um, sodass sie ihm in die grauen Augen blickte. Dabei berührten sich ihre Nasenspitzen beinahe. Einen Moment lang durchzuckte Kari ein Prickeln. Früher hatte sie sich gewünscht, Haruo so nahe sein zu können. Mit seinen schwarzen kurzen Haaren, den zahlreichen Tattoos, die seinen durchtrainierten Oberkörper und seine steinharten Arme bedeckten, und dem eisenharten Gesichtsausdruck sah er genauso aus, wie sie sich einen Götterkrieger vorgestellt hatte. Während sie ihn heimlich beim Training beobachtet und darauf gehofft hatte, er, der talentierte Kämpfer, würde sie bemerken. Aber das war eine andere Kari gewesen, eine schwächere, naivere Version ihrer selbst.

»Wenn du ganz lieb Bitte sagst, erlaube ich es dir vielleicht«, flüsterte sie.

Haruo presste die Lippen zusammen. Er hasste diese Machtspielchen. Seit er dem Skarabäusclan als Zwölfjähriger beigetreten war, hatte er sich einen Namen als Schattenassassine gemacht. Im Gegensatz zu den meisten Schlägern der Nemeas, die mit Vorliebe Nasen brachen und Blut vergossen, erledigte Haruo jeden Auftrag blitzschnell und ohne Spuren zu hinterlassen. Sein Vorgehen war zwar sauberer, seine Ziele deswegen aber nicht weniger tot. Und er traf jedes Ziel, auf das er angesetzt war.

Dadurch hatte er sich Respekt in den Reihen des Skarabäusclans verschafft. Mittlerweile war er vierundzwanzig Jahre alt und es wurde gemunkelt, dass Daishiro darüber nachdachte, ihn zu einem richtigen Nemea zu machen. Indem er ihn adoptierte, genauso wie Kari vor vielen Jahren, oder indem er ihm eine seiner Töchter, vielleicht sogar Kari, als Ehefrau versprach. Sollte dies geschehen, wäre Haruo Kari nicht nur ebenbürtig, er würde in der Rangordnung des Clans über ihr stehen – und das behagte ihr ganz und gar nicht.

Kari wusste nicht, wie viel an diesem Gerede dran war. Daishiro Nemea mochte offiziell ihr Vater sein, aber er vertraute ihr trotzdem nicht genug, um seine Pläne mit ihr zu teilen – oder sich gar Karis Meinung darüber anzuhören, was sie von ihrem möglicherweise zukünftigen Bruder oder Ehemann hielt. Er vertraute ihr ja nicht einmal genug, um sie allein loszuschicken. Denn das war der eigentliche Grund für die zwei Bodyguards, die Kari wie Schatten folgten. Sie waren nicht hier, um Kari zu beschützen – denn das konnte sie allein sehr gut –, sondern um sicherzugehen, dass sie nicht aus der Reihe tanzte.

Genji war das geringere Übel. Er hielt sich im Hintergrund und hatte zu viel Respekt, um Karis Anweisungen infrage zu stellen. Haruo nahm seine Aufgabe als Beschützer dafür um Längen zu ernst, zumindest wenn man Kari fragte. Und genau das war der Grund, warum sie ihn so gerne auf die Palme brachte.

»Kein liebes Bitte-bitte?«, flüsterte sie und machte einen Schmollmund.

Seine Lippen bebten, während er Kari mit den Augen aufspießte. Sie hielt dem Blick stand. Früher hatte Haruo sie auf diese Art einschüchtern können. Es war nicht so, dass sie Angst vor ihm gehabt hatte, sondern vielmehr Angst davor, ihm zu missfallen. Aber das war vorbei.

Schließlich schnaubte er: »Bitte.«

»Guter Junge.« Kari tätschelte ihm den Kopf wie einem gehorsamen Welpen.

Haruo schob sich wortlos an ihr vorbei und ging einen dunklen Gang entlang. An dessen Ende führte eine unscheinbare Tür ins Innere einer Bar. Das Luminer war ein geheimer Glücksspiel-Salon des Nemea-Viertels.

Kari stöckelte ihm auf ihren High Heels hinterher. Routiniert scannte sie ihre Umgebung. Schummriges rötliches Licht erhellte den Raum nur spärlich und dicker Zigarrenrauch hing in der Luft. Ein halbes Dutzend goldener Vogelkäfige baumelte von der Decke. Darin befanden sich Drachen, kaum größer als Papageien, deren Schuppen eigentlich in den Farben des Regenbogens leuchten sollten, hier drinnen allerdings einen gräulichen Ton angenommen hatten.

Sie taten Kari leid. Einst waren die Drachen stolze Kreaturen, die über das Land und die höchsten Türme Magnolia Bays flogen. Doch die Großdrachen existierten nicht mehr und ihre kleineren Nachfahren waren zu Maskottchen verkommen, die in Käfigen dahinsiechten. Wie Kari.

Sie verscheuchte diesen Gedanken. Selbstmitleid war nur eines: erbärmlich.

An einigen Tischen hockten Männer und Frauen und spielten Poker, Mah-Jongg oder Knochenwürfeln. Weitere waren hier, um sich zu betrinken oder sich einem anderen Rausch hinzugeben. Dem des Silberrauchs oder des Funkenpulvers, beides gewonnen aus Drachenfeuer, oder dem der Lust.

Auf den Couchen am hinteren Ende der Bar sah Kari zwei Männer, die sich mit weiblichen Hüllen vergnügten. Die stimmlosen Wesen steckten in dünnen Kleidchen, trugen Perücken und hatten Rouge auf die Wangen geschmiert. Trotzdem war unverkennbar, dass sie keine echten Menschen waren, so steif und teilnahmslos, wie sie auf den Schößen der Männer saßen. Hüllen wurden nicht geboren, sondern magisch erschaffen und für *sehr* viel Geld gehandelt. Sie hatten keinen eigenen Willen, keine Gefühle, keine Seele ... Auch wenn ihre Körper aus Fleisch und Blut bestanden, waren sie nur Puppen. Daishiro besaß ein gutes Dutzend solcher Hüllen, die er als Übungsobjekte für seine Männer benutzte, damit diese den Gebrauch ihrer Waffen an echtem Fleisch testen konnten.

Die meisten Besucher im Luminer waren klug genug, ihre Augen zu senken, während Kari ihren Blick von einem Eck des Raums zum nächsten gleiten ließ. Die Stammgäste kannten Kari bereits, und allen anderen sagte allein ihr Auftreten, dass sie sich nicht mit ihr anlegen sollten. Sie trug ein knielanges, körperbetontes Kleid aus türkiser Seide mit offenem Rücken, und ihre langen pastellfarbenen Haare waren auf die Seite gekämmt, sodass ihr Rückgrat vollkommen freilag.

Oder besser gesagt, das Tattoo eines bunten Paradiesvogels, das sich von ihren Schultern bis zu ihrer Taille zog und das Kari als Daishiro Nemeas Paradiesvögelchen kennzeichnete.

Und niemand – wirklich niemand – wollte in die Ungnade des Skarabäus-Dons fallen.

Kari sog genüsslich die Luft ein, die plötzlich vom Duft frischer Granatäpfel, Räucherstäbchen und Magnolien erfüllt war. *Hach, süße Angst.*

Da entdeckte sie einen jungen Mann an der Bar, der seine Augen direkt auf sie gerichtet hatte. Er starrte sie regelrecht an, ein herausforderndes Lächeln auf seinen Lippen. Haruo war er ebenfalls aufgefallen. Er trat neben Kari und legt seine Hand auf den Gürtel, an dem seine Lieblingsspielzeuge – Messer verschiedener Größen und Formen – steckten. Die meisten Leute würde diese Geste dazu bringen, sich weinend auf dem Klo zu verstecken, aber der Kerl an der Bar wirkte ungerührt.

»Wartet hier«, wies Kari ihre Bodyguards an.

Sofort schob Haruo sich vor sie. »Lass ihn mich zuerst überprüfen«, bat er in deutlich sanfterem Tonfall als vor wenigen Augenblicken.

Einen halben Herzschlag lang überlegte Kari, seiner Bitte zu folgen. Vielleicht sollte sie ihm die Genugtuung geben, den Beschützer zu spielen. Dann verdrehte sie jedoch die Augen und stöckelte zur Bar. Dort ließ sie sich auf dem Hocker neben dem Fremden nieder. Kaum, dass sie saß, tänzelte Lady Whinn, die Besitzerin des Luminer, heran.

»Guten Abend, Miss Nemea. Welche Ehre, Sie in unserem Etablissement zu begrüßen«, säuselte sie.

»Wie jeden Monat«, gab Kari zurück.

Whinns Lächeln wirkte gequält. »Soll es nur das Übliche sein oder darf ich Sie auf einen Drink einladen?«, fragte sie.

Das Übliche wäre Schutzgeld, welches sie monatlich an den Skarabäusclan abzuliefern hatte.

»Ich hätte gerne einen Gin«, sage Kari.

»Natürlich, den besten des Hauses für Sie«, säuselte Lady Whinn und deutete eine Verbeugung an.

Ehe sie außer Hörweite war, meldete sich der Mann zu Karis Linken: »Machen Sie zwei daraus.« An Kari gewandt fuhr er fort: »Ich lade dich ein.«

»Nicht nötig«, sagte sie, ohne ihn anzuschauen. »Das Haus lädt mich ein.«

»Das Haus wird es mir sicher verzeihen, wenn ich das übernehme.«

Gemächlich drehte Kari sich zu ihm und musterte sein Gesicht, auf dem ein nervtötend selbstsicherer Ausdruck lag. Er hatte elegant geschwungene Augenbrauen über einer geraden Nase. Seine schwarzen Haare fielen ihm auf der rechten Seite in die Stirn und verdeckten das Ohr. Seine Haut war etwas dunkler als Karis, seine Augen so schwarz wie das nächtliche Meer. Er war der Typ Mann, der nur lässig einen Mundwinkel heben oder zwinkern musste, und schon standen die Frauen Schlange und, verdammt, er wusste es ganz genau. Tatsächlich verzogen sich seine Lippen in diesem Moment zu einem schiefen Lächeln und er zwinkerte ihr zu. Kari musste sich zusammenreißen, um nicht zu schnauben.

»Wie wäre es mit einer Runde?«, fragte er, immer noch mit diesem selbstsicheren Lächeln, und zog einen Stapel Drachenmark-Karten aus der Tasche.

Kari bemerkte, dass Haruo und Genji sich am Rande des Raums positioniert hatten und jede ihrer Bewegungen beobachteten. Sollte der Fremde irgendetwas versuchen, hätte er schneller ein Messer in seiner Stirn stecken, als er blinzeln könnte.

»Ich spiele nicht«, gab Kari zurück.

»Was macht jemand, der nicht spielt, in einer Glücksspielbar?«, wollte er wissen.

»Nichts, das dich etwas angehen würde«, antwortete sie und legte ihre Hand so auf den Tresen, dass er ihr Handgelenk sehen konnte, auf dem das Zeichen der Nemeas prangte. Der Skarabäus, der die Macht des Mondes in den Klauen hielt.

Das wäre eigentlich der Moment, in dem er seinen Fehler realisieren, sich entschuldigen und schnellstmöglich ein paar Sitze weiter wegbewegen sollte. Oder ganz aus der Bar laufen. Die drei Clans im Norden waren so mächtig, dass selbst die Regierung und deren offizielle Schutztruppen sie in Ruhe ließen, und von allen dreien war der Skarabäusclan der gefürchtetste.

Aber der Kerl hob bloß die Augenbrauen. Erkannte er das Zeichen etwa nicht? Möglich, immerhin hatte Kari ihn noch nie hier oder sonst wo in den Nemea-Vierteln gesehen.

»Zu schade«, meinte er und legt seine Hand neben ihre.

Kari war kurz davor, ihn mit einem Tritt von seinem Sitz zu befördern und ihm damit zu zeigen, wer in den Nemea-Vierteln das Sagen hatte, da heftete sich ihr Interesse auf die Brosche an seinem Ärmel. Ein winziges Stück, dessen schwarz glänzende Oberfläche auf der gleichfarbigen Jacke kaum zu erkennen war. Eine von Flammen eingerahmte Lilie.

Drei Herzschläge lang hielt sie die Luft an. Daishiro hatte sie vor den Lilien gewarnt. Was genau es mit der Brennenden Lilie auf sich hatte, wusste Kari nicht. Sie waren kein Clan, auch kein Unternehmen, sondern eine Organisation, die in den Schatten operierte. Offiziell gab es sie nicht – und Kari hatte keine Ahnung, was sie taten –, trotzdem musste die Brennende Lilie mächtig sein. Nur so viel hatte Daishiro ihr erklärt: »Halt dich von den Lilien fern.« So nannten sich die Mitglieder des Syndikats. »Und was immer du tust, mein Paradiesvögelchen, leg dich nie mit einer Lilie an.«

Als Daishiro das sagte, klang er besorgt. Mehr musste Kari nicht wissen. Wenn der Don des Skarabäusclans auch nur den Funken von Furcht vor etwas zeigte, dann bedeutete das, dass dieses Etwas scheißgefährlich war.

»Sicher, dass du nicht spielen willst?«, fragte der junge Mann.

Kari schluckte. Sie wusste, was sie tun sollte. Nämlich sich höflich verabschieden, aufstehen und gehen, um Bericht an Daishiro zu erstatten. Aber sie war zu neugierig darauf, was ein Lilien-Agent in den Nemea-Vierteln machte und, noch viel mehr, was er ausgerechnet in dieser schäbigen Glücksspielhöhle zu suchen hatte.

Also nickte sie. »Eine Runde. Aber ich muss dich warnen. Ich bin ziemlich gut, und nur weil du neu hier bist, kriegst du kein Mitleid von mir.«

Während er mischte, stellte Lady Whinn zwei Drinks vor ihnen ab. Haruo und Genji standen noch immer am Rande des Barraums. Mit Sicherheit würden die beiden detaillierten Bericht an Daishiro erstatten. Ihm zu erklären, warum Kari mit einem fremden Mann Karten spielte, würde alles andere als eine Freude werden.

Der Agent legte die Karten vor ihnen auf. »Darf ich dich nach deinem Namen fragen?«

»Wozu?«, entgegnete Kari schulterzuckend.

»Fändest du es nicht sympathischer, wenn wir uns beim

Vornamen kennen würden? Ich kann dich natürlich auch Miss Nemea nennen, wenn dir das lieber ist.«

»Kari«, sagte sie betont unaufgeregt. »Und du?«

»Jonas.«

»Und dein richtiger Name?«

Er blinzelte. »Wie bitte?«

»Du hast mich verstanden, *Jonas*.«

Er schien zu überlegen. »Nael«, sagte er nach ein paar Sekunden und reichte ihr die Hand. »Ich wüsste zu gerne, was mich verraten hat.«

»Ein Ermittler gibt niemals seine Geheimnisse preis«, antwortete Kari. Ein Lächeln umspielte ihren Mund. Sie hätte es nie zugegeben, doch dieses Geplänkel mit Jonas, der gar nicht Jonas hieß, gefiel ihr.

Tatsächlich hatte er sich überhaupt nicht verraten. Der falsche Name war ihm wie Öl über die Lippen gegangen. Gut für Kari, dass sie immer mit einer Lüge rechnete.

Sie nahm ihre Karten in die Hand und ordnete sie. »Du siehst nicht aus wie eine Ermittlerin«, stellte Nael fest.

»Ach nein?«

Betont langsam glitt sein Blick über ihre Beine bis zu ihren High Heels. Er ließ sich Zeit damit, als würde er jede Sekunde genießen, und Kari kribbelte es regelrecht auf der Haut. »Sollte eine Ermittlerin nicht etwas praktischeres Schuhwerk tragen?«

Sie schmunzelte. »Lass mich dir ein Geheimnis verraten«, sagte sie und lehne sich nach vorn, sodass sie ihre nächsten Worte bloß flüstern musste. »Würde ich praktische Schuhe tragen, wüssten meine Feinde, dass ich Grund zum Weglaufen habe.«

Eine von Daishiros Weisheiten: Zeig deinen Feinden niemals, dass du Grund zur Angst hast. Weder mit deinen Worten noch mit deinen Taten oder deinem Äußeren. Sei ihnen in allem, was du tust, und in allem, was du bist, überlegen.

Kari sah sich ihr Blatt an, machte den ersten Stich und warf die nächste Karte. »Dein Zug«, meinte sie dann.

Nael ließ sie auch den zweiten Stich machen. Er schien sich keine große Mühe zu geben. Das oder er war ein verdammt schlechter Spieler.

»Wie kommt es, dass ich dich nie zuvor gesehen habe?«, fragte Kari.

»Ich habe dich ja auch noch nie gesehen«, gab er zurück.

»Weil du nie zuvor hier warst.«

»Hmmm.«

»Und wenn ich richtig rate, bist du heute nicht hier, um dich zu amüsieren.«

»Du glaubst, dass ich mich nicht amüsiere?«, fragte er und zog eine Augenbraue hoch.

Kari ignorierte seine Flirterei. Neutral fragte sie: »Was treibt dich hierher?«

»Da du so gut darin zu sein scheinst, meine Gedanken zu lesen, wie wäre es, wenn du es mir sagst?«

Wieder war da dieser herausfordernde Blick, der Kari gleichzeitig ärgerte und anspornte. Niemand forderte sie je heraus. Zumindest nicht auf diese Art. Daishiro stellte sie öfter auf die Probe, doch bei ihm war es nie ein Spiel, sondern immer ein Test. Alle anderen Männer, mit denen Kari sich umgeben durfte, arbeiteten für ihn, und niemand wäre dumm genug, mit Don Nemeas Adoptivtochter zu flirten.

»Du bist hier, weil du etwas suchst«, stellte Kari fest und legte den Kopf schief. »Oder jemanden.«

Nael widersprach nicht, was sie als Zustimmung deutete.

»Du bist ...«

In diesem Moment nahm sie aus ihren Augenwinkeln eine Bewegung wahr. Sie fuhr herum, allerdings zu langsam. Schon spürte sie einen Schwall Flüssigkeit, und plötzlich lag ein schwerer Männerkörper auf Karis Schoß. Es war ein Betrunkener, der gestolpert sein musste. Ein penetranter Geruch nach Bier stieg in ihre Nase. Binnen einer Millisekunde stand Haruo vor ihr, packte den Kerl und riss ihn von Kari weg.

Der Betrunkene stöhnte vor Schmerz, ehe er lallte: »Sorry ... tut mir ... oh, tut mir voll leid. Ich wollte nicht ...«

Der Kerl konnte sich kaum auf den Beinen halten. Sie hätte ihn viel früher kommen sehen müssen! Wenn er kein Betrunkener, sondern ein Assassine der anderen Clans wäre, dann wäre sie jetzt tot. Und ganz ehrlich, das wäre weniger peinlich. Verdammter Mist! Sie war so von Nael abgelenkt gewesen, dass sie ihre Umgebung aus dem Fokus verloren hatte. Sie musste wie leichte Beute wirken.

Kari spürte die Blicke von Lady Whinn und noch einem guten Dutzend weiterer Barbesucher auf sich. Die Leute, die noch vor wenigen Momenten zu viel Angst gehabt hatten, sie auch nur anzusehen, starrten nun voller Neugierde. Wieder roch sie die süßliche Angst in der Luft – allerdings vermischt mit etwas anderem. Belustigung?

Kari hob ihre Hand mit dem Rücken zu Haruo. Eine Geste, die sie sich von Daishiro abgeschaut hatte und die so viel bedeutete wie: ›Bleib zurück, ich habe die Situation unter Kontrolle.‹ Haruo verstand sofort, auch wenn seine finstere Miene zeigte, dass er alles andere als einverstanden war. Trotzdem ließ er von dem Betrunkenen ab und ging ein paar Schritte zurück.

Das hier konnte Kari allein regeln. Sie musste es sogar. Alles andere wäre ein Eingeständnis ihrer Schwäche und das würde einer Zielscheibe auf ihrem Rücken gleichkommen. Also rutschte sie von ihrem Sitz, streckte den Rücken durch und musterte den Betrunkenen von oben bis unten. Er war über einen Kopf größer als Kari, hatte fast kinnlange dunkelblonde Haare, braun gebrannte Haut und ein breites Kreuz. Er trug eine Jacke in den Farben der City University und unter seinem Shirt zeichnete sich eine durchtrainierte Brust ab. In seinen hellblauen Augen lag ein weicher, wässriger Blick, seine vollen Lippen waren zu einem bemühten Lächeln verzogen.

Er sah aus wie ein typischer Surferboy, der sich eigentlich in den Rooftop-Bars des Central Districts oder in einer der Underground Discos in Almacen herumtreiben sollte. Während Kari ihn anschaute, blinzelte er nervös und schwankte die ganze Zeit.

»Dein Name?«, fragte Kari mit kalter Stimme.

»Äh … Lycien.« Er lächelte schief. »Und deiner?«

Bei den drei Göttinnen, er kapierte nicht einmal, dass das hier mehr war als ein Flirt zwischen Feierlustigen. Ein kleiner Teil von Kari wollte Mitleid mit ihm haben, aber sie durfte nicht. Denn Mitleid war Schwäche. Und Schwäche war Tod.

»Auf die Knie, Lycien«, befahl sie.

»Was?«

»Auf die Knie.«

Er schaute sie an wie ein Hundewelpe, zu gleichen Teilen verwirrt und verängstigt. Dann lachte er auf, wohl denkend, dass ihr Befehl ein Scherz sein musste.

Innerlich fluchte Kari.

»Darf ich?« Nael hatte sich ebenfalls erhoben und trat

nun auf den Betrunkenen zu. Er fuhr laut genug fort, dass es auch die anderen Besucher der mittlerweile vollkommen verstummten Bar hören konnten: »Ich fände es zu schade, wenn du deine Finger mit diesem stinkenden Kerl beschmutzen müsstest.«

Seine Stimme klang sanft wie ein Streicheln auf der Haut. Zu sanft. So sehr, dass man die dunkle Bedeutung seiner Worte fast überhörte.

»Nur zu, Nael, beeindrucke mich«, meinte Kari und deutete auf den Betrunkenen.

Daraufhin packte Nael den Kerl und rammte ihm den Ellenbogen in den Bauch. Stöhnend sackte dieser in sich zusammen und würgte, als müsste er sich jeden Moment übergeben. Nael versetzte ihm zwei weitere Schläge, einen davon ins Gesicht, woraufhin Blut aus dessen Nase schoss. Mit einem Tritt beförderte er ihn auf die Knie. Lycien keuchte, da packte Nael ihn an den langen Haaren und zog seinen Kopf nach hinten, sodass er gezwungen war, Kari anzusehen. Angst und Verwirrung standen in seinen Augen.

»Und jetzt küsst du meine Füße und sagst mir, wie leid es dir tut«, befahl sie.

»Es ... es ... tut mir leid«, presste der Typ hervor. Gut so, zumindest ein wenig Überlebenssinn hatte er.

Nach ein paar zähen Sekunden beugte er sich nach vorne und presste die Lippen auf die Spitzen ihrer High Heels. Eine süßliche Note, vermischt mit dem ranzigen Geruch des Alkohols, drang an Karis Nase. Aber dieses Mal konnte sie die Angst nicht genießen.

Schneller, als Kari reagieren konnte, fasste Nael dem Betrunkenen in die Jackentasche und zog ein in durchscheinendes Plastik eingeschlagenes Päckchen sowie eine Visitenkarte heraus. Er wog das Päckchen in der Hand und reichte es an Kari weiter. Die Visitenkarte schien er behalten zu wollen, doch Kari schnappte sie sich aus seinen Fingern und las: *Talent Solutions – wir helfen Ihnen, Ihr Potenzial zu entfalten!* Eine Jobvermittlungsagentur? Auf der Rückseite waren die Anschrift, Telefonnummer und E-Mail-Adresse der Agentur abgebildet. Nichts Verdächtiges. Warum hatte Nael sich dann gescheut, ihr die Karte zu geben? Oder war sie nun schon so paranoid, dass sie sich sein Zögern eingebildet hatte?

»Du willst also dein Potenzial entfalten«, sagte Kari zu dem Kerl zu ihren Füßen.

Er antwortete gar nichts. Starrte lediglich mit zitternden Lippen auf das Päckchen in ihrer Hand. Dessen Inhalt erkannte sie sofort. Silberrauch.

Das dürfte der Grund sein, warum es diesen Lycien in die Nemea-Viertel verschlagen hatte. In Magnolia Bay gab es drei Regionen: die Hauptinsel Magnolia Island, wo sich die meisten Unternehmen, Hotels, Museen und Geschäfte, der Regierungssitz und die City University befanden und wo Kari früher gelebt hatte, die Schwesterninsel Citrin Island, die wesentlich kleiner und ländlicher war, und die Peninsula, die im Norden von den Clans kontrolliert wurde. Obwohl die Drogenszene in den Clubs der Hauptinsel genauso florierte wie hier, waren die traditionellen Pulver dort schwer zu bekommen. Außerdem würde es Lyciens gegenwärtigen Zustand erklären.

Silberrauch ließ einen schweben. Es sorgte dafür, dass man sich leicht fühlte, als würde der eigene Körper nicht mehr zu einem gehören. Silberrauch schickte einen in den Himmel, bis alles andere ganz weit weg war.

»Bitte ... ich brauch das«, lallte Lycien.

»Das kann ich mir vorstellen«, gab Kari zurück und warf Haruo das Päckchen zu. Er fing es aus der Luft.

»Nein, ich – ich … brauche es wirklich.«

»Sieh das als deine Bezahlung für mein ruiniertes Kleid an«, antwortete sie.

»Nein … Nein – ich …«

Der Kerl wollte aufstehen, wurde jedoch von Nael zurückgehalten.

»Wofür auch immer du es brauchst«, sagte dieser und fixierte Lycien mit einem strengen Blick, »überleg dir gut, ob es wichtiger ist als dein Leben.«

Die Stille in der Bar wurde noch bedrückender, falls das überhaupt möglich war. Kari lächelte zufrieden. Sie hatte nicht vor, Lycien für seinen betrunkenen Stolperer umzubringen, aber es gefiel ihr, dass alle nun genau das glaubten.

»Du hast Glück, denn ich bin heute gut gelaunt«, sagte sie. »Also gebe ich dir ein Geschenk. Fünfzehn Sekunden. So lange bekommst du, um zu verschwinden. Du solltest sie nutzen, bevor ich es mir anders überlege.«

Im Geiste dankte sie den drei Göttinnen, als der Betrunkene sich tatsächlich aufrappelte und so schnell in Richtung des Ausgangs schwankte wie in seinem gegenwärtigen Zustand möglich. Lautlos zählte sie bis fünfzehn. Dann nickte sie Haruo und Genji zu. Eine stumme Aufforderung zum Aufbruch.

Sie würdigte Nael keines Blickes mehr. Er sollte bloß nicht denken, dass Kari sich von ein paar Schmeicheleien oder seinem Eingreifen eben beeindrucken ließ. Lady Whinn wartete mit einer Box, die Schutzgeld beinhaltete. Kari bedeutete Genji, sie einzustecken. Gefolgt von ihren beiden Schatten stöckelte sie nach draußen.

»Wenn ich klug wäre, müsste ich vielleicht nicht sterben.«

Lycien

Die Straße drehte sich. Oder waren es die Häuser, die sich drehten?

Stöhnend ließ Lycien sich an einer Wand hinab auf den Boden sinken. Sein gesamter Körper schmerzte – sein Bauch, sein Gesicht und seine Nase, die hoffentlich nicht gebrochen war. Er schloss die Augen und drückte den Hinterkopf an die kühle Fassade. Scheiße, selbst mit geschlossenen Lidern drehte sich alles.

Irgendwie musste er sich sammeln, um nach Hause zu kommen. Oder zumindest weg von dieser Straße, bevor die Schlägerin mit den bunten Haaren oder ihr durchgeknallter Freund herauskommen und ihn sehen würden. Fünfzehn Sekunden waren nicht besonders lange, um sich in Luft aufzulösen, vor allem, wenn die Welt so sehr schwankte wie gerade eben.

Je länger Lycien über die Geschehnisse in der Bar nachdachte, desto mehr fragte er sich, ob es eine Halluzination gewesen war. Er hatte gehört, dass Silberrauch Wahnvorstellungen hervorrufen konnte. War es das, was eben passiert war? Besser gar nicht darüber nachdenken, denn je mehr Lycien seinen Kopf anstrengte, desto schneller wirbelten seine Gedanken durcheinander.

Was für ein verdammter Mist! Wenn er klüger wäre, hätte er Lins Einladung angenommen und wäre gemeinsam mit ihr und den Cheerleadern in Almacen feiern gegangen. Dann wäre er jetzt entweder mit Lin auf der Tanzfläche oder in ihrem Bett – mit ihrem süßen Hintern auf seinem Gesicht. Aber, Trottel, der er war, hatte er stattdessen beschlossen, allein in den Norden der Stadt aufzubrechen.

Natürlich hatte Lycien die Geschichten von den Clans gehört, die diesen Teil Magnolia Bays mit so eiserner Hand kontrollierten, dass nicht einmal die Sicherheitsleute der 131. Einheit sich in die Clanviertel wagten. Aber er hätte nicht damit gerechnet, ihren Schlägern in die Arme zu laufen. Und zweimal nicht damit, dass sie ihn beinahe umbringen würden, nur weil er eine von ihnen angerempelt hatte.

Das Schlimmste war, dass sie das Pulver einkassiert hatten. Den einzigen Grund, warum er überhaupt hier war – und seine beste Chance, die nächsten Monate zu überleben. Wenn Lycien der Schlägerin mit den bunten Haaren erklären würde, dass es um Leben und Tod ging, würde sie es ihm glauben? Vermutlich nicht, und selbst wenn, wäre es ihr egal.

In seinem Kopf drehte es sich nun so schnell, dass ihm übel wurde. Lycien musste würgen. Nachdem sich sein Mageninhalt auf den Asphalt entleert hatte, fühle er sich etwas besser. Ekliger, aber besser.

»Scheiße«, murmelte er. Vielleicht sollte er einfach auf der Straße liegen bleiben und schlafen. Nur ein paar Stunden, um die Kraft zu sammeln, bis zur nächsten U-Bahn-Station zu laufen. Schlaf. Schlaaaaf. Es klang so verlockend.

Aber selbst in seinem angetrunkenen Zustand realisierte Lycien, dass das eine riskante Idee wäre. Er rappelte sich hoch und atmete tief durch, um die Straße damit zum Stehenbleiben zu bringen. Oder zumindest dazu, sich ein klein wenig langsamer zu drehen. Die Straße tat ihm diesen Gefallen jedoch nicht.

Vorsichtig setzte er einen Fuß vor den anderen und stützte sich dabei an der Wand ab. Er kam jedoch nicht weit, da stellte sich ihm jemand in den Weg. Blinzelnd hob Lycien den Kopf.

»Hör mal ...«, begann er, stockte dann.

Vor ihm stand ausgerechnet der dunkelhaarige Kerl mit dem kalten Blick, der ihn in der Bar in die Mangel genommen hatte. Dieser – wie hatte die Frau mit den bunten Haaren in gleich genannt – Nael? Sofort rutschte Lyciens Herz in seine Hose. Zumindest eine gute Sache bewirkte Angst: Auf einen Schlag fühlte er sich etwas klarer. Nicht vollkommen nüchtern, aber zumindest war sein Verstand schärfer als noch vor wenigen Sekunden.

»Geht's?«, fragte Nael. Er klang ernsthaft besorgt. Selbst seine Augen wirkten wärmer.

Aber Lycien durfte nicht mit Mitleid rechnen, und was auch immer der Kerl von ihm wollte, es konnte nichts Gutes sein.

»Ich möchte nur nach Hause. Ich verschwinde, okay. Ich mache dir keinen Ärger mehr.« Beschwichtigend hob Lycien die Hände.

»Die Visitenkarte, woher hast du die?«, fragte Nael.

Lycien brauchte einen Moment, um zu begreifen, wovon er sprach. »Die von Talent Solutions?«, fragte er. »Ich habe noch mehr davon, wenn du eine willst.«

Er tastete in seinen Taschen herum, die leer waren. Mist. Lycien hätte schwören können, dass er noch mindestens eine Visitenkarte dabeihatte.

»Was auch immer sie dir versprochen haben, geh nicht hin«, sagte der Schläger.

»Äh?«

»Dein Leben ist mehr wert als das, was sie dir bieten können.«

Lycien hatte nicht die geringste Ahnung, wovon Nael sprach. Trotzdem nickte er. »Danke. Ähm ... eine schöne Nacht noch.«

Innerlich betete Lycien, dass der Schläger ihn würde ziehen lassen, doch er verstellte ihm den Weg.

»Ich will echt keinen Ärger«, sagte Lycien. Er klang weinerlich. Na ja ... er fühlte sich auch weinerlich.

»Ich auch nicht. Darum gebe ich dir meinen Rat.«

Lycien lächelte oder zumindest versuchte er zu lächeln. Aber die Nase seines Gegenübers hüpfte und drehte sich wie die Straße vorhin und das machte die Sache schwierig.

»Du bist krank, nicht wahr?«, meinte der Fremde.

»Was?«

Der Schock über diese Frage verdrängte Lyciens Angst für einen Augenblick. Das konnte er gar nicht gemerkt haben! Oder? Oder?! Frenetisch schob Lycien seinen Ärmel hoch, doch seine Haut sah ganz normal aus.

»Woher? Wie ...? Ich meine ...«

»Ich weiß nicht, wie viel du von dem, was ich dir jetzt sage, bis morgen behalten wirst«, sagte Nael. »Aber hör trotzdem zu. Das Pulver, das du gekauft hast, ist ein Schwindel. Es wird dir für ein paar Stunden ein schönes High bescheren, mehr aber auch nicht. Wenn du Hilfe willst, brauchst du weder Silberrauch noch die Leute von Talent Solutions.«

»Was soll ich deiner Meinung nach sonst tun?«, rutschte es Lycien heraus. Als ob dieser irre Schläger ihm wirklich helfen könnte. Niemand konnte das.

Er schaute Lycien eindringlich an. »Kauf dir ein Schwein.«

»Was?«

»Kauf dir ein Schwein und geh in die Walled City. Frag nach Mama Laquar. Wenn dir irgendjemand helfen kann, dann sie.«

Ein Schwein? Die Walled City? Die Mauernstadt war ein Zusammenschluss zwölf dicht bewohnter Hochhäuser, die am südwestlichen Rand Magnolia Bays lagen und deren Fassaden sich über die Jahrzehnte in Mauern verwandelt hatten. Die Bewohner lebten semi-autark und blieben noch mehr unter sich als die Leute in den Clanvierteln. Was Lycien dort sollte und vor allem, wozu er ein Schwein brauchte, konnte er sich nicht zusammenreimen.

Ehe Lycien fragen konnte, was es mit den merkwürdigen Worten des Fremden auf sich hatte, war dieser verschwunden. Da war nur noch die leere, sich drehende Straße. Und ein, wie es schien, endlos langer, unüberwindbarer Weg in Lyciens Wohnung und in sein Bett.

»Ich brauche kein Herz.«

Kari

Zurück vor dem Nemea-Anwesen empfing Kari der schwere Geruch von Lychees und Zuckerwatte. Die Tore standen offen und gaben den Blick auf die Magnolienbäume frei, welche die Einfahrt säumten. Irgendetwas stimmte hier nicht.

Ein Schatten schob sich hinter einem der Bäume hervor. Sofort trat Haruo vor Kari und hob die Arme in einer abwehrenden Geste. Doch er ließ die Hände sinken, als er die Jaguardame erblickte. Das Tier bewegte sich geschmeidig, die Ohren gespitzt und die durchdringenden Augen auf Kari und ihr Gefolge gerichtet. Langsam erhob es sich auf die Hinterpfoten. Dann ging ein Beben durch das Fell, und im nächsten Moment war der Jaguar verschwunden und an seiner Stelle stand eine junge Frau mit brauner Haut und langen Zöpfen, in die Edelsteine geflochten waren. Genji und Haruo senkten ihre Blicke, doch Fayola lächelte, als wäre ihr entweder nicht bewusst oder völlig egal, dass sie nackt vor ihnen stand.

»Hallo, *Tochter*«, sagte Fayola in einem Tonfall, der so süß war wie Zucker. Spätestens jetzt wusste Kari, dass sie in Schwierigkeiten steckte.

Fayola war Daishiros zweite Ehefrau und sein neuer Stolz. Denn im Gegensatz zu Kari konnte sie sich nach Belieben in ihre Tiergestalt verwandeln. Er hatte sie vor zwei Jahren geheiratet. Ein Friedenszeichen zwischen ihm und den Zalaros, den Anführern des Klauenclans, der neben dem Skarabäus- und dem geheimnisvollen Opalclan die nördliche Peninsula kontrollierte.

Damals war Fayola achtzehn Jahre alt und wild wie eine Raubkatze gewesen. Kari hatte gehofft, sie würden Freundinnen werden. Eine Vertraute in diesem Haus hätte sie gut gebrauchen können.

Doch der Frieden zwischen den Nemeas und den Zalaros hatte in etwa ebenso lange gehalten wie Fayolas gespielte Freundlichkeit Kari gegenüber. Sie hatte sich innerhalb weniger Wochen in ihre neue Rolle als Ehefrau eingefügt und genoss die Macht und den Luxus. An ihrer Anwesenheit gab es lediglich ein Gutes: Durch sie hatte Kari gelernt, dass Daishiros erste Ehefrau Chichiko gar nicht so schrecklich war. Zumindest nicht, wenn man sie mit Fayola verglich.

»Was ist hier los?«, fragte Kari.

»Du hast Besuch.« Fayola grinste so breit, dass sie ihre spitzen Eckzähne entblößte. »Komm!« Dann drehte sie sich um. Noch in der Bewegung verwandelte sie sich zurück in einen Jaguar.

Kari, Haruo und Genji folgten ihr nach drinnen und die Einfahrt entlang. Am Ende des von Magnolien gesäumten Wegs befand sich die Nemea-Villa, ein prunkvolles dreistöckiges Gebäude im alt-palay'schen Stil. Sie hatte eine weiße Fassade mit Stuckverzierungen rund um die Fenster, filigran anmutende Balkone, um deren Streben sich steinerne Drachen rankten, und geschwungene Dächer.

Am Fuß der Treppe, die in die Villa führte, stand Daishiro im Schatten des Yulanibaums. Wie immer trug er einen schlichten dunkelgrauen Anzug. Die Hände hatte er hinter seinem Rücken verschränkt. Zu beiden Seiten waren seine Wachmänner postiert. Vor ihm kniete ein Mann, die Stirn auf den Boden gepresst und die Arme vor sich ausgestreckt. Ein Zeichen der Demut.

Kari blieb auf der Stelle stehen. Ihr Puls überschlug sich. Der kauernde Mann strahlte eine gewisse Angst aus – eine, die sie vor langer Zeit bereits einmal wahrgenommen hatte. Lange bevor sie gelernt hatte, Furcht zu riechen.

Daishiro bedeutete ihr, näher zu treten. Wie in Trance setzte sie einen Fuß vor den anderen. Je näher sie kam, desto deutlicher vernahm sie das Flattern und Knistern der Yulani-Blüten, die in regenbogenbunten Trauben von den Ästen baumelten und bereits die ersten Federn bekamen. Es gab Yulanis, auf denen Schmetterlinge wuchsen oder Motten oder Libellen. Der in Daishiros Garten war ein besonders seltenes Exemplar, aus dessen Knospen Kolibris sprossen.

Der Schatten des Yulani-Baums war stets einer von Karis Lieblingsorten gewesen, einer der wenigen Plätze in der Nemea-Villa, die sie mit Staunen statt Misstrauen erfüllten, und das Rascheln seiner Federblüten versprach Leichtigkeit – ja, fast so etwas wie Freiheit. Aber nicht heute.

Heute war es, als lege sich mit dem Schatten eine schwere Decke auf Karis Schultern, und die Musik der Blüten wurde vom Wimmern des Mannes zu ihren Füßen unterbrochen. Sein Gesicht konnte Kari nicht sehen – und ein Teil von ihr wollte das auch gar nicht.

»Ich flehe Euch an, Don Nemea, erfüllt einem alten Mann seinen einzigen Wunsch. Es war ein Fehler, der größte Fehler meines Lebens und ich …«

»Still«, orderte Daishiro. Sofort schloss der Mann seinen Mund.

Der Nachhall seiner Worte tanzte durch Karis Gedanken. Sie hatte diese Stimme so lange nicht mehr gehört, dass sie überzeugt gewesen war, sie vergessen zu haben. Doch nun erkannte sie die Stimme ihres Vaters sofort.

»Du solltest nicht mich bitten, sondern Kari. Sieh sie an, deine Tochter«, forderte Daishiro. »Erzähl ihr, warum du hier bist.«

Nein ... Kari musste einen neutralen Gesichtsausdruck bewahren. Musste stark wirken, auch wenn sie schreien wollte. Musste das Zittern in ihr Inneres verbannen.

Zehn Jahre.

So viel Zeit war vergangen, seit sie ihren Vater das letzte Mal gesehen hatte.

Zehn Jahre seit dem Tag, an dem ihnen kein richtiger Abschied vergönnt gewesen war.

In all dieser Zeit hatte er sich nicht gemeldet. Kein Besuch. Kein Anruf. Kein Brief. Keine versteckte Nachricht. Nichts.

Und jetzt?

Wieso bist du hier?

Vorsichtig schob ihr Vater sich in eine sitzende Position und hob den Kopf. Er wirkte, als sei er um hundert Jahre gealtert. Seine Haut war gräulich und dünn, seine Augen, die Kari einst an die Weite des Frühlingshimmels erinnert hatten, erschienen ihr nun so seicht wie Regenpfützen.

»Kari«, flüsterte er und sie ...

Sie konnte nicht atmen.

Im Versuch, ihren Puls zu beruhigen, legte sie den Kopf in den Nacken und starrte in die Baumkrone. Die Äste bogen sich unter dem Gewicht der Blüten. Kari erkannte einzelne Federn, die funkelten wie zu Leben gewordene Edelsteine.

»Es tut mir leid. So unglaublich leid! Was wir dir angetan haben ...« Seine Stimme brach. Er schluchzte.

Sag etwas. Tu etwas. Atme, Kari. Atme.

Aber sie konnte nicht.

»Erzähl ihr, warum du hier bist«, forderte Daishiro erneut.

»Ich kann unsere Schulden bezahlen. Ich habe es Don Nemea bereits gesagt, nicht wahr?« Dabei warf er Daishiro einen flehenden Blick zu.

Der erklärte: »Dein Vater scheint zu glauben, dass du eine Gefangene in meinem Haus bist. Er möchte dich freikaufen. Mit Geld, das er noch nicht hat.«

Karis Vater neigte seinen Oberkörper, streckte die Arme aus und drückte die Stirn auf den Asphalt. »Ich schwöre auf alles, was mir lieb ist, ich bringe das Geld. Gleich morgen! Ich bringe es Euch!«

»Nehmen wir an, ich glaube dir«, gab Daishiro zurück. Doch sein Blick lag nicht auf Karis Vater, sondern auf ihr. Ein kalter Schauer lief ihren Rücken hinab. »Nehmen wir an, du hättest genügend Geld, um den Verlust meines Paradiesvögelchens aufzuwiegen. Am Ende wäre es trotzdem ihre Entscheidung, was sie tun möchte.«

»Bitte, Kari ...«, flehte ihr Vater, ohne sie anzuschauen, die Stirn noch immer auf den Boden gepresst. »Bitte, komm nach Hause.«

Kari musste etwas antworten. Sie konnte nicht einfach hier stehen und sich von allen anstarren lassen, aber sie war wie versteinert. *Komm schon, Kari. Komm! Atme. Sag etwas!*

»Nun, Kari? Was möchtest du tun? Es ist deine Wahl.«

Ihre Wahl. Die Worte waren so verlockend und doch so gefährlich. Denn es war nicht ihre Wahl. Nichts war das wirklich im Hause Nemea. Das hier war nichts weiter als einer von Daishiros vielen Tests ihrer Loyalität, und wenn Kari ihn nicht bestand, wäre das Letzte, was er tun würde, sie mit ihrem Vater gehen und in Frieden leben zu lassen.

Fayola strich in Jaguargestalt um Daishiros Beine und schnurrte. Sie wusste ebenfalls, dass dies ein Test war. Vermutlich stellte sie sich bereits vor, was sie mit Kari anstellen dürfte, wenn sie versagte.

Aber das würde sie nicht. Kari wusste genau, was Daishiro von ihr erwartete. Welche Worte sie aussprechen musste, um diese Prüfung zu bestehen. Auch wenn es das Herz ihres Vaters brechen würde. Doch das war besser, als es ihm von Fayola mit den Fangzähnen aus der Brust reißen zu lassen. Ein kleiner Teil von Kari, den sie mit elf Jahren gelernt hatte zu unterdrücken, schrie und weinte und strampelte. Sie drängte diesen nutzlosen Teil zurück und sagte: »Mein Zuhause ist hier.«

Ein Ruck ging durch ihren Vater. Er hob den Kopf, suchte Karis Blick, und in seinen Regenpfützen-Augen sah sie etwas, das einen Stich in ihre Brust sendete. Dorthin, wo das verkümmerte kleine Ding saß, das einst ein richtiges Herz gewesen war. Es fühlte sich an wie ein Sprung, als ob ein weiteres Stück von ihrem Herzen wegbrechen würde, um es noch kleiner, noch zerbrochener zurückzulassen.

Gut so. Kari brauchte kein Herz. Denn eines zu haben, hieß Schwäche, und im Hause Nemea hieß Schwäche Tod.

»Geh nach Hause«, sagte sie zu ihrem Vater und legte so viel Kälte in ihre Stimme, wie sie konnte. Er musste glauben, dass sie es ernst meinte. Denn sollte er wiederkommen, würde Daishiro nicht so gnädig mit ihm sein wie heute.

»Geh. Und komm nie wieder zurück.«

»Mitgefühl ist meine größte Schwäche.«

Nael

Kari und ihre zwei Bodyguards waren bereits verschwunden, als Nael endlich am Nemea-Anwesen ankam. Er verfluchte sich dafür, Zeit mit diesem Lycien vergeudet zu haben. Seine Schwester Zora meinte, Mitgefühl sei eine seiner größten Stärken, aber er fragte sich, ob es nicht eher eine Schwäche war.

Die Bewohner der Skarabäusviertel waren Außenseitern gegenüber notorisch misstrauisch, trotzdem hatte Nael mit dem entsprechenden Bestechungsgeld ein paar Informationen über den Mann zusammentragen können, der an der Spitze des Clans saß: der Don, Daishiro Nemea, Kunstliebhaber und Sammler, bekannt für sein strategisches Geschick, für die Loyalität seiner Gefolgsleute und – mehr als alles andere – für seine Grausamkeit. Don Nemea war ein Mann, der so stark bewacht wurde, dass es einem Staatsakt gleichkam, in seine Nähe zu gelangen – und die Begegnung zu überleben. Seine Gefolgsleute waren hingegen greifbarer, und als Nael hörte, dass eine seiner Töchter als Schutzgeldeintreiberin in gewissen Etablissements unterwegs war, wusste er, was er als Nächstes zu tun hatte.

Kari Nemea.

Sie war genauso, wie Nael sie sich vorgestellt hatte. Genauso kalt. Genauso Furcht einflößend. Genauso schön. Und er müsste lügen, würde er behaupten, dass er ihr kleines Katz-und-Maus-Spiel nicht genossen hatte. Tatsächlich hätte er sich gerne länger mit ihr unterhalten. Weitergebracht hatte es ihn jedoch nicht. Kari wusste entweder weniger, als Nael angenommen hatte – immerhin hatte die Visitenkarte von Talent Solutions sie nicht stutzig gemacht –, oder sie war eine fabelhafte Schauspielerin. Was er ihr absolut zutrauen würde.

Als die Tore zum Innenhof der Nemea-Villa sich öffneten, zog Nael sich in die Schatten zurück. Ein Mann in abgetragener Kleidung stolperte heraus und fiel auf die Knie. Ihm folgte ein Skarabäuskrieger, der die Arme vor der Brust verschränkte und etwas sagte, jedoch zu leise, als dass Nael es verstehen konnte. Der ältere Mann rappelte sich vom Boden auf und legte die Hände wie zum Gebet aneinander. Selbst mit einigen Metern Abstand hörte Nael sein Schluchzen. Da fiel ein Schatten aus dem Torbogen und ein Tier stolzierte heraus.

Nael blinzelte. Tatsächlich, da war ein Jaguar. Dann stimmten die Gerüchte also, denen zufolge Don Nemeas zweite Ehefrau eine echte Gestaltwandlerin war. Früher waren die Gestaltwandler-Linien mächtig gewesen, doch über die Jahre war ihre Magie versickert, und heute gab es kaum noch welche.

Umso beeindruckender war die Raubkatze, die so nah an den flehenden Mann heranschlich, dass ihre Schnurrhaare seine Wange kitzelten, und die Zähne fletschte. Er zitterte heftig, wich allerdings nicht zurück. Nael fragte sich, was so wichtig für diesen Mann war, dass er sich dem Jaguar stellte.

Karis Leibwächter verdrehte die Augen und hob die Hand, woraufhin zwei weitere Skarabäuskrieger aus dem Tor traten. Der eine zog den Mann auf die Füße. Schneller, als dieser reagieren konnte, boxte er ihm in den Bauch, und der Ältere sank in sich zusammen.

Nael wandte den Kopf ab, ehe der nächste Schlag niederging. Erst als das dumpfe Geräusch von Fäusten auf Fleisch und das Keuchen der Männer verklungen waren, schaute Nael auf. Der Blick des Jaguars begegnete seinem. Nael hielt die Luft an. Zwar war er in den Schatten verborgen, doch bestimmt konnte das Tier ihn riechen. Nach ein paar mit Herzklopfen gefüllten Sekunden drehte der Jaguar sich allerdings um und schritt mit den drei Skarabäuskriegern durch das Tor, das sich hinter ihnen schloss. Der ältere Mann blieb als Lumpenbündel am Boden liegen.

Und jetzt? Nael konnte ihn nicht einfach dort liegen lassen ... Aber helfen konnte er ihm genauso wenig, wenn er nicht riskieren wollte, von den Nemeas bemerkt zu werden. Denn wenn das geschähe, wäre seine Mission gescheitert. Nael hatte zu lange und zu viel gekämpft, um seine Stellung in der Brennenden Lilie zu gefährden. Und das würde er, wenn seine Chefs Grund zur Annahme hätten, dass er weich war. Aber der Mann lag noch immer da und rührte sich nicht ... verdammt ... verdammt!

Zora hatte so was von unrecht! Mitgefühl war definitiv seine Schwäche.

Lautlos huschte Nael aus seinem Versteck und auf den Mann zu, kniete sich vor ihn und legte ihm eine Hand auf die Schulter.

»Wir müssen hier weg«, flüsterte er.

Der Mann versuchte, sich aufzustemmen, schaffte es jedoch nicht. Innerlich fluchte Nael. Er sollte sofort von hier verschwinden! Stattdessen schob er die Hände unter die Achseln des Mannes und half ihm auf die Beine. Er sah fürchterlich aus. Beide Augen waren zugeschwollen, eine Platzwunde prangte auf seiner Wange und aus seiner Nase, die in einem schiefen Winkel saß, rann Blut. Unter seiner Kleidung mussten sich zahlreiche weitere Prellungen und Blutergüsse befinden.

»Ich bringe Sie in ein Krankenhaus«, flüsterte Nael, aber der Mann schüttelte den Kopf.

»Es ... es geht schon.«

Dabei konnte er nicht einmal allein stehen. Sobald Nael seine Hände von ihm löste, schwankte er schlimmer als der Betrunkene von vorhin.

»Sie müssen mitkommen«, zischte Nael. Wenn nötig, würde er ihn tragen.

Doch der Mann wehrte ab: »Ich kann sie herausholen. Ihre Freiheit, ich kann ihre Freiheit gewinnen.« Seine Augen sprangen unfokussiert hin und her. Nael vermutete, dass er eine Gehirnerschütterung hatte. Das würde auch sein Gebrabbel erklären. Andererseits: Nach allem, was er heute Abend beobachtet hatte, wäre Nael naiv, nicht nach der tieferen Bedeutung seiner Worte zu suchen.

»Wessen Freiheit?«, fragte er.

»Meine Tochter«, flüsterte der Mann mit bebenden Lippen. »Für sie, ich muss ... ich muss Kari ...«

»Kari Nemea ist Ihre Tochter?«, stieß Nael aus.

»Ich muss zu ...«, begann der Mann.

Da dröhnte Gebell durch die Nacht. Nael fuhr herum. Jeden Moment würde das Tor sich wieder öffnen und Skarabäuskrieger ausspeien – spätestens dann sollte Nael verschwunden sein. Wenn er Karis Vater trug, wäre er jedoch nicht schnell genug. Er konnte ihn zurücklassen oder bleiben und versuchen, ihm zu helfen. Es war die waghalsigere Option, aber auch die, die ihn Kari und Daishiro Nemea näher brachte.

Die Entscheidung fiel binnen einer Millisekunde. Mehr Zeit

hatte Nael auch nicht, denn das Tor zum Nemea-Anwesen schwang in diesem Augenblick auf und zwei riesige Hunde schossen heraus, gefolgt von dem silberhaarigen Kämpfer, der Kari in die Bar begleitet hatte und der, wenn Naels Informationen stimmten, Genji hieß. Eines der Tiere verbiss sich im Oberschenkel des älteren Mannes, das zweite machte einen Satz auf Nael zu. Er schaffte es gerade so auszuweichen, doch im selben Moment hörte er ein Klicken, als Genji seine Waffe auf ihn richtete.

»Hände hinter den Kopf, Beine auseinander, und wenn du eine falsche Bewegung machst, schieße ich«, donnerte er.

Nael befolgte die Befehle und verschränkte die Finger hinter dem Kopf, während Karis Vater wimmernd gegen den Hund trat, der an seinem Bein hing.

»Durchsucht die beiden«, befahl Genji den zwei jüngeren Kriegern, die eben durch das Tor traten.

Der eine zog Karis Vater auf die Beine, der andere nahm sich Nael vor und betastete erst seinen Oberkörper, dann seine Beine. Es kostete Nael jedes Fitzelchen seiner Willenskraft, dem Kerl keinen Tritt zu versetzen, als er ihm die Pistole abknöpfte. Doch solange er nicht wusste, wie er Karis Vater lebend aus dieser Situation herausbringen könnte, war es besser, die Füße stillzuhalten. Dann führten sie Nael und Karis Vater wortlos durch das Tor ins Innere des Nemea-Grundstücks.

Unauffällig schaute Nael sich um. Er musste eine Fluchtmöglichkeit finden! Die Nemea-Villa war umringt von einem weitläufigen Garten, in dem zahlreiche Bäume und Blumen wuchsen. Rund um diesen Garten zog sich eine zwei Meter hohe Steinmauer. Keine perfekten Aussichten für einen Fluchtversuch, zumal Nael einen verletzten Mann würde tragen müssen.

Genji führte sie zu einer Reihe kleinerer Gebäude am Rand der Gartenanlage. Eine Tür wurde geöffnet und Nael nach drinnen geschubst. Er taumelte und fiel auf die Knie. Der Geruch nach Blut und Schweiß umfing ihn. Hinter sich hörte er Karis Vater flehen. »Nein, bitte ... bitte nicht ...«

Nael schaut auf – und mehr als zwei Dutzend tote Augen starrten zurück.

Er musste die Übelkeit zurückkämpfen, die in ihm aufwallte. Der Raum war voller Hüllen. Manche lagen oder hockten auf dem Boden, die meisten standen reglos da, ihre Mienen vollkommen ausdruckslos. Und ihr Zustand ... Selbst im fahlen Licht machte Nael die zahlreichen Verbände aus, genauso wie die Blutergüsse und Schnittwunden, bei denen niemand sich die Mühe gemacht hatte, sie zu verbinden.

Weiches Fell streifte ihn, als die Jaguardame sich neben ihm niederließ. Nael hatte ihr Kommen gar nicht bemerkt, so leise war sie auf ihren Samtpfoten geschlichen. Er drehte seinen Kopf und entdeckte sein Spiegelbild in ihren dunklen Augen. Die Gestaltwandlerin hielt den Blickkontakt, als wollte sie Nael stumm etwas mitteilen.

»Was sollen wir mit ihnen machen?«, fragte der Kämpfer, der Nael festhielt.

»Das hängt ganz davon ab, wie kooperativ sie sind.« Genji drehte sich zu Karis Vater um, der leise vor sich hin wimmerte. »Wie oft muss ich dir befehlen, den Mund zu halten, bevor du es verstehst.«

Er versetzte dem älteren Mann einen Tritt in den Magen. Karis Vater krümmte sich stöhnend zusammen.

»Du weißt, wer das ist, oder?«, zischte Nael. »Hältst du es für klug, den Vater deiner Anführerin zu schlagen?«

»Kari schert sich einen Scheiß um ihn.«

Er bestritt nicht, dass Kari wirklich seine Anführerin war. Nael hatte das bereits im Luminer vermutet, nun hatte er Gewissheit. Er hoffte inständig, dass Kari diesem Arschloch für sein Verhalten die Haut abziehen würde.

»Was mich allerdings brennend interessiert, ist, was du mit ihrem Vater zu schaffen hast. Oder sogar mit Kari? Was war das vorhin in der Bar, hmm?«, fuhr Genji fort.

»Ich habe Kari zufällig in der Bar getroffen, und wer könnte einer Frau wie ihr widerstehen«, antwortete Nael, wohlwissend dass das nicht die Antwort war, die Genji hören wollte. Er hatte jedoch die Erfahrung gemacht, dass es von Vorteil sein konnte, sein Gegenüber zu provozieren. Wer wütend war, wurde unvorsichtig. Wer unvorsichtig war, ließ sich leichter ein Messer zwischen die Rippen rammen.

»Lüge«, zischte Genji. »Ich hätte wohl deutlicher klarmachen müssen, was passiert, wenn ich mit deiner Antwort nicht zufrieden bin.«

Er schnippte mit den Fingern, woraufhin einer der Nemea-Männer eine männliche Hülle vor Genji zerrte. Karis Vater wimmerte, Nael presste die Lippen aufeinander, zwang sich jedoch, seinen Blick starr auf die Hülle zu richten, als Genji ein Messer zog und es an die Taille des stimmlosen Wesens legte.

»Jede falsche Antwort bedeutet einen Schnitt«, erklärte er.

Langsam zog er die Klinge diagonal über den Bauch der Hülle und hinterließ dort ein klaffendes Fleisch-Lächeln. Ein einzelner Blutstropfen löste sich aus der Wunde. Die Hülle ließ dies alles reglos über sich ergehen, kein Ton entwich ihren Lippen. Die stimmlosen Wesen fühlten keinen Schmerz, hieß es zumindest – der Anblick versetzte Nael trotzdem in Rage.

»Ich werde großzügig sein und dich wählen lassen. Arme oder Beine, Bauch oder Brust«, sagte Genji und schnitt zuerst eine vertikale Linie oberhalb des Bauchnabels, gefolgt von zwei Kreuzen, links und rechts auf der Brust der Hülle. Nael musste mehrmals schlucken, um seinen Zorn im Zaum zu halten. Dieses miese Arschloch hatte ein lachendes Gesicht in den Oberkörper der Hülle geritzt, und nun grinste Genji wie ein Kind, das stolz sein Kunstprojekt präsentierte. Wären da nicht die Pistolen, mit denen alle Leibwächter ausgestattet waren, und die Tatsache, dass Nael damit das Leben von Karis Vater riskieren würde, hätte er sich längst auf Genji geworfen.

Auf eine weitere Geste hin riss ein Skarabäuskrieger Nael die Jacke von den Schultern und zerschnitt sein Shirt mit dem Messer. So, wie Nael diesen Genji einschätzte, würde keine noch so geschickte Antwort ihn vor der Klinge bewahren. Dafür genoss dieser Kerl es viel zu sehr, seine Macht zu zeigen. Doch anstatt Nael zu bestrafen, trat er Karis Vater mit einem seiner schweren Stiefel in den Magen. Wimmernd lang er am Boden.

»Dein Gejammere nervt mich, alter Mann«, knurrte er.

»Ich habe nicht gelogen!«, sagte Nael da. Wenn Genji ihn foltern wollte, würde er das aushalten, aber Karis Vater war jetzt schon viel zu mitgenommen. »Ich fand Kari hübsch.« Das entsprach sogar der Wahrheit. »Ich wollte sie beeindrucken. Deshalb habe ich den Kerl in der Bar auch für sie zusammengeschlagen. Und dann bin ich ihr hierher gefolgt. Ich dachte, wenn ich ihrem Vater helfe, gewinne ich ihre Aufmerksamkeit. Ich …«

Genji drückte sein Messer auf Naels Brust. Die Klinge schnitt sich in sein Fleisch, zwar nur oberflächlich, aber es genügte, um Blut fließen zu lassen. »Du wusstest genau, wer Kari Nemea ist. Leugnest du das?«

»Ich wusste es. Ich war in der Bar, um sie zu treffen«, gab Nael zu. Es war lediglich ein Teil der ganzen Wahrheit – den Rest konnte er nicht erzählen. Andernfalls wäre es egal, ob er heute Nacht überlebte oder starb, denn die Brennende Lilie würde ihn sowieso aus dem Weg räumen.

»Warum wolltest du sie treffen?«, fragte Genji.

In diesem Moment flog die Tür mit einem lauten Knall auf. Die jüngeren Bodyguards wichen sofort zurück, auf Genjis Gesicht zeichnete sich Schreck ab. Wer auch immer hereingekommen war, musste in der Rangfolge des Clans oberhalb von Genji stehen.

»Was hat das zu bedeuten?«, sagte eine Stimme, die Nael bekannt vorkam.

»Haruo, ich ... ich wollte dich holen lassen, sobald wir Informationen haben«, antwortete Genji. Haruo also, Karis zweiter Bodyguard.

»Meine Anweisungen waren klar. Ihr sollt Karis Vater gehen lassen«, gab dieser zurück. Für Nael hatte er nur einen kurzen hasserfüllten Blick übrig, ehe er sich an ihm vorbeischob und vor Karis Vater auf die Knie ging. Er legte dem alten Mann eine Hand auf die Wange.

Nael spürte eine Bewegung neben sich. Aus den Augenwinkeln sah er die Jaguardame, die ihm zublinzelte, dann den Kopf in Richtung Tür neigte. War das eine Botschaft? Wollte sie, dass er ging? Die Nemea-Bodyguards waren durch Haruos Anwesenheit abgelenkt. Das war seine Chance! Nael nickte leicht, um ihr zu signalisieren, dass er verstand. Die Jaguarin zwinkerte, wie nur Menschen es taten, fauchte und machte einen Satz auf die jungen Bodyguards zu. Sie landete auf dem Rücken des einen und warf ihn zu Boden. Genji wich fluchend zurück.

Nael nutzte diesen Moment. Mit zwei gezielten Tritten beförderte er den Kerl, der ihn bis eben festgehalten hatte, auf den Boden und huschte nach draußen. Ohne sich umzusehen, sprintete er auf die nächste Baumreihe zu und presste sich an einen Stamm, um sich vor den Blicken der Nemea-Männer abzuschirmen. Sein Puls ging in dreifacher Geschwindigkeit.

Karis Vater war noch in der Hütte. Haruo hatte gesagt, er wolle ihn gehen lassen. Er hatte sogar besorgt gewirkt. Aber durfte Nael sich auf Haruos Mitleid verlassen? Weglaufen oder kämpfen?

Nael hatte noch keinen Entschluss gefasst, als die Jaguardame lautlos neben ihm auftauchte. Sie gurrte zufrieden, blinzelte Nael abermals zu und trottete los. Als er ihr nicht sofort folgte, drehte sie sich um und legte die Ohren an. Es war klar, was sie wollte.

»Wieso möchtest du, dass ich mitkomme?«, fragte Nael.

Sie knurrte leise und drehte sich wieder um. Die Jaguarin hatte ihm in der Hütte das Leben gerettet, also beschloss er, ihr zu vertrauen. Was hatte er auch sonst für eine Wahl?

»Ich muss dich wiedersehen.«

Nael

Die Jaguardame führte Nael über einen versteckten Seiteneingang in die Villa. Er folgte ihr einen Dienstbotenaufgang hinauf und einen Gang entlang, der von Gemälden und antik aussehenden Porzellanvasen mit traditionell blauer Musterung gesäumt wurde. An den Wänden wechselten weite Hügellandschaften sich mit fliegenden Kranichen, Reisterrassen und von Seen umrahmten Tempeln ab. Nael konnte kaum glauben, dass er gerade wirklich im innersten Reich von Daishiro Nemea war, einem der gefährlichsten Männer Magnolia Bays. Das hier war Wahnsinn! Wenn ihn irgendjemand erwischte, könnte ihm alles Glück der Welt nicht das Leben retten. Trotzdem schlug sein Herz nicht vor Angst schneller, sondern vor Aufregung. Das hier war genau der Ort, an dem er sein wollte.

Vor einer Tür blieb die Jaguardame stehen und legte die Pfote unterhalb der Klinke auf das Holz.

»Du willst, dass ich dort hineingehe?«, fragte Nael.

Zur Antwort blinzelte sie langsam. Nael zögerte. Er hatte keine Ahnung, was ihn auf der anderen Seite der Tür erwartete. Was, wenn dahinter weitere Nemea-Männer lauerten, oder, noch schlimmer, der Don selbst? Wenn das hier eine Falle war? Darüber hätte er sich eindeutig früher Gedanken machen sollen. Jetzt gab es ohnehin kein Zurück mehr. Seine Untätigkeit bestrafte die Jaguarin mit einem Knurren.

»Schon gut«, murmelte Nael und drückte die Klinke vorsichtig nach unten.

Die Tür schwang nach innen auf. Dahinter befand sich ein Schlafzimmer, das Nael nun leise betrat. Er war zwei Schritte weit gekommen, als die Tür sich hinter ihm schloss. Seidenvorhänge flatterten schwerelos vor den halb geöffneten Fenstern. Im Zentrum des Raums stand ein Doppelbett und darin lag ... Nael trat näher. Tatsächlich, das war Kari Nemea, die da schlief, den Kopf auf ein weiches Kissen gebettet! Mitten in der Nacht in ihr Zimmer einzubrechen, war vermutlich nicht die vertrauenerweckendste Art, sie kennenzulernen, aber es war die beste Chance, die er hatte.

Nael legte ihr sacht eine Hand auf den Oberarm. »Kari«, flüsterte er. »Kari, hab keine Angst.« Ihre Augenlider zuckten. Für den Fall, dass sie schreien würde, legte er ihr die zweite Hand über den Mund – oder versuchte es zumindest. Denn in diesem Moment ging ein Ruck durch Karis Körper. Sie fuhr hoch und legte ihren Arm um seinen Rücken. Schneller, als Nael reagieren konnte, hatte sie ihn rücklings aufs Bett geworfen und saß nun auf seinem Bauch. Den Ellenbogen presste sie so fest auf seinen Kehlkopf, dass er kaum Luft bekam.

»Ka-«, brachte er hervor, da drückte sie noch fester zu und schnitt ihm endgültig alle Worte ab.

»Ich dachte ja schon in der Bar, dass du etwas im Schilde führst, aber dass du so wahnsinnig bist, hier einzubrechen, damit hätte ich nicht gerechnet.« Ein überlegenes Lächeln stahl sich auf ihre Lippen. Sie ließ ihre Augen über seinen nackten Oberkörper streifen. Auf Höhe seiner Brust, wo Genji ihn mit dem Messer geschnitten hatte, verweilte ihr Blick etwas länger und wanderte von dort langsam, ganz langsam, über seinen Bauch bis zu den Hüften. Dann hob sie eine Augenbraue. »Womit ich *das* verdient habe, kann ich mir allerdings nicht erklären«, sagte sie und tippte mit der freien Hand auf seine nackte Brust. Ihre Fingerspitze strich sanft über den Einschnitt und sandte ein ganz und gar unpassendes Kribbeln durch seine Haut.

Nael öffnete die Lippen, doch der einzige Laut, den er mit Karis Ellenbogen auf seinem Kehlkopf zustande brachte, war ein Krächzen. Er könnte sie mit Gewalt von sich werfen. Aber damit würde er jegliche Chance verspielen, dass sie ihm zuhörte.

»Ich werde dir Fragen stellen und du wirst sie so knapp wie möglich beantworten«, sagte Kari und senkte den Oberkörper. Ihr Gesicht schwebte nun eine Handbreit über seinem, ihre Haarsträhnen kitzelten Naels nackte Brust, was es nicht unbedingt leichter machte, sich zu konzentrieren. »Keine Ausschweifungen, keine zusätzlichen Erklärungen. Solltest du mich anlügen oder angreifen, ist unsere kleine Fragestunde vorbei. Blinzle ein Mal, wenn du verstanden hast.«

Er kniff die Augen zusammen.

»Gut«, sagte Kari. »Blinzeln heißt Ja, wenn du die Augenbrauen hebst, heißt das Nein. Klar?«

Nael blinzelte eilig. Kari studierte seine Mimik genau, als versuchte sie, jeden noch so kleinen Hinweis auf eine Lüge zu erahnen.

»Ist dein Name wirklich Nael?«

Er blinzelte.

»Und du arbeitest für die Brennende Lilie?«

Wieder blinzelte er.

»Genauso wie dieser Lycien?«

Er hob die Augenbrauen.

»Sicher?« Ihre Fingernägel bohrten sich schmerzhaft in seinen Bauch. »Wie kommt es dann, dass meine Männer euch beide nach unserem Treffen im Luminer haben miteinander reden sehen? Das war alles ein abgekartetes Spiel, nicht wahr? Du an der Bar, Lycien, der so tut, als sei er betrunken. Hat die Brennende Lilie euch beide hergeschickt?«

Er hob erneut die Augenbrauen. Kari schnupperte mit gerunzelter Stirn in die Luft, als suchte sie nach einem bestimmten Geruch. Dann sagte sie: »Bist du hier, um mich zu töten?«

Auf diese Frage zog Nael seine Augenbrauen so weit hoch, wie er konnte. Das brachte Kari zum Schmunzeln.

»Wie hast du mich überhaupt gefunden?«

Sie lockerte ihren Ellenbogen genug, um ihn antworten zu lassen.

»Jaguar ...«

Nael wollte mehr sagen, doch da drückte Kari bereits wieder auf seine Kehle. Er hatte gehofft, durch die Erwähnung der Jaguardame ihr Vertrauen zu gewinnen, ihr zu zeigen, dass er kein Feind war, sondern ein Komplize. Doch die Wut, die für einen Sekundenbruchteil über ihr Gesicht flackerte, bewies das Gegenteil.

»Das erklärt so einiges«, murmelte Kari.

Etwas veränderte sich in ihrer Mimik. Ihre Mundwinkel entspannten sich und ein entschlossener Ausdruck trat in ihre Augen. Instinktiv wusste Nael, dass er sich nun auf wesentlich gefährlicherem Terrain befand als noch vor wenigen Minuten.

Und es gefiel ihm.

»Ihr Name ist Fayola. Meine *Stiefmutter*«, erklärte Kari, löste ihren Ellenbogen von seinem Hals und richtete sich auf. »Es wundert mich nicht, dass sie dich hierhergeführt hat. Fayola überbringt mir gerne Geschenke.« Kari lächelte, doch ihre Augen blieben kalt, als sie ihre Finger über seine Brust gleiten ließ. »Da du auf deinem Weg in mein Zimmer offensichtlich dein Shirt verloren hast, wäre es nur fair, wenn ich auch keines trage. Findest du nicht?«

Ihr Tonfall war plötzlich nicht mehr bedrohlich, sondern sanft, geradezu einlullend. Langsam ließ sie die Augen über seinen Torso wandern, als wollte sie ihn mit den Blicken ausziehen – nur dass er bereits halb nackt war. In ihrem Lächeln stand ein verführerisches Versprechen. Sie schob ihre Finger unter den Saum ihres seidigen Nachthemds und hob es an. Das Mondlicht streichelte über ihre entblößten Hüftknochen.

»Hör genau hin«, flüsterte sie, während sie den Stoff über ihren Bauchnabel und ihre Taille schob. Nael sollte sich konzentrieren, aber er war wie hypnotisiert vom Anblick des Saums, der sich immer weiter hob. »Hörst du sie?«

»Wen?«

Kurz unterhalb ihrer Brüste hielt Kari in der Bewegung inne. Sie lächelte, doch ihre Augen blieben kalt wie die einsamen Straßen der Stadt in einer Winternacht – genauso wie Genjis, genauso wie Haruos, das freudlose Lächeln des Skarabäusclans. Ob der Don es ihnen allen eingeflößt hatte?

»Es gibt nur einen Grund, warum Fayola dich zu mir bringen würde. Sie tut alles, um mir zu schaden. Stell dir vor, wie wütend Daishiro sein wird, wenn er einen halb nackten Mann in meinem Bett findet.«

»Was?« Nael wollte hochfahren, doch Kari war schneller. Sie ließ sich in einer fließenden Bewegung zurücksinken, hob ein Bein an und drückte ihm die Fußsohle auf den Kehlkopf.

»Bestimmt sind seine Männer bereits auf dem Weg. Ich höre ihre Schritte.«

Gestaltwandler hatten von Natur aus schärfere Sinne als

normale Menschen, und was auch immer Kari wahrnahm, Nael hörte nichts.

»Und wie wütend wird er erst sein, wenn ich in Anwesenheit besagten Mannes ebenfalls nackt bin.« Mit diesen Worten hob sie ihr Nachthemd ein klein wenig weiter und entblößte die untere Rundung ihrer Brüste. Naels Herz schlug schneller. Er hatte es kommen sehen! Und doch war er in ihre Falle getappt ... Kari Nemea war sogar noch beeindruckender, als er es vorhin in der Bar angenommen hatte. Nael hatte keine Ahnung, ob wirklich jemand auf dem Weg zu ihnen war. Er hoffte inständig, dass Karis Worte leere Drohungen waren – und sei es nur, um diesen Moment ein wenig länger auszudehnen.

Seine Schwester Zora würde ihn hierfür einen hirnlosen, hormongesteuerten Mann nennen, und das mit einer Betonung, die keinen Zweifel daran ließ, dass das Wort ›Mann‹ die schlimmste Beleidung in diesem Satz war.

Sie hätte recht damit.

»Versteh mich nicht falsch«, fuhr Kari fort. »Ich will nicht von ihm entdeckt werden. Er wird mich hierfür bestrafen, weißt du. Aber du ...« Sie schnalzte mit der Zunge. »Hast du schon mal jemanden betteln hören, ihn *endlich* zu töten?«

»Was willst du?«, presste Nael atemlos hervor.

»Nur die Wahrheit. Wieso verfolgst du mich? Und beeil dich. Glaub mir, mir ist *fast* ebenso viel daran gelegen wie dir, das hier zu beenden und dich fliehen zu lassen, *bevor* wir erwischt werden.«

In diesem Moment hörte er die Schritte. Es mochte seine Einbildung sein, denn das Poltern klang entfernt. Aber wenn es die Nemeas waren, wenn Karis Drohungen wahr waren ...

»Dein Vater ...«, begann er. Das war offensichtlich die

falsche Antwort. Wut flackerte über Karis Gesicht und sie presste ihren Arm härter auf seinen Kehlkopf. Und noch etwas machte er in ihren Augen aus – Schmerz? Traurigkeit? Im nächsten Moment ließ sie von ihm ab und machte einen lautlosen Satz vom Bett.

»Was willst du über meinen Vater wissen?«, fragte sie.

»Er will dich befreien. Ich habe versprochen, ihm zu helfen«, antwortete Nael.

Kari lachte auf. »Dieser dumme, alte Mann. Du bist naiv, wenn du ihm wirklich helfen willst.«

Die Schritte wurden lauter – dieses Mal war Nael sicher, dass sie keine Einbildung waren. Auch Kari blickte beunruhigt zur Tür. Sie schien hin- und hergerissen, nicht wissend, was sie als Nächstes tun sollte. Doch dann sagte sie: »Du musst hier raus. Sie werden jeden Moment hier sein.«

Schnell trat sie zu einem Fenster und schob es hoch. »Spring auf das angrenzende Dach und lauf, bis du die Außenmauer erreichst. Dann verschwindest du in den Gassen. Na los!«

Sie scheuchte ihn zum Fenster. Schnell kletterte Nael auf den Sims. »Ich muss dich wiedersehen. Triff mich irgendwo!«

»Das geht nicht«, gab sie zurück.

»Alles geht, wenn du es willst!«

»Du hast mich ein Mal gefunden, du kannst es wieder tun. Und jetzt lauf.«

»Die Göttinnen sind tot.«

Kari

Kari stand mit dem Rücken zum Fenster und beobachtete ihre geschlossene Zimmertür. Seit sie Nael nach draußen befördert hatte, waren genau zwölf Sekunden vergangen. Sie hoffte, dass er schnell klettern und noch schneller laufen konnte. Eigentlich hätte sie ihn ausliefern sollen, doch sie wollte nicht riskieren, dass ihr Vater Ärger bekam. Warum schickte er ihr auch ausgerechnet einen Lilien-Agenten in die Villa? Was hatte er mit dem Syndikat zu schaffen? Und insgeheim – auch wenn sie sich eher die Zunge abgebissen hätte, als das zuzugeben – behagte ihr die Vorstellung nicht, dass Haruo dem dunkelhaarigen Kerl sein selbstgefälliges Lächeln permanent aus dem Gesicht schneiden würde.

Kari verfluchte ihren Vater für seine Dummheit. Nicht nur, dass er sich selbst Daishiros Gnade ausgeliefert und Kari damit hatte schwach wirken lassen, nun hatte er auch noch diesen Nael in die Sache hineingezogen. Sie wünschte, sie hätte mehr Zeit gehabt, um ihn zu befragen und herauszufinden, warum er sich auf einen Deal mit ihrem Vater eingelassen hatte. Um Geld konnte es ihm nicht gehen, denn Karis Eltern hatten keins. Aber ihm zur Flucht zu verhelfen, war die einzige Möglichkeit, sich nicht selbst Daishiros Zorn auszuliefern. Und diese Genugtuung würde sie Fayola nicht geben.

Schritte polterten über den Gang, im nächsten Moment wurde die Tür aufgestoßen. Haruo hechtete, gefolgt von drei Wachleuten, herein. Als er Kari sah, blieb er auf der Stelle stehen.

»Wo ist er?«, keuchte er.

»Was machst du mitten in der Nacht in meinem Zimmer?«, gab sie schneidend zurück.

»Das weißt du genau! Wo ist er?!«

Kari schnaubte. Es stand Haruo nicht zu, in diesem Ton mit ihr zu sprechen, ganz abgesehen davon, dass er ohne einen driftigen Grund oder Daishiros ausdrückliche Erlaubnis nichts in ihren privaten Gemächern verloren hatte. Außerhalb der Türschwelle entdeckte sie Fayola in Menschengestalt. Karis junge Stiefmutter hatte die Arme vor der Brust verschränkt und funkelte sie überheblich an. Es war nicht das erste Mal, dass sie versuchte, Kari in Daishiros Missgunst zu bringen. Gut für Kari, dass Fayola bei Weitem nicht so klug war, wie sie dachte.

»Ich habe keine Ahnung, wovon du sprichst«, sagte Kari.

»Stell dich nicht dumm. Genji hat den Kerl gemeinsam mit deinem Vater geschnappt und zu den Hüllen gebracht. Danach ist er abgehauen – und ich vermute, direkt hierher.«

Genji hatte Karis Vater aufgegriffen? Die Vorstellung von ihm in der Hütte mit den Hüllen sandte eine eisige Welle Karis Rückgrat hinab. Dieser dumme, alte Mann! Wieso hatte er nicht einfach weggehen können, als Daishiro ihm die Chance dazu bot?!

Kari machte einen Schritt auf Haruo zu und atmete tief ein, um das Zittern aus ihrer Stimme zu verbannen, als sie sagte: »Das Einzige, was ich weiß, ist, dass du ohne Einladung in mein Schlafzimmer geplatzt bist, um … was zu tun? Wolltest du mich gerne in meinem Nachthemd sehen?«

Sie strich über den seidigen Stoff. Haruo presste die Lippen aufeinander und tat so, als würde der leichtbekleidete Anblick von Kari ihn nicht durcheinanderbringen.

»Durchsucht das Zimmer«, befahl er seinen Männern.

»Daishiro wird nicht erfreut sein, wenn er davon hört«, meinte Kari.

Während die Männer ihr Zimmer durchstöberten, stand sie betont gelangweilt da und warf Fayola ein Lächeln zu. *So leicht kriegst du mich nicht*, dachte Kari. Als die Männer die Vorhänge aufrissen, um nach draußen zu schauen, beschleunigte Karis Puls. Sie ließ sich jedoch nichts anmerken, und im nächsten Moment suchten Haruos Leute anderswo weiter. Nael hatte es also tatsächlich geschafft.

Kari war jedoch nicht sicher, ob das wirklich ein Grund zur Freude war oder eher zur Sorge. Der Lilien-Agent war definitiv gefährlich. Nicht nur hatte er ihren Vater ausfindig gemacht und sein Vertrauen gewonnen, nicht nur hatte er es geschafft, in die Nemea-Villa einzubrechen und sie lebend wieder zu verlassen, nein, während der ganzen Zeit in Karis Zimmer, selbst als sie ihm mit Daishiros Zorn gedroht hatte, hatte er keine echte Angst verspürt. Niemand konnte seine Furcht vor Kari verstecken, dafür war der Lycheegeruch zu stark. Aber Nael ... er hatte sich nicht gefürchtet. Keinen einzigen Moment lang.

»Alles sauber«, meldeten Haruos Männer.

Der hatte Mühe, seinen Ärger zu verstecken. »Wenn du irgendwas Auffälliges siehst, holst du mich, Kari. Okay?«

»Falsche Frage. Die richtige wäre: ›Oh, liebste Kari, kannst du mir meine frevelhafte Störung und das Eindringen in dein Privatgemach verzeihen?‹« Sie zwinkerte Fayola zu, die nun aussah, als würde sie Kari am liebsten das Herz aus der Brust reißen. »›Und bitte, liebste Kari, erzähl Daishiro nichts davon, damit er nicht böse mit mir wird.‹«

Haruo verdrehte die Augen. »Weiter, Männer. Wir müssen

ihn finden«, wies er seine Leute an, die daraufhin ohne ein Wort des Abschieds aus Karis Zimmer liefen. Kein Wunder, die drei trauten sich ja nicht einmal, Kari ins Gesicht zu sehen – was sie ein ganzes Stück klüger machte als Haruo. Sie wussten, dass Karis Worte, wenn auch als Stichelei vorgetragen, einen wahren Kern hatten. Daishiro würde davon hören, was sich in dieser Nacht in seiner Villa zugetragen hatte, und Haruo sollte eine verdammt gute Erklärung parat haben.

Bevor er nach draußen trat, fragte Kari: »Was passiert jetzt mit meinem Vater?«

Sie hasste sich für die Schwäche, die in dieser Frage mitschwang. Doch sie musste es wissen.

»Ich habe dafür gesorgt, dass er das Gelände verlässt. Dieses Mal wirklich«, antwortete Haruo, ohne sich umzudrehen. »Wenn er einen Funken Verstand hat, ist er jetzt auf dem Weg nach Hause.«

»Wo sollte er sonst sein?«

»Er hat die ganze Zeit davon gemurmelt, deine Freiheit zu gewinnen. Verzweifelte Männer tun dumme Dinge.« Haruo zuckte die Schultern, trat dann aus Karis Zimmer. »Tut mir leid«, murmelte er kaum hörbar, ehe er die Tür hinter sich schloss.

Kari kam nicht dazu zu fragen, wofür er sich entschuldigt hatte.

In dieser Nacht lag Kari lange wach. Viele Stunden, nachdem Nael die Villa verlassen hatte, fand sie noch immer keine Ruhe. Durch das geöffnete Fenster sah sie den Mond, das Abbild von Yuna, Göttin des Windes und der Drachen, die allem Leben Atem eingehaucht hatte.

»Hilf meinem Vater, mich zu vergessen«, flüsterte sie.

Eine unsinnige Bitte, die niemand erhören würde, und doch fühlte es sich gut an, die Worte auszusprechen. Auch wenn Kari das niemals offen zugegeben hätte. Aber hier, in der Einsamkeit ihres Betts, fühlte sie sich sicher genug, um einen winzigen Moment der Schwäche zuzulassen. Nur ein paar Minuten lang, ehe sie wieder sie selbst wäre: Don Nemeas Paradiesvogel, stark, berechnend, kalt.

Viel lieber hätte sie ihr Gebet an Shakari gerichtet, Göttin der Sterne und die kleine Schwester von Mond und Sonne. Doch kein einziger Stern war am Himmel auszumachen.

Wie alle Kinder Magnolia Bays war Kari mit den Geschichten über die Göttinnen und ihre Generäle groß geworden. Ihre Mutter hatte sie ihr vor dem Schlafengehen erzählt und das so oft, dass Kari sie bis heute auswendig kannte:

Am Anfang war die Erde leer. Ein Planet ohne Wasser, ohne Luft, ohne Licht. Doch dann beschloss YI, der erste und allmächtige Gott, diesem Planeten Leben einzuhauchen. So sandte er einen Teil seiner göttlichen Kraft als Saatkorn auf die Erde. Sie landete auf Magnolia Island, wo die erste Pflanze, eine Magnolie, erblühte. Im Zentrum dieser Magnolie öffnete sich ein magisches Auge. Durch dieses Auge sah der Urgott YI die Welt. Rundherum erblühten drei Blätter, auf denen die Göttinnen – YIs Töchter – Platz nahmen.

Da waren Feo, die Göttin des Lichts und der Wärme, Schöpferin der Sonne und allen Lebens, und ihre Zwillingsschwester Yuna, Göttin des Windes, Schöpferin des Mondes und Mutter aller Drachen. Auf dem dritten Blütenblatt saß die kleine Schwester der beiden, Shakari, die Mutter aller Sterne. Sie war die erste Magierin und erschuf Ozeane und Flüsse, Berge und Schluchten. Doch die drei Göttinnen wussten, dass ihre Kreation im großen Kosmos schutzlos sein würde. Deshalb ließen sie sieben Blüten-

blätter rund um sich herum wachsen und erschufen sieben Generäle, die auf ihnen sitzen und über die Kreation der Göttinnen wachen würden.

Vor den meisten Häusern der Nemea-Viertel standen kleine Tempel, welche einem der Generäle gewidmet waren. Die Menschen beteten zu Reyton, dem Schatzmeister, der ihnen Reichtum und Wohlstand versprach. Sie flehten Kurun, den Heiler, um Gesundheit oder Calisto, den Krieger, um Stärke an. Kari hatte ihre Gebete schon immer direkt an die Göttinnen gerichtet. Sie erinnerte sich gut daran, wie sie sich in der Nacht heimlich nach draußen geschlichen hatte, um den Göttinnen unter dem einsamen Himmel Früchte oder Blüten als Opfergaben darzubringen. Wie sie Shakari angefleht hatte, ihr die Kraft zu geben, sich endlich in einen Paradiesvogel zu verwandeln. Wie sie dafür gebetet hatte, Shakari möge ihrer Familie helfen und, später, sie möge Kari aus ihrem goldenen Käfig befreien.

Eines Nachts hatte Chichiko sie dabei entdeckt. Kari war es gleichzeitig heiß und kalt über den Rücken gelaufen. Sie war sicher gewesen, Chichiko würde ihren Ungehorsam an Don Nemea melden und dafür sorgen, dass Kari bestraft wurde. Doch Daishiros erste Ehefrau hatte bloß gelacht und Kari gefragt, ob sie denn nicht wisse, dass die Göttinnen längst gestorben waren.

Damals hatte Kari ihr nicht geglaubt. Heute wusste sie es besser – und doch ... doch war da dieser Funke an Hoffnung, dass Shakari und ihre Schwestern, die Zwillinge Feo und Yuna, Sonne und Mond, noch am Leben waren und dass sie sich daran erinnerten, dass die Menschen mit ihren naiven Träumen sie brauchten.

Seufzend drehte Kari sich auf den Bauch und presste den

Kopf in die Kissen. Sie sollte schlafen, doch die Angst vor den Bildern, die sie in ihren Träumen verfolgen würden, hielt sie wach. Bilder von ihrem Vater, davon, wie er vor Daishiro am Boden kauerte und sich lächerlich machte. Erinnerungen an eine Hütte, die Stimme ihrer Mutter und den Gesang der Vögel, an ein Leben, das nicht nur vorbei, sondern für immer verloren war. Naels herausforderndes Lächeln, das sie nie wieder sehen würde. Zwecklose Träume von Paradiesvögeln und Drachen und Göttinnen, die Hoffnung auf eine Welt, die längst tot war.

Sie stellte sich diese Dinge so lebhaft vor, dass Kari sie in der Dunkelheit ihres Zimmers tanzen sah: die Drachen, die Paradiesvögel und selbst das schemenhafte Abbild der Göttinnen. Oder vielleicht träumte sie auch und hatte nur nicht bemerkt, wie sie eingeschlafen war.

Bis sie plötzlich ein so durchdringender Schmerz durchfuhr, als habe ihr jemand ein Messer aus Eis in die Brust gerammt. Kari schnappte nach Luft, wollte schreien. Doch ihre Stimme versagte ihr, und im nächsten Moment, ebenso schnell wie der Schmerz gekommen war, verschwand er und machte einer warmen Schwere Platz, die zwar unsichtbar war, sich aber wie eine zementene Decke auf Kari legte und sie in die Dunkelheit zog.

Tiefer, immer tiefer.

Bis da nur noch Ruhe war.

»Gebratene Nudeln helfen immer.«

Nael

Nael lief durch die Gassen der Nemea-Viertel, die um diese Uhrzeit bis auf ein paar schlafende Obdachlose leer waren. Er erlaubte sich keine Pause und hielt nur kurz an, um ein Shirt von einer Wäscheleine zu stehlen. Erst als er die U-Bahn-Station an der nördlichen Grenze des Jademarkts erreichte, die ihn von der Peninsula nach Magnolia Island bringen würde, blieb er keuchend stehen.

Vor der Station blühte ein Magnolienbaum. Nael riss einen Ast mit drei satten türkis-rosa Blüten ab. Ein Geschenk für seine Schwester Zora – sie liebte alle Pflanzen, aber am allermeisten Magnolien. Während er auf die U-Bahn wartete, schaute er sich die ganze Zeit um. Er war allein – aber das konnte sich schnell ändern. Endlich fuhr die Bahn ein und kein Skarabäuskrieger war zu sehen. Er hatte es also tatsächlich geschafft, lebend aus der Nemea-Villa zu entkommen. Und das hatte er Kari zu verdanken.

Kari, in deren blasslila Augen er so viel versteckten Zorn und Schmerz gelesen hatte. Selbst jetzt fühlte er ihren Blick als Phantomschmerz auf der Brust.

Kari, deren Vater er in der Nemea-Villa zurückgelassen hatte.

Sein Magen zog sich zusammen. Wegen Karis Vater, aber auch wegen der Tatsache, dass er bei seinen Ermittlungen noch immer kaum einen Schritt weitergekommen war.

Als sein Boss Nael gefragt hatte, ob er sich die Ermittlungen in den Clanvierteln zutraute, hätte er am liebsten losgejubelt. So viele Jahre, die er als Cleaner arbeiten musste, und endlich schien sein Aufstieg zum Greifen nah. Er war der Brennenden Lilie vor drei Jahren beigetreten, wohl wissend, wie viel Bösartigkeit innerhalb des Syndikats schlummerte. Nicht wissend, wie lange es dauern würde, in den Rängen der Organisation aufzusteigen. Als kleiner Junge hatte er die Grausamkeit der Lilien hautnah erlebt und Rache geschworen. Eines Tages, das versprach er damals sich, seiner Schwester und den Ruinen seines Zuhauses, würde er die Lilien und vor allem deren Anführer wortwörtlich brennen lassen.

Doch das konnte er nur, wenn er herausfand, *wer* überhaupt an der Spitze des Syndikats stand. Was sich bisher als unmöglich herausgestellt hatte, denn das oberste Gebot der Brennenden Lilie war Geheimhaltung. Alle Mitglieder erhielten eine Nummer. Namen wurden ebenso wenig erwähnt wie persönliche Details. Nael war Nummer 87, und obwohl er seit geraumer Zeit für die Brennende Lilie arbeitete, kannte er bisher lediglich die Gesichter von gut einem Dutzend Kollegen und hatte nur bei der Hälfte von ihnen einen Namen ausfindig machen können. Das war die Ironie an der Sache: Er wusste nicht einmal genau, wen er so dringend brennen lassen wollte, und er konnte es nur herausfinden, wenn er weiter brav die Drecksarbeit für die Lilien verrichtete und sie von seiner unendlichen Loyalität überzeugte.

Der Ermittlungsauftrag war eine einmalige Chance, in den Rängen aufzusteigen und dem Zentrum der Lilie endlich näher zu kommen. Der Auftrag klang schwierig, aber nicht unmöglich. Seit einigen Wochen trieb jemand in den Clanvierteln sein Unwesen und ließ dort Leute verschwinden – ohne Erlaubnis der Brennenden Lilie, die diese Art von Zauber sonst kontrollierte. Die Taten waren schlampig ausgeführt, fast immer blieben offensichtliche Spuren zurück. Beinahe so, als wollte der Täter, dass jemand das Verschwinden seiner Opfer bemerkte. Ein Stümper, schlussfolgerte Nael und war sich sicher, dass er den Täter dank seiner Erfahrung als Cleaner binnen kürzester Zeit enttarnen könnte. Drei Wochen voller unergiebiger Ermittlungen später hegte er Zweifel. Bisher hatte er einzig zwei Dinge in Erfahrung gebracht.

Erstens: Alle Verschwundenen stammten aus den vom Skarabäusclan kontrollierten Vierteln. Das bedeutete, der Täter musste entweder dort leben oder seine Taten waren gezielte Angriffe gegen den Clan. Daishiro Nemea hatte viele Feinde, allen voran die benachbarten Klauen- und Opalclans. Vielleicht steckten diese dahinter? In den Nemea-Vierteln munkelte man von einem gesichtslosen Dämon, einem Monster oder Geist, der in nebelverhangenen Nächten sein Unwesen trieb und Menschen raubte. Und auch Nael ertappte sich mittlerweile dabei, an den Täter als gesichtslosen Dämon zu denken. Dennoch glaubte er, dass ein Mensch hinter den dämonischen Taten steckte.

Zweitens: Die Verschwundenen waren keine hochrangigen Clanmitglieder, sondern ganz normale Leute. Verkäuferinnen oder Kellner, Freudenmädchen oder Bettler. *Nobodys*, allesamt, und zwischen ihnen gab es keinerlei Verbindung. Der gesichtslose Dämon hatte es also nicht auf bestimmte Zielpersonen abgesehen. Wenn es jemanden gab, der mögliche Muster aus diesen scheinbar willkürlichen Taten herauslesen könnte, dann Don Nemea selbst, der seine Viertel, seine Leute, vor allem aber seine Feinde besser kannte als jeder andere. Doch er war unantastbar.

Nael steckte die Kopfhörer in die Ohren und ließ sich während der restlichen Fahrt von lauter Technomusik beschallen. Hoffentlich würde das Dröhnen seine lauten Gedanken für einen Moment zum Schweigen bringen. An der Reyton-Station verließ Nael die U-Bahn und spazierte zu seinem Apartment, das sich in einem der modernen Glaspaläste des Finanzviertels befand.

Der Reyton District war eines von sieben Stadtvierteln Magnolia Islands. Er lag im Nordosten der Hauptinsel und war als Banken- und Geschäftszentrum eine der saubersten und modernsten Regionen, wo sich futuristisch anmutende Hochhäuser und Firmensitze aneinanderreihten. Wie die meisten Lilien lebte Nael dort in einer Wohnung, die vom Syndikat bezahlt wurde. Das Apartment befand sich im vierundzwanzigsten Stock und hatte einen Ausblick, für den manche töten würden. Durch die Fensterfront konnte Nael bis über den Kanal sehen, der die Hauptinsel, Magnolia Island, mit den nördlichen, auf dem Festland liegenden Stadtteilen verband. Er war nur eine Glaswand entfernt von den Lichtern des Jademarkts auf der anderen Kanalseite, den Booten, die über das Wasser tanzten, und den Himmelsdschunken, die wie majestätische Drachen in der Luft schwebten.

Die Einrichtung war minimalistisch. Gut, seine Schwester Zora würde andere Worte finden, um die Wohnung zu beschreiben. Leer und einsam zum Beispiel. Weiße Wände umgaben einen großen Wohnraum, in dem eine weiße Couch, ein weißer Tisch und eine ebenfalls weiße Regalreihe standen. Eine Tür führte in Naels Schlafzimmer mit dem großen weißen Bett, eine zweite in das moderne Badezimmer. Zora fand, er sollte die Wohnung dekorieren und etwas Farbe hereinlassen, aber da er sowieso kaum hier war und niemals Besuch bekam, hielt er das für Geldverschwendung. Der einzig heimelige Bereich seines Apartments und der einzige, in dem er sich zu Hause fühlte, war die Küche. Genau dort ging er jetzt hin.

Nael setzte einen Kochtopf mit Wasser auf, legte die Eiernudeln bereit und holte Kohl, Karotten und Frühlingszwiebeln aus dem Kühlschrank. Es war mitten in der Nacht und seine Schläfe pochte vor Müdigkeit, doch er war zu aufgewühlt, um zu schlafen. Und wenn er eines wusste, dann das: Egal wie mies der Tag gewesen war, gebratene Nudeln halfen immer, um sich besser zu fühlen. Er konnte nicht genau sagen, was es war. Der Geschmack, der ihn an die Walled City erinnerte, das Geräusch des knisternden Woks oder das warme Gefühl eines vollen Magens. Vielleicht auch alles zusammen. Jedenfalls merkte er bereits jetzt, während er den Kohl in dünne Streifen schnitt, wie die Anspannung von ihm abfiel. Seine Schultern fühlten sich leichter an und sein Nacken weniger verkrampft.

Er hackte das restliche Gemüse klein und warf es gerade in den Wok, als sein Sichtfeld verschwamm. Einen Moment nur, ehe es sich klärte, doch eine merkwürdige Orientierungslosigkeit blieb, als hätte sich ein Nebel um Naels Gedanken gelegt. Er kannte dieses Gefühl, wusste genau, was gerade passierte.

Jemand war dabei zu verschwinden!

Frenetisch ging er in Gedanken die Namen aller Personen durch, die ihm wichtig waren. Zora. Mama Laquar. Thambi. Quan. Es war dieselbe Liste an Namen, die Nael im Geist aufsagte, wann immer er den Nebel kommen spürte, und jedes Mal fürchtete er aufs Neue, dass ein Name verloren ging.

Ein Name – und mit ihm die Person, die ihn trug. Ein Mensch, für immer ausgelöscht.

Doch alle Namen waren noch da. Wer konnte es sonst sein? Vielleicht jemand, den er heute im Nemea-Viertel getroffen hatte? Lycien! Es war naheliegend, immerhin hatte er die Visitenkarte von Talent Solutions bei sich gehabt. Doch sein Gesicht war frisch in Naels Erinnerung eingeprägt. Zeitgleich wurde der Nebel immer dichter.

Wer war da noch heute? Der alte Mann, dem er hatte helfen wollen, der Vater von Ka- ... Ka-? Verdammt! *Konzentrier dich, Nael!* Ka? Kar- ... Kari!

Sie war es also ...

Nael fummelte sein Handy aus der Hosentasche und drückte auf die Kurzwahltaste. Nach zweimaligem Klingeln meldete sich Zora.

»Hey, großer Bruder! Was geht? Rufst du an, weil du jemanden zum Partymachen brauchst?« Sie lachte.

»Du musst einen Namen für mich aufbewahren«, sagte er und sofort hörte ihr Lachen auf.

»Eine Sekunde«, meinte sie.

Durch den Hörer vernahm Nael das Geklacker von Gläschen und ein Knistern. Während er wartete, formte er Karis Namen mit den Lippen. Immer und immer wieder. Er durfte ihn nicht vergessen, ehe seine Schwester Gelegenheit hatte, den Namen mit Magie einzufangen. Denn wenn er es täte, wenn der Nebel sich erst einmal um die Erinnerung gelegt hatte, wären nicht nur Kari, sondern das Wissen, dass sie jemals existiert hatte, für immer verloren.

Kari Nemea. Kari Nemea. Kari. Kari. Kari.

Schließlich meldete seine Schwester sich. »Bereit«, sagte sie.

Nael rief in den Hörer: »Kari Nemea!«

Zora murmelte etwas, einen Zauber, der die Erinnerungen an den verlorenen Menschen auf Mottenflügel bannen würde. Ein Schaben begleitete ihr Geflüster.

»Was weißt du noch?«

»Sie ist Mitglied des Skarabäusclans. Don Nemeas Adoptivtochter. Bis vor ein paar Stunden war sie noch in der Nemea-Villa.«

Bei der Erwähnung des Dons saugte seine Schwester geräuschvoll die Luft ein.

»Weiter«, forderte sie.

»Ähm ...«

»Wie sieht sie aus? Wie alt ist sie?«

»Anfang zwanzig vielleicht. Sie hat lange Haare in den Farben der Magnolien. Große, helle Augen. Und ihre Stimme ...«

»Ja?«, wollte Zora wissen, aber er stockte.

»Sie ... Also ... Ich weiß es nicht.«

»Okay. Erinnerst du dich sonst noch an etwas? Worüber habt ihr gesprochen? Was habt ihr getan?«

»Über ...« Nael schluckte. »Ich war in der Villa.«

»Du warst wo?!«, entfuhr es seiner Schwester.

»Ja, ich war dort, weil ... Also, die Skarabäuskrieger haben mich gefangen genommen, weil ...« Warum? Was war passiert, bevor die Kämpfer ihn geschnappt hatten? Er wusste es nicht mehr, verdammt! »Der eine hieß Genji, der andere Haruo, und ... Da war ein Jaguar! Nemeas Frau. Sie hat mich in die Villa geführt, um ... Ich weiß nicht mehr genau, es liegt alles im Nebel.«

»Also muss Kari dort gewesen sein«, schlussfolgerte Zora. »Was noch?«

Ja, was noch? Nael zermarterte sein Gehirn. Es zischte im Hintergrund, wo die Nudeln gerade verbrannten.

»Nichts mehr«, flüsterte er.

Alles andere war vom Nebel des Vergessens verschluckt worden. Um ehrlich zu sein, wusste Nael gerade nicht einmal mehr, warum er seine Schwester angerufen hatte. Oder dass sie überhaupt am anderen Ende der Leitung war.

Er legte das Handy weg und nahm den Wok vom Herd. Die Nudeln und das aufgeschnittene Gemüse waren ruiniert. Nael fluchte. Dass er sich auch immer so leicht ablenken lassen musste! Er öffnete den Biomüll und warf das verbrannte Essen hinein. Dabei fiel sein Blick auf den Zweig mit Magnolien, den er auf der Küchentheke hatte liegen lassen. Zora würde sich freuen, wenn er ihr die Blüten vorbeibrachte.

Er musste sie dringend wieder einmal besuchen. Sie hatten sich seit über einer Woche nicht mehr gesehen und in der Zeit auch nicht telefoniert. Wenn es nicht so spät wäre, würde Nael sie sofort anrufen. Morgen, gleich morgen würde er es tun und sich von Zora vorhalten lassen, sie zu lange ignoriert zu haben. Zu Recht. Nael konnte sich nicht einmal mehr erinnern, wann er sie zuletzt angerufen hatte.

**»Die Maske aufzusetzen, bedeutete,
das eigene Gesicht abzulegen.«**

Zora

»Nael? Bist du noch dran?«

Zora hielt sich das Handy ans Ohr, aus dem Rauschen, das Klappern von Töpfen und das entfernte Fluchen ihres Bruders drangen. Sie wartete einige Sekunden, ehe sie seufzend auflegte.

Morgen würde sie ihm von diesem Anruf berichten. Sie würde ihm die Einzelheiten dessen erzählen, was er so dringend nicht vergessen wollte – und in diesem Moment bereits vergessen *hatte.*

Verloren. An den Nebel.

Das Einzige, was blieb, war die fliederfarbene Motte, die wenige Millimeter über Zoras Handfläche flatterte. Winzige Buchstaben bedeckten ihre filigranen Flügel, so klein, dass sie mit bloßem Auge kaum erkennbar waren, und doch so wertvoll, denn sie bewahrten die Bruchstücke der Erinnerung, die Zora vor dem Nebel gerettet hatte: *Kari Nemea. Skarabäusclan. Bunte Haare.*

Worte, so zart und flüchtig wie eine Blüte im Frühlingswind. Selbst jetzt spürte Zora, wie der Nebel ihr die Erinnerungsfitzel zu entreißen versuchte, doch ihre schwarze Magie hielt sie fest. Zora flüsterte die Bannworte, während die Motte im Rauch der Stäbchen immer schneller flatterte. Magie war unsichtbar, und doch meinte Zora, sie als Schattenfäden wahrzunehmen, die ihre Worte für die Ewigkeit auf die Mottenflügel prägten.

Ein Ruck ging durch das Tier, ehe es sich in die Luft erhob und davonflatterte. Nicht allzu weit weg, nur bis zur Decke, wo zahlreiche weitere Motten hingen und schliefen. Zora hatte die Tiere selbst aufgezogen und sie waren mit ihrer Magie verbunden. Zwischen den unzähligen zuckenden Flügeln versuchte sie, diejenigen auszumachen, auf die sie Erinnerungen gebannt hatte. Mittlerweile mussten es bereits zwanzig oder dreißig mit Namen auf ihren kleinen Körpern sein – und jede einzelne war eine zu viel. Denn jede stand für das Ende einer Existenz. Eine merkwürdige Leere machte sich in Zora breit, als sie die Insekten betrachtete. So viele gebannte Erinnerungen. So viele Leben, die verloren waren.

Umso mehr Grund, Leben zu retten, wisperte eine körperlose Stimme durch ihren Kopf. Zora kannte den kehligen Ton, der gleichzeitig hinreißend rauchig und bedrohlich klang, der einem das Bild einer betörenden Verführerin und einer hungrigen Dämonin hinter die Augenlider projizierte. Eine Stimme, die tausend Jahre alt und im selben Moment die eines Kindes zu sein schien. Nur ein Mensch klang so. Nur eine *Magierin* klang so.

Nimm die Beine in die Hand, Mädchen, du bist zu spät, fauchte Mama Laquars Stimme schärfer in Zoras Gedanken.

»Tut mir leid«, murmelte Zora.

Sie war immer zu spät. Selbst dann, wenn sie eine halbe Stunde zu früh kam. Mama Laquar hatte ein übernatürliches Gespür dafür, das Ankommen ihrer Kunden im Vorhinein zu erahnen, und sie erwartete von ihrer Schülerin, pünktlich und perfekt vorbereitet zu jedem dieser ungeplanten Termine zu erscheinen. Insgeheim war Zora überzeugt, dass ihre Lehrmeisterin in die Zukunft sehen konnte, auch wenn Mama Laquar dies nie bestätigt hatte. Ihr selbst hingegen fehlte diese Gabe …

Nun zog sie den Voliar, das traditionelle Kleidungsstück der Magier, enger um ihren Körper und befestigte es mit einem breiten Gürtel aus rot glänzender Seide. Der Voliar war im Grunde nur eine lange Bahn edlen Samts, der in mehreren Schichten um den Torso gewickelt wurde. Seine Außenseite war schwarz und mit feinen Mustern, mit Kringeln, die an Wellen erinnerten, mit dornbesetzten Blumenranken, Federn und winzigen Edelsteinsternen bestickt. Man musste jedoch sehr genau hinsehen, um das zu erkennen. Von Weitem wirkte Zoras Voliar schwarz und so dunkel, als würde er jeden Lichtfunken in sich aufsaugen.

Vom Oberkörper verlief der Stoff über Zoras Schultern und glitt wie ein Umhang ihren Rücken hinab, sodass die silbrig glänzende Innenseite sichtbar wurde. Nael hatte einmal gesagt, sie würde aussehen, als hätte sie Mottenflügel. Zora gefiel dieser Gedanke. Als ob sie selbst zu einer ihrer Kreaturen wurde, sobald sie das traditionelle Gewand anlegte.

Ihre Locken waren streng zurückgekämmt und verschwanden unter einer weißen Perücke, in die Perlen in der Farbe von Blutstropfen und bimmelnde Glöckchen eingewebt waren. Diese ganze Maskerade gehörte zu ihrer Verwandlung in eine Knochenmagierin.

Normalerweise ließ sie sich Zeit damit, zelebrierte das Anlegen ihres Voliars und der Perücke wie eine Raupe ihre Verwandlung zur Motte. Das wichtigste Detail, das ihre Metamorphose abschloss, war eine weiße Maske, die Zoras gesamtes Gesicht mit Ausnahme zweier Schlitze für die Augen bedeckte. Ein winziger blutroter Mund prangte wie eine Kirsche auf dem Schneeweiß des Holzes, und auf der Masken-Stirn zeigten sich hellgraue Tupfen in der Form von Augenbrauen.

Zora hielt die Luft an, als sie sich die Maske aufsetzte, und in diesem Moment war ihr, als würde sie den letzten Rest ihrer Persönlichkeit abstreifen.

Die Maske aufzusetzen, bedeutete, das eigene Gesicht abzulegen. Sie war nun nicht mehr Zora, die junge Frau, die gerne tanzen ging. Zora, die kleine Schwester, auf die Nael selbst jetzt noch aufpassen wollte. Zora, das Mädchen, das davon träumte, die Walled City zu verlassen, und sich gleichzeitig vor der Welt außerhalb der Mauern fürchtete.

Nein. Nichts mehr von alledem.

Sie hatte die Verwandlung vollendet, war vom Mädchen zur Magierin, von sich selbst zu etwas anderem geworden. Etwas Mächtigerem. Etwas Kälterem. Und als Zora sich im Spiegel betrachtete, erblickte sie keinen Menschen mehr. Sie lächelte unter der Maske und ein unbewegtes Gesicht starrte zurück.

So würden die Kunden sie sehen.

Niemand durfte wissen, wer unter der Maske steckte. Das wäre schlecht fürs Geschäft. Wüssten die Leute, dass Zora gerade einmal neunzehn Jahre alt war, würde niemand sie ernst nehmen. Wenn sie dann noch sähen, dass Zora eine Azuline war, würde ihre Glaubwürdigkeit endgültig den Bach runtergehen, denn die Bewohner der Azulinen-Insel galten aufgrund ihrer naturverbundenen Lebensweise nicht als besonders schlau und dank ihrer Augen, die je nach Stimmung die Farbe wechselten, nicht als besonders vertrauenswürdig.

Zora raffte ihren Voliar hoch und verließ ihr Zimmer im obersten Stockwerk der Walled City. Im Inneren der Mauernstadt herrschten eigene Gesetze. Die Bewohner zahlten keine Steuern, dafür Schutzgeld an die Stadtverwalter, deren Wächter – oder Schläger, wenn Zora es weniger gnädig formulieren wollte – auf den Gängen patrouillierten und den Eingang zur Stadt bewachten. Die 131. Einheit, die im Rest Magnolia Bays für Sicherheit sorgte, war schon seit Jahren nicht mehr durch dieses Tor getreten, und ebenso verhielt es sich mit vielen Bewohnern – vor allem solchen, die mit dem *offiziellen* Gesetz in Konflikt standen. Zora kannte Leute, die hier drinnen geboren worden waren und starben, ohne je hinter die Mauern geblickt zu haben.

Es war auch nicht nötig. Hier drinnen gab es alles – Ärzte und Handwerker, Schulen, Schlachter und Händler, Gemüse- und Obstgärten, die im magischen Licht der Schwarzfunken gediehen, Öfen, angetrieben durch Drachenfeuer, und Magier, wie Zora und ihre Lehrmeisterin Mama Laquar, die sich um die körperlichen und geistigen Leiden der Bewohner kümmerten. Sogar Sonnenlicht gab es für die Mutigen, die es bis aufs Dach der Walled City schafften, bevor sie von den Schattenkatzen zerfleischt wurden.

Während Zora die dunklen Gänge entlangeilte, kamen ihr zahlreiche Bewohner der Mauernstadt entgegen. Kinder, die barfuß über die Fliesen hetzten und einen Ball vor sich herkickten. Zwei Männer mit schweißbedeckter Stirn, die einen Wagen voller Fleischwaren schoben. Eine Mutter, die ihr in Lumpen gehülltes Baby zu beruhigen versuchte. Oder der blinde Shao-Ro, der wie immer um Almosen bettelte.

Zora kannte sie alle – und alle kannten sie Zora. Immerhin lebte sie seit ihrem sechsten Lebensjahr hier. Doch den wenigsten war bewusst, dass sie es war, die sich unter der Maske der Magierin befand.

Als Zora in der Kammer ihrer Meisterin ankam, war sie außer Atem. Ein Umstand, den sie vor den Kunden unbedingt verstecken musste, immerhin hätte er das Image der überweltlichen Magierin zerstört. Die Kunden warteten bereits. Direkt neben dem Eingang zur Magierkammer stand eine ältere Frau, die Hände auf die Schultern eines kleinen Jungen gelegt und den Oberkörper leicht zur Tür geneigt, als sei sie darauf vorbereitet zu fliehen. Das Kind, vermutlich ihr Enkel, war um die sieben Jahre alt. Dunkelgraue Muster zogen sich über seine rechte Wange bis zum Schlüsselbein. Zementhaut, erkannte Zora.

Sie hatte dieses Krankheitsbild schon öfter gesehen. Es wurde durch Pilze hervorgerufen, die sich in nassen Wänden oder verschmutztem Essen ausbreiteten und dafür sorgten, dass sich die Haut verhärtete. Die Krankheit verlief langsam, jedoch stetig, bis auch die inneren Organe sich in Stein verwandelten. Zementhaut war tödlich – mit Magie jedoch heilbar, wenn sie rechtzeitig behandelt wurde.

Der Junge starrte Zora mit halb geöffnetem Mund an. Er zitterte leicht und presste den Welpen, den er mitgebracht hatte, fester an seine Brust. Das Tier fiepte und Zora schluckte. Warum mussten die Kunden aber auch immer solch niedliche Opfertiere mitbringen? Warum konnte es kein Fisch sein oder eine Echse? Es war ein dummer Gedanke, immerhin wusste Zora, dass Blutmagie dann am besten wirkte, wenn die Lebensformen einander ähnelten. Um einen Menschen zu heilen, eignete sich menschliche Energie gefolgt von der von Säugetieren am besten. Je jünger das Opfertier war, je mehr es vor Leben sprühte, desto besser. Insofern war ein Welpe perfekt – trotzdem wäre es Zora um einiges leichter gefallen, einen Fisch zu töten als dieses winselnde, schwanzwedelnde Fellknäuel, das sie mit großen Augen anschaute.

Von Mama Laquar fehlte jede Spur. Der süßliche Rauch, der durch den Spalt einer Tür am anderen Ende des Raums drang, zeugte jedoch davon, dass sie in ihrem Büro saß. Zora wollte die Magiermeisterin eben holen, als deren Stimme in ihren Gedanken erklang: *Du schaffst das allein, Mädchen.*

Wie bitte? Zora hatte noch nie einen solchen Heilungszauber völlig selbstständig durchgeführt. Sie hatte Mama Laquar des Öfteren assistiert und unter deren Anleitung sogar selbst Blutmagie ausgeführt, um Verletzungen zu heilen oder Krankheiten zu bekämpfen. Sie wusste, was sie zu tun hatte, kannte die einzelnen Schritte ... Aber sie ohne jegliche Hilfe auszuführen? Ohne Anleitung?

Feigling, zischte Mama Laquars Stimme durch Zoras Gedanken. *Tu es.*

»Aber ...«, flüsterte Zora, wurde jedoch sofort unterbrochen.

Ich bilde keine Feiglinge aus. Tu es.

Tu es oder geh und such dir eine andere Lehrerin. Und entscheide dich schnell, Mädchen, bevor du dich und mich endgültig lächerlich machst.

Zora warf den Kunden einen Blick zu, die immer noch stocksteif dastanden, sie allerdings skeptisch musterten – vor allem die alte Dame –, als hätten sie jedes Wort der stummen Konversation mitangehört.

»Ich denke, ich muss nicht erst fragen, warum ihr hier seid«, sagte Zora.

»Es ist wegen meines Enkels«, antwortete die alte Dame und setzte zu weiteren Erklärungen an, die Zora mit einer Geste abschnitt.

»Habt ihr meine Bezahlung mitgebracht?«, fragte sie.

Die Alte nickte, zog mehrere verknitterte Scheine aus ihrer Manteltasche und reichte sie Zora. 638 Malas, das war nicht einmal die Hälfte dessen, was Mama Laquar für diese

Art von Zauber verlangte. Doch Geld war nicht die einzige mögliche Bezahlung.

Magie folgte einem Prinzip der Balance. Man konnte nur so viel geben, wie man vorher genommen hatte. Um Licht zu entfachen, musste man Dunkelheit säen. Um zu heilen, musste man krank machen oder Lebensenergie sammeln. Blut und Knochen und Leben waren der Preis für diese Energie – eine der reinsten Formen magischer Kraft, die teuer gehandelt wurde. Und wer nicht genug Malas in der Tasche hatte, um für Mama Laquars Services zu bezahlen, konnte auf diese Art seine Schulden begleichen.

Zora schaute der Alten in die Augen, sah die Härte darin und wusste, dass diese verstand. Sie war nicht naiv hierhergekommen wie so viele andere. Sie kannte den Preis der Magie und war bereit, ihn zu begleichen.

»Die Lebensenergie des Welpen sollte ausreichen, um deinem Enkel Linderung zu verschaffen«, erklärte Zora.

Die alte Frau nickte, der Junge begann jedoch zu zittern und drückte das Hündchen so fest an seine Brust, dass es wimmerte.

»Sollte nach dem Ritual etwas Überschussenergie des Welpen zurückbleiben, behalten wir sie als Teil deiner Zahlung. Für den Rest ...«

Sie ließ die Worte in der Luft hängen und hielt die Hand mit dem dünnen Stapel Malas hoch. Lebensenergie von Tieren wurde weit billiger gehandelt als die von Menschen. Um einen Zauber wie den zu bezahlen, den Zora im Begriff war auszuführen, brauchte es weit mehr als diese paar Scheine und die Fitzelchen Restmagie des Tieres. Nein, der Preis dafür war etwas weit Wertvolleres. Menschliche Energie.

Nicht nur wirkte menschliche Energie bei menschlichen

Patienten am besten, in ihrer reinen Form – nicht Blut, sondern Lebenszeit –, sie konnte zudem für Zauber eingesetzt werden, die einen stärker, fitter und agiler machten, die einem zusätzliche Lebensjahre schenkten oder einen sogar jünger aussehen ließen. Das machte menschliche Lebensenergie zu einem wertvollen Gut.

Die Alte nickte heftig. »Was fehlt, bekommst du von mir.«

»Du bist alt«, stelle Zora fest. »Wer weiß, wie viele Jahre dir noch bleiben. Wenn ich dir auch nur eines wegnehme, könnte es das letzte sein.«

»Dann sei es so«, sagte die Alte, ihr Blick unverändert hart.

»Oma ...«, flüsterte der Junge, doch sie schien ihn nicht zu hören.

Zora nickte langsam. Es stand ihr nicht zu, die Entscheidungen ihrer Kunden infrage zu stellen.

»Dann sei es so«, wiederholte sie und bedeutete der Frau und ihrem Enkel, ihr ins Zentrum des Raums zu folgen, wo der Opferaltar aufgebaut war.

»Es ist warm, weich – und definitiv keine Halluzination.«

Lycien

Etwas Feuchtes berührte Lyciens Lippen. Er drehte sich stöhnend auf den Bauch und drückte sein Gesicht in die Kissen. Sein Kopf dröhnte und sein Körper tat an diversen Stellen weh, die sich nicht durch einen Kater erklären ließen. Obwohl die Sonnenstrahlen durch die halb geschlossenen Läden seiner Fenster fielen, weigerte er sich, die Augen zu öffnen. Etwas oder jemand stupste ihn in die Seite.

»Hmpf«, grummelte er, was mit einem weiteren Stupsen quittiert wurde und damit, dass eine raue Zunge über sein Ohr leckte.

»Nur noch ein paar Minuten, ja?«, murmelte er.

Aber wer auch immer mit ihm im Bett lag, dachte gar nicht daran, ihn weiterschlafen zu lassen. Lycien gab dem fordernden Stupsen nach, drehte sich blinzelnd um und ... schaute direkt in das Gesicht eines Schweins.

Er fuhr so schnell hoch, dass ihm schwindlig wurde. Sein Zimmer drehte sich und mit ihm das lilafarbene Schweinchen, das ihn aus großen Augen musterte. Er legte den Kopf schief und das Tier tat dasselbe. Es sah täuschend echt aus. Seine lilafarbenen Borsten waren mit hellrosa Punkten gesprenkelt. An der Spitze seines gekringelten Schwanzes saß ein Fellstück, das nun neugierig zuckte. Vorsichtig streckte Lycien die Hand aus und berührte das Tier mit zwei Fingern. Es war warm, weich – und definitiv keine Halluzination.

Da kamen die Erinnerungen zurück. Erst vage Fetzen, aufgeweicht von Alkohol und Silberrauch. Erinnerungen an eine sich drehende Straße und an einen Kerl, der ihm riet, sich ein Schwein zu kaufen. Ein Kerl, der Lycien zuvor zusammengeschlagen hatte.

Es fühlte sich alles so surreal an. Ohne das Schweinchen, das mittlerweile grunzend auf Lyciens Matratze herumspazierte, wäre er überzeugt, dass es ein böser Traum war. Aber das war es nicht, oder?

Lycien hob sein Shirt hoch und stöhnte. Allein diese Bewegung schmerzte. Unterhalb seines linken Rippenbogens prangte ein dicker Bluterguss. Seine Hände waren dreckig und mit kleinen Rissen überzogen und seine Wange, die er jetzt betastete, fühlte sich geschwollen und merkwürdig taub an. Was war passiert?

Er konnte sich beim besten Willen nicht mehr zusammenreimen, warum er in eine Schlägerei geraten war. Er hatte die Bar Luminer auf der Peninsula besucht, um sich dort Silberrauch zu kaufen. Das Pulver hatte er für einen horrenden Preis erworben. Er hatte eine Prise probiert, gefolgt von einem Glas Pflaumenwein. Gut, vielleicht waren es auch zwei Gläser gewesen oder drei ... oder vier.

Und dann? Dann war irgendetwas passiert, das dazu geführt hatte, dass ein zwielichtiger Kerl ihn auf die Knie gedrückt und verdroschen hatte. Und das Pulver? Lycien machte einen Satz aus dem Bett und suchte nach seiner Jacke. Er fand sie am Boden gleich neben der Tür zu seinem Zimmer im Studierendenwohnheim.

»Bitte, bitte, bitte«, flüsterte er, dabei wusste er bereits, dass sein Flehen umsonst war.

Seine Jackentaschen waren leer. Kein Silberrauch. Kein Geld. Nicht einmal eine der Visitenkarten, die er sonst mit sich herumtrug, war darin. Was ihn siedend heiß daran erinnerte, dass er heute zu einer Schicht eingeteilt war und keine Ahnung hatte, wie spät es war. Als hätte es seine Gedanken gelesen, hüpfte das Schwein vom Bett und stupste mit der Schnauze gegen seine Hose, die als Knäuel am Boden lag. Das Handy rutschte daraufhin aus einer Tasche.

»Danke, ähm, Schwein«, murmelte Lycien. Er sollte sich einen Namen für sein neues Haustier überlegen. Wobei, vermutlich wäre das Zeitverschwendung. Tiere waren im Studierendenwohnheim nicht erlaubt, und er wusste ohnehin nicht, was er mit einem Schwein anfangen sollte.

Seufzend entsperrte er sein Handy und stellte erleichtert fest, dass es erst zehn Uhr war, also genügend Zeit, um sich zu duschen und darüber nachzudenken, was er mit dem Schweinchen anstellen sollte.

Da war ein Haufen neuer Nachrichten, die meisten von seiner Drachenboot-Gruppe, in der seine Teamkameraden und er sich über alles und nichts austauschten. Daneben drei neue Nachrichten von Lin, die ihm Fotos von sich und ihren Cheerleader-Freundinnen geschickt hatte, alle tanzend, trinken und lachend – und in ausgesprochen knappen Outfits. Auch seine Oma hatte ihm geschrieben. Es war eine kurze Nachricht, wie immer: *Geht es dir gut? Bitte ruf mich an.*

Sie hatte keinerlei Grund zur Annahme, dass etwas Schlimmes geschehen sein könnte, trotzdem hatte sie eine Art siebten Sinn für diese Sachen. Seine Oma nannte das mütterlichen Instinkt, seine Eltern nannten es Zufall. Lycien glaubte jedoch, dass mehr dahintersteckte.

Von seinem Vater wusste er, dass seine Großmutter als junge Frau eine Magierin gewesen war. Dass sie sogar in einem Tempel ausgebildet worden war. Sie tat jedoch so, als hätte es diesen Teil ihrer Vergangenheit nie gegeben. Weder sprach sie über ihre magischen Fähigkeiten, noch beantwortete sie Fragen dazu. Der einzige Beweis ihrer Ausbildung waren die Tinkturen, die sie heimlich zur Behandlung von Lyciens Silfurvenen einsetzte. Trotzdem hatte Lycien dieses dumpfe Gefühl, dass mehr als nur ein Funke an Magie in ihren Adern floss.

Allerdings nicht genug Magie, um sie vor den Silfurvenen zu beschützen. Sie teilte dieses Schicksal mit Lycien. Auch über ihren Körper zogen sich die silbrigen Streifen, sichtbar auf der Haut am Rücken und ihren Beinen, unsichtbar rund um ihr Herz und ihre Lunge. Seine Großmutter tat es als lästige Nebensächlichkeit ab, doch Lycien sah den Schmerz, der über ihr Gesicht zuckte, wann immer ihr Herz stolperte, und er hörte die Anstrengung, die sie jeder Atemzug mittlerweile kostete. Wie lange würde es noch dauern, bis die Silfurvenen ihr Herz endgültig zum Stillstand bringen oder ihr den letzten Atem rauben würden?

Wie lange, bis sie es mit ihm taten?

Seine Erkrankung war weniger weit fortgeschritten als die seiner Großmutter, und nach den Behandlungen waren die Silfurvenen für ein paar wenige Tage kaum sichtbar. Körperlich war er nicht eingeschränkt – noch nicht –, spürte weder Schmerzen noch Atemnot. Trotzdem hinderte ihn das Silber bereits jetzt daran, ein normales Leben zu führen. Er wünschte, er könnte nach dem Sport vor aller Augen unter die Dusche hüpfen, T-Shirts mit kurzen Ärmeln tragen oder Sex haben, ohne wenig glaubhaft zu beteuern, dass es ihm viel mehr Spaß machte, wenn er sein Oberteil dabei anbehielt.

Und Heilung ... Heilung gab es nicht. Die Mittelchen seiner Großmutter konnten die Ausbreitung der Krankheit hinauszögern, mehr aber auch nicht. Silfurvenen waren tödlich. Immer.

Plötzlich fielen ihm die Worte des Schlägers von gestern wieder ein: *Kauf dir ein Schwein und geh in die Walled City. Frag nach Mama Laquar. Wenn dir irgendjemand helfen kann, dann sie.*

Lyciens Blick wanderte zu dem lilafarbenen Schweinchen, dessen Hinterteil halb aus seinem geöffneten Schrank herausragte. Sollte dieses Tier wirklich seine Lösung sein? Er bezweifelte es.

Er ignorierte alle Nachrichten mit Ausnahme der seiner Großmutter. *Mir geht es gut. Ich breche gleich zur Arbeit auf, aber ich komme dich besuchen, sobald es geht*, tippte er. Dann stellte er sich unter die Dusche, um den miefigen Geruch der letzten Nacht abzuwaschen. Er musste in cirka zwei Stunden an den Docks sein und seinen Arbeitstag starten, wenn er nicht riskieren wollte, seinen Job bei Talent Solutions zu verlieren. Davor wollte er jedoch herausfinden, was es mit den Worten des Fremden auf sich hatte.

Und mit dem Schwein. Vor allem mit dem Schwein.

»Die besten Angriffe sind die, die du nicht kommen siehst.«

Kari

Ohrenbetäubendes Kreischen riss Kari aus dem Schlaf. Sofort fuhr sie hoch, die Arme in Abwehrhaltung vor ihrem Oberkörper. Ihre Sinne waren binnen Sekunden geschärft. Ein Resultat von Daishiros Training. Man wusste nie, wann die Feinde zuschlugen, also war es wichtig, stets auf der Hut zu sein. Nicht einmal in seinem eigenen Bett durfte man sich in falscher Sicherheit wiegen.

Damit Kari das nie vergessen würde, hatte Daishiro über die Jahre in unregelmäßigen Abständen immer wieder seine Männer in ihr Zimmer geschickt. Das erste Mal war sie zwölf Jahre alt gewesen und mitten in der Nacht aufgewacht, als einer seiner Schläger ihr sein Messer an den Hals drückte. Er zwang sie, ihm in den Garten zu folgen, wo er sie an einen Baum fesselte, mit kaltem Wasser übergoss und dort bis zum Morgengrauen sitzen ließ. Die Bediensteten fanden sie Stunden später, bis auf die Knochen durchgefroren und zitternd. Beim zweiten Mal, kaum einen Monat später, hatte Daishiro gleich drei Männer geschickt, die Kari in den Schuppen gesperrt hatten, in dem die Hüllen aufbewahrt wurden. Da Kari gefesselt und geknebelt war, hatte sie sich weder allein befreien noch um Hilfe schreien können. Einen ganzen Tag hatte sie mit den stimmlosen Wesen verbracht, die sie aus toten Augen anstarrten, bis irgendjemand sie zufällig fand.

Jetzt, viele Jahre und noch viel mehr nächtliche Überraschungsbesuche später, schaffte es allerdings niemand mehr, Kari so einfach zu überwältigen, nicht einmal dieser Nael gestern Nacht. Wer auch immer gerade in ihr Zimmer eingedrungen war, würde das am eigenen Leib erfahren. In Sekundenschnelle scannte sie den Raum. Da war niemand. Das hieß, niemand außer Daishiros erster Ehefrau Chichiko, die mit fuchtelnden Armen im Türrahmen stand und brüllte. »Eindringling!«

Zwei Männer rauschten in den Raum und bauten sich schützend vor Chichiko auf, einer davon Haruo, der andere Genji. Der Schattenassassine ließ seine Pupillen über die Möbel, die Fenster und über Kari streifen, die in ihrem dünnen Nachthemd auf der Matratze saß.

»Sagt mir sofort, was hier gespielt wird«, verlangte Kari zu wissen.

Haruo fixierte seinen Partner mit einem Blick und hob leicht das Kinn an. Genji antwortete mit einem Wimpernschlag. Mehr brauchten die beiden Männer nicht, um sich zu verständigen. Kari hatte die stummen Anweisungen der Skarabäuskrieger über die Jahre studiert, bis sie ihr genauso ins Blut übergegangen waren wie den Kämpfern des Clans.

Blitzschnell schoss Genji auf Kari zu – jedoch nicht schnell genug. Sie wich zur Seite aus, rollte sich vom Bett und war im nächsten Augenblick auf den Beinen. Ehe der Kämpfer sie packen konnte, riss sie ihr Bein hoch und kickte ihm gezielt auf die Schläfe. Kari legte genug Kraft in ihren Tritt, um Genji k. o. zu schlagen, jedoch nicht genug, um ihn ernsthaft zu verletzen. Seine Augen drehten sich nach hinten, dann sackte er in sich zusammen.

Wenn das eine von Daishiros Überraschungs-Trainingseinheiten sein sollte, machte er es Kari eindeutig zu leicht. Kari funkelte Haruo herausfordernd an. Er war einer der wenigen Kämpfer, von denen sie nicht wusste, ob sie gegen ihn eine

Chance hätte. Und sie hatte Lust, es auf die Probe zu stellen. Nachdem sie ihn gestern Nacht so unrühmlich aus ihrem Zimmer entlassen hatte, würde er sich nicht zurückhalten.

»Und jetzt?«, fragte sie provokant.

Haruo bewegte sich nicht von der Stelle. Hinter ihm wich Chichiko einige Schritte zurück. Wenn Kari es nicht besser wüsste, würde sie glauben, dass sich in Chichikos Augen tatsächlich Angst spiegelte. Das war merkwürdig ... Eigentlich hätte Chichiko es genießen müssen, Kari mit vom Schlaf zerzausten Haaren und nur in ihrem Nachthemd gegen Daishiros Männer kämpfen zu sehen. Aber da war keine Schadenfreude in ihren Augen. Keine Überlegenheit. Dafür der unverwechselbare Geruch nach Lychee und Zuckerwatte ...

Und auch in Haruos Miene war nichts von der Genugtuung zu erkennen, die Kari nach gestern Nacht erwartet hätte. Er wirkte konzentriert, kalt. Genauso wie bei seinen Aufträgen, wenn Daishiro ihn losschickte, um einen seiner Gegner zu beseitigen.

Ohne Kari aus den Augen zu lassen, stieß der Assassine einen Pfiff aus. Eine Warnung! In der nächsten Sekunde hörte sie polternde Schritte auf ihr Zimmer zukommen. Chichiko stieß einen spitzen Schrei aus, fuhr herum und rannte davon. Gleichzeitig stürzte Haruo auf Kari zu. Verdammt, war er schnell! Kari konnte ihm gerade so ausweichen. Drei weitere Männer stürmten herein. Einer richtete eine Pistole auf Kari.

»Ergib dich oder wir schießen«, knurrte Haruo.

Das musste ein Bluff sein! Daishiro mochte eine Vorliebe für brutale Trainings haben, doch er würde Kari nie ernsthaft verletzen.

»Leck mich!«, zischte sie.

Da knallte ein Schuss. Brennender Schmerz durchzuckte Karis rechten Oberarm. Sie blinzelte ungläubig. Blut sprudelte aus der Wunde, wo die Kugel sie gestreift hatte. Haruos Aufmerksamkeit sprang zu Karis Handgelenk, dorthin, wo der Skarabäus prangte. Das Zeichen der Nemeas. Seine Augen weiteten sich.

»Was hat das zu bedeuten?«, murmelte er.

Er klang ernsthaft verwirrt – genauso wie Kari sich fühlte. Zeit, um nachzudenken, blieb jedoch nicht. Der Wachmann hob erneut die Pistole, richtete die Mündung auf Kari und ... Sie fuhr herum, hechtete auf das geöffnete Fenster zu und sprang. Der Knall des nächsten Schusses brachte ihre Ohren zum Klingeln, doch dieses Mal verfehlte die Kugel Kari. Ihr Magen überschlug sich, als sie durch die Luft flog. Schmerz schoss durch ihren Arm, als sie am Boden aufkam. Sie federte ihre Landung mit den Knien ab und rollte sich über den Rasen.

Die Welt drehte sich, oben wurde zu unten, die Baumkronen tanzten zu ihren Füßen, der Himmel kreiselte, bis ihr schwindlig wurde. Nur langsam verwandelten die hellen Punkte in Karis Sichtfeld sich in Personen. Auf der Terrasse der Villa saß Daishiro mit einer Tasse seines liebsten Tees in der Hand. Fayola ließ sich in Jaguargestalt von ihm den Kopf streicheln. Beide schauten auf. Einen Sekundenbruchteil hoffte Kari, Daishiro würde diese Farce beenden. Es konnte nicht in seinem Sinne sein, dass seine Männer sie mit ihren Kugeln durchlöcherten. Doch auch in seinem Gesicht erkannte Kari keinen Funken der Vertrautheit.

»Daishiro ...«, flüsterte sie.

Da streckte Haruo seinen Kopf aus dem Fenster und bellte: »Fasst sie!«

Erst jetzt bemerkte Kari die Männer, die im Garten der Nemea-Villa standen und mit Hüllen trainierten. Fünf stimmlose Wesen standen nackt in einer Reihe, manche in Abwehrposition, andere steif und mit hängenden Armen. Ihre farblosen Augen blickten ins Leere. Die fünf Männer, die an ihnen trainiert hatten, verloren keine Sekunde und rannten auf Kari zu. Ein Kampf wäre aussichtslos. Weglaufen ebenso.

Also wählte Kari die letzte Alternative: Chaos.

Sie rannte im Zickzack auf die Männer im Garten zu. Links von ihr hob ein Kämpfer seinen Arm, in dem er einen Schlagstock hielt, direkt vor ihr machte ein zweiter sich zum Angriff bereit. Im letzten Moment duckte Kari sich, sodass die zwei ineinanderkrachten. Noch am Boden wirbelte sie herum, riss ihren Ellenbogen hoch und traf damit einen weiteren Angreifer mit voller Wucht im Schritt. Stöhnend sackte der Mann zusammen.

Kari raffte sich auf. Ihr Magen überschlug sich. Aber sie hatte keine Zeit innezuhalten. Denn in diesem Augenblick durchschnitt ein messerscharfes Fauchen die Luft. Fayola preschte los. Kari sah die scharfen Krallen und das weit aufgerissene Maul. Jeden Moment würden die Jaguarklauen sich in Karis Fleisch schlagen. Jeden ...

Kari packte eine weibliche Hülle und schubste sie zwischen sich und die Raubkatze. Das Wesen ging unter Fayolas Gewicht zu Boden. Diese grub ihre Fangzähne in die Kehle der Hülle und fetzte sie heraus. Der Hüllenmund klappte auf und ein Ton drang hervor. Kein Schreien, denn Stimmen hatten diese Wesen keine. Vielmehr klang es wie das Pfeifen eines löchrigen Schlauchs. Ein Zucken ging durch den nackten Körper, dann klappte ihr Kopf nach hinten und sie blieb reglos liegen.

Während Fayola ihre Fangzähne wieder und wieder in das Fleisch der leblosen Hülle grub, rannte Kari weiter, die Nemea-Wachmänner dicht auf den Fersen. Es knallte – ein Schuss? – und eine männliche Hülle direkt neben Kari sackte zusammen. Fayola hob fauchend den Kopf und fixierte Kari. Erneut setzte sie zum Sprung an.

Kari zwang sich, stehen zu bleiben. Sie packte eine der Hüllen am Arm und wartete. Wartete, wartete ... Jede Faser ihres Körpers schrie danach zu rennen. Zwei der Wachmänner hatten sie beinahe eingeholt, Fayola flog durch die Luft. Im letzten Moment drehte Kari sich und benutzte den nackten Körper als Schutzwall. Die Wachmänner fingen die Hülle ab, waren jedoch zu langsam, um Fayola auszuweichen. Die schlug ihre Fangzähne in den Rücken eines der Männer. Er ging schreiend zu Boden und riss die Hülle mit sich. Fayola musste so sehr im Blutrausch sein, dass es ihr egal war, in wen sie ihre Krallen schlug. Die Wachmänner kreischten, als ihre Pranken sie trafen. Blut spritzte durch die Luft.

Ein weiterer Schuss knallte, dann noch einer. Die Wachmänner, die eben aus der Villa gestürmt waren, hielten inne. Befehle wurden gebellt. Genau das war es, worauf Kari abgezielt hatte. Es war ihre einzige Chance zu entkommen.

Am Rand des Gartens, direkt neben der zwei Meter hohen Mauer, stand ein alter Magnolienbaum. Kari schwang sich auf den niedrigsten Ast. Blut rann ihren verletzten Arm hinab und machte ihre Handfläche so glitschig, dass sie beinahe den Halt verlor. Trotz der Schmerzen musste sie weiterklettern. Aufgeben war keine Option! Und endlich – endlich! – erreichte sie die Mauer, die Daishiros Villa von der Außenwelt trennte. Kari ließ sich auf die Knie sinken und warf einen Blick zurück in den Garten, in dem das Chaos tobte. Zwischen Yulani- und Magnolienbäumen, einem Teich voller Lotusblüten und gepflegten Blumenbeeten lagen verletzte Männer und reglose Hüllen, wurden Befehle gebrüllt und spritzte Blut. Haruo stürmte eben aus dem Haus und Daishiro ...

Er hatte die Arme auf seinem Rücken verschränkt und schaute direkt zu Kari. Seine Augen fanden ihre, und was sie darin sah, ließ sie erschaudern. Niemand kannte Daishiro Nemea wirklich. Weder Kari noch seine zwei Frauen oder die Männer, die ihm wie Hündchen folgten. Keiner wusste, welche geheimen Gedanken sich hinter seiner kontrollierten Miene verbargen. Doch in den Jahren, die Kari mit ihm verbracht hatte, hatte sie gelernt, zumindest ein wenig in seinem Gesicht zu lesen.

Das tat sie nun. Sie las – und fand Neugierde, Ärger, einen Funken des Stolzes und diesen ganz besonderen Blick, den er immer bekam, wenn er ein seltenes Sammlerstück vor sich hatte. Was sie nicht fand, war Wiedererkennen. Es war ganz und gar unmöglich, doch die Art wie Daishiro sie musterte, ließ nur einen Schluss zu: Er hatte keine Ahnung, wer Kari war.

»Wir entscheiden nicht über Leben und Tod.«

Nael

Kari Nemea. Skarabäusclan. Haare wie Magnolien. Triff mich heute am Almacen Foodmarket. Den Rest erzähle ich dir bei einer Schüssel Curry.

Nael konnte so lange auf sein Handydisplay starren, wie er wollte, die Nachricht seiner Schwester ergab trotzdem keinen Sinn. *Nemea.* Seit drei Wochen ermittelte er rund um den Skarabäusclan und versuchte, Zugang zu den inneren Kreisen des Dons zu finden. Zora gegenüber hatte er diese Ermittlungen nie erwähnt. Dass sie ihm nun diese Nachricht schrieb, konnte kein Zufall sein. Aber wer war Kari?

Der Sanitäter räusperte sich und warf Nael einen fragenden Blick zu. Dieser deutete auf die Tür, hinter der er die aufgeknüpfte Frau gefunden hatte. Erst gestern war er auf die Spur eines weiteren Verschwundenen gestoßen. Das letzte Opfer des gesichtslosen Dämons war ein alleinstehender Mann, der in einem Antiquitätenladen im Skarabäusviertel gearbeitet hatte. Seine einzige Angehörige war seine Mutter gewesen – die Nael nun vor sich fand. Es bestand keinerlei Zweifel, dass der Nebel hier zugeschlagen hatte. Der Nebel war ein Vergessenszauber, der das Verschwinden von Personen begleitete wie ein unangenehmer Geruch. Praktisch, um Spuren zu verwischen. Weniger praktisch, wenn die Magie so stark zuschlug, dass sie Leute in den Wahnsinn trieb. Der Nebel radierte die Erinnerungen an einen Menschen vollumfänglich aus und hinderte einen daran, ebendiese Erinnerungen wieder auferstehen zu lassen. Wenn Hinterbliebene zum Beispiel ein Foto des Vergessenen sahen, wirkte der Nebelzauber und veränderte ihre Wahrnehmung, sodass man die Person auf dem Bild nicht mehr erkannte. Wenn man in einem Haushalt mit dem Vergessenen gelebt hatte und von dessen Sachen umringt war, hielt der Nebel einen davon ab, darüber nachzudenken, wem diese Dinge gehört hatten. Je näher man der vergessenen Person gestanden hatte, desto weiter klafften das, was war – die echte Vergangenheit und die Realität, die einen umgab –, und das, was der Nebelzauber einem erlaubte wahrzunehmen, auseinander. In manchen Fällen *zu weit.*

Wenn das geschah, verloren Leute ihren Verstand. Es gab Möglichkeiten, dies zu verhindern. Indem man Hinterbliebene an einen Ort brachte, an dem sie nichts an die Verschwundenen erinnern würde, und sie damit quasi vor dem Nebel versteckte. Oder indem man alle Erinnerungsstücke beseitigte. Zudem gab es Bannzauber, die einen vor der Wirkung des Nebels schützten, die Erinnerung zwar nicht zurückbrachten, aber zumindest dafür sorgten, dass man die Welt um einen herum so sah, wie sie wirklich war. Diese Bannzauber ermöglichten es Nael überhaupt erst, rund um den gesichtslosen Dämon zu vermitteln. Als er den merkwürdig verwaisten Laden des Antiquitätenhändlers entdeckt und die familiäre Magie gespürt hatte, die seine Aufmerksamkeit davon ablenken wollte, hatte er sofort die Magier der Brennenden Lilie kontaktiert, um ihn mit einem Schutzzauber vor dem Nebel abzuschirmen. Doch wenn man nicht gerade ein Mitglied der Brennenden Lilie war – oder eine kleine Schwester mit außerordentlichen magischen Fähigkeiten hatte –, war es schwierig, hinter solch einen Zauber zu kommen.

Die Mutter des Antiquitätenhändlers hatte diese Möglichkeit nicht gehabt. Wobei, richtiger wäre es zu sagen: niemand hatte ihr diese Möglichkeit gegeben. Der gesichtslose Dämon hatte sich nicht darum geschert, was der Nebel mit ihr anstellen würde, nachdem er ihren Sohn hatte verschwinden lassen. Als Nael am Familienwohnsitz des Antiquitätenhändlers angekommen war, schlug ihm der leicht süßliche Geruch der Verwesung entgegen. In einem Schlafzimmer fand er die Mutter, die Arme rot und voller Kratzer, die sie sich selbst zugefügt haben musste, das Gesicht blau, eine Schlinge um den Hals.

Dabei hätte er gerade heute etwas Aufmunterung gebraucht. Seine Laune war ohnehin auf dem Tiefpunkt, seit er seinem Chef, Nummer 13, hatte Bericht erstatten müssen. Wie immer hatte 13 über einen der schwarz glänzenden Spiegel mit ihm gesprochen, deren Magie zwar Naels Abbild auf Nummer 13s Schwesternspiegel projizierten, das Spiegelbild seines Chefs jedoch verschleierten. Dessen Gesicht hatte Nael noch nie gesehen. Im Gegensatz zu gewöhnlichen Calls konnte niemand Gespräche über die magischen Spiegel belauschen oder Verbindungen nachverfolgen, weswegen sein Vorgesetzter auf diese Art der Kommunikation bestand.

13 war alles andere als erfreut gewesen zu hören, wie wenig Nael herausgefunden hatte. Zu erklären, dass er seine Dienstwaffe bei einer Auseinandersetzung mit den Skarabäuskriegern verloren hatte, war unangenehm gewesen, zumal Nael nicht erklären konnte, wie genau es passiert war. Er wusste noch, dass die Skarabäuskrieger ihn in ein Gebäude voller Hüllen gebracht und dort zusammengeschlagen hatten. Dann war er der Jaguarin ins Innere der Villa gefolgt. Der Rest war ... verschwommen.

Wie hinter Nebel.

»Ich hatte mehr von dir erwartet.«

Mehr hatte 13 nicht gesagt. Mehr musste er auch nicht sagen. Die Nachricht war klar: *Wenn du mich nicht bald davon überzeugst, dass du das Zeug zum Ermittler hast, arbeitest du schneller wieder als Cleaner, als du blinzeln kannst.*

Der Krankenwagen fuhr gerade davon, als Naels Handy klingelte. Das Display zeigte Nummer 146 an, einen der beiden neueren Mitarbeiter.

»Alles in Ordnung?«, fragte Nael zur Begrüßung.

»Ja ... ähm, na ja. Kannst du kommen? Wir haben zwei Leute aufgegriffen, die du dir ansehen solltest.«

Nael unterdrückte ein Fluchen. »Schick mir die Koordinaten durch.«

Er hasste seinen Job. Aber er war gut in dem, was er tat. Nicht so wie 146 und 147, die regelmäßig anriefen und seine Hilfe für Dinge brauchten, die sie eigentlich allein regeln sollten.

Die Koordinaten führten Nael in eine Tiefgarage im Silver District. Früher war diese Region ein florierendes Handelsviertel gewesen, heute standen viele der Lagerhallen leer und in den Geschäften wurden statt Juwelen und edlen Stoffen gefälschte Kleidung und getrocknete Heilkräuter verkauft.

146, ein schwarzhaariger Mann in den späten Zwanzigern, stand mit verschränkten Armen vor einem grauen Kastenwagen. Er wirkte nervös.

»Hallo, Boss.«

Nael antwortete: »Ihr habt also zwei Leute aufgegriffen. Wieso?«

146 zog bei seinem genervten Tonfall unwillkürlich den Kopf ein. Menschen zu entführen gehörte definitiv *nicht* zu den Aufgaben eines Cleaners, also sollte er ruhig merken, dass Nael wütend war. 146 klopfte an die Außenwand des Wa-

gens, woraufhin die Hecktür von innen aufflog. Nael hörte jemanden seufzen, dann taumelte ein älterer Mann, dessen Körper in löchrigen Lumpen steckte, nach draußen. Er verströmte einen penetranten Geruch nach Alkohol vermischt mit dem Mief der Gosse. Seine Bewegungen waren abgehackt, als wäre er eine Marionette mit Gliedmaßen aus Holz, nicht aus Fleisch und Blut. Eine graue Kruste zog sich von seiner linken Schläfe das Gesicht hinab, kringelte sich um seinen Hals und verschwand unter einem löchrigen Hemd. Zementhaut, erkannte Nael. Eine Krankheit, die seine Schwester in frühen Stadien heilen konnte, die bei diesem Mann allerdings so weit fortgeschritten schien, dass jede Hilfe zu spät kam. Wenn Herz, Lunge und Magen sich in Stein verwandelt hatten, konnte selbst Zoras Blutmagie nichts mehr ausrichten.

»Wieso habt ihr ihn mitgenommen?«, knurrte Nael.

»Boss, er hat ...«, begann 147.

»Ich sehe, was er hat. Ich bin nicht blind«, unterbrach Nael ihn. »Sag mir bitte, dass ihr keinen Obdachlosen von der Straße aufgelesen habt, nur weil er krank ist.«

»Aber er ist ...« 146 schluckte. »Sollte er nicht in ein Krankenhaus?«

Der Obdachlose horchte auf, faltete die Hände. »Nein, n-nicht ... Ich ... I-ich brauche ... brauche kein K-K-Kra...«

Nur mit Mühe konnte Nael sich davon abhalten, die zwei Cleaner anzubrüllen. Er verstand ihre Hintergedanken: Der Obdachlose würde bald sterben. Auf der Straße würde er höchstens zwei oder drei Wochen überleben. Doch sein Körper enthielt nach wie vor wertvolle Lebensenergie, die eingesetzt werden könnte, um jemand anderen zu heilen. Jemanden, der noch die Chance auf eine Zukunft hatte.

Es war in der Bevölkerung bekannt und akzeptiert, dass

Menschen, deren natürlicher Tod unmittelbar und unabwendbar bevorstand, ihre Lebensenergie dem System opfern mussten. Es erschien fast ebenso normal wie das Sammeln von tierischer Lebensenergie auf Schlachthöfen und in Fischereien oder wie die riesigen Kanalisator-Anlagen an den Küsten, auf den Dächern und in den Ozeanen rund um Magnolia Bay, die Licht-, Luft- und Wassermagie einsammelten, um das Versorgungsnetz der Stadt anzutreiben.

Warum also die Lebensenergie dieses Obdachlosen auf der Straße vergeuden? Die Gedankengänge der beiden Cleaner ergaben Sinn – aber das machte sie nicht richtig.

»Ihr beide seid Cleaner. Keine Magier, keine Vollstrecker! Versteht ihr das?«, knurrte Nael. Er hatte die Stimme erhoben, sodass ihn nur wenig davon trennte, die beiden anzubrüllen. Diese wagten es nicht, ihm in die Augen zu schauen. »Wir sind dafür zuständig, Spuren zu verwischen, nicht mehr und nicht weniger. Es ist nicht unsere Aufgabe, über Tod oder Leben zu entscheiden!« Nun brüllte er endgültig. Er ballte die Hände zu Fäusten und grub die Fingernägel in sein eigenes Fleisch. Der Schmerz half ihm, sich zu fassen.

»Und die zweite Person, die ihr mitgenommen habt?«, fragte er bemüht ruhig. »Noch jemand mit Zementhaut?«

»Nein, sie, ähm ... sie ist verwirrt«, antwortete 146.

»Was soll das heißen?«

Nael schaute ins Innere des Wagens. Dort kauerte eine Frau, deren ergrautes Haar strähnig in ihr Gesicht fiel. Noch eine Obdachlose? Sie hatte ihre Arme um die Knie geschlungen und wippte die ganze Zeit vor und zurück. Ihr Kopf zuckte blitzschnell von einer Richtung in die andere, ihre Pupillen waren in ständiger Bewegung, fixierten nie länger als eine Sekunde einen Punkt. Sie murmelte etwas Unverständliches.

»Was hat sie gesagt?«, fragte Nael.

147 zuckte die Schultern. 146 antwortete: »Sie hat schon so gemurmelt, als wir sie gefunden haben.«

Nael machte einen Satz in den Wagen und kniete sich vor die Frau. Vorsichtig legte er eine Hand auf ihre Schulter. Erst schien sie die Berührung nicht zu bemerken, doch irgendwann drehte sie den Kopf zu ihm.

»Ich ... ich will ...«

»Was willst du?«

»Ich will fliegen.« Sie sah ihn aus derart flehenden Augen an, als begreife sie, dass dies womöglich ihr letzter Tag war. In ihren wirren Worten schien so viel mehr zu stecken. *Ich will fliegen. Ich will leben. Ich will wieder ich sein.*

Doch der Moment währte lediglich drei Herzschläge lang, ehe ihre Pupillen weg von Nael zu einem Punkt über seinem Kopf zuckten, von dort zur Hecktür, auf ihre Füße, ins Nirgendwo. Nael erhob sich und ging aus dem Wagen.

»Es ist der Nebel«, erklärte 147.

Als ob Nael das nicht selbst erkannt hätte. Erst die Erhängte, jetzt diese Frau, zwei Opfer desselben Zaubers an einem Tag. Es war so verdammt frustrierend! Der Obdachlose war eine Sache – Zementhaut konnte jeden treffen, der in unsauberen Verhältnissen lebte. Weder Nael noch die Brennende Lilie trugen daran die Schuld. Aber diese Frau ... Irgendjemand hatte gepfuscht und ihren Verstand nicht nur mit magischem Nebel überlagert, sondern ihn überrollt. Ihn in seine Einzelteile zerfetzt und das so gründlich, dass niemand ihn würde zusammenflicken können. Und dieser Jemand war nicht der gesichtslose Dämon ...

»Vielleicht kann man ja noch etwas für sie tun«, fügte 146 hoffnungsvoll hinzu.

Nael schüttelte den Kopf. Sie war verloren an den Nebel – zwar nicht krank, aber auch nicht mehr gesund. Sie würde nie wieder gesund sein.

»Sollen wir die beiden zurückbringen?«, fragte 146. »Ich meine, dorthin, wo wir sie gefunden haben?«

Und damit riskieren, dass sie irgendjemandem erzählten, was oder *wen* sie heute gesehen hatten? So verwirrt wie die beiden wirkten, bezweifelte Nael, dass sie sich einen Reim aus dem machen konnten, was gerade geschah. Selbst wenn, wer würde ihnen glauben? Und doch ... Wer die Sicherheit der Brennenden Lilie aufs Spiel setzte, und damit war vor allem die Geheimhaltung gemeint, der hatte keinen Platz in ihr. Nael durfte seine Stelle nicht verlieren. Nicht jetzt, wo er so nah dran war, in den Rängen des Syndikats aufzusteigen. Nicht so kurz vor seinem Ziel.

Es war dieses Ziel, das er sich nun vor Augen halten musste. Er hatte sich geschworen, *alles* zu tun, um es zu erreichen. Selbst, wenn es bedeutete, Entscheidungen zu treffen, die ihn zu einem Monster machten. Er hatte keine Wahl.

»Wir können sie nicht gehen lassen. Das wäre zu riskant«, sagte er. »Bringt sie ins Bay Hospital.« Dort arbeitete eine Handvoll Heilmagier und Administratoren, die mit der Brennenden Lilie kooperierten, sodass Nael sich keine Sorge über Geheimhaltung machen musste. »Lasst die Magier entscheiden, was mit ihnen passiert.«

Auch wenn er bereits wusste, welches Urteil die Magier fällen würden.

»So ist das, wenn man verzweifelt ist.«

Lycien

Von Nahem fand Lycien die Walled City noch Furcht einflößender. Die massive Wand ragte über sechzig Stockwerke in den Himmel und verschluckte jegliches Sonnenlicht. Die meisten Fenster waren mit Brettern verbarrikadiert, zwischen anderen spannten sich Wäscheleinen. Und obwohl die Gebäudekomplexe der Walled City von außen heruntergekommen und einsam wirkten, so bildete Lycien sich ein, die Präsenz Tausender schlagender Herzen im Inneren spüren zu können.

Es gab nur einen Eingang, eine schmale Öffnung zwischen zwei der Hochhäuser, die von bulligen Wächtern flankiert wurde.

»Was meinst du, Schwein?«, murmelte er dem Tier zu, das er unter den rechten Arm geklemmt hatte. Das Schweinchen grunzte zur Antwort. »Du hast recht, das ist eine ganz blöde Idee.«

Mit etwas Unglück würde Lyciens Ausflug in die Walled City ähnlich enden wie sein gestriger in die Clanviertel: mit einer blutenden Nase, vielen blauen Flecken und der Erkenntnis, dass sein Vater recht hatte, wenn er ihm wieder einmal seinen »Wie ist es möglich, dass mein Sohn das strategische Geschick eine Gurke hat?«-Blick zuwarf.

Aber so war das nun mal, wenn man verzweifelt war. Man traf dumme Entscheidungen. Also schritt Lycien mit Schwein unter dem Arm auf den Eingang der Walled City zu. Dort stellte einer der Wächter sich ihm in den Weg. Es war genauso wie mit der Mauernstadt, die von Weitem bedrohlich und aus der Nähe geradezu tödlich wirkte. Mit ein paar Metern Abstand hatte Lycien den Wächter als groß und bullig wahrgenommen, nun erschien er ihm gigantisch – oder war Lycien es, der vor Angst schrumpfte?

Die rechte Gesichtshälfte des Wächters war von Brandnarben gezeichnet und ihm fehlte das rechte Auge. Das linke war jedoch mit rasiermesserscharfem Blick auf Lycien fokussiert.

»Was willst du?«

»Ich, ähm …« Der letzte Rest von Lyciens Selbstsicherheit verabschiedete sich in den Urlaub, als eine Schattenkatze sich aus der Dunkelheit schob. Das Tier war so finster wie die Schatten, aus denen es geboren worden war, hatte die Größe eines Kalbs und Zähne in der Länge von Lyciens Zeigefinger, mit denen das Biest ihm mit Leichtigkeit eine Hand abbeißen könnte. Schwein grunzte. Lycien verstand: *Reiß dich zusammen.*

Er drückte seine Schultern durch, hob das Kinn und sagte mit einer Bestimmtheit, die er überhaupt nicht fühlte: »Ich suche nach …«

In diesem Moment streichelte ein warmer Luftzug über seine Wange und hinterließ ein merkwürdiges Kribbeln.

»Mama Laquar erwartet dich bereits. Folge dem Wind«, sagte der Wächter und trat zur Seite.

Das war komisch. Aber Lycien wollte sein Glück nicht überstrapazieren und schob sich an dem Wächter vorbei, durch die enge, von Unrat bedeckte Gasse zwischen den Hochhäusern hindurch. *Folge dem Wind.* Es klang verrückt, jedoch nicht mehr als die Tatsache, dass er dem Rat eines durchgeknallten Schlägers gefolgt und zu einem der gefährlichsten Orte Magnolia Bays aufgebrochen war, um nach einer Person zu suchen, von der er weder wusste, wer sie war, noch wie sie ihm helfen sollte. Also ließ er sich vom Wind in ein Treppenhaus und die Stufen hinauf treiben, bis er irgendwann schwer atmend im elften Stock ankam.

Dutzende Gerüche verwoben sich zu einem Potpourri, das Schwein dazu brachte, freudig mit dem Schwanz zu wedeln. Lycien machte Räucherstäbchen aus, diverse Essensgerüche und Fäkalien, Kohle und ... Blut? Das Geruchsmeer vernebelte ihm gemeinsam mit den Geräuschen die Sinne, dem leisen Geflüster und entfernten Lachen, dem Bimmeln von Glocken und Schleifen von Messern auf Stein, dem Rattern und Klopfen und Rascheln, das ihn umgab.

Gleich hinter dem Treppenabsatz hockten zwei Mädchen auf dem Boden und spielten mit Würfeln. Das eine hob den Kopf, schaute Lycien zwei Sekunden lang an und deutete dann in genau die Richtung, in die der warme Wind ihn trieb.

Weiter ging es, immer dem Wind nach, vorbei an Tür um Tür um Tür. Die wenigsten waren geschlossen, und so konnte Lycien einen Blick auf das Leben in der Mauernstadt erhaschen. Die Räume waren alle gleich groß und maßen in etwa sieben Schritte in jede Richtung. Im ersten, den Lycien passierte, saß eine alte Frau am Boden und rührte in einem großen Messing-Wok, aus dem Flammen und scharfe Gerüche aufstiegen. Im nächsten rumpelten vier riesige Waschmaschinen, im wieder nächsten lagen ein halbes Dutzend Matratzen dicht an dicht und über ihnen baumelten tiefrote Lampions. Im vierten Raum bearbeiteten zwei Männer Eisenteile, im wieder nächsten hingen halbe Tierkadaver an Haken von der Decke, und ein Kerl in blutiger Fleischerschürze war dabei, eine halbe Kuh in portionsgerechte Stücke zu schneiden.

Und so ging es weiter, von Tür zu Tür, von Leben zu Leben. Lycien sah eine Tischlerei, ein Tattoostudio, einen Raum voller Aquarien, in denen Fische, Oktopusse und Quallen auf engstem Raum im Neonlicht schwammen, mehrere Wohnstätten, in denen Schlaf-, Koch- und Lagerflächen fast nahtlos ineinander übergingen. Er war so überwältigt von dieser Vielzahl an Eindrücken, von den Gerüchen und Geräuschen des Lebens im fahlen Licht der Mauernstadt, dass er es fast nicht bemerkte, als der Wind plötzlich nachließ. Er stand nun vor einer unscheinbaren Tür aus schwarz glänzendem Holz. Rauchschlieren schlängelten sich unter der Tür hindurch und tanzten um Lyciens Schenkel. Und jetzt?

Komm, wisperte eine körperlose Stimme. Lycien zuckte so heftig zusammen, dass er beinahe umkippte.

»Hast du das auch gehört?«, fragte er Schwein, erhielt jedoch keine Antwort, nicht einmal ein Grunzen.

Tritt ein und sieh, was dich erwartet, oder geh und komm nicht zurück, flüsterte die Stimme nun. Die Rauchfäden tanzten höher, legten sich um den Türknauf, und plötzlich schwang die Tür nach innen auf. Schwein zuckte so heftig, dass Lycien es fallen ließ.

»Warte!«, rief er, doch da rannte das Tier bereits in den Raum, der von so dichten Rauchschwaden gefüllt war, dass er kaum zwei Armlängen weit sehen konnte. So ein Mist!

Vorsichtig trat er ein.

»Hallo, ich, ähm … ich suche Mama Laquar«, sagte er.

Zur Antwort ertönte ein glockenhelles Lachen. Es krachte, als die Tür hinter Lycien ins Schloss fiel. Das war nicht gut, gar nicht gut … Hatte der Schläger von gestern ihn in eine Falle gelockt? Er hätte es wissen müssen!

Da fegte eine starke Windböe durch den Raum und vertrieb den Rauch, und endlich erkannte Lycien, zu wem die körperlose Stimme gehörte. Auf einem wuchtigen Schreibtisch im Zentrum des Raums saß, die Füße übereinandergeschlagen, eine Frau, die ...

Für einen Moment blieb Lycien die Sprache weg. Sie war alles und nichts. Wunderschön und erschreckend, lieblich und Furcht einflößend, uralt und jung, alles gleichzeitig. Sie war groß, mindestens einen Kopf größer als Lycien, der selbst fast 1,90 maß. Ihre schlanke Gestalt war in blutrote Stoffbahnen gehüllt, die einen starken Kontrast zu ihrer perlweißen Haut bildeten. Ihre langen, filigranen Finger endeten in spitzen krallenähnlichen Nägeln. Ihr pechschwarzes Haar türmte sich auf ihrem Kopf und ihr Gesicht ... Es war alterslos. Sie hätte ebenso gut zwanzig wie zweihundert Jahre alt sein können. Sie hatte feine und zugleich scharfe Gesichtszüge, als hätte jemand ihr Kinn und ihre Kieferlinie aus Stein gemeißelt. Ihre mandelförmigen Augen waren silbrig und, obwohl sie fest auf Lycien gerichtet waren, in ständiger Bewegung, als tanzten Geisterwesen rund um ihre Iriden. Als sie ihre vollen blutroten Lippen zu einem Lächeln verzog, entblößte sie spitz geschliffene Zähne. Schwein hockte zu ihren Füßen und schaute sie aus wässrigen Augen an.

Komm, flüsterte die Magierin – Lycien war sich nun sicher, dass sie eine sein musste –, ohne ihre Lippen zu bewegen. Ihre Stimme war in Lyciens Kopf, glitt durch den Raum, war überall und nirgends, genauso wie diese Frau alles und nichts war. Seine Glieder versteiften sich, doch der Wind schubste ihn nach vorn. Er stolperte beinahe, kam jedoch vor ihr zum Stehen.

Die Frau legte einen ihrer langen Finger an seine Wange und streichelte daran hinab, ließ ihn über seinen Kieferknochen und schließlich seinen Hals entlanggleiten. Ihre Berührung hinterließ ein heißes, leicht schmerzhaftes Pochen auf seiner Haut.

»Feuer und Schatten. Ich fühle die Magie in deinen Adern, Junge«, sagte sie und ließ kleine Rauchtotenköpfe zwischen ihren Lippen entweichen. Die Köpfe schwebten Lycien entgegen und platzten auf seinen Lippen, wo sie rauchige Küsse hinterließen.

»Bist du Mama Laquar?«, fragte Lycien. Seine Kehle war mit einem Mal staubtrocken.

Sie stieß dieses unweltliche Lachen aus. »Wer sollte ich sonst sein? Und ich weiß auch, wer du bist, Lycien aus der Familie De'Lacour, Kind geboren aus Magie. Es ist lange her, seit ich einen deiner Art gesehen habe. Viele Jahre. Mehr, als die meisten Menschen in ihrer Lebenszeit haben.« Sie schmunzelte. »Aber du bist nicht hier, um über deine Herkunft zu sprechen, sondern wegen dem Silber, das sich über deine Haut zieht.«

»I-ich …«

Mama Laquar schob seinen Ärmel hoch und entblößte seinen linken Unterarm, auf dem sich kaum sichtbare silbrige Linien abzeichneten.

»Interessant«, murmelte Mama Laquar und schnalzte mit der Zunge. »Das Silber ist kaum auszumachen, obwohl es tief sitzt. Sag mir, Junge, die Person, die es auf sich gezogen hat: Hat sie es aus Liebe getan, aus Pflichtgefühl oder aus Zwang?«

Lycien hatte keine Ahnung, wovon sie redete. Mussten Magierinnen in Rätseln sprechen?

»Ich kann dich nicht heilen«, fuhr Mama Laquar fort. Lyciens Herz überschlug sich. »Aber ich kann dir Linderung verschaffen. Ich sehe, du hast bereits ein Opfertier mitgebracht.«

»Ein Opfer–« Lyciens Stimme war plötzlich eine Oktave höher. Dafür hatte er also ein Schwein mitbringen sollen? Natürlich! Schwarze Heilmagie verlangte immer einen Blutpreis. Es hätte ihm klar sein müssen! Das Tier blickte ihn aus großen Augen an. Er konnte doch nicht ... oder ...

»Meine Arbeit hat jedoch ihren Preis. 2500 Malas«, fuhr Mama Laquar fort.

»Wie viel?«, stieß Lycien aus.

Das war mehr, als Lycien in drei Monaten verdiente, zwei, wenn er genügend Überstunden bei Talent Solutions schob. Für seine Eltern wären es Peanuts, aber die konnte er nicht darum bitten, ohne eine Erklärung zu liefern, warum er so viel Geld brauchte. Und sie waren die Letzten, die von seinen Silfurvenen erfahren durften.

»Alternativ kannst du auch in Lebensenergie bezahlen.«

Lycien blinzelte ungläubig. Lebensenergie? Das musste ein Scherz sein! Er wollte Hilfe, weil sein Leben nicht frühzeitig enden sollte. Lebensenergie und damit wertvolle Jahre zu verschenken, war das Gegenteil davon.

Offenbar las die Heilerin seine Gedanken. »Ich bevorzuge es, wenn meine Klienten wissen, was sie erwartet, und sich dafür entscheiden, den entsprechenden Preis zu bezahlen, bevor sie herkommen und meine Zeit verschwenden. Wärst du ein normaler Mensch, würde ich dich wegschicken. Nun gut. Sieh selbst und entscheide.«

Auf einen Wink ihrer Hand hin ging eine Welle über die glatte Wand zu Lyciens Rechten und die Oberfläche verwandelte sich in Glas, durch das er in den angrenzenden Raum blicken konnte. Eine Person kniete mit dem Rücken zum Fenster vor einem Altar, auf dem, umringt von Räucherstäbchen, Steinen und Schüsselchen, ein Baby-Krokodil saß. Dahinter stand eine Gestalt – eine Frau? Eine Magierin?

Unter schlohweißen Haaren erkannte Lycien ebenso weiße Haut, noch heller als Mama Laquars, wie kein lebendiges Wesen sie haben sollte. Statt Augen hatte sie zwei Schlitze, ihr Mund war ein kirschroter Tropfen. War das wirklich ihr Gesicht oder trug sie eine Maske? Sie war kleiner als Mama Laquar und schlank, doch trotz ihrer fragilen Gestalt nahm ihre Präsenz den gesamten Raum ein. Als sie die Arme hob, folgte der Stoff ihres Gewands wie die Flügel einer Motte. In der einen Hand hielt sie ein Messer mit langer Klinge. Als sie es niederfahren ließ, stieß Schwein ein hohes Quietschen aus, als ahnte es, dass unweit von ihm ein Leben ausgelöscht wurde. Als verstünde es, dass sein Leben das nächste sein könnte.

Die Konturen des Raums verschwammen vor Lyciens Augen. Plötzlich hörte er nur noch Schweins angsterfülltes Quieken und das viel zu laute Pochen seines Herzens. Und das Blut auf dem Altar im angrenzenden Raum ... er hatte noch nie Blut sehen können.

Er schnappte sich seinen neuen Schweinefreund und presste sich die Hand vor die Lippen. Schwein und er mussten hier raus. Andernfalls würde er der Magierin vor die Füße kotzen, und er wollte lieber nicht herausfinden, wie sie ihn für diesen Frevel würde bezahlen lassen.

»Lass fließen, was als Opfer gegeben wurde.«

Zora

Die Magie des rituellen Messers tötete das Krokodil in Sekundenschnelle, sobald die Klinge seine Haut durchstieß und der erste Blutstropfen floss. Heißes Blut sprudelte aus dem Rücken des Tiers, als Zora die Klinge weiter in sein Fleisch trieb.

Plötzlich vernahm sie Mama Laquars körperloses Kichern. Ihr Kopf ruckte hoch, folgte dem Geräusch zu einer Stelle direkt hinter ihrem Kunden, der mit gesenktem Haupt am Boden kniete. Dorthin, wo vor wenigen Sekunden eine solide Wand gewesen war. Nun jedoch konnte Zora durch eine Scheibe Mama Laquar sehen, die mit übereinandergeschlagenen Beinen auf ihrem Schreibtisch saß. Neben ihr stand ein junger Mann mit kinnlangen blonden Haaren und sonnengebräunter Haut, die in diesem Augenblick rund um die Nase einen grünlichen Ton annahm. Er schnappte nach Luft, während seine schreckgeweiteten Augen auf Zora gerichtet waren, oder besser, auf die Klinge in ihrer Hand, die vor magischer Energie schimmerte. Er kam ihr vor wie eines der Tiere, die ein letztes Mal nach Atem rangen, ehe alles vorbei war.

Wer war er? Und was machte er bei Mama Laquar?

Er wich zurück, bückte sich und hob ein lilafarbenes Schweinchen vom Boden auf. Dann drehte er sich blitzschnell um und taumelte nach draußen. Mama Laquars unsichtbares Lachen folgte ihm. Kaum eine Sekunde später flüsterte ihre Stimme in Zoras Kopf: *Hast du nicht eine Aufgabe zu erledigen, Mädchen?*

Zora beeilte sich, ihre Konzentration wieder auf den Kunden zu richten. Es war eine der ersten Grundregeln für Opferzeremonien: Alle Gedanken, die nicht der Heilung des Kunden dienten, hatten während der Zeremonie nichts verloren, und man durfte sich niemals – niemals! – ablenken lassen.

»Steh auf«, sagte Zora. Von jetzt an würde sie absolut bei der Sache sein!

Der Kunde erhob sich wacklig. Den rechten Arm, der mit Schnitten übersät war und in einem merkwürdigen Winkel an seinem Körper herabhing, hielt er mit der linken Hand fest. Es war das Resultat eines Arbeitsunfalls auf einem der Industrieschiffe, die täglich zu Hunderten im Magnolia Harbor andockten.

Zora bedeutete dem Mann, beide Arme so weit wie möglich vor sich auszustrecken – was ihm nur schlecht und mit schmerzverzerrtem Gesicht gelang. Die Klinge balancierte sie zwischen ihren Handballen und führte ihre Hände an die des Kunden heran. Dann murmelte sie die Worte in der Sprache der ersten Magier, die heutzutage kaum mehr jemand verstand.

»Sho-kura esh denibal as horaku.« *Lass fließen, was als Opfer gegeben wurde.*

Es war reine Show. Magie brauchte keine Worte. Im Geist lenkte Zora die magische Energie aus der Klinge in den Arm ihres Kunden. Die Schnittwunden schlossen sich – fransiges Fleisch verwob sich miteinander, erst in schreiend roten Linien, die bald nur noch feinste Narben waren. Die Blutergüsse verblassten. Mit einem Knacken rückten die Knochen an die rechte Stelle, verbanden sich an den Bruchstellen miteinander und wuchsen zusammen – ein schmerzhafter Prozess, der vom Wimmern des Patienten begleitet wurde. Alles dauerte lediglich wenige Sekunden, dann saß der Arm im richtigen Winkel an der Schulter des Kunden. Von Blutergüssen und Schnittwunden war kaum mehr etwas zu sehen. Ungläubig fuhr der Mann mit seinen Fingern über die geheilte Haut.

»D-d-danke …«, stotterte er.

Zora senkte den Kopf in einer verstehenden Geste, drehte sich um und verließ den Raum. Sie gab ihren Patienten gerne ein paar Atemzüge allein, um sich zu sammeln, bevor sie die Magierkammer verließen.

Ohne anzuklopfen, betrat sie Mama Laquars Büro. Die Magiermeisterin saß nun hinter ihrem Schreibtisch, die langen Beine auf der Tischplatte abgelegt und eine Pfeife zwischen den Lippen.

»Was war das vorhin?«, stieß Zora aus.

»Zügle dein Temperament, Mädchen«, gab Mama Laquar zurück.

Doch das Lächeln, das ihre Lippen umspielte, verriet, dass sie insgeheim stolz auf ihre Schülerin war. Niemand stürmte je in Mama Laquars Büro oder stellte sie zur Rede, immerhin rankten sich einige, vermutlich an den Haaren herbeigezogene, Gerüchte darum, was Mama Laquar mit jenen anstellte, die sie erzürnten. Und niemand war besonders erpicht darauf, als Schnecke zu enden. Dass Zora keine Angst vor ihr zeigte, gefiel der Magiermeisterin – was natürlich nicht hieß, dass sie Widerspruch oder gar Ärger ihrer Schülerin dulden würde.

Zora streifte sich die Maske vom Gesicht und fuhr in ruhigerem Ton fort: »Der Mann in deinem Büro hat mich aus dem Konzept gebracht.«

»Hat er das?« Sie zog einen Mundwinkel hoch. »Und du ärgerst dich darüber.«

Selbstverständlich tat sie das! Zora schluckte eine Erwiderung herunter und nickte.

»Was weißt du über Silfurvenen?«, fragte Mama Laquar.

Zora war es gewohnt, dass ihre Meisterin das Thema so schnell wechselte. Also antwortete sie: »Silfurvenen sind eine magische Krankheit. Bösartige magische Partikel breiten sich über die Blutbahnen im gesamten Körper aus und befallen schließlich die inneren Organe. Welche Organe betroffen sind, ist von Patient zu Patient unterschiedlich, besonders häufig sind es jedoch die Lunge, Nieren und das Herz, weniger häufig die Geschlechtsorgane und das Gehirn.«

Ihre Lehrmeisterin nickte. »Symptome?«, fragte sie.

Zora seufzte. Sie hatte absolut keine Lust auf eine von Mama Laquars häufigen Lerneinheiten. »Anfangs sind die Silfurvenen nur als silbrige Linien auf der Haut erkennbar. In späteren Stadien richten sich die Symptome nach den befallenen Organen. Ist die Lunge betroffen, kommt es zu Atemnot und Schmerzen beim Luftholen. Ist es das Herz, kommt es zu Rhythmusstörungen bis hin zu Infarkt-Symptomen. Mit zunehmender Ausbreitung wachsen die Schmerzen, bis sie irgendwann unerträglich werden.«

»Und dann?«

»Stirbt man an Organversagen.«

Wenn man sich nicht vorher von einem Dach warf oder sein Leid anderweitig beendete. Die Schmerzen, die Silfurvenen in fortgeschrittenem Stadium hervorriefen, waren so unerträglich, dass die meisten Erkrankten den Tod einem langsamen Ende im Delirium vorzogen.

»Auslöser?«

»Das ist bisher nicht bekannt. Silfurvenen sind nicht ansteckend. Es kann jeden treffen.«

»Du hast etwas vergessen, Mädchen. *Wer* ist betroffen?«

»Jeder mit einer bestimmten Erbanlage?«, riet sie.

»Falsch«, entgegnete Mama Laquar. »Silfurvenen sind eine magische Krankheit. Geboren aus Magie, genährt durch Magie, angezogen von Magie.«

»Und das heißt?«

»Wenn du es nicht selbst begreifst, hat es keinen Sinn, es dir zu erklären«, entgegnete Mama Laquar.

So war es immer. Die Magiermeisterin teilte Wissen niemals leichtfertig. Sie bestand darauf, dass Zora selbst ihre Schlüsse zog, dass sie sich Wissen aneignete, indem sie in alten Büchern las, an Kunden ausprobierte oder Mama Laquar bei ihrer Arbeit zusah.

»Der blonde Mann in deinem Büro vorhin leidet also unter Silfurvenen?«

Mama Laquar nickte.

»Dann hätte er bleiben sollen.« Mit dieser Krankheit konnte er jegliche magische Hilfe gebrauchen, die er bekommen konnte.

»Wie stehen die Heilungschancen?«, fragte Mama Laquar.

»Es gibt keine Heilung:«

»Und doch sagtest du, er hätte bleiben sollen.«

»Wir könnten dafür sorgen, dass die Krankheit sich langsamer ausbreitet. Und wir könnten die Symptome behandeln, mit dem Schmerz helfen.«

»Gut.« Mama Laquar zog an ihrer Pfeife und ließ kleine Rauchtotenköpfe aus ihrem Mund steigen. »Genau das wirst du tun.«

»Wie bitte?«

»Finde ihn. Hilf ihm. Aber sag ihm nicht, was du tust. Er

hat noch nicht seine Zustimmung zu einer Behandlung erteilt.«

»Aber ... wieso?«

Die Magiermeisterin legte den Kopf schief. »Hast du mir nicht eben erklärt, warum er Hilfe braucht?«

»Das habe ich, aber ich dachte ...« Mama Laquar bestand darauf, dass *alle* Kunden sich an dieselben Regeln hielten. Sie mussten zu ihr kommen, nicht umgekehrt. Sie mussten den entsprechenden Preis bezahlen. Und vor allem mussten sie sich freien Willens dafür entscheiden, die magische Behandlung in Anspruch zu nehmen. Dass Mama Laquar Zora losschickte, um einem Patienten eine Behandlung aufzuzwingen, war das absolute Gegenteil des Protokolls.

»Du findest ihn am Magnolia Harbor, Pier 24.«

Pier 24? Das war doch ...

»Sag mir bitte, dass er nicht einer dieser Typen ist, die für Talent Solutions Leute anwerben.«

Anstatt einer Antwort nahm Mama Laquar einen tiefen Zug aus ihrer Pfeife – und das war Antwort genug! Zora ballte die Hände zu Fäusten.

»Er weiß nicht, wofür Talent Solutions wirklich steht«, erklärte Mama Laquar, die offensichtlich Zoras Gedanken gelesen hatte.

»Und das entschuldigt ihn? Er macht sich nicht einmal die Mühe, ein paar Sekunden über die Leute nachzudenken, die er diesen Monstern vermittelt.«

»Er kann gar nicht darüber nachdenken. Du weißt, wie diese Art der Magie funktioniert, Zora.«

Das tat sie. Und doch ...

»Wer ist er?«, fragte Zora.

»Sein Name ist Lycien.«

»Und weiter?«

Es musste einen Grund geben, warum Mama Laquar ihn so dringend behandeln wollte. Und es war besser ein verdammt guter ...

»Du stellst zu viele Fragen, Mädchen.«

»Ich verstehe nur nicht, warum wir für ihn Ausnahmen machen sollen.«

»Weil ich nicht will, dass sein Feuer erlischt.«

Sollte das wirklich alles an Erklärung sein, was Zora bekommen würde?

»Du wirst verstehen, wenn du ihn triffst.«

Die Magiermeisterin lehnte sich in ihrem Sessel zurück, schloss die Augen und nahm einen tiefen Zug aus der Pfeife. Kurz darauf hüllte dichter Rauch Zora ein. Die Botschaft war eindeutig: *Unser Gespräch ist zu Ende.*

»Was passiert mit denen, die verlieren?«

Kari

Kari huschte über die Dächer der Stadt. Sie war ein Schatten, der sich auf die Schindeln drückte, sich hinter Giebeln und unter den Ästen hochgewachsener Bäume versteckte. Es war ein Wunder, dass die Skarabäuskrieger sie nicht entdeckten, zumal Blutstropfen ihren Weg kennzeichneten und die Streifwunde brennende Wellen durch ihren Arm sandte. Doch wenn sie nicht geschnappt werden wollte, musste sie in ständiger Bewegung bleiben, weg von ihren Verfolgern, gleichzeitig jedoch nah genug, um deren Schritte beobachten zu können. So war ihre Flucht weniger ein echtes Davonlaufen als ein Kreisen um Daishiro Nemeas Villa.

Kurz nachdem Kari entkommen war, erklommen zwei Skarabäuskrieger die Mauer, von der aus sie geflohen war. Zu diesem Zeitpunkt lag Kari flach gepresst auf einem Dach, das ihr einen freien Blick auf das Anwesen bot. Zeitgleich ergoss sich gut ein Dutzend Männer aus den Toren der Villa und teilte sich in Grüppchen auf. Kari erkannte ihren Leibwächter Genji, der zusammen mit zwei Männern gen Westen aufbrach, ebenso wie Haruo, der Befehle bellte und sich danach allein auf den Weg machte.

Von ihrem Aussichtspunkt aus konnte sie beobachten, wie die Männer enge Gassen inspizierten und an Türen hämmerten. Es war offensichtlich, dass sie Kari suchten. Zwölf Männer auf der Suche nach ihr, mehrere Verletzte im Nemea-Garten und Hüllen, die nun zu nichts mehr zu gebrauchen waren. Dieses ganze Spektakel war wesentlich größer als all die Trainingseinheiten der letzten Jahre. Der Besuch von Karis Vater am Vorabend könnte erklären, warum Daishiro ihr eine Lektion erteilen wollte. Womöglich hatte er auch herausgefunden, dass Nael in ihrem Zimmer gewesen war, was ihn sicherlich noch mehr in Rage versetzte.

Doch der Don des Skarabäusclans war nicht verschwenderisch. Er mochte grausam sein, nachtragend und streng. Aber er würde weder riskieren, dass Kari ernsthaft verletzt wurde, noch würde er den Verlust mehrerer teurer Hüllen in Kauf nehmen. Dazu sein Blick, die Art wie er sie gemustert und *nicht* erkannt hatte. Kari hatte keine Ahnung, was hier los war. Nur eines war ihr klar: Sie durfte sich auf keinen Fall von Daishiros Männern erwischen lassen.

Vorsichtig huschte sie weiter, immer auf Haruos Fersen, so lautlos, wie es mit ihrem verletzten Arm möglich war. Der Schweiß stand ihr auf der Stirn. Nicht, weil es heiß war, sondern wegen ihrer pochenden Wunde. Sie brauchte dringend medizinische Versorgung, wenn sie nicht riskieren wollte, ohnmächtig von den Dächern zu kippen. Der Schattenassassine schlug die südöstliche Richtung zur Markthalle ein.

Immer wieder hielt er an, um an Türen zu hämmern. Meist blieb Haruo draußen stehen, während er die Leute befragte. Ein Haus betrat er jedoch, ein heruntergekommenes Gebäude, vor dessen Tür ein kleiner Altar für Kurun, den göttlichen Heiler, aufgebaut war. Nach einigen Minuten verließ Haruo das Haus kopfschüttelnd, wandte sich um und ließ den Blick in die Höhe schweifen. Kari drückte sich enger an die Schindeln. Haruo konnte sie nicht sehen. Sie war ein Schatten, ebenso unsichtbar wie die Vögel, die unter Giebeln hockten. Und doch ... Seine Augen ruhten einige beunruhigende Momente lang genau auf der Stelle, wo sie sich verstecke. Dann ging er weiter.

Kari wartete, bis er verschwunden war, und kletterte vom Dach. Auf der Hinterseite des Häuschens fand sie ein Seitenfenster, das in ein einfaches Bad führte. Sie trat mit voller Kraft gegen den Fensterrahmen. Einmal, dann noch einmal, und das Fenster kippte samt Rahmen aus den Angeln. Das dünne Glas zerbarst, als es am Boden aufschlug. Schnell kletterte sie ins Innere, schnappte sich eine Scherbe und öffnete die Badezimmertür. Wer auch immer sich auf der anderen Seite dieser Tür befand, sollte keine Chance haben, sich auf ihren Angriff vorzubereiten.

Eine hagere dunkelhaarige Frau und ein cirka elfjähriges Mädchen saßen an einem Tisch. Die Frau stieß einen spitzen Schrei aus, als sie Kari entdeckte. Diese durchquerte mit drei langen Schritten den Raum, packte das Mädchen an den Haaren und zog es auf die Beine. Die Scherbe hob sie demonstrativ in die Höhe. Die Augen der Frau wanderten zum Skarabäus-Tattoo auf Karis Handgelenk und weiteten sich.

»Euch passiert nichts, wenn ihr kooperiert«, sagte Kari.

Die Frau war erstarrt, das Mädchen wimmerte. Beide bewegten sich nicht. Der Duft von Lychees und Zuckerwatte erfüllte den Raum. Gut so.

»Ihr werdet nicht schreien, nicht weglaufen, nicht versuchen, Hilfe zu holen. Die Anweisungen, die ich euch gebe, befolgt ihr. Wenn ihr das tut, bin ich in weniger als zehn Minuten von hier verschwunden und ihr müsst nie wieder an mich denken. Nickt, wenn ihr verstanden habt.«

Vorsichtig nickten sie. Kari hatte einige Fragen, doch zuerst musste sie sich um die akutesten Probleme kümmern: Sie war verletzt, voller Blut und kaum bekleidet. Keine guten Voraussetzungen, um sich unbemerkt in den Clanvierteln fortzubewegen.

»Im Badezimmer habe ich ein Medizinschränkchen gesehen. Geh und hol Desinfektionsmittel und Verbandsmaterial. Du wirst meine Wunde verbinden«, wies Kari die Frau an. »Deine Tochter bleibt bei mir.«

Die Lippen der Frau zitterten, als wollte sie protestieren. Dann stolperte sie zum Badezimmer. Kari hörte Klackern und Wasserrauschen. Nach wenigen Herzschlägen kehrte die Frau mit einer Schüssel Wasser, Tüchern, Verbänden und mehreren Gläschen zurück und stellte alles vor Kari ab.

»Ich muss die Wunde auswaschen«, erklärte sie mit einer Bestimmtheit, die in starkem Kontrast zu ihren zitternden Lippen stand. »Es … es wird wehtun«, warnte sie, wobei sie ihrer Tochter einen besorgten Blick zuwarf.

»Keine Sorge. Schmerz kann ich aushalten.« Mit einem Nicken wies Kari die Frau an zu beginnen. Diese tauchte eins der Tücher in die Wasserschüssel und betupfte damit vorsichtig die Haut rund um Karis Wunde. Allein die sanfte Berührung fühlte sich brennend heiß an. Kari biss die Zähne zusammen.

»Ich brauche Kleidung. Irgendetwas Unauffälliges. Eine Hose und ein Shirt oder einen Pullover. Etwas mit langen Ärmeln und am besten mit Kapuze. Du«, damit wandte Kari sich an das Mädchen, »wirst jetzt zum Schrank deiner Mutter gehen und mir so etwas holen. Und beeil dich. Deine Mama soll sich keine Sorgen machen, wenn du zu lange weg bist.«

Kari lächelte kalt. Die Drohung zeigte Wirkung. Das Mädchen sprang vom Stuhl und huschte in ihr Zimmer.

Sobald sie weg war, forderte Kari: »Nenn mir deinen Namen.«

Auch das war eine Lektion, die sie von Daishiro gelernt hatte. Namen machten Leute angreifbar. Jemand, dessen Namen man kannte, war jemand, den man später ausfindig machen könnte, um Rache zu üben, sollte es notwendig sein. Was die meisten Leute dazu brachte zu kooperieren.

»Saika«, flüsterte die Frau, ohne aufzusehen.

»Nachname?«

Sie schüttelte den Kopf. »*Nur* Saika.«

»Und deine Tochter?«

»Bitte ...«, hauchte sie, einen flehenden Ausdruck in den Augen.

»Euch beiden wird nichts passieren, solange ihr kooperiert«, wiederholte Kari. »Und Teil dieser Kooperation ist, dass du mir eure Namen verrätst.«

Sie senkte den Blick. »Izumi«, sagte sie nach ein paar zähen Sekunden.

»Gut. Also, Saika, du hast vorhin Besuch von einem Nemea-Krieger erhalten. Erzähl mir, was er von dir wollte.«

Saika wrang das blutige Tuch aus und beträufelte es mit Flüssigkeit aus einem der Fläschchen. Ein scharfer Geruch nach Alkohol drang an Karis Nase.

»Das wird brennen«, warnte sie, ehe sie das Tuch mit dem Desinfektionsmittel auf Karis Wunde drückte. Diese flucht leise.

Schließlich antwortete Saika: »Er hat *dich* gesucht.«

»Du weißt, wer ich bin?«

Natürlich tat sie das. Jeder mit Augen im Kopf erkannte das riesige Paradiesvogel-Tattoo auf ihrem Rücken, das dank Karis leichter Bekleidung gut sichtbar war.

Doch zu ihrer Überraschung schüttelte Saika den Kopf. »Er sagte, er sucht nach einer Frau mit hellblau-rosa Haaren, einer Schusswunde und dem Skarabäus-Zeichen auf dem Arm.«

»Einen Namen hat er dir nicht genannt?«

»Nein.« Abermaliges Kopfschütteln. An ihre Tochter gewandt, die eben mit einem Stapel Kleidung aus dem angrenzenden Zimmer kam, fuhr sie fort: »Leg die Sachen auf den Tisch, bis ich mit ihr fertig bin.«

Izumi vermied es, Kari anzuschauen, während sie die Sachen ablegte, doch immer wieder hüpften ihre Augen zum Skarabäus auf Karis Handgelenk.

»Du erkennst dieses Zeichen, nicht wahr?«, fragte Kari.

»Es ist das Symbol des Skarabäusclans. Nur die engsten Vertrauten von Don Nemea dürfen es sich auf die Haut prägen lassen«, antwortete das Mädchen. In ihrer Stimme schwang neben Angst ein Hauch von Bewunderung mit.

»Weißt du, warum ich dieses Zeichen tragen darf?«

»Hast du jemanden für Don Nemea umgebracht?« Sie sprach die Frage mit einer Ehrfurcht aus, die Kari wundern ließ, ob sie eine angehende Assassine vor sich hatte – oder zumindest ein Mädchen, das davon träumte, eine zu sein.

»Was weißt du über Don Nemeas Familie?«, fragte Kari.

Das Mädchen runzelte die Stirn. »Er hat zwei Frauen, Chichiko und Fayola Nemea.« Sie hatte nicht lange über eine Antwort nachdenken müssen, was bedeutete, dass weder ihr Alter noch allgemeines Unwissen erklären konnten, warum sie Kari nicht erkannte.

»Du hast wirklich nicht den blassesten Schimmer, wer ich bin?«, hakte Kari nach. Die Mitglieder des Skarabäusclans taten vielleicht nur so, als würden sie Kari nicht erkennen – um sie zu testen oder zu bestrafen. Es war vielleicht nicht die beste Theorie, aber die einzige, die Kari derzeit hatte. Doch das erklärte nicht, warum ein gewöhnliches Mädchen aus den Clanvierteln sich nicht an sie erinnerte. »Und schau mich an. Ich will dir ins Gesicht sehen, wenn du antwortest.«

Ich will die Lüge in deinen Augen sehen. Doch Izumis Pupillen zuckten nicht, als sie den Kopf schüttelte.

Erinnerte sich wirklich niemand mehr an Kari? Aber das war zu verrückt, um es ernsthaft in Betracht zu ziehen ...

»Der Mann, der nach mir gefragt hat, wieso ist er zu euch ins Haus gekommen?«, fragte Kari.

»Was?« Saika hob den Kopf.

»Bei allen anderen Häusern blieb er vor der Tür stehen, nur bei euch kam er herein. Warum? Was war so wichtig, dass er euer Haus betreten hat?«

Es musste einen Grund dafür geben. Haruo tat nichts einfach so.

Bevor Saika etwas sagen konnte, antwortete ihre Tochter: »Er wollte über den gesichtslosen Dämon reden.«

Izumi zuckte bei dem warnenden Blick ihrer Mutter zusammen. »Kindergerede«, meinte Saika kopfschüttelnd. »Die Wunde ist sauber. Wenn du willst, kann ich sie für dich vernähen. Aber es ...«

»Wird wehtun, das habe ich bereits verstanden«, vollendete Kari ihren Satz. »Mach es, und während du nähst, erklärst du mir, was deine Tochter gerade sagen wollte. Und denk daran: keine Lügen.«

Saika fädelte mit zusammengepressten Lippen einen Faden durch das Nadelöhr. »Wie du verlangst.«

Der erste Einstich sandte ein brennendes Ziehen bis in Karis Ellenbogen. Der zweite war kaum besser. Kari war froh über die Ablenkung, die Saikas Erzählung ihr bot, auch wenn sie sich nach einem Märchen anhörte.

»Ich weiß nicht, wie viel an dem Gerede dran ist, aber ich kann dir sagen, was die Leute sich erzählen. Es heißt, wann immer der Mond hinter Smog und Nebel verschwindet, treibt sich ein gesichtsloser Dämon auf der Suche nach verlorenen Seelen in den Clanvierteln herum. Er hat keine Augen, trotzdem blickt er bis auf den Grund unserer tiefsten Wünsche. Er hat keine Nase, trotzdem riecht er Verzweiflung. Er hat keinen Mund, trotzdem flüstert er die süßesten Versprechungen. Man erzählt sich, er bietet denen, die von ihrer Schuld übermannt werden, eine zweite Chance.«

Sie hielt inne, während sie konzentriert die Fäden verknotete.

»Was soll das heißen, eine zweite Chance?«, fragte Kari.

»Für manche bedeutet es, dass ihnen ein Wunsch erfüllt wird. Reichtum, Gesundheit, was auch immer sie wollen. Denjenigen, die von ihrer Reue aufgefressen werden, verspricht er etwas anderes. Diesen Leuten hilft er, ihre Vergangenheit abzustreifen. Ihren Namen, ihre Taten, all ihre Verbrechen wird er verschwinden lassen. Die Sünden und ihre Sünder werden vergessen.«

Karis Puls beschleunigte sich. Nicht wegen des Schmerzes in ihrem Arm, sondern wegen Saikas Worte. War es das, was mit ihr passiert war? Doch sie hatte keinen gesichtslosen Dämon um Hilfe gebeten. Kari hatte einige Vergehen auf ihrer Kappe, ja, aber sie bereute keines davon. Es waren diese Sünden, die ihr Respekt in den Rängen des Skarabäusclans verschafften. Es war ihr Name – Kari Nemea –, der Leute erzittern ließ, und niemals hätte sie freiwillig entschieden, beides vergessen zu lassen.

»Wie stellt dieser gesichtslose Dämon es an?«, fragte sie.

»Wie erfüllt er Wünsche und sorgt dafür, dass Leute vergessen werden?«

»Mit Magie«, antwortete Izumi aufgeregt, wofür sie sich abermals einen tadelnden Blick ihrer Mutter einfing.

Kari hatte nie von einer Magie gehört, die zu so etwas in der Lage war. Daishiro beschäftigte seinen eigenen Magier, der die Mitglieder des Skarabäusclans regelmäßig heilte und vor magischen Angriffen der verfeindeten Clans beschützte. Ein paar Mal hatte Kari ihm bei seiner Arbeit zugeschaut, sich hin und wieder mit ihm unterhalten. Er hatte ihr erklärt, nach welchen Regeln Magie funktionierte, dass sie immer nach Balance strebte, und für welche Art von Zauber sich bestimmte magische Partikel am besten eigneten. Nichts von alledem kam auch nur annähernd an die Art von Magie heran, die Saika und ihre Tochter beschrieben. Magie konnte eben *nicht* alles. Sie konnte weder jeden Wunsch erfüllen noch Vergangenes ungeschehen machen. Ihre Geschichte klang an den Haaren herbeigezogen. Und doch passte sie beunruhigend gut mit dem zusammen, was gerade mit Kari passierte.

»Ihr wollt mir also erzählen, dass dieser gesichtslose Dämon alle Wünsche erfüllt, ganz egal, wie unwahrscheinlich sie sind?«

»Nicht alle«, antwortete Izumi. Sie lehnte sich über den Tisch und flüsterte, als wollte sie Kari ein besonderes Geheimnis anvertrauen. Der Geruch nach Lychees war längst verschwunden. Die Kleine schien vergessen zu haben, dass Kari sie und ihre Mutter vor wenigen Momenten bedroht hatte, so aufgeregt war sie. »Nur denen, die gewinnen.« Sie senkte ihre Stimme noch weiter. »Es ist ein Spiel.«

»Ein Spiel?«, wiederholte Kari. »Und wer gewinnt, dessen Wünsche werden erfüllt?«

Das Mädchen nickte. Saika seufzte. Sie war mittlerweile dabei, Karis Oberarm mit Verbandsmaterial zu umwickeln.

»Was geschieht mit denen, die verlieren?«

Darauf hatte das Mädchen keine Antwort. Saika sagte: »Ich habe noch nie jemanden getroffen, der das Spiel gespielt hat und davon erzählen konnte.« Sie fixierte den Verband, ließ dann ihre Hände sinken und schaute Kari bedeutungsschwer an.

Niemand?

»Woher wisst ihr dann, dass es ihn überhaupt gibt?«

Saika zuckte die Schultern. »Das wissen wir nicht. Wie ich sagte, es ist nur eine Legende.«

Es hätte hier enden können, doch eine feine Note süßlichen Lycheedufts streifte Karis Nase. Izumi war plötzlich nervös.

»Was verschweigst du?«, fragte sie.

Erst sagte Izumi nichts, schluckte mehrmals. Doch dann: »Ich ... ich habe ihn gesehen.«

»Schwein ist ein perfekter Geschäftspartner.«

Lycien

Die Sonne stand im Zenit und trieb Lycien trotz der dicken Wolken am Himmel den Schweiß auf die Stirn. Schwein genoss die Hitze jedoch und wälzte sich zufrieden am Boden. Die Walled City war in der Ferne als dunkler Gebäudeblock zu erkennen. Ihr Anblick jagte einen Schauer Lyciens Rückgrat hinab, also wandte er sich eilig ab.

In ebendiesem Moment brach eine Dschunke aus den Wolken hervor. Erst schob sich der Bug aus der weißen Wulst, gefolgt von den feuerroten Segeln, die wie Flügel anmutig den Wind auffingen. Das Himmelsgefährt war vergleichsweise klein und bot Platz für gerade einmal zwanzig Passagiere – auf den offiziellen Sitzen. Doch Lycien schätzte, dass sich mindestens doppelt so viele Leute auf dem Deck zusammengepfercht hatten.

Die Dschunken brachten Reisende aus allen Ecken der Welt. Täglich landeten Hunderte Träumer an den Häfen der Metropole, auf der Suche nach dem schnellen Geld in den Glaspalästen der Stadt, einer Ausbildung in einer der prestigeträchtigsten Universitäten des Palay'schen Kontinents oder nach der tiefen Magie, von der es hieß, dass sie in der heiligen Insel Magnolia Bay wohnte. Die stetige Zuwanderung hatte Magnolia Bay zur internationalsten Stadt des gesamten Kontinents gemacht. Niemand war tatsächlich *von* hier, zumindest nicht, wenn man sich die Mühe machte, die familiären Linien über Generationen zurückzuverfolgen. So vermischten sich hier die Kulturen aus Palay, Chrysanth, Turmalin und all den umliegenden Inseln und erschufen einen ganz neuen Mix, der Magnolia Bay ausmachte. Es gab kein Essen, keine Form von Kunst, kein Handwerk und kein Laster – so sündig es auch sein mochte –, das man in dieser Metropole nicht fand.

Als das Himmelsgefährt landete, stand Lycien bereit und hatte sein gewinnendstes Lächeln aufgesetzt. Kaum, dass die Planke das Festland berührte, drängten die ersten Passagiere von Bord. Ihrem Aussehen und ihrer Kleidung nach zu urteilen, mussten sie von einer der vielen tropischen Inseln stammen, die im Palay'schen Ozean lagen.

»Willkommen in Magnolia Bay!«, rief er und breitete die Arme aus.

Ein paar der Ankömmlinge drehten sich zu ihm um und warfen ihm unsichere Blicke zu. Schwein wedelte fröhlich mit dem Schwanz, was zumindest ein Grüppchen bestehend aus drei Jugendlichen auf ihn zusteuern ließ. Wunderbar! Das lila Tier und er gaben perfekte Geschäftspartner ab. Der kleinste der Jungen hatte rote Haare, die ihm lockig in die Stirn fielen, die der beiden anderen waren türkis-grünlich.

»Was treibt euch auf die Insel?«, fragte Lycien.

»Wer will das wissen?«, gab der Rothaarige zurück.

Aha, er war also der Rädelsführer. Während er seine Frage aussprach, veränderte sich seine Augenfarbe, wurde von Blau zu Violett. Ein Azuline also. Die Bewohner der Azulinen-Inseln zeichneten sich dadurch aus, dass ihre Augen je nach Stimmung die Farbe wechselten. Sattes Grün für Wissensdurst. Meerblau für Freude und Freiheit. Rot für Leidenschaft oder Ärger. Violett? Lycien konnte sich nicht mehr genau erinnern, doch er vermutete, dass Violett Misstrauen oder Neugierde bedeutete.

»Jemand, der euch einen Job verschaffen kann«, antwortete Lycien mit selbstgefälligem Grinsen. »Vorausgesetzt ihr seid auf der Suche nach einem.«

Die Jungen warfen sich fragende Blicke zu. Lycien war nie besonders gut darin gewesen, Gesichtsausdrücke zu lesen, doch die Augen der drei machten es ihm einfach. Sie färbten sich nun in Sekundenschnelle. Von Violett zu Gelb – hoffnungsvoll? – zu Pink zu Lila. Es war diese Eigenschaft, die Azulinen gleichzeitig zu Trägern der Wahrheit und zu einer leichten Beute machte. Schon jetzt wusste Lycien, dass sie auf sein Angebot eingehen würden.

»Was für einen Job?«, fragte der Rothaarige.

Das war Lyciens Stichwort. Seine Rede könnte er mittlerweile im Schlaf herunterrattern. Er hob die Stimme, damit auch die anderen Ankommenden ihn hörten – und hoffentlich neugierig genug wurden, um sich die Talent Solutions-Visitenkarten bei ihm abzuholen.

»Was für *einen* Job, möchtest du wissen? Oh, diese Art zu denken, solltest du ablegen, nun, da du in Magnolia Bay angekommen bist. Hast du nicht davon gehört, dass hier alles möglich ist? Was möchtest du sein? Geschäftsmann? Banker? Forscher? Schauspieler? Was auch immer du willst, es wartet hier auf dich, du musst nur danach greifen.«

»Und du willst uns erzählen, dass du all diese Jobs für uns hast? Was bist du? Der größte Unternehmer aller Zeiten oder doch eher ein Scharlatan?«, fragte eine ältere Frau, die sich hinter die Jugendlichen gestellt hatte.

Gut so! Lycien hatte die Aufmerksamkeit der Reisenden.

Er zog einen Stapel Visitenkarten aus der Tasche und reichte sie den Jugendlichen. »Talent Solutions ist immer auf der Suche nach begabten Mitarbeitern, und sie haben Kontakte zu allen größeren Firmen der Stadt. Meldet euch bei ihnen. Ihr habt nichts zu verlieren, aber eine Zukunft zu gewinnen!«

Es war eine Win-win-Situation für alle: Die Reisenden hatten die Chance auf einen Job und damit auf ein besseres Leben. Magnolia Bays Unternehmer profitierten von einem stetigen Zustrom billiger Arbeitskräfte, und Lycien würde ganz nebenbei eine Provision einsacken.

Einer nach dem anderen griff sich eine Visitenkarte. Sogar die alte Dame schob eine ein. Es war ein erfolgreicher Arbeitstag. Die Reihen hatten sich gelichtet, als jemand fragte: »Wie viele Malas ist ein Leben wert?«

Wie bitte? Lycien drehte sich um die eigene Achse, um die Person zu sehen, zu der die Stimme gehörte. Vor ihm stand eine junge Frau mit verschränkten Armen und schiefgelegtem Kopf. Lycien schätzte sie auf Anfang zwanzig. Sie hatte eine filigrane Gestalt, türkise Locken und sie funkelte ihn aus dunkelroten Augen herausfordernd an. Sie war eindeutig eine Azuline, doch ihre Kleidung war wesentlich moderner als die der ankommenden Passagiere. Sie trug einen übergroßen militärisch gemusterten Parker mit Blumenbestickung über engen Jeans und ihre Füße steckten in schweren Stiefeln.

»Sag, wie viel? Zehn Malas? Fünfzehn?«, fragte sie und blähte die Nase. Ihr wütender Ausdruck machte sie attraktiv.

»Zehn Malas?«, wiederholte er verwirrt.

»In etwa so viel solltest du pro Leben einnehmen, nicht wahr?«

»Pro Vermittlung«, korrigierte Lycien sie. »Arbeitest du auch für Talent Solutions?«

»Pfff.« Sie verdrehte die Augen, die einen orangeroten Ton annahmen.

»Würdest du gerne?« Er reichte ihr die letzte Visitenkarte, die er übrig hatte. Die junge Frau ließ seinen Arm in der Luft hängen, ohne zuzugreifen.

»Hast du die geringste Ahnung davon, was du hier tust?«, fragte sie verächtlich.

Die meiste Zeit hatte Lycien absolut keine Ahnung, was er tat, vor allem in den letzten Tagen. Doch das sagte er nicht, sondern: »Ich helfe Leuten, ihrem Traum einen Schritt näher zu kommen.«

»Und was wäre das für ein Traum?«, gab sie zurück. »Einer, aus dem man nie wieder aufwacht?«

Ehe er etwas erwidern konnte, sank sie in die Hocke und tätschelte Schwein den Kopf. Auf ihre Lippen stahl sich ein Lächeln. Das Tier war ein guter Geschäftspartner und ein noch besserer Wingman! Lycien musste sich wirklich einen Namen für seinen neuen Gefährten überlegen.

»Ich habe dich vorhin in der Walled City gesehen«, sagte die Azuline, ohne aufzuschauen.

»Du ... was?! Ich meine, was hast du in der Walled City getrieben?«

Sie schaute zu ihm auf. »Was hast *du* dort gemacht? Siehst du, du möchtest mir nicht antworten. Regel Nummer eins der Walled City: Frag niemanden, warum er dort hingeht.«

Schon hatte sie ihre Aufmerksamkeit wieder Schwein zugewandt. »Darf ich dir eine kleine Rechenaufgabe stellen?«

Der Themenwechsel brachte Lycien aus dem Konzept. Aber nur für einen Moment, bevor er seine Lippen wieder in ein Lächeln zwang. Im Grunde war er froh, seinen Besuch in der Walled City nicht erklären zu müssen.

»Wenn du mir im Gegenzug dafür deinen Namen verrätst.«

»Vielleicht«, entgegnete sie. »Wie viel Geld verdienst du jeden Monat durch Talent Solutions?«

»Wieso fragst du? Willst du wissen, ob ich ein guter Fang wäre?«

Er biss sich schmunzelnd auf die Unterlippe. Den meisten Frauen trieb das die Röte in die Wangen, aber die hübsche Azuline hatte nur Augen für Schwein.

»Du musst mir nicht sagen, wie viel es ist. Denk nur daran, und dann dividiere die Zahl durch deinen Verdienst pro Vermittlung. Dann weißt du, wie viele Leute du jeden Monat zu Talent Solutions schickst.«

Er rechnete im Kopf. Sein Gehalt schwankte von Monat zu Monat, je nachdem, wie gut das Wetter war – denn bei stürmischen Bedingungen landeten weniger Dschunken.

In schlechten Monaten, das ergaben seine Rechnungen, vermittelte er immerhin fünfzig Personen, in guten mehr als doppelt so viel.

»Hast du's?«, fragte sie und er nickte. »Gut. Und jetzt sag mir, an wie viele dieser Leute du dich noch erinnerst?«

Endlich erhob sie sich, stemmte die Arme in die Seiten und schaute ihm nun direkt ins Gesicht.

»Wie viele?«, wiederholte sie ihre Frage. »Die Hälfte? Ein Viertel? Weniger? Wo denkst du, sind die anderen hin?«

Lycien hatte noch nie ein gutes Gesichtsgedächtnis gehabt, doch wie wenig Gesichter ihm einfielen, war bedenklich. War das ein Symptom der Silfurvenen? Hatten diese sich bis in sein Gehirn gefressen?

»Was meinst du damit, wo sie hin sind?«, fragte er.

»Sie sind nicht hier.« Sie drehte sich einmal um die eigene Achse. »Und auch nicht in deiner Erinnerung. Wo sind sie dann?«

»Ich verstehe nicht.«

Sie zog die Augenbrauen hoch, was sie gleichzeitig überheblich und niedlich aussehen ließ. »Wie könntest du? Vielleicht erkläre ich es dir später.«

»Wir sehen uns also später wieder?«, fragte Lycien und sie nickte.

»Heute Abend. Im University District. Ich habe gehört, dass im Moon Club eine Party steigt. Triff mich kurz vor Mitternacht auf der Tanzfläche.«

»Was, wenn ich nicht tanze?«

»Dann machst du für mich eine Ausnahme. Wenn du dich gut anstellst, verrate ich dir vielleicht meinen Namen.« Sie ging abermals in die Hocke, um das Schweinchen zu streicheln. »Tschüss, Schwein. Pass gut auf Lycien auf. Nicht, dass er vor heute Abend verloren geht.«

Sie erhob sich, drehte sich um und ging mit schnellen Schritten davon.

»Warte!«, rief Lycien, doch sie reagierte nicht. »Woher weißt du, wie ich heiße?«

Er wollte ihr nachlaufen, da verstellte Schwein ihm den Weg und er stolperte. Fluchend fing er sich. »War das Absicht?«

Das Tier grunzte zustimmend.

»Du willst also nicht, dass ich ihr nachlaufe?« Erneutes Grunzen. »Ich soll bis heute Abend warten und hoffen, dass sie wirklich auftaucht?«

Diese Erkenntnis belohnte Schwein mit einem Stupser. Na gut, warten also. Warten und nachdenken. Über die eigenartige Azuline und darüber, was sie ihn gefragt hatte. Über ... Ja, was hatte sie ihn eigentlich gefragt? Sie hatte ihn rechnen lassen, aber warum? Es war merkwürdig, als hätte ein Nebel sich um seine Gedanken gelegt. Er konnte sich beim besten Willen keinen Reim darauf machen, warum sie ihn hatte rechnen lassen. Vermutlich war es nur ein Scherz gewesen oder eine Flirterei, die er nicht verstanden hatte. Es war auch egal. Der Nebel streichelte durch Lyciens Inneres, angenehm und sanft. Es gab überhaupt keinen Grund, sich darüber Gedanken zu machen.

»Ein Geschenk für den Meister des Flüsterns.«

Kari

»Ich habe ihn gesehen. Und er mich ... Seitdem träume ich davon, dass er kommen wird, um mich zu holen. In der Nähe von Nours Brunnen war das. Er stand über einem Mann, der kein Mann mehr war. Die Flügel hatte er angehoben. Ja, Flügel, keine Hände. Ich dachte erst, er würde davonfliegen, aber dann drehte er sich um und ... Sein Gesicht ... es war, es war ... er hatte keine Augen! Aber ich weiß, dass er mich ansah. Ich fühle seinen Blick noch immer. Nicht nur auf meiner Haut, sondern in mir drin. Als ob er in mein Herz geschaut hätte. Und ich ... ich ...«

Mehr hatte Izumi nicht erzählen können, ehe sie in unkontrollierbares Schluchzen ausbrach. Saika nahm ihre Tochter in die Arme und strich ihr beruhigend über den Rücken. Kari warf sie einen schneidenden Blick zu, der so viel zu sagen schien wie: *Bist du jetzt zufrieden?*

Das war sie! Die Kleine hatte ihr wertvolle Informationen geliefert! Sie war dem gesichtslosen Dämon in der Nähe von Nours Brunnen begegnet. Kari war erst gestern daran vorbeispaziert – denn kurz hinter dem Brunnen lag das Luminer.

Langsam fügten die Fragmente sich zu einem fertigen Mosaik, auch wenn Kari das Gesamtbild noch nicht erkennen konnte. Was hatten dieser gesichtslose Dämon, Karis Vater, die Brennende Lilie, Nael und ein Student der City University miteinander zu schaffen? Und wie hing all das damit zusammen, dass niemand sich mehr an Kari erinnern konnte? Sie wusste es nicht, doch zumindest hatte sie nun einen Anhaltspunkt, wo sie nach Spuren suchen konnte. Im Luminer. Dort hatte das Mädchen den gesichtslosen Dämon gesehen, dort hatte Kari sowohl Nael als auch Lycien getroffen, und dorthin würde sie nun gehen.

Unter Saikas dunklem Kapuzenpullover war sie vor den Blicken Neugieriger geschützt. Doch irgendwann streifte sie die Kapuze ab. Es war ein Test. Kari wollte wissen, ob sich wirklich niemand mehr an sie erinnerte. Und tatsächlich ... Die Passanten, an denen sie vorbeilief, schauten lediglich kurz auf und wandten sich sofort wieder ihren Tätigkeiten zu. Ein Marktverkäufer versuchte ihr getrocknete Sternmagnolien anzudrehen. Niemand hatte Angst vor ihr. Erst, als sie ihren Ärmel hochschob und der Skarabäus sichtbar wurde, vernahm sie den vertrauten Geruch von Lychees.

Das gesamte Nemea-Viertel hatte Kari vergessen, ach was, die ganze Welt!

Es dauerte eine Weile, bis die Erkenntnis zu ihr durchdrang, und noch etwas länger, bis sie die kribbelnde Emotion in ihrem Magen zuordnen konnte. War es Wut, weil jemand ihre Erinnerung gestohlen hatte? Trauer, weil ihr bisheriges Leben verloren war? Sorge, wie es nun mit ihr weitergehen würde? Ein wenig von allem vielleicht. Doch ein Gefühl überschattete alle anderen, und als Kari sich erlaubte, dieses Gefühl zuzulassen, sprudelte es von ihrem Bauch in den gesamten Körper.

Freiheit! Das war es, was das Kribbeln bedeutete – auch wenn sie es bis eben nicht hatte wahrhaben wollen!

Seit ihre Eltern Kari an Daishiro verkauft hatten, war sie eine Gefangene in seinem goldenen Käfig gewesen. Verhätschelt, beneidet, gefürchtet, aber niemals frei. Zum ersten Mal seit zehn Jahren gab es keine Leibwächter, die ihr auf Schritt und Tritt folgten. Zum ersten Mal erregten ihr Gesicht und ihre bunten Haare keine Aufmerksamkeit. Zum ersten Mal seit so langer Zeit wusste niemand, wer sie war. Daishiros Paradiesvogel, das Eigentum des großen Dons. Trotzdem musste sie aufmerksam sein, denn seine Krieger waren sicherlich nach wie vor auf der Suche nach ihr.

Kari erreichte den Brunnen, wo Izumi den Dämon gesehen hatte und wo Gläubige Obst oder Blumen als Geschenke für Nour, den göttlichen Meister des Flüsterns und Bewahrer aller Geheimnisse, niedergelegt hatten. Von hier aus konnte sie den Eingang zum Luminer beobachten. Es war erst Nachmittag, also war das Spiel- und Freudenhaus geschlossen. Kari atmete tief ein, spürte die Luft, die ihren Brustraum ausfüllte, und vernahm einen blumigen Duft. Der Geruch der Freiheit.

Rauschende, alles einhüllende, sprudelnde Freiheit. Zum ersten Mal war ihre Zukunft kein vorgegebener Weg, auf den sie keinen Einfluss hatte, sondern ein endloses Meer an Möglichkeiten. Ebenso weit und ebenso unberechenbar wie der Ozean.

Da wusste Kari, was sie zu tun hatte.

Sie riss sich die Kette vom Hals, die Daishiro ihr vor zwei Jahren zum Geburtstag geschenkt und die sie seither immer getragen hatte, und warf sie in den Brunnen. Ein Geschenk an Nour, auf dass er das Geheimnis ihres Namens, ihrer Vergangenheit und ihres Seins für sie bewahren würde. Kari wollte Antworten – sie musste herausfinden, was mit ihr geschehen war –, doch zurück in ihr altes Leben, in Daishiros goldenen Käfig? Nein, das wollte sie nicht.

Plötzlich frischte der Wind auf, das Brunnenwasser verdunkelte sich. Kari spürte die Präsenz einer Person, ehe sie die leisen Schritte hörte, die auf sie zukamen. Ruckartig drehte sie sich um und sog scharf die Luft ein.

Die Gestalt hatte kein Gesicht. Keinen Mund, keine Augen – und dennoch wusste Kari, dass das Wesen sie anstarrte. Es strömte einen bleiernen Rauchgeruch aus. Sein Körper war in Nebelschlieren gehüllt. Langsam hob das Wesen seine Flügel – ja, Flügel, genauso wie Izumi gesagt hatte.

Kari wich zurück, aber sie war zu langsam. Rauch schoss auf Kari zu und traf sie mit voller Wucht. Dunkelheit hüllte sie ein. Ihre Umgebung löste sich in nichts auf. Kari blinzelte frenetisch, konnte allerdings nichts sehen. Es war, als hätte der Vogeldämon ein Tintenfass über ihrer Welt ausgeleert. Sie taumelte zurück, bis sie gegen etwas stieß. Den Brunnen? Nach Halt suchend tastete Kari dessen Oberfläche entlang. Sie musste sich verteidigen oder in Sicherheit bringen! Aber wie, wenn sie nichts sehen konnte?

Lautes Klingeln machte sich in ihren Ohren breit und vertrieb alle Geräusche.

»Hilfe!«, schrie Kari.

Zumindest glaubte sie das. Doch sie hörte nichts mehr! Nichts, außer dem Klingeln.

Verdammt, verdammt ... verdammt!

Ihre Augenlider zuckten panisch – aber die Welt blieb schwarz. Etwas Hartes traf sie am Rücken. Kari taumelte, kippte um und landete im Brunnen. Sie keuchte, als Wasser in ihre Lunge drang. Keuchte und keuchte und ... begriff, dass es kein Wasser war, sondern die Rauchmagie, mit der das Monster ihre Kehle zuschnürte. Sosehr sie auch nach Atem rang, konnte sie keinen Sauerstoff erwischen.

Sie musste sich beruhigen! Musste die Panik vertreiben und klar denken, um sich verteidigen zu können. Einem Instinkt folgend, tauchte Kari unter. Das Wasser hüllte sie ein, kalt und tödlich, doch das Klingeln in ihren Ohren ließ nach, als ob der Rauch sie unter Wasser nicht erreichen könnte. Oder vielleicht war es Nour, der Meister des Flüsterns, der seine schützende Hand über Kari hielt. Sie drückte ihren Körper auf den Grund des Brunnens, bis ihre brennende Lunge zu zerbersten drohte. Dann tauchte sie mit Schwung auf. Wassertropfen spritzten rund um sie herum.

Jemand zischte. Der Dämon? Innerlich jubelte Kari! Sie hörte wieder! Doch ihre Kehle war noch immer verschlossen.

Blindlings kletterte sie aus dem Brunnen und machte einen Satz in die Richtung, aus der das Zischen gekommen war. Sie bekam das Wesen zu fassen.

Kari hatte mit ledriger Haut gerechnet, mit Federn oder mit fleischgewordener Dunkelheit, doch ihre Finger streiften über seidigen Stoff. Mit aller Kraft grub sie ihre Nägel in die Seide. Der Dämon wollte sie abschütteln, doch Kari hielt sich fest. Wenn sie losließ, wäre sie tot. Was auch immer dieses Wesen war, was auch immer es von Kari wollte, ihr war klar, dass sie diese Begegnung nicht überleben würde, wenn sie nicht mit allem kämpfte, was sie hatte.

Ihr Brustkorb brannte, jeden Moment würde sie das Bewusstsein verlieren – und wenn das geschähe, bevor sie den Dämon überwältigte, würde der Atem sie auf ewig verlassen. Plötzlich schleuderte eine Druckwelle Kari von der Kreatur weg. Sie flog in hohem Bogen durch die Luft. Ihr Kopf schlug gegen das Pflaster. Sie schmeckte Blut, keuchte und ... Sauerstoff strömte in ihren Körper. Atmen, atmen – sie konnte wieder atmen!

Im nächsten Moment wurde alles schwarz.

Als sie wieder zu sich kam, lag sie allein vor Nours Brunnen. Von dem gesichtslosen Vogeldämon fehlte jede Spur. Nur die feine Rauchnote in der Luft erinnerte an ihn. Karis Kopf dröhnte, ihre Ohren sangen und ihre Lunge schmerzte. Doch sie konnte wieder atmen!

Vorsichtig öffnete sie ihre Hand. Darin lag ein dunkles Stück Stoff, das sie aus der Robe des Dämons gerissen hatte. Die schwarze Seide funkelte im Sonnenlicht. Sie steckte den Stoff in ihre Hosentasche. Kari musste von hier verschwinden, bevor das Monster zurückkehrte oder ein Skarabäuskrieger sie entdeckte.

So schnell, wie es in ihrem malträtierten Zustand möglich war, humpelte sie davon. Sie ließ Nours Brunnen und schließlich die Nemea-Viertel hinter sich. Vielleicht für immer.

»Nicht mal Liebe ist stärker als der Nebel.«

Nael

Nael rieb sich die brennenden Augen. Hinter seiner Stirn pochte es, als würde dort jemand mit einem Schlaghammer arbeiten. Der Tag war beschissen gewesen, in der Nacht davor hatten die Skarabäuskrieger ihn beinahe umgebracht, und trotzdem würde er die heutige Nacht wieder damit verbringen, durch die Clanviertel zu streifen, um nach Hinweisen rund um den gesichtslosen Dämon zu suchen. Nur das Treffen mit seiner kleinen Schwester und die Aussicht darauf, mit ihr das beste Curry der Stadt zu essen, waren ein Lichtblick.

In Magnolia Bay gab es mehr als zwei Dutzend Streetfoodmarkets, aber für Nael war der Almacen-Market zweifelsfrei der beste. An den kleinen Ständen wurden Lotus-Quiche, Lychee-Oktopus auf Kokosreis, Quallen-Sushi und alle möglichen marinierten Speisen verkauft, die einen mit ihrer Schärfe beinahe zum Feuerspucken brachten. Naels Lieblingsgericht war jedoch mit Abstand Momosakas Spezial-Curry.

Er setzte sich an einen der winzigen Plastiktische, die auf der Straße standen. Heißer Dampf, Geplauder in allen erdenklichen Sprachen und scharfe Gerüche füllten die Nachtluft. Eine Motte flog so nah an Naels Wange vorbei, dass er ihren Flügelschlag wie ein Streicheln auf der Haut fühlte.

Nael lächelte. »Hallo, kleine Schwester.«

Wo Zora war, waren auch ihre Babys. Die magischen Motten, die ihr überallhin folgten.

»Du siehst aus, als hätte dich ein Lastwagen überrollt«, sagte sie zur Begrüßung und ließ sich schwungvoll auf dem Plastiksessel Nael gegenüber nieder.

Sie trug ein dünnes, seidig glänzendes Oberteil, hatte sich Perlen in die Ohren gesteckt und ihre Lippen rot nachgezogen. Ihre Augen funkelten pink, während sie ihn mit einem herausfordernden Grinsen musterte. Wie immer sprühte seine Schwester vor Lebensenergie, genauso wie die Motten, die um ihren Kopf tanzten, die sie nun jedoch mit einer Handbewegung verscheuchte.

Ihre bloße Anwesenheit beruhigte Nael. Der Knoten in seiner Brust löste sich und er atmete freier.

»Du siehst dafür blendend aus. Bist du zu einer Party unterwegs?«, fragte Nael lächelnd.

»Falsch! *Wir* sind zu einer Party unterwegs.« Zora lehnte sich in ihrem Sessel zurück und breitete die Arme aus. »Und bevor du Nein sagst, lass dir von einer ausgebildeten Heilerin«, sie zeigte mit dem Finger auf ihre Brust, »sagen, dass wir zum Leben mehr brauchen als Essen, Luft und den Schlaf, den du deinen Augenringen nach zu urteilen nicht bekommst. Nimm's mir nicht übel, Nael, aber du siehst aus, als wärst du von den Toten auferstanden. Was du brauchst, ist Spaß! Musik und Tanz und einfach mal frei sein.«

Er lächelte schwach. »Ich würde zu gerne wissen, in welchem Fachbuch du gelesen hast, dass man Musik zum Überleben braucht.«

»Ich sagte nicht Überleben, sondern Leben«, korrigierte Zora ihn. »Und komm mir nicht mit der Ausrede, dass du arbeiten musst!«

Als hätte sie seine Gedanken gelesen ...

Zora beschwerte sich regelmäßig, dass ihr Mama Laquars

siebter Sinn fehlte, doch Nael war für sie ein offenes Buch. So auch jetzt, als er sich seufzend über die Stirn strich.

»Hast du schon wieder Kopfschmerzen?«, fragte sie.

»Es ist nichts. Ich bin nur müde …«

Sie musterte ihn mit demselben skeptischen Blick, der normalerweise für ihre Kunden reserviert war. Dann stellte sie fest: »Du könntest deine Augen entlasten, wenn du aufhören würdest, diese dämlichen Kontaktlinsen zu tragen.«

Ein Schnauben war Naels einzige Antwort. Zora wusste genauso gut wie er, dass die Linsen ein notwendiges Übel waren, denn ohne sie müsste er sich einigen unangenehmen Fragen rund um seine Herkunft stellen.

Was die Brennende Lilie anging, war Nael in Magnolia Bay geboren und auf der Straße aufgewachsen. Seine Mutter hatte er in frühen Jahren verloren, wer sein Vater war, wusste er nicht – was sogar der Wahrheit entsprach. Das war ein Hintergrund, mit dem das Syndikat gut leben konnte. Ein Mitarbeiter ohne Nachnamen, ohne Geschichte, ohne Angehörige, die nach ihm suchen würden, sollte es jemals nötig sein, Nael verschwinden zu lassen.

»Die Kontaktlinsen sind gar nicht so schlimm, wenn man sich erst mal an sie gewöhnt hat.«

»Oder wenn man sie nicht vierundzwanzig Stunden am Tag tragen müsste«, gab Zora zurück. »Du arbeitest zu viel.«

Darauf hatte Nael keine Erwiderung. Zora hatte recht, er arbeitete wirklich zu viel, aber das ließ sich im Augenblick nicht ändern.

»Und du arbeitest das Falsche«, fügte sie hinzu. »Ich arbeite auch viel und bin trotzdem nicht so ausgelaugt wie du. Weil mein Job mir nicht das Gefühl gibt, mir abends die Haut abziehen zu müssen.«

War es so offensichtlich? Nael erzählte Zora nur das Nötigste von seiner Arbeit. Meist spielte er herunter, wie sehr er das alles hasste …

In diesem Moment stellte der Kellner zwei dampfende Schüsseln Curry und zwei Flaschen Zitronengraslimonade vor ihnen ab. »Extrascharf, genauso wie ihr es mögt«, sagte er. Nael quittierte dies mit einem dankbaren Lächeln.

Zora hob ihre Flasche an. »Cheers, großer Bruder.«

Als sie anstießen, berührten Naels Fingerknöchel für eine Sekunde die seiner Schwester. Ein warmes Prickeln ging von ihrer Haut auf ihn über, wanderte seine Venen entlang, über den Arm bis in die Schulter und schließlich seine Schläfe hinauf, und sein Kopfschmerz verschwand. Die Augen, die bis eben gebrannt hatten, fühlten sich wieder normal an. Sogar die Müdigkeit rückte zurück.

»Zora«, flüsterte er. »Du sollst doch nicht …«

Nael nahm ihre Hand in seine und drehte sie um. Über ihren Handballen zog sich ein feiner Schnitt. Blutmagie forderte immer einen Preis …

»Es ist nichts«, meinte sie und entwand sich seinem Griff.

»Doch, das ist es.« Selbst wenn Zora nur Lebensenergie im Wert eines Atemzuges für diesen Zauber geopfert hatte, war es zu viel. Er schloss die Augen. »Du darfst dich nicht meinetwegen verletzen. Du …«

Zora unterbrach ihn: »Was wäre ich für eine Heilerin, wenn ich es nicht mal schaffe, meinem eigenen Bruder zu helfen?« Sie schaute ihn mit schiefgelegtem Kopf an. »Wir haben versprochen, aufeinander aufzupassen. Erinnerst du dich? Du passt auf mich auf, und ich auf dich. Dieser kleine Zauber ist das Mindeste, was ich tun kann.«

Auch wenn Nael ihre Hilfe nach dem Tag, der hinter ihm

lag, nicht verdiente. Er hatte zwei Menschen in den beinahe sicheren Tod geschickt. Er hätte sie gehen lassen können, aber seine Tarnung war ihm wichtiger gewesen.

Ich will fliegen.

Er wurde sie nicht los, diese Worte und den verlorenen Blick aus den Augen der Frau, die sich in den Fängen des Nebels verloren hatte. Er hatte etwas Schreckliches getan und sich den restlichen Tag schrecklich gefühlt, geistig wie körperlich. Nur, dass er sich jetzt nicht mehr schrecklich fühlte, dass die Schmerzen dank seiner Schwester verschwunden waren … Er hatte es nicht verdient. Weder Zoras Fürsorge noch das Heimatgefühl, das der Curry-Geschmack mit sich brachte.

»Erzähl mir etwas Schönes«, sagte Zora, nachdem sie eine Zeit lang schweigend gegessen hatten.

Es war eine ihrer Lieblingsfragen. Sie wollte hören, was Nael glücklich machte – auch wenn es in den letzten Tagen wenig gegeben hatte.

»Ich habe gestern Nacht eine Magnolie für dich gepflückt«, sagte er und zog die Blüte aus der Jackentasche. Den ganzen Tag über hatte er die Pflanze mit sich herumgetragen. Sie war zerknautscht und an den Ecken bräunlich, doch Zora nahm sie entgegen, als sei sie das schönste Geschenk. Sie hielt die Blume an ihre Nase und seufzte genüsslich.

»Was mich zu einer anderen Frage bringt«, fuhr Nael fort.

»Du willst wissen, was es mit der Frau mit den Magnolien-Haaren auf sich hat«, schlussfolgerte Zora.

Kari Nemea. Den ganzen Tag hatte Nael über diesen Namen und über Zoras Nachricht gegrübelt.

»Allzu viel kann ich dir leider auch nicht sagen«, meinte Zora. »Du hast mich gestern Nacht angerufen.«

»Daran erinnere ich mich nicht mehr.« Der Nebel. Es

musste der Nebel sein! Der gesichtslose Dämon hatte Kari also erwischt.

Seine Vermutung bestätigte sich, als Zora sagte: »Du wolltest Karis Namen vor dem Nebel bewahren. Der Vergessenszauber war schon dabei zu wirken, als du mich angerufen hast.«

Sie erzählte ihm von den wenigen Erinnerungsfragmenten, die sie hatte aufbewahren können. Kari Nemea, eine junge Frau mit magnolienfarbenen Haaren und hellen Augen. Ein Mitglied des Skarabäusclans, aber kein gewöhnliches, sondern die Adoptivtochter des Dons.

»Was noch?«, fragte er, denn seine Schwester kaute auf ihrer Unterlippe herum, wie sie es immer tat, wenn sie etwas nicht aussprechen wollte.

»Du sagtest, du hättest sie zum letzten Mal in der Nemea-Villa gesehen. Warst du ernsthaft dort drin?«

War er deshalb in der Nemea-Villa gewesen? Um Kari zu sehen?

Zora interpretierte sein Schweigen richtig. »Wirklich? Nael, das ...« Sie schluckte. Zora wusste ebenso gut wie er, dass ein Einbruch in das Hauptquartier des Dons den fast sicheren Tod bedeute.

»Hast du dich heute komisch gefühlt?«, fragte sie dann.

»Inwiefern?«

»Na ja, hast du dich verwirrt gefühlt? Orientierungslos? Leer?«

Er brauchte ein paar Sekunden, um zu begreifen, worauf sie hinauswollte. Wie stark der Nebel einen traf, hing davon ab, wie nah man der verschwundenen Person gestanden hatte. Vergaß man jemanden, den man nur am Rande gekannt hatte, nahm man den Nebel nach dem kurzen Moment des Vergessens gar nicht mehr wahr. Doch wenn eine geliebte Person verschwand, jemand, mit dem man viele Erinnerungen verband, jemand, der einen wichtigen Platz im eigenen Leben eingenommen hatte und dessen Erinnerungsstücke einen umgaben, dann traf einen der Nebelzauber so stark, dass es zu Gefühlen der Orientierungslosigkeit und Verwirrung bis hin zum Wahnsinn führen konnte. Im schlimmsten Fall endete man so wie die Frau von heute Nachmittag. *Ich will fliegen.*

»Du denkst also, sie stand mir nahe?«, fragte er nun.

»Na ja, du klangst so verzweifelt … Und du warst ihretwegen in der Nemea-Villa. Da habe ich mich gefragt, ob du vielleicht …« Sie räusperte sich. »Kann es sein, dass du verliebt in sie warst?«

Nael wollte widersprechen. Natürlich war er nicht in diese Kari Nemea verliebt gewesen, von der er glaubte, sie gar nicht allzu gut gekannt zu haben. Doch um ehrlich zu sein, war er nicht sicher. Er hätte sich gerne eingeredet, dass er bestimmt keine Frau vergessen hätte, in die er verliebt war. Aber er wusste es besser. Zu oft hatte er gesehen, wie Brüder ihre Schwestern vergaßen, Männer ihre Frauen, Mütter ihre Kinder … Es gab keine Emotion, die stärker war als der Nebel. Nicht mal Liebe.

Geschützt durch Zoras Zauber, der Karis Namen für ihn gebannt hatte, würde der Nebel Nael nicht so stark treffen, wie es normalerweise der Fall war, wenn man jemand Geliebten verlor. Nur durch diese Magie konnte er jetzt überhaupt über Kari nachdenken – und sich fragen, was er verloren hatte.

Zora legte ihre Hand auf seine. Die Berührung holte ihn aus dem Strudel düsterer Gedanken in die Realität zurück.

»Es tut mir leid«, flüsterte sie. »Wer auch immer Kari gewesen ist, es tut mir leid.«

Nael schluckte. »Was mache ich jetzt?«, flüsterte er. Als ob Zora die Antwort für ihn hätte. Doch sie grinste.

»Jetzt«, sagte sie und schaute ihm dabei fest in die Augen, »vergisst du für einen Moment deine Sorgen und lebst. Du weißt schon, leben, nicht nur überleben.« Sie tätschelte ihm die Wange. »Jetzt, großer Bruder, gehen wir tanzen!«

»Das ist Leben!«

Zora

Zora und Nael fuhren drei Stationen mit der U-Bahn bis zum Pearl Strip, der Partymeile des Universitätsviertels. Hier fand man alles, was das Feierherz begehrte, von traditionellen Pubs und gemütlichen Diners über hochmoderne Rooftop-Bars bis hin zu Diskotheken, in denen bis in die frühen Morgenstunden getanzt wurde.

»Sagst du mir, wohin wir unterwegs sind?«, fragte Nael, der die Hände in den Hosentaschen vergraben hatte.

Zora warf ihm einen besorgten Seitenblick zu. Ihr Bruder lächelte entspannt, doch das vertrieb die tiefen Augenringe nicht. Er war immer müde, das hatte er seinen verrückten Arbeitszeiten zu verdanken. Heute allerdings schien er noch ausgelaugter als normalerweise. Zora brachte Nael kaum je dazu, ihr Details über seine Arbeit zu erzählen. Aber was auch immer es war, das die Brennende Lilie von ihm verlangte, es fraß ihren Bruder auf.

»Wir gehen zum Moon Club«, antwortete sie nach einer viel zu langen Pause. »Dort findet heute eine Party statt.«

»Ah.«

Mehr sagte er nicht. Gut so. Zora hatte wenig Lust darauf, ihm zu beichten, dass es für ihren Club-Besuch noch einen weiteren Grund gab. Ja, sie wollte tanzen, und ja, sie wollte die Nacht genießen, als wäre es ihre letzte – und für Nael wollte sie dasselbe. Doch sie hatte auch einen Auftrag zu erledigen.

Ihr war nicht ganz klar, was Mama Laquar in Lycien gesehen hatte, fest stand jedoch, dass sie ihn am Leben erhalten wollte. Zora hatte seiner Verkaufsrede am Magnolia Harbor gelauscht und sie musste zugeben, dass er ein charismatischer Kerl war, einer der mit Worten umzugehen wusste und dem es leichtfiel, Leute um den kleinen Finger zu wickeln. Er sah außerdem aus wie eines der Unterwäschemodels, die einem auf den großen Leinwänden in den Shoppingcentern entgegenstrahlten. Er war groß und sein breites Kreuz deutete darauf hin, dass er regelmäßig trainierte. Er hatte glänzend blonde Haare, Augen in der Farbe des Ozeans an einem Sommertag und ein Lächeln, das die meisten Frauen mit Sicherheit zum Dahinschmelzen brachte.

Zora bezweifelte, dass Mama Laquar sich von irgendeiner dieser Qualitäten beeindrucken ließ. Es musste also einen anderen Grund geben, warum sie ihm helfen wollte. Einen, den Zora nicht verstand. Da sie ohnehin keine Wahl hatte, konnte sie ihren Auftrag auch genießen – und da halfen sein Lächeln, seine Augen oder auch das süße Schweinchen, das er an seiner Seite gehabt hatten, eindeutig. Die wenigen Momente, die sie mit Lycien verbracht hatte, genügten, um zu wissen, dass sie mit ihm Spaß haben könnte. Und das würde sie auch – sofern er ihrer Einladung folgte und heute Nacht im Moon Club auftauchte.

Wenn nicht? Nun, davon würde sie sich die Nacht nicht vermiesen lassen, und zumindest konnte sie Mama Laquar gegenüber wahrheitsgemäß behaupten, es versucht zu haben.

»Du denkst an Kari, nicht wahr?«, fragte sie ihren Bruder, der zur Antwort bloß schnaubte. »Macht es mich zu einem schlechten Menschen, dass ich mir insgeheim wünsche, sie war deine heimliche Freundin?«

Nael runzelte die Stirn. Dann sagte er: »Du bist schräg«, und grinste.

Immerhin hatte sie es geschafft, ihrem Bruder ein kleines aufrichtiges Lächeln auf das unglückliche Gesicht zu zaubern. Er wusste ja, dass Zora sich für ihn eine Freundin wünschte. Ein wenig Verliebtheit, um ihn von seinem Job abzulenken.

»Oder vielleicht sollte ich mir wünschen, dass sie nicht deine Freundin war. Dann könntest du heute Abend auf die Jagd gehen«, neckte sie ihn.

»Wie sieht's denn mit dir aus? Ich erfahre nie etwas über dein Liebesleben.«

»Weil es keines gibt«, entgegnete Zora. Zumindest keines, von dem sie ihrem Bruder berichten wollte. Sie erzählte Nael fast alles, aber ihre One-Night-Stands behielt sie lieber für sich. »Du weißt doch, dass Hexen und Liebe nicht zusammenpassen.«

Es war das ungeschriebene Gesetz der Magier. Hexen und Magiermeister konnten ihre Herzen keinem anderen Menschen schenken, weil diese bereits der Magie gehörten. Natürlich kam es hin und wieder vor, dass jemand sich trotzdem verliebte. Zora hatte dies meist belächelt. Liebe war für sie in etwa so interessant wie eine Karriere als professionelle Blumentopf-Reinigerin, was jedoch nicht bedeutete, dass sie nicht ihren Spaß haben konnte. Wie heute Nacht.

Sie erreichten den Moon Club, vor dessen Tür sich eine kleine Schlange gebildet hatte. Schon hier konnte Zora den Bass fühlen, der ihre Fußsohlen zum Vibrieren brachte. Die Disco lag in einem ehemaligen Tempel, wo Gläubige den Göttinnen und ihren Generälen Opfer dargebracht hatten. Mittlerweile befanden sich im Inneren auf mehreren Stockwerken Bars und private Lounges. Das Glanzstück des Moon Clubs war jedoch die Tanzfläche, über der ein künstlicher Mond sein pinkes Licht auf die Feierlustigen warf.

Der Türsteher winkte sie durch. Zora schob Nael durch einen engen Gang. Eine junge Frau mit beeindruckender Oberweite warf Nael ein eindeutiges Lächeln zu, doch er ignorierte sie. Je näher sie der Tanzfläche kamen, desto dichter drängten sich die Leute und desto lauter dröhnte die Musik, bis sie jedes Gespräch unmöglich machte. Neonlichter flackerten rund um Zora und Nael. Plötzlich versteifte sich ihr Bruder. Zora folgte seinem Blick.

Auf einer Tribüne am anderen Ende der Tanzfläche tanzten weibliche Hüllen. Die stimmlosen Wesen waren in knappe Outfits gehüllt, die kaum etwas der Fantasie übrig ließen, und hatten Glitzer auf ihre Körper geschmiert. Sie trugen neonfarbene Perücken und bewegten sich lasziv, wenn auch etwas steif zum Takt der Musik. In der Dunkelheit des Clubs und mit den Lichtreflexen auf ihrer Haut wirkten sie fast wie echte Menschen. Doch ihre emotionslosen Gesichter und ihre leeren Augen verrieten, was sie wirklich waren.

Zora legte eine Hand auf Naels unteren Rücken. »Lass dir davon nicht die Laune verderben!«, rief sie über die Musik hinweg und nahm seine Hand. »Bitte!«

Aber Nael ließ sich nicht von ihr auf die Tanzfläche ziehen. Natürlich nicht. Wie könnte er, wenn die Hüllen mit ihren leblosen Blicken nur wenige Meter von ihm entfernt tanzten?

»Ich hole uns was an der Bar, ja? Ich würde dir nur den Spaß verderben.«

Zora wollte protestieren, doch es hätte nichts gebracht. Also nickte sie bloß und ließ zu, dass die Masse der Feierlustigen sie immer weiter von Nael wegspülte, dass der Bass sie einhüllte und ihre Sorgen forttrug. Dieser Moment, dieses Gefühl, umgeben von unzähligen schwitzenden Körpern, von schlagenden Herzen und purer Freude zu sein – das war Leben!

Sie schloss die Augen und ließ sich von der Musik mittragen. Als sie das nächste Mal aufschaute, sah sie, wie Nael den Club verließ.

»Vielleicht bin ich schon verrückt.«

Nael

Naels Brust öffnete sich, als er den Moon Club verließ und die frische Nachtluft einatmete. Zora würde auch ohne ihn Spaß haben – vermutlich wesentlich mehr als mit ihm. Sie hatte glücklich ausgesehen und frei. So frei, wie Nael sich, seit er der Brennenden Lilie vor drei Jahren beigetreten war, nicht mehr gefühlt hatte. Er wusste, dass Zora sich nichts mehr wünschte, als auch ihn ausgelassen zu sehen. Doch nach den letzten Tagen war ihm alles andere als zum Feiern zumute, der Anblick der Hüllen hatte ihm den Rest gegeben.

Er sollte sich auf direktem Weg in die Clanviertel aufmachen und seine Ermittlungen fortführen. Doch er war so verdammt müde! Die Vorstellung, jemanden zu beschatten oder gar zu befragen, erschien ihm unglaublich anstrengend. Also schlenderte er am Eingang zur U-Bahn-Station vorbei und spazierte durch die dunklen Straßen, die ihn vom Trubel der Partymeile weg- und hin zu ruhigeren Wohnvierteln brachten.

Kari Nemea. Wie sehr wünschte er sich zu wissen, wer sie gewesen war – wer sie *für ihn* gewesen war. Doch es war beinahe unmöglich, Antworten auf diese Fragen zu finden.

Nael rieb sich seufzend die Augen. Es war zum Verrücktwerden ... Vielleicht war er auch schon verrückt. In den Wahnsinn getrieben vom Nebel wie so viele vor ihm.

Plötzlich nahm er aus den Augenwinkeln einen Schatten wahr. Er unterdrückte den Drang wegzurennen. Wer auch immer in dieser Nacht dumm genug war, ihn ausrauben zu wollen, würde es bereuen. Im nächsten Moment spürte er eine Berührung am Hals, dann kalten Stahl, der sich gegen seinen Kehlkopf drückte.

»Wenn du dich bewegst, bist du tot«, flüsterte eine Frauenstimme.

»Was willst du?«, fragte Nael. »Geld?«

»Antworten«, gab sie zurück »Und zwar wahre Antworten. Lügst du, stirbst du. Verstanden?«

Nael schluckte. »Verstanden«, flüsterte er. Das versprach interessant zu werden.

»Für wen arbeitest du, *Nael*?«

Sie wusste also, wer er war – woraus er schlussfolgerte, dass sie auch die Antwort auf ihre Frage längst kannte. Trotzdem – oder gerade deswegen – durfte Nael nicht riskieren, den Namen des Syndikats auszusprechen.

»Das kann ich dir nicht sagen.«

»Ich dachte, du hättest verstanden, was passiert, wenn du lügst.«

Sie drückte die Klinge fester an seinen Hals. Es brannte, als das Metall sich in sein Fleisch schnitt.

»Ich lüge nicht.«

Sie ließ sich drei Herzschläge lang Zeit mit einer Antwort. Dann flüsterte sie: »Du arbeitest für die Brennende Lilie, und gestern warst du ihretwegen im Luminer und danach im Anwesen von Daishiro Nemea. Was hast du dort gemacht?«

»Woher weißt du ...«

Der Druck der Klinge nahm gerade so viel ab, dass er seinen Kopf ein wenig zur Seite drehen und seiner Angreiferin ins Gesicht schauen konnte. Eiskalte, blasslila Augen starrten ihn an. Ein Blick, der ihm klarmachte, dass sie nicht spielte. Eine falsche Bewegung, eine Lüge und sie würde ihm die

Kehle durchschneiden. Sie hatte eine Kapuze über den Kopf gestülpt, doch eine Strähne lugte heraus. Bläulich an der Spitze, in den Längen waren ihre Haare rosarot. Die Farbe von Magnolien.

Naels Herz überschlug sich. »Kari?!«

»Würdest du dir freiwillig die Seele aus dem Leib reißen lassen?«

Kari

Kari glaubte nicht an glückliche Zufälle oder an das Schicksal. *Nicht mehr.* Dafür hatte Daishiro gesorgt. Doch was, wenn nicht eine schicksalhafte Fügung, war es, die sie zu Nael geführt hatte? Nachdem Kari die Nemea-Viertel hinter sich gelassen hatte, war sie unschlüssig gewesen, wie sie weiter vorgehen sollte. Nael war die beste Option, um Antworten zu erhalten. Doch wie sollte sie ihn finden?

Ihr einziger Anhaltspunkt war Lycien, von dem sie überzeugt war, dass er mit Nael unter einer Decke steckte, auch wenn der Lilien-Agent das geleugnet hatte. Warum sonst hätten die beiden sich nach ihrer Auseinandersetzung im Luminer heimlich unterhalten sollen? Lycien hatte eine Jacke der City University getragen, also war Kari zum Campusgelände aufgebrochen, um dort nach ihm zu suchen. Sie hatte ein paar Leute nach ihm befragt, und tatsächlich – entgegen jeglicher Wahrscheinlichkeit – hatten diese gewusst, von wem sie sprach.

»Du meinst Lycien De'Lacour?«, hatte eine rothaarige Studentin kichernd erwidert, nachdem Kari sein Aussehen beschrieben hatte.

Er hatte also einen Nachnamen … Das hieß, er musste einer bedeutsamen Familie entstammen, was Kari nach ihrem ersten Aufeinandertreffen nicht vermutet hätte.

Eine Freundin der Rothaarigen hatte ihr den Tipp gegeben, am Pearl Strip nach Lycien De'Lacour Ausschau zu halten. »Er geht gerne feiern, weißt du«, hatte sie mit bedeutungsschwerer Stimme gesagt, und beide Studentinnen waren rot angelaufen, was Kari als sicheres Zeichen dafür deutete, dass alle zwei in Lycien verknallt waren. Kari hatte auf weitere Fragen verzichtet. Mit wem dieser Lycien sein Bett teilte, war ihr egal, und wenn Kari ihm erst einmal seine Nase gebrochen hatte, würden die beiden ihn ohnehin nicht mehr sexy finden.

Am Pearl Strip hatte Kari zwischen Hunderten besoffenen Studierenden zwar nicht Lycien, dafür aber ihre eigentliche Zielperson erspäht: Nael!

Dies war der Moment, in dem sie ernsthaft an Daishiros Weisheit zu zweifeln begann. Heiliger Calisto und Nour, dass sie Nael einen Tag nach ihrem ersten Aufeinandertreffen ausgerechnet hier fand, war sicher kein Zufall. Aber vielleicht Schicksal?

Sie war ihm mehrere Blocks weit gefolgt, immer in den Schatten der umliegenden Häuser. Als sie ihn schließlich angriff, hatte sie mit Gegenwehr gerechnet oder damit, dass er wie am Vortag versuchen würde, sie mit seinem Charme zu bezirzen. Womit sie nicht gerechnet hatte, war, dass er ihren Namen kannte – der erste Mensch, der sich an sie erinnerte! –, und noch weniger mit seinen nächsten Worten: »Geht es dir gut?«

Er sagte es, als ob ihm wirklich etwas daran läge, wie es Kari ging. Sie wusste nicht, ob es diese Überraschung war oder die Tatsache, dass sie den ganzen Tag lang nichts gegessen hatte, die sie zustimmen ließ, als er anbot: »Du siehst hungrig aus. Wie wäre es, wenn ich dir bei einem Teller gebratener Nudeln alles erzähle, was du wissen willst?«

Es war leichtsinnig, naiv und dumm – aber nun saß sie nicht etwa in einem Restaurant, sondern auf der gemütlichen, reinweißen Couch in Naels Wohnung und sah ihm dabei zu, wie er in der Küche hantierte.

Er hatte Kari den Rücken zugewandt, während er Nudeln und Gemüse in einem Wok briet. *Zeig deinen Feinden, dass du ihnen überlegen bist. Zeig ihnen, dass du keinen Grund hast, Angst vor ihnen zu haben.* Und Angst hatte er, dem Fehlen des süßlichen Lychee-Geruchs nach zu urteilen, offensichtlich keine vor ihr, woran auch die geladene Pistole in Karis Hand nichts änderte. Naels eigene Pistole, wohlgemerkt, die Kari ihm auf der Straße abgeknöpft hatte.

Kari ließ ihren Blick schweifen. Die Wohnung war modern eingerichtet. Es gab keine Fotos und auch sonst nichts, das einen Rückschluss auf Naels Privatleben geben könnte. Kari fragte sich, ob er hier wirklich lebte oder ob das eine Alibi-Wohnung war, in der Lilien Leute verhörten – oder was auch immer es war, das ein Lilien-Agent machte.

Ein Klappern ließ sie hochschrecken. Sie war sofort in Alarmbereitschaft. Immerhin gab es in der Küche Messer, die Nael als Waffe benutzen könnte. Doch er balancierte lediglich zwei übervolle Teller gebratener Nudeln.

»Setz dich«, bat er Kari und stellte die Teller auf einen winzigen Tisch neben der Küchenzeile. Sie folgte jeder Bewegung mit der Mündung der Pistole.

»Du solltest mich lieber nach dem Essen erschießen. Meine Nudeln schmecken besser, wenn keine Leiche neben ihnen am Boden liegt«, erklärte Nael ruhig, während er sich hinhockte, die Arme vor der Brust verschränkt, und Kari neugierig musterte.

»Du denkst also, ich mag den Geschmack von frischem Blut nicht?«, gab sie zurück, was Nael, dieser eingebildete Vollidiot, mit einem Lächeln quittierte.

Kari deutete mit dem Pistolenlauf auf seinen Teller.

»Iss.«

Nael hob eine Augenbraue. »Glaubst du, ich will dich vergiften?«

Anstatt ihm zu antworten, zog Kari den Abzug der Waffe. Nael zuckte die Schultern und schaufelte sich eine große Portion Nudeln in den Mund. Dann seufzte er genüsslich. »Wi-schli-sch gut«, sagte er mit vollem Mund.

Kari konnte sich einfach keinen Reim auf ihn machen. War er wirklich so dämlich, sie zu unterschätzen, oder so gefährlich, dass er sich trotz der Pistole in Karis Hand keine Sorgen zu machen brauchte? Sie erhob sich und setzte sich ihm gegenüber an den kleinen Küchentisch, ohne Nael aus den Augen zu lassen. Dann vertauschte sie ihren Teller mit seinem – nur um auf Nummer sicher zu gehen. Der Geruch der Nudeln ließ ihr das Wasser im Mund zusammenlaufen, aber das würde sie Nael gegenüber nicht zugeben.

»Du schuldest mir eine Erklärung«, sagte sie.

»Iss erst mal. Du musst ausgehungert sein, und die Nudeln schmecken am besten, wenn sie heiß sind.«

»Eine Erklärung«, wiederholte Kari. Nael war der erste und vermutlich einzige Mensch, der sie erkannte, und damit ihre beste Hoffnung auf Antworten.

»Ich erinnere mich nicht an dich«, sagte er. So viel zu Karis letzter Hoffnung. »Niemand tut das. Dafür sorgt ein Vergessenszauber, den wir den Nebel nennen.«

»So weit waren wir schon«, gab Kari zurück.

Vom Nebel hatte Nael ihr bereits mit dem Messer an der Kehle auf offener Straße erzählt. Er hatte keine Ahnung, warum er gestern Nacht in ihrem Zimmer gewesen war, und auch sonst würde sich niemand an Kari erinnern oder sie erkennen. Das erklärte den Angriff am Morgen. Die Clanmitglieder hatten Kari also tatsächlich für einen Eindringling gehalten.

»Was ich jedoch nicht verstehe, ist, dass du immer noch da bist«, fuhr Nael fort.

»Was soll das heißen?«

»Normalerweise verschwindet die gesamte Person, nicht nur ihre Erinnerung.«

»Du sprichst nach wie vor in Rätseln.«

Er rieb sich die Augen, während er nachdachte. »Wie gut kennst du dich mit Magie aus?«, fragte er schließlich.

»Gut genug.«

»Okay. Ich nehme an, du kennst die verschiedenen Arten magischer Partikel? Naturmagie, Wasser-, Wind- und Lichtmagie, Lebensenergie? Und du weißt, dass man für einen bestimmten Zauber die passende Art magischer Partikel braucht?«

Kari verdrehte die Augen, woraufhin Nael abwehrend die Hände hob.

»Ich wollte nur sichergehen. Weißt du dann auch, was die Lebensessenz ist?«

»Du verarschst mich, oder?«, fragte Kari.

Natürlich hatte sie von dieser besonderen magischen Kraft gehört. Von der Essenz eines Lebens, mehr als die Jahre, das fließende Blut, das pochende Herz und das warme Fleisch eines Menschen. Die Lebensessenz war das Innerste einer Person, das, was sie ausmachte. Manche nannten es eine Seele. Es hieß, dass sie die reinste Form magischer Kraft war, die einzige, die man für jede Art von Zauber einsetzen konnte, und gleichzeitig die stärkste. Die ersten Magier in Magnolia Bay sollten in der Lage gewesen sein, diese Magie aus Menschen herauszulösen. Doch das war viele Jahrhunderte her – und es war eine Geschichte.

Nael sagte: »Ich wünschte, es wäre so.«

»Du erzählst mir also ernsthaft, dass Magier Leuten ihre Seelen stehlen? Und was hat das mit mir zu tun?«

»Das wüsste ich selbst gerne. Fakt ist, wenn die Lebensessenz den Körper eines Menschen verlässt, hört er auf zu existieren. Alle Erinnerungen an diese Person verschwinden, und der Nebel sorgt dafür, dass auch keiner der Hinterbliebenen an den Verschwundenen denken kann. Du bist nicht nur weg, es ist so, als hätte es dich nie gegeben.«

»Ich bin aber noch hier. Und ich habe auch verdammt noch mal keine Ahnung, wann dieser ominöse Nebel mich überhaupt verschluckt haben sollte. Geschweige denn, wer dahintersteckt …«

»Ich weiß.« Nael seufzte. »Das ist das Merkwürdige an der Sache.«

»Irgendein Arschloch hat mich letzte Nacht mit einem Nebelzauber belegt. Was ist merkwürdig daran?«, gab Kari zurück und funkelte Nael herausfordernd an. Immerhin hatte Daishiro zahlreiche Feinde, und Attacken, vor allem durch den benachbarten Klauenclan, waren keineswegs eine Überraschung. Es würde den Zalaros ähnlichsehen, einen bösartigen Zauber gegen Daishiro und seine Familie einzusetzen. Dass sie über eine derartige Magie verfügten, hätte Kari ihnen jedoch nicht zugetraut.

»Ich habe den Nebel niemals außerhalb eines Seelenhandels wirken sehen«, sagte Nael.

»In den Clanvierteln erzählt man sich von einem Zauber, der die Erinnerung an das bisherige Leben auslöscht«, warf sie, in Erinnerung an Saikas Erzählung, ein.

»Davon habe ich noch nie gehört.«

»Und weil du nicht davon gehört hast, glaubst du, es ist es unmöglich?«, schlussfolgerte sie.

Er zuckte die Schultern. Kari wusste noch immer nicht, was die Brennende Lilie eigentlich machte – es war das einzige Stück an Information, das Nael nicht bereitwillig mit ihr teilte. Doch was auch immer es war, es musste mit diesem Nebelzauber zu tun haben, und wenn der Brennenden Lilie nicht bekannt war, dass der Vergessenszauber außerhalb eines – wie hatte Nael es genannt? – Seelenhandels stattfinden konnte, dann vermutlich, weil es unmöglich war.

Kari hob die Schüssel an und schob sich ein paar Nudeln in den Mund. Das Essen war köstlich! Der Geruch hatte ihren Magen bereits zum Knurren gebracht, aber der Geschmack war noch besser.

»Was soll das überhaupt bedeuten? Seelenhandel?«, hakte sie nach.

»So wird es genannt, wenn die Lebensessenz eines Menschen entzogen wird. Es ist ein Handel, weil es immer freiwillig geschehen muss.«

Kari schnaubte. »Das ist doch Schwachsinn! Würdest du dir freiwillig die Seele aus dem Leib reißen lassen?«

Nael senkte die Lider, ehe er antwortete: »Nein, aber ich verstehe auch, was es bedeutet, seine Lebensessenz zu verlieren.«

»Im Gegensatz zu den armen Würstchen, die sich auf einen Seelenhandel einlassen?«, schlussfolgerte Kari.

Nael vermied ihren Blick. Die Arroganz, die bis eben in jedem seiner Worte, jeder seiner Gesten mitgeschwungen hatte, verschwand mit einem Mal, als er erklärte: »Die Magier versprechen den Leuten im Gegenzug für ihre Lebensessenz alles, was sie haben wollen. Seelenmagie ist mächtiger als jede andere Form der Magie. Mit ihr sind Zauber möglich, die wir uns gar nicht vorstellen können.«

So wie der Nebel selbst, dachte Kari.

»Es ist doch ganz egal, was die Magier versprechen. Wofür sollte jemand Verwendung haben, der gar nicht mehr existiert?«

»Nicht jeder denkt dabei an sich selbst. Und diejenigen, die es tun …« Nael seufzte schwer. »Wie schon gesagt, die meisten Leute verstehen es nicht. Sie halten die Seelenmagie für Märchen, aber den Versprechungen der Magier glauben sie. Manche werden auch hereingelegt, indem man ihnen ein Glücksspiel anbietet. Eine Chance darauf, all ihre Wünsche wahr werden zu lassen.«

»Was für ein Spiel?«, fragte Kari, denn auch Izumi hatte von einem Spiel gesprochen.

Sie hatte mittlerweile den halben Teller geleert. Heiliger Calisto und Nour, Naels Nudeln waren so ziemlich das Beste, was sie in den letzten Monaten gegessen hatte. Hoffentlich waren sie wirklich nicht vergiftet.

Nael zuckte die Schultern. »Jedes, das man mit dem entsprechenden Zauber belegt hat. Knochenwürfeln, Mah-Jongg, Drachenmark …«

Was Nael ihr erzählte, deckte sich mit Saikas Geschichten über den gesichtslosen Dämon, der Menschen eine zweite Chance anbot. Das war es also, was in den Clanvierteln passierte. Dieses Monster, das eigentlich kein Monster, sondern ein Magier war, und das Kari heute Nachmittag fast umgebracht hätte, riss Menschen ihre Seele aus dem Leib … und die Leute verstanden nicht einmal, was mit ihnen passierte.

»Ich habe mich sicher nicht auf einen solchen Seelenhandel eingelassen!«

Ganz egal, wie gefangen sie sich in ihrem goldenen Käfig gefühlt hatte, Kari wäre nicht verzweifelt genug, ihre Seele einzutauschen.

»Du nicht. Aber vielleicht jemand anderes«, sagte Nael.

»Was soll das heißen?« Doch noch während sie das sagte, sickerte die Bedeutung von Naels Worten zu ihr durch. Zwei Sätze tanzten durch Karis Kopf, einer gesprochen von Nael, der andere von ihrem Vater.

Nicht jeder denkt dabei nur an sich selbst.

Bitte, Kari. Bitte komm nach Hause.

Ihr Vater war überzeugt gewesen, Karis Freiheit gewinnen zu können. Wäre er bereit gewesen, seine Seele dafür aufs Spiel zu setzen? Vor einem Tag hätte Kari diese Frage mit einem klaren Nein beantwortet. Nein, ihr Vater hatte sie längst vergessen. Nein, sie hatte seit zehn Jahren nichts mehr von ihm gehört, sein Leben war ohne sie weitergegangen. Nein, es war unmöglich, und überhaupt, Seelenmagie war nichts als ein Märchen. Aber nun?

Was hast du getan, Papa?

»Hast du leibliche Verwandte, die sich auf einen solchen Handel einlassen würden? Eltern oder Großeltern ... Es muss eine direkte Linie zu dir sein.«

»Mein Vater. Er ...« Sie schluckte. »Was hat mein Vater dir erzählt?«, fragte sie.

»Wie bitte?«

»Du wolltest ihm helfen, mich zu befreien. Wie hatte er vor, das zu tun?«

Naels Antwort bestand aus einem Kopfschütteln. Er erinnerte sich nicht an ihren Vater. Und das hieß ... Kari schluckte schwer. Nein, es musste eine andere Erklärung dafür geben. Oder?

»Es tut mir so leid«, murmelte Nael, und das war alle Antwort, die Kari brauchte. Ihr Vater war ebenfalls vergessen worden, genauso wie Kari.

»Er hat seine Seele verkauft«, flüsterte sie. Es konnte nicht sein. Es konnte nicht! Und doch ...

»Wenn jemand seine Seele verliert, tilgt der Nebel alle Erinnerungen an seine Existenz. Und du, na ja ...«

»Ich bin eine Erinnerung an die Existenz meines Vaters, weil es mich ohne ihn gar nicht geben könnte«, vollendete Kari seinen Satz.

Nael nickte. »Wenn Eltern verschwinden, werden ihre Kinder vergessen. Da sie Teil des Nebelzaubers sind, bleibt aber ihre eigene Erinnerung intakt. Das erklärt, warum du dich noch an alles erinnern kannst.«

»Wenn das stimmt, müsste es Dutzende Vergessene wie mich geben«, konterte Kari. Was Nael sagte, durfte nicht wahr sein. Es durfte einfach nicht!

»Es gibt eine strikte Regel, die besagt, dass nur kinderlose Menschen ihre Seele hergeben dürfen. Das war schon immer so, schon zu den frühesten Zeiten der Magie – zumindest steht das in den magischen Lehrbüchern, die meine Schwester nach Hause schleppt.«

»Es gibt Regeln dafür, wie man jemandem die Seele *richtig* abnimmt?«, stieß Kari aus.

»Es gibt Regeln für alles, und diese soll genau das verhindern, was mit dir passiert ist«, murmelte Nael. »Aber in den Clanvierteln treibt sich derzeit jemand herum, dem diese Regeln egal sind. Er entreißt Menschen ihre Seele, ohne Rücksicht auf Verluste.«

Das kümmerliche Ding in Karis Brust, das einst ein Herz gewesen war, überschlug sich beinahe, so schnell pochte es.

»Wieso?«, murmelte Kari.

»Für Macht, schätze ich. Es gibt keine stärkere magische Quelle als Lebensessenz.«

Dann war die Existenz ihres Vaters also nur ausgelöscht worden, um irgendein Arschloch – Korrektur, einen Dämon – noch mächtiger zu machen, als er es ohnehin schon war?

»Wie hole ich seine Seele zurück?«

Nael erhob sich, nahm ein leeres Glas und ging zur Spüle. »Trink etwas. Du siehst aus, als würdest du jeden Moment vom Stuhl kippen.«

»Wie hole ich sie zurück?!«, wiederholte Kari lauter.

Nael trat auf Kari zu und hielt ihr das Glas entgegen. Der Ausdruck in seinem Gesicht war so ... so ... Sie wollte sein Mitleid nicht! Sie war stark! Stark und unabhängig und ... und ...

Kari fuhr hoch und schlug Nael das Wasserglas so heftig aus der Hand, dass es auf dem Boden zerbarst.

»Wie?! Wie kann ich es rückgängig machen?!«, brüllte sie.

»Es tut mir leid.«

»Gib mir verdammt noch mal eine Antwort!«

»Der Nebel lässt sich nicht rückgängig machen. Genauso wenig wie ...«

Der Rest seiner Worte verlor sich in dem lauten Fiepen, das sich in Karis Ohren eingenistet hatte, und im Rauschen des Bluts durch ihre Adern. Er war weg. Ihr Vater, der sie vor zehn Jahren verkauft hatte, hatte es schon wieder getan ... Er hatte sie verlassen.

Nael legte die Hände auf Karis Oberarme. Die Berührung fühlte sie kaum.

Atme, Kari, atme. Beruhige dich. Sei stark. Dein Herz kann nicht brechen, du hast keins mehr. Denn ein Herz ist Schwäche ... und du bist nicht schwach!

Sie sog die Luft ein. Der Duft frischer Lychees drang an ihre Nase. Furcht. Ein Geruch, den sie noch kein einziges Mal an Nael ausgemacht hatte. Weder gestern in der Bar noch in ihrem Zimmer oder als sie ihm auf offener Straße ein Messer an die Kehle gehalten hatte. Jetzt aber roch sie die Süße deutlich.

Nael hatte Angst ... um Kari?

Mit jedem kontrollierten Atemzug beruhigte sie sich, bis irgendwann eine merkwürdige Ruhe über Kari kam. Sie fühlte keine Trauer. Keine Verwirrung. Keine Angst. Sie fühlte gar nichts mehr – und das war gut so.

»Wie sicher bist du dir? Dass mein Vater seine Seele verspielt hat, ist nur eine Vermutung, nicht wahr?«

»Ja, aber die einzig logische«, antwortete Nael. »Ich weiß, dass du etwas anderes hören willst, aber es bringt dir nichts, wenn ich dich anlüge. Warum sonst hätte ich deinen Vater vergessen sollen? Es würde außerdem erklären, dass Don Nemea und seine Männer nach dir suchen.«

»Macht es dir Spaß, ständig in Rätseln zu sprechen?«, knurrte Kari und verschränkte die Hände vor der Brust.

»Glaub mir, ich tue mein Bestes, dir etwas zu erklären, was verdammt schwer zu verstehen ist.« Sein linker Mundwinkel hob sich. Schon wieder dieses herausfordernde Lächeln, das Kari auf der Stelle in Rage versetzte. Doch in diesem Moment war sie fast dankbar dafür. Wut war besser als das unangenehme Gefühl, das der Verlust ihres Vaters in ihr hervorgerufen hatte – und von dem sie nicht glauben wollte, dass es Trauer sein könnte.

»Der Nebel hält Hinterbliebene normalerweise davon ab, über die verschwundene Person nachzudenken«, erklärte Nael. »Stell es dir so vor … In der Nemea-Villa gibt es bestimmt Fotos von dir, oder?«

Kari nickte.

»Gut. Also, du wurdest zwar vergessen, das Foto ist aber immer noch da. Wenn dein Adoptivvater …«

Kari zuckte unwillkürlich zusammen und Nael räusperte sich.

»Ich meinte Don Nemea. Also, wenn er an dem Foto vorbeiläuft, wird er dich darauf sehen, aber nicht erkennen. Er weiß nicht, wer diese junge Frau darauf sein könnte. Wenn der Nebel voll wirkt, wird er darüber auch nicht lange nachdenken können. Vielleicht wundert er sich eine halbe Sekunde lang, doch dann werden seine Gedanken zu einem anderen Thema wandern, und er wird vergessen, dass er jemals wissen wollte, wer die Fremde auf dem Foto ist. Alle anderen Ungereimtheiten, dein Zimmer, das plötzlich verwaist ist, Erinnerungsstücke an dich, Aufgaben, die du eigentlich erfüllen solltest und um die sich plötzlich niemand kümmert – nichts davon würde ihn länger als ein paar Sekunden beschäftigen.«

»Das klingt doch verrückt«, murmelte Kari.

»Ist es auch. Eben darum ist der Nebel so gefährlich. Jedes Mal wenn ein Hinterbliebener an dich denkt, greift der Nebel. Je mehr Erinnerungsstücke einen umgeben, desto öfter wirkt die Magie. Es ist wie ein konstanter Angriff auf den Verstand, der einen in den Wahnsinn treiben kann.«

Kari lachte auf. In den Wahnsinn treiben? Das konnte sie sich gut vorstellen. Um ehrlich zu sein, hörte sich Naels ganze Geschichte wahnsinnig an.

»Oder zumindest wäre es so, wenn du deine Seele wirklich verloren hättest«, fügte Nael hinzu. »Der Nebel dient dazu, die Erinnerung an Menschen auszulöschen, die verschwunden sind. Aber das bist du nicht. In dem Moment, in dem jemand dich sieht – und damit meine ich in Fleisch und Blut, ein Foto reicht nicht aus –, wird die Wirkung des Nebels auf dieselbe Art blockiert werden, wie ein Schutzzauber es tut.«

Das hieß, hätte Chichiko Kari am Morgen nicht in ihrem Bett erspäht, hätte sie ihr Zimmer wieder verlassen, ohne sich lange Gedanken darüber zu machen, wessen Zimmer es überhaupt war.

»Der Zauber, mit dem deine Schwester meine Erinnerung gebannt hat?«, hakte Kari nach und Nael nickte. Auch davon hatte er ihr bereits auf der Straße berichtet.

»Genau. Das Bannen von Erinnerungen ist gleichzeitig ein Schutzzauber. Die Wirkung des Nebels wird dadurch nicht vollkommen aufgehoben, die Erinnerungen kehren nicht zurück. Aber, um beim Beispiel von vorhin zu bleiben, da Don Nemea dich gesehen hat, kann er nun darüber nachdenken, wer die Fremde ist, die er aus seiner Villa gejagt hat. Und nicht nur das. Vermutlich wird ihm auffallen, dass ebendiese Fremde auf vielen Fotos ist, dass es einen ganzen Raum mit ihren Sachen gibt, dass ihr Duft noch in den Bettlaken hängt. Diese Zusammenhänge könnte er unter dem vollen Einfluss des Nebels gar nicht ziehen.«

Kari schloss für einen Moment die Augen und atmete tief ein und aus, während sie Naels irre Geschichte in Gedanken ordnete. Seelenhandel, der Nebel, Schutzzauber … Es klang kompliziert und verwirrend und verrückt.

»Woher weiß ich, dass du dir diese ganze Geschichte nicht bloß ausgedacht hast?«

»Denkst du das denn?«, gab er zurück.

Nein. Ja. Sie wusste es nicht, wusste überhaupt nicht mehr, was oder wem sie glauben konnte.

»Angenommen ich würde dir glauben, woher weißt du all diese Sachen? Was machst du für die Brennende Lilie?«

»Ich kann dir nichts über das Syndikat erzählen«, antwortete er. Enttäuschung klang aus seiner Stimme.

»Ich frage dich auch nicht nach dem Syndikat. Ich frage, was *du* tust.«

Er zögerte, doch dann sagte er: »Ich habe in den letzten Wochen in den Clanvierteln ermittelt. Dort treibt ein Magier sein Unwesen, der Leuten ihre Lebensessenz stiehlt. Ich habe versucht, mehr über ihn herauszufinden.«

»Und? Was hast du in Erfahrung gebracht?«

Nael seufzte resigniert. »Nichts. Ich finde kaum Spuren. Niemand will mehr über den Magier wissen, und selbst die, die behaupten, ihn gesehen zu haben, können ihn nicht beschreiben. Ich vermute, dass ich dich getroffen habe, als ich in den Clanvierteln für meine Ermittlungen unterwegs war«, fügte er hinzu.

»Möglich«, murmelte Kari.

Nael schaute sie an, als hoffte er auf weitere Erklärungen. Kari fragte sich, wie viele Informationen er zurückhielt. Er wirkte ehrlich, aber er war auch ein Lilien-Agent, einer, der zu viel wusste – über den Nebel, den Seelenhandel, über Kari selbst. Bevor sie irgendwelches Wissen mit ihm teilte, musste er ihr Vertrauen gewinnen. Und das würde alles andere als einfach werden. Noch so eine von Daishiros Lektionen: Traue niemandem, der nicht du selbst bist.

»Was?«, fragte sie, denn sie hatte den prüfenden Blick bemerkt, mit dem Nael sie musterte.

»Ich wüsste zu gerne, was in deinem Kopf vorgeht«, sagte er, seufzte dann. »Vielleicht sollten wir schlafen gehen, bevor wir unser Gespräch fortsetzen. Ich bin müde, und du siehst auch so aus, als könntest du Schlaf gebrauchen.«

»Nein.« Sie schüttelte bestimmt den Kopf. »Erst muss ich herausfinden, ob mein Vater wirklich verschwunden ist. Und du kommst mit.«

»Frauen, die wissen, was sie wollen, bringen mich um den Verstand.«

Lycien

Der künstliche Mond überzog die Tanzfläche mit einem neonfarbenen Schleier. Lyciens Herz pulsierte zum Takt der Musik. Den Bass fühlte er bis in seine Eingeweide, während er sich durch die Menge der Feiernden schob, zwei Flaschen mit Tamarindenbier in den Händen. Immer wieder rempelten ihn Tänzer an – manchmal unabsichtlich, manchmal sehr bewusst. So wie die junge Frau, die ihren Po provokant gegen seinen Schritt drückte, oder die Studentin, die er vom Sehen aus einer seiner Vorlesungen kannte und die lachend ihre Arme um ihn schlang.

Lächelnd, jedoch bestimmt streifte er sie von sich. Er war nicht hier, um sich eine Frau für die Nacht aufzureißen – zumindest noch nicht. Nein. Er war wegen *ihr* gekommen. Der namenlosen Azuline, die ihn gefragt hatte, wie viele Malas ein Leben wert war.

Lycien hörte ein Flattern wie von Schmetterlingsflügeln. Eigentlich war das unmöglich, so laut wie die Musik durch den Club dröhnte, doch dann sah er winzige Schatten, die im Neonlicht schwirrten. Lycien folgte ihnen, schob Tanzende zur Seite und quetschte sich zwischen Pärchen hindurch, bis er *sie* sah. Sie tanzte mit geschlossenen Augen. Rund um ihre türkisfarbenen Locken flatterten regenbogenbunte Motten. Sie trug dieselben schweren Stiefel wie am Nachmittag, doch trotz ihres Schuhwerks waren ihre Bewegungen fließend und leicht wie der Wind selbst, fast so, als würden nur die Stiefel sie davon abhalten zu schweben.

Eine Zeit lang erlaubte er sich, sie zu beobachten. Dann kollidierte er mit jemandem an der Schulter und stolperte auf sie zu. Als er direkt vor ihr stand, öffnete sie die Augen, die im tiefsten Blau leuchteten.

»Hallo, Fremde«, sagte Lycien. Das hieß, eigentlich schrie er es, damit sie über den lauten Bass überhaupt eine Chance hatte, ihn zu verstehen.

»Für mich?« Sie griff sich eine der Bierflaschen und nahm einen tiefen Zug. Dann rief sie über die Musik: »Tanz mit mir!«

»Was? Aber ...«

»Wir tanzen, ob du es willst oder nicht!«

Die hübsche Azuline schloss die Augen und begann ihren Körper zur Musik zu wiegen. Lycien war eigentlich kein großer Tänzer, doch da erfasste auch ihn der Bass. Im Nachhinein hätte Lycien nicht sagen können, wie lange sie so tanzten. Waren es nur ein paar Minuten oder ganze Stunden gewesen? Er war wie in Trance, bewegte sich im Rausch der Musik und ließ sich vom Rascheln der Mottenflügel antreiben. Zum ersten Mal in einer langen Zeit vergaß er die Sorgen, die ihn sonst umtrieben, diese Krankheit, die wie ein Todes-Countdown über seinem Kopf schwebte. Irgendwann spürte er eine Berührung auf seinem Unterarm und öffnete die Augen. Seine geheimnisvolle Verabredung hatte aufgehört, sich zum Bass zu wiegen, und schaute ihm nun direkt ins Gesicht. Er erwiderte ihren Blick, hielt ihre nunmehr türkisen Augen mit den seinen fest.

Sie zuckte mit dem Kopf in Richtung Ausgang, und er verstand sofort: *Komm.*

Gemeinsam verließen sie die Tanzfläche und schließlich den gesamten Moon Club. Wie heiß es drinnen gewesen war, bemerkte Lycien erst, als die kühle Nachtluft ihm entgegenschlug.

»Und jetzt?«, fragte er.

Normalerweise hätte er seiner Begleitung vorgeschlagen, wohin sie weiterziehen könnten, oder sie auf sein Zimmer ins Studierendenwohnheim eingeladen. Aber an dieser Nacht war nichts normal: weder die Frau, die neben ihm stand, noch die Schwerelosigkeit, die seinen Körper erfasst hatte. Lycien hatte längst begriffen, dass seine Verabredung keine war, die sich Vorschläge von anderen anhören wollte. Nein, sie war jemand, der ganz genau wusste, was sie wollte – und sie nahm es sich.

Lycien sollte es recht sein. Mehr als das. Um ehrlich zu sein, gefiel es ihm, sich treiben zu lassen.

»Bring mich näher zum Mond«, sagte sie.

Lycien warf einen Blick über die Schulter zum Moon Club.

»Zum *echten* Mond.«

»Okay.« Er kannte den perfekten Ort.

Gemeinsam gingen sie den Pearl Strip entlang, wo Clubs, Bars und Restaurants sich wie Perlen aneinanderfädelten. Die Motten folgten ihnen.

»Wie stehen meine Chancen, dass du mir heute Nacht deinen Namen verrätst?«, fragte Lycien.

Sie passierten eine Gruppe Basketballspieler, die Lycien von diversen Studentenpartys kannte und die ihm grölend zuwinkten.

»Interessante Freunde hast du«, antwortete sie.

Lycien zuckte die Schultern. Die Leute, die ihm wichtig genug waren, um sie als Freunde zu bezeichnen, konnte er an drei Fingern abzählen. Die Basketballspieler gehörten definitiv nicht dazu. Bekannte hatte er allerdings endlos viele, und das nicht nur, weil er ein aktiver Teilnehmer der Partyszene war. Schon vor seiner ersten Vorlesung hatten die meisten Kommilitonen gewusst, wer er war. Die wenigsten Bewohner Magnolia Bays hatten einen Nachnamen, wohingegen der seiner Familie auf einigen der größten Hochhäuser der Stadt prangte.

Unweit des Pearl Strips befand sich sein Studierendenwohnheim, dessen Türen er nun über seine Keycard öffnete.

»Hier lebst du also?«, fragte sie.

»Seit zwei Jahren«, antwortete Lycien.

Die Fahrstuhltüren öffneten sich mit einem Pling und sie traten ein. Im vierzigsten Stock stiegen sie aus. Hier befanden sich keine Studentenzimmer mehr, sondern die Waschräume. Lycien ging an den Waschmaschinen und Trocknern vorbei und öffnete eine unscheinbare Tür, die auf das Dach führte. Den Schlüssel dafür hatte er dem Verwalter des Studierendenwohnheims vor einem halben Jahr abgeschwatzt und diesen als Gegenleistung auf die Gästeliste eines der exklusiveren Clubs Magnolia Bays setzen lassen.

Seine Begleitung schob sich ohne Zögern an ihm vorbei, die Motten immer dicht auf ihren Fersen. Hier oben waren mehrere Leinen mit Bettwäsche gespannt. Die hübsche Azuline verschwand hinter einem Laken. Lycien folgte ihr langsam. Die sacht wogenden Leintücher erinnerte ihn an das Spiel der Wellen, das er tagsüber vom Pier aus beobachtete.

Als er das Laken-Meer verließ, stand sie mit dem Rücken zu ihm am Rand des Dachs, den Kopf in den Nacken gelegt. Das Mondlicht streichelte ihre Haare und Haut. Meist hing Smog über den Dächern der Stadt und verbarg Mond und Sterne, doch von hier oben war der sattrunde Vollmond gut zu erkennen. Lycien räusperte sich, woraufhin sie sich zu ihm umdrehte.

»Zieh dein Shirt aus«, sagte sie in einem Ton, der die Selbstsicherheit von jemandem ausstrahlte, der keinen Widerspruch gewohnt war.

»Wirklich?« Er grinste.

Er hatte mit vielem gerechnet. Mit weiteren Rätseln. Damit, dass sie unter dem Mond mit ihm tanzen wollte oder dass sie es sich anders überlegen und ihn allein stehen lassen würde. Nicht jedoch damit, dass sie hier oben Sex mit ihm haben wollte, denn das war die einzig plausible Erklärung für ihre Bitte, die eigentlich keine Bitte war, sondern eine Anweisung.

»Willst du nicht?«, fragte sie neckisch.

»Doch, schon, aber ... Sollten wir uns nicht erst, ich weiß nicht, unterhalten oder so?« Unfassbar, dass das eben aus seinem Mund gekommen war!

Sie legte den Kopf schief. »Du bist also einer, der gerne tiefe Gespräche mit den Frauen führt, die er aus den Clubs mit nach Hause nimmt? Das bezweifle ich.«

»Vielleicht nicht mit allen ...«, murmelte er. Aber mit ihr definitiv. »Möchtest du mir nicht wenigstens deinen Namen sagen?«

Sie seufzte. »Na los, zieh dein Shirt aus.«

»Ich ...«

Er konnte nicht. Er wollte es, natürlich tat er das. Lycien war nie jemand gewesen, der eine hübsche Frau von der Bettkante stieß, und die Art, wie sie ihn ansah ... Die Bestimmtheit in ihrem Blick und in ihrer Stimme. Bei den Göttinnen, Frauen, die wussten, was sie wollten, und es sich nahmen, hatten ihn schon immer um den Verstand gebracht. Doch wenn er sein Oberteil auszog, würde sie seine Arme sehen – und die silbernen Linien, die sich über sie verteilten.

Die junge Frau stand nun ganz nah vor ihm und schob ihre Finger unter den Saum seines Shirts. »Du musst dich nicht verstecken«, sagte sie, ohne den Blick von ihm zu lösen. »Ich weiß es schon.«

Die Motten schwirrten nun schneller um seinen Kopf. Ihre Flügelschläge verwandelten sich in ein hypnotisierendes Rauschen.

»Ich weiß, warum du in der Walled City warst.« Mit diesen Worten hob sie sein Shirt.

Lycien ließ sie gewähren. Es war falsch ... Sie würde seine Arme sehen und dann, dann ...

Doch als das Kleidungsstück neben ihm auf dem Boden landete, wich sie nicht zurück. Zeigte keine Angst, keinen Ekel, sondern ließ einen Finger über seine Rippen fahren, wo ein dicker Bluterguss prangte. Schmerz und Prickeln verwoben sich zu einer aufregenden Mischung, als sie sich auf die Zehenspitzen stellte und ihre Lippen sein Ohr streiften. Aus den Augenwinkeln sah er ein helles Blitzen wie von Mondlicht auf Metall.

Eine Klinge ... Der Gedanke verlor sich im Rauschen der Mottenflügel, im Prickeln und dem Gefühl ihrer Lippen auf seinem Ohrläppchen.

Sie flüsterte: »Mein Name ist Zora.«

»Mein Name ist Zora.«

Zora

Zora fühlte das Rauschen der Magie bis in ihre Knochen.

Er braucht deine Hilfe.

Erst hatte sie sich gesträubt, Mama Laquars Anweisungen zu folgen – nicht, dass sie eine Wahl gehabt hätte. Einem Mann zu helfen, der Leben für ein paar Malas verkaufte und keine Ahnung hatte, wie viel Leid er mit seinen leeren Versprechungen einer besseren Zukunft verursachte. Nein, sie hatte nichts von ihm wissen wollen. Aber nun ... Mama Laquar hatte etwas in ihm gespürt. Eine Magie, die tiefer ging als die silbrigen Linien auf seiner Haut, ein Feuer, das sie nicht hatte verlöschen sehen wollen. Nachdem Zora mit ihm getanzt und seine Energie selbst den pulsierenden Bass überschattet hatte, verstand sie. Sie hatte keine Ahnung, was diese Energie war, dieses Feuer. Nur, dass auch sie die Flammen nicht ersticken wollte.

So zog sie das rituelle Messer aus ihrer Hosentasche. Die Klinge absorbierte die Magie des Mondlichts und die elektrische Energie, die sich zwischen Zora und Lycien aufgebaut hatte. Zora war erst dreizehn Jahre alt gewesen, als Mama Laquar ihr erzählte, dass starke Gefühle und insbesondere Ekstase die Wirkung von Magie verstärkten. Viele Knochenmagierinnen benutzten Sex, um ihre Kraft zu steigern. Zora hatte das nie ausprobiert, doch der Rausch, den die Musik, der Bass und ihr Tanz mit Lycien hervorgerufen hatten, und das Knistern, das von ihm ausging, brachten das Opfermesser nun zum Glühen.

»Mein Name ist Zora«, flüsterte sie in Lyciens Ohr.

Dann stach sie zu. Schmerz durchzuckte sie, als die Klinge das Fleisch ihres Oberschenkels durchschnitt. Schwarze Magie forderte immer einen Preis. Mondlicht und Ekstase reichten nicht aus. Es brauchte Blut oder Knochen – und Leben. Die Magie wirbelte um Zora und Lycien herum, die silbrigen Venen auf seiner Haut schimmerten, als die Energie, die Zora in der Klinge gebündelt hatte, in sie eindrang. Um sie herum schlugen die Motten schneller mit den Flügeln, ein Rauschen und Brummen, eine Musik gesponnen aus Hunderten winziger Leben. Sie nahm zu, wurde drängender, tiefer – und dann verstummte sie, als eine Motte nach der anderen tot zu Boden fiel.

Dies war der Preis, den sie zahlte, um Lycien Zeit zu erkaufen.

Ein leises Stöhnen drang aus seinem Mund und er verdrehte die Augen. Zora konnte ihn gerade noch schnappen, ehe er zu Boden krachte. Er war schwer. Ihre Armmuskeln ächzten, als sie ihn sacht auf den Beton sinken ließ. Eigentlich ließen Heilungszauber einen nicht ohnmächtig werden, doch da Zora keine Lust darauf hatte, sich Lycien erklären zu müssen, hatte sie einen Schlummerzauber mit in ihre Magie gewebt.

»Schlaf«, murmelte sie.

Dann hob sie sein Shirt auf, streifte es sich über und ging. Eine letzte Erinnerung an Lycien, den sie nicht wiedersehen würde. Nael hatte diese Regel einmal als dämlich bezeichnet, aber Zora hielt sich trotzdem daran: Mehr als eine Nacht bekam kein Mann. Gut, was mit Lycien passiert war, zählte eigentlich nicht als One-Night-Stand, trotzdem hatte sich der Heilungszauber intensiver angefühlt als jede intime Berührung, und Zora hatte absolut keine Zeit, sich in ihrer Magierausbildung von dem verwirrenden Strudel ablenken zu lassen, den Lyciens Lächeln oder der Tanz mit ihm hervorgerufen hatten.

Ihr Blick wanderte über die toten Motten, die rund um Lycien am Boden lagen. Die Tiere hatten ihr Leben gegeben, um sein Feuer zu nähren. Nur für diesen Zweck hatte Zora sie mitgebracht, und sie bereute nicht, es getan zu haben. Dennoch fühlte es sich schrecklich an, ihre Motten zu opfern. Leben zu schenken forderte, Leben zu nehmen. Daran musste sie sich gewöhnen. Sie hoffte, dass es eines Tages einfacher werden würde.

»Ob sie leben oder nicht, macht keinen Unterschied.«

Kari

Einst war der Silver District am westlichen Rand Magnolia Islands das Zentrum des Handels gewesen. Mittlerweile war diese Gegend heruntergekommen, die Fassaden glänzten längst nicht mehr, die Hochhäuser ragten als verdreckte Zeigefinger in den Himmel – Mahnmale einer vergangenen Zeit des Wohlstands.

Kari war elf Jahre alt gewesen, als sie den Silver District verließ. Heute erschien ihr das Viertel ihrer Eltern noch ärmlicher, als es das als Kind getan hatte. Sie stand vor dem Eingang dessen, was einst ihr Zuhause gewesen war: ein heruntergekommener Verschlag mit rostigen Metalltüren, vernagelten Fenstern und einem löchrigen Flachdach. Die Kapuze hatte sie tief in ihr Gesicht gezogen, während sie das Gebäude musterte und sich fragte, ob es schon immer so winzig gewesen war.

Nael befand sich direkt vor ihr, den Lauf der Pistole in den Rücken gedrückt. Ihn mitzunehmen, war ein Risiko, ohne ihn aufzubrechen und ihn damit aus den Augen zu lassen allerdings ein noch größeres.

»Soll ich reingehen?«, fragte er.

Kari zögerte. Sie sollte Ja sagen und ihn vor sich hergehen lassen. Doch etwas in ihr sträubte sich dagegen, Nael in diese Baracke – und damit in Karis traurige Vergangenheit – mitzunehmen.

»Gib mir deinen Gürtel«, forderte sie ihn auf und wartete, während er die Schnalle öffnete. Dann fesselte sie seine Hände notdürftig hinter dem Rücken an eine Straßenlaterne.

»Du wartest hier«, wies sie an und öffnete die Tür zur kleinen Baracke ihrer Eltern, die mit lautem Quietschen aufschwang. Staub tanzte im Inneren. Es war so winzig – noch kleiner als Kari es in Erinnerung gehabt hatte. In einem Eck befand sich die Kochnische, daneben ein Esstisch mit zwei Stühlen. Am anderen Ende des Raums lagen zwei durchgelegene Matratzen und im Zentrum ein verschlissener Teppich. Kari sah sich um. Als sie ein Kind gewesen war, hatte sie die Wände mit ihren eigenen Zeichnungen gefüllt. Nun waren sie leer.

Bei genauerem Hinsehen erkannte Kari, dass die Baracke mittlerweile nicht mehr ganz so schäbig war wie früher. Die morschen Deckenbretter waren ausgetauscht, die Löcher im Dach geflickt und die Wand hatte neue Farbe. Das war ein gutes Zeichen, oder? Zumindest hieß es, dass ihre Eltern nicht mehr ganz so verarmt waren wie damals, als sie Kari verkauft hatten.

Gleichzeitig fühlte die Hütte sich viel leerer an. Schäbig hin oder her, früher war sie zumindest ein Zuhause gewesen. Sie war gefüllt mit Leben, mit Liebe und Lachen. Davon war nichts geblieben. Kein Foto, keine Zeichnungen an den Wänden, keine alten Stofftiere, ja nicht einmal eine Topfpflanze gab es. Es war schwer vorstellbar, dass hier überhaupt jemand lebte. Alles war aufgeräumt, als hätten ihre Eltern nicht vorgehabt, so bald wiederzukommen.

Auf der Hinterseite führte eine Tür in den winzigen Garten, wo Kari vor zehn Jahren zum ersten Mal Daishiro getroffen und ihre Mutter das letzte Mal gesehen hatte. Wo einst Gras und Blumen gewachsen waren, knirschten nun

Kies und abgebröckelte Wandstückchen unter Karis Sohlen. Früher war hier ein Baum gestanden, der im Frühling die schönsten Magnolien trug und in dessen Schatten sie und ihre Mutter an Sommertagen gefrühstückt hatten. Heute erinnerte nur noch ein abgehackter Stumpf an diese Zeit. Rund um ihn herum wuchsen Blumen – winzige weiße Blüten, die einzigen Pflanzen, die der Trockenheit und Verwahrlosung trotzten. Waren das ...?

Kari ließ sich auf die Knie sinken. Tatsächlich, es war weißer Papageien-Krokus. Bei den Göttinnen ... Weiße Blumen standen für Trauer. Papageien-Krokus wurde in der Vogel-Linie der Gestaltwandler immer dann gepflanzt, wenn ein Familienmitglied starb. Karis Kehle schnürte sich zu. Zu atmen war mit einem Mal ein Kraftakt. Als ein Schwindelgefühl sie überkam, stützte sie sich mit der Handfläche auf dem Baumstumpf ab.

Da fühlte sie etwas Raues. Zackige Linien, die jemand in das Holz geschnitten hatte. Sie blinzelte mehrmals, ehe sie den Schriftzug ausmachen konnte: *Für Saori, unseren Paradiesvogel. Auf dass deine Seele über den Wolken fliegen wird.* Darunter war ein Datum eingeschnitzt, das einen Tag vor etwas weniger als einem halben Jahr markierte. Und Saori, Karis Mutter ... Sie blinzelte noch stärker, um das brennende Gefühl in ihren Augen zu vertreiben. *Reiß dich zusammen, Kari.*

Sie hatte ihre Eltern seit zehn Jahren nicht mehr gesehen. Seit sie sie wie ein Stück Fleisch verkauft hatten. Kari schuldete ihnen nichts. Ob sie lebten oder nicht, machte für sie keinen Unterschied. Und doch ...

Karis Mutter war vor ein paar Monaten gestorben und sie hatte keine Ahnung gehabt. Saori, die mit Kari im Schatten des Magnolien-Baums gesessen und ihr Geschichten von den Paradiesvögeln erzählt hatte. Die Kari am Abend in den Schlaf gesungen und ihre Kleider händisch aus alten Lumpen genäht hatte. Die ihr versprochen hatte, eines Tages würde sie sich verwandeln. Kari würde über die Dächer Magnolia Bays fliegen und wäre frei.

Eine Lüge, aber eine, die Kari in den dunkelsten Stunden am Leben erhalten hatte.

Wie war es passiert? War ihre Mutter krank gewesen? Hatte sie einen Unfall gehabt?

Auf dass deine Seele über den Wolken fliegen wird.

War das der Grund, aus dem ihr Vater den Kontakt zu Kari gesucht hatte? Weil er die Einsamkeit nicht mehr ertragen hatte? War das Alleinsein so schlimm geworden, dass er sogar bereit gewesen war, seine Seele aufs Spiel zu setzen, um der Leere zu entfliehen? Und nun war er ebenfalls weg und das unwiederbringlich, wenn Naels Worte der Wahrheit entsprachen. Nur dass es für ihn keine weißen Blumen gab, keine letzten Worte, eingeritzt in einen Baumstumpf, keine Erinnerung. Als ob es ihn nie gegeben hätte. Genauso wie Nael es gesagt hatte. Karis Kehle war so eng, dass es schmerzte, und ihre Augen brannten, ganz egal wie sehr sie blinzelte. Sie wollte nicht weinen. Nicht um ihre Mutter, die Teil eines längst vergangenen Lebens war, nicht um ihren Vater, der seinen Fehler zu spät eingesehen hatte. Tränen waren Schwäche. Und Kari war nicht schwach!

Es knirschte, als jemand hinter ihr in den winzigen Garten trat. »Kari?«, hörte sie Naels Stimme.

Natürlich hatte er sich von seinen Fesseln befreien können. Vermutlich hatte er sich blendend über Karis schwachen Versuch amüsiert, ihn zu fesseln.

Sie bohrte ihre Finger in die Handfläche. Bloß nicht weinen! Sie schloss die Augen und erhob sich. »Du hattest recht«, sagte sie und hasste sich dafür, dass ihre Stimme bei den letzten Worten brach. Hasste sich dafür, wie schwach sie klang, und noch viel mehr dafür, dass sie sich nicht wehrte, als Nael auf sie zutrat und sie vorsichtig in seine Arme zog. Es war ein merkwürdiges Gefühl, von jemandem auf diese Weise gehalten zu werden. Wann hatte sie das letzte Mal jemand in die Arme genommen? Sie vermutete, dass es ihre Mutter vor zehn Jahren gewesen war.

Ihre Mutter, die nie wieder irgendjemanden umarmen würde. Ein Schluchzen bahnte sich seinen Weg Karis Kehle hoch. Sie drückte ihr Gesicht an Naels Schulter, um es zu unterdrücken. Sie konzentrierte sich auf seine Berührung, seine Körperwärme, auf den Geruch seines Shampoos. Alles Dinge, die sie erdeten, die sie mit dieser Welt verbanden, die sich gerade in Luft aufzulösen begann. Nael gab ihr die Zeit, die sie brauchte. Er sagte nichts, bewegte sich kaum, hielt sie einfach nur fest.

Sein Herzschlag gab den Takt ihrer Atemzüge vor. Kari fühlte, wie der Sauerstoff ihre Lunge füllte, wie ihre Brust sich ausdehnte und wieder senkte. Langsam, ganz langsam, kehrte die Ruhe in ihrem Herzen ein. Als sie sich gesammelt hatte, wand sie sich aus Naels Umarmung, trat einen Schritt zurück und zog die Pistole.

Sie hatte Nael einen Blick hinter ihre harte Fassade gewährt – und das war schon zu viel gewesen. Sie war Kari Nemea und sie war nicht schwach. Einst war sie es gewesen, aber nicht mehr. Niemals mehr! Das hatte sie sich geschworen. Und das würde auch Nael begreifen müssen.

»Gehen wir«, sagte sie.

Kari drückte Nael abermals die Pistole in den Rücken, als sie den Aufzug verließen und seine Wohnung betraten. Es war schon fast Morgengrauen und ihre Gedanken waren vor Müdigkeit in Watte gepackt. Sie brauchte dringend Schlaf.

»Ist das wirklich nötig?«, fragte er und warf einen Blick zurück zu Kari. »Wir wissen insgeheim doch beide, dass du mich nicht erschießen wirst.«

»Du gehst vor«, wies sie ihn an und deutete mit dem Pistolenlauf auf seine Schlafzimmertür.

»Wir sind also immer noch keine Freunde?«, murmelte er mit einem nervtötend süßen Lächeln.

Die Sorge und Enttäuschung von vorhin waren verschwunden. Nachdem er Kari in der Hütte ihrer Eltern in den Arm genommen hatte, hatte er lediglich eine Sekunde gebraucht, um sich wieder in den arroganten Agenten mit den selbstgefälligen Sprüchen zu verwandeln. Nael war so verdammt kontrolliert ... und das, mehr als alles andere, bewies, wie gefährlich er war. Seine gespielte Anteilnahme, sein Lächeln, sein Charme, sogar seine gebratenen Nudeln waren reine Show. Eine Ablenkung, um Kari vergessen zu lassen, dass sie einem Raubtier gegenüberstand.

Erst auf ein Fuchteln mit der Waffe hin hob er die Hände und ging Kari voraus auf eine Tür am anderen Ende des Wohnzimmers zu, die in ein geräumiges Schlafzimmer führte. Auch hier war alles weiß: die Wände, an denen keine Bilder hingen, die schweren Vorhänge, die vor einer Fensterwand baumelten, das Kingsizebett, auf dem sich federweich aussehende Laken und Kissen türmten, oder die Couch gegenüber dem Bett. Rechts von der Tür führte ein offener Durchgang in einen begehbaren Kleiderschrank, dessen Regalreihen größtenteils leer waren.

»Du kannst dir zum Schlafen gerne ein Shirt oder Shorts von mir ausleihen«, sagte Nael.

»Ich brauche Strümpfe oder Gürtel.«

»Zum Schlafen?« Er legte den Kopf schief.

»Muss ich wirklich jede meiner Anweisungen wiederholen?«

Schulterzuckend ging Nael in den begehbaren Schrank und holte zwei Gürtel und lange Socken hervor. »Gut so?«, fragte er und hielt alles in die Höhe.

»Perfekt. Und jetzt setzt du dich auf das Bett und fesselst deine eigenen Füße damit. Wenn du damit fertig bist, bindest du dein linkes Handgelenk ans Bettgestell.«

Nael blinzelte verwundert. Allerdings nur zwei Herzschläge lang, ehe sich ein breites Grinsen auf sein Gesicht stahl. »Ich hätte dir gar nicht zugetraut, dass du auf Fesselspielchen stehst. Macht man das in der Nemea-Villa so, seine neuen Freunde mit einer Runde Bondage zu begrüßen?«

»Du bist nicht mein Freund und ich sehe hoffentlich nicht so aus, als würde ich scherzen«, entgegnete Kari.

Nael deutete eine Verbeugung an. »Natürlich, wie konnte ich nur so unsensibel sein.« Er setzte sich auf die Matratze. »Soll ich mich ausziehen?«, fragte er mit einer gehobenen Augenbraue und diesem selbstsicheren, neckenden Ton, der Kari schon im Luminer angestachelt hatte.

»Wenn du gerne nackt schläfst, nur zu. Aber beeil dich, bevor mein Finger müde wird«, sagte sie mit einem Blick auf den Abzug.

»Du kannst es anscheinend gar nicht erwarten, einen Blick auf meine Bauchmuskeln zu werfen«, stichelte er.

»Du überschätzt deine Wirkung auf Frauen. Außerdem

ist es nicht so, als würde ich dich zum ersten Mal ohne Shirt sehen.«

Darauf runzelte Nael nur verwirrt die Stirn. Natürlich, er hatte ja keinerlei Erinnerung an seinen Besuch in Karis Zimmer. Er streifte sich die Hose ab, behielt sein Shirt aber an, band seine Füße mit einem Gürtel aneinander und befestigte sein Handgelenk mit einem Strumpf am Bettpfosten. Erst als er damit fertig war, ließ Kari die Pistole sinken, um seine andere Hand ebenfalls anzubinden. Dann prüfte sie seine Fesseln – wie vermutet, hatte er sowohl Gürtel als auch Socken viel zu locker festgebunden – und zurrte sie fest. Noch einmal sollte er sich nicht befreien können.

Nael stieß ein Zischen aus. »Findest du das nicht etwas übertrieben?«

»Du bist ein Lilien-Agent, der mich in seine Wohnung gelockt hat, und es ist gut möglich, dass jeden Moment deine Kollegen hereinstürmen, um mich unschädlich zu machen«, entgegnete sie.

»Ich war also nicht besonders erfolgreich damit, dir zu beweisen, dass du mir vertrauen kannst?«

Kari trat einen Schritt zurück und bewunderte zufrieden ihr Werk. Naels Arme waren links und rechts von seinem Kopf an den Bettpfosten gefesselt, seine Fußknöchel mit einem Gürtel aneinander gezurrt und mit einer Socke am unteren Bettrand befestigt. Sie bezweifelte, dass er seine Fesseln würde lösen können.

So immobilisiert könnte sie alles mit ihm tun, was sie wollte. Er wusste das – musste es wissen – und hatte trotzdem keine Angst. Da war kein Hauch von Lychee, dafür eine gehobene Augenbraue und ein Blick, der Kari stumm aufzufordern schien, das fortzusetzen, was sie letzte Nacht begonnen hatten. Als ob ein unbewusster Teil seiner selbst sich doch an das Gefühl ihres Gewichts auf seinen Hüften erinnerte und sie nun lautlos aufforderte: *Nur zu, lass uns weiterspielen. Ich bin gerne dein Spielzeug. Zeig mir, was du hast.*

Sie vertrieb diesen Gedanken, als Naels Augen zufrieden blitzten. Verdammt. Dieses Arschloch wusste genau, woran sie eben gedacht hatte – und er genoss es.

»Schlaf«, wies sie ihn augenrollend an und ließ sich auf der Couch nieder.

»Das Bett ist viel gemütlicher als die Couch«, sagte er.

»Schlaf!«

»Es ist außerdem so groß, dass wir uns nicht berühren würden. Du würdest gar nicht mitbekommen, dass ich da bin. Oder du fesselst mich an die Couch und schläfst selbst im Bett.«

»Wenn du nicht willst, dass ich dich kneble, hältst du besser die Klappe und schläfst.«

Nael öffnete den Mund, klappte ihn wieder zu und schnaubte. Ein letztes »Träum schön« ließ er sich jedoch nicht nehmen, ehe er die Augen schloss. Kari zog die Beine an und beobachtete, wie sich seine Brust rhythmisch hob und senkte. Sie würde warten, bis er eingeschlafen war. Erst dann würde sie sich selbst Ruhe gönnen.

»Träume haben wir genug.«

Julino

Eine einsame Nachtigall zwitscherte ihr Lied, als Julino, Hadox und Melio sich an der Adresse einfanden, die der Mann am Telefon ihnen genannt hatte. Unschlüssig schauten sie sich um. Sie befanden sich auf einer menschenleeren Straße. Nirgends war ein Schild oder Logo von Talent Solutions auszumachen. Die graue Metalltür, vor der sie standen, wirkte unscheinbar. Sie sah nicht aus wie das Tor zu einer besseren Zukunft, das ihnen der blonde Typ an den Docks versprochen hatte. Daneben war ein kleiner Altar aufgebaut, wie es sie in den engen Gassen Magnolia Bays zu Tausenden gab und von dem aus Räucherstäbchen duftende Fäden in die Luft bliesen. Aber die Adresse stimmte. Julino hatte sie dreimal gecheckt.

»Sollen wir umkehren?«, fragte Julino, der mit seinen siebzehn Jahren der älteste der Truppe war.

Sein kleiner Bruder Melio, dessen Haare im selben Türkiston schimmerten wie Julinos, zuckte die Schultern. Doch der rothaarige Hadox, der immer der Mutigste von ihnen gewesen war, schüttelte bestimmt den Kopf. Er hatte ja recht. Sie waren zu weit gekommen, um nun umzukehren.

Vor einem Jahr hatten sie den Entschluss gefasst, die Azulinen zu verlassen, um in Magnolia Bay ihr Glück zu versuchen. Es hatte ihnen einiges abverlangt, das Geld für die Überfahrt zusammenzukratzen, viele Stunden kräftezehrender Arbeit und Verzicht, die stummen Tränen ihrer Mütter, als sie ihnen Lebewohl sagten. Aber nicht für immer, das hatten Julino und Hadox versprochen. Nur für ein paar Jahre, bis sie etwas aus sich gemacht hätten. Dann würden sie ihre Familien nachholen.

Mit zitternden Knien hatten sie gestern die Himmelsdschunke bestiegen und waren nach einer zehnstündigen Reise am Hafen angekommen. Die Stadt war alles, was sie sich erträumt hatten, und gleichzeitig einschüchternder. Nie zuvor hatte Julino so viele Menschen auf einmal gesehen. Dass es Häuser gab, deren Spitzen fast die Wolken berührten, hätte er sich nicht träumen lassen.

Aber Träume, ja, Träume hatten sie genug. Alle drei. Es waren diese Träume, die sie hergebracht hatten.

Hadox träumte davon, eine Rolle als Schauspieler in einem der vielen Theater des Almacen-Storydrive zu ergattern. Oder noch besser, eine Rolle in einem echten Film. Er wollte berühmt werden, wollte, dass die Leute seinen Namen voller Ehrfurcht murmelten.

Melio träumte davon zu lernen. Schon als kleiner Junge hatte er alles verschlungen, was es in der winzigen Inselbibliothek zu finden gab. Den Lehrer hatte er mit seinen Fragen regelmäßig an den Rand der Verzweiflung gebracht, und bald schon reichten weder dessen Antworten noch der Inhalt der Bibliothek, um Melios Wissensdurst zu stillen. Doch die Professoren und riesigen Datenbanken der City University würden es tun.

Und Julino selbst? Er träumte davon, einen guten Job zu finden und genug Geld zu verdienen, um seiner Mutter ein neues Haus zu kaufen. Eines, das nicht bei jedem Unwetter zusammenzubrechen drohte. Mehr als alles andere wollte er seine Mutter stolz machen.

Und als der blonde Mann mit dem lila Schweinchen ihnen die Visitenkarten von Talent Solutions in die Hand gedrückt und versprochen hatte, dass sie nur die Nummer auf der Karte wählen mussten, um ebendiese Träume wahr werden zu lassen, da hatten sie nicht lange gezögert. Dies war ihre Chance und sie würden sie nutzen!

Hadox klopfte an die Tür, die ein metallisches Geräusch von sich gab. Eine dunkelhaarige Frau in einfacher Kleidung öffnete ihnen.

»Wir, ähm, wir sind hier, um ...«, begann Hadox. Als die Worte ihn vor Nervosität im Stich ließen, reichte Julino der Frau die Visitenkarte.

»Ihr müsst mir sagen, warum ihr hier seid«, sagte sie. »Ich muss es aus euren Mündern hören.«

Julino schluckte. »Wir sind hier, um einen Job zu finden«, antwortete er.

»Nur das?« Die Frau hob die Augenbrauen. »Oder seid ihr hier, um eure Wünsche zu erfüllen?«

»Das sind wir!«, gab Hadox eilig zurück.

Die Frau wartete, bis alle drei die Worte aussprachen: »Wir sind hier, um unsere Wünsche zu erfüllen.«

»Und ihr seid aus freien Stücken gekommen?«

Alle drei sagten: »Ja.«

Daraufhin machte sie einen Schritt zurück und bedeutete ihnen mit einer Geste hereinzukommen. Als Julino über die Schwelle trat, raste sein Herz so schnell, als wollte es weglaufen. Sein kleiner Bruder berührte ihn sanft am Arm und flüsterte: »Keine Sorge, es wird alles gut. Denk daran, was der Mann am Dock gesagt hat: Unsere Träume warten hier in Magnolia Bay. Wir müssen nur nach ihnen greifen!«

Und danach greifen, das würden sie.

Die Tür schloss sich hinter ihnen. Lediglich das Lied der Nachtigall war auf der einsamen Gasse zu hören, auf der vor wenigen Augenblicken drei junge Azulinen mit vor Nervosität flatternden Herzen und Augen voller Träume gestanden hatten.

Als die Tür sich das nächste Mal öffnete, waren Julino, Melio und Hadox nicht mehr. An ihrer Stelle lagen drei leblose Leiber, zwei mit türkisgrünen Haaren, einer mit roten. Wo einst Träume und Hoffnungen gewesen waren, war nun Leere. Das Licht war aus ihren Augen gewichen, ihre Seelen hatten die Körper verlassen. Ihre Herzen schlugen noch, jedoch zu leise, um sie mit einem menschlichen Ohr hören zu können. Das Blut pumpte langsamer durch ihre Venen.

Die Frau wartete, bis ihr Telefon klingelte, um weitere Anweisungen zu empfangen.

»Der Seelenhandel ist abgeschlossen?«, fragte die männliche Stimme am anderen Ende.

»Ja. Es verlief alles problemlos.«

»Gut. Mach sie fertig«, wies ihr Chef sie an. Was bedeutete, die drei auszuziehen, zu waschen und ihre Haare am ganzen Körper abzurasieren, bis kein Zeichen ihrer Individualität mehr übrig blieb. Bis sie endgültig nichts mehr waren als leere Hüllen.

»Und dann bring sie zur Nemea-Villa«, fuhr er fort. »Gestern gab es dort einen *Zwischenfall*, bei dem mehrere Hüllen beschädigt wurden. Don Nemea hat drei neue angefordert, um seinen Trainingsbestand aufzufüllen.«

»Verstanden«, sagte die Frau und legte auf.

Es war jämmerlich einfach gewesen, den drei Jungen ihre Seele abzunehmen. Es brauchte lediglich deren Zustimmung zu einem Spiel – sie hatten sich Drachenmark ausgesucht und es natürlich verloren –, eine Berührung und ein wenig Magie. Genauso wie immer. Und doch erwartete die Magierin es nie. Egal wie oft sie das Spiel spielte, egal wie oft sie gewann, sie war jedes Mal aufs Neue überrascht, wie einfach die Seelen sich aus dem Körper lösen ließen. Dass sie nicht kämpften, sich nicht an ihrem Menschen festhielten.

Seelen waren solch furchtbar flüchtige Dinge.

»Wieso bin ich auf dem Dach?«

Lycien

Da war ein Flüstern in der schwarzen Leere von Lyciens Geist. Eine uralte Stimme, die aus einer längst vergangenen Zeit zu stammen schien, und sie wisperte etwas. Worte in einer Sprache, welche die Menschen längst vergessen hatten, ein Mantra oder ein Fluch oder ein Zauber, Lycien wusste es nicht, und plötzlich war sie nicht mehr allein. Andere Stimmen gesellten sich zu ihr, sie flüsterten durcheinander, füllten Lyciens Kopf und seine schwarze Traumwelt aus, und irgendwie, obwohl sie in dieser merkwürdigen, fremdartigen Sprache tuschelten, verstand er sie. Sie sagten:

Sie hat ihn aufgeweckt.

Unser Sohn. Unser Kind.

Schläft er? Nicht mehr. Wirklich? Nein, er wacht auf.

Wie lange haben wir auf ihn gewartet. Hundert Jahre. Oder waren es tausend?

Die Stimmen tanzten durcheinander, vermischten sich, als spräche ein einziges Wesen all dies Worte, zersprangen im nächsten Moment wie die Funken eines Sterns. Manche waren alt, andere jung, manche tief wie von knurrenden Tigern, andere hoch und glockenhell wie das Lachen eines Kindes. Und eine ... eine kam Lycien bekannt vor. Sie war wie das Wiegenlied, das ihn einst in den Schlaf gesungen hatte, wie die tröstenden Worte, die ihm als Kind die Tränen genommen hatten, und sie erfüllte ihn mit Geborgenheit.

Wach auf, wach auf. Öffne die Augen. Sieh und finde uns.

Unser Junge. Unser Goldkind. Du bist der Letzte und gleichzeitig der Erste.

Wenn du deinen Hintern nicht in den nächsten zehn Sekunden von hier wegbewegst, schmeiße ich dich vom Dach.

Etwas Hartes stieß in Lyciens Magen. Er fuhr keuchend hoch und öffnete die Augen. Das Flüstern verschwand ebenso wie die Dunkelheit seiner Traumwelt, doch etwas war anders. Er fühlte sich wacher und irgendwie ... lebendiger.

»Hörst du schlecht, Junge? Aufstehen und dich schleunigst aus dem Staub machen sollst du«, donnerte die Stimme, die er als Letztes gehört hatte und die mit Sicherheit nicht zu einem Traum gehörte, sondern zum Hausmeister, der sich breitbeinig vor Lycien aufgebaut hatte und ihm nun mit dem Besen gegen den Arm schlug.

»Au«, maulte Lycien und rappelte sich auf. Es war der zweite Tag in Folge, an dem er verwirrt und orientierungslos aufwachte. Das sollte nicht zur Gewohnheit werden! Gestern war er immerhin in seinem eigenen Bett gewesen, wenn auch mit einem neuen Haustier, aber heute? Blinzelnd schaute er sich um. Heute war er auf dem Dach des Studierendenwohnheims.

Wieso war er auf dem Dach?

Dass er diese Frage laut ausgesprochen hatte, wurde ihm erst bewusst, als der Hausmeister antwortete: »Woher soll ich wissen, welchen Scheiß du hier oben treibst. Ich bin immer wieder überrascht, was euch Jungs einfällt. Raucht ihr neuerdings Insekten?«

Wie bitte? Lycien sah sich um. Rund um ihn am Boden lagen tote Motten. Zoras Motten! Siedend heiß kamen die Geschehnisse der letzten Nacht zurück. Der Tanz mit der hübschen Azuline im Moon Club, das Prickeln, das Lycien mit jeder ihrer Berührungen erfasst hatte. Wie sie ihn bat, sie zum Mond zu bringen, und was hier oben passiert war, unter dem Licht der Sterne. Sie hatte ihm das Shirt ausgezogen und ...

Sein Oberkörper war unbekleidet. Und der Hausmeister stand direkt vor ihm. Und von seinem Shirt war weit und breit keine Spur. Oohhhh, das war nicht gut ... so was von gar nicht gut!

»Scheiße, scheiße, scheiße«, murmelte Lycien und verschränkte die Arme hinter seinem Rücken. Hoffentlich hatte der Hausmeister die silbernen Linien auf seiner Haut noch nicht entdeckt. Aber wenn doch ... »Hör mal, ich wäre dir echt sehr verbunden, wenn das hier unter uns bleiben könnte.«

Der Hausmeister verzog die Nase. »Was denn? Hast du Angst, dass Mami und Papi dir eins auf die Finger geben, wenn sie erfahren, dass ihr Söhnchen sich auf dem Dach einen Mottenjoint gedreht hat?«

»Nein, ich meine ... du weißt schon!« Lycien hob bedeutungsschwer die Augenbrauen, schaute an seinem Oberkörper herunter, was den Hausmeister erst zu verwirren schien, ihn dann jedoch dazu brachte, laut aufzulachen.

»Glaubst du, du bist der erste nackte Kerl, den ich hier oben treffe? Es interessiert mich nicht, wen du hier gevögelt hast, solange du nur hinter dir aufräumst. Das ganze Dach mit Scheißinsekten vollzuladen ...« Er spuckte aus. »Also, was ist jetzt? Verziehst du dich oder muss ich den Wachdienst rufen?«

Hatte er die Silfurvenen tatsächlich nicht bemerkt? Lycien hoffte es. Um ehrlich zu sein, traute er dem Hausmeister nicht zu, eine Show abzuziehen. Hätte er die silbrigen Spuren auf Lyciens Haut entdeckt, hätte er längst die Security-Leute gerufen, die Lycien ins nächste Krankenhaus schleifen würden.

Lycien zwang sich zu lächeln, ehe er rückwärts davonging. Der Hausmeister bedachte dieses Verhalten mit einem genervten Schnalzen der Zunge. Schnell drehte Lycien sich um und musterte seine Arme.

Die Silfurvenen waren weg.

Lycien hob die Arme an, sah genauer hin. Seine Haut war glatt und leicht gebräunt, keine Spur von Silber und Krankheit, nichts. Er kniff sich so fest in den Unterarm, dass es schmerzte. Wenn seine Großmutter ihn mit ihren Tinkturen behandelte, verschwanden die Silfurvenen für einige Tage, zumindest taten sie das oberflächlich. Aber wenn er Druck auf eine Stelle ausübte, konnte er immer noch einen silbrigen Schimmer erkennen. Nicht jedoch heute. Seine Arme sahen vollkommen normal aus.

Lycien beschleunigte seine Schritte, lief die Treppe hinab und direkt in sein Zimmer. Dort begrüßte Schwein ihn mit einem aufgeregten Grunzen. Gut eine Viertelstunde lang stand Lycien vor seinem Spiegel und musterte jeden Millimeter seiner nackten Haut, während Schwein ungeduldig um seine Füße lief.

Die Blutergüsse, der Beweis für die Prügel, die er vor zwei Tagen bezogen hatte, waren verschwunden. Und die Silfurvenen ebenso!

Sie waren weg, wirklich weg!

Doch das war nicht die einzige Veränderung. Lyciens Augen waren klarer, sein Blick geschärfter, und Schweins Grunzen war unmerklich lauter als normalerweise.

Zora! Sie musste dahinterstecken. Lycien hatte keine Ahnung, was die junge Azuline mit ihm gemacht hatte, doch das Prickeln von letzter Nacht, diese allumfassende Schwerelosigkeit, die ihn plötzlich ergriffen hatte – das musste

Magie gewesen sein! Sie hatte ihn geheilt. Irgendwie, ohne es ihn wissen zu lassen, hatte sie die Silfurvenen beseitigt! Hatte den Schatten des Todes vertrieben, der ihn seit Monaten verfolgte.

Lycien hob Schwein hoch und wirbelte es durch den Raum. »Sie sind weg, Schwein! Weg!«, rief er und lachte. Es fühlte sich an, als habe die hübsche Azuline ihm ein neues Leben geschenkt! Eines ohne einen Galgen über seinem Kopf. Eines, in dem er sich nicht ständig Sorgen darüber machen musste, jemand würde seine Krankheit entdecken. Er fühlte sich frei, so richtig frei – und glücklich!

Am liebsten hätte Lycien die ganze Welt umarmt. Es gab so viele Dinge, die er gerade tun wollte. Aber als Allererstes würde er einen Strauß Blumen für die schönste Frau der Welt kaufen!

Zwei Stunden später verließ Lycien die Fähre, die ihn vom Magnolia Harbour zur kleineren Schwesterninsel Citrin brachte. Citrin Island, an dessen südlicher Spitze sich der Old Temple befand, war einst der Hauptsitz der Magie gewesen. Vor vielen Hundert Jahren war das, bevor der Innere und Äußere Regierungskreis den Magnolia Temple im Zentrum der Hauptinsel errichten ließen. Heute diente Citrin Island vor allem als Industriehafen, während die ländlichen Regionen im Süden und Westen einem zu vergessen erlaubten, wie nahe die Großstadt war.

Während der gesamten Überfahrt hatte Lycien auf seine geschärften Sinne geachtet. Den Citrin Harbour hatte er gut eine Minute früher am Horizont auftauchen sehen als normalerweise, das Rattern der Schiffsmotoren und das Rauschen der Wellen klangen lauter, der Geruch der Suppen und Tees, die an Bord verkauft wurden, war intensiver, und er meinte, *neue* Gerüche wahrnehmen zu können, die ihm nie zuvor aufgefallen waren.

Die ganze Zeit begleitete ihn eine blubbernde Euphorie, die ihn dümmlich vor sich hin grinsen ließ und einzig von dem merkwürdigen Gefühl gedämpft wurde, beobachtet zu werden. Immer wieder spürte Lycien unsichtbare Blicke auf sich, doch er konnte keinen Verfolger entdecken. Vermutlich lag es daran, dass er nicht an seine geschärften Sinne gewöhnt war.

Das Haus seiner Oma lag eine halbe Stunde Fußmarsch vom Hafen entfernt, umringt von sattgrünen Hügeln und Terrassenplantagen und den kleinen Behausungen von Bauern und Aussteigern. Es war ein einfaches Heim mit nur drei Zimmern: einer Küche, einem Schlaf- und einem Wohnzimmer, in dessen Hinterhof ein gemütlicher Gemüsegarten gedieh. Lycien, der als Kind mit seinen Eltern in einem luxuriösen Penthouse gelebt hatte, in der das Grundstück seiner Großmutter dreimal Platz gehabt hätte, war ihr Haus immer wie das Paradies vorgekommen.

Wie an fast allen Sonnentagen fand er seine Oma im Garten, wo sie im Gemüsebeet werkte. »Überraschung!«, begrüßte Lycien sie und breitete die Arme aus.

Seine Oma hatte ihn vermutlich längst kommen hören, tat ihm jedoch den Gefallen, eine überraschte Miene aufzusetzen, als sie sich umdrehte. Rund um ihre Augen bildeten sich unzählige Lachfältchen.

»Oh, sind die für mich?«, fragte sie und deutete auf die Blumen. »Habe ich meinen eigenen Geburtstag verpasst?«

»Nein, aber du verdienst jeden Tag Blumen!« Lycien drückte ihr einen dicken Kuss auf die Wange und überreichte ihr den Strauß, den sie mit funkelnden Augen entgegennahm.

Ihre Wangen wirkten etwas gräulich und eingefallen. Vermutlich waren das die Spuren ihrer eigenen Krankheit. Da Lycien jedoch wusste, wie sehr sie es hasste, wenn er sich Sorgen um sie machte, tat er so, als hätte er nichts bemerkt. Genauso wie er ihren rasselnden Atem überging oder die Tatsache, dass ihre Bewegungen langsamer waren als noch vor einem Monat.

»Und das Schweinchen ist auch ein Geschenk?«, fragte sie und deutete auf Schwein, das zielstrebig in das Gemüsebeet gelaufen war und seinen Rüssel in den Salatköpfen versenkte. Der Fellpuschel an seiner Schwanzspitze zuckte vor Freude.

»Das, ähm, das ist Schwein«, stellte Lycien seinen neuen Gefährten vor. »Ich hatte gehofft, dass er vielleicht bei dir wohnen kann.«

»Sie«, korrigierte seine Oma ihn.

»Wie bitte?«

»Sie ist offensichtlich eine Schweinedame.« Wie seine Oma das erkannt haben wollte, war Lycien ein Rätsel. »Wie kommt es, dass du ein Schwein hast?«

»Das ist eine sehr lange Geschichte.« Eine, die er ihr lieber nicht erzählen wollte. Seine Oma verstand. Sie hob wissend die Augenbrauen, fragte jedoch nicht weiter.

»Natürlich kann sie hier wohnen. Ein bisschen Gesellschaft wird mir guttun. Es wird einsam, sich jeden Abend nur mit den Salatköpfen zu unterhalten.«

»Danke, Oma.« Er drückte ihre Hand.

Sie musterte ihn mit zusammengekniffenen Augen. »Du siehst anders aus«, stellte sie fest.

»Findest du?«

»Und du riechst anders.« Sie schnupperte an ihm. »Erst

dachte ich, es sei nur das Schweinchen, aber es bist eindeutig du.«

Lycien roch an seinem Shirt. Er trug dasselbe Aftershave wie jeden Tag und er war frisch geduscht. Dass er wie ein Schwein roch, fand er also nicht. In Ermangelung einer guten Antwort sagte er: »Ich habe von dir geträumt.«

»Hoffentlich etwas Gutes?«

»Etwas ... Verwirrendes.« Denn verwirrend waren die Stimmen in seinem Traum definitiv gewesen. Die meisten konnte er immer noch nicht zuordnen, nur die eine, die seiner Großmutter, die ihm so vertraut erschienen war. Ein winziger Teil seiner selbst hoffte, dass seine Großmutter den Wink verstehen würde. Dass sie aus irgendeinem unerklärlichen, verrückten Grund wirklich in seinem Traum gewesen war. Aber natürlich hatte sie keine Ahnung, wovon er sprach. »Ach, egal, eigentlich kann ich mich gar nicht mehr so genau an meinen Traum erinnern«, winkte er ab.

Seine Oma nickte. »Ich habe auch etwas für dich. Schau.«

Sie holte etwas aus einem der Blumentröge hervor, die neben einer morschen Gartenbank gestapelt waren, und drückte es in Lyciens Hand. Es war eine getrocknete Blüte – eine Sternmagnolie.

»Für das Sternenfest«, erklärte seine Oma lächelnd.

Das Sternenfest markierte den Geburtstag aller Magie und den Jahrestag der Ankunft des ersten Gottes in Magnolia Bay. Dieser Tag gehörte den Wünschen. Wenn die Sonne verschwunden war und die ersten Sterne den Horizont bedeckten, schickten die Bewohner Magnolia Bays ihre Wunschblumen gen Himmel, zum ersten Gott und seinen drei Töchtern. Dafür musste man seinen größten Wunsch einer Sternmagnolie anvertrauen. Während des Sternenfests würde Magie dafür sorgen, dass die trockene Blüte sich mit Leben füllte. Braun würde sich in strahlendes Rosarot verwandeln, die Blätter würden sich öffnen und die Blüte schließlich fliegen.

»Ich habe auch zwei für deine Eltern. Kannst du sie ihnen geben?«, fragte sie. »Du weißt ja, dass sie mich nicht so oft besuchen kommen.«

Nicht so oft war eine haushohe Untertreibung. Lyciens Eltern fanden nie die Zeit, seine Großmutter zu besuchen. Dafür waren sie in ihrem Unternehmen viel zu eingespannt, ganz abgesehen davon, dass sie nie hatten verstehen können, warum seine Großmutter ein, wie sie es nannten, unpraktisches Leben in einem winzigen Verschlag dem Luxusapartment vorzog, das die beiden ihr vor Jahren angeboten hatten.

»Gibst du sie ihnen? Du triffst sie doch zum Sternenfest?«

Lyciens Magen zog sich bei dem Gedanken zusammen. Eigentlich liebte er das Sternenfest, doch dieses Jahr hatten seine Eltern die wunderbare Idee gehabt, zu diesem Anlass ein Networking-Event zu organisieren. Er hasste es, wenn seine Eltern ihn auf solchen Veranstaltungen vorführten. Lycien De'Lacour, der stolze Nachwuchs des Firmenimperiums, auch wenn sie ihn insgeheim für einen jämmerlichen Versager hielten, der das Glück, in die De'Lacour-Familie geboren worden zu sein, überhaupt nicht verdient hatte. Die beiden erwarteten von ihm, mit akkurat sitzenden Haaren (*Deine Haare sind viel zu lang, wie du aussiehst, wie ein richtiger Hippie,* würde seine Mutter mit gerümpfter Nase sagen) und gebügeltem Designeranzug zu erscheinen, freundlich zu lächeln und Small Talk zu betreiben, ohne irgendetwas Dummes von sich zu geben (*Versuch uns nicht schon wieder zu blamieren,* würde sein Vater ihm zum tausendsten Mal einschärfen).

Alle höherrangigen Mitarbeiter von DeL Inc. und den Tochtergesellschaften würden da sein, ebenso wichtige Geschäftspartner, Politiker und alles, was in Magnolia Bay Rang und Namen hatte. Lyciens Fehlen würde unangenehme Fragen aufwerfen, also hatte er gar keine andere Wahl, als mitzuspielen – obwohl es seinen liebsten Feiertag versaute.

»Ach, so schlimm wird's schon nicht werden«, meinte seine Großmutter und klopfte ihm aufmunternd auf die Brust. Sie wusste ganz genau, wie sehr Lycien solche Veranstaltungen verabscheute. »Jetzt komm erst mal rein. Ich habe schon alles für dich vorbereitet.«

Mit *alles* meinte sie die Tinkturen, mit denen sie seine Silfurvenen regelmäßig behandelte. Auch heute standen die Tiegel bereits auf dem Tresen der kleinen Küche, in die man durch die Gartentür gelangte. Daneben lag der Heilstein, ein oval geschliffenes Stück Jade, in das schwarze und goldene Schriftzeichen eingeritzt waren. Seine Großmutter bestand darauf, dass er den Heilstein zwischen den Handflächen hielt, während sie ihm die Heiltinkturen auf die Haut schmierte. Er sollte sich dann darauf konzentrieren, seine Krankheit in die Jade fließen zu lassen. Das war vermutlich bloßer Aberglaube, aber seiner Oma zuliebe tat Lycien es.

»Die brauche ich nicht mehr«, sagte er und deutete auf die Tiegel. »Das ist meine eigentliche Überraschung. Schau!« Die Euphorie blubberte in ihm hoch, als er sich das langärmlige T-Shirt über den Kopf streifte. Während der ganzen Überfahrt hatte er sich die Freude in ihrem Gesicht vorgestellt, wenn sie begriff, dass er geheilt war! Und bedeutete das nicht, dass es auch für seine Oma Heilung gab? Zora hatte ihm geholfen, sie könnte dasselbe für seine Großmutter tun. Sie musste sogar!

Doch als er sie erwartungsvoll anstrahlte, weiteten sich ihre Augen in Terror. »Was hast du nur getan, Junge«, flüsterte sie. Ein Zittern lag in ihrer Stimme.

»Ich ... Sie sind weg, Oma. Die Silfurvenen, sie sind ...« Er versuchte, positiv zu klingen, aber es gelang ihm nicht.

Er war gesund, etwas, das sie beide nicht für möglich gehalten hätten. Seine Oma sollte Freudensprünge machen, anstatt ihn anzustarren wie ein zerbrochenes Stück Porzellan.

»Bei den Göttinnen ... Feo und Shakari, steht mir bei«, murmelte sie und ließ sich zittrig auf einem der hölzernen Küchenstühle nieder.

»Ist dir nicht gut?«, fragte Lycien.

»Nein, alles in Ordnung. Es ist nur ...« Sie stieß ein langes Seufzen aus. »Ich hätte es sofort wissen müssen, als ich dich gesehen habe. Du hättest das nicht tun sollen, Lycien.«

»Ich hätte *was* nicht tun sollen?« Schwein trippelte in diesem Moment in die Küche und zu Lycien, wo es seinen borstig warmen Körper gegen seinen Unterschenkel drückte, als ahnte es, dass sein Menschenfreund gerade Zuwendung brauchte.

»Du hast Blutmagie in Anspruch genommen, nicht wahr?«

Lycien schüttelte den Kopf. Er hatte es vorgehabt, aber im letzten Moment in der Walled City einen Rückzieher gemacht.

»Streite es nicht ab, Junge. Ich kann es riechen.« Sie legte ihre Hände auf Lyciens Wangen und zwang ihm, ihr in die Augen zu schauen. »Versprich mir, dass du es nie wieder tust. Es ist zu gefährlich.«

»Aber Oma ...«

Am Morgen nach seiner Heilung war er umringt von toten Motten aufgewacht. Er hatte keine Ahnung gehabt, was die Tiere getötet haben könnte, doch plötzlich sah er es klar vor sich. Zora hatte es getan. Sie hatte die Motten als Blutopfer dargebracht, hatte sie getötet, um Lycien zu retten.

»Versprich es! Keine Blutmagie mehr, nie wieder!« Nie zuvor hatte er solche Panik in den Augen seiner Großmutter gesehen, nicht einmal, als sie das Silber zum ersten Mal auf seiner Haut entdeckt hatte. Lycien wagte es kaum zu atmen. Seine geschärften Sinne nahmen alles wahr, was um ihn herum geschah. Das angestrengte Schnaufen seiner Oma, das von einem kaum hörbaren Rasseln begleitet wurde, die Hitze von Schweins Körper an seinem Bein, das Stechen jeder einzelnen Borste, den bitteren Geruch der Tinkturen, das Kreischen der Vögel draußen, ein Knirschen im Garten und einen Schatten, der am Küchenfenster vorbeihuschte.

»Ich weiß, die Tinkturen kommen dir unzureichend vor, aber sie sind momentan das beste Mittel gegen deine Krankheit. Blutmagie mag wie eine schnelle Lösung erscheinen, aber sie kann dir nicht helfen.«

»Ich brauche keine Hilfe mehr, Oma. Siehst du denn nicht, die Silfurvenen sind weg!«

Er hielt ihr seine Arme hin, flehte sie stumm an zu nicken, ihm zu sagen, dass er recht hatte, dass er keine Behandlung mehr brauchte. Alles war gut – endlich, endlich, endlich gut! – und die Silfurvenen waren weg, für immer. Aber sie tat ihm den Gefallen nicht.

»Oma?« Schwein stupste Lycien sanft mit dem Rüssel an. »Sag was, Oma.«

»Muss ich es wirklich laut aussprechen?«

Lycien schluckte schwer. »Die Silfurvenen sind nicht weg?« Sein Herz rutschte ihm in den Magen, nur dass es sich gerade nicht anfühlte wie ein Herz, sondern wie ein Stein.

»Es tut mir leid, mein Junge«, sagte seine Oma sanft.

Lycien spürte seine Augen wässrig werden. Er versuchte, die Tränen der Enttäuschung zurückzuhalten, um seine Oma nicht noch trauriger zu machen, als sie es ohnehin schon war. Die Krankheit lastete schwer auf ihm, noch schwerer war es jedoch zu sehen, wie sein Schicksal das Herz seiner Großmutter brach.

»Wieso?«, brachte er heraus. »Wenn die Blutmagie doch dieselbe Wirkung hat wie deine Tinkturen, warum sollte ich sie nicht versuchen?«

»Weil diese Magie tiefer geht. Sie kann etwas aufwecken, das lieber schlafen sollte.« Sie erhob sich, um ihm die nassen Wangen abzuwischen. Wie es aussah, war sein Versuch, die Tränen zurückzuhalten, gerade einmal zwei Sekunden lang erfolgreich gewesen. Verdammt, er war der Freiheit so nahe gewesen, einem Leben ohne Sorgen, ach was, einfach überhaupt einem Leben, das länger andauern würde als ein paar Monate. Kürzer, wenn die falschen Personen von seiner Krankheit erfuhren und ihn in ein Krankenhaus zur Energiesammlung einweisen ließen.

Schwein stupste ihm abermals in die Seite. »Deine kleine Freundin sieht deine Tränen genauso ungern wie ich«, meinte seine Oma und Lycien musste lachen. Vielleicht war alles gar nicht so schlimm. Immerhin war er nicht allein.

In diesem Moment hörte er es. Ein Rascheln, gefolgt von einem kaum wahrnehmbaren Knacken, das von der Tür kam. Dann ein *Swusch*, wie von Stahl, der die Luft zerschnitt. »Pass auf!«, rief er, packte seine Oma und warf sie zu Boden. Noch in der Bewegung sah er den schwarz gekleideten Mann, der im Türrahmen stand.

Und das Messer, das genau auf ihn zuflog.

»Was, wenn jemand die Magie gestohlen hat?«

Kari

Kari wachte in einem weichen Bett auf. In einem weichen, reinweißen Bett ...

Sie fuhr hoch und sah sich um. Ein einzelner Sonnenstrahl fiel durch die geschlossenen Vorhänge und erhellte den Raum spärlich. Sie befand sich noch immer in Naels Wohnung – nur dass von ihm jede Spur fehlte. Auf dem Nachttisch lagen zwei Gürtel und lange Socken, daneben ein Zettel. Kari schnappte ihn sich und las die Nachricht: *Ich hoffe, du hast dich so richtig ausgeschlafen. Ich musste leider zur Arbeit – es war ein Notfall, sonst wäre ich geblieben. Ich bin aber spätestens am frühen Nachmittag zurück. Fühl dich in der Zwischenzeit wie zu Hause. In der Küche findest du Kaffee und alles, was du für ein Frühstück brauchst. Bedien dich gerne im Kleiderschrank. Oh, und – es gibt eine Badewanne! Nael.*

Schnaubend knüllte Kari den Zettel zusammen und ließ ihn auf den Boden fallen. Dieser aufgeblasene Dackel von Lilien-Agent hatte sich nicht nur schon wieder selbst von seinen Fesseln befreit, sondern Kari auch in sein Bett getragen und sich aus seiner Wohnung geschlichen – während sie fest geschlafen hatte. Sie könnte sich ohrfeigen. Die Pistole lag – geladen! – auf dem Nachtkästchen. Er tat nicht einmal so, als sorgte er sich darüber, was Kari mit der Waffe tun könnte.

Zeig deinen Feinden in allem, was du tust, dass du keine Angst vor ihnen hast. Nael schien die gleiche Lektion gelernt zu haben, und während er Kari mit jedem seiner Worte und jeder seiner Taten bewiesen hatte, dass er sie nicht fürchtete, hatte sie wie ein wehrloses Kätzchen geschlafen. Ein Anfängerfehler, der sie das Leben kosten könnte.

Und jetzt?

Vorsichtig schlich Kari aus dem Schlafzimmer und schaute sich im offenen Wohnbereich um. Niemand war hier. Es wies auch nichts darauf hin, dass sie beobachtet wurde. Keine Kameras – zumindest keine, die Kari ausmachen konnte –, kein Hinweis auf einen Überwachungszauber. Auf dem Küchentresen hatte Nael neben der Espressomaschine zwei Kaffeekapseln und eine Tasse platziert. Auf dem winzigen Tisch standen Mangomarmelade, Schokocreme und Toastbrot – eine Einladung zum Frühstück, die Kari im ersten Moment ablehnen wollte. Ihr knurrender Magen hatte allerdings andere Pläne.

Nachdem sie sich mit dem nötigen Koffein versorgt und einen Toast mit Schokocreme beschmiert hatte, machte Kari sich auf Spurensuche. Ihr Instinkt riet ihr, die Wohnung des Lilien-Agenten schnellstmöglich zu verlassen, ehe er mit Kollegen im Schlepptau zurückkehrte. Doch wo sollte sie hingehen? Niemand wartete auf sie, niemand vermisste sie, niemand würde ihr die Tür öffnen, wenn sie um Hilfe bat ... weil Kari selbst niemand mehr war.

Der Gedanke schmerzte in Karis Brust. Sie hielt die Luft an, zählte bis drei, darauf wartend, dass der Schmerz nachließ, und atmete dann langsam aus. *Atmen. Immer nur atmen. Und nicht an meinen Vater denken.*

Als Erstes sah Kari sich in der Küche um. Nael war überraschend gut mit verschiedensten Kochutensilien, von Messern über Töpfe und Pfannen bis hin zu irgendwelchen elektrischen Geräten, ausgestattet. Der Kühlschrank war mit frischen Lebensmitteln gefüllt.

Als Nächstes streifte sie ins Wohnzimmer, ließ ihre Fingerkuppe über die wenigen Buchrücken in Naels Regal wandern – allesamt Kochbücher –, ging die Magazine durch, die sich unter dem Sofatisch stapelten, und klopfte die Wände nach versteckten Hohlräumen ab. Nichts. Während sie suchte, dachte sie die ganze Zeit darüber nach, welcher Arbeitsnotfall Naels Anwesenheit verlangt hatte. War er mit seinen Ermittlungen beschäftigt? Stand er dem gesichtslosen Dämon vielleicht in diesem Augenblick gegenüber? Fand er andere wie Kari – Leute, die vergessen worden waren und ihr Schicksal nicht begreifen konnten? Oder tat er etwas Dunkleres. Gemessen an der Art, wie Daishiro vom Syndikat gesprochen hatte, ging sie davon aus, dass Ermittlungen nicht Naels einzige Aufgabe waren, sondern lediglich die einzige, die nicht zu verwerflich war, um ihr davon zu erzählen.

Das Badezimmer war ebenso minimalistisch eingerichtet wie der Rest der Wohnung. Die versprochene Badewanne war riesig und, wenig überraschend, weiß. Seufzend trat Kari zum Waschbecken und öffnete das Medizinschränkchen: eine Tube Zahnpasta neben einem Glas mit einer Zahnbürste, ein Becher für Kontaktlinsen sowie Linsenflüssigkeit, ein dünner Kamm, Rasierklingen, Styling-Gel und … Kari griff sich die dunkle Verpackung und drehte sie herum. Schwarzes Haarfärbemittel?

Danach ging sie in den begehbaren Kleiderschrank, wo sie alle Schubladen öffnete und in Jacken- und Hosentaschen nachschaute. Ohne Erfolg. Das Einzige, was sie herausfand, war, dass Nael so gut wie nur schwarze Kleidung besaß. Wie konnte jemand bloß so leben? Selbst in ihrem goldenen Käfig in der Nemea-Villa hatte Kari persönliche Stücke gehabt.

Sie war kurz davor aufzugeben, als sie, versteckt zwischen zahlreichen schwarzen Socken, einen dünnen Umschlag fand, der ein Bild enthielt. Auf der Rückseite stand: *Damit du mich nicht so vermisst. Und auch, falls du mich gar nicht vermisst, um dich daran zu erinnern, dass du mich zu lange nicht mehr angerufen hast. Ich hab dich lieb. Z*

Wer war Z?

Kari drehte das Bild herum. Es zeigte zwei Kinder, ein Mädchen und einen Jungen, die an einem Strand standen, das kristallklare Meer im Rücken, den unendlichen Horizont über sich. Beide lächelten breit, und helle Augen funkelten in ihren braun gebrannten Gesichtern. Der Junge hatte seine Hand beschützend auf die Schulter des Mädchens gelegt. Er war über einen Kopf größer als sie, jedoch ebenso dünn, trug zerschlissene Kleidung und hatte bläulich-silbern schillernde Haare. Sein Lächeln, bei dem er den einen Mundwinkel ein wenig weiter nach oben zog, kam Kari merkwürdig bekannt vor. Die Kleine, die mit schiefgelegtem Kopf zu ihm aufsah, hatte türkisfarbene Locken, die sich verrückt um ihren Kopf kringelten. Sie deutete in die Höhe, wo sich die Silhouette eines großen Vogels abzeichnete. Oder?

Kari hielt das Bild näher an ihre Augen, blinzelte, blinzelte noch einmal ... aber das Bild blieb unverändert. Was dort am Horizont schwebte, war kein Vogel, sondern ein Drache. Nicht eine der winzigen Kreaturen wie im Luminer. Nein. Dies war ein Großdrache wie jener aus den Legenden ihrer Kindheit, ein Geschöpf des Himmels, groß und mächtig und frei, mit einem schlangenartigen Körper, der es bis weit über den Ozean tragen würde. Als Kari genauer hinschaute, erkannte sie die farbenprächtigen Schuppen und die tödlichen Krallen an seinen kurzen Armen und Beinen und die feuerrote Mähne, die sich vom Kopf über das Rückgrat zog. Hörner wuchsen aus seiner Stirn. Genauso wie in den Märchen.

Aber wie war das möglich? Die großen Drachen waren vor Jahrzehnten ausgestorben, genauso wie ihre menschlichen Verwandten, die Drachenwandler. Einst waren die Drachen die mächtigste und einflussreichste Linie der Gestaltwandler gewesen. Sie galten als direkte Nachfahren Yunas, der Göttin des Mondes und der Drachen, von der es hieß, sie habe allem Leben den ersten Atem eingehaucht. Als Repräsentant Yunas auf Erden bekleidete ein Mitglied der Drachenlinie einen der drei Sitze im Inneren Rat der Regierung Magnolia Bays. Das verlieh ihnen neben der puren Stärke eines Feuer speienden, fliegenden und krallenbesetzten Körpers auch politische Macht.

Doch wie die echten Drachen verloren die Drachenwandler ihre Magie. Seit Jahrzehnten hatte es keine neuen Drachenwandler mehr gegeben, die Nachfahren der einstigen Drachenlords schafften es nicht einmal, eine Schuppe auf ihrer Haut wachsen zu lassen. Nur eine einzige Drachenwandlerin lebte noch, eine Frau, die ihr hundertfünfzigstes Jahr bereits überschritten hatte und von der man munkelte, dass Magier sie am Leben hielten, damit ihr Sitz im Inneren Kreis nicht leer bleiben würde. Wenn sie starb, gab es keine Nachfolger, die Drachenlinie wäre nicht mehr. Wie es mit so vielen anderen passiert war. Mit den Meereswandlern und Wölfen, mit den Bären und Gazellen. Wie es mit den Paradiesvögeln gerade jetzt geschah, es sei denn, ein Wunder sorgte dafür, dass Kari sich doch noch verwandelte.

Irgendetwas war passiert, das die Magie der Gestaltwandler hatte versickern lassen. Karis Mutter war überzeugt davon gewesen, diese verlorene Magie wiederentdecken zu können, wenn Kari nur hart genug trainierte. Kari hatte dies bereits als Kind bezweifelt. Was, wenn die Magie nicht einfach verschwunden war? Wenn jemand sie gestohlen hatte? Alles Üben der Welt würde nichts bringen, solange man den Dieb nicht zur Strecke brachte ...

Ein dumpfes Klopfgeräusch ließ Kari zusammenfahren. Schnell steckte sie das Foto in ihre Hosentasche und drehte sich um. Sie war allein, doch das Klopfen blieb. Bumbum, bum ... Kari folgte dem Geräusch bis zur Fensterwand im Schlafzimmer. Vor der gläsernen Außenseite flatterte eine handtellergroße Motte mit Flügeln in der Farbe reifer Rambutans. Einen Moment lang beobachtete Kari das Insekt, das stoisch gegen die Scheibe stieß, immer und immer wieder. Bum, bumbumbum ... Dann öffnete sie das Fenster. Die Motte flatterte auf Kari zu und ließ sich auf ihrem Handrücken nieder. Als ihre Flügel zum Stillstand kamen, erkannte Kari, dass die feinen Muster und Linien auf ihnen Worte formten: *Komm raus. Ich warte auf dich.*

Erst der Drache auf dem Foto, nun das ... Wieder blinzelte Kari, doch wie zuvor veränderte sich nichts an dem magischen Bild vor ihren Augen. Eine Motte mit einer Anweisung auf den Flügelchen. Es musste Magie sein. Fragte sich nur, von welcher Sorte. Ein kalter Schauer lief über Karis Rücken, als sie an den gesichtslosen Dämon dachte. Sie schaute sich in alle Richtungen um, aber da war niemand ... Natürlich war da niemand, schließlich war sie im 24. Stock. Sie musste sich zusammenreißen.

Oder vielleicht sollte sie der Anweisung der Zaubermotte folgen und aus der Wohnung des Lilien-Agenten verschwinden, ehe ihre Nerven sie endgültig verließen. Sie wollte herausfinden, von wem die geheimnisvolle Nachricht stammte. Außerdem brauchte sie frische Luft, Bewegung und Abstand von den weißen Wänden und den weißen Möbeln und den leeren Regalen, vor allem aber von den Dingen, die Nael ihr gestern erklärt hatte, von verlorenen Seelen und einem verzweifelten Handel, von verspielten Existenzen und Entscheidungen, die sich nicht mehr rückgängig machen ließen.

Kari schüttelte die Motte von ihrer Hand, schlüpfte in ihre Hose, Schuhe und ein sauberes Sweatshirt von Nael und durchquerte die Wohnung. Die Tür war unverschlossen – ein weiteres Zeichen dafür, dass Nael sie entweder unterschätzte oder ihr zum wiederholten Male zeigte, dass er ihr überlegen war. Die offene Tür schien zu sagen: *Du kannst nicht weglaufen, ich finde dich sowieso. Ich finde dich, wo auch immer du bist.*

»Nicht, wenn ich dich zuerst finde«, murmelte Kari.

Sie stürmte nach draußen und drückte auf den Aufzugsknopf, dessen Türen sich mit einem Pling öffneten. Kari erstarrte. Im Inneren stand eine junge Frau, die Shorts und einen Oversize-Parka im Military-Look trug und Kari breit angrinste.

»Ich dachte schon, du hättest meine Nachricht nicht gekriegt«, sagte sie und trat aus dem Aufzug. »Du bist also die mysteriöse Kari Nemea.«

Die junge Frau kannte Karis Namen. Genauso wie Kari den ihren. Sie hatte sie sofort erkannt, die hellen, ungewöhnlich großen Augen, die türkisen Locken, das breite Grinsen. Sie war mindestens zehn, wenn nicht fünfzehn Jahre älter als auf dem Bild, trotzdem war diese Frau unverkennbar das Mädchen vom Drachenstrand.

»Und du bist Z«, sagte Kari, woraufhin ihr Gegenüber ihr lächelnd die Hand hinstreckte.

»Zora. Freut mich, dich kennenzulernen.«

»Fick dich!«

Lycien

Das Messer zielte auf die Brust seiner Großmutter.

»Pass auf!«, schrie Lycien und riss sie zu Boden. Seine Oma keuchte schmerzerfüllt, als sie auf den Fliesen aufschlugen. Lycien krümmte sich, um sie mit seinem Körper abzuschirmen. Schwein rannte quietschend durch den Raum.

Es zischte, gefolgt von einem haarscharfen Windhauch, als ein zweites Messer nur Millimeter über seinem Rücken die Luft zerschnitt. Lycien schaute auf. Der Assassine im Türrahmen war von Kopf bis Fuß in Schwarz gekleidet. Seine Haare und Augen waren ebenso dunkel wie seine Kleidung, sein Blick ohne jegliche Emotion. Lycien erkannte ihn sofort. Es war einer der Schläger aus dem Luminer.

»Was willst du?«, keuchte Lycien, da zog der Mann zwei weitere Klingen.

»Du hast etwas, was mir gehört«, sagte er tonlos. »Wo ist sie?«

»Wer?«

»Falsche Antwort.«

Schnell zuckte Lycien zur Seite und schaffte es gerade noch, der ersten Klinge auszuweichen. Sie streifte seine Wange und ließ ein Brennen zurück. Instinktiv riss er seine Hand hoch und griff nach dem zweiten Messer. Seine Finger schlossen sich um kalten Stahl.

Die Messerspitze schwebte unmittelbar vor seinem rechten Auge. Wäre er einen Sekundenbruchteil langsamer gewesen, hätte sie seinen Augapfel durchbohrt. Aber er hatte das Messer aus der Luft abgefangen. Wie war so etwas möglich? Seine Koordination war nie besonders gut gewesen, und doch hatte er es geschafft, ein fliegendes Messer aus der Luft zu zupfen.

Das mussten seine neu geschärften Sinne sein! Für einen kurzen Moment fühlte Lycien sich wie ein Superheld. Ein Lachen entfuhr ihm, erstarb jedoch im nächsten Augenblick, als Schweins schrilles Quietschen durch den Raum gellte. Lycien fuhr herum. Das Tier lag auf der Seite, ein Messer steckte in seinem Schenkel, Blut sprudelte aus der Wunde. Schweins Kreischen erstarb und wurde von kläglichen Quietschlauten abgelöst, die sich unendlich laut anhörten.

»Du mieser ...«, murmelte Lycien und schaute auf. Doch sein Angreifer stand nicht länger im Türrahmen. Blitzschnell sauste er auf Lycien zu. Der erhob sich taumelnd. Auf keinen Fall durfte der Angreifer seine Großmutter erwischen, die immer noch auf den Küchenfliesen lag und sich kaum rührte.

Schneller als Lycien – selbst mit seinen geschärften Sinnen – reagieren konnte, schoss der Angreifer um ihn herum und schlang seinen Arm um Lyciens Hals. Es knackte, als der Assassine gegen seinen Kehlkopf drückte.

»Du kannst das Ganze zu Ende bringen, wenn du mir sagst, wo sie ist.«

Mit aller Kraft versuchte Lycien, den Kopf zu schütteln. Wenn der Kerl begriff, dass er keine Ahnung hatte, von wem er sprach, würde er ihn vielleicht in Ruhe lassen.

»Ich weiß, dass du dich gestern mit ihr getroffen hast«, knurrte der Kerl in Lyciens Ohr.

Gestern? Hieß das ... Er musste Zora meinen! Aber Lycien würde sich eher die Zunge abbeißen, als die geheimnisvolle

Azuline diesem Schläger auszuliefern. Er wollte etwas antworten, produzierte jedoch lediglich ein Stöhnen.

Der Assassine lockerte seinen Griff um Lyciens Hals gerade so weit, dass dieser etwas sagen konnte. »Fick dich«, presste er mühevoll hervor und packte blitzschnell dessen Arm.

Irgendwie gelang es ihm, den Angreifer von den Füßen zu reißen und über seinen Rücken zu schleudern. Der schwarz gekleidete Mann flog zwei Meter durch die Luft und landete direkt vor der Gartentür, wo er sich am Boden abrollte und sofort wieder aufstand.

Lycien verlor keine Zeit. Mit einem Schrei sprintete er auf den Kerl zu und holte aus. Sein erster Schlag verfehlte. Lyciens Faust prallte gegen die Wand, seine Fingerknöchel sangen vor Schmerz, als die Haut aufplatzte. Sein Angreifer versetzte ihm einen gezielten Schlag in den Unterbauch. Scheiße, tat das weh!

»Lyc–« Der rasselnde Atem seiner Oma drang an sein Ohr und das ließ Lycien seinen Schmerz vergessen. Er durfte nicht aufgeben, das war er ihr und Schwein schuldig. Also riss er sich zusammen und trat nach seinem Angreifer – mit einer Schnelligkeit und Stärke, die er nie zuvor besessen hatte. Der Kerl wich zur Seite aus. Doch dieses Mal war Lycien schneller und tackelte ihn mit seinem vollen Körpergewicht.

Er brüllte – genauso wie die Helden in seinen liebsten Actionfilmen brüllten, wenn sie sich in den Kampf stürzten –, holte aus und schlug zu. Einmal, zweimal, dreimal. Jedes Mal wich sein Gegner ihm aus, doch dann bekam Lycien ihn am Kragen zu fassen. Er hielt den Angreifer fest und schlug mit der anderen Faust zu. Blut spritzte aus der Nase des schwarzhaarigen Kerls, als Lycien ihn traf. Der Eisengeruch versetzte etwas in Lycien in Aufruhr, einen Teil von ihm, von dem er bisher nicht gewusst hatte, dass er existierte. Einen Teil, der mehr Blut wollte.

Wie in Rage schlug er zu, immer und immer wieder. Mal traf er, mal nicht. Es war egal. Auch wenn seine Faust hundertmal gegen die Wand krachte, er würde weiterkämpfen, selbst wenn seine Fingerknöchel nur noch Matsch und Knochen waren. Lyciens Hände schlangen sich um den Hals seines Gegners und drückten zu. Der warf sich jedoch zurück, ließ sich durch die offene Tür in den Garten fallen und riss Lycien mit sich.

Gleißend helles Sonnenlicht blendete ihn, aber er ließ nicht los – nicht, solange sein Gegner noch atmete. »Wuaaaah!«, brüllte Lycien.

Plötzlich hörte Lycien das Kreischen der Vögel nicht mehr, auch nicht den rasselnden Atem seiner Oma oder Schweins schwaches Quietschen. Sein eigener Schrei löste sich auf. Da waren nur noch das Geräusch seines Herzschlags und der Geruch von bleiernem Rauch. Sein Sichtfeld verschwamm. Lycien sah nicht, wie der Angreifer die Hände um seinen Hals legte, doch er fühlte den Druck auf seiner Kehle. Röchelnd schnappte er nach Luft und blinzelte, bis sein Sichtfeld sich halbwegs klärte.

Plötzlich lag er rücklings am Boden, der schwarzhaarige Angreifer stand über ihm und presste ihm die Fußsohle gegen die Brust. Lycien wollte aufspringen, konnte sich jedoch nicht rühren.

Der Kerl beugte sich zu Lycien herab, steckte etwas in seine Hosentasche und sagte: »Sag ihr, Haruo sucht nach ihr. Sag ihr, sie soll nach Hause kommen.«

Es war das Letzte, was Lycien hörte, bevor er ohnmächtig wurde. Doch in der Dunkelheit kamen die Stimmen zurück.

Was ist mit ihm? Schläft er? Sagtest du nicht, er würde aufwachen?

Bald, Schwester, hab Geduld. Sie hat ihn aufgeweckt – er weiß es bloß noch nicht.

Unser Sohn, unser goldenes Kind, fühlt ihr ihn? Fühlt ihr sein Feuer?

Wach auf, Junge. Lycien … »Lycien!«

Die letzte Stimme gehörte eindeutig zu seiner Großmutter und sie wurde immer drängender. Schließlich versetzte sie ihm eine kräftige Ohrfeige. Lycien fuhr hoch und sog gierig die Luft ein. Eine Decke rutschte von seinem Torso. Die Welt war zurück: Sonnenstrahlen streichelten seine Haut, Vogelgezwitscher und das Brummen von Insekten füllte den Garten und Lycien roch eine Mischung aus feuchter Erde, Gemüse, Rauch und frischer Asche. Das Gesicht seiner Oma schob sich in sein Sichtfeld. Sie sah aus, als hätte sie Fieber. Sie war blass, auf ihrer Stirn standen Schweißtropfen und die Haare klebten feucht an ihrer Schläfe. Ihre linke Wange war gerötet und leicht geschwollen. Sicher würde sich dort ein Bluterguss bilden. Doch sie lächelte.

Er ergriff ihre Hände, die leicht zitterten. »War ich das?«

Bestimmt hatte er seiner Oma den Bluterguss zugefügt, als er sie zu Boden gerissen hatte. Sein Magen zog sich zusammen.

»Mach dir um mich keine Sorgen, Junge. *Du* solltest dich ausruhen«, sagte sie mit bedeutungsschwerem Blick auf Lyciens rechte Hand, die angeschwollen und blutig war. Seine Fingerknöchel waren aufgeplatzt und Lycien meinte, Knochen unter dem rohen Fleisch hervorblitzen zu sehen. Angeekelt wandte er sich ab … Wenn er sich jetzt übergab, würde das niemandem helfen.

»Aber was ist mit ...« Lycien schaute sich um. Der Angreifer war verschwunden.

»Er ist weggelaufen«, sagte seine Oma.

Weggelaufen? Obwohl er im Begriff gewesen war zu gewinnen? Das hielt Lycien für unwahrscheinlich.

»Du hast ihn mit Magie zurückgeschlagen«, stellte er fest, denn das war die einzige Erklärung, sowohl für das verbrannte Gras als auch für die Abwesenheit des Angreifers.

»Ach, was. Du traust einer alten Kräuterhexe zu viel zu. Ich baue Heilpflanzen an und mixe Tinkturen, das macht mich nicht zu einer Kämpferin.«

Lycien glaubte ihr kein Wort. Aber seine Oma auszuquetschen, hatte noch nie funktioniert. Außerdem hatte er gerade drängendere Sorgen.

»Wie lange war ich ohnmächtig?«, fragte er. Seine Oma hatte ihn zugedeckt und ein Kissen unter seinen Hinterkopf geschoben, woraus er schloss, dass es nicht nur ein paar Sekunden gewesen sein konnten. Seine Haut roch außerdem nach frischem Jasmin, als hätte sie ihn mit Heiltinkturen eingerieben, während er schlief.

»Nicht lange.« Sie lächelte.

»Was ist mit Schwein?« Sein Herz stolperte, als er die Frage stellte.

»Deiner kleinen Freundin geht es gut. Komm.«

Lycien folgte seiner Oma durch die Küche in das angrenzende winzige Wohnzimmer, wo Schwein, gebettet auf einem Kissenberg und eingewickelt in mehrere Kuscheldecken, auf dem Sofa lag. Mit zwei langen Schritten hatte Lycien den Raum durchquert und ging vor seiner lila Gefährtin in die Knie. Das Schweinchen schlief. Im Traum rümpfte es den Rüssel und seine feinen Wimpern flatterten. Rund um Schweins

Torso war ein babyblauer Verband mit kleinen Himmelsdschunken gewickelt.

»Du hast immer noch denselben Kinderverband wie für mich damals?«, murmelte er. Denn als Junge war Lycien regelmäßig bei einem seiner zahlreichen Fantasyabenteuer von einem Baum gefallen, hatte sich die Knie aufgeschürft oder war mit seinem Fahrrad etwas zu enthusiastisch einen Hügel hinuntergeschlittert. Seine Oma hatte all seine kleinen Wunden mit unendlicher Geduld verbunden, und das immer mit Pflastern oder Bändern mit Piratendruck.

Jetzt zuckte sie die Schultern. »Ich habe gelernt, dass kleine Helden mit ein wenig Fantasie am schnellsten heilen.«

»D-danke ...« Die Worte verloren sich in einem Flüstern. Schon wieder standen Tränen in Lyciens Augen, dieses Mal jedoch nicht vor Enttäuschung.

»Na, na, Junge, reiß dich zusammen. Jetzt ist ja alles gut.« Sie seufzte angestrengt. »Wir müssen deine Hand verarzten, bevor sich alles entzündet. Aber erst mal mache ich uns einen Tee zur Stärkung unserer Kräfte und dann, Lycien, setzen wir uns zusammen und du erzählst mir, was hier eigentlich los ist.«

Lycien nickte schwach. Er hatte keine Ahnung, was er erzählen sollte. Er verstand ja selbst nicht, was hier passierte.

Die Worte des Angreifers fielen ihm wieder ein. Er tastete in seiner Hosentasche, in die Haruo ein zusammengefaltetes Stück Papier gesteckt hatte. Lycien öffnete es. Doch es zeigte nicht, wie erwartet, Zora, sondern ein Mädchen mit Haaren in den Farben der Magnolien.

»Frag, ob es etwas Schlimmeres als den Tod gibt.«

Nael

Gerade wollte Nael nichts mehr, als sich mit Kari Nemea zu unterhalten. Er brauchte Zeit mit ihr. Zeit, um sie zu verstehen, um sie kennenzulernen. Zeit, um ihr Vertrauen zu gewinnen. Um herauszufinden, was sie vor ihm verheimlichte. Vor allem jedoch wollte er sie nicht allein damit fertigwerden lassen, dass sie beide Eltern verloren hatte. Doch sein Chef hatte andere Pläne gehabt.

In den frühen Morgenstunden hatte Nael eine Textnachricht von Nummer 13 erreicht: *39 ist krank. Du wirst einspringen müssen. Sechs Uhr früh an Pier 11-1. Sei pünktlich.*

Von Pier 11-1 aus fuhren Boote nur zu einem einzigen Ziel: der Gefängnisinsel von Magnolia Bay. Heute war der 17. des vierten Monats. Mehr musste Nael nicht wissen, um sowohl seinen Auftrag als auch die versteckte Botschaft seines Chefs zu erkennen. Der 17. jeden Monats war der Tag der Energiesammlung – weniger wohlwollend auch als Exekutionstag bekannt. Die Begleitung einer Exekution gehörte eigentlich nicht zu seinen Aufgaben. Bloß in absoluten Ausnahmefällen musste Nael für einen Verkäufer einspringen, und Naels Chef wusste ganz genau, wie sehr Nael die Verkäufer-Tätigkeit hasste. Was bedeutete, dass Nummer 39 vermutlich gar nicht krank war und dies eine Abmahnung dafür, dass Nael noch immer keine brauchbaren Ermittlungsergebnisse vorweisen konnte. Was zwischen den Zeilen der Nachricht stand, war: *Wenn du versagst, wird das dein neuer Alltag sein.*

Wie er das alles hasste ...

Nael brauchte eine geschlagene Stunde, bis er alle Security-Checkpoints des City-Gefängnisses passiert hatte und einen Raum betrat, in dessen Zentrum ein Sessel am Boden angeschraubt war. Die Tür hinter ihm schloss sich mit einem Schnaufen. Der gefängnisinterne Magier wartete bereits. Die weißen Magier, die in den Tempeln der Stadt praktizierten, trugen normalerweise altmodische Roben. Dieser hier steckte in einer strengen ebenfalls weißen Uniform.

Kurz darauf betraten zwei Wachmänner den Raum, die in ihrer Mitte einen Mann mit rundlichem Bauch, wulstigen Lippen und tränennassen Wangen führten. Sie bugsierten den Gefangenen auf den Stuhl, wo sie seine Hände mit Fesseln an den Armlehnen befestigten. Die ganze Zeit wimmerte der Mann. Nael zwang sich, seinen Blick nicht vom Gefangenen abzuwenden. War man im Begriff, etwas Monströses zu tun, musste man bereit sein, in den Spiegel zu blicken und das Monster darin direkt anzusehen.

Er spürte in sich hinein, suchte nach Mitleid. Fand keines. Dieser Mann war ein Mörder oder Schlimmeres. Niemand landete unverdient im Todestrakt. Anfangs hatte Nael trotzdem Mitleid mit den Männern und Frauen empfunden, die in den letzten Augenblicken ihres Lebens so verletzlich wirkten. Heute tat er das nicht mehr – und er fragte sich, ob ihn das zu einem noch größeren Monster machte als die Gefängnisinsassen …

Schon wieder flackerte das Bild der Obdachlosen vor seinem inneren Auge auf: Wie verloren sie ausgesehen hatte. Wie viel Angst und gleichzeitig Hoffnung sich in ihrem Blick gespiegelt hatte. *Ich will fliegen.* Und er hatte sie in den Tod geschickt. Ja, Nael war definitiv ein Monster.

Doch am Ende, wenn er irgendwann dabei zusehen würde,

wie die Brennende Lilie sich in Asche verwandelte, würde es das alles wert sein.

Einer der Wachmänner positionierte sich mit dem Gewehr im Anschlag neben der Tür, der zweite ging zu Nael. Der Magier polierte derweil konzentriert das rituelle Zepter, als hätte er die Anwesenheit des wimmernden Gefangenen gar nicht bemerkt.

»Wie viele haben wir heute?«, fragte Nael anstatt einer Begrüßung.

»Vierzehn«, gab der Wachmann zurück.

Nael schluckte. Vierzehn Mörder, Vergewaltiger, Terroristen. Vierzehn Menschen, die ihr Leben verlieren würden.

»Sind ihre Informationen gesammelt? Angehörige, Accounts, Mitgliedschaften in Clubs, Geldanlagen, Besitztümer ... Alles, was an sie erinnert?«

Denn diese Informationen würde er brauchen, sollten die Gefangenen sich gegen eine sofortige Exekution und für das *Spiel* entscheiden.

Der Wachmann nickte und reichte ihm einen bläulich schimmernden Kristall. »Alle Daten sind hier gespeichert. Unsere Magier haben auch Erinnerungen extrahiert und sie zusammen mit der restlichen Information in den Kristall übertragen.«

Nael nahm den winzigen Stein entgegen. »Gut. Beginnen wir.«

»Nein ... bitte, bitte. Habt erbarmen. Ich will noch nicht, ich ...«, begann der Gefangene in diesem Moment zu schluchzen.

Tränen liefen aus seinen verquollenen Augen. Der Wachmann stellte sich vor ihm auf und verlas: »Ricuar, du wurdest wegen zweifachen Mordes verurteilt. Eine unabhängige

Jury hat das Urteil des Richters geprüft und für rechtens befunden. Der Innere Kreis hat das Urteil nach erneutem Einspruch geprüft und ebenfalls für rechtens befunden. Weitere Rechtsmittel sind nicht zulässig.«

Die ganze Zeit über schüttelte der Gefangene den Kopf. Er wirkte klein und wehrlos, wie er so auf seinem Stuhl saß und schluchzte. Dies waren die letzten Sekunden seines Lebens – und sie waren erbärmlich.

»Gemäß Paragraf 31a, Absatz 2 des Magnolia-Strafgesetzbuches erfolgt die Vollstreckung des Todesurteils durch Energiekanalisation.« Der Wachmann deutete mit seinem Kopf zum Magier, der das rituelle Zepter in beiden Händen hielt. »Deinem Körper wird Lebensenergie extrahiert, bis es zum Herzstillstand kommt.«

»Nein, nein ... bitte, ich ...«

»Deine Lebensenergie wird dem City Speicher im Magnoliatempel zugeführt.« Der Magnoliatempel war der Haupttempel der weißen Magier im Zentrum der Insel und beherbergte den größten magischen Energiespeicher des Kontinents.

»Ich kann nicht ... ich ...« Ricuar verschluckte sich an seinen eigenen Tränen, der Wachmann fuhr ungerührt fort.

»Deine Lebensenergie wird für medizinische Zwecke, also zur Heilung von Kranken und Verletzten eingesetzt. Dein Tod wird unmittelbar einem gemeinschaftlichen Zweck förderlich sein.« Der Wachmann hob seinen Blick von dem Papier, von dem er bis jetzt vorgelesen hatte. Murmelnd fügte er hinzu: »Sollte dies irgendein Trost sein.«

Mittlerweile wimmerte Ricuar nur noch. Er schien alle Worte, alles Flehen verbraucht zu haben, als der Wachmann dem Magier mit einem Nicken bedeutete, seines Amtes zu walten. Dieser trat auf den Gefangenen zu und hob die Arme mit dem Zepter. Er würde das rituelle Artefakt auf die Brust des Gefangenen legen, um dessen Lebensenergie abzusaugen. Es war eine Prozedur weniger Minuten, während derer Ricuar Wärme und eine zunehmende Schläfrigkeit fühlen würde – jedoch keine Schmerzen. Anders als die schwarzen Magier brauchten die weißen kein Blut, um ihre Magie zu wirken. Es könnte so einfach sein. Nael wünschte, er müsste seine nächsten Worte nicht aussprechen.

»Warte«, befahl er, kurz bevor das Zepter die Brust des Gefangenen berührte. »Du willst nicht sterben, Ricuar, oder?«

Der Magier ließ das Zepter sinken – lediglich eine Handbreit, doch es reichte, um dem Gefangenen zu signalisieren, dass Naels Worte Bedeutung hatten. Dass der Magier auf ihn hören würde, sollte er befehlen, das Zepter nicht zum Einsatz zu bringen. Es war Teil der Verkaufsstrategie. Vorsichtig hob Ricuar den Kopf und blinzelte Nael aus verquollenen Augen an.

»Was, wenn ich dir sage, dass es einen anderen Weg gibt?« Wie sehr er diese Worte hasste. Mit jedem, das seine Lippen verließ, kam Nael sich dreckiger vor. »Eine zweite Chance.«

Ricuar schaute ihn ein paar Herzschläge lang ungläubig an. Dann hauchte er: »Wie?«

»Es ist ein Risiko«, antwortete Nael. »Du kannst deine Freiheit gewinnen, aber auch alles verlieren.«

Mehr als dein Leben, fügte er im Geiste hinzu.

»Ich tue alles …«

»Was du tun musst, ist, dich auf ein Spiel einzulassen. Ein Glücksspiel.«

»Ei– … ein Glücksspiel?«, wiederholte Ricuar ungläubig.

Nael nickte. »Du darfst dir sogar aussuchen, welches. Drachenmark, Knochenwürfeln ... Worin auch immer du gut bist. Gewinnst du, schenken wir dir deine Freiheit.«

Ricuars Augen weiteten sich ungläubig – voller Hoffnung. Nael wünschte, er könnte es dem Gefangenen erklären. Ja, er bot Ricuar wirklich eine zweite Chance an, und ja, wenn er unglaubliches Glück hatte, könnte er das Spiel gewinnen und als freier Mann leben. Aber die wenigsten hatten dieses Glück. Einer unter einer Million vielleicht, und die anderen ...

Eine potente Quelle der Lebensenergie wie Ricuar gehen zu lassen, einen Mann in seinen besten Jahren, der trotz Angst und Tränen vor Lebensenergie sprühte – niemals würden die Autoritäten Magnolia Bays dies zulassen. Es sei denn, sie hatten die Chance, eine noch stärkere Quelle magischer Kraft anzuzapfen: die Essenz einer Seele.

Aber Ricuar wusste das nicht. Wie sollte er auch? Seelenmagie war mehr Legende als Fakt, und selbst diejenigen, die daran glaubten, hätten wohl nicht vermutet, dass die halbe Stadt durch die Kraft verlorener Seelen angetrieben wurde. Dass jeder Druck auf den Lichtschalter, jedes Telefonat, jedes flackernde Bild auf dem Fernseher einen Funken menschlicher Essenz in sich trug. Es war das bestgehütete Geheimnis der Stadt. Dafür sorgte die Brennende Lilie.

»Also?«, fragte Nael.

»Wenn ich gewinne, also, ich meine ... Woher weiß ich, dass ihr mich wirklich gehen lasst?«

»Darauf hast du mein Wort.« *Frag, was passiert, wenn du verlierst.*

»Aber ich kenne dich nicht. Was, wenn ... oh, Göttinnen, helft mir ...«

»Es ist deine Entscheidung. Wie auch immer deine Antwort lautet, ich werde sie akzeptieren.«

Sag Nein. Oder frag weiter. Frag, was mit dir passiert, wenn du verlierst. Frag, ob es etwas Schlimmeres als den Tod gibt.

»Ja«, hauchte der Gefangene.

Der Wachmann warf Nael einen fragenden Blick zu. Der presste die Lippen aufeinander und nickte. Er hatte gewusst, was Ricuar antworten würde, noch bevor er ihm die Möglichkeit einer zweiten Chance unterbreitete. Hatte es in den verängstigten Augen und der gebrochenen Haltung des Mannes gesehen. Trotzdem hatte er sich gewünscht, Ricuar würde sich anders entscheiden.

Der Wachmann band den Gefangenen los und führte ihn aus dem Exekutionsraum.

»Warte! Was passiert jetzt mit mir? Was ...«

Die Tür schloss sich hinter Ricuar und ließ Nael in bedrückender Stille zurück. Er hatte kein Mitleid mit Ricuar empfunden, nicht als dieser im Begriff war, sein Leben zu verlieren. Er hatte dieses Urteil mit seinen eigenen Taten auf sich gezogen, aber das ... Niemand verdiente, was auf einen wartete, wenn man das Spiel verlor.

Erneut öffnete sich die Tür, welche die Zellentrakte mit dem Exekutionsraum verband. Der Mann, den die Wachmänner dieses Mal hereinschleppten, war groß und hager, seine weißen Haare hingen ihm fransig ins faltige Gesicht. Nael seufzte. Innerlich wappnete er sich darauf, die verhassten Worte erneut aussprechen zu müssen.

Dreizehnmal noch. Dreizehnmal falsche Hoffnung, dreizehn Menschen, die um ihr Leben flehen würden. Dreizehn potenzielle Seelen für das Spiel.

»Du bist ganz schön schnell vor niemandem weggelaufen.«

Zora

»Und du bist dir sicher, dass du und Nael nicht, na ja …« Kari warf Zora einen tödlichen Blick zu. »Ich meine ja nur«, sagte diese und hob beschwichtigend die Hände. Sie hatte Mühe, ihr Grinsen zu unterdrücken. »Wenn ihr doch etwas miteinander gehabt haben solltet, wäre das übrigens kein Problem für mich.«

Im Gegenteil – als Nael Zora geschrieben hatte, dass die Frau, deren Erinnerung er so dringend hatte aufbewahren wollen, in seinem Bett lag, hatte sie sich sehr für ihren Bruder gefreut. Auch wenn er klargestellt hatte, dass alles, was sie auf seiner Matratze getan hatte, schlafen war. Eine Freundin würde ihm guttun. Kari würdigte ihre Frage jedoch mit keiner Antwort. Überhaupt war sie den ganzen Nachmittag schweigsam gewesen. Die neugierigen Blicke, als Zora mit ihr durch den Central District spazierte, hatte diese trotzdem registriert. Sie hatte schnell gemerkt, dass Ruhe so ziemlich das Letzte war, was Kari wollte, und war mit ihr in den Central District, das geschäftigste Viertel der Stadt, aufgebrochen.

Sobald sie die U-Bahn verließen, trieben Zora und Kari in einem schier unendlichen Strom von Passanten. Es war der perfekte Ort, um mit jemandem zu sprechen, der nicht gefunden werden wollte: im Schatten der Needle, die das höchste Gebäude der Stadt war, und umringt von unzähligen Menschen. Hier fädelten sich Designershops und Bubble-Tea-Stände neben Läden, in denen traditionelle

Palay'sche Medizin – eingelegte Schlangeneier, getrockneter Oktopus und Knochenstaub – verkauft wurden. Die Sprachen internationaler Touristen vermischten sich zu einer lebhaften Melodie, die immer wieder von Rufen unterbrochen wurden, wenn ein ungeduldiger Rikschafahrer durch die Menschenmasse zischte – oder es zumindest versuchte.

Dies war der letzte Ort, an dem Don Nemea Kari vermuten würde, und selbst wenn, wuselte es hier zu sehr, um eine einzelne Person in den Menschenmassen auszumachen.

Die glitzernden Schmuckstücke, Markenklamotten und Parfums in den Auslagen der Shops ließen Kari kalt. Zora vermutete, dass der Luxus in Don Nemeas Villa alles überstieg, was sie hier finden konnten. Es waren die alltäglichen Dinge, die Karis Aufmerksamkeit auf sich zogen: ein Straßenkünstler, der mit Bambusstäben jonglierte, oder ein Sportswear-Shop, der moderne Sneakers ausstellte. Dabei war Kari die ganze Zeit auf der Hut. Zora bemerkte, wie sie ihre Umgebung im Blick hatte, als erwartete sie jeden Moment einen Angriff.

»Such dir aus, was du essen möchtest. Ich lade dich ein«, bot Zora an. Sie wusste nicht, ob sie überrascht sein sollte, als Kari sich für ein Dim Sum-Lokal entschied und sich fettige Dumplings und einen Milchshake bestellte.

»Dumplings sind also dein Lieblingsessen?«, fragte Zora, woraufhin Kari bloß eine Augenbraue hob. »Wirklich? Darauf erhalte ich auch keine Antwort? Deine Geheimniskrämerei grenzt an Paranoia.«

»Und deine Neugierde grenzt an ein Verhör«, gab Kari zurück und spießte eine der fettigen Teigtaschen mit ihrem Stäbchen auf. »Wieso sollte ich deine Fragen beantworten?«

»So macht man das, wenn man neue Freunde kennenlernt.

Man *lernt sich kennen*«, antwortete Zora und unterdrückte ein Frösteln. Es mochte an der Luft liegen, welche der ratternde Deckenventilator in ihren Nacken pustete, oder auch an Karis eisiger Miene.

»Da, wo ich herkomme, gibt man nichts ohne Gegenleistung. Vor allem keine Informationen«, sagte Kari und versenkte einen Dumpling in Sojasoße.

Aha, darum ging es ihr also. »Was, wenn ich dir einen Handel anbiete?«, fragte Zora. Beim Wort »Handel« zuckte Kari unmerklich zusammen. »Du erzählst mir etwas über dich und ich erzähle dir im Gegenzug etwas über mich.«

Kari schlürfte genüsslich an ihrem Milkshake. »Deal«, sagte sie schließlich. »Aber ich will nichts über dich wissen.«

»Sondern über meinen Bruder?«, fragte Zora. Hatte sie es doch gewusst, dass da mehr zwischen Nael und Kari war, als er sich erinnerte und sie zugeben wollte. »Ich weiß allerdings nicht, ob ich dir viel erzählen kann, das du noch nicht weißt.«

»Zum hundertsten Mal: Ich kenne Nael nicht. Ich habe ihn vor zwei Tagen das erste Mal getroffen«, gab Kari augenverdrehend zurück. »Das war übrigens meine erste Information.«

»Okay. Gibt es etwas Spezielles, das du wissen willst?«

»Wohnt Nael wirklich in dieser Wohnung im Reyton District?«

»Ja. Und deinem Tonfall nach zu urteilen, findest du genauso wie ich, dass die Wohnung Farbe vertragen könnte«, antwortete Zora. »Er ist nicht besonders oft dort, weißt du. Nael ist ein Workaholic. Er ist ständig unterwegs, deshalb denkt er, Geld in sein Apartment zu investieren, wäre Zeitverschwendung.«

»Was macht er denn, dass er für seine Arbeit immerzu unterwegs sein muss?« Kari stellte ihre Frage betont beiläufig, dabei war Zora sicher, dass sie darauf brannte, mehr über Naels Job herauszufinden.

»Das fragst du ihn am besten selbst«, gab sie zurück. »Außerdem bist du an der Reihe damit, Informationen zu teilen. Richtig?«

An Karis tödliche Blicke würde Zora sich wohl oder übel gewöhnen müssen, wenn sie vorhatte, Freundschaft mit ihr zu schließen.

Schließlich sagte diese: »Dumplings sind nicht mein Lieblingsessen, aber es ist eigenartig schön, etwas zu essen, bei dem einem das Fett übers Kinn trieft.« Sie lächelte. »Milchshakes habe ich noch nie probiert und war neugierig.«

Das erklärte die merkwürdige Kombination.

»Sag mir, dass das ein Scherz ist!«, stieß Zora aus.

»Daishiro legt Wert auf gesunde Ernährung und daran halten sich seine Köche. Bei uns gab es nie stark zuckerhaltiges Essen oder Fastfood.«

»Aber du hast doch sicher mal heimlich einen Milchshake probiert, oder?«

»Das hätte Daishiro nicht geduldet.«

Es war merkwürdig, diesen Namen zu hören. Don Nemea galt als Mythos. Man wusste, dass es ihn gab, aber so richtig konnte man ihn sich nicht als echten Menschen vorstellen. Kari konnte das sehr wohl und nannte ihn sogar beim Vornamen.

»Ist Nael wirklich dein Bruder?«, fragte diese.

»Du meinst, weil wir uns so unglaublich ähnlich sehen?« Zora lächelte. Anders als sie, die mit ihren ungewöhnlich großen Augen, den türkis schimmernden Haaren und ihrer filigranen Statur wie eine typische Azuline aussah, ging Nael als Palayese durch. »Ja, das ist er. Halbbruder, eigentlich. Wir haben dieselbe Mutter, aber unterschiedliche Väter. Meiner war irgendein Kerl von den Azulinen. Der von Nael war ein Reisender, wahrscheinlich aus Palay oder aus Magnolia Bay.«

»Ihr kennt eure Väter also nicht?«

Zora schüttelte den Kopf. »Unsere Mutter hatte einen eher intimen Job.«

Kari runzelte die Stirn.

»Sie war Prostituierte«, klärte Zora auf. Nael vermied es, über die Tätigkeit ihrer Mutter zu sprechen. Zora hingegen fand, man sollte die Dinge ruhig beim Namen nennen. Ihre Mum hatte vielleicht kein Gemüse oder Schuhe verkauft, aber am Ende des Tages war das, was sie getan hatte, nur eine andere Art von Handel. Kari schien überhaupt nicht schockiert.

»Du sagtest *war*. Lebt eure Mutter nicht mehr?«

»Sie starb vor vierzehn Jahren.«

»Das tut mir leid«, meinte Kari mit mehr Empathie in der Stimme, als Zora ihr zugetraut hätte. »Meine ... meine Eltern sind auch tot.«

Das erklärte die verborgene Traurigkeit, die in jedem von Karis Worten mitschwang. Zora hätte sich getraut zu wetten, dass Karis Verlust nicht lange zurücklag. In einer verstehenden Geste legte sie ihr die Hand auf den Arm, da zuckte Kari zusammen. Ein schmerzverzerrter Ausdruck huschte über ihr Gesicht.

»Du bist verletzt«, stellte Zora fest.

»Es ist nichts.«

Zora seufzte. »Wenn du nur wüsstest, wie sehr du dich nach meinem Bruder anhörst.« Sie ließ den Blick durch das Lokal streifen, dessen Tische alle besetzt waren. Dampf strömte aus der angrenzenden Küche, von wo aus ein Kellner eben einen ganzen Turm mit mit Dumplings gefüllten Körbchen balancierte.

»Was ist passiert?«, fragte Zora.

»Nichts, worüber du dir Sorgen machen müsstest, nur ein kleiner Streifschuss«, winkte Kari ab.

»Nur ein …« Zora stieß die Luft aus. »Hut ab, du bist sogar noch sturer als Nael. Bei einer Schusswunde hätte allerdings sogar er mich um Hilfe gebeten.«

»Du kennst dich also mit Schusswunden aus?«, fragte Kari und schürzte skeptisch die Lippen.

»Ich bin eine Heilerin.«

Kari rührte mit dem Strohhalm in ihrem Milchshake. Dann fragte sie: »Schwarze oder weiße Magie?«

»Macht es einen Unterschied?«

Schwarze Magie galt aufgrund der Opfer, die im Zuge jeder Zeremonie gebracht wurden, als barbarisch, während die weißen Magier wie Halbgötter im Magnolia Tempel aus und ein schritten, hochoffiziell in allen medizinischen Einrichtungen der Insel als Heiler praktizierten und höhere Positionen in vielen Unternehmen bekleideten. Im Grunde funktionierten beide Arten der Magie jedoch gleich. Die weißen Magier hatten das Sammeln und Speichern magischer Energie lediglich perfektioniert. Die schwarzen Magier bestanden im Gegensatz dazu auf den traditionellen und direkten Austausch von Magie.

Schließlich zuckte Kari die Schultern. »Vermutlich nicht«, sagte sie. »Ich finde schwarze Magie allerdings sympathischer.«

»Du überraschst mich.«

»Wenn Lebensenergie eingesetzt wird, um mich zu heilen, sollte ich dann nicht bereit sein zu sehen, woher sie kommt, anstatt mich aus dem City Speicher zu bedienen und mir einzureden, dass kein armes Würstchen für mich sein Leben opfern musste?«

Das war eine beeindruckend abgeklärte Art, über die Sache nachzudenken.

»Du bist dran«, meinte Kari schließlich.

Kari hatte etwas von sich preisgegeben – etwas sehr Persönliches, den Tod ihrer Eltern. Nun war Zora an der Reihe.

»Na gut. Also, nachdem unsere Mutter gestorben ist, sind Nael und ich nach Magnolia Bay gekommen«, erzählte sie. »Die ersten Wochen haben wir auf der Straße gelebt, bevor wir in der Walled City eingezogen sind. Ich würde dich gerne dorthin mitnehmen.« Denn Zora ging davon aus, dass das pulsierende Leben der Walled City angenehmer für Kari wäre als die Leere in Naels weißer Wohnung.

»Hmmm«, machte Kari bloß.

»Meine Utensilien sind dort. Die brauche ich, um einen Heilungszauber bei dir durchzuführen.«

Kari hörte ihr nicht zu, sondern fixierte den Eingang des Lokals. Ein Glöckchen bimmelte, als die Tür sich öffnete und eine Gruppe junger Männer hereinkam. Die Kerle sahen ziemlich ramponiert aus. Blutergüsse und Schnittwunden zeichneten ihre Gesichter. Kari erhob sich augenblicklich.

»Gehen wir«, sagte sie.

»Was?«

»Du wolltest mich zur Walled City mitnehmen. Also, gehen wir. Sofort.«

Ohne auf Zoras Erwiderung zu warten, huschte Kari nach draußen, darauf bedacht, nicht von den Männern gesehen zu werden. Zora hatte Mühe, mit ihr Schritt zu halten, während sie sich zwischen den Passanten bis zum Eingang der U-Bahn-Station durchdrängelte.

»Wer waren diese Kerle?«, fragte Zora, als sie bereits auf der Plattform standen.

»Niemand.«

»Dann bist du ganz schön schnell vor niemandem davongelaufen.«

»Ich laufe nicht weg, niemals«, zischte Kari und warf Zora einen ihrer tödlichen Blicke zu.

»Aber gesehen werden wolltest du auch nicht«, stellte Zora fest.

In diesem Moment fuhr die Bahn ein. Kari fand einen leeren Platz, setzte sich und ignorierte Zora drei Stationen lang. Offensichtlich war sie wütend. Zora hatte mit ihren Fragen rund um die Kerle im Diner offensichtlich einen wunden Punkt getroffen. Wenn sie nicht wollte, dass diese Freundschaft den Bach runterging, ehe sie überhaupt begonnen hatte, musste sie sich etwas einfallen lassen. Also beschloss sie, Kari ein Friedensangebot zu unterbreiten – in Form einer Information, die diese sicherlich schätzen würde.

»Wenn Nael dich nervt, frag ihn, was er auf der rechten Pobacke hat.«

Kari hob eine Augenbraue, sagte jedoch nichts.

»Ich dachte, das willst du vielleicht wissen. Informationen sind Macht und so ...«

Kari ließ sich Zeit mit einer Antwort. Erst eine Station später fragte sie: »Was hat er denn auf der Pobacke?«

Sie grinste schelmisch, sagte jedoch nichts.

»Hmmm.« Kari wandte sich von Zora ab und schaute aus dem Fenster, wo nichts zu sehen war außer schwarze Wand. Kein gutes Zeichen. Doch dann meinte sie: »Die Männer im

Lokal waren Skarabäuskrieger, die bei meiner Flucht aus der Villa anwesend waren. Rangniedrige Clanmitglieder, aber ich wollte trotzdem nicht riskieren, von ihnen erkannt zu werden.«

Zoras Friedensangebot war also angekommen und Kari hatte es angenommen. Sie hatte doch gewusst, dass Nael der Schlüssel zu Karis, na ja, vielleicht nicht Herzen, aber zu irgendetwas von Kari war.

Sie verließen die U-Bahn im Silver District in der Nähe der Docks, wo Hafenarbeiter gerade Schiffe beluden, und schlenderten zur Walled City. Ein Geruch nach Meersalz hing in der Luft. Karis sehnsüchtiger Blick folgte den Dschunken, die gemächlich durch die Luft glitten.

Quan, der einäugige Torwächter der Walled City, stand wie immer vor dem Eingang. Als er Zora sah, lüpfte er seinen imaginären Hut. Kari beobachtete ihn skeptisch.

»Quan, das ist meine Freundin Ka-« Zora räusperte sich auf Karis scharfen Blick hin, der zu sagen schien: keine Namen! »Meine und Naels Freundin. Ja.«

Auf Quans Lippen stahl sich ein wissendes Lächeln. Seine riesige Statur und das von Brandnarben gekennzeichnete Gesicht vermittelten den Eindruck eines brutalen Schlägers, in Wahrheit war er jedoch eine der sanftesten und empathischsten Personen, die Zora kannte. Als Nael und Zora jünger waren, hatten sie viele Stunden bei ihm und seinem Partner Thambi verbracht. Quan hatte Nael die ersten Kochstunden gegeben und Thambi hatte die Haare der Geschwister geschnitten, wann immer diese von ihren persönlichen Dämonen überrannt wurden. Bestimmt hatte Quan in Zoras Gesicht gelesen, dass sie Kari – potenziell – für mehr hielt als eine gewöhnliche Freundin ihres Bruders.

Kari erwiderte sein Lächeln mit einem ihrer tödlichen Blicke, der sich jedoch in Staunen verwandelte, als eine Schattenkatze sich aus der Dunkelheit löste. Die Tiere brachten so manch einen dazu, das Weite zu suchen. Nicht jedoch Kari, die mit leicht geöffneten Lippen in die Hocke ging und eine Hand nach der Katze ausstreckte. Das Tier schnupperte an Karis Fingern, senkte dann den Kopf und ließ sich von ihr streicheln. Auf Karis Gesicht zeigte sich zum ersten Mal ein aufrichtiges Lächeln, eins ohne Hintergedanken. Quan zog anerkennend die Augenbrauen hoch.

Schattenkatzen waren von Natur aus scheu oder sogar feindselig. Quan hatte vor Jahren einen Wurf verwaister Kätzchen gefunden und großgezogen. Mit Ausnahme von ihm selbst und Nael, dem die Tiere aus unerfindlichen Gründen aus der Hand fraßen, ließen sie sich von niemandem streicheln. Zora hatte unzählige Male erfolglos versucht, die Schattentiere mit Leckerlis zu bezirzen, doch unter Karis Berührung schnurrte das Wesen.

»Beeindruckend, oder?«, flüsterte sie Quan zu.

Der nickte. »Raubtiere erkennen einander.«

Kari hob den Kopf und hielt seinem Blick stand. »Willkommen in der Walled City«, sagte Quan. »Solltest du jemals etwas brauchen, melde dich bei mir. Zoras und Naels Freunde sind auch meine Freunde. Und Thambis. Sollte dir der Sinn nach einem Haarschnitt stehen, komm gerne vorbei.«

Also hatte er die Traurigkeit erkannt, die Kari umgab. Zora drückte ihm dankbar die Hand, ehe sie zu Kari sagte: »Komm, ich zeige dir mein kleines Reich. Ich glaube, du wirst es mögen.«

Kari folgte Zora ins Innere. Die Gerüche und die Beengtheit zwischen den Hochhäusern schien sie nicht zu stören.

»Wie viele Leute leben hier?«, fragte Kari, während sie hinter Zora in einen der wenigen noch funktionsfähigen Aufzüge trat, der sie ratternd ins fünfzigste Stockwerk brachte.

Zora zuckte zur Antwort die Schultern. »Ich weiß nicht. Tausend vielleicht. Oder zehntausend.«

»Deine Schätzkünste sind nicht besonders beeindruckend«, gab Kari zurück.

»Es gibt keine offiziellen Aufzeichnungen, und die Walled City ist riesig. Niemand kennt all ihre Winkel, nicht einmal ich«, antwortete Zora.

Die alten Fahrstuhltüren öffneten sich und Zora ging voraus, bis sie ihr Zimmer erreichten. Durch die geschlossene Tür war das Surren von Flügeln hörbar. Kari scannte ihre Umgebung genau, bevor sie eintrat, doch nach nur einem Schritt blieb sie stehen und starrte mit offenem Mund in den Raum.

»Wie findest du es?«, fragte Zora und schob sich an ihr vorbei.

»Ich ... wow.«

Im Zentrum von Zoras kleinem Zimmer wuchs ein Yulani, dessen Äste sich über den gesamten Raum spannten. Regenbogenbunte Kristalle, in die Zora Mond- und Sternenlicht eingefangen hatte, baumelten von der Decke und speisten den Baum mit dem nötigen Licht. An einigen Ästen hingen Mottenblüten, weitaus zahlreicher waren jedoch die Insekten, die bereits geschlüpft waren und durch das Zimmer flatterten, sich auf den Wänden oder an der Decke niedergelassen hatten.

In einer Ecke des Raums stapelten sich Kissen, die zum Faulenzen einluden, die Zora jedoch meist als Meditationsplatz benutzte. Irgendwie hatte sie es außerdem geschafft, einen Schreibtisch, eine offene Regalreihe für ihre Kleidung und eine Schaufensterpuppe in den kleinen Raum zu quetschen, die Zoras Voliar, ihre Magiermaske und die Perücke trug. Dass sie Kari diese Dinge sehen ließ, war ein Vertrauensbeweis. Magier gaben für gewöhnlich nicht preis, wer sie unter ihrer Maske waren.

»Ich habe etwas für dich!«, sagte Zora und kramte aus dem Stapel Krimskrams auf ihrem Schreibtisch eine getrocknete Sternmagnolie hervor. Sie verteilte die Blumen jedes Jahr. Als potenzielle neue Freundin hatte auch Kari eine verdient, und sei es nur, um die Traurigkeit zu vertreiben, die jedem ihrer Schritte folgte wie ein Schatten.

Kari nahm die Magnolie entgegen und betrachtete sie. »Danke«, sagte sie schließlich mit belegter Stimme.

Langsam ging sie in den Raum hinein, schritt um den Yulani herum, musterte den Baum, die Einrichtung und die Motten. Vor der Schaufensterpuppe blieb sie stehen und erstarrte. Zora spürte den Stimmungsumschwung und die Motten taten es ebenso, denn sie schlugen nun schneller mit den Flügeln.

»Alles in Ordnung?«, fragte Zora.

Kari antwortete nicht. Vorsichtig legte sie ihre Hand auf die weiße Maske, nahm schließlich den Voliarstoff zwischen zwei Finger.

»Du warst es«, flüsterte sie.

Dann fuhr sie herum und stürzte sich mit einem Kampfschrei auf Zora.

»Ich will die Wahrheit!«

Kari

Kari hatte Zora kaum berührt, da schlug ihr ein Schwall Motten entgegen. Die Tiere klatschten gegen ihre Wange, legten sich um ihre Hände und Arme und schoben sich vor Karis Oberkörper. Aus den Augenwinkeln nahm sie wahr, wie die Tür geöffnet wurde. Im nächsten Moment schlossen sich von hinten Arme um ihren Torso und zerrten sie von Zora weg. Der Geruch von Naels Shampoo stieg ihr in die Nase. Kari wollte herumwirbeln, doch Nael hielt sie fest. Sie stieß ihren Ellenbogen mit voller Kraft in sein Gesicht. Blut schoss aus seiner Nase und er fluchte, aber er lockerte seinen Griff nicht, sondern rang sie mit eiserner Kraft nieder.

»Lass sie los!«, schrie Zora.

Nael keuchte vor Anstrengung. »Erst, wenn sie aufhört, um sich zu schlagen. Beruhige dich, Kari.«

Das brachte Kari erst recht in Rage und sie versuchte – erfolglos – nach Nael zu treten. Der hielt ihre Arme fest und benutzte sein gesamtes Körpergewicht, um sie daran zu hindern, ihn von sich zu stoßen. Seine Brust drückte sich in Karis Rücken, mit seinen Knien pinnte er ihre Beine auf den Boden. Fuck, war er stark! Dank ihres jahrelangen Kampftrainings im Skarabäusclan zwang kein Angreifer Kari auf die Knie. *Eigentlich.* Aber je mehr sie versuchte, sich aus Naels Griff zu entwinden oder ihm an einer empfindlichen Stelle einen Tritt zu versetzen, desto stärker immobilisierte er sie.

»Hör auf zu strampeln, du tust dir nur selbst weh.« Zu Zora sagte er: »Was ist passiert?«

»Nichts. Es war alles in Ordnung und plötzlich ist sie auf mich losgegangen.«

Nichts? Wollte Zora sie verarschen?! Ihr musste doch klar gewesen sein, dass Kari die Maske und den Umhang erkennen würde. »Ich weiß, was du getan hast«, zischte sie.

»Ich habe keine Ahnung, wovon du redest«, gab Zora zurück. »Und jetzt lass sie los, Nael!«

»Damit sie dich wieder angreift?«

»Ich hatte alles unter Kontrolle!«

»So sah es nicht aus.«

»Lass sie los oder ich hetze die Motten auf dich.«

Nael seufzte schwer, ließ jedoch nicht von Kari ab. Sie konnte seinen Herzschlag in ihrem Rücken spüren. Schließlich brachte er sein Gesicht so nah an ihr Ohr, dass sein Bartansatz ihre Haut kratzte, und flüsterte: »Was auch immer passiert ist, wir können darüber reden. Es ist okay, wenn du mir nicht vertraust. Das solltest du auch gar nicht. Aber Zora hat dein Misstrauen nicht verdient. Sie will nur helfen. Also, ich lasse dich jetzt los, aber wenn du mich oder Zora noch mal angreifst, landest du wieder auf dem Boden.«

Erst, als Kari widerstrebend nickte, lockerte er seinen Griff. Mit einem Satz war Nael auf den Beinen und streckte ihr die Hand hin. Sie rappelte sich ohne seine Hilfe hoch. Sofort wich sie einen Schritt zurück, in Richtung der Tür. Zora anzugreifen, war dumm gewesen. Sie hätte mit magischer Gegenwehr rechnen müssen. Kari konnte von Glück reden, dass sie nur ihre Motten als Schutzwall benutzt hatte, anstatt sie blind und taub zu machen oder mit einer Druckwelle aus dem Fenster zu schleudern.

»Wusstest du es?«, fragte sie Nael, der sie mit gerunzelter Stirn anschaute.

»Wusste ich was?«

»Was sie getan hat?« Dabei deutete Kari auf Zora, die ebenso verwirrt aussah wie ihr Bruder. Wut brodelte in ihr hoch. »Du hast meinen Vater verschwinden lassen!«

»Was?!« Zora wirkte ernsthaft schockiert. Ihre Augen verfärbten sich feuerrot.

Nael hob abwehrend die Hände. »Zora hätte nie …«

»Ich kann selbst antworten«, unterbrach seine Schwester ihn. »Ich habe keine Ahnung, wie du auf diese Anschuldigung kommst. Aber nein, ich habe niemals irgendjemanden verschwinden lassen.«

»Doch, das hast du! Du bist der gesichtslose Dämon!«

Zora schüttelte den Kopf.

»Ich habe dich vor dem Luminer gesehen, das kannst du nicht abstreiten! Hier, das habe ich noch von deinem Angriff!« Kari zog das schwarze Stück Seide aus der Hosentasche, das sie von Nours Brunnen mitgenommen hatte, und warf es auf den Boden.

»Du bist dem gesichtslosen Dämon begegnet?«, stieß Nael ungläubig aus.

Eine von Zoras Motten flatterte auf den Stoff zu, hob ihn hoch und flog damit in Zoras geöffnete Handfläche. Diese musterte die Seide mit zusammengekniffenen Augen.

»Das stammt von einem Voliar«, stellte sie fest. »Aber nicht von meinem.«

»Du behauptest also, dass rein *zufällig* irgendjemand anderes mit demselben …« Wie hatte Zora das Kleidungsstück noch mal genannt? »Demselben Voliar herumgelaufen ist?« Kari hatte schon öfter mit schwarzen Magiern zu tun gehabt, doch einen derartigen Stoff hatte sie vor ihrer Begegnung mit dem gesichtslosen Dämon nie zuvor gesehen.

»Jeder schwarzmagische Orden hat eine andere Uniform«, antwortete Zora. Dabei hatte sie die Hände beschwichtigend erhoben. »Ich gehöre zu den Knochenmagiern, einem Unterorden der Blutmagier. Es gibt nicht besonders viele von uns. Soweit ich weiß, sind meine Meisterin und ich die einzigen in Magnolia Bay.«

Das hieß, der gesichtslose Dämon – der trotz seiner übermenschlichen Stärke doch kein Dämon, sondern ein Magier war – war ein Mitglied dieses Ordens.

»Was bedeutet, dass nur du oder deine Meisterin infrage kommen«, zischte Kari.

»Oder ein Mitglied desselben Ordens aus einer anderen Region, das nach Magnolia Bay gereist ist. Oder irgendein Magier, der sich einen ähnlichen Voliar hat anfertigen lassen, obwohl er gar nicht zu unserem Orden gehört«, schnaubte Zora.

Das hieße, jeder Schwarzmagier käme infrage? Vorausgesetzt Zora sagte die Wahrheit. Doch das war die Sache mit Lügnern: Sie logen immer, auch wenn sie ein noch so unschuldiges Gesicht aufsetzten.

»Oder vielleicht hast du dich auch geirrt und es war gar nicht der gleiche Voliar. Für Nicht-Magier kann es schwer sein, die feinen Unterschiede zu erkennen. Da hilft auch dieses Fitzelchen Stoff nicht.«

Möglich ... Und wenn Kari genau nachdachte, so sah Zoras Maske tatsächlich anders aus als die des Vogeldämons. Denn der hatte weder einen aufgemalten Kirschmund noch Augenbrauen-Punkte.

»Kari! Du bist dem gesichtslosen Dämon begegnet?«, wiederholte Nael drängender. »Wieso hast du mir das nicht erzählt?«

Karis Augen waren starr auf Zora gerichtet.

Diese betonte an sie gerichtet: »Ich weiß weder etwas von einem Dämon ohne Gesicht noch von deinem Vater.« Sie wandte ihren Kopf, um ihren Bruder wütend anzufunkeln. »Du schuldest Kari und mir Antworten.«

»Das ist nicht der Zeitpunkt …«

»Doch, das ist er! Die ganze Zeit sagst du, deine Arbeit wäre zu geheim, um irgendetwas zu erzählen, und meistens lasse ich dir das durchgehen. Aber nicht heute! Nicht, wenn deine Geheimniskrämerei bedeutet, dass Kari denkt, ich hätte sie angegriffen. Wieso höre ich gerade zum ersten Mal von all dem? Ein schwarzer Magier, möglicherweise aus *meinem* Orden, hat Kari attackiert und ihren Vater verschwinden lassen und du hast mir *nichts* davon erzählt?«, konfrontierte Zora ihren Bruder sichtlich wütend.

»Meine Arbeit ist geheim«, gab Nael zurück, was Zora mit einem »Bullshit« quittierte.

»Kari vertraut dir nicht, und wie sollte sie auch, wenn du ihr nur die halbe Wahrheit erzählst. Du kannst nicht bloß nehmen und nichts zurückgeben. Wenn Kari dir etwas erzählen soll, musst auch du ihr die Wahrheit sagen.«

Wie es aussah, hatte Zora heute während ihres Gesprächs gut aufgepasst.

»Kari weiß alles, was sie wissen muss«, protestierte Nael.

»Glaubst du?«, fragte Kari und schüttelte augenrollend den Kopf. »Wenn du willst, dass ich dir erzähle, was ich gesehen habe, brauche ich zuerst Antworten. Zora hat recht. Wie sollte ich dir oder ihr vertrauen, wenn ich nur ein Bruchstück der Wahrheit kenne. Erzähl mir die Wahrheit oder ich gehe.«

»Nein!«, widersprach Zora harsch. »Du gehst nicht. Erzähl ihr die Wahrheit, Nael! Oder ich tue es.«

»Sie sieht verdammt wütend aus!«

Lycien

Als Lycien bei der Walled City ankam, ging die Sonne gerade unter und hüllte die Mauernstadt in einen purpurnen Heiligenschein. Er blieb in einiger Entfernung stehen und musterte den Eingang, vor dem wie schon am Vortag der einäugige Wächter patrouillierte. Sein Herz hämmerte, während er versuchte, den Mut zu finden, die letzten fünfzig Meter zur Walled City zu überwinden und den Wächter nach Zora zu fragen.

Er wollte Antworten! Was hatte Zora in der Nacht unter dem Mond mit Lycien gemacht? Das Prickeln, das er gefühlt hatte, war das Teil des Zaubers gewesen oder echte Anziehung? Wieso waren seine Sinne schärfer? Wieso hörte er seit der Nacht mit ihr merkwürdige Stimmen, wann immer er einschlief? Und was hatte dieser Haruo mit all dem zu tun?

Er hatte seiner Großmutter fast alles erzählt – mit Ausnahme der peinlichen Details und der merkwürdigen Stimmen. Sie hatte zugehört, hatte keine Fragen gestellt, nur hin und wieder genickt. Am Ende hatte sie gesagt: »Wenn du wirklich musst, dann geh zu deiner Azuline und sprich mit ihr. Hör dir an, welche Erklärungen sie hat. Aber Junge, versprich mir, keine Blutmagie mehr. Nie wieder!«

Lycien warf einen Blick auf seine Füße oder besser gesagt auf den leeren Platz neben seinen Füßen. Einen ermutigenden Stupser von Schwein hätte er jetzt wirklich gut gebrauchen können. Vielleicht war es ein Fehler gewesen, das Tier bei seiner Oma zu lassen.

Etwas tat sich am Eingang der Walled City. Zwei Schattenkatzen schoben sich aus der Dunkelheit und verstellten einer jungen Frau den Weg, die eben nach draußen stürmte. Sie hatte helle Haare, die am Ansatz bläulich waren und in den Spitzen ins Rosarote überliefen, trug Jeans und ein übergroßes schwarzes Sweatshirt, und sie sah verdammt wütend aus. In diesem Moment fiel ihm plötzlich wieder ein, dass der Assassine, der ihn und seine Oma angegriffen hatte, ihm ein Foto zugesteckt hatte. Lycien fischte das Bild aus seiner Hosentasche. Er hatte es bis eben völlig vergessen, was merkwürdig war. Es zeigte eindeutig die Frau, die eben aus der Walled City rannte! Sie hatte dieselben Magnolien-Haare, auch wenn sie viele Jahre älter war als auf dem Foto.

Sekunden später folgten Zora und, ihr dicht auf den Fersen, ein junger Mann. Der Kerl wirkte, als wollte er der wütenden Frau nachlaufen, doch Zora hielt ihn zurück. Sie sagte etwas, woraufhin er grimmig die Arme vor der Brust verschränkte.

Da erkannte er auch den Typen: Es war der Schläger, der Lycien im Luminer windelweich geprügelt und ihm damit gedroht hatte, ihn umzubringen!

Was hatte Zora mit diesem Irren zu schaffen? Steckte sie am Ende mit ihm und Haruo unter einer Decke? Lycien wollte es nicht glauben und doch ... Ohne diesen Kerl wäre Lycien nie in der Walled City gelandet und hätte seine geheimnisvolle Azuline nie getroffen. *Kauf dir ein Schwein und geh zu Mama Laquar.* Er hatte Lycien direkt in Zoras Arme geschickt, und das hieß ... Lycien hatte keine Ahnung, aber sicher nichts Gutes!

Plötzlich war ihm überhaupt nicht mehr danach, mit Zora zu sprechen. Er wusste zwar nicht, was ihre Rolle in diesem abgekarteten Spiel war, aber eine Rolle spielte sie mit Sicherheit.

Bevor eine der Personen vor der Walled City die Chance hatte, ihn zu entdecken, drehte Lycien sich um und ging davon.

»Und was soll ich mit den Antworten anfangen?«

Kari

Karis Füße donnerten über den Asphalt. Sie hatte die Walled City längst hinter sich gelassen, trotzdem rannte sie weiter. Weg, weg, immer nur weg.

Sie hatte Antworten verlangt und Nael hatte sie ihr, wenn auch widerstrebend, gegeben. Nun wusste sie nicht, was sie mit ebendiesen Antworten anfangen sollte.

Die Brennende Lilie war nicht etwa eine kriminelle Untergrundorganisation, die in den Schatten fungierte, so wie die drei Clans im Norden der Stadt. Nein, die Lilien versorgten ganz Magnolia Bay und viele Städte des Palay'schen Kontinents mit magischer Energie. Lebensenergie, pflanzliche und Elementarmagie, sogar Emotionsmagie, von der es eigentlich hieß, dass sie sich weder aufbewahren noch von einem Wesen auf ein anderes übertragen ließ – und natürlich die Lebensessenz. Die Lilien waren unsichtbar und gleichzeitig überall. Sie hatten ihre Finger in fast jedem größeren Konzern und sogar den öffentlichen Einrichtungen. Die Krankenhäuser und Gefängnisse, die Schulen und die City University, die Büros und Ministerien der Regierung, alle machten sie Geschäfte mit der Brennenden Lilie, und der City Speicher im Haupttempel der weißen Magier wurde zu großen Teilen von den Lilien aufgefüllt.

»Hast du eine Ahnung, wie viel Energie es braucht, magische Partikel aufzubewahren?«, hatte Nael gefragt. »Es heißt immer, im City Speicher könnte Magie fast ohne Verluste aufbewahrt werden. Dabei erfordert das Speichern selbst fast die doppelte Menge an Energie. Aber ohne die Speicherung läuft in dieser Stadt nichts. Also braucht es Unmengen an Magie. Es braucht Lebensessenz.«

»Wie viele Menschen?«, hatte Kari gefragt. »Wie viele verlorene Seelen sind nötig, um die Stadt am Laufen zu halten?«

»Täglich? Um die zwanzig. Plus der Menschen, deren Essenz die Magier direkt für Zauber einsetzen.«

Das waren über siebentausend Leute im Jahr, und das allein für den City Speicher. Kari wollte sich gar nicht ausmalen, wie viele mehr benötigt wurden, um auch die anderen Städte des Kontinents zu versorgen. In den Schriften des ersten Gotts stand, dass jede Seele wiedergeboren wurde, bis sie Erleuchtung erlangte, um dann ins Reich des Urgotts aufzusteigen. Kari wusste nicht, ob sie wirklich daran glauben sollte. Trotzdem versetzte ihr der Gedanke, wie viele Menschen ihre Lebensessenz und damit ihre Chance auf ein neues Leben oder Erleuchtung verlieren würden, einen Stich.

Nael war tatsächlich für Ermittlungen rund um den gesichtslosen Dämon in den Nemea-Vierteln gewesen, denn dieser stellte ein Risiko für die Lilien dar. Wenn zu viele Leute zu offensichtlich verschwanden, war es nur eine Frage der Zeit, bis jemand Fragen stellte, deren Antworten zur Brennenden Lilie leiten könnten. Was Nael jedoch verschwiegen hatte, war seine eigentliche Aufgabe als Cleaner.

Wer der Brennenden Lilie beitrat und kein Magier war, hatte die Wahl zwischen vier Startpositionen: Researcher, Verkäufer, Cleaner oder Assistent. Letztere assistierten, wie ihr Titel schon sagte, den Magiern oder höherrangigen Organisationsmitgliedern bei ihrer Arbeit. Verkäufer warben Menschen an, was bedeutete, dass sie Leute dazu brachten, sich auf den Seelenhandel einzulassen oder auf das, was im Syndikat als Spiel bezeichnet wurde. Ein Glücksspiel, wie das, das scheinbar auch der gesichtslose Magier in den Clanvierteln anbot, und bei dem man alles gewinnen konnte, viel wahrscheinlicher jedoch seine Seele verlor.

Die Researcher trugen im Vorhinein alle Hintergrundinformationen der potenziellen Spieler zusammen und entschieden, ob diese sich für einen Seelenhandel eigneten. Dafür gab es bestimmte Voraussetzungen: Sie sollten keine Kinder haben, idealerweise nicht verheiratet sein, möglichst wenig enge Freunde besitzen. Sie sollten keine zentralen Positionen bekleiden und auf gar keinen Fall berühmt sein. Je kleiner die Lücke war, die jemand in der Welt zurückließ, desto geringer war das Risiko, dass die Brennende Lilie aufflog oder dass Hinterbliebene vom Nebel in den Wahnsinn getrieben wurden, und desto weniger Arbeit hatten die Cleaner.

Diese hatten die unliebsame Aufgabe, alle Erinnerungsstücke zu beseitigen. Sie vernichteten Fotos und alle anderen physischen Überbleibsel, löschten Dokumente, kündigten Bankkonten, digitale Accounts und Mitgliedschaften. Wenn die Cleaner ihre Arbeit gründlich machten, dann gab es die verschwundene Person nicht mehr. Es *hatte* sie nie gegeben. Und niemand würde auf die Idee kommen, dass es irgendwann einmal anders gewesen war. Damit minimierte man die Auswirkungen des Nebels.

Kari wurde schlecht bei der Vorstellung, wie Nael sich in die Wohnung eines Vergessenen schlich, Fotos von den Wänden riss, in Wäscheschubladen wühlte und persönlichste Erinnerungsstücke lieblos in den Müll warf. Unwillkürlich musste sie daran denken, wie Daishiros Chauffeur vor zehn Jahren den Koffer mit all ihren Habseligkeiten in den Müll geworfen hatte. Kari wusste, was es bedeutete, wenn das eigene

Leben plötzlich ausradiert wurde. Dass Nael Teil dieses Systems war …

»Warum das alles?«, hatte sie gefragt.

»Weil die Lilien auch Zora und mir etwas genommen haben«, lautete die gepresste Antwort. »Weil wir wissen, wozu sie fähig sind.

»Euch *was* genommen?«, hakte Kari nach.

»Alles. Unser Zuhause, unsere Familie. Ich …« Nael stockte. »Es ist auch egal. Jedenfalls muss irgendjemand sie stoppen.«

Kari fand nicht, dass seine Beweggründe irrelevant waren, doch die unterdrückte Wut, die Naels Stimme zittern ließ, signalisierte ihr, dass er in diesem Augenblick nicht bereit war, mehr Informationen mit ihr zu teilen.

Also sagte sie bloß: »Und dieser Jemand bist du?«

Nael wollte die Lilien also zu Fall bringen – doch das konnte er nur, wenn er herausfand, wer an der Spitze des Syndikats saß.

»Und dann? Wenn du es weißt, was wirst du tun?«, hatte Kari gefragt.

»Was auch immer notwendig ist.« Die Art, wie er diese Antwort betonte, ließ keinen Zweifel daran, dass er zu allem bereit wäre. Wenn er herausfand, wer die Anführer des Syndikats waren, würde er diese Personen bestrafen. Er würde sich Zeit damit lassen – und jeden Augenblick davon genießen.

»In der Zwischenzeit habe ich alle meine Aufträge, alle Geschäftspartner, all die Scheiße, für die die Brennende Lilie verantwortlich ist, seit ich ihnen beigetreten bin, dokumentiert«, hatte er vorhin erklärt.

»Du könntest diese Informationen öffentlich machen.«

»Könnte ich«, hatte er zugestimmt. »Aber was bringt das, wenn diejenigen, die an der Spitze des Syndikats stehen, weiter im Schatten bleiben und ihre Organisation einfach neu gründen, sobald der größte öffentliche Aufschrei vorbei ist? Falls sie nicht von vornherein dafür sorgen, dass es gar nicht erst zu einem Aufschrei kommt. Informationen verschwinden zu lassen und die Realität so lange zu verdrehen, bis niemand wer weiß, was wahr und was eine Illusion ist, das ist das Tagesgeschäft der Brennenden Lilie. Und so gern ich etwas anderes glauben würde, so weiß ich doch, dass ich allein gegen das gesamte Syndikat keine Chance habe. Also versuche ich gar nicht erst, sie alle anzugreifen – sondern nur die, die ganz oben stehen.«

Seine Argumente hatten eine gewisse Logik. Doch Logik war nicht das, was ihn eigentlich antrieb – sondern der Wunsch nach Rache. Es war so offensichtlich, Kari hatte ihm nur eine Sekunde lang ins Gesicht blicken müssen, um es zu sehen.

Die Brennende Lilie zu enttarnen, war nicht genug. Ihre Mitarbeiter hinter Gittern oder die Unternehmen und Politiker, die Geschäfte mit ihnen trieben, fallen zu sehen, war nicht genug. Selbst zu wissen, dass die Lilien, und sei es nur für eine begrenzte Zeit, verschwanden, war nicht genug. Nael wollte das Syndikat und diejenigen, die es anführten – vor allem sie –, in Asche verwandeln. Und er selbst wollte derjenige sein, der es tat.

Das war etwas, was Kari sehr gut verstehen konnte.

Sie fragte sich jedoch, welcher Verlust schlimm genug sein könnte, um jemanden dazu zu bringen, all seine Moral ins Klo zu spülen und für seine Feinde zu arbeiten.

Nun ballte Kari ihre Hand zur Faust und grub dabei ihre Fingernägel so fest ins Fleisch, dass es schmerzte. Die schlimmste Enthüllung war nicht Naels Job gewesen, sondern das, was mit den Körpern der Vergessenen passierte. Kari kam sich dumm vor, dass sie nicht vorher danach gefragt hatte. Hatte sie gedacht, dass die Vergessenen sich einfach in Luft auflösten? Oder dass sie tot umfielen? Die Wahrheit war schlimmer. Denn die Vergessenen starben nicht, sie lebten weiter, aber ohne Seele, ohne Verstand, ohne Stimme und eigenen Willen. Sie verwandelten sich in Hüllen.

Übelkeit stieg so heftig in Kari hoch, dass sie sich an einer Wand abstützen musste und würgte. Sie war in irgendeiner verlassenen Straße des Silver Districts, wo die Wände mit Graffiti bedeckt waren. Direkt neben ihr war in einer offenen Garage eine provisorische Werkstatt eingerichtet, in der Metallteile sich aufeinanderstapelten. Ein winziger Drache in einem Metallkäfig hob den Kopf und schaute sie traurig an. Es war die passende Szenerie für Karis Gefühle. Die Wesen, in deren Fleisch Daishiros Männer so oft geschnitten hatten und die sie selbst bei ihrer Flucht als Schutzwall benutzt hatte, waren Menschen. *Echte* Menschen, denen jemand die Seele aus dem Leib gerissen hatte. Und ihr Vater gehörte zu ihnen.

Wo war er jetzt? War er eines von Daishiros Übungsobjekten? Vielleicht hatte er Glück gehabt und wurde in einer Fabrik für Fließbandarbeit eingesetzt. Oder saß er in einem lächerlich knappen Lederoutfit im Hinterzimmer eines Lokals wie dem Luminer? Nael hatte keine Antwort auf diese Frage gehabt. Was der gesichtslose Dämon mit den Hüllen seiner Opfer anstellte, wusste nur er selbst.

Kari krümmte sich zusammen. Ihr Magen rebellierte bei dem Gedanken.

Die Freiheit, die ihr noch gestern wie eine Erlösung erschienen war, war plötzlich wertlos. Ihr Vater mochte sie vor zehn Jahren im Stich gelassen haben, und dafür würde sie ihm nie vergeben – doch als Hülle zu enden, hatte er nicht verdient. Niemand tat das. Wie sollte Kari je wieder den Geruch der Freiheit genießen, wenn sie wusste, dass ihr Vater nicht frei war und es nie wieder sein würde – und dass jeden Tag Dutzende Menschen sein Schicksal teilten?

Sie musste etwas tun! Und das konnte sie nicht allein. Sosehr es ihr gerade widerstrebte, hatte sie doch keine andere Wahl, als den Geschwistern zu vertrauen. Denn die beiden waren Karis beste und vielleicht sogar einzige Chance auf etwas, auf das nicht nur Nael abzielte. Rache.

»Ihr seid zwei Seiten eines Spiegels.«

Zora

Zora war so verdammt wütend auf ihren Bruder. Kari war abgehauen und das hatten sie allein ihm zu verdanken. Ihm und seiner sturen Geheimniskrämerei.

»Ist dir jemals in den Sinn gekommen, dass ich dir hätte helfen können, einen schwarzen Magier aus meinem eigenen Orden zu finden?«, maulte sie, während sie hinter Nael zurück in die Walled City lief.

»Mir helfen, für die Brennende Lilie zu arbeiten?« Er schnaubte. »Nein, danke. Ich verkrieche mich lieber die nächsten Monate in den Nemea-Vierteln, als dich da mit reinzuziehen.«

»Und lässt zu, dass weiter Leute verschwinden?«

Nael blieb so abrupt stehen, dass Zora gegen seinen Rücken stieß. Obwohl er seine Kontaktlinsen trug, sah sie die Wut in seinen Augen, als er sich zu ihr umdrehte. »Ich *lasse* überhaupt nichts zu«, zischte er. »Seit Wochen schlage ich mir die Nächte um die Ohren, um dieses Monster endlich zu schnappen. Ich würde fast alles dafür tun. Aber wenn der Preis dafür ist, meine kleine Schwester in den Dunstkreis der Brennenden Lilie zu bringen, dann ist er mir zu hoch.« Er seufzte und sein Blick wurde weicher. »Versteh das, Zora: Die Brennende Lilie ist wie ein Sog, der alle, die ihr zu nahe kommen, verschluckt und nie wieder ausspuckt. Jemand mit deiner magischen Kraft wäre interessant für sie. Wenn sie auf dich aufmerksam werden, werden sie dich haben wollen. Dich und deine Magie.«

Zora verschränkte die Arme vor der Brust. »Bullshit«, sagte sie. »Ich hätte dir helfen können, wenn du mich endlich wie eine echte Magierin behandeln würdest anstatt wie eine Fünfjährige.«

Denn das war der eigentliche Grund, warum er Zora nie um Hilfe bat und so viele Informationen vor ihr zurückhielt, oder? Nael hatte nie aufgehört, sie als das kleine Mädchen zu sehen, für dessen Leben er verantwortlich war. Ihre Ausbildung zur Blutmagierin oder die Tatsache, dass sie jeden verdammten Tag Leute mit ihrer Magie rettete, änderten daran überhaupt nichts.

»Ich habe versprochen, dich zu beschützen, Zora. Und ganz egal, was passiert, selbst wenn die ganze Welt deswegen dem Wahnsinn verfällt, dieses Versprechen breche ich nicht.« Seine Stimme klang bestimmt und hart. Genauso hart wie seine Mimik in diesem Moment. Zora wusste, dass er jedes Wort zu hundert Prozent so meinte. Wenn ihr Bruder die Wahl zwischen seinem eigenen Leben oder gar zwischen der Welt und Zoras hätte, er würde keine Sekunde zögern, alles zu opfern. Weil er es ihrer Mutter versprochen hatte. Weil es das Letzte gewesen war, das sie von ihm verlangt hatte, bevor sie starb. Es war egal, dass er damals selbst erst neun Jahre alt gewesen war. Er hatte ihr sein Wort gegeben und er würde sich eher das eigene Herz aus der Brust schneiden, als es zu brechen.

Zora liebte und hasste ihn dafür gleichermaßen.

Um seine Aussage zu untermauern, fügte er hinzu: »Denk über mich, was du willst, hass mich von mir aus, aber diese Lilien-Arschlöcher kriegen kein Fitzelchen von dir, schon gar nicht deine Magie.«

Dass er die Lilien als Arschlöcher bezeichnete, besänftigte

Zora ein bisschen. Allerdings nicht genug, um klein beizugeben. Also stichelte sie weiter: »Und Kari nimmst du auch nicht ernst, oder warum hast du ihr nicht die Wahrheit über die Brennende Lilie erzählt?«

»Wir können Kari nicht vertrauen. Sie könnte Don Nemeas Spionin sein oder Schlimmeres.«

Zora verdrehet die Augen. Sie hätte ihrem Bruder mehr Menschenkenntnis zugetraut.

»Das ist mein Ernst, Zora! Du musst vorsichtig mit Kari sein. Sie erzählt uns nicht alles, was sie weiß.«

»Natürlich tut sie das nicht!« Am liebsten hätte Zora ihren Bruder geschüttelt. Kein Wunder, dass der erste Gott drei Töchter geschaffen hatte, um die Welt in ihrem Antlitz zu kreieren. Männer waren einfach zu dämlich, um irgendetwas zu begreifen – schon gar keine Emotionen. »Sie hat in den letzten Tagen alles verloren – ihren Vater, ihre eigene Existenz, ihre Vergangenheit! Und sie hat keine Ahnung, warum. So was ist verdammt noch mal Furcht einflößend. An ihrer Stelle wäre ich auch vorsichtig. Aber die Möglichkeit hast du nicht bedacht, oder? Du hast sie von Anfang an verurteilt und sie nur als Don Nemeas gefährliches Spielzeug gesehen, nicht als richtigen Menschen.«

Nael blieb still, doch der Schmerz, der über sein Gesicht huschte, war Antwort genug.

»Soll ich dir sagen, was ich glaube?«, fragte sie. »Du tust dich so schwer damit, Kari zu vertrauen, weil sie dir zu ähnlich ist. Sie ist genauso verschlossen wie du. Genauso misstrauisch, genauso stolz. Sie würde sich eher die Zunge herausreißen, als Schwäche zuzugeben, und sie lässt niemanden an sich heran, weil sie sich nicht vorstellen kann, dass Leute einfach nur helfen wollen, ohne eine Gegenleistung zu verlangen. Genauso wie du.« Zora holte tief Luft. »Du schaust Kari an und es ist, als würdest du in einen Spiegel blicken, nicht wahr? Also vertraust du ihr nicht, weil du dir selber auch nicht vertrauen würdest.«

Nael öffnete den Mund, schloss ihn wieder. Zora bereute keines ihrer Worte, denn sie hatte aus ihrem Herzen heraus gesprochen. Während sie den Tag mit Kari verbracht hatte, hatte sie so viel von ihrem Bruder in ihr entdeckt, und Nael musste das hören. Trotzdem hasste sie es, ihren Bruder derart niedergeschlagen zu sehen.

»Hey«, sagte sie also und streichelte ihm über den Arm. Dann holte sie eine Sternmagnolie aus der Tasche. »Die ist für dich. Kari habe ich auch eine gegeben. Das heute ist scheiße gelaufen, aber ich glaube, sie wird wiederkommen.«

»Ich hoffe es«, murmelte Nael. »Danke«, fügte er hinzu, als er die getrocknete Blüte entgegennahm.

»Wünsch dir was Gutes, ja?«, meinte Zora. »Ich habe mir gewünscht, dass du endlich mal wieder so richtig lachen kannst, und ich wäre sehr enttäuscht, wenn meine Sternmagnolie den Wunsch nicht erfüllt.« Mit einem schiefen Lächeln fügte sie hinzu: »Es tut nämlich richtig weh, dich *so* zu sehen.«

Den letzten Satz hatte sie für sich behalten wollen, doch nun, da sie angefangen hatte, Nael die Wahrheit vor die Füße zu spucken, wollten die Worte sich nicht mehr zurückhalten lassen.

Nael nickte. »Ich versuch's. Versprochen«, flüsterte er.

Schweigend setzte Zora ihren Aufstieg fort. Da hörte sie Mama Laquars Stimme in ihrem Kopf: *Wenn das emotionale Gesäusel endlich vorbei ist, kommt zu mir ins Büro. Beide.*

Zora schnaubte.

Als die beiden im Büro der Magiermeisterin ankamen, hockte diese wie immer mit übereinandergeschlagenen Beinen auf ihrem Schreibtisch und hatte ihre Pfeife im Mund. Rauchschlieren tanzten über den Boden. Doch heute war sie nicht allein. Ihr gegenüber befand sich Quans Partner Thambi. Der Friseur war für einen Mann ungewöhnlich klein und schlank gebaut, sein robustes Leinenhemd wirkte viel zu groß für seine schmalen Schultern. Auf seiner Nase saß eine alte Nickelbrille, seine Locken verdeckten beinahe die winzigen Hörner, die aus seiner Stirn wuchsen, und auf seinen Lippen zeigte sich wie immer ein breites Lächeln.

»Lange nicht mehr gesehen«, begrüßte Zora ihn.

»Wie wahr. Ich hoffe, es ist ein gutes Zeichen, dass ihr schon länger keinen Haarschnitt mehr gebraucht habt«, gab er zurück. »Obwohl ich es schade finde, wie wenig ich euch neuerdings zu Gesicht bekomme. Vor allem dich«, meinte er und nickte Nael zu.

Der hob entschuldigend die Schultern. »Du weißt ja, viel Arbeit.«

Die Magiermeisterin stieß zwei Rauchtotenköpfe aus, dann antwortete sie: »Wann wolltet ihr mir von eurer Besucherin erzählen?«

Mama Laquar entging wirklich nichts, was in der Mauernstadt passierte.

»Ich wüsste nicht, warum wir dir von ihr hätten erzählen sollen«, antwortete Nael.

Charmant wie immer. Thambi lachte. »Wir wissen doch alle, wer in der Walled City wirklich die Zügel hält«, meinte er augenzwinkernd.

Nämlich Mama Laquar, welche die Bewegungen aller Bewohner im Blick hatte und vor der sich sogar die Verwalter der Walled City fürchteten. Die Magiermeisterin ging nicht auf Thambis Stichelei ein.

»Was hältst du von *Kari?*«, wollte sie mit stechendem Ton von Zora wissen.

Zora warf Nael einen Seitenblick zu. Der war offensichtlich nicht begeistert darüber, dass Mama Laquar Karis Namen kannte – und wer wusste schon, wie viele weitere Informationen sie besaß.

»Sie ist ... interessant. Verschlossen, aber nett«, antwortete sie.

»Mach dich nicht lächerlich, Mädchen. Wir wissen beide, dass ich nicht an ihrem Charakter interessiert bin.«

Natürlich nicht. Mama Laquar hatte das erkannt, was Zora die ganze Zeit vermutet hatte. »In ihren Adern fließt Magie. Aber ich weiß noch nicht, welche.« Kari war offensichtlich keine ausgebildete Magierin, sonst hätte sie den Voliar des gesichtslosen Dämons sofort erkannt und ihre Schusswunde eigenständig geheilt. Entweder wusste sie nichts von ihrem magischen Potenzial oder: »Sie könnte eine Gestaltwandlerin sein.«

Mama Laquar legte den Kopf zurück und ließ einen langen Rauchfaden durch ihre Lippen aufsteigen. Dieser schlängelte sich in die Höhe und zerstob schließlich in winzige Totenköpfe. Dann schnalzte sie zustimmend mit der Zunge.

»Gut, ich hatte schon begonnen, an deinem dritten Auge zu zweifeln.« Das dritte, unsichtbare Auge, das wahre Magierinnen auszeichnete und ihnen erlaubte, Dinge zu sehen, die normalen Menschen verborgen blieben. »Aber sie ist blockiert. Sie kann sich nicht verwandeln.«

»Woher weißt du ...«, begann Nael, doch Mama Laquar ignorierte ihn.

»Wie können wir ihre Blockade lösen?«, fragte Zora.

Mama Laquar antwortete wortlos: *Benutz deinen eigenen Kopf, Mädchen. Es ist nicht meine Aufgabe, für dich zu denken.*

Thambi bot an: »Wenn ich helfen kann, nur zu gerne. Ich stehe jederzeit für einen Haarschnitt zur Verfügung.«

»Sollte sie hierbleiben wollen, will ich sie sehen«, fügte Mama Laquar hinzu.

Zora nickte zur Bestätigung. Alle neuen Bewohner der Walled City mussten sich Mama Laquar vorstellen, ehe diese entschied, ob sie bleiben durften oder nicht. Auch Zora und Nael waren kurz nach ihrer Ankunft in der Walled City der Magiermeisterin vorgeführt worden. Sie hatte keine einzige Frage gestellt und den beiden nur wenige Sekunden ins Gesicht geschaut, ehe sie befand: »Ihr dürft bleiben.«

»Das war alles?«, war es Zora damals von der Zunge gerutscht, woraufhin die Magierin auf die Art gelächelt hatte, die besonders dummen Fragen vorbehalten war. »Ich habe einen Blick in eure Herzen geworfen«, hatte sie geantwortet. »Dafür genügt eine Sekunde.«

Und Zora, die damals wenig von Magie verstanden und noch nie vom dritten Auge gehört hatte, war noch verwirrter gewesen als vor dieser Antwort.

Neben Zora ballte Nael die Hände zu Fäusten. Offensichtlich war er alles andere als begeistert von der Vorstellung, Kari zu der Magiermeisterin zu bringen.

»Das wird nicht nötig sein«, sagte er. »Sie bleibt nur vorübergehend.«

»Und das weißt du, weil du in die Zukunft sehen kannst?« Mama Laquar stieß ein spitzes Lachen aus.

Bevor ihr Bruder etwas Dummes erwidern würde – und das war durchaus möglich, denn er war so ziemlich der einzige, wenn auch ehemalige Walled City-Bewohner, der keine Angst vor Mama Laquar hatte, was nicht unbedingt für seine Intelligenz sprach –, sagte Zora: »Kari hat ein gutes Herz. Du musst dir keine Sorgen machen.«

»Ich mache mir keine Sorgen.«

Und ob er das tat ...

Zum Glück – oder vielleicht auch zu Zoras Unglück – lenkte Mama Laquar vom Thema ab: »Ich wollte auch mit dir über den anderen sprechen. Hast du mit Lycien Fortschritte gemacht?«

Nael schaute Zora auf eine Art an, als wollte er stumm sagen: *Wie es aussieht, bin ich nicht der Einzige mit Geheimnissen.*

»Es geht ihm besser. Ich habe ihn gestern Nacht getroffen und einen Heilungszauber ausgeführt.« Nael hob eine Augenbraue. Er wusste ganz genau, dass Zora gestern Nacht auf dem Pearl Strip feiern gewesen war. Den Rest konnte er sich zusammenreimen.

»Und der Zauber war erfolgreich?«, hakte Mama Laquar nach.

»So erfolgreich, wie man bei Silfurvenen eben sein kann.« Zora räusperte sich. »Ich möchte dich etwas fragen«, sagte sie schnell, bevor die Magiermeisterin auf die Idee kam, sich zu erkundigen, wie genau Zora versucht hatte, Lycien zu heilen. Sie konnte gut darauf verzichten, in Gegenwart ihres Bruders die prickelnde Energie zu beschreiben, die sich zwischen ihr und Lycien aufgebaut hatte.

Zora reichte ihrer Meisterin das Stück Stoff, das Kari dem gesichtslosen Dämon entrissen hatte. »Erkennst du das?« In wenigen Sätzen erklärte sie, was sie von Kari und Nael gelernt hatte. Ihr Bruder warf ihr einen skeptischen Blick zu. Seine Beziehung zu Mama Laquar war nie gut gewesen, aber wenn jemand den Knochenmagier kannte, der in den Nemea-Vierteln sein Unwesen trieb, dann Mama Laquar. Sie drehte den Stofffetzen in ihren Fingern.

»Ein Knochenmagier, sagst du?« Sie schnippte, woraufhin der Stoff in Flammen aufging.

Nael stieß einen derben Fluch aus, und auch Zora konnte sich nur knapp davon abhalten aufzuschreien. Die Magiermeisterin betrachtete das Feuer mit zusammengekniffenen Augen. Nachdem die Flamme erlosch, zog sich ein langer Rauchfaden in die Höhe, dessen Verlauf Mama Laquar mit ihrem Zeigefinger nachzeichnete. Schließlich sagte sie: »Dieser Magier handelt nicht aus Machtgier, sondern aus Verzweiflung. So viel kann ich dir sagen.«

»Und das hast du einfach so erkannt?«, fragte Nael.

»Zügle deine Skepsis, Junge. Vor allem in Gegenwart von jemandem, der dich mit einem Handstreich entzweireißen könnte«, gab die Magiermeisterin zurück, fügte jedoch hinzu: »Die Fasern dieses Stoffes sind voller Schmerz und Sorge und eisernem Willen. Euer Magier verfolgt ein größeres Ziel. Eines, das über die Sammlung von Seelen hinausgeht. Aber das ahntest du bereits, nicht wahr, *Cleaner*?«

Zora spürte, wie Nael sich neben ihr versteifte. Sie bedankte sich bei der Magiermeisterin und bedeutete Nael mit einem Blick zu gehen. In Zoras Zimmer könnten sie sich über die nächsten Schritte unterhalten – vorausgesetzt Nael war bereit, Zora endlich in seine Ermittlungen mit einzubeziehen.

Als Zora wenig später die Tür zu ihrem Zimmer öffnete, stand Kari mit verschränkten Armen unter dem Yulanibaum.

»Kari«, hauchte Nael und trat an Zora vorbei. Sofort wich die junge Frau zurück.

»Ich kann euch helfen, die Brennende Lilie zu Fall zu bringen«, sagte sie. »Was auch immer ihr braucht – Zugang zu einem Gebäude, ein Ablenkungsmanöver, Waffen, Gifte ... Ich kenne Leute in den Nemea-Vierteln, die es euch besorgen können.«

»Und was willst du im Gegenzug dafür?«, fragte Zora, die im Laufe von nur einem Nachmittag mit Kari gelernt hatte, dass nichts umsonst war.

»Ich habe zwei Bedingungen«, bestätigte diese. »Erstens«, dabei fokussierte sie Nael, »wirst du alle Infos rund um den gesichtslosen Dämon mit mir teilen.«

Nael presste die Lippen zusammen, nickte jedoch widerwillig.

»Und zweitens will ich wissen, warum du die Brennende Lilie so dringend zu Fall bringen willst. Sie tun Schreckliches, schon klar, aber dein Rachefeldzug ist persönlich. Wieso? Was haben sie *dir* angetan?«

Zora versteifte sich. Diese Bedingung würde Nael ablehnen. Er sprach niemals über ihre Heimatinsel Koh Maley und über das, was dort geschehen war. Nicht einmal mit Zora. Es war zu schmerzhaft. Doch zu ihrer Überraschung nickte er.

»Zeig es ihr«, flüsterte er, schaffte es dabei jedoch nicht, Zora anzusehen.

»Bist du sicher?«, fragte sie.

»Ja, aber ...« Er schob die Hände in die Hosentaschen. »Aber ich will nicht dabei sein. Ich kann nicht.«

Natürlich. Wenn er schon nicht über das reden konnte, was damals geschehen war, wie sollte er es aushalten, die Erinnerung erneut zu durchleben? Allein, dass er Zora darum bat, diese mit Kari zu teilen, war ein riesiger Schritt. Zoras Worte von vorhin hatten wohl etwas bewirkt. Das oder Kari bedeutete ihm genug, dass er alles tun würde, um sie nicht schon wieder an die Nacht zu verlieren.

»Ich mache es«, sagte Zora.

Nael warf ihr einen dankbaren Blick zu und verließ den Raum.

Sobald ihr Bruder die Tür hinter sich zugezogen hatte, holte Zora einen Beutel mit Knochenstaub aus ihrem privaten Vorrat. Der Zauber, der nun folgen sollte, wurde einzig in Knochenmagier-Orden gelehrt. Erinnerungs- und Emotionsenergie waren die flüchtigsten Formen von Magie, kaum greifbar und noch schwerer festzuhalten. Es gab wenig Material, das dazu in der Lage war – Knochen gehörten dazu.

»Setz dich und schließ die Augen«, wies Zora an und deutete auf den Kissenberg in ihrem Zimmer.

Kari folgte ihrer Anweisung.

»Was du sehen wirst, sind meine und Naels Erinnerungen. Vor allem seine, um ehrlich zu sein ... Ich habe nicht mehr besonders viele an diese Zeit.« Sie seufzte. »Ich war fünf, fast sechs, als wir Koh Maley verließen. Das war die Insel, auf der wir aufwuchsen. Nael hat mir mal erzählt, dass es damals schon keine Großdrachen mehr gab – zumindest hieß es das. Aber für mich war es normal, sie am Horizont zu sehen. Koh Maley war nicht nur Naels und mein Zuhause, es war auch das der letzten Drachen.«

Kari hatte ihre Lider halb geschlossen. Schon jetzt schwankte sie leicht, eingelullt von Zoras Worten.

»Das war, bevor die Brennende Lilie gekommen ist und uns alles genommen hat. Die Erinnerungen sind schmerzhaft und zum Teil schwer auszuhalten. Es wird sich so anfühlen, als wärst du dort, und gleichzeitig so wie ein Traum. Es ist ein merkwürdiges Gefühl.« Sie ließ den Knochenstaub in ihre Handfläche rieseln. Die Motten flatterten aufgeregt um sie herum. »Lass dich einfach darauf ein«, sagte sie und begann, die Bilder heraufzubeschwören.

»Ich verspreche es.«

Kari

Zoras Zauber wirkte so sanft, dass Kari in die Erinnerung eintauchte, ohne es zu bemerken. Lauwarmes Wasser schwappte um Karis Knöchel. Ihre Zehen gruben sich in den sandigen Untergrund. Sie schaute auf ihre Beine, dünn und braun gebrannt, auf ihre zerrissene Hose und ihre Fingernägel, unter denen sich dreckige Halbmonde abzeichneten.

»Du kriegst mich nicht, Nael!«, rief ein kleines Mädchen – Zora – und sprintete vor ihr durch das seichte Wasser.

»Wetten doch?«, hörte Kari sich mit Naels jungenhafter Stimme rufen.

Wassertropfen stoben auf, als sie Zora hinterherpreschte, einen weißen Sandstrand entlang, immer auf der Spur ihres glockenhellen Lachens, immer das Rauschen des Ozeans in den Ohren. Ihr Herz hämmerte euphorisch – ein Herz, der Beweis, dass das hier gerade nicht wirklich passierte, dass es gar nicht Kari sein *konnte*. Sie hätte ewig weiterlaufen können, doch irgendwann rief eine Frau – ihre Mutter – sie zu sich und reichte ihnen vor Saft triefende Mangoscheiben.

Karis Umfeld verwischte wie Wasserfarbe. Das Nächste, was sie wahrnahm, war der warme Sand in ihrem Rücken, ihre Haut, die vom Salzwasser klebrig war, und die Mangosüße auf ihrer Zunge. Sie blinzelte in den unendlich blauen Horizont, als ein Schatten sich über sie legte. Ein Drache! Das Wesen war so groß wie drei Pferdekutschen und es schlängelte sich majestätisch zwischen den Wolken hindurch. Kari fühlte … Geborgenheit. Die Drachen waren ihre Freunde. Wo die Drachen waren, war Zuhause.

Karamejo. Der Name tauchte ganz plötzlich in ihrer Erinnerung auf. Zora und Nael hatten den Drachen Namen gegeben. Jedem einzelnen. Karamejo und Salina, Rubino und Malachit, Helyo und Miss Buttercake – den letzten hatte Zora sich ausgedacht. Und Kari wusste nicht, ob sie das gerade wirklich sah oder ob es ihrer Fantasie entsprang, welche die Drachen zum Leben erweckte, doch auf einmal war der Horizont voll von ihnen.

Wieder verwischte das Bild. Was Kari dann wahrnahm, war Neugierde. Es musste früher Abend sein. Ein Amethystfilm überzog den Horizont, auf dem neue Schemen zu erkennen waren. Von Weitem sahen sie aus wie Drachen, doch je näher sie kamen, desto deutlicher zeichneten sich die Umrisse der Dschunken ab, und irgendwann erkannte sie sogar das von Flammen umringte Liliensymbol, das auf die Windsegel gemalt war. Kari stand am Strand, umringt von ihren Nachbarn und Freunden. Das ganze Dorf war gekommen, um die Neuankömmlinge zu betrachten. Wer sie wohl sein mochten? Welche Abenteuer sie mit sich brachten?

»Schau!«, rief Zora und deutete mit ausgestrecktem Zeigefinger auf die Dschunke, die ihnen am nächsten war. Eine Gestalt in weißer Robe trat an den Bug des Himmelsgefährts. Ein Magier? Bestimmt, es musste einer sein, und Karis Herz schlug schneller, voller Vorfreude, voller Faszination. Der Magier hob seine Arme und dann knallte es. Einmal, noch einmal, es war ohrenbetäubend laut. Noch lauter war das Brüllen des Drachen. Helyo, dessen Schuppen im schönsten Aquamarin leuchteten, bäumte sich auf. Sein langer Körper kringelte sich, Rot sickerte über das Aquamarin und … er stürzte.

Helyos Körper spaltete das Meer und ließ eine riesige Welle aufsteigen. Kari wollte schreien. Aber schon wieder verschwamm ihr Umfeld. Was folgte, war eine Aneinanderreihung sprunghafter Erinnerungsfetzen und Gefühle. Angst und Unglauben und Wut. Schreie und Schüsse, so viele Schüsse. Das Brüllen der Drachen. Ihr eigener Atem, der stoßweise ging, als sie, Zora an der Hand, davonlief. Über den Strand und hinein in den Dschungel. Klebrige Nässe auf ihrer Haut und in ihren Haaren. Kari legte den Kopf in den Nacken und sah roten Regen. Ein Geschmack von Eisen in ihrem Mund. Weil das gar kein Regen war, sondern Blut.

Es regnete Drachenblut.

Zoras Schluchzen und die zitternden Lippen ihrer Mutter und deren Worte: »Pass auf deine Schwester auf, Nael. Was auch immer passiert! Du bist für sie verantwortlich! Versprich es!«

Ich verspreche es. Während das Brüllen der Drachen verblasste und die Schreie der Menschen lauter wurden. *Ich verspreche es*, obwohl die Schüsse immer weiter knallten, obwohl weiße Magie die Insel verschlang, selbst dann noch, als schon längst kein Drache mehr am Himmel war. *Ich verspreche es.* Gepfercht in einen winzigen Verschlag in den Vorratskammern des Dorfs, die Hand auf Zoras Lippen gepresst, damit diese sie nicht durch ihr Schluchzen verriet, während so nah – viel zu nah – schwere Schritte über den Untergrund polterten. Durch die Ritzen zwischen den Brettern blitzten schwarze Uniformen und weiße Magierroben, Gewehre und blutbesudelte Hände – und immer wieder das Symbol der Lilie. Und sie verstand – verstand, dass die Lilie ein Zeichen für das Ende war. Und die Flammen, die sie umzüngelten, ein Symbol für den Untergang. *Ich verspreche es.* Auch dann noch, als alle Laute verklangen. Als die Insel in Schweigen versank.

Als sie das Versteck endlich verließ, die Glieder steif von den vielen Stunden der Bewegungslosigkeit, ihr Magen knurrend und ihr Herz leer, war alles rot.

Rot war der Horizont, der im Licht der aufgehenden Sonne glühte.

Rot waren die Wellen, die am Ufer leckten.

Rot auch der Sand, getränkt vom Blut all derer, die reglos auf dem Strand lagen. So viele Körper, so wenig Leben.

Rot waren ihre Hände, auf denen noch immer das Drachenblut klebte.

Rot, rot, rot.

Rot war auch Zoras Schluchzen, so voller Angst und Endgültigkeit. Kari nahm ihre Hände und schaute ihr fest in die Augen, die grauviolett waren. Ein furchtvoller Farbfleck im unendlichen Rot.

»Was auch immer passiert, ich passe auf dich auf. Immer, Zora. Ich bin für dich da und du bist für mich da und gemeinsam schaffen wir es hier raus.«

Wie, hätte Zora wohl gefragt, wenn nicht alle Worte ihre Lippen verlassen hätten, und Kari sagte, laut dieses Mal: »Ich verspreche es.«

»Es ist mir herzlich egal, welche Geheimnisse sich um Naels Hintern ranken.«

Kari

Auf der dünnen Matte fühlte Kari sich, als läge sie direkt auf dem blanken Betonboden. Sie konnte nicht schlafen. Zu laut waren die Geräusche der Walled City, das Surren der Klimaanlagen und Poltern von Füßen auf den Gängen, das vielstimmige Flüstern und die fernen Klänge von Musik. Zu roh waren die Erinnerungen, die Zora mit ihr geteilt hatte. Sobald Kari die Augen schloss, sah sie die Drachen, die ihr Leben ließen, und es war ihr, als schmeckte sie den klebrigen Blutregen auf ihrer Haut.

Sie verstand nun, warum Nael bereit war, alles zu geben – sogar sich selbst und sein Gewissen –, um das Syndikat zu stürzen. Während sie in seine Erinnerung eingetaucht war, hatte Kari seine Verzweiflung, seine Angst und Panik, das Wissen, dass die Welt, die er kannte, verloren war, bis tief in ihre Knochen gespürt, sodass sie nun nicht mehr unterscheiden konnte, wie viel von dem Schmerz, den sie verspürte, ihr eigener war, und wie viel ein Nachhall der Erinnerung.

Dafür hatte der körperliche Schmerz nachgelassen, seit Zora sie geheilt hatte. Lediglich ein feines Kribbeln in Karis Oberarm erinnerte an die Schusswunde. Das Ritual hatte Kari wie im Halbschlaf über sich ergehen lassen, in Gedanken noch immer auf Koh Maley. Um ehrlich zu sein, wusste sie nicht, wie sie es von Zoras Kammer in Naels ehemaliges Zimmer geschafft hatte, wo sie nun lag, aber keinen Schlaf fand.

Obwohl Nael hier seit Jahren nicht mehr übernachtet hatte, bildete Kari sich ein, dass sein Geruch im Kissen hing. Merkwürdigerweise beruhigte sie das. Der Raum war genauso groß wie Zoras, aber wesentlich weniger vollgestellt. An den Wänden hingen Bilder von weit entfernten Reisezielen, im Zentrum stand eine verschlissene Couch und gegenüber davon war an einen alten Fernseher eine Spielekonsole angeschlossen.

Die Tür wurde mit einem leisen Schleifen geöffnet und jemand trat ein. Dann hörte sie Naels Stimme: »Schläfst du?«

Kari erhob sich mit einem Seufzen. »Wie sollte ich?« Nach allem, was sie gesehen und an diesem Tag gelernt hatte, bezweifelte Kari, dass sie je wieder richtig schlafen würde.

Nael nickte verstehend. »Wenn du reden willst …«

»Mit dir?« Ihr Ton klang schärfer als beabsichtigt.

Er schob die Hände in die Hosentaschen und trat von einem Fuß auf den anderen. »Es tut mir leid«, sagte er schließlich. Mehr nicht. Doch Kari hörte auch die ungesagten Worte. *Ich hätte dir von Anfang an die Wahrheit sagen sollen. Ich hätte dir vertrauen müssen. Ich weiß, wie beschissen du dich gerade fühlst – weil es meine Gefühle sind.*

»Ich bleibe die Nacht über in der Walled City. Falls du etwas brauchst, klopf einfach an Zoras Tür«, meinte Nael nach einigen Augenblicken emotionsgeladenen Schweigens und machte Anstalten zu gehen.

Doch Kari sagte: »Warte!«

Sobald Nael den Raum verließ, wäre Kari wieder allein mit den dunklen Erinnerungen. Es war lächerlich, und trotzdem wollte sie, dass er blieb. Sie erhob sich, um in sein Gesicht schauen zu können.

»Nimm die Kontaktlinsen raus.«

»Wie kommst du darauf, dass ich welche trage?«

»Ich habe die Linsenflüssigkeit in deiner Wohnung gesehen. Das und die Erinnerung von der Dracheninsel.« Sie holte das Bild von Nael und Zora aus der Hosentasche, welches sie in seinem Kleiderschrank gefunden hatte. »Dieser Junge bist du, nicht wahr? Und das heißt, deine Augen sind nicht schwarz.«

Er wägte einige Sekunden ab, ehe er antwortete: »Ich trage die Linsen schon lange. Es ist Jahre her, dass jemand meine echten Augen gesehen hat.« Und offensichtlich fühlte er sich unwohl bei dem Gedanken, dass sich das nun ändern würde.

»Warum?«, fragte Kari. »Weil es einfacher ist zu lügen, wenn deine Augen nicht ihre Farbe ändern?«

»Ja«, gab Nael zu. »Ich habe angefangen, sie zu tragen, bevor ich mich der Brennenden Lilie angeschlossen habe. Ich wollte nicht riskieren, dass sie herausfinden, wo ich herkomme, und meine Intentionen infrage stellen.« Zu Recht, dachte Kari. Wie könnte Nael ihnen gegenüber jemals loyal sein, nachdem sie Koh Maley zerstört hatten? Wie könnte irgendjemand das? »Und auch, weil ...« Er schluckte. »Der Junge, den du in der Erinnerung gesehen hast, hätte nie für die Brennende Lilie gearbeitet. Die Dinge, die ich für sie erledigen muss ... Manchmal ist es einfacher, so zu tun, als sei ich jemand anderes. Das klingt wahrscheinlich verrückt.«

»Tut es nicht«, meinte Kari. Sie verstand, natürlich tat sie das. Um in Daishiros goldenem Käfig zu überleben, hatte Kari das elfjährige Mädchen, das seine Eltern vermisste, ebenso zurücklassen müssen wie Nael sich selbst, wenn er für das Syndikat arbeitete. Weil dieses Mädchen das Leben im Skarabäusclan nicht überstanden hätte.

Nael zögerte, doch dann entfernte er die Kontaktlinsen. Er stand mit gesenkten Lidern vor Kari, offenbar nicht in der Lage, sie anzuschauen, nun, da die Linsen weg waren und mit ihnen sein Schutzwall. Seine Iriden verfärbten sich von Purpur zu Dunkelblau zu Gelb und blieben schließlich hellviolett.

»Was bedeutet diese Farbe?«, fragte Kari. Es war nicht Angst, denn die hätte sie gerochen.

»Welche haben sie denn?«, gab Nael zurück. Noch immer starrte er auf seine Schuhspitzen.

»Sag du es mir.«

Er seufzte. »Vermutlich lila. Das bedeutet ... Unsicherheit. Es ist komisch für mich, dass mich jemand so sieht.«

So wie er wirklich war.

Ohne darüber nachzudenken, legte Kari ihre Hand an seine Wange und brachte ihn mit sanftem Druck dazu, seinen Kopf zu heben und ihr endlich in die Augen zu schauen. Seine Pupillen zuckten, doch dieses Mal zwang er sich, seinen Blick nicht abzuwenden. Langsam, ganz langsam, wurde das Lila zu Blassblau und schließlich zur Farbe eines strahlenden Himmels. Augen, die Freiheit bedeuteten und Weite. Und hätte Kari nicht gewusst, dass ihr Herz längst in tausend Scherben zerbrochen war, hätte sie fast glauben können, dass der Anblick des blauäugigen Naels etwas in ihrer Brust schneller schlagen ließ.

Die Intimität dieses Moments traf Kari wie eine Ohrfeige. Seit Jahren hatte niemand, nicht einmal Zora, den echten Nael gesehen, der sich hinter einer Mauer aus Lügen und Schauspielerei, aus abgebrühten Sprüchen und wohlüberlegten Gesten versteckte. Aber Kari sah ihn – und er schaute zurück. Er hätte sich völlig entkleiden können und wäre trotzdem nicht nackter gewesen als in diesem Moment, weil seine Augen ein endloses Meer an Gefühlen und Geheimnissen waren, die er normalerweise verborgen hielt.

Es war zu viel – zu viele Emotionen, zu viel Ehrlichkeit, zu viel Nähe und dieses irritierende Klopfen in ihrer Brust, zu viel von allem! Also tat sie, was sie schon immer gemacht hatte, wenn ihre Kehle sich zuschnürte und Gefühle an ihr rissen, die keinen Platz in Karis Leben hatten. Sie grinste herausfordernd, legte so viel Kälte in ihre Stimme, wie sie konnte, und sagte etwas, das ihre Überlegenheit ein für alle Mal klarmachte: »Zeig mir deinen Hintern.«

»Wie bitte?« Naels Iriden wechselten schlagartig die Farbe. Ein orange-gelber Curryton musste wohl Peinlichkeit bedeuten.

»Du hast richtig gehört.«

»Wieso sollte ich ...« Er stieß die Luft aus. »Zora«, murmelte er dann, gefolgt von ein paar Flüchen.

Also hatte er tatsächlich etwas auf seiner Pobacke, das Kari gegen ihn benutzen könnte? Es war ihr herzlich egal, welches Geheimnis sich um Naels Hintern rankte, solange sie ihn damit nur aus der Bahn werfen konnte. Das hatte sie bereits im Umgang mit Haruo gelernt. Etwas zu finden, was Männern peinlich war, verlieh einem zielsicher die Überhand.

Nael holte tief Luft, seine Augen, die eben noch orange gestrahlt hatten, nahmen eine dunklere Farbe an und er sagte: »Erst Fesselspielchen und jetzt willst du mich ausziehen.« Er hob eine Augenbraue.

»Mir würden da noch andere Sachen einfallen«, gab Kari zurück.

»Ach? Erleuchte mich.« Ein herausforderndes Funkeln lag in seinen Augen. Doch ehe Kari weitersprechen konnte, schüttelte er den Kopf und sagte: »Lassen wir die Spielchen. Wie wäre es, wenn du stattdessen deine Fragen stellst? Darum wolltest du doch, dass ich die Linsen rausnehme, oder? Damit du weißt, ob ich lüge.«

Die intime Schüchternheit war einem gleichgültigen Lächeln gewichen. Man könnte meinen, Nael hätten denselben Lehrmeister gehabt wie Kari. Niemals Schwäche zeigen.

Denn Schwäche hieß Tod, fügte sie in Gedanken hinzu.

»Kluger Junge«, gab Kari zurück und tätschelte ihm den Kopf wie einem Welpen. Es war eine automatische Geste aus ihrem alten Leben. Etwas, das sie bei Haruo viele Male getan hatte, um ihn zu ärgern, das Nael aber lediglich zum Schmunzeln brachte.

»Das, was du mir vorhin erzählt hast – über die Brennende Lilie und den gesichtslosen Dämon –, war das wirklich alles die Wahrheit?«

»Ja.« Er hielt Karis Blick.

»Wieso …« Sie schluckte. »Wieso war die Brennende Lilie in Koh Maley? Ich meine, was hatten sie davon, die Drachen vom Himmel zu schießen?« Sie wollte nicht zweifelnd klingen, immerhin hatte sie Naels Erinnerung selbst gesehen – selbst gefühlt! Aber es ergab keinen Sinn. Die Lilien hätten die Drachen fangen und ihr Feuer teuer verkaufen können. Warum also sie töten?

»Wegen ihrer Magie«, gab Nael zurück. Dabei nahmen seine Iriden ein schmerzhaft tiefes Violett an. »Ich habe erst viel später erfahren, dass die Lilien die Drachen ermordet haben, um ihre Lebensenergie zu kanalisieren. Die Großdrachen gehörten früher zu den mächtigsten Wesen.« Er sog kopfschüttelnd die Luft ein. »Es gab ein Davor und ein Danach. Die Brennende Lilie existiert schon seit vielen Jahrzehnten, aber sie waren nie besonders einflussreich. Nicht bis …«

»Bis sie die Drachen vernichtet und ihre Magie für ihre eigenen Zwecke eingesetzt haben«, vervollständigte Kari seinen Satz. Darum war es also gegangen. Sie hatten die Drachen nicht einfach getötet, sondern sich ihre magische Energie zu eigen gemacht. »Diese selbstsüchtigen Monster.« Sie schüttelte den Kopf. »Ich bewundere es, dass du es aushältst, für diese Dreckskerle zu arbeiten. Trotz allem ...«, murmelte sie.

Nael wandte den Blick ab, als er antwortete: »Das ist es ja. Ich halte es nicht aus.«

Sie schluckte. Die Schwere war kaum zu ertragen, also wechselte sie das Thema und fragte: »Wer außer dir und Zora weiß, dass ich hier bin?«

»Nur Mama Laquar, Quan – das ist der Türsteher – und Thambi. Du kannst ihnen allen vertrauen. Bei Mama Laquar würde ich etwas vorsichtig sein. Sie ist ... speziell.«

»Was soll das heißen?«, hakte Kari nach.

»Dass ich sie nicht mag.« Nael grinste, während er sich einen imaginären Fussel aus dem Nacken pickte. »Ihre Loyalität gehört der Walled City und sie würde die Sicherheit ihrer Bewohner nicht gefährden, indem sie dich an Don Nemea verrät.«

»Thambi ist der Friseur, oder?«, fragte sie. »Zora hat mir von ihm erzählt.«

Nael nickte. »Thambi ist ein Magier oder zumindest so etwas Ähnliches. Wenn er dir die Haare schneidet, entfernt er damit auch die dunklen Emotionen. Dinge wie Schuldgefühle oder Trauer, Ängste oder Albträume, die dich verfolgen.«

Es klang verrückt. Allerdings nicht verrückter als all die anderen Dinge, die Kari in den letzten Tagen gelernt hatte.

»Hast du dir schon mal von ihm die Haare schneiden lassen?«

»Nachdem Zora und ich in die Walled City gekommen sind, ja. Seitdem nicht mehr.«

»Warum nicht?«

Nael zuckte die Schultern.

»Weil du den Schmerz gar nicht loswerden willst«, schlussfolgerte Kari. »Weil du denkst, du hast ihn verdienst.«

Die Melancholie des Nachthimmels legte sich über das Blau seiner Augen, und das war Antwort genug.

»Was ist mit dir?«, fragte er. »Würdest du dir gerne von ihm die Haare schneiden lassen?«

»Wozu?«

»Ach, komm ... Willst du wirklich so tun, als hättest du keine Schatten, die du gerne abstreifen würdest?«

Kari seufzte. »Ich fürchte, ich habe in den letzten Tagen schon zu viel *abgestreift.*« Ihr ganzes Leben, um genau zu sein. »Und außerdem geht dich das nichts an.«

»Ich dachte, wir wollten es mit Ehrlichkeit versuchen.«

»Ich bin ehrlich. Aber ich sehe keinen Grund, warum du mehr als das Nötigste über mich wissen solltest.«

Nael runzelte die Stirn, schien zu überlegen. Schließlich sagte er: »Bist immerhin du all deine Fragen losgeworden?« Da war sie wieder, die Kälte in seiner Stimme, die Überlegenheit, seine Mauer.

Kari öffnete den Mund, schloss ihn. Sie wollte weiterfragen, und sei es nur, um die Einsamkeit und die Bilder der sterbenden Drachen ein wenig länger zu vermeiden. Dennoch hatte sie all ihre Fragen gestellt. Es gab keinen Grund, ihn aufzuhalten – oder zumindest keinen, der sie nicht schwach wirken ließ. Also sagte sie: »Ja, das war alles.«

»Gut.« Nael wandte sich um und ging zur Tür. Ehe er nach draußen trat, hielt er inne und sagte leise: »Zora meinte vorhin, wir seien wie die zwei Seiten eines Spiegels. Ich dachte erst, sie sei nur dramatisch. Allerdings habe ich auch das Gefühl, wir beide hätten eine gemeinsame Vergangenheit. Irgendwas, das uns verbindet.« Er schüttelte den Kopf. »Sie hat immer recht. Und du auch. Mit allem, was du über mich vermutet hast. Und weißt du, warum? Aus demselben Grund, aus dem ich diese merkwürdige Verbindung zu dir gespürt habe. Weil auch du mich so ansiehst, als würdest du in einen Spiegel blicken.«

Er schaute zurück, wartete auf eine Antwort, die Kari ihm nicht geben konnte. Weil er falschlag. Weil sie wollte, dass er falschlag. Weil er eigentlich recht hatte. Ein trauriges Lächeln stahl sich auf seine Lippen, eines, das die hellgraue Melancholie seiner Augen unterstrich. Auch er brauchte keine Antwort, sondern musste sie bloß ansehen, um zu wissen, dass es stimmte.

»Gute Nacht, Kari«, sagte Nael, wandte sich ab und ihr Spiegelbild in seinen Augen verschwand.

»Er ist nicht mein Don.«

Kari

Am nächsten Tag saßen Kari, Nael und Zora auf einem Dach im Süden der Peninsula, das sich kurz vor den Nemea-Vierteln befand. Zora hatte ihre Motten losgeschickt, um die Lage zu ermitteln. Das Band zwischen den Tieren und ihr erlaubte es Zora, einen verschwommenen Blick durch deren Augen zu werfen.

»Die Motten sehen in jedem Augenblick mehr als wir. Sie erfassen nicht nur das, was vor ihnen passiert, sondern rund um sie herum. Aber ihre Wahrnehmung ist unscharf und sprunghaft. Es ist schwierig, die unzähligen Momentaufnahmen zu einem ganzen Bild zusammenzufügen«, erklärte Zora.

Nael nickte anerkennend. Seit ihrer Auseinandersetzung am Vortag war er überraschend geläutert. Er hatte Zora und Kari eine mündliche Zusammenfassung seiner bisherigen Ermittlungsergebnisse gegeben und versprochen, keine Geheimnisse mehr zurückzuhalten. Unter der Bedingung, dass Zora die Skarabäusviertel auf keinen Fall betreten würde, hatte er sogar zugestimmt, ihre Motten auf Spähflug zu schicken.

Laut Zora und ihren Motten wimmelten die Gassen nur so vor Kriegern, die Kari suchten. Was bedeutete, dass es unmöglich für sie war, unentdeckt durch die Nemea-Viertel zu streifen. Nachdem Haruo und seine Männer Nael in der Nacht, bevor Kari vergessen worden war, gefangen genommen hatten, galt das Gleiche auch für ihn. Was für eine Scheiße.

»Sollte der Nebel nicht dafür sorgen, dass nur die Skarabäuskrieger nach mir suchen können, die mich gesehen haben, nachdem mein Vater verschwunden ist?«, fragte Kari.

Denn so hatte Nael es ihr erklärt. Der Vergessenszauber hinderte Menschen daran, über Kari oder ihren Vater nachzudenken. Auf Bildern würden sie Kari nicht erkennen und binnen einer Sekunde vergessen, dass sie jemals herausfinden wollten, wer die Person auf den Bildern war. Dasselbe galt nicht für diejenigen, die Kari begegnet waren, nachdem sie vergessen worden war. Sie in Fleisch und Blut zu sehen, würde den Nebel blockieren. Doch nur ein Bruchteil der Krieger, die heute nach ihr suchten, waren am Morgen ihrer Flucht in der Villa gewesen.

»Es ist möglich, dass Don Nemea seine Leute mit einem Schutzzauber hat belegen lassen, der die Wirkung des Nebels zurückkämpft, nachdem er realisiert hat, dass du eine Vergessene sein musst. Hat Nael dir gesagt, wie so was funktioniert?«, fragte Zora und erklärte, ohne eine Antwort abzuwarten: »Der Zauber holt die verlorene Erinnerung zwar nicht zurück, er hindert den Nebel aber daran, neue Erinnerungen zu verfälschen.«

Kari nickte. »Ja, hat er erklärt. Aber müsste der Zauber nicht ausgesprochen werden, bevor er alle Erinnerung an mich verloren hat?«

»Nicht unbedingt«, gab Zora zurück. »Zeit spielt nur so lange eine Rolle, wie der Nebel voll wirkt. Dann muss der Zauber gesprochen werden, bevor jegliche Erinnerung verschwunden ist, die man bannen könnte. Oder bevor man vergisst, dass man überhaupt etwas bannen will.« Sie grinste. »Don Nemea könnte einfach die Erinnerung an den Moment, in dem du aus seiner Villa geflohen bist, bannen lassen. Das würde ausreichen.«

»Was ist mit den Bewohnern der Nemea-Viertel? Denkst du, sie stehen auch unter diesem Schutzzauber?«

»Ich bezweifle es. Es würde zu viel Energie erfordern«, mutmaßte Zora. »Was bedeutet, dass sie vergessen haben werden, was die Skarabäuskrieger von ihnen wollten, sobald diese dein Foto wieder eingepackt haben.«

»Daishiros Suche nach mir ist also völlig sinnlos.« Das brachte Kari zum Lächeln. Der Don war eben doch nicht so allwissend, wie er es gerne hätte.

»Solange du dich von den Nemea-Vierteln fernhältst. Denk daran, in dem Moment, in dem die Leute dich sehen, wirkt der Nebel nur noch halb und sie können dich sehr wohl auf den Bildern erkennen«, korrigierte Nael.

»Spaßverderber.« Kari verdrehte die Augen.

Nael ging nicht darauf ein, sondern hakte nach: »Die Frage ist, wie lange und wie intensiv er nach dir suchen wird. Ich vermute, er hat Möglichkeiten, herauszufinden, dass du seine Adoptivtochter bist?«

»Oh, ja«, bestätigte Kari. Und nicht nur das. »Daishiro lässt all seine Leute überwachen und detaillierte Aufzeichnungen über uns anfertigen.«

»Was steht in diesen Aufzeichnungen?«, hakte Nael nach.

Kari zuckte die Schultern. »Ich habe sie nie gesehen, aber ich vermute, dass meine recht dick sind.«

»Wir gehen also davon aus, dass er alles über dich weiß?«, hakte Nael nach. »Scheiße.«

»Ja, scheiße«, bestätigte Kari.

Zurück in der Walled City ließ sich Kari mit Naels Ermittlungsunterlagen versorgen und studierte diese stundenlang. Wenn sie schon vor Ort nichts erreichen konnte, wollte sie wenigstens auf diese Art dazu beitragen, den gesichtslosen Dämon zu fassen. Der erste dokumentierte Fall eines Verschwundenen lag fast ein halbes Jahr zurück. Anfangs verzeichneten Naels Dokumente lediglich vereinzelte Opfer, doch in den letzten paar Wochen waren fast täglich Leute verschwunden.

»Der Nebel macht Ermittlungen beinahe unmöglich«, erklärte Nael. »Aber ich kenne die Spuren des Vergessens von meiner Tätigkeit als Cleaner. Ich begegne Leuten, die offensichtlich unter dem Einfluss des Nebels stehen, oder ich sehe …«, er überlegte, »Dinge, die nicht zusammenpassen. Ein Gemüseshop, in dem ganze Körbe voller Ware dahinfaulen, Leute, die einen Arzt brauchen, aber nicht wissen, wohin sie sich wenden können, weil die Arztpraxis leer steht. Solche Sachen. Sie fallen mir auf und einen Moment später bemerke ich, wie der Nebel mich einhüllt und versucht, meine Gedanken abzulenken. Dann muss ich schnell sein und unsere Magier kontaktieren, damit sie diesen Moment, die Ungereimtheit, die ich gesehen habe, als Erinnerung für mich festhalten und mich damit vor dem Nebel abschirmen. Im Grunde laufe ich ziellos durch die Clanviertel und warte, bis ich den Nebel kommen spüre. Nicht die professionellste Art zu ermitteln, ich weiß.«

Aber eine effektive, wenn man die Stapel an Dokumenten betrachtete, die er in nur drei Wochen zusammengetragen hatte. Anfangs hatte der gesichtslose Dämon an den Randgebieten zwischen Nemea- und Zalaro-Vierteln operiert, war über die Monate aber immer mutiger geworden und hatte sich tiefer in die Skarabäusgebiete vorgewagt, was nahelegte, dass der gesichtslose Magier es gezielt auf den Clan abgesehen hatte. Und noch etwas deutete darauf hin, etwas, das Nael entgangen war. Er beschrieb die Verschwundenen als bunt zusammengewürfelten Haufen Nobodys, doch Kari erkannte schnell, dass jede Person Verbindungen zum Clan hatte.

»Dieser Kerl hier«, sagte sie und hielt das Bild von Opfer 27 hoch, »hat laut deinen Aufzeichnungen in einem Antiquariat als Verkäufer gearbeitet. Daishiro bezieht viele seiner Sammlerstücke dort. Und die hier«, sie hielt das Bild einer Frau hoch, die Nael als »Opfer 34 – Kellnerin« betitelt hatte, »hat in einem Pub gearbeitet, in dem Daishiros Männer Geschäftstreffen abgehalten haben.«

»Geschäftstreffen?« Nael legte den Kopf schief.

»Solche, bei denen weniger Leute das Pub verlassen, als es betreten haben, wenn das Geschäft schlecht läuft«, erklärte Kari. »Alle Opfer standen in irgendeinem Zusammenhang mit dem Skarabäusclan.«

»Das heißt, der Magier hat es wirklich auf deinen Don abgesehen.«

»Er ist nicht *mein* Don«, fauchte Kari und vertiefte sich erneut in die Unterlagen.

Was sie herausgefunden hatte, bestätigte lediglich Naels bisherige Vermutung, aber es brachte sie dem gesichtslosen Magier keinen Schritt näher.

Also las Kari weiter. Vier Tage lang. Und obwohl die Ermittlungen sie davon ablenkten, allzu viel an ihren Vater zu denken, obwohl sie Kari ein Gefühl der Sinnhaftigkeit gaben, so fühlte sie sich doch eingeschlossen. Sie war Daishiros goldenem Käfig entflogen, bloß um nun in der Walled City festzusitzen. Denn die Skarabäuskrieger trieben sich auch auf der Hauptinsel herum, was jeden Schritt nach draußen zu einem Risiko machte.

Einzig wenn Nael abends mit Boxen voller Leckereien von den Streetfoodmarkets in die Walled City zurückkam, um gemeinsam mit Zora und Kari zu essen, roch sie einen Hauch des Freiheitsdufts, den sie vor Nours Brunnen wahrgenommen hatte. Die Geschwister hatten es sich zur Aufgabe gemacht, Kari neue Speisen zu präsentieren, und dafür eine Liste mit Sachen erstellt, die sie noch nie probiert hatte.

»Hör dir das an, Nael«, verkündete Zora und las vor: »Cheeseburger und Bubble Tea! Wer hat denn bitte noch nie Bubble Tea probiert?!«

»Das müssen wir ändern«, pflichtete Nael seiner Schwester bei und lächelte Kari dabei auf eine Art an, als verstünde er genau, dass die Dosen Curry und die Becher scharfer Suppe, die er tagtäglich mitbrachte, mehr waren als kleine Experimente. Zum ersten Mal seit zehn Jahren konnte Kari essen und trinken, was sie wollte. Momosakas Curry und Bubble Tea existierten nur außerhalb des goldenen Käfigs, und auch wenn es sich gerade nicht so anfühlte, so erinnerte jede Kostprobe Kari daran, dass sie zwar ihre Vergangenheit verloren, dafür aber Freiheit gewonnen hatte.

An Tag fünf kam Zora in Naels ehemaliges Zimmer, wo Kari wieder einmal über den Dokumenten brütete, und verkündete: »So kann das nicht weitergehen! Du wirst noch verrückt, wenn du dich immer mit Naels Zetteln einschließt. Komm mit!« Ihr Ton ließ keinen Widerspruch zu.

»Wohin denn?«, fragte Kari. »Du weißt, dass ich nicht nach draußen kann.« Allein diese Worte auszusprechen, schmeckte bitter.

Zora lachte auf. »Dass du denkst, du müsstest die Walled City verlassen, um frei zu sein, ist der beste Beweis dafür, dass du die Walled City nicht kennst. Hier drin gibt es so viel zu entdecken, du wirst dich fragen, warum du jemals irgendwo anders hingehen wolltest«, versprach sie.

Und sie hielt ihr Versprechen. Die Mauernstadt war ... einfach alles, was man sich vorstellen konnte! Und noch etwas mehr.

Zora zeigte Kari die Schule, wo Kinder an schmalen Bänken saßen und lernten, einen angrenzenden Indoor-Spielplatz mit Rutschen, Schaukeln und Hüpfburgen, einen lang gezogenen Gang, der als Bibliothek diente, wobei jeder Raum einem anderen Genre gewidmet war, oder den achtzehnten Stock, wo Schweine und Ziegen und Hühner frei herumliefen.

Der dritte Stock beherbergte einen Markt. In einer endlosen Aneinanderfädelung von Räumen wurden edle Stoffe und bunte Gewürze, getrockneter Fisch und gebrauchte Elektrogeräte, Spielsachen und Heilmedizin verkauft. Ein Stockwerk darüber lagen die Badeanlagen, in denen City-Bewohner in Dampfbädern und Saunen schwitzten oder sich in einem der mit Eis gefüllten Becken abkühlten.

Kari sah Gemüse- und Obstplantagen, die im magischen Neonlicht gediehen, Aquarien voller Fische und anderer Meerestiere, ein provisorisches Theater, Handwerksstuben und Nähereien und noch so vieles mehr. Die Walled City war eine richtige Stadt, zusammengepfercht auf wenige Hochhäuser, und das Merkwürdige war, dass Kari sich in der Beengtheit der Mauern wohlfühlte.

Zora und Kari hatten ihre Tour durch die Walled City beinahe beendet, als Zora feststellte: »Mama Laquar will dich sehen. Sie hat es mir eben gesagt.«

»Eben? Wie in jetzt gerade?«, hakte Kari nach.

Zora nickte.

»Ich sollte es vermutlich als schlechtes Zeichen deuten, dass du Stimmen hörst, die gar nicht da sind.«

Das brachte Zora zum Grinsen. »Möglich. Aber bevor du mich von den Heilern mit den Spezialkitteln abholen lässt, denk noch mal drüber nach, wo wir hier sind.«

In der Walled City, wo alles möglich war. Kari hatte in den letzten Stunden zu viele Wunder gesehen, um an Zoras Worten zu zweifeln. Zumal eine körperlose Stimme bei Weitem nicht die verrückteste Enthüllung der letzten Tage war.

»Deine Magiermeisterin redet also in deinem Kopf mit dir. Das ist ziemlich ... intensiv.«

»Man gewöhnt sich dran«, meinte Zora.

»Und sie weiß, wo du gerade bist?«

»Sie weiß alles, was in der Walled City geschieht«, erklärte Zora. »Sie sieht alles, hört alles. Ich frage mich manchmal, ob sie auch Gedanken lesen kann.«

Das war ... alles andere als beruhigend.

Kari stellte sich vor, Daishiro hätte diese Fähigkeit besessen. Unter seiner ständigen Beobachtung und der seiner Bodyguards zu stehen, war schlimm genug gewesen, aber zumindest ihre Gedanken hatten Kari allein gehört. Nein, sie bezweifelte, dass sie sich jemals an eine fremde Stimme in ihrem Kopf würde gewöhnen können.

»Und was will Mama Laquar von mir?«, fragte Kari, während sie Zora in den elften Stock folgte.

»Sie besteht darauf, alle neuen Mauernstadt-Bewohner zu treffen. Du musst nur dastehen und lächeln. Es wird höchstens zwei Minuten dauern«, erklärte Zora. Kari wusste nicht, ob sie sich darüber freuen oder protestieren sollte, da sie doch noch gar nicht entschieden hatte, länger zu bleiben.

Bereits am Gang vernahm Kari einen metallischen Rauchgeruch, der sich intensivierte, als Zora die Tür zum Büro der Magiermeisterin öffnete. Der Geruch rüttelte etwas in Kari wach, eine Erinnerung, die sie nicht ganz greifen konnte. Doch ehe sie zuordnen konnte, was es damit auf sich hatte, trat Mama Laquar aus dem Rauch und legte eine Hand auf Karis Wange.

»Willkommen in der Walled City, Paradiesvögelchen.« Ein feines Prickeln begleitete ihre Berührung, und was auch immer Kari eben noch gedacht hatte, flatterte vogelgleich davon, während sie wie hypnotisiert auf die blutroten Lippen der Magierin starrte. Diese musterte sie eingehend. »Ich höre, meine Schülerin und ihr Bruder kümmern sich gut um dich«, sagte diese. Doch Kari vernahm noch etwas, eine Stimme in ihrem Kopf, die fragte: *Wieso hast du dich noch nicht verwandelt?*

»Ich weiß es nicht«, stieß Kari aus.

»Was weißt du nicht?«, fragte Zora, woraufhin Mama Laquar unzufrieden mit der Zunge schnalzte. Sofort war Zora still. Dieser Augenblick, das begriff Kari ebenso instinktiv, wie Zora es wissen musste, gehörte nur ihr und der Magiermeisterin.

Diese hielt Karis Blick fest. Es war, als würde sie Kari nicht nur ansehen, sondern durch sie hindurch. Als würden ihre Augen ihr Inneres Schicht für Schicht freilegen, um die Gedanken zu studieren, die hinter Haut, Fleisch und Knochen verborgen lagen.

»Ich ...« Kari stockte. Ihre Gedanken purzelten durcheinander, als hätte sie eine ganze Flasche Pflaumenwein getrunken. Sie versuchte, sich zu erklären, doch es war unmöglich, die Buchstaben zu greifen, die in ihrem Kopf tanzten, und sie zu Silben oder gar ganzen Worten zu formen.

»Interessant«, murmelte die Magiermeisterin. Dann flüsterte die körperlose Stimme: *Du wirst etwas für mich tun. Eine Aufgabe erfüllen – dich retten, mich retten, uns alle retten. Noch bist du nicht so weit, aber wenn der Tag kommt, erinnere dich daran, dass ich dich in* meiner *Mauernstadt willkommen geheißen habe.*

Ehe sie ihre kreiselnden Gedanken zum Stillstand gebracht hatte, wandte die Magiermeisterin sich von ihr ab. Sie sagte etwas – zu Kari oder zu Zora? Kari hatte keine Ahnung, da waren nur noch der Rausch und das vage Gefühl, als würde die Magiermeisterin ihre Nervenbahnen abtasten. Zora antwortete, und auch ihre Worte konnte Kari nicht verstehen. Dann entließ Mama Laquar sie nach draußen. Die Tür schloss sich hinter Zora und Kari, die verwirrt blinzelnd stehen blieb. Was war das eben gewesen?

»Den meisten Leuten geht es so, wenn sie Mama Laquar das erste Mal treffen«, stellte Zora fest. »Mach dir darüber keinen Kopf. Das Rauschgefühl lässt in einer, höchstens zwei Stunden nach.«

Als ob das so einfach wäre. Zora setzte kurzerhand ihre Tour fort, als wäre nichts gewesen. Und Kari folgte ihr wie in Trance. Noch immer fühlte sie den Nachhall von Mama Laquars Berührung auf ihrer Wange und hörte die Worte. *Wenn der Tag kommt, erinnere dich daran, dass ich dich in* meiner *Mauernstadt willkommen geheißen habe.* »Was meint Mama Laquar damit, dass das *ihre* Mauernstadt ist?«, fragte Kari.

Zora hob neugierig eine Augenbraue. »Was hat sie denn sonst noch gesagt?« Kaum, dass sie ihre Fragen ausgesprochen hatte, zuckte sie zusammen und zog die Nase kraus, als hätte ein Stromschlag sie getroffen.

»War das …?«

»Mama Laquar, die mir auf nicht allzu freundliche Art zugeflüstert hat, dass es mich nichts angeht, was sie dir zu sagen hatte.«

Sie hörte ihnen also in diesem Moment zu? Ein kalter Schauer lief über Karis Rücken. Verglichen mit der Magierin waren Haruo und Genji leicht abzuschüttelnde Hündchen gewesen. Zu gerne hätte Kari mehr über Mama Laquar in Erfahrung gebracht. Was hatten ihre kryptischen Worte von vorhin zu bedeuten? Zu welcher Magie war sie noch fähig? Gab es eine Möglichkeit, ihrer Überwachung zu entgehen? Und waren Zora und Nael sich sicher – wirklich, wirklich sicher –, wenn sie behaupteten, man könnte der Magiermeisterin vertrauen? Doch keine dieser Fragen konnte sie stellen, nicht jetzt, nicht hier, in dieser Stadt, deren Mauern keinen Schutz vor Mama Laquars Ohren und Augen boten.

»Alles in Ordnung?«, fragte Zora.

»Ja, alles gut.« Kari zwang sich zu lächeln. »Alle Neuen müssen sich ihr also vorstellen?«, fragte sie etwas Unverfänglicheres.

Zora musterte sie einige Sekunden lang skeptisch, ehe sie antwortete: »Es gibt eine Gruppe von sieben Leuten, die die Mauernstadt offiziell leiten. Die Stadtverwalter. Aber alle wissen, dass sie nur deshalb an der Spitze der Walled City sitzen, weil Mama Laquar sie dort sitzen lässt. Sie ist das eigentliche Herz der Mauernstadt. Sie entscheidet, wer bleiben darf. Darum muss auch jeder neue Bewohner einmal zu ihr. Du hast den Test bestanden. Das heißt, du bist willkommen.« Und mit einem Grinsen fügte sie hinzu: »Willkommen zu Hause!«

Zu Hause.

Der Geschmack dieses Wortes war Kari fremd.

»Was spielen wir gerade für ein Spiel?«

Kari

An diesem Abend kam Nael noch ausgelaugter in die Mauernstadt zurück als normalerweise. »Was ist los?«, fragte Kari, die ihn nur anzusehen brauchte, um zu wissen, dass etwas passiert war.

Weil wir Spiegelbilder sind. Weil ich ihn anschaue und in Wahrheit in mein eigenes Antlitz blicke.

Sie verdrängte diesen Gedanken. Nael wollte erst nicht mit der Sprache herausrücken, doch dann sagte er: »Mein Chef hat mir ein Ultimatum gesetzt. Noch eine Woche. Wenn ich dann keine brauchbaren Ermittlungsergebnisse liefere, zieht er mich vom Fall ab.«

»Scheiße«, sagte Zora, und auch Kari fiel nichts Brauchbareres ein. *Ja, scheiße.*

»Ich denke, uns bleibt keine andere Wahl«, stellte Zora schließlich fest. Hätte es Kari wundern sollen, dass sie damit keineswegs die Ermittlungen meinte, sondern drei Flaschen Champagner und Musik? »Du brauchst Ablenkung! Und Spaß! Du musst mal leben! Ihr beide müsst das, wenn ich es mir recht überlege«, stellte Zora energisch fest, fasste Nael an der Hand und leitete ihn, gefolgt von Kari auf das Dach der Mauernstadt, wo ein kleines Rudel Schattenkatzen schlief. Die Tiere, die normalerweise alle Eindringlinge in Stücke rissen, schlichen schnurrend heran, als sie Nael erblickten.

Das Ultimatum setzte Nael genug zu, dass er nicht einmal gegen Zoras Vorschlag protestierte, sondern einen tiefen Zug aus der Flasche nahm. Auch Kari trank und genoss das Gefühl der prickelnden Flüssigkeit in ihrem Rachen. Zora wollte feiern, wollte tanzen, wollte die Musik in ihrem Magen spüren und sich ganz im Moment verlieren. Erst fand Kari diese Idee lächerlich, doch mit jedem Schluck der blubbernden Flüssigkeit, erschien ihr Zoras Vorschlag besser, und irgendwann – sie wusste selbst nicht so genau, wie das passiert war – fand sie sich tanzend wieder.

Nie zuvor hatte sie so frei getanzt. Ohne festgelegte Schrittfolge, ohne Partner, ohne sich darüber Gedanken zu machen, die perfekte Pose zu halten. Und es fühlte sich unfassbar gut an. Kari begriff, dass sie genau das gebraucht hatte. Nicht nur den Tanz, sondern einen Moment der Leichtigkeit, in dem sie all die Sorgen der letzten Tage, ihren Vater, Daishiro, die Skarabäuskrieger, den Nebel, einfach alles, alles, alles, abstreifen und so tun konnte, als existierte dieser Augenblick in einem Vakuum.

Zora predigte ständig, man müsste im Augenblick leben, und normalerweise fiel Kari das schwer. Jetzt jedoch ... war alles leicht. Morgen, ja morgen, würden ihre Probleme zurückkehren, das wusste sie. Doch gerade war ihr das egal, denn es gab nur noch die Sterne über ihr und die blitzenden Augen der Schattenkatzen rund um sie herum. Es gab Musik und Nachtwind, Zoras Lachen und Naels Ruhe und einen feinen Hauch des Freiheitsgeruchs, den sie vor Nours Brunnen zum ersten Mal wahrgenommen hatte.

Motten schwirrten um ihren Kopf, während sie ihren Körper im Takt der Popsongs wog, die Zora aufgelegt hatte. Der Champagner ließ sie schweben, und so tanzte sie und tanzte und tanzte. Nael saß derweil im Schneidersitz auf dem Beton. Die Schattenkatzen waren von ihrem Platz am Rande des Dachs zu ihm gewandert, eine kleinere Katze war auf seine

Schultern geklettert und zwei der Tiere hatten ihre Köpfe in seinem Schoß liegen und schnurrten, während er ihren Kopf kraulte. Kari stellte sich bei diesem Anblick unwillkürlich vor, wie es sich wohl anfühlen würde, wenn er sie auf diese Art kraulte.

Es war der Champagner, der diese Gedanken für sie dachte. Natürlich. Genauso wie es der Champagner war, der ihre Füße auf Nael zubewegte und ihre Arme dirigierte, sich nach ihm auszustrecken.

»Tanz mit mir!«, rief der Champagner mit Karis Stimme.

Eine Schattenkatze hob den Kopf und musterte Kari schläfrig. Naels Miene war ebenso gemächlich, jedoch wachsamer. Er sah Kari an, als suchte er nach der versteckten Falle in ihren Worten. Weil er ihr nicht vertraute, es vielleicht nie tun würde, nicht einmal bei etwas so Kleinem wie einem Tanz. Und das sollte Kari nicht stören, immerhin war sie genauso wie er, immer auf der Hut, immer mit Verrat rechnend. Doch wenn sie ehrlich war, wollte sie in diesem Moment nichts lieber, als Naels Zweifel auszuradieren. Obwohl sie nicht wusste, wieso.

»Viel Glück dabei, meinen Miesepeter-Bruder dazu zu überreden, seine Hüften zu schwingen«, lachte Zora. »Ich gehe Nachschub holen, während du dir die Zähne ausbeißt.«

Sie torkelte kichernd davon. Kari ließ sich nicht beirren.

»Tanz mit mir«, wiederholte sie, leiser dieses Mal, bestimmter.

Eine Nacht lang alles vergessen, für ein paar Stunden so tun, als wären sie dem goldenen Käfig entflohen, den Daishiro vor zehn Jahren für sie gebaut hatte und in dem sie, wenn sie ehrlich mit sich war, selbst jetzt noch steckte. Ja, genau das brauchte Kari.

Sie brauchten es beide. Denn Nael schaute Kari auf eine Art an, die sie begreifen ließ, dass er diesen Moment der Schwerelosigkeit genauso nötig hatte wie sie, und ergriff ihre Hand. Seine Finger waren warm. Die Berührung, so klein sie auch sein mochte, brachte etwas in Karis Innerem zum Flattern. In jedem anderen Augenblick wäre sie überzeugt davon, dass es der Champagner war. Doch jetzt, berauscht vom Alkohol und Naels Gegenwart, kam sie nicht umhin, sich zu fragen, ob es doch etwas anderes war. Ein kleines, zerbrochenes Ding in ihrer Brust, das dort gar nicht mehr sein sollte. Sie grinste überlegen. »Wusste ich doch, dass du willst.«

Nael beugte sich so nah zu ihr heran, dass sie seinen Herzschlag durch die Luft wahrnahm. Sein Atem kitzelte sie, als er ihr ins Ohr flüsterte: »Ich *will* alles.« Dabei streichelte sein Daumen über die empfindliche Haut ihres Halses. »Du musst mich nur darum bitten.«

Kari erstarrte. Nicht, weil seine Worte ihr unangenehm waren, sondern im Gegenteil, weil sie begriff, wie sehr ein Teil von ihr genau das von ihm hatte hören wollen. Und weil ebendieser Teil eine beeindruckende Fantasie hatte, die sich innerhalb einer Millisekunde zwanzig Dinge ausmalte, um die sie Nael bitten könnte. Dinge, von denen sie bisher nur in Büchern gelesen oder allein in ihrem Bett geträumt hatte.

In Ermangelung einer schlagfertigen Antwort legte Kari ihre Arme um Naels Nacken und begann, ihren Körper im Takt zu wiegen. Sie schloss die Augen, spürte die Musik und die Küsse des Nachtwinds auf der Haut – und wünschte sich unwillkürlich, es wären Naels Lippen. Der Song endete und eine ruhigere Melodie erfüllte die Luft. Eine, die dazu einlud, sich enger an Nael zu schmiegen. Auch er rückte näher, als seien ihre Körper Magnete, die sich, angetrieben von den

Klängen der Nacht, gegenseitig anzogen. Kari atmete seinen Geruch ein. Ein Seufzer entfuhrt ihr, gefolgt von der Vibration von Naels zufriedenem Lachen.

Sofort riss Kari die Augen auf und trat einen Schritt zurück. Scheiße, was tat sie hier eigentlich? Schnüffelte an Nael und seufzte dann verzückt? Sie war doch kein naives Püppchen, sondern eine Kriegerin. Sie war stark, sie war Eis – auch wenn Naels Gegenwart sie das hin und wieder vergessen ließ.

»Mehr Champagner«, murmelte sie. Champagner war gut. Champagner würde helfen, diesen peinlichen Moment zu überspielen.

Kari trat einen Schritt zurück und stolperte dabei über eine der Schattenkatzen, die sich lautlos fortbewegten und in der Nachtschwärze beinahe unsichtbar waren. Das Tier fauchte, Kari taumelte, fiel – und spürte plötzlich starke Arme, die sie festhielten.

»Aufpassen«, murmelte Nael. »Die Katzen haben scharfe Zähne und noch schärfere Krallen. Es wäre zu schade, wenn sie dein hübsches Gesicht damit bearbeiten würden.« Er zog Kari auf die Beine. »Geht's?«

»Du versucht jetzt also wieder, mit mir zu flirten?«, fragte sie.

Er stieß einen Laut aus, der irgendwo zwischen Lachen und Schnauben lag. »Ich versuche seit Tag eins, mit dir zu flirten«, gab er zurück – und lächelte. Jedoch nicht auf seine typische Gehobener-Mundwinkel-Art, sondern offener. Ehrlicher, irgendwie. Kari wünschte, er würde keine Kontaktlinsen tragen. Was würde sie in seinen Augen lesen, wenn deren Emotionen offen vor ihr lägen? Freude? Lust? Lüge?

Viel zu schnell brach Nael den Blickkontakt, um sich zu

bücken und die Schattenkatze hinter den Ohren zu kraulen. »Alles gut, meine Kleine«, murmelte er.

»Du liebst diese Tiere, nicht wahr?«, stellte Kari fest. Sie hatte die Schattenkreaturen immer faszinierend gefunden, doch die meisten Menschen fürchteten sie. »Und sie lieben dich.«

»Die Dunkelheit hat mich schon immer angezogen. Und ich sie«, antwortete Nael. Melancholie schwang in seiner Stimme mit.

»Flirtest du deshalb mit mir? Weil ich dunkel bin?«

»Denkst du das denn von dir?« Er hob den Blick, die Stirn gerunzelt.

»Was sonst?« Kari schaute sich um, entdeckte die halb leere Champagnerflasche, hob sie hoch und führte sie an ihre Lippen. Das Getränk blubberte ihre Kehle hinab und prickelte in ihrem Magen – jedoch nicht so stark, wie Naels Blick es tat.

»Also?« Sie reichte ihm die Flasche. »Wenn es nicht meine Dunkelheit ist, was bringt dich dann dazu, mit mir zu flirten?«

Er zuckte die Schultern.

»Deine Arbeit bei den Lilien?«

»Jetzt beleidigst du mich.«

»Was dann? Ich dachte, du *willst* alles, worum ich dich bitte. Und ich bitte dich um eine Antwort.«

Er nahm einen tiefen Schluck aus der Flasche, ehe er sagte: »Deine Augen. Und die Art, wie du mich ansiehst, als würdest du mich erkennen wie sonst niemand. Ich stelle mir gerne vor, wir wären wirklich Spiegelbilder. Denn es wäre das erste Mal seit Langem, dass ich meine Reflexion sehe und stolz auf sie bin.« Langsam erhob er sich. »Ich mag deine Stärke. Deine Unverfrorenheit. Deine Willenskraft. Dass jeder Moment mit dir sich so anfühlt, als würde ich mit dem Feuer spielen. Und manchmal wünsche ich mir, mich an ebendiesem Feuer zu verbrennen.« Er hob eine Augenbraue. Diesen herausfordernden Blick kannte Kari bereits. »Die Tatsache, dass du so ziemlich die heißeste Frau bist, der ich jemals begegnet bin, ist vielleicht auch nicht ganz unschuldig.«

Schon wieder war da dieses irritierende Flattern in Karis Brust. Sie war froh, von der nächtlichen Dunkelheit eingehüllt zu sein. Sonst hätte Nael den rosaroten Schimmer entdeckt, der sich über ihre Wangen legte. Was machte sie hier? Viel wichtiger noch: Was tat er gerade? Schüttete er Kari sein betrunkenes Herz aus oder war das Teil eines Spiels, das Kari nicht durchschaute?

»Wieso sagst du das?«, fragte sie deshalb.

»Weil du mich darum gebeten hast. So lauten die Regeln für heute Nacht. Ich mache, was auch immer du willst. Ich muss nur wissen, dass du es auch möchtest.«

Die Einladung zwischen seinen Zeilen war deutlich.

»Spricht da der Champagner aus dir?«

»Oh, absolut! Ich bin so daran gewöhnt zu lügen, dass ich bloß noch mit genügend Champagner die volle Wahrheit sage.«

»Du willst mich also.« Es war eine Feststellung, keine Frage, und Kari wunderte sich darüber, wie leicht ihr diese Worte von den Lippen gingen. Aber irgendwie fühlte sich dieser merkwürdige, trunkene Moment unter dem Sternenhimmel natürlich an.

»Und was willst du?«, fragte Nael.

Wann hatte ihr das letzte Mal jemand diese Frage gestellt und es auch so gemeint? Und scheiße, ja, Nael war betrunken, genauso wie sie selbst, und vermutlich würden sie das hier morgen früh bereuen – aber morgen zählte in diesem Augenblick nicht.

»Küss mich«, forderte sie.

Überraschung trat in Naels Miene. »Sicher?«, fragte er. »Ich meine, hast du schon mal jemanden geküsst?«

Hatte sie nicht, denn Daishiro Nemea hätte jedem Krieger, der es wagte, Kari ohne seine Erlaubnis zu nahe zu kommen, höchstpersönlich die Zunge aus dem Mund geschnitten. Doch das ging Nael nichts an.

»Ich will, dass du mich küsst«, sagte sie. »Und du willst alles, was ich will.«

»Du hast gar keine Ahnung, wie sehr«, murmelte Nael – und Karis Puls beschleunigte sich. Er trat näher und nahm Karis Gesicht in beide Hände.

»Schließ die Augen«, wies er sie an. Mit jedem Wort streichelte sein Atem über ihre Lippen.

Der Kuss war leicht und zart wie Vogelfedern. Was Kari wollte, war jedoch nicht dieses vorsichtige Abtasten, sie wollte mehr, wollte Nael spüren, ihn schmecken, wollte all das fühlen, was ihr in den letzten zehn Jahren in der Nemea-Villa verboten gewesen war.

Also vergrub sie ihre Finger in Naels Haaren und zog ihn zu sich heran. Er verstand sofort. Seine Lippen öffneten sich und Kari schmeckte Naels Zunge.

Erneut wechselte die Musik, beruhigende Klänge gingen in einen härteren Beat über, und als es geschah, schlossen Naels Hände sich um Karis Po. Mühelos hob er sie hoch. Kari schlang die Beine um seine Hüfte und presste sich noch enger an ihn.

Nael machte ein paar Schritte, bis ihr Rücken sich gegen die kalte Wand drückte, von der aus man das Innere der Walled

City betrat. Der Beton kühlte Karis erhitzte Haut, während der Kuss immer inniger, immer wilder wurde.

Für einen Moment vergaß Kari alles um sich herum. Jetzt zählten nur noch Naels Lippen, sein Geruch in ihrer Nase, seine Finger, die sich in ihre Haut gruben, und das Wissen, dass sie alles von ihm haben könnte. Alles, was sie wollte.

Nael löste eine Hand von ihrem Hintern und vergrub die Finger in Karis Haaren. Sanft zog er ihren Kopf zurück. Im nächsten Moment landeten seine Lippen auf ihrem Hals. Kari stöhnte und schlang ihre Beine instinktiv enger um ihn. Seine Härte drückte sich gegen ihren Schritt.

Ja, sie konnte alles haben.

Sie musste es nur aussprechen. Ihm sagen, wo sie seine Finger, seine Lippen, seine Zunge haben wollte, und er würde es tun. Heute Nacht gehörte Nael ihr.

Auch wenn Kari keine Ahnung hatte, wieso.

Und dieses kleine Fragezeichen, die Zweifel, die ihr über Jahre eingebläut worden waren und die sich auch jetzt nicht vollständig abschütteln ließen, brachten sie dazu, sich nach einer viel zu kurzen Ewigkeit von ihm zu lösen.

»Was spielen wir gerade für ein Spiel?«, murmelte sie schwer atmend.

Denn es ging nicht länger darum, dem anderen Informationen zu entlocken oder Überlegenheit zu symbolisieren, wie es im Luminer oder später in derselben Nacht in Karis Bett der Fall gewesen war. Diese Spiele kannte Kari und sie wusste sie zu gewinnen. Aber das hier ... das war etwas vollkommen anderes.

Nael löste seine Lippen von ihrem Hals und schaute ihr in die Augen. Seine Stimme klang tiefer als sonst und rauchig, als er antwortete: »Eins, das du schon längst gewonnen hast.«

Sein Blick war so intensiv, sein Duft hüllte Kari ein. Göttinnen, sie wollte ihn. So, so sehr in diesem Moment.

So sehr, dass es ihr Angst machte.

Denn es ließ sie schwach wirken, und Kari hatte sich vor langer Zeit geschworen, nie wieder Schwäche zu zeigen. Sie war Eis. Sie musste Eis sein, auch wenn Naels Worte die dicke Schicht um ihre Gefühle langsam auftauen ließen. Also riss sie sich abrupt von ihm los.

»Ich bin müde«, sagte sie, drehte sich um und ging davon.

»Danke für nichts.«

Nael

»Ich habe lange genug untätig in der Walled City gesessen. Das hört jetzt auf! Wir gehen gemeinsam in die Clanviertel, und zwar heute«, verlautbarte Kari am nächsten Morgen.

Sie waren nebeneinander in Naels altem Zimmer aufgewacht. Nach ihrem Kuss hatte Kari ihn plötzlich allein auf dem Dach stehen lassen, und Nael war gleichermaßen enttäuscht und erleichtert, dass nicht mehr passiert war. Als er wenig später in sein Zimmer kam, hatte jede Spur von ihr gefehlt. Vermutlich war sie durch die Hallen spaziert, um ihre Gedanken zu klären, und Nael wusste, dass er ihr den Freiraum lassen musste. Viel lieber hätte er sich angehört, was ihr durch den Kopf ging – auch wenn es ihm vermutlich nicht gefallen hätte. Dass sie in sein Zimmer zurückgekehrt war, hatte er gar nicht bemerkt, da er vom Champagner berauscht schnell eingeschlafen war.

Jedenfalls war letzte Nacht unglaublich gewesen. Intensiv, schwerelos, sexy … und ein Risiko. Alles mit Kari war ein Risiko. Fakt war, Nael hatte Kari so sehr gewollt, dass sie ihn auf Knien hätte darum betteln lassen können, sie zu berühren – und sie wusste es. Was die Frage aufwarf, was Kari mit dieser Information anfangen und ob sie sie gegen Nael einsetzen würde.

Nun rieb er sich die Augen. »Wir tun was?«, murmelte er.

Er war zu verschlafen, um einen eloquenteren Satz zu formulieren. Die Tatsache, dass Kari sein Shirt und keine Hose trug, tat ihr Übriges.

Kari fuhr unbeirrt fort: »Ich habe nachgedacht. Der gesichtslose Dämon muss etwas mit dem Luminer zu tun haben, immerhin hat er mir unweit der Bar aufgelauert. Bestimmt finden wir dort Hinweise.«

Es ergab Sinn. Was keinen Sinn ergab, war die Tatsache, dass Kari ihn bei den Ermittlungen begleiten wollte.

»Ich gehe allein dorthin und berichte dir alle Details, die ich finde.«

»Nein! Du kennst die Nemea-Viertel und das Luminer nicht so gut wie ich. Es würde dir doch gar nicht auffallen, wenn dort etwas anders als sonst wäre.«

»Selbst wenn das stimmt, solange die Skarabäuskrieger nach dir suchen, bist du in den Clanvierteln nicht sicher.«

»Das bist du genauso wenig. Wenn du Haruo oder Genji in die Hände läufst, schneiden sie dir bestimmte Körperteile ab, die du sicher gern behalten würdest. Und trotzdem schleichst du jede Nacht durch die Gassen.« Dabei bedachte sie seinen Schritt mit einem vielsagenden Blick. Als ob es ihm nicht schon schwer genug fallen würde, in Gegenwart der leicht bekleideten Kari nicht an dieses bestimmte Körperteil zu denken …

»Nicht jede Nacht«, sagte Nael und grinste zweideutig. »Nicht letzte Nacht.«

Nein, letzte Nacht hatte er etwas weitaus Gefährlicheres getan.

Kari schnaubte.

»Gib mir einen Tag, um meine Recherchen anzustellen. Wenn ich nichts Brauchbares finde, entscheiden wir gemeinsam, was wir als Nächstes machen«, schlug er vor.

Doch Kari schüttelte bestimmt den Kopf. »Wir gehen heute.«

»Aber …«, begann Nael, da unterbrach sie ihn.

»Lass es mich anders formulieren: Ich *will*, dass wir heute gehen, und du willst es auch, weil ich dich darum bitte.«

Nael schluckte. »Dass du nicht mehr warten kannst, hat also etwas damit zu tun, was gestern Nacht geschehen ist?«

»Nicht im Geringsten«, entgegnete Kari. »Es hat mich nur realisieren lassen, dass ich dich dazu bringen kann, das zu tun, was ich will.« Sie grinste ihn auf eine Art an, die man nur als kalt bezeichnen konnte. »Oder hat sich das plötzlich geändert?«

»Was ist denn gestern Nacht passiert?«, platzte Zora in die Situation und trat ein. Gleich hinter dem Türrahmen hielt sie jedoch inne, musterte Karis zerzauste Haare und knappes Outfit und sagte dann: »Vergesst es. Ich kann es mir denken.«

Kari tat so, als hätte sie Zora nicht gehört, doch den feinen rosa Schimmer auf ihren Wangen bemerkte Nael trotzdem, der sie auf ganz un-Kari-hafte Art unschuldig-süß aussehen ließ. Schnell sagte sie: »Gut, dass du hier bist. Wir brauchen deine Hilfe. Nael und ich gehen heute in die Nemea-Viertel und wir wollten dich bitten, uns mit deinen Motten den Rücken freizuhalten.«

»Ich möchte betonen, dass die Hälfte von ›wir‹ das für eine Scheißidee hält«, sagte Nael, wohlwissend, dass er gegen die geballte Frauenpower von Kari und Zora keine Chance haben würde.

Wenig später verließen Nael, Kari und Zora die nördlichste U-Bahn-Station des Jademarkts. Nael hatte den ganzen Morgen erfolglos versucht, seine Schwester und Kari von ihrer Idee abzubringen. Das Einzige, was er damit erreicht hatte, war genervtes Augenrollen.

Kurz bevor sie die Nemea-Viertel erreichten, nahm Zora ihn zur Seite und flüsterte: »Kari will keinen Beschützer, sondern einen Partner auf Augenhöhe. Das kapierst du, oder?«

Nael seufzte. Ja, er wusste es, aber dass Kari keinen Beschützer wollte, hieß nicht, dass sie keinen Schutz brauchte.

»Gut«, wisperte Zora. »Dann hör auf, dich wie eine besorgte Mama-Glucke zu benehmen. Das ist nämlich weder charmant noch ritterlich, sondern einfach nur nervig.«

Damit war alles gesagt. Trotzdem hatte Nael ein schlechtes Gefühl bei der Sache.

Sie warteten am Rande der Nemea-Gebiete, während Zora ihre Motten losschickte und mit geschlossenen Lidern durch die Augen der Tiere blickte.

»Nehmt die breite Straße zwei Blocks weit. Wenn ihr den kleinen Tempel seht, der Jaswinder geweiht ist, biegt ihr in die Seitengasse mit dem Kanal zwischen Häusern und Straße ein.« Sie öffnete die Augen. »Was?«, sagte sie dann und hob auf Naels skeptischen Blick hin die Hände. »Die Motten nennen mir keine Straßennamen, genauer wird's nicht.«

»Ich weiß, welche Straßen du meinst. Die Nemea-Viertel kenne ich auswendig«, entgegnete Kari. »Allerdings nehmen wir keine Straßen.«

»Ach nein?«

»Nein. Besser. Wir gehen über die Dächer.«

Sofort sprangen Naels Gedanken zur gestrigen Nacht zurück. Zum Geschmack von Karis Lippen und dem Gefühl ihres perfekten Pos in seinen Händen, und seine Kehle zog sich vor Verlangen zusammen. Fuck, er musste sich eingestehen, dass er ganz und gar verloren war, wenn allein das

Wort »Dach« aus ihrem Mund einen solchen Effekt auf ihn hatte. Und das Schlimmste war: Sie wusste es und sie würde es gegen ihn einsetzen.

War es ein Fehler gewesen, Kari zu küssen?

Ja, definitiv sogar. Aber einer, der sich zu gut angefühlt hatte, um ihn zu bereuen.

Im Gegensatz zur Hauptinsel, wo unendlich hohe Skyscraper um den begrenzten Platz am Boden kämpften, waren die Gebäude in den Clanvierteln höchstens zwei Stockwerke hoch und somit erklimmbar. Nael folgte Kari von Dach zu Dach. Motten umschwirrten die beiden und suchten die Umgebung nach möglichen Feinden ab. Über ein Headset war Nael mit seiner Schwester verbunden, die die Umgebung mit ihren Motten im Auge behielt, um sie falls nötig zu warnen. Sie erreichten das Luminer jedoch ohne Vorfälle.

Eine Minute verstrich, dann noch eine, während Nael und Kari auf ein benachbartes Hausdach gepresst auf Zoras »Okay« warteten.

Schließlich schimpfte Zora: »Verdammter Mist. Ich sehe nichts, das innerhalb von einem Meter um das Gebäude liegt. Jemand muss einen Zauber rund um die Bar gewirkt haben. Ich kann euch sagen, dass in den Gassen keine Krieger sind, aber keine Ahnung, was euch drinnen erwartet.«

»Denkst du, es ist die Magie des gesichtslosen Dämons?«, fragte Kari.

»Möglich. Oder einer der Skarabäus-Magier.«

»Wer auch immer es getan hat, dass sie das Luminer mit Magie verschleiern, muss bedeuteten, dass sie dort etwas verstecken.«

»Oder dass sie uns eine Falle stellen«, mutmaßte Nael und Kari nickte.

Was sie allerdings nicht davon abhielt, aufzustehen und zu verkünden: »Wir gehen rein.«

»Wa-«, begann Nael, doch da war sie bereits mit der Geschmeidigkeit einer Wildkatze die Fassade hinuntergeklettert und marschierte auf den Eingang der Bar zu.

Nael fluchte. Über sein Headset hörte er Zora lachen. »Finde ich erfrischend, dass sie einen Scheiß auf deine Meinung gibt«, sagte sie.

»Dein Ernst?« Nael verdrehte die Augen. Danke für nichts.

Kari öffnete in diesem Moment die Eingangstür der Bar. Diese war unverschlossen. Alle Alarmglocken schrillten in Naels Kopf, aber da Kari wild entschlossen war, keinen Rückzieher zu machen, musste er ihr wohl oder übel folgen.

Als er die Bar dicht hinter Kari betrat, entfuhr ihm ein Fluchen. Der Innenraum war komplett verwüstet. Barhocker, Tische und Stühle lagen umgekippt am Boden, die Flaschen, die sich bei Naels letztem Besuch hinter dem Tresen aneinandergefächert hatten, waren in Scherben zerborsten, die Vogelkäfige von der Decke gerissen und geöffnet. Von den Drachen fehlte jede Spur.

»Riechst du das?«, fragte Kari.

»Was?« Er schnüffelte in der Luft.

»Rauch.«

»Ist das ungewöhnlich?« Immerhin befanden sie sich in einer Bar, in der regelmäßig Zigarren und Pulverchen geraucht wurden.

»Der Rauch riecht anders, irgendwie metallisch«, sagte Kari, zuckte dann die Schultern. »Vergiss es.«

Zielstrebig durchschritt sie den Raum und öffnete eine Tür im hinteren Bereich der Bar. Was auch immer sie sah, ließ sie erstarren.

Nael folgte ihr, schaute ins Innere und entdeckte ... reglose Körper. Und Blut.

Viel Blut.

In einem Zimmer, das mit Plüschmöbeln und einem Bett ausgestattet war, lagen ein halbes Dutzend toter Hüllen, manche mit verdrehten Gliedmaßen und Blutergüssen, alle in lächerlich knappen Outfits und mit bunten Perücken auf dem Kopf. Nael wurde bei dem Anblick schlecht. Hüllen bekamen nur schwer blaue Flecken und bluteten kaum. Für Wunden wie diese musste jemand wahnsinnig hart zugeschlagen und sich Zeit mit seinen Messern gelassen haben.

»Lady Whinns Spielzimmer«, sagte Kari tonlos. »Für Kunden mit besonders viel Geld und«, sie schluckte, »besonderen Wünschen. Ich wusste immer, dass es existiert. Ich wusste nur nicht ...«

Ihre Stimme brach. Ihr war bis vor Kurzem nicht in den Sinn gekommen, dass die Hüllen echte Menschen waren. Nael kämpfte seine Übelkeit zurück und sagte: »Kari, es tut mir so leid. Ich ...«

Doch da legte sich dieselbe Kälte über sie, die Nael bereits aus der Walled City kannte, diese hauchdünne Eisschicht, die zwar durchscheinend, aber deswegen nicht weniger undurchdringlich war. Kari streckte ihre Schultern durch und meinte: »Lady Whinn hat Kameras in allen Räumlichkeiten der Bar installiert. In den Aufzeichnungen können wir sehen, was passiert ist.«

Nael verstand: *Frag nicht. Sag nichts. Ich will nicht darüber reden. Ich kann nicht.*

Also ließ er Kari stehen, um die Aufzeichnungen zu suchen. Lady Whinns Büro war versperrt, das Schloss ließ sich jedoch leicht knacken. Die PCs und Überwachungsmonitore im Inneren waren ausgeschaltet. Mit etwas Glück wäre Nael in der Lage, deren Inhalt auf einen seiner Speicherkristalle zu bannen. Er war fast fertig, als er ein Poltern, gefolgt von einem spitzen Schrei hörte.

Kari?! Lautlos sprintete er nach draußen. Doch nicht etwa Kari hatte geschrien, sondern Lady Whinn, die mit weit aufgerissenen Augen vor Kari am Boden kniete, während diese eine Pistole auf sie richtete. Nael bereute augenblicklich, dass er Kari eine seiner Dienstwaffen ausgehändigt hatte. Er hatte gedacht, dass sie sich damit besser schützen könnte, dabei hätte ihm klar sein müssen, dass Kari niemand war, der sich in die Defensive begab.

»Bitte, bitte nicht schießen«, flehte Lady Whinn.

Die Barbesitzerin sah schrecklich aus. Nael hatte sie als elegante, gut gekleidete Dame in Erinnerung, doch heute war ihr Kleid befleckt und zerrissen, ihre Haare kräuselten sich verfilzt um ihr Gesicht und ihr rechtes Auge war zugeschwollen.

»Wer war das?«, fragte er.

»Wenn ich rede, dann werden sie … sie werden …«

»Wir wissen, dass es Daishiros Männer waren«, gab Kari ruhig zurück. Und kalt. So verdammt kalt, als hätte die Eisschicht auch ihr Herz eingefroren. »Und dir wird nichts anderes übrig bleiben, als unsere Fragen zu beantworten. Wenn du redest, hast du zumindest die Chance zu überleben. Vielleicht.«

Es war schwer mit anzusehen, wie sie Lady Whinn von oben herab musterte, als überlegte sie, wie sie das Insekt vor ihren Füßen am liebsten umbringen würde. Zertreten? Zerquetschen? Erschießen? War diese eiskalte Person die Kari, die Nael vergessen hatte?

»J-j-ja … ja, sie waren es«, antwortete Lady Whinn zitternd.

»Warum?«

»Sie ... sie ...«

»Ich will Antworten, kein Gestotter. Warum?«

»Sie suchen ...«

»Sie suchen dich«, antwortete eine Männerstimme.

Nael fuhr herum und zog noch in der Bewegung seine Waffe. Bei den drei Göttinnen, wie hatte Haruo unbemerkt hereinkommen können? Nael hatte von Anfang an geahnt, dass dies eine Falle war, und war trotzdem direkt hineingetappt. Der Schattenassassine zog ein Messer und warf es.

Die Klinge durchschnitt die Luft. Ehe Nael den Abzug drücken konnte, traf das Messer sein Ziel – das nicht Kari war. Lady Whinns Mund klappte auf, ein Röcheln entfuhr ihr und erstarb Sekunden später, als sie tot zu Boden fiel. Eine Klinge steckte in ihrer Brust, die zweite hatte sich durch ihr linkes Auge gebohrt. Nael hatte nicht einmal bemerkt, dass Haruo zwei Messer geworfen hatte. Verdammt, jeder wusste, dass die Skarabäuskrieger gefährlich waren, und die wenigen von ihnen, die sich den Titel eines Schattenassassinen verdienten, noch viel gefährlicher – aber das?!

Nael entsicherte seine Waffe und auch Kari richtete ihre Pistole auf Haruos Stirn. »Beweg dich und du bist tot!«, drohte sie.

»Ich bin nicht euer Feind«, sagte Haruo und hob beide Hände. »Ihr müsst von hier verschwinden. Lady Whinn hat die Skarabäustrupps verständigt. Genji und seine Leute sind schon auf dem Weg.«

»Verarsch mich nicht! Genji hat keine eigene Truppe.«

»Dinge haben sich verändert, seit du weg bist.«

»Ist das so? Und warum sollten wir ausgerechnet dir glauben?«, zischte Kari.

Naels Gedanken echoten ihre Worte. Haruo war gefährlich. Ein Schatten, der so schnell tötete, dass nicht einmal die Zeit selbst seinen Angriff kommen sah. Wieso sollte er ihnen helfen? Wäre er nicht der Erste, der sie dem Don ausliefern würde?

»Ihr habt keine andere Wahl. Ihr vertraut mir oder ihr werdet Genji in die Hände laufen«, gab der zurück. »Nehmt den Hinterausgang. Dort findet ihr eine Feuerleiter. Niemand wird euch aufhalten.«

Es war eine Falle. Es musste eine Falle sein!

Doch in diesem Moment brüllte Zora in Naels Headphone: »Ihr müsst sofort abhauen! Da sind mindestens zehn Skarabäuskrieger auf direktem Weg zu euch!«

Scheiße! Scheiße, scheiße, scheiße ... Was sollten sie tun? Sie konnten Haruo nicht vertrauen. Hierzubleiben war aber auch keine Option, und gegen ihn zu kämpfen? Er hatte eben eindringlich gezeigt, dass er mit seinen Messern sowohl Kari als auch Nael ausschalten konnte, ehe ihre Kugeln ihn trafen.

»Ich kann dir alles erklären, Kari. Triff mich übermorgen um Mitternacht auf der Magnolia Promenade«, bat Haruo.

Zur Antwort spuckte sie auf den Boden.

»Ich will nur reden«, sagte der Assassine in beinahe flehendem Ton.

»Reden«, gab Kari gepresst zurück.

Drei Sekunden lang rang sie sichtlich um Atem. Dann ging ein Ruck durch ihren Körper. »Du hast kein Recht, Forderungen an mich zu stellen«, fauchte sie.

Ihre Worte vermischten sich mit Zoras Brüllen in Naels Headphone: »Fuck, Nael! Ihr müsst da raus! Sofort!«

»Kari! Lass uns verschwinden!«, drängte er.

Ihr Blick sprang von Haruo zu Nael und wieder zurück. Dann nickte sie. »Gut.«

Sie senkte die Pistole und drückte ab. Ein Schuss knallte durch die Luft. Haruo ging stöhnend zu Boden, die Hand auf die Seite gepresst. Es war bloß ein Streifschuss, etwas, das Haruo für den Moment außer Gefecht setzen würden, das Don Nemeas Magier aber ohne Probleme heilen könnten. Eine Absicherung dafür, dass der Krieger Nael und Kari nicht angreifen würde, und gleichzeitig eine Drohung.

»Du hast uns gewarnt, ich lasse dich am Leben. Wir sind quitt«, sagte Kari kalt.

»Komm zur Magnolia Promenade. Lass mich erklären ...«

Doch sie schritt an ihm vorbei. »Gehen wir«, sagte sie zu Nael. »Wir haben keine Zeit zu verlieren.«

Und die hatten sie wirklich nicht. Schnell liefen sie zum Hintereingang und kletterten dort die Feuerleiter hoch, wie Haruo sie angewiesen hatte. Und tatsächlich hielt niemand sie auf. Naels Herz schlug wie verrückt, noch immer rechnete er mit einer Falle – doch keiner griff sie an, während Kari und er versteck hinter einer Dachschräge beobachteten, wie ein Schwarm Skarabäuskrieger in die Bar strömte, darunter Genji, der silberhaarige Irre, der Nael in die Nemea-Villa hatte schleifen lassen und dort ein Smiley in eine Hülle geritzt hatte. Niemand bemerkte es, als sie über die Dächer der Skarabäusviertel davonliefen.

»Ich habe deine Spielchen satt.«

Lycien

Lycien kämpfte gegen die Müdigkeit. Finanzbuchhaltung II hatte auf ihn denselben Effekt wie das Schlafserum seiner Großmutter, wobei er sich zugegebenermaßen auch für die anderen Kurse seines Wirtschaftsstudiums nur wenig mehr interessierte. Wäre es nach ihm gegangen, hätte er Geschichte studiert, war aber trotz passabler Noten nicht zugelassen worden – was nicht bloß am Rande damit zu tun hatte, dass seine Eltern zwei der bedeutsamsten Förderer der City University waren und solche, wie sie es nannten, Unsinns-Studiengänge für ihren Sohn nicht akzeptierten.

Wohl oder übel hatte Lycien einsehen müssen, dass ihm eben nicht alle Türen offenstanden, sondern nur die, die seine Eltern für ihn offen ließen, und dass weder rationale Argumente noch laute Streits oder seine Versuche, seinen Nachnamen geheim zu halten, daran etwas ändern würden.

Er musste sich mit den beiden arrangieren. Eigentlich hatten seine Eltern für ihn vorgesehen, Medizin zu studieren, um De'Lacour Medical eines Tages zu leiten. Der Umstand, dass Lycien kein Blut sehen konnte und in seinem ersten Anatomiekurs beinahe auf eine Leiche gekotzt hätte, hatte diesen Plan allerdings zunichtegemacht. Ebenso war Pharmazie keine Option, nachdem Lycien bei einer Party seiner Eltern etwas zu offensichtlich mit der jungen Frau des Dekans geflirtet hatte. Und Rechtswissenschaften hatte er nach nur einem Semester – und unzähligen Vorlesungen, in denen er vor Langeweile eingeschlafen war – abgebrochen. Betriebswirtschaft war ein Kompromiss, mit dem sowohl Lycien als auch seine Eltern leben konnten, obwohl niemand so ganz begeistert davon war.

Lin saß zwei Reihen vor Lycien. Sie drehte sich um und schaute ihn mit einem Schmollmund an, was Lycien mit einem lautlosen Gähnen beantwortete. Offenbar war er nicht der Einzige, der beinahe einschlief. Kurz darauf vibrierte sein Handy mit einer Nachricht von ihr: *Lust auf einen Kaffee in der Pause?* Lycien zeigte ihr einen gehobenen Daumen. Eine Dosis Koffein konnte er gut gebrauchen, um die zweite Hälfte der Vorlesung zu überstehen, ganz abgesehen davon, dass Lin und ihre lockere Art ihn hoffentlich auf andere Gedanken bringen würden. Solche, die weder Silfurvenen noch Clanschläger oder mysteriöse Stimmen beinhalteten.

Seit der Nacht mit Zora war eine Woche vergangen und die Silfurvenen waren bereits wieder sichtbar. Wie seine Großmutter es vorhergesehen hatte, bot auch schwarze Magie keine permanente Heilung. Permanente Spuren hinterließ sie jedoch: Lyciens Sinne waren nach wie vor schärfer und die merkwürdigen Stimmen begleiteten ihn jede Nacht in seinen Träumen.

Als der Dozent sie in die Pause entließ und Lycien durch die Tür trat, blieb ihm augenblicklich die Spucke weg. So viel stand fest: Das Koffein konnte er sich sparen, denn auch so war er plötzlich wieder hellwach, als er bemerkte, wer da vor dem Hörsaal auf ihn wartete. Zora. Lycien blieb auf der Stelle stehen.

»Alles okay?«, fragte Lin.

Zora hob eine Hand und winkte ihm. Im ersten Moment wollte Lycien sie ignorieren. Er hatte sich vorgenommen, den Wahnsinn der letzten Tage – und das inkludierte die geheimnisvolle Azuline – hinter sich zu lassen! Doch er hatte gerade einmal zwei Schritte gemacht, als er es sich anders überlegte.

»Ich muss los, sorry, hab ganz vergessen, dass ich noch was besorgen muss«, sagte er und ließ Lin stehen. Mit einem Nicken bedeutete er Zora, ihm zu folgen.

»Wo ist dein kleiner Schweinefreund? Ich hatte gehofft, euch beide zusammen zu erwischen«, fragte Zora zur Begrüßung, ihm dicht auf den Fersen.

»Was willst du hier? Ein paar mehr verbotene Zauber ausprobieren?«

»Was?!« Zora packte ihn am Ärmel und zog ihn energisch um die nächste Ecke. Er konnte gerade noch einen Blick auf Lins verdutztes Gesicht erhaschen, die ihnen alles andere als erfreut hinterherschaute. Beschwichtigend hob sie die Hände. Ihre Augen nahmen einen vorsichtigen Lilaton an. »Mit so viel Begeisterung über meinen Besuch habe ich nicht gerechnet. Bist du sauer, weil ich dein Date vermasselt habe?«

»Ich bin nur kein Fan von deinen unangemeldeten Besuchen.«

Zora runzelte verwirrt die Stirn. »Ich habe dich in den letzten Tagen nicht an den Docks gesehen, da dachte ich mir, ich komme vorbei und schaue nach, wie's dir geht.«

»Ich hatte keine Schicht«, antwortete er. Dabei hatte er sich in Wahrheit gleich nach dem Besuch bei seiner Oma bei Talent Solutions krankgemeldet. Seit der Nacht unter dem Mond hielten ihn ungreifbare Zweifel davon ab, Leute für die Talentagentur anzuwerben. Er wusste nicht genau, was es war, nur, dass sich seine Versprechungen eines besseren Lebens plötzlich falsch anfühlten.

»Und? Wie geht's dir?«, hakte Zora nach.

»Das Silber ist zurück, falls du das meinst«, antwortete

Lycien mit gesenkter Stimme. Seine Direktheit schien Zora zu überraschen. Aber er war es leid, ihre Spielchen zu spielen. Erst ihre rätselhaften Fragen an den Docks, dann heilte sie ihn heimlich und machte sich im Anschluss aus dem Staub, und was sie mit den Clanschlägern zu tun hatte, wusste er bis heute nicht.

»Wenn das alles ist, was du wissen wolltest, hole ich mir jetzt einen Kaffee. Ich muss zurück in die Vorlesung.«

»Was ist los mit dir?«, fragte sie, seufzte dann. »Verdammt, Lycien, ich hatte einen echt harten Tag und gehofft, wir beide könnten uns nett unterhalten. Ist das zu viel verlangt?«

Lycien schnaubte. »Ich verzichte gerne darauf, deine Ablenkung zu sein.«

»Okay, du bist offensichtlich wütend auf mich. Wieso?«

War das ihr Ernst? »Ich weiß, dass du auf mich angesetzt wurdest.«

»Wie bitte? Wer sollte mich denn auf dich angesetzt haben?«

»Sag du's mir«, gab er zurück. »Vielleicht die Clanbosse, für die du arbeitest?«

»Du hast doch überhaupt keine Ahnung, wovon du sprichst.« Sie lachte auf.

»Glaub mir, ich kapiere mehr, als du denkst«, zischte Lycien, drehte sich um und ging davon.

Zora eilte ihm hinterher und fiel dann in sein schnelles Schritttempo ein. Sie verließen das Fakultätsgebäude und durchquerten einen der vielen Parks der City University, in dem die Kirschblüten in voller Pracht blühten. Zahlreiche Studierende saßen auf dem Gras, lernten, schliefen oder unterhielten sich miteinander. Ein Grüppchen hatte Soundboxen aufgestellt, deren Melodien viele Meter weit bimmelten.

»Erleuchte mich! Was sind deine Theorien?«, meinte Zora.

Lycien antwortete, ohne stehen zu bleiben und ohne sie anzusehen. »Du bist kein normales Mädchen, sondern eine Schwarzmagierin. Du hattest nie vor, mich einfach nur zum Tanzen zu treffen, denn du hast extra deine Motten mitgebracht, um mich mit ihrer Lebensenergie zu heilen. Dass wir uns getroffen haben, ist kein Zufall. Irgendwer hat dich vor ein paar Tagen zu mir an die Docks geschickt und vermutlich hat die gleiche Person dich auch heute auf mich angesetzt. Ich schätze, es war der schwarzhaarige Clanschläger, der mit dir in der Walled City lebt.« Lycien blieb so abrupt stehen, dass Zora beinahe stolperte. »Mit wie vielen Punkten habe ich recht?«

Zoras Augen leuchteten orangerot. Hieß das, sie freute sich? Lycien war verwirrt.

»Ich bin beeindruckt«, meinte sie. »Du hast mit fast allem recht, mit einer Ausnahme. Der schwarzhaarige Kerl, von dem du sprichst, ist kein Schläger, sondern mein Bruder. Ich versichere dir, er hat nichts mit den Clans zu tun.«

Lycien musterte sie skeptisch. Er hatte sich vorgenommen, keine Fragen zu stellen. Die letzte Woche mit all ihren Verrücktheiten gehörte der Vergangenheit an. Er hatte sie als Päckchen verschnürt und in einer tiefliegenden Schublade seiner Gedanken eingeschlossen, mit der festen Intention, sie nicht wieder herauszuholen. Aber wem wollte er etwas vormachen? Seine Neugierde war schon immer größer gewesen als seine Fähigkeit, Vorsätze einzuhalten. »Und der andere?«, fragte er.

»Welcher andere?«

»Haruo. Der, der mich und meine Großmutter angegriffen hat.«

»Was?! Du wurdest angegriffen? Was ist passiert?«, platzte sie heraus.

Zoras Augen nahmen einen unsicheren Grünton an. Azulinen konnten ihre Augenfarbe nicht willentlich beeinflussen. Sie hatte also wirklich keine Ahnung, wovon er sprach. Das war merkwürdig, sehr, sehr merkwürdig.

In Ermangelung einer besseren Antwort sagte er: »Ich bin spät dran. Die Vorlesung geht gleich weiter.«

»Bitte, bleib! Erzähl mir, was passiert ist«, flehte sie. In ihrer Stimme lag eine Dringlichkeit, die Lycien beinahe zum Bleiben bewegt hätte. Unvermittelt packte sie seine Hand. Und als ihre Finger sich berührten, fühlte er dasselbe Prickeln wie unter dem Mond. Es knisterte über seine Handfläche und erfüllte seine Haut mit Wärme. Sofort riss er seine Hand weg, als hätte er sich an Zora verbrannt.

»Du tust es schon wieder!«

»Was tue ich?«

»Du setzt deine Magie ein. Ich habe das Prickeln genau gespürt.«

Zora sah aus, als hätte er ihr eine Ohrfeige verpasst. Langsam atmete sie ein und aus, bevor sie sagte: »Es tut mir leid. Ich habe dir nicht alles erzählt und jetzt vertraust du mir nicht mehr. Ich verstehe das. Ich hatte vor ein paar Tagen eine ähnliche Auseinandersetzung mit meinem Bruder. Er hat ebenfalls Dinge vor mir zurückgehalten und ich war wütend deswegen. Dabei mache ich mit dir das Gleiche.« Sie senkte die Augenlider. »Ich habe vor Kurzem noch etwas gelernt, nämlich dass man sich die Wahrheit nur verdient, indem man die Wahrheit gibt.« Lächelnd fügte sie hinzu: »Was hältst du davon: Ich erzähle dir alles, was du wissen willst, und du erzählst mir im Gegenzug, was mit dir passiert ist?«

Lycien war ein Idiot. Wie sonst sollte er sich erklären, dass er ihrem Vorschlag zustimmte. Skeptisch zwar, aber im Grunde wollte er ihr vertrauen.

Gemeinsam suchten sie sich einen ruhigen Platz im Schatten eines Kirschbaums, abseits der von Studierenden bevölkerten Parkbereiche. Um guten Willen zu zeigen – und weil er froh war, sich die wirren Geschehnisse der letzten Tage endlich von der Seele reden zu können – begann Lycien. Er erzählte, wie er auf der Suche nach Silberrauch, einem angeblichen Heilmittel für seine Silfurvenen, Zoras Bruder in die Arme gelaufen war. Wie Nael ihn erst brutal zusammengeschlagen und ihm anschließend geraten hatte, mit einem Schwein in die Walled City aufzubrechen.

Schließlich kam er zum spannendsten und merkwürdigsten Teil der Geschichte: dem Angriff von Haruo im Haus seiner Großmutter. Zora hörte angespannt zu, ohne ihn zu unterbrechen. Er zog das Foto, das Haruo ihm gegeben hatte und das er seitdem mit sich herumtrug, aus der Hosentasche und zeigte es ihr. »Das hier ist deine Freundin mit den rosablauen Haaren, oder? Offenbar sucht er sie.«

Zora sog die Luft ein. »Darf ich?«, fragte sie und nahm das Bild entgegen.

»Behalt es«, meinte Lycien. Er hatte dafür keine Verwendung, und irgendwie fühlte es sich gut an, das Bild loszuwerden, als ob er die merkwürdigen Rätsel und Gefahren gleich mitabgeben konnte.

»Danke«, murmelte Zora, holte dann tief Luft. »Okay, ich vermute, das ist eine gute Überleitung für meine Seite der Geschichte. Wie schon gesagt, mein Bruder ist kein Clanschläger, sondern er hatte …« Sie stockte. »Arbeitsgründe, um sich in den Nemea-Vierteln herumzutreiben. Mehr darf ich nicht erzählen, aber ich versichere dir, er hat nichts mit den Clans zu tun. Haruo allerdings sehr wohl. Ich kenne ihn nicht persönlich, habe aber von ihm gehört. Er ist der Schattenassassine des Dons. Nur die gefährlichsten Kämpfer des Skarabäusclans erhalten diesen Titel. Ich hoffe nicht, dass du ihm noch einmal begegnest. Und er hatte es ja nicht auf dich abgesehen, sonst wärst du jetzt wahrscheinlich tot.« Na toll, das waren ja beruhigende Worte ...

Anschließend berichtete Zora von ihrer eigenen Arbeit und Ausbildung als Knochenmagierin, von ihrer Meisterin und davon, wie diese Zora gebeten hatte, Lycien zu heilen. »Kaum jemand weiß, dass ich Mama Laquars Schülerin bin, und das soll auch so bleiben. Ich hoffe, ich kann dir vertrauen, das für dich zu behalten.«

»Natürlich«, murmelte Lycien. Er mochte eingeschnappt sein, aber er war kein Arschloch, das die Geheimnisse anderer ausplauderte.

»Nael hat dich zu uns geschickt, weil er dachte, Mama Laquar könnte dir helfen. Ich weiß, dass die Umstände eures ersten Zusammentreffens nicht ideal waren und dass es dir wahrscheinlich schwerfällt, das zu glauben, aber er ist eigentlich ein guter Kerl.«

Das bezweifelte Lycien. Gute Kerle schlugen niemanden zusammen, der bereits am Boden lag. Sie drohten einem auch nicht mit Mord.

»Mama Laquar wollte, dass ich dir helfe, damit dein Feuer nicht ausgeht.«

»Was soll das heißen?«

Zora zuckte die Schultern. »Du trägst Magie in dir, auch wenn dir das selbst vielleicht nicht bewusst ist.«

»Ich trage ... was?!«

»Magie in dir«, wiederholte Zora.

»Du verarschst mich ... Ich habe nie magisches Potenzial gezeigt.«

»Dass du es nicht weißt, heißt nicht, dass es nicht da ist. Mama Laquar hat das sofort erkannt, ich habe etwas länger gebraucht. Aber als wir miteinander getanzt haben, habe ich es auch gespürt.«

Lyciens Herz raste. Womöglich hatte seine Großmutter ihre Kräfte an ihn vererbt, auch wenn er diese Hoffnung schon vor Jahren begraben hatte. Lycien als Magier ... Es war eine ziemlich beeindruckende Vorstellung.

»Das heißt, ich könnte Zauber wirken so wie du?«

»Nicht sofort. Du müsstest es lernen. Eine Ausbildung machen. Aber ja, die Veranlagung ist da«, bestätigte Zora.

»Das ist ...« – so ziemlich das Coolste, was ihm jemals passiert war! Doch bevor er den Satz zu Ende gesprochen hatte, erinnerte er sich daran, dass er eigentlich wütend auf Zora war, also sagte er: »Interessant. Ja, es ist interessant. Das Prickeln zwischen uns, das war also diese Magie?«

Zora biss sich auf die Unterlippe. Plötzlich schien sie einen Punkt vor sich im Gras äußerst spannend zu finden und starrte auf diesen, anstatt Lycien anzuschauen.

»Das Prickeln war echt. Es war ... *wir.*« Sie räusperte sich. »Emotionen sind eine Quelle für Magie. Lust ist besonders stark. Ich habe die Energie, die sich zwischen uns aufgebaut hat, kanalisiert, um meinen Zauber zu stärken.«

Lust also ... Dann waren wenigstens diese Gefühle echt gewesen. Auch wenn Lycien nicht so recht wusste, was er davon halten sollte, dass Zora gezielt mit ihm geflirtet hatte, um seine Lust hervorzurufen.

»Seit du mich geheilt hast, sind meine Sinne schärfer«,

wechselte er sicherheitshalber das Thema. »Ist das, weil du die Silfurvenen zurückgekämpft hast, oder ist es eine Art Bonus-Wirkung deiner Magie?«

Endlich schaute Zora ihn wieder an. »Nein. Ich meine, nicht dass ich wüsste. Ich habe nicht beabsichtigt, irgendwas mit deinen Sinnen anzustellen.«

Lycien überlegte, ob er Zora auch nach den nächtlichen Stimmen fragen sollte, entschied sich aber dagegen. Sie würde ihn noch für vollkommen durchgeknallt halten. Vermutlich war es nichts – außer seinen wirren Gedanken und der Tatsache, dass seine Nerven in letzter Zeit zu angespannt waren.

»Du sagtest, die Venen sind zurück«, meinte sie dann. »Ich könnte es noch mal versuchen.«

Er schüttelte den Kopf. »Ich habe jemand Wichtigem versprochen, die Finger von Blutmagie zu lassen.«

»Was, wenn es keine Blutmagie erfordern würde?« Sie holte tief Luft. »Das Prickeln, das sich unter dem Mond zwischen uns aufgebaut hat – ich könnte mir vorstellen, es zu nutzen, um einen Zauber zu wirken.« Unsicher schaute sie zu ihm auf.

Lust. Sie nannte es ein Prickeln, aber Lycien hörte genau, was sie eigentlich meinte, und er sah es in der Samtigkeit ihrer burgunderfarbenen Augen.

»Es wäre ein Experiment. Ich habe noch nie einen Heilzauber ohne Blut gewirkt, und ich bin nicht zu hundert Prozent sicher, ob es überhaupt funktionieren kann«, erklärte sie.

Ein Experiment also. Ohne Blutmagie. Lycien könnte es versuchen, ohne das Versprechen zu brechen, das er seiner Großmutter gegeben hatte.

»Du müsstest dich dafür allerdings ausziehen«, fügte Zora etwas leiser hinzu. »Für diese Art von Zauber braucht es, na ja … Körperkontakt.«

Lycien wusste nicht, ob es ihre Worte allein waren, ihr schüchternes Lächeln, der Ton ihrer Stimme oder die Färbung ihrer Augen – was auch immer, es stoppte Lyciens Gehirnfunktion oder zumindest die Teile, die für Vorsicht, logisches Denken und Selbstrespekt zuständig waren.

»Okay«, sagte er und erhob sich. »Das lässt sich einrichten.«

»Das hier dient rein professionellen Zwecken.«

Zora

Lyciens Zimmer im Studierendenwohnheim war sogar noch kleiner als Zoras Räumlichkeiten in der Walled City. Neben einem schmalen Bett fanden dort ein Schreibtisch mit eingebauten Regalreihen, die vor Büchern überquollen, und ein verspiegelter Wandschrank Platz. Kleidungsstücke lagen auf Boden und Matratze verteilt, und auf der Schreibtischplatte stapelten sich die Zettel. Lycien raffte eilig seine Sachen zusammen, während Zora sich umschaute. An den Wänden hingen Poster von Lyciens Lieblingsbands, aber keine Fotos. An der Außenseite des einzigen Fensters war ein Blumentrog angebracht, in dem alle möglichen Kräuter und Radieschen sprossen.

»Du gärtnerst?«, fragte Zora.

»Die sind aus dem Beet meiner Großmutter. Sie lebt auf Citrin Island. Ich helfe ihr manchmal beim Anbauen. Für mehr Garten als diese paar Pflänzchen habe ich leider keinen Platz.« Und offensichtlich fand er das sehr schade. Zora versuchte erfolglos, sich Lycien mit einer Gärtnerhose und einer Harke vorzustellen.

Es tat gut, hier zu sein. Die Normalität dieses Zimmers lenkte Zora von dem ab, was noch am Morgen passiert war. Davon, wie ihr Bruder und Kari in den Skarabäusvierteln beinahe von einer Horde Krieger zerfleischt worden wären. Ablenkung war gut.

Ablenkung in Form eines Waschbrettbauchs war besser.

»Fertig«, sagte Lycien, nachdem er die losen Kleidungsstücke in seinen Schrank gestopft und seinen Schreibtisch halbwegs zusammengeräumt hatte. »Und jetzt?«

»Jetzt ziehst du dein Hemd aus«, wies Zora ihn an.

»Okayyy«, gab er lang gezogen zurück.

Lycien knöpfte sein Hemd auf. Zoras Mund wurde bei dem Anblick trocken. Heiliger Kurun und Shiya, hatte sie sich wirklich gut überlegt, was sie hier machte? Magie zu lenken, erforderte es, die Kontrolle zu behalten. Sie hatte gedacht, dass sie dazu in der Lage wäre, aber Lyciens Oberkörper ließ sie an ihrer Professionalität zweifeln. *Das hier dient rein professionellen Zwecken*, redete sie sich im Stillen ein. *Und wenn es Spaß macht, umso besser. Magie soll sich gut anfühlen.*

Lycien streifte sich das Hemd von den Schultern. Wie schon vor drei Tagen zogen sich über seine Arme Linien, die im Licht silbrig funkelten. Sie waren tödlich – und zugleich merkwürdig schön. Bereits jetzt spürte Zora das Prickeln zwischen ihr und Lycien, aber es war noch nicht stark genug, um es für einen Heilungszauber einzusetzen.

»Soll ich irgendwas Bestimmtes tun?«, fragte er unsicher.

Ja, die Klappe halten und die Gedanken ausschalten. Lycien musste sich fallen lassen, sich ganz dem Feuer in ihm und der Hitze zwischen ihnen beiden hingeben. Momentan tat er das jedoch nicht, weil er zu sehr damit beschäftigt war, die Situation zu analysieren. Aber das würde sich gleich ändern.

Zora biss sich lächelnd auf die Unterlippe, hob den Saum ihres Kleides hoch und schob es sich in einer fließenden Bewegung über den Kopf. Lyciens Augen sprangen wie automatisch zu ihren Brüsten. Er beeilte sich, den Blick auf Gesichtshöhe zu heben, doch was auch immer er in Zoras Augen sah, es ließ sein Feuer noch heißer brennen als ihr BH. Das Knistern nahm zu. Doch Zora brauchte mehr – mehr Magie, mehr Feuer, mehr Leidenschaft.

Langsam ging sie auf ihn zu. Lycien hatte alle Mühe, ihr ins Gesicht zu sehen. Immer wieder sprangen seine Augen für eine Millisekunde zu Zoras fast nacktem Körper, was ihr ein Lächeln entlockte. Sie legte eine Hand an seine Wange. Lycien neigte den Kopf und ließ zu, dass sie ihn streichelte. Vorsichtig glitten Zoras Finger bis zu seinem Ohr und zeichneten dann seine Kieferlinie nach.

»Schließ die Augen«, wies sie ihn an und er gehorchte.

Zoras Atem streifte seinen Hals, anschließend ließ sie die Hände sinken. Als sie ihre Finger auf seine Brust legte, erschauderte Lycien. Vorsichtig glitten ihre Fingerkuppen seinen Oberkörper hinunter und umkreisten seinen Nabel. Sie genoss den Anblick seiner Bauchmuskeln, die sich unter der Bewegung anspannten.

»Gefällt dir das?«, flüsterte sie.

Lycien antwortete mit einem Laut, der irgendwo zwischen Stöhnen und Lachen lag.

»Und was ist damit?«, fragte sie und ließ ihren Mittel- und Zeigefinger mit kleinen Schritten über seine Haut wandern. Federleicht setzte sie einen Finger vor den anderen, spazierte knapp über Lyciens Hosenbund von einer Seite seines Körpers zur anderen und wanderte dann über die Rippenbögen hoch. Als sie ihre freie Hand auf seinen Schritt presste, stöhnte er vor Erregung. Zora stellte sich auf die Zehenspitzen und erstickte das Geräusch mit einem Kuss. Lyciens Verstand brauchte offenbar einen Moment, um zu begreifen, was gerade passierte. Doch dann erwiderte er den Kuss, legte einen Arm auf ihren Rücken und zog sie näher an sich heran.

Lycien öffnete seine Lippen, und Zora fühlte die Hitze seiner Zunge. Er schmeckte nach Zimt und Schokolade.

Sein Feuer schwappte auf sie über. Das Gefühl von Haut auf Haut, von Lyciens Hand auf ihrem Rückgrat, seiner Brust, die sich gegen ihren BH presste, und dem Muskelspiel unter ihren Fingern, sandte ein Ziehen durch Zoras Unterleib. Sie vergrub ihre Finger in seinen weichen Haaren und dirigierte ihn nur mit Bewegungen aufs Bett. Lycien ließ sich auf die Matratze sinken, was seinen Kopf auf Augenhöhe mit ihrem Dekolleté brachte. Ein Lächeln zeigte sich auf seinen Lippen, während er den Anblick einsog. Er ließ seine Hände ihre Taille entlangwandern und zog Zora mit einem Ruck auf seinen Schoß, um sie weiter zu küssen.

Je länger ihre Zungen miteinander spielten, desto mehr wuchs das Kribbeln und, oh, Göttinnen, es fühlte sich verdammt gut an. So gut, dass Zora beinahe vergaß, warum sie eigentlich hier war. Nicht, um ihren Spaß mit Lycien zu haben – oder zumindest nicht *nur* deswegen –, sondern um Magie zu wirken.

Zora öffnete ihre Augen einen Spaltbreit und fokussierte die silbrigen Linien an Lyciens rechtem Arm. Die prickelnde Lust tanzte über ihre Haut und ihre Zunge, rauschte in ihren Ohren und pumpte das Blut schneller durch ihre Adern. Schließlich sammelte sie sich in Zoras Innerem, eine Kraft, eine Hitze, ein Feuer, so stark und voller Magie, wie Zora es sonst nur von den Opferungen eines Lebens kannte. Ach was, sogar noch intensiver! Es fiel ihr schwer, sich zu konzentrieren, doch irgendwie schaffte sie es, die Energie durch pure Willenskraft in ihre Hände zu lenken.

Sachte legte sie die Fingerkuppen auf Lyciens Arm. Die Silfurvenen leuchteten unter ihrer Berührung auf, glühten beinahe, und Zoras Fingerspitzen kribbelten, als seien sie voller Blitze, während sie langsam – ganz langsam – die Venen entlangglitten. Erst eine, dann noch eine. Zora arbeitete sich von Lyciens Schulterblatt bis zu seinen Pulsadern vor, streichelte über die Innenseiten seiner Arme und fuhr die Knochen seines Ellenbogens nach. Die Venen glommen unter ihrer Berührung hell auf und erloschen wie Sternschnuppen.

Erst folgte Lycien der Wanderung ihrer Finger mit staunendem Blick, doch irgendwann schloss er die Augen, ließ den Kopf sinken und schien das Gefühl bloß noch zu genießen. Und Zora selbst ... ihr Verstand war wie eingehüllt von Feuer und prickelndem Sternenstaub. Es war schön und heiß und intensiv und verwirrend ... und irgendwie fühlte es sich richtig an. Eine neue Art der Magie, die sie nie zuvor auf diese Art gespürt hatte. Es war, als ob die Energie, die sie sonst aus ihrem Umfeld kanalisierte, plötzlich durch ihre eigenen Blutbahnen floss, als ob Lyciens Feuer mit ihrer eigenen Essenz verschmolz.

Als alle Silfurvenen von Lyciens Haut verschwunden waren, ließ sie die Arme sinken und legte ihre Stirn an seine Brust. Plötzlich war sie ausgelaugt und so unglaublich müde, als wäre sie fünf Marathons auf einmal gelaufen. Lycien schien es ähnlich zu gehen. Er sagte nichts, saß einfach nur da und legte sein Kinn auf ihren Kopf. Sein regelmäßiger Herzschlag erfüllte Zora mit Ruhe.

Nach einer Weile murmelte er: »Das war ... also, einfach ... wow.«

Ja, *wow* war es tatsächlich gewesen. Zora schaute auf, da wurde ihr schwindelig und sie musste die Augen schließen. Sofort nahm Lycien ihre Hand und legte den anderen Arm schützend um ihre Taille. »Geht's dir nicht gut?«, fragte er und ließ Zora von seinem Schoß auf die Matratze sinken, ehe er sich neben sie legte. »Ich hole dir ein Wasser«, meinte Lycien nach ein paar Sekunden, doch er machte keine Anstalten aufzustehen, und Zora war viel zu ausgelaugt, um ihm zu antworten oder auch nur einen Laut zu produzieren.

So lagen sie da, Schulter an Schulter, die Augen geschlossen und die Finger ineinander verschränkt, während draußen die Wolken über den Himmel zogen und der Horizont sich langsam lila verfärbte. Erst dann schaffte Zora es, wieder einen klaren Gedanken zu fassen. Mama Laquar hatte recht gehabt. In Lycien brodelte tatsächlich ein magisches Feuer! Was Zora eben getan hatte, war der Wahnsinn gewesen: Sie hatte Lycien ganz ohne Opfer geheilt! Ohne Blutvergießen oder Lebensenergie. Alles, was sie dafür gebraucht hatte, war ihre und seine Lust gewesen, etwas, das sie bis vor wenigen Tagen für unmöglich gehalten hatte. Und wenn ein Kuss und die sanfte Berührung seiner Haut schon solch mächtige Energie hervorriefen, wie viel mehr könnte sie tun, wenn sie sich ihm ganz hingeben würde …

»Wir sollten es wieder versuchen«, murmelte sie mehr zu sich selbst.

Lycien drehte sich auf der Matratze herum und schaute sie an. »Ich hätte nichts dagegen«, meinte er. Sein Lächeln war so erleichtert, so liebevoll und voller Hoffnung … Zora musste den Blick abwenden.

»Ich sollte gehen«, sagte sie und brachte sich in eine sitzende Position.

»Warte!« Auch Lycien rappelte sich auf. »Habe ich was Falsches gesagt?«

»Nein.«

»Aber? Irgendwas ist offensichtlich nicht in Ordnung. Und meintest du nicht vorhin, wie wichtig Ehrlichkeit ist?«

Zora holte tief Luft. Wo er recht hatte ... »Es ist nichts, das du gesagt hast, sondern die Art, wie du mich anschaust.«

»Wie denn?«

»Als ob ...« Sie kam sich dämlich dabei vor, diesen Gedanken laut auszusprechen. Immerhin kannten Lycien und sie sich erst seit ein paar Tagen, und diese kurze Zeit hatte ausgereicht, um die vielen schmachtenden Blicke zu registrieren, die Kommilitoninnen ihm zuwarfen. »Als ob du dich in mich verlieben würdest. Ich weiß, es klingt dumm«, fügte sie murmelnd hinzu.

Lycien runzelte die Stirn. »Wäre das denn schlimm?«

Mit dieser Antwort hatte sie nicht gerechnet und verdammt, ja! Es war schlimm ... oder zumindest war es nicht angebracht. Ganz egal, was sie eben gespürt hatte, Zora durfte nicht vergessen, wer Lycien war – und wer sie selbst.

»Was eben passiert ist, war ein Heilungszauber. Mehr nicht.« Die Art, wie er sie ansah, zeigte, dass Lycien ihr kein Wort abkaufte. »Ich behaupte ja nicht, dass es sich nicht gut angefühlt hat.«

»Es hat sich verdammt gut angefühlt«, stellte er fest.

»Hat es. Und ich werde es gerne wieder tun. Aber ... du und ich, wir können Heilerin und Patient sein, mehr nicht. Und ich will dir damit nicht unterstellen, dass du mehr wollen würdest, aber nur für den Fall, wollte ich die Sache gleich klarstellen.« Denn Zora hatte ihr Herz bereits vor Jahren an die Magie verschenkt.

Lycien erhob sich seufzend und schnappte sein Hemd vom Boden. »Jetzt brauche *ich* Wasser«, meinte er kopfschüttelnd. Mit einer ausholenden Geste fragte er: »Sagtest du nicht vorhin, du hättest noch nie auf diese Art Magie gewirkt? Oder war das eine Lüge und du machst so etwas mit allen Patienten?«

»Natürlich nicht!«

»Dann bin ich also nicht nur ein Patient?«

Er schlüpfte in sein Hemd, bückte sich, um Zoras Kleid aufzuheben, und reichte es ihr.

»Willst du mich denn gar nicht kennenlernen? Ich bin nämlich ziemlich neugierig darauf, mehr über dich zu erfahren.«

Das konnte sie sich gut vorstellen. Eine Knochenmagierin, die in der Walled City, einem Ort der Ausgestoßenen, lebte, um den sich mehr Legenden rankten als um die Clanviertel, musste wie ein großes Abenteuer auf ihn wirken.

»Ich kenne dich schon«, sagte Zora.

»Gerade mal ein paar Tage lang. Du musst mich für todlangweilig halten, wenn du glaubst, dass das ausreicht.«

»Und ich habe deinen Nachnamen online gesucht«, fügte sie mit gehobener Augenbraue hinzu.

Sofort verschwand das Lächeln von Lyciens Gesicht. Dabei musste ihm klar gewesen sein, dass Zora früher oder später herausfinden würde, wer er war. Lycien De'Lacour war der Sohn von Amalia und Rougon De'Lacour, den Gründern von DeL Inc. Was bedeutete, dass seinen Eltern der halbe Reyton District gehörte und dass er selbst in absehbarer Zukunft an der Spitze des größten Firmenimperiums Magnolia Bays sitzen würde.

»Und dir hat nicht gefallen, was du gefunden hast«, stellte er fest. »Weil ich ganz sicher ein reicher Schnösel sein muss, der nichts im Kopf hat außer Kaviar.«

»Das habe ich nie gesagt«, protestierte Zora. Obwohl sie

es gedacht hatte. »Es geht außerdem gar nicht darum, wer *du* bist, sondern darum, wer ich bin.«

»Wer bist du denn?«, fragte Lycien mit hochgezogener Augenbraue.

»Jemand, der weder Interesse noch Zeit für irgendwelchen Beziehungsscheiß hat!«

Zora wusste genau, was sie wollte. Das hatte sie schon immer. Und momentan waren das Freiheit, Spaß, Magie – und jede Hilfe, die sie dabei bekommen konnte, ihren Bruder aus seinem Racheloch zu ziehen oder, noch besser, die Brennende Lilie selbst zu Fall zu bringen. Liebe stand auf ihrer Wunschliste ganz weit unten, und daran würde auch Lyciens Hundeblick nichts ändern.

»Beziehungsscheiß?«, murmelte er schmunzelnd. »Es ist ja nicht so, als ob ich dich gleich heiraten will. Wie wäre es für den Anfang mit Freundschaft?«

Zora zog sich ihr Kleid über den Kopf. Sie hatte gerade wirklich keine Lust auf dieses Gespräch. Noch immer spürte sie den feinen Nachhall des magischen Kribbelns und wollte dieses Gefühl genießen, anstatt lästige Beziehungsdiskussionen zu führen.

»Na gut«, sagte sie seufzend. »Freundschaft also.«

Lycien trat mit einem zufriedenen Grinsen zu seinem übervollen Bücherregal und zog ein dünnes Taschenbuch hervor. Er reichte es Zora. Der Einband war abgegriffen, die Seiten leicht gewellt, als wären sie viele Male geöffnet worden. Zora las den Titel: *Die Reise des Mr. Sun Zhou.*

»Was ist das?«, fragte sie.

»Mein Lieblingsbuch. Als meine Freundin solltest du es gelesen haben. Damit wir uns beim nächsten Mal über etwas unterhalten können.« Er grinste.

»Ich lese nicht besonders viel.«

»Sieh es als Freundschaftsdienst«, meinte er schulterzuckend. »Wer weiß, vielleicht gefällt dir das Buch ja. Ein Leben ohne Geschichten wäre ganz schön langweilig, oder?«

Seines vielleicht, aber Zora konnte nicht behaupten, dass das auf ihr Leben in der Walled City zutraf. Trotzdem würde sie dem Buch eine Chance geben. Ein Freundschaftsdienst, wie Lycien es gesagt hatte.

Freunde. Ja, damit konnte sie umgehen.

»Das bin ich nicht.«

Kari

Kari saß, Boxen mit frittierten Kochbananen neben sich, in Naels Zimmer, der im Schnelldurchlauf das Überwachungsvideo des Luminer abspielte. Er war völlig fokussiert auf den Bildschirm und Kari redete sich ein, dass sie sich nicht insgeheim wünschte, er würde sich umdrehen und sie auf dieselbe Art ansehen wie in der vorherigen Nacht auf dem Dach.

Zora kam herein, ließ sich schwungvoll auf der Couch nieder und schnappte sich eine Box. Sie seufzte genüsslich, als sie sich ein Stück Banane in den Mund steckte. Kari beobachtete sie mit schiefgelegtem Kopf. Bildete sie es sich ein oder strahlte Zora heute besonders?

»Du kommst spät«, stellte Nael fest, ohne seinen Blick vom Bildschirm zu lösen, auf dem sich der nächtliche Trubel der Bar in rasantem Tempo abspielte.

»Ich war bei einem Freund«, antwortete Zora vage.

»Einem, der dich zum Leuchten bringt?«, wollte Kari wissen, woraufhin Zora sich fast verschluckte.

Nael drehte sich um und hob eine Augenbraue. »Ich will wahrscheinlich nicht so genau wissen, was du gemacht hast?«

Daraufhin verdrehte Zora die Augen. »Ich habe nichts gemacht, das dir peinlich sein müsste, großer Bruder. Ich war bei Lycien und habe ihn geheilt.«

»Lycien?«, stieß Kari aus. Meinte Zora damit etwa den betrunkenen Studenten aus dem Luminer? »Doch nicht etwa Lycien De'Lacour?« Als sie auf dem Universitätsgelände nach ihm gesucht hatte, war sie überrascht gewesen, dass so ziemlich jeder ihn und vor allem seinen Nachnamen kannte. Er musste einer wichtigen Familie entstammen.

»Genau der«, gab Zora grinsend zurück. »Er hat mir übrigens erzählt, dass du ihn grundlos zusammengeschlagen hast«, fügte sie an Nael gewandt hinzu.

»Nicht grundlos. Er hat es für mich getan«, erklärte Kari. »Hat Lycien ... hat er etwas über mich gesagt? Oder über meinen Vater?«

Nael hatte ihr zwar versichert, dass Lycien *wirklich* nur ein unglücklicher Betrunkener war, der zur falschen Zeit der falschen Person auf die Zehen getreten war, aber dass sich nun auch Zora mit ihm traf ... Vielleicht bedeutete das etwas.

Doch Zora schüttelte den Kopf. »Lycien hat mir alles erzählt, was er weiß. Oder, was er denkt zu wissen. Er hat keine Ahnung vom gesichtslosen Dämon.«

Wieder eine Spur, die im Sand verlief.

Da holte Nael, der bis jetzt ausgiebig die Stirn gerunzelt hatte, tief Luft und sagte: »Der blonde Kerl ist Lycien De'Lacour? So wie das De'Lacour, das riesig auf dem Starstower prangt?«

Zora zuckte die Schultern.

»Oder wie DeL Inc.? Oder wie De'Lacour auf einem Drittel der Uni-Gebäude? Oder wie die De'Lacour Medical. Oder wie ...«

»Wir haben's kapiert«, unterbrach Zora ihn.

Nael schüttelte langsam den Kopf. »Wer hätte gedacht, dass du auf High Society-Söhnchen stehst.« Er grinste herausfordernd.

Zora warf daraufhin mit einem Stück gebratener Banane nach ihm, dem Nael geschickt auswich. »Erstens: Ich stehe *nicht* auf High Society-Schnösel. Zweitens: Du erinnerst dich hoffentlich noch daran, dass *du* ihn zu mir geschickt hast. Und drittens: Wenn du fertig damit bist, mich aufzuziehen, könnte ich dir und Kari vielleicht erzählen, dass Lycien von einem Skarabäuskrieger namens Haruo angegriffen wurde.«

»Was?!«, stießen Kari und Nael unisono aus.

»Er hat Lycien im Haus seiner Großmutter auf Citrin Island aufgelauert«, sie zog ein gefaltetes Foto aus der Tasche und reichte es Kari, »um nach dir zu suchen.«

»Haruo hat ihn angegriffen und er hat es überlebt?«, sprach Nael das aus, was Kari dachte. Niemand überlebte einen Zusammenstoß mit einem Schattenassassinen, schon gar nicht mit Haruo. Nicht, wenn dieser das nicht wollte.

Zoras Antwort nahm Kari wie durch ein Rauschen war. Sie starrte auf das Foto. »Das bin ich nicht.« Erst, als die Worte ihren Mund verließen, realisierte Kari so richtig, was sie da gesagt hatte. Das hier war ein Bild von einem etwa fünfjährigen Mädchen, das fast genauso aussah wie Kari, das aber nicht sie war. Und das bedeutete ... »Ich habe keine Ahnung, was das bedeutet.«

War dieses Bild der Grund, warum Haruo mit ihr sprechen wollte? Zora rutschte näher und Nael setzte sich neben Kari, um das Bild besser betrachten zu können. Dabei drückte sich sein Oberarm gegen ihren. Die Wärme seiner Haut ließ Kari unwillkürlich wünschen, er würde ihr noch näher kommen. Sie schaute auf und fand seinen Blick, der auf ihren Lippen lag. Oh, ja. Nael hatte gerade genau dasselbe gedacht wie sie.

»Bist du sicher, dass das nicht ein Kinderfoto von dir ist?«, fragte Zora.

Nael antwortete: »Es sind andere Augen.« Er hatte recht. Karis Augen waren blasslila, das Kind auf dem Bild hatte bläuliche Iriden. Aber dass ihm das auffiel ... Andererseits, als sie ihn danach gefragt hatte, warum er sie wollte, hatte er ihre Augen als Erstes genannt. »Und das Lächeln ist auch nicht deins«, fügte Nael hinzu, und schon wieder heftete sich sein Blick auf Karis Lippen.

Verdammt, sie wünschte, sie würde in seiner Gegenwart nicht ständig an diesen Kuss denken. Wo war ihre Mauer aus Eis, wenn sie sie brauchte?

Zora hob eine Augenbraue. »Du hast Kari ganz schön genau beobachtet, wenn dir das auffällt«, murmelte sie.

Das Kind sah Kari tatsächlich zum Verwechseln ähnlich. Es hatte denselben Hautton, dieselbe Augenform, ähnliche Gesichtszüge, dieselben pastellfarbenen Haare. Wahrscheinlich war die Kleine ebenfalls ein Paradiesvogel. Ein weiteres Sammlerstück für den Don?

Nael bot an: »Wenn du willst, kann ich das Foto an unser Research-Team schicken. Vielleicht finden sie heraus, wer das Mädchen ist.«

»Du willst die Brennende Lilie mit reinziehen?«, fragte Zora. »Hältst du das wirklich für eine gute Idee?«

»Nein. Aber fällt dir etwas Besseres ein?«

Kari hatte da durchaus eine Idee. Sie biss sich auf die Unterlippe, und obwohl sie ihre Gedanken nicht laut aussprach, verstand Nael.

»Bitte sag mir, dass du nicht ernsthaft darüber nachdenkst, dich mit Haruo zu treffen.«

»Er muss wissen, wer sie ist.«

»Das ist doch Wahnsinn!«, stieß Nael aus. »Der Kerl will dich in eine Falle locken und du denkst darüber nach, direkt hineinzulaufen.«

Kari verschränkte die Arme vor der Brust. »Du klingst

genauso wie Haruo.« Haruo, der seine Rolle als Karis Bodyguard zu oft mit der eines Babysitters verwechselt hatte.

Naels Nasenflügel blähten sich, als er sichtlich genervt schnaubte. »Hast du schon mal darüber nachgedacht, dass Haruo Lycien das Bild nur deshalb gegeben hat, um dich in seine Fänge zu bekommen? Ich garantiere dir, wenn wir morgen auf der Magnolia Promenade auftauchen, wartet dort nicht nur Haruo, sondern ein ganzes Rudel Skarabäuskrieger.«

»Wer hat etwas von *wir* gesagt? Haruo wollte mich allein treffen.«

»Du gehst da auf keinen Fall allein hin!«, verkündete Nael, verschränkte dann die Arme. »Du gehst überhaupt nicht hin.«

»Und das entscheidest *du*?« Kari funkelte ihn zornig an. Wenn sie anfing, sich vorschreiben zu lassen, wohin sie gehen oder mit wem sie sich treffen durfte, konnte sie sich gleich wieder in Daishiros goldenem Käfig einsperren lassen. Ja, Haruo zu treffen, war ein Risiko. Ja, vermutlich hatte Nael recht und es war eine Falle. Aber wenn dem so war, wieso hatte Haruo sie im Luminer nicht festgenommen?

»Leute«, sagte Zora mit aufgerissenen Augen.

Naels Blick war starr auf Kari gerichtet. Sie wünschte, sie könnte seine echte Augenfarbe sehen, doch wie immer trug er seine dunklen Kontaktlinsen. Er öffnete den Mund zum Protest, schloss ihn wieder und schluckte hinunter, was auch immer ihm auf der Zunge gelegen hatte. Dann beschwor er in deutlich sanfterem Ton: »Erwartest du wirklich von mir, dass ich tatenlos zusehe, wie du dich in Gefahr begibst?«

»Das tue ich«, gab Kari zurück. Sie beschloss, den Schmerz zu ignorieren, der für einen Sekundenbruchteil über Naels Gesicht flackerte.

»Leute!«, sagte Zora erneut, dieses Mal lauter.

Kari folgte ihrem Blick zum Bildschirm. »Oh, Göttinnen«, murmelte sie. Die Überwachungsaufnahme zeigte gerade den Moment, in dem die Skarabäuskrieger in die Bar einfielen und diese verwüsteten. Wie sie die Einrichtung in Stücke schlugen, wie die wenigen Gäste Reißaus nahmen und diejenigen, die zu langsam waren, die Fäuste der Krieger zu spüren bekamen. Wie winzige Drachen panisch Feuerwölkchen ausstießen und davonflogen, wie zwei Männer, einer davon Genji, Lady Whinn an den Haaren durch den Raum schleiften. Kari suchte den Bildschirm nach Haruo ab, doch er schien nicht Teil der Attacke gewesen zu sein.

Plötzlich gefror das Bild. Krieger erstarrten in der Bewegung, Fäuste hingen wie versteinert in der Luft. Kurz glaubte Kari, die Aufnahme hätte angehalten, doch dann sah sie den Schatten, der sich langsam in die Bar schob.

»Das ist er«, flüsterte Zora ehrfürchtig.

Ja, das war er – der gesichtslose Magier. Er war nur von der Seite zu erkennen, und dennoch – trotz der verpixelten schwarz-weiß Auflösung des Videos – lief Kari ein kalter Schauer über den Rücken, als er seine flügelartigen Arme hob. Eine Druckwelle erfasste die Männer und schleuderte sie gegen die Wand. Einige blieben liegen, der Rest tappte blind durch die Bar. Ihre Panik sickerte wie zähflüssiger Teer durch den Bildschirm.

Das waren die gefährlichsten Krieger Magnolia Bays. Aber gefangen im augenlosen Blick des Magiers waren sie hilflos. Kari erkannte Genji, der auf allen vieren über den Boden kroch, und Lady Whinn, welche die Hände vor die Augen schlug und sich zusammenkrümmte. Zwei Männer schafften es taumelnd auf die Beine und versuchten davonzulaufen, doch der Magier deutete mit einem ausgestreckten Finger auf sie, woraufhin ein Ruck durch ihre Körper ging, als seien sie von einer Kugel getroffen.

»Die Krieger haben überhaupt keine Chance«, flüsterte Zora, verstummte jedoch, als der Magier seinen Kopf drehte und direkt in die Kamera schaute.

Es war, als ob der Schatten seiner Schwingen durch den Bildschirm flösse und über Zeit und Raum hinweg seine Geisterfinger nach ihnen ausstreckte. Niemand sagte ein Wort, die Luft im Raum fühlte sich plötzlich dichter an, zähflüssiger, als atmete man Öl ein. Dann hob der Magier seinen Arm und der Bildschirm wurde schwarz.

»Das ist kein idealer Ort, um jemanden zu kidnappen.«

Zora

Es war kurz vor Mitternacht und die Magnolia Promenade flirrte vor Leben. Das südlichste Viertel der Peninsula trug den irreführenden Titel Jademarkt, obwohl hier keine Jade, dafür Orangenbäumchen, Spielzeug und Elektrowaren verkauft wurden. Es war der einzige Bereich der Halbinsel, der nicht von den Clans kontrolliert wurde. Hier tummelten sich die Touristen, die einen Geschmack des alten Magnolia Bays erhalten wollten. Denn im Gegensatz zur Hauptinsel fand man auf dem Festland keine Glaspaläste, dafür traditionelle Märkte, Läden, in denen Teezeremonien angeboten wurden, und an gefühlt jeder Ecke einen Tempel, der den Göttinnen oder ihren Generälen gewidmet war. An der südlichsten Spitze lag die Magnolia Promenade.

Zahlreiche Menschen schlenderten die Uferpromenade entlang, von der aus man über den Kanal bis zur Hauptinsel sehen konnte. Sie machten Fotos von den fliegenden Dschunken oder gönnten sich an einem der vielen Straßenstände gebratene Oktopusspieße oder süße Reisbällchen. Über ihnen tanzten Lampions in der Luft und unweit von Zora und Kari verkaufte ein Clown mit zwei Drachenmaskottchen im Gepäck Glücksbringer.

»Das hier ist kein idealer Ort, um jemanden zu kidnappen«, stellte Zora fest. Vielleicht war Karis Idee, sich mit Haruo zu treffen, ja doch nicht so irrsinnig, wie Nael es vermutet hatte. Zora wäre trotzdem wohler dabei gewesen, ihren Bruder hier zu haben. Sie verstand Karis Wunsch nach Selbstbestimmtheit, aber sollte ihr heute Nacht etwas passieren, würde Nael Zora die Schuld geben. Zu Recht. Immerhin hatte sie ihn mit einem Zauber belegt, der ihn für die nächsten zwölf Stunden daran hinderte, sein Apartmenthaus zu verlassen.

Kari hatte Zora um diesen Gefallen gebeten, weil sie genau wusste, dass Nael sie niemals würde allein zur Magnolia Promenade aufbrechen lassen. Sie war sogar bereit gewesen, dafür ein Huhn zu opfern, und Zora fragte sich, welcher Wahnsinn sie geritten hatte, Kari zuzustimmen. Ja, sie wollte ihrer neuen Freundin helfen, trotzdem stimmte sie ihrem Bruder heimlich zu – das hier war eine saudämliche Idee. Die Textnachrichten und verpassten Anrufe auf ihrem Handy bestätigten, dass er genau wusste, wem er seine magische Zwangshaft zu verdanken hatte. Und dass er verdammt wütend war.

»Haruo hat bewusst einen belebten Ort ausgewählt. Es ist ein Trick, um Sicherheit zu vermitteln. Du denkst, an einem Touristenplatz wie hier könnte dir nichts passieren, dabei ist es wesentlich leichter, sich in diesem Gedränge unbemerkt anzuschleichen als an einem menschenleeren Ort«, erklärte Kari.

»Du glaubst also auch, dass es eine Falle ist?«

Kari zuckte die Schultern.

»Wieso hätte Haruo dich und Nael gestern retten sollen, nur um dich heute zu kidnappen?«

»Keine Ahnung. Vielleicht will er tatsächlich nur reden. Vielleicht will er den Erfolg auch nicht mit Genji und Lady Whinn teilen. Haruo war schon immer auf Macht aus. Wenn er mich Daishiro allein überbringt, könnte ihm das eine höhere Stellung im Clan sichern.«

Wunderbar ... ganz wunderbar.

»Auf die Gefahr hin, dass du mir den Kopf abreißt: Da du offensichtlich mit einer Attacke rechnest, wieso hast du darauf bestanden, Nael nicht mitzunehmen?«

Kari warf ihr einen ihrer tödlichen Blicke zu.

»Schon klar, er kann nervig und bevormundend sein, aber das macht er bloß, weil du ihm wichtig bist.« Mehr, als Kari bewusst war. Vermutlich sogar mehr, als Nael selbst bewusst war. Männer waren notorisch dämlich, wenn es um Emotionen ging, und da war Zoras Bruder keine Ausnahme. Aber sie sah die Art, wie er Kari anschaute, als ob sie die Antwort auf eine Frage war, die er nie zu stellen gewagt hätte, die Antwort aller Fragen, um genau zu sein. Und sie bemerkte das Funkeln in seinen Augen, von dem sie lange gefürchtet hatte, es wäre für immer erloschen. Kari schaute Nael genauso an – wenn sie nicht gerade, so wie jetzt, zu beschäftigt damit war, Todesblicke zu verteilen.

»Hätte er nicht wenigstens als menschliches Sicherheitsnetz mitkommen können?«, fragte Zora.

Kari entgegnete: »Dafür habe ich ja dich.«

So viel dazu. »Na, dann lege ich besser los ...«, murmelte Zora, schloss die Augen und schickte ihre Mottenbabys auf die Reise.

Es war schon in ruhigeren Gebieten schwierig, den Überblick über die zahlreichen Facettenbilder zu behalten, die jede Sekunde von den Augen der blitzschnell flatternden Tiere erfasst wurden. Doch im Trubel der Promenade war es beinahe unmöglich. Zoras Kopf drehte sich, während sie versuchte, das Kaleidoskop der Motteneindrücke zu verarbeiten. Am Morgen hatte Kari sie eine Erinnerung an Haruo auf Knochenstaub kanalisieren lassen. Mit diesem Bild im Kopf schaffte Zora es, den Assassinen auszumachen.

»Er steht am Uferrand.« Er war an das Geländer gelehnt, das die Promenade vom Kanal trennte, und blickte in die Ferne, als ginge das bunte Treiben rundherum ihn überhaupt nichts an. In seiner Mimik lag eine Sehnsucht, die Zora an die Strände Koh Maleys erinnerte. Sein verträumtes Aussehen ließ sie beinahe vergessen, wie tödlich er war.

»Er sieht gar nicht gefährlich aus«, stellte sie fest.

»Die tödlichsten Gifte sind die, die du nicht riechen oder schmecken kannst«, entgegnete Kari. »Ist er allein?«

»Ich glaube schon. Oder ...« Zoras Motten zogen breitere Bahnen um Haruo. Erst entdeckte sie nichts, doch dann fielen ihr zwei Männer auf, die einige Meter von ihm entfernt so taten, als würden sie Fotos von der gegenüberliegenden Hauptinsel machen. Und ein dritter Krieger, der sich unter das Publikum eines Straßenkünstlers gemischt hatte, dessen Augen aber überallhin huschten, nur nicht auf den Akrobaten, der auf seinem Einrad Kunststücke vorführte.

»Da sind drei Skarabäuskrieger«, stellte sie fest.

Es war also tatsächlich eine Falle. Zoras Kopf schwirrte, als sie ihre Verbindung zu den Motten löste. Kari hatte die Stirn in ihre Hände gelegt, als sei ihr schlecht.

»Tut mir leid«, sagte Zora.

»Muss es nicht. Haruo hat schon immer das getan, was Haruo weiterbringt.«

»Du siehst nicht so aus, als wäre es dir egal«, stellte Zora fest.

Kari schüttelte den Kopf. »Mir ist nur plötzlich so schwindlig. Es ist, als ... ich weiß auch nicht. Als hätte jemand meinen Kopf in Watte gepackt.«

»Oh, scheiße.«

»Was?«

»Fühlst du dich orientierungslos?«, fragte Zora. »Denn, wenn das der Fall ist …«

»Du meinst, der Nebel?«, hauchte Kari. Ihre Stimme war so dünn wie Seidenpapier. »Was soll ich tun?«

Im Geist rief Zora die Motten zu sich. »Ich kann die Erinnerung für dich auf Mottenflügel bannen. Aber dafür musst du herausfinden, um wen es geht.«

»Wie?«, stieß Kari aus. Die Nervosität zerfranste ihre Worte. Zum ersten Mal entdeckte Zora Angst auf Karis Gesicht, und das ließ ihr eigenes Herz schneller schlagen. Sie fasste Karis Hände, die eiskalt waren.

»Geh alle Leute durch, mit denen du zu tun hast. Du schaffst das«, beschwichtigte Zora. »Fang mit den Nemea-Leuten an.«

»Okay, ich … okay. Ähm, Daishiro, Chichiko, Fayola, Haruo, Genji …«, begann Kari Namen aufzuzählen.

Gleichzeitig ging Zora die Liste ihrer eigenen Verbindungen durch. Nun, da Kari in der Walled City lebte, war nicht auszuschließen, dass es jemanden getroffen hatte, den Zora ebenfalls kannte. Nael. Mama Laquar. Quan. Thambi. Lycien. Alle unberührt vom Nebel. Zoras Herzschlag beruhigte sich.

»Sa- … Saika!«, stieß Kari aus. »Sie ist es.«

Zora streckte die Hand aus, woraufhin dort eine Motte landete. Sie hatte keins der magischen Utensilien zur Hand, die sie normalerweise für einen solchen Zauber brauchte. Lyciens Feuer, das ihr Blut selbst einen Tag nach ihrem Treffen wärmer als gewöhnlich machte, musste ausreichen, um die Erinnerung zu bannen.

»Saika«, begann Zora und lenkte die Energie auf die filigranen Flügel. »Was noch?«

»Sie lebt in den Nemea-Vierteln. Sie hat eine Tochter. Izumi.

Die beiden haben mir zum ersten Mal vom gesichtslosen Magier erzählt und ... Oh, ich bin so dumm!«

Zora konzentrierte sich auf den Bannzauber. Immer mehr winzige Buchstaben erschienen auf den Mottenflügeln.

»Ich hätte sofort daran denken müssen, dass sie etwas mit dem Dämon zu tun hat!«, sagte Kari.

»Konzentrier dich«, wies Zora an. »Aufregen kannst du dich später. Was fällt dir noch ein?«

»Ähm ... Sie hat meinen Arm verarztet und ... sie ...« Karis Pupillen hörten auf zu zittern, die Zerfranstheit in ihrem Blick und ihrer Stimme wich honigweicher, klebriger Verwirrung. »Was ...? Worüber haben wir gerade gesprochen?«

Zora seufzte. Das war überraschend schnell gegangen. Saikas Seele war in diesem Moment bereits verloren, nicht jedoch die Erinnerungsfetzen, die Kari hatte retten können. Worte, gebannt auf Mottenflügel, so winzig und doch so wertvoll. Weil sie alles waren, was blieben, wenn ein Leben verschwand.

»Schlag.«

Nael

Nael stellte sich vor, der Sandsack hätte Haruos Gesicht. Er holte aus und schlug mit aller Kraft zu, dann noch einmal und noch einmal.

Wenn er einen beschissenen Tag hatte, half es ihm meistens, sich physisch auszupowern, bis sein Körper und Kopf so schwer wurden, dass kein Platz mehr für Gedanken blieb. Also war er auch heute in der Hoffnung, die Sorgen und Wut loszuwerden, in den Fitnessraum seines Apartmenthauses gegangen. Schweiß bedeckte seinen Oberkörper, und seine Arme wurden mit jedem Schlag härter, aber er bekam den Kopf trotzdem nicht frei. Wie auch, wenn er genau wusste, dass Kari in diesem Moment in Gefahr schwebte und er rein gar nichts dagegen tun konnte?

Er trippelte um den Sandsack herum, holte aus und schlug zu.

Als es ihm plötzlich nicht mehr gelungen war, das Gebäude zu verlassen, hatte er im ersten Moment seinen Verstand infrage gestellt. Dann hatte er nach Gründen gesucht, warum die Lilien ihn hier festhalten würden. Es hatte jedoch nicht lange gedauert, bis er diesen Gedanken verwarf und realisierte, dass seine kleine Schwester dahintersteckte.

Schlag.

Zora hielt ihn mit einem Zauber in seinem Apartmenthaus fest und er konnte sich sehr gut denken, warum: weil Kari sich in diesem Moment mit Haruo traf. Nael hatte ihr davon abgeraten. Natürlich hatte er das! Er hatte sie beinahe angefleht, nicht hinzugehen oder ihn zumindest als Back-up mitzunehmen, wofür Kari ihm am liebsten den Kopf abgerissen hätte. Seine Sorge zählte für sie nicht, weil er unwichtig für sie war. Im Gegensatz zu Haruo. Nael verstand ja, dass sie sich nach Jahren in Don Nemeas Käfig von niemandem mehr etwas vorschreiben lassen wollte, aber musste sie sich gleich mit einem Killer treffen?

Der nächste Schlag.

Es war so verdammt frustrierend! Wahrscheinlich brachte Haruo einen ganzen Trupp ausgebildeter Skarabäuskrieger mit, die sich auf Kari und seine Schwester stürzen und sie gefangen nehmen würden. Und das Schlimmste an der Sache war: Sie wusste es! Kari war nicht dumm, trotzdem lief sie bereitwillig in Haruos Falle und Zora half ihm dabei.

Schlag.

Und selbst wenn Haruo allein kam, das hieß gar nichts! Wie gewissenlos und effizient er tötete, hatte er im Luminer bewiesen. Eine halbe Sekunde. Länger hatte er nicht gebraucht, um Lady Whinn außer Gefecht zu setzen. Was, wenn der Assassine in diesem Moment seine Messer zog? Wenn eines davon bereits in Karis Brust steckte?

Schlag. Schlag. Schlag.

Er würde Kari nicht töten. Das ergab keinen Sinn. Don Nemea hatte nicht seine Truppen mobilisiert, um sie zu finden, nur um sie sofort umzubringen. Haruo würde Kari schnappen und zurück in die Nemea-Villa schleifen, und dann … dann würde Nael sie nie wieder sehen.

Schlag.

Kari hatte die Freiheit gekostet. Was würde es mit ihr anstellen, erneut in Don Nemeas Käfig eingesperrt zu sein? Und wenn sie sich auflehnte, was würde er mit ihr tun?

Schlag.

Oder wäre sie insgeheim froh, zu Hause zu sein? Er hatte die Kälte in ihrem Gesicht gesehen, als sie mit der Pistole über Lady Whinn stand. Das war eine Kari, an die er sich nicht mehr erinnerte. Die Kari des Skarabäusclans. Woher wollte er wissen, dass diese Kari sich insgeheim nicht danach sehnte, in ihr altes Leben zurückzukehren? Nael konnte nicht umhin, sich vorzustellen, wie Don Nemea seine Ziehtochter mit offenen Armen aufnahm. Wie die beiden sich feinstes Essen servieren ließen, um Karis Rückkehr zu feiern.

Schlag.

Vielleicht wollte Haruo sie überhaupt nicht für Don Nemea, sondern für sich selbst. Nael hatte keine Ahnung, wie die beiden zueinander gestanden hatten, bevor Kari vergessen wurde. Aber die Art, wie Haruo sie angesehen hatte ... wie einen verlorenen Schatz. War das der Grund, warum Kari so aufbrausend auf Naels Warnung reagiert hatte? Nicht, weil sie seine Sorge für unangebracht hielt, sondern weil sie Haruo sehen *wollte*?

Schlag.

Lag sie gerade jetzt in seinen Armen?

Schlag.

Scheiße. Er musste aufhören, über diesen ganzen Mist nachzudenken, ehe er sich völlig verrückt machte!

Schlag. Schlag. Schlag.

Als er irgendwann keuchend vom Sandsack abließ, spürte er seine Arme kaum mehr. Er brauchte dringend Wasser! Doch als er sich umdrehte, um seine Flasche zu holen, zuckte er zusammen. Kari lehnte an einem Laufband und grinste ihn an.

»Beschissener Tag?« Provokant ließ sie ihren Blick über

seine schweißglänzende Brust wandern. »Oder warst du so sauer, weil ich mich ohne dich mit Haruo treffen wollte, dass du jetzt für die Pearlstrip-Crew trainierst?«

Die Pearlstrip-Crew war die bekannteste männliche Strippergruppe Magnolia Bays, und dass Kari von ihnen wusste, hatte Nael eindeutig seiner Schwester zu verdanken. Er rang nach Atem. Weil seine Lunge brannte und, ja, vielleicht auch, weil Kari mit ihrer Vermutung ins Schwarze getroffen hatte. Er hatte zwar keine Stripperkarriere im Sinn, aber dass sein ausschweifendes Training nichts mit Karis und Haruos Treffen zu tun hatte, konnte er auch nicht behaupten.

»Wie lange bist du schon hier?«

»Lang genug, um die Show zu genießen.« Sie erhob sich und reichte ihm die Trinkflasche. Ihre Fingerspitzen berührten seine Hand, als er das Gefäß entgegennahm, und hinterließen einen winzigen Phantomschmerz, als sie sich von ihm lösten. *Zu kurz. Zu wenig.* Nael schluckte.

»Danke«, sagte er und stürzte das kühle Wasser hinunter.

Kari beobachtete ihn mit verschränkten Armen. Als Nael ausgetrunken hatte, fragte er: »Solltest du nicht an der Magnolia Promenade sein? Deswegen habt ihr mich doch hier eingeschlossen, oder?«

»Da war ich.«

Sein Magen zog sich zusammen. Für einen kurzen Moment hatte er gehofft, sie hätte Haruo einen Korb gegeben. Aber natürlich war dem nicht so. Kari hatte angekündigt, ihn zu treffen, und die wenige Zeit, die er sie kannte, reichte, um zu wissen, dass sie ihre Versprechen wahr machte.

»Muss ein kurzes Treffen gewesen sein«, sagte er betont beiläufig. Die Erleichterung, Kari unversehrt zu sehen, erfüllte ihn jedoch mit derselben Ruhe wie der Geschmack gebratener Nudeln.

»Er war nicht allein. Du hattest recht, es war ein Hinterhalt. Also bin ich wieder weg«, gab sie zu. Falls es ihr unangenehm war, ihren Fehler einzugestehen, ließ sie es sich nicht anmerken. Sie biss sich auf die Unterlippe und ließ ihre Augen über seinen Bauch wandern. Auf Höhe seines Schritts stoppten sie. »Ich musste dringend herausfinden, was du auf deinem Hintern hast«, sagte sie dann.

»Du ...« Nael starrte sie ein paar Sekunden lang an. Dann schüttelte er lachend den Kopf. Er war Kari dankbar dafür, dass sie seine Anspannung erkannt und einen Weg gefunden hatte, dagegen anzugehen, der keine bohrenden Fragen und peinlichen Erklärungen erforderte.

Kari grinste zufrieden, doch dann wurde ihre Miene entschlossen. »Aber im Ernst. Ich habe eine Bitte. Ich muss zurück in die Clanviertel und jemanden suchen.« Sie holte tief Luft. »Und ich möchte, dass du mich begleitest.«

»Ich könnte mich daran gewöhnen.«

Kari

Nael machte es Kari nicht gerade leicht, ihren Plan halbwegs konzentriert vorzubringen. Denn während sie ihm erzählte, was in den letzten Stunden passiert war und was, wenn es nach ihr ging, in den nächsten Stunden passieren würde, machte er sich nicht die Mühe, sein Shirt anzuziehen.

Saika war verschwunden und hatte eine Tochter zurückgelassen. Die Vorstellung, wie die Kleine allein und verängstigt durch die Nemea-Viertel streifte, ließ Karis Inneres eiskalt werden. Wer, wenn nicht sie, könnte verstehen, was es hieß, plötzlich eine Fremde im eigenen Leben zu sein?

Zum Glück hatte Zora den Namen der Verschwundenen rechtzeitig für Kari gebannt und den Schutzzauber auch auf Nael ausgeweitet, sodass er ihr würde helfen können, nach Saikas Tochter zu suchen, ohne vom Nebel getroffen zu werden.

»Das letzte Mal, als wir zusammen in die Clanviertel sind, hat es keine fünfzehn Minuten gedauert, ehe die Skarabäuskrieger uns ausfindig gemacht haben«, entgegnete Nael. »Sieht dein Plan irgendwelche Maßnahmen vor, um das zu verhindern?«

»Morgen ist der erste Tag der Woche, Calistos Tag«, sagte Kari und erklärte weiter.

Am ersten Wochentag versammelten sich Don Nemeas Männer in den frühen Morgenstunden vor dem Skarabäustempel, um Calisto, dem Krieger unter den sieben göttlichen Generälen, Opfer darzubringen und ihn um Stärke und Willenskraft für zukünftige Kämpfe zu bitten. Es war ebenso ein Moment der Einigkeit für die Skarabäuskrieger wie eine Einschüchterungstaktik, denn die Opfergaben waren nicht etwa Blumen oder Obst wie bei gewöhnlichen Zeremonien, sondern die Gefangenen der letzten Woche. Das Ritual dauerte zirka eine Stunde. Das war Nael und Karis Fenster, um Saikas Haus zu erreichen, Izumi zu suchen und wieder zu verschwinden.

»Du willst also die Hinrichtung von Unschuldigen als Ablenkungsmanöver nutzen?«, fragte Nael.

»Sie sind nicht unschuldig und sie sterben, ob wir sie nun als Ablenkungsmanöver benutzen oder nicht«, gab Kari ungerührt zurück. Sie hatte die Regeln des Skarabäusclans nicht gemacht und würde sich nicht dafür entschuldigen.

»Hast du Zora gebeten, uns mit ihren Motten zu helfen?«

»Niemand wird uns sehen. Vertrau mir. Ich kenne mich in den Nemea-Vierteln aus«, antwortete Kari. Zora um Hilfe zu bitten, könnte ihnen womöglich das Leben retten. Doch aus einem Impuls heraus, den Kari selbst nicht recht verstand, wollte sie unbedingt, dass Nael ihr genug vertraute, um das Risiko einzugehen.

Nael runzelte skeptisch die Stirn. Schließlich streifte er sich sein Shirt über und sagte: »Aber mich willst du dieses Mal dabeihaben ... Woher kommt der Sinneswandel?«

»Du hast Erfahrung damit, die Spuren des Nebels zu deuten.« Und sie fühlte sich sicherer, wenn Nael bei ihr war. Was lächerlich war, denn sie konnte sich allein verteidigen. Doch es entsprach der Wahrheit ...

Zum Glück hakte Nael nicht weiter nach. »Da wir bis morgen früh warten müssen und ich dank dir und Zora eingeschlossen bin, schlage ich vor, du bleibst hier und kriegst ein paar Stunden Schlaf, bevor wir aufbrechen.«

Kari konnte ihr Lächeln kaum unterdrücken. Sie fühlte sich leicht, als sie gemeinsam mit dem Aufzug in Naels Wohnung fuhren, dabei sollte sie sich nach allem – nach Haruo, nach dem Luminer, nach dem Blut und dem Vergessen – eigentlich zementschwer fühlen.

»Im Kühlschrank ist Ananasreis von gestern. Wärmst du ihn auf, während ich dusche?«, fragte Nael.

»Wenn du mir endlich deinen Hintern zeigst, koche ich sogar was für dich«, gab Kari zurück, was Nael mit einem Augenverdrehen quittierte. Etwas Aufwärmen gehörte zu den Dingen, die Kari noch nie getan hatte. Aber wie schwer konnte es sein?

Während Nael im Bad verschwand, machte sie sich in der Küche zu schaffen. Kari starrte fünf Minuten lang in den Schrank mit den Kochutensilien, ehe sie entschied, dass eine Pfanne sich am ehesten zum Aufwärmen eignen würde, löffelte den Ananasreis hinein und beförderte alles in den Ofen. Blieb nur noch herauszufinden, welcher Drehknopf den in Gang bringen würde.

»Hast du die Mikrowelle nicht gesehen?« Kari zuckte zusammen, als sie Naels Stimme hörte. Sie war zu versunken in das Studium der Ofenknöpfe gewesen, um zu bemerken, dass das Duschwasser aufgehört hatte zu prasseln.

»Die Mikrowelle, ja …«, murmelte sie und suchte die Küche nach etwas ab, das nach einer Welle aussah. Die Waage vielleicht? Oder die Pfanne mit den Rillen? Oder, oh, bestimmt war es das Mixgerät mit den merkwürdig geschwungenen Metallteilen! Sie griff sich das Gerät und drehte sich zu Nael um.

Der lehnte mit verschränkten Armen am Türrahmen und war bis auf ein um die Hüfte geschlungenes Handtuch nackt.

Seine Haare glänzten vor Feuchtigkeit und seine Muskeln traten, direkt nach dem Training, besonders deutlich hervor. Wollte er Kari mit seinem Anblick quälen? Auf seinem Gesicht zeigte sich das typisch überhebliche Lächeln. Oh, ja, er wusste genau, was er hier tat. Die Gedanken an Naels Bauchmuskeln und daran, wie sie sich unter Karis Fingern anfühlen würden, verflogen allerdings, als sie das Blau seiner Augen erfasste. Blau wie der Ozean vor Koh Maley. Blau wie der Himmel, bevor es begann, Drachenblut zu regnen.

Er schaute Kari direkt an, wich ihrem Blick nicht aus, wie er es während ihrer ersten Nacht in der Walled City getan hatte. Zum ersten Mal erlaubte er ihr freiwillig, den wahren Nael zu sehen, ohne Kontaktlinsen und aufgesetzte Sprüche. Und das, mehr als alles andere, bewies, dass er Kari vertraute – und wie sehr er wollte, dass sie es ebenfalls tat.

Nael hatte gesagt, Kari und er seien wie Spiegelbilder, und in diesem Moment, während sie das Meerblau seiner Augen in sich aufsog, wollte sie glauben, dass er damit recht hatte. Dass die Tiefe und Freiheit, die sie in ihnen entdeckte, ihre eigene Seele widerspiegelten. Auch wenn sie wusste, dass es bloß eine Fantasie war.

Karis Seele war blutrot.

Als Nael bemerkte, was Kari in der Hand hielt, zog er schmunzelnd einen Mundwinkel hoch.

»Willst du einen Reis-Smoothie machen?« Kari warf ihm einen bitterbösen Blick zu, woraufhin Nael die Hände in einer Friedensgeste hob und noch breiter grinste. »Ich ziehe mich schnell an und dann helfe ich dir«, meinte er.

»Musst du nicht«, gab sie zurück.

»Helfen?«

»Dich anziehen.« Kari biss sich auf die Unterlippe. Plötzlich war da wieder dasselbe Prickeln wie auf dem Dach, aber ganz ohne Champagner.

»Gib's zu, du willst bloß einen Blick auf meinen Hintern werfen«, lachte er.

»Wäre das so schlimm?«

»Fassen wir zusammen: Du fesselst mich gerne, willst regelmäßig, dass ich mich ausziehe, und hast eine ungesunde Obsession für meinen Hintern. Gar nicht ladylike von dir.«

»Gut, dass ich keine Lady bin«, antwortete Kari. »Außerdem könntest du meine ungesunde Obsession mit deinem Hintern jederzeit beenden, indem du mir sagst, was mit deiner Pobacke los ist. Findest du es nicht unfair, mich so auf die Folter zu spannen?«

Nael seufzte gespielt empört. »Vielleicht mag ich deine Obsession«, sagte er und drehte sich um. »Zu schade, dass ich dich nicht leiden sehen kann.«

Kari wollte etwas antworten, da ließ er das Handtuch von den Hüften rutschen und entblößte seinen Hintern. Bei den Göttinnen ... Kari hatte mehr Stunden, als sie zugeben würde, damit verbracht, sich auszumalen, was wohl das Geheimnis seines Hinterns sein könnte – und sie hatte einige Ideen gehabt. Damit hatte sie allerdings nicht gerechnet.

»Ich wusste ja, dass du gebratene Nudeln liebst. Aber dass du sie dir gleich auf den Hintern tätowieren lässt ...«

Oh, er würde es bereuen, diese wertvolle Information mit ihr geteilt zu haben! Wissen war Macht – und dieses Wissen würde Kari nutzen, wann immer Nael ihr auf die Nerven ging.

Nael hatte bereits das Wohnzimmer durchquert und verschwand in seinem Zimmer. Momente später kehrte er in Jogginghose und weißem Shirt zurück. Es war das erste Mal, dass Kari ihn in einer anderen Farbe als Schwarz sah. Es ließ ihn weicher wirken. Nahbarer. Er nahm die Schüssel Ananasreis und stellte sie in die Mikrowelle, die sich als viereckiger kleiner Kasten mit Fenster herausstellte, der überhaupt nichts mit Wellen zu tun hatte.

»Wir müssen dringend über dein Tattoo sprechen«, sagte Kari, während sie wartete, bis das Essen warm wurde.

»Absolut nicht! Ich habe es dir nur gezeigt, damit du dir nicht länger den Kopf über meinen Allerwertesten zerbrechen musst«, gab Nael zurück.

»Wie kommst du darauf, dass ich jetzt aufhören werde, über deinen *Allerwertesten* nachzudenken?«, neckte sie ihn. »Nachdem ich eine bildliche Vorstellung von deinem Po habe, weiß ich nicht, ob ich je wieder an irgendetwas anderes denken kann!«

Er öffnete die Mikrowelle und verteilte den Reis auf zwei Tellern. Der Essensduft ließ Kari das Wasser im Mund zusammenlaufen.

»Es war eine Wette mit Zora, okay? Können wir das Thema jetzt beenden?«

»Hast du die Wette denn gewonnen?«

»Glaubst du, ich hätte eine Schüssel Nudeln auf meinem Hintern, wenn ich gewonnen hätte?« Er versuchte Kari ebenso tödlich anzuschauen, wie sie es mit anderen tat, scheiterte jedoch kläglich. »Wir können hier essen oder auf der Couch. Ich lasse dich sogar die Sendung aussuchen«, meinte Nael, und Kari hörte das ungesagte »Wenn«. *Ich lasse dich die Show aussuchen, wenn du aufhörst, über mein Tattoo zu reden.* Kari beschloss, ihm eine Verschnaufpause zu gönnen.

»Klingt gut«, sagte sie, nahm sich einen Teller und machte es sich auf der Couch gemütlich. Der Ananasreis war, wie nicht anders zu erwarten, köstlich. Nael schaltete den Flachbildfernseher ein. Es lief eine Nachrichtensendung, in der gerade das Bild eines jungen, gut aussehenden Palayesen gezeigt wurde.

»Wer ist der Kerl? Ist er berühmt?«, fragte Kari, denn sie hatte zahlreiche Plakate mit seinem Gesicht im Central District hängen sehen.

»Das ist Cai«, sagte Nael und musterte sie mit gerunzelter Stirn.

»Sollte mir das etwas sagen?«

»YI-Shen Cai, du weißt schon, YIs Vertreter auf Erden und der Mann an der Spitze Magnolia Bays. Die Medien reißen sich um ihn, seit er vor einem halben Jahr gewählt wurde. Der jüngste Regent in der Geschichte der Insel und der erste, der keinen Nachnamen hat.«

»Oh«, machte Kari.

Sie hörte eben das allererste Mal von ihm. Sie wusste, dass der YI-Shen, der als Stimme des Göttervaters YI galt, an der Spitze Magnolia Bays saß, dass er vom Inneren Kreis, den drei Repräsentantinnen der Göttinnen auf Erden, beraten wurde und dass die täglichen Regierungsgeschäfte von den Ministern des Äußeren Kreises getätigt wurden, welche die sieben göttlichen Generäle vertraten. Sie hatte allerdings keine Ahnung, wer die Gesichter hinter diesen Posten waren. Genauso wie sie nicht gewusst hatte, was eine Mikrowelle war.

Es gab so vieles, von dem sie keine Ahnung hatte, und dazu zählten Dinge, die jedes fünfjährige Kind lernte. Daishiro hatte die besten Privatlehrer angeheuert, um Kari zu unterrichten. Was sie nicht realisiert hatte, war, wie sehr er einschränkte, *was* sie lernte. Nael verzichtete zum Glück darauf, einen Kommentar abzugeben. Er zappte durch das Fernsehprogramm, bis er eine Gameshow fand, in der Kandidaten Geschicklichkeitsaufgaben lösen mussten und bei jedem Scheitern mit Schleim beworfen wurden.

»Das sieht nach der seichten Unterhaltung aus, die wir brauchen, um uns auf den Ernst morgen einzustimmen. Was meinst du?«, fragte er.

»Perfekt«, antwortete Kari und sank tiefer in die Kissen.

Sie hatte auch noch nie eine Gameshow gesehen.

»Kari, wir müssen los.« Sanfte Hände rüttelten sie wach. Naels Hände. Als sie zwinkernd die Augen öffnete, erkannte sie, dass es bereits dämmerte. Kari musste gestern Abend auf dem Sofa eingeschlafen sein. Kein Wunder, es war so gemütlich gewesen. Auf der Couch. Mit Nael. *Vor allem mit Nael,* flüsterte eine leise Stimme in ihrem Kopf. Doch lange Zeit, darüber nachzudenken, blieb ihr nicht. Nael war bereits angezogen und startbereit für ihre Mission. Eine Mission, für die Kari einen klaren Kopf benötigte.

Nach einer kalten Dusche und einem schnellen Frühstück machten sie sich auf den Weg in das Nemea-Viertel. Wie sie es vorhergesagt hatte, waren die Gassen leer gefegt. Die Bewohner waren entweder an Calistos Tempel, um der Opferung beizuwohnen, oder hatten zu viel Angst, um zu dieser Stunde ihre Häuser zu verlassen.

Die Tür von Saikas Haus war so dünn, dass Nael sie mit zwei gezielten Tritten eintreten konnte. Drinnen roch es stickig, Staub tanzte durch die Luft. Niemand schien hier zu sein, doch Kari bewegte sich trotzdem auf leisen Sohlen.

»Das muss sie sein«, sagte Nael und deutete auf ein gerahmtes Foto an der Wand, das eine Frau mit einem Mädchen zeigte. Beide hatten schwarze Haare und ebenso dunkle Augen. Die Frau war hager und wirkte durch und durch gewöhnlich, das Mädchen musste um die elf Jahre alt sein und hatte einen kämpferischen Ausdruck im Gesicht.

Nael legte einen Finger auf seinen Mund. *Hast du das gehört?*, formte er lautlos mit den Lippen.

Kari nickte. Auch sie hatte das Knacken in einem der angrenzenden Räume ausgemacht. Sie nickte in die Richtung des Geräuschs. Nael zog seine Pistole und reichte sie Kari. Leise setzte sie einen Fuß vor den anderen, bis sie den Raum erreicht hatte, und ließ die Tür aufschwingen. Dahinter befand sich ein Schlafzimmer, das auf den ersten Blick verlassen wirkte. Die Schranktür war jedoch einen Spaltbreit offen. Kari richtete den Pistolenlauf ins Innere und zog die Tür auf.

Eingewickelt in einen Haufen Kleidungsstücke seiner Mutter saß dort ein etwa elfjähriges Mädchen. Das musste Izumi sein! Die Kleine hob den Kopf. Sie wimmerte, als sie Kari entdeckte. Alles an ihr war Verlust – ihre springenden Pupillen, ihre trockenen Lippen, die vom vielen darauf Herumkauen rissig waren, ihre ungekämmten Haare, ihre ganze Aura aus Was-ist-mit-mir-passiert? Es tat weh, sie anzusehen, und gleichzeitig war es unmöglich wegzuschauen. Hatte Kari die gleiche Wirkung auf andere? War auch sie ein Unfall, den man nicht ansehen wollte, aber ansehen musste?

»Keine Angst«, flüsterte sie.

Das Mädchen reagierte nicht. Ihre Pupillen hüpften von Kari zu Nael zum Bett zur Tür zu ihren eigenen Fingerspitzen. Sie konnte ihren fransigen Blick keine Sekunde lang auf einen Punkt fixieren.

»Du bist Izumi, oder?«, flüsterte Kari und streckte die Hand aus. Das Mädchen ruckte so heftig zurück, dass sein

Kopf gegen die Schrankwand schlug. »Wir sind hier, um dir zu helfen.«

Izumis Lippen bewegten sich, doch die Worte waren zu leise, als dass Kari sie verstehen könnte.

»Bist du allein hier?«, fragte Kari.

Als sie keine Antwort erhielt, schaute sie Hilfe suchend zu Nael. »Was ist los mit ihr?«

»Es ist der Nebel«, antwortete er, ging neben Kari in die Hocke und drehte sein Ohr zu Izumi.

»Aber wieso? Ich dachte, die Kinder der Vergessenen behalten ihre Erinnerung«, hauchte Kari. Der Nebel traf nur die, die vergessen sollten, nicht jedoch diejenigen, die vergessen *wurden,* und dazu gehörten, als Überbleibsel des verlorenen Lebens, die Nachkommen der Verschwundenen. Als ihr eigener Vater seine Seele verloren hatte, hatte Kari die Wirkung des Nebels nicht gespürt. Ihre Erinnerung war intakt geblieben, was laut Nael und Zora normal war. Warum war es bei Izumi anders?

»Ich weiß nicht«, murmelte Nael. »Der Nebel hätte sie genauso wenig treffen dürfen wie dich.«

»Ist es möglich, dass sie einfach nur verwirrt ist? Oder traumatisiert von dem, was sie erlebt hat?«

Nael musterte das Mädchen mit schiefgelegtem Kopf. »Das hier sieht verdammt exakt nach den Nachwirkungen des Nebels aus. Ich wäre überrascht, wenn es etwas anderes wäre. Auch wenn ich mir nicht erklären kann, warum der Vergessenszauber Izumi getroffen hat.«

Kari lehnte sich näher heran, um das Stammeln der Kleinen verstehen zu können. »D-die Sonne und ... und Federn. Ein Vogel, ein ... ich weiß nicht, ich ... wer ...«

»Beruhige dich, Izumi.«

Sanft legte Kari eine Hand auf die Wange des Mädchens. Die Kleine erstarrte unter der Berührung, beäugte Karis Finger und dann – begann sie zu brüllen. »Ahhhhh!« Ihr Schrei gellte durch den Raum. Sobald Kari von ihr abließ, riss Izumi weitere Kleidungsstücke von den Bügeln und wickelte sie sich um den Kopf, bis sie nichts mehr sehen konnte.

Karis Kehle schnürte sich zusammen. Verdammt, die Kleine war völlig außer sich ... Ihr Anblick war gleichzeitig verstörend und traurig. Wie eine Puppe, deren Gliedmaßen verdreht am Plastikkörper saßen, und so dringend Kari sie wieder richtig zusammensetzen wollte, sie wusste nicht wie.

»Atme«, flüsterte Nael und legte ihr eine Hand auf den Rücken. Erst da bemerkte Kari, dass sie die Luft angehalten hatte.

»Das passiert also, wenn jemand verschwindet und niemand hinter ihm aufräumt«, murmelte sie. Die Vorstellung, wie Nael als Cleaner arbeitete, hatte ihr von Anfang an die Galle hochgetrieben, doch Izumis Zustand ... Zum ersten Mal verstand sie, warum es nötig war, die weltlichen Erinnerungen der Verschwundenen auszulöschen.

»Können wir irgendwas tun?«, fragte Kari.

»Wir nicht. Aber Zora vielleicht oder Mama Laquar.« Nael schluckte schwer. »Wir müssen schnell sein. Der Nebel frisst sich mit jeder Minute tiefer in Izumis Verstand. Und wenn er erst zu tief sitzt ...«

Kari verstand. Wenn sie nicht schnell genug waren, wäre Izumi für immer an den Wahnsinn verloren.

»Hör nicht auf.«

Zora

Auch am nächsten Tag besuchte Zora Lycien im Studierendenwohnheim.

»Wir könnten irgendwohin gehen und was essen«, schlug Lycien vor.

»So wie ein Date?«, fragte Zora. »Nein, danke. Du weißt, warum ich hier bin.«

»Zu rein professionellen Zwecken, schon klar«, gab Lycien augenverdrehend zurück.

»Ganz genau.« Noch Stunden nach ihrem gestrigen Kuss hatte Zora das elektrische Prickeln in ihrer Blutbahn gefühlt, als ob Lyciens Feuer auf sie übergeschwappt wäre. Wenn sie einen Weg fand, diese Energie gezielt zu lenken, könnte das Zoras Magie deutlich stärken.

Lycien seufzte. »Hast du denn wenigstens das Buch gelesen, das ich dir ausgeborgt habe?«

»Habe ich.« Tatsächlich hatte die Geschichte sie so gefesselt, dass sie die ganze Nacht durchgelesen hatte. *Die Reise des Mr. Sun Zhou* war die fabelhafte Lebenserzählung eines Hundertzwanzigjährigen, der die gesamte Welt bereist hatte – von den nomadischen Fae-Landen im Süden Turmalins zu den Dracheninseln rund um Palay, von den Sandseglerrouten Chrysanths bis hin zu den Ruinen des sagenumwobenen Aramis – und der am Ende nicht etwa ein Reiseziel, sondern sich selbst gefunden hatte.

»Es war sehr unterhaltsam«, sagte Zora. Dabei war es viel mehr gewesen. Voller Emotionen. Voller Fragen auf das eigene Leben. »Du hast Geschmack bei Büchern«, fügte sie hinzu.

»Ich habe auch Geschmack bei Frauen«, antwortete er grinsend.

Zora verdrehte die Augen. Genug Geplauder, beschloss sie.

»Zieh dein Shirt aus und setz dich«, wies sie ihn an und deutete aufs Bett.

»Dein Wunsch sei mein Befehl, Prinzessin«, gab Lycien zurück, woraufhin Zora schnaubte. Sie war keine Märchenprinzessin, sondern höchstens die Hexe, die ihre schwarze Magie ausübte.

Lycien gegenüber ließ sie sich im Schneidersitz auf der Matratze nieder, streifte sich ihr Shirt ebenfalls ab und hob beide Hände.

»Wir meditieren«, sagte sie.

Lycien folgte ihrem Beispiel wortlos. Er war offensichtlich eingeschnappt, weil sie nicht länger mit ihm plaudern wollte. Kurz fürchtete Zora, das elektrische Prickeln so nicht heraufbeschwören zu können, doch sobald seine Hände sich auf selber Höhe wie die ihren befanden, fühlte sie die Energie. Sie berührten sich nicht einmal, trotzdem sprangen Funken von seiner Handfläche in ihre.

Zora atmete konzentriert und fokussierte ihre Gedanken auf das Ausdehnen und Zusammenziehen ihres Brustkorbs. Lyciens Atem schloss sich ihrem Takt an, und bald folgte auch sein Herzschlag ihrem Rhythmus, während sich, erst langsam und gemächlich und dann ganz plötzlich ein Band zwischen ihren Handflächen spann. Mit jedem Atemzug verflochten sich weitere unsichtbare Fäden aus Feuer und Prickeln.

Vorsichtig senkte Zora ihre Hand, darauf bedacht, das Band nicht zu zerreißen und gleichzeitig Lyciens Haut nicht zu berühren – denn das wäre zu viel gewesen, viel zu viel auf einmal für die fragile Kontrolle, die sie ihrer Magie aufgezwungen hatte. Ihre Fingerspitzen schwebten seine Handgelenke und Arme hinauf und schließlich über seine Schulter. Lycien seufzte leise.

Auf Brusthöhe hielt Zora inne und wartete. Sie vernahm seinen Herzschlag in ihrer Handfläche. *Bum, bumbum.* Ein rhythmischer Bass, der von ihrer Hand in den gesamten Körper sickerte.

Sie hob ihren Blick und fand Lyciens Mund. Zora war wie hypnotisiert von seinen vollen Lippen, die wie dafür gemacht schienen, geküsst zu werden – und die sich in diesem Moment zu einem wissenden Lächeln verzogen. Als ob das unsichtbare Band auch ihre Gedanken miteinander verflocht.

Bumbum.

Lycien lehnte sich näher an Zora heran. Seine Brust presste sich dabei gegen ihre Handfläche, woraufhin Hitze sie durchzuckte.

Bum. Bumbum.

Seine Nasenspitze streifte Zoras, als er ihr ganz nah kam. Sie roch sein Aftershave und Schokolade. Kurz bevor ihre Lippen sich trafen, hielt er inne, neigte dann den Kopf und küsste eine Stelle direkt neben ihrem Mundwinkel.

Bumbum.

Sanft streichelte er ihre Wange und hob ihr Kinn an. Lycien senkte seine Lippen, um an ihrem Ohr zu knabbern. Dabei sandte sein zufriedenes Lachen prickelnde Wellen über Zoras entblößten Hals. Sie unterdrückte ein Stöhnen, als seine Haare sie kitzelten, doch dann begann er, sich mit seinen Lippen und seiner Zunge ihren Hals hinunterzuarbeiten, und sie konnte es endgültig nicht mehr zurückhalten.

Ein letztes Mal: *Bumbum.*

Lycien schob sich tiefer und Zoras Finger lösten sich von seiner Brust. Er blies Küsse erst auf ihre Schlüsselbeine, zog schließlich die Rundung ihrer Brust mit seiner Zunge nach. Das Prickeln wurde so stark, dass Zoras gesamte Welt sich drehte. Bei den Göttinnen, was machte Lycien bloß mit ihr?

Er schob sich tiefer, immer tiefer, küsste seinen Weg ihre Taille hinab und umkreiste dann mit der Zunge ihren Bauchnabel.

»Lycien«, seufzte sie. Sie hatte die Kontrolle behalten wollen, hatte die Magie lenken wollen, aber das hier war ... es war ... Was auch immer es war, Zora hatte die Beherrschung längst verloren und wollte sie auch nicht zurück.

Quälend langsam öffnete Lycien den Knopf ihrer Jeans und zog den Reißverschluss nach unten. Dann hob er den Blick und suchte nach Zoras Zustimmung. Sie war zu sehr in seinem Feuer gefangen, um etwas zu antworten. Also nickte sie bloß, ein stummes *Ja-ich-will-dich* und in ihren Gedanken ein viel zu lautes *Bitte-bitte-bitte*, und er zog die Jeans hinunter.

»Ich wollte ...«, begann Zora, doch die Worte verloren sich in einem bittersüßen Seufzen, als er ihre Beine auseinanderdrückte und die Innenseite ihrer Oberschenkel mit seinem Mund liebkoste.

»Was wolltest du?«, fragte Lycien. Seine Stimme brummte über Zoras Haut.

Keine Ahnung. Sie hatte nicht die geringste Ahnung, was sie hatte sagen wollen. In diesem Moment wäre es ihr sogar schwergefallen, sich an ihren eigenen Namen zu erinnern. Sie wusste nur, dass sie dieses Gefühl wollte, dieses Feuer, dieses Prickeln, dieses ...

»Hör nicht auf«, hauchte sie.

»Das hatte ich nicht vor.« Er schob zwei Finger unter ihr Höschen und zog es bedächtig ihre Oberschenkel hinab. Zora konnte sich gerade so davon abhalten, ihn anzuflehen, schneller zu machen.

Als das letzte Kleidungsstück gefallen war, zeichnete er ihre Beine mit den Fingern nach. An ihren Knien hielt er inne, um sie zu küssen, und senkte seinen Kopf tiefer.

»Soll ich immer noch nicht aufhören?«, flüsterte er und hauchte auf eine ganz bestimmte Stelle zwischen ihren Schenkeln.

Oh, Göttinnen ...

Die Hitze, die sich in Zoras Innerem aufgebaut hatte, war beinahe unerträglich. Sie krallte ihre Finger in Lyciens lange Haare und zog ihn näher zu sich heran. Sein Lachen streichelte ihre Mitte und dann schlossen sich seine Lippen um ihren empfindlichsten Punkt.

Zora explodierte. Im wahrsten Sinne des Wortes! Das hier war kein gewöhnlicher Orgasmus. Ihr Sichtfeld verwandelte sich in Gold und Sonnenlicht, das letzte Fitzelchen einer Kontrolle, die sie ohnehin längst verloren hatte, wusch weg, da waren nur noch das Gefühl von Lyciens Zunge auf ihr und in ihr und sein Feuer – sein Feuer, das viel tiefer drang, als jede Berührung es gekonnt hätte.

»Reden ist keine gute Idee.«

Lycien

Lycien leckte sich zufrieden die Lippen und legte seinen Kopf auf Zoras Hüfte. Sie atmete schwer, ihre Augen waren geschlossen, doch auf ihrem Gesicht strahlte ein mehr als zufriedenes Lächeln.

»Das war so …«, begann sie, beendete den Satz jedoch nicht.

»Wow?«, fragte Lycien grinsend. Er pustete sanfte Küsse auf ihren Bauch, ehe er sich in eine sitzende Position stemmte und Zora die Hand reichte, damit auch sie sich aufrichten konnte. Wow war eine Untertreibung. Zora zu verwöhnen und dabei zuzusehen, wie sie es genoss, dazu diese wunderbar süßen Geräusche, die sie ausstieß, wenn er sie an der richtigen Stelle berührte, das war besser als Sex. Korrektur: besser als der oberflächliche Gelegenheitssex, den er für gewöhnlich hatte. Denn die Vorstellung, mit Zora einen Schritt weiter zu gehen … Oh, er sollte es sich lieber nicht zu bildlich vorstellen, sonst würde er auf der Stelle wieder hart werden.

Diese Frau brachte ihn um den Verstand. Aber das war okay. Von Zora ließ er sich gerne in den Wahnsinn treiben.

»Du weißt mit deiner Zunge umzugehen«, gab sie zurück und biss sich auf die Unterlippe.

»Das Kompliment nehme ich gerne an.« Und wie er das tat! Es bereitete ihm unsägliche Freude, zu wissen, dass er Zora mindestens einen Orgasmus beschert hatte. Er würde es jederzeit wiederholen. Jetzt sofort, wenn sie es wollte.

Zwei Furchen zogen sich über ihre Stirn. Sie musterte Lycien, sagte dann: »Das ist nicht das erste Mal, dass dir jemand dieses Kompliment macht.«

Er zuckte die Schultern. »Vielleicht.«

War das, was über ihr Gesicht flackerte, etwa Eifersucht? Lycien hatte alle Mühe, sein triumphierendes Grinsen zu unterdrücken.

»Wie sieht's aus? Hunger? Durst? Und bevor du Nein sagst, ich finde, ich habe mir wenigstens ein paar Minuten Plaudern verdient.«

Nicht, dass Plaudern das war, was er gerade am liebsten getan hätte. Noch immer hatte er Zoras Geschmack auf seiner Zunge, und das machte es ziemlich schwer, seine Gedanken in jugendfreie Bahnen zu lenken.

Zu seiner Überraschung stimmte Zora zu. »Chips bitte und Limonade«, sagte sie bloß.

»Kommt sofort«! Er streifte sich ein Shirt über, um im Gemeinschaftsraum seines Studierendenwohnheims Snacks zu holen. Das dämliche Grinsen begleitete ihn auf seinem Weg, selbst als er in sein Zimmer zurückkam, war es noch nicht wieder verschwunden.

»Ich dachte, ihr Jungs lauft im Studierendenwohnheim immer oben ohne rum. So machen sie das zumindest in den Uni-Shows im Fernsehen«, sagte Zora. Sie lag nackt auf seinem Bett und rekelte sich wie eine Katze. Göttinnen, Lycien brauchte seine gesamte Willenskraft, um seinen Kopf nicht auf der Stelle wieder in ihrem Schoß zu vergraben.

Er reichte ihr eine Dose Limo und öffnete die Packung Mangochips, die er für sie aus einem Automaten gedrückt hatte.

»Du weißt, dass deine Silfurvenen unsichtbar sind, oder?«,

fragte Zora, und sofort legte sich ein Schatten über seine gute Laune.

Ja, das wusste er. Aber er fühlte sich trotzdem nicht wohl dabei, oben ohne gesehen zu werden. Die Angst, jemand könnte herausfinden, welche Krankheit unter seiner Haut schlummerte, hatte sich über die letzten Monate zu tief in sein Bewusstsein eingebrannt, um sie so einfach abzustreifen.

»Können wir über was anderes reden?«, bat er.

»Wir müssen über gar nichts reden«, gab Zora zurück. »Ich bin vollkommen zufrieden damit, hier rumzuliegen und das magische Prickeln in meinem Bauch zu genießen.« Sie warf ihm einen verschwörerischen Blick zu.

»Bauch, hmmm …? Sicher, dass du nicht einen anderen Körperteil etwas weiter unten meinst?«

Sie grinste. Natürlich wollte sie nicht reden. Sie hatte gestern klargemacht, dass sie sich nicht für Lycien interessierte. Zumindest für nichts außer der Magie, die er angeblich in sich trug, und vielleicht für seine talentierte Zunge.

»Okay«, seufzte Zora, die seine Gedanken offensichtlich gelesen hatte. »Du willst reden, reden wir.«

Sie klang genervt. Und das nervte Lycien.

»Müssen wir nicht. Ich dachte nur, du würdest vielleicht gerne wissen, wer der Kerl ist, der noch vor fünf Minuten seinen Kopf zwischen deinen Beinen hatte.«

»Autsch«, sagte sie und verzog die Lippen zu einem gar nicht schmerzhaften, dafür umso provokanteren Grinsen, als schwelgte sie in den Erinnerungen der letzten Minuten.

»Na gut. Wie bist du dazu gekommen, für Talent Solutions zu arbeiten?«, fragte sie.

Da war es wieder, ihr Lieblingsthema. »Warum interessierst du dich so sehr für Talent Solutions?«, fragte er.

»Tue ich doch gar nicht.«

»Oh, doch! Was hast du mich gefragt, als wir uns das erste Mal getroffen haben?« Lycien runzelte die Stirn. Obwohl er sich an ihr erstes Zusammentreffen ganz genau erinnerte, lagen ihre Fragen rund um seinen Arbeitgeber irgendwie in einer Nebelsuppe. Zoras Frage hatte irgendwas mit seinem Stundenlohn zu tun gehabt. Der Wert eines Geschäfts? Nein, das war es nicht. Der Wert eines ... eines Lebens!

»Zerbrich dir nicht dein hübsches Köpfchen«, gab Zora grinsend zurück. »Du kannst nichts dafür, dass du meine Fragen vergessen hast. Das macht der Nebel.«

»Was soll das heißen?«

»Gar nichts. Also, wie bist du dazu gekommen, für sie zu arbeiten?«

Lycien öffnete den Mund zum Protest. Er würde sich nicht schon wieder mit solch kryptischen Antworten abspeisen lassen. Doch ehe er die Frage stellen konnte, entfiel sie ihm bereits und er antwortete: »Ganz unspektakulär. Ich war auf der Suche nach einem Nebenjob und Talent Solutions hat Leute gesucht. Also habe ich mich beworben.«

»Wieso braucht Lycien De'Lacour einen Nebenjob?«, stichelte Zora.

»Aus demselben Grund, aus dem die meisten Studierenden einen haben: um meine Miete zu bezahlen. Und Essen. Und hin und wieder eine Party.«

»Hin und wieder?« Zora lachte, rollte sich dann auf den Bauch. »Aber im Ernst, deine Eltern haben doch mehr Geld als genug.«

Da war es also, sein absolutes Nicht-Lieblingsthema. Die Frage, warum der Sohn des De'Lacour Empires seinen Lebensunterhalt selbst bestreiten musste.

»Ich zahle meine eigenen Rechnungen«, antwortete er vage.

»Wieso?«

»Weil ...« Die Antwort lag ihm auf der Zunge. *Weil ich selbstständig sein möchte. Weil ich mir beweisen möchte, dass ich es allein schaffe.* Es waren die Erklärungen, die Lycien auf diese Frage gewöhnlich gab, und sie waren Lügen. Weil er aber das Gefühl hatte, dass Zora jede Lüge sofort durchschauen würde, sagte er: »Ich habe vor einem Jahr ziemlichen Mist gebaut und zur Strafe haben meine Eltern mir den Geldhahn abgedreht.«

»Was hast du angestellt?«, wollte Zora wissen. Sie klang ehrlich interessiert. Ihre Augen hatten einen neugierig grünlichen Ton angenommen.

Lycien fuhr sich mit den Fingern durch die Haare. Er konnte es ihr nicht erzählen.

»Du weißt, dass ich dich nicht verurteile«, sagte sie und deutete auf seine Arme. »Ich weiß auch von deiner Krankheit und das ist okay für mich.«

»Das ist etwas anderes«, entgegnete Lycien. Er konnte schließlich nichts für seine Silfurvenen, die vor einem Jahr, kurz nach dem ... dem, was er getan hatte, einfach aufgetaucht waren. Zora schaute ihn auf eine herausfordernde Art an, die ihm signalisierte, dass sie das Thema nicht so einfach auf sich beruhen lassen würde. »Vielleicht war das mit dem Reden doch keine so gute Idee«, grummelte er.

Sie schnaubte. »Ich dachte, du wolltest unbedingt, dass ich dich kennenlerne?«

Das wollte er, ja! Aber nicht diesen Teil seiner Vergangenheit. Lycien wusste nicht, warum er die nächsten Worte aussprach. War es reine Sturheit? Wollte er Zora verletzen? Oder tat er es nur, um das Thema zu beenden. Denn er sagte: »Lass gut sein. Wozu solltest du mich kennenlernen? In ein paar Monaten bin ich sowieso tot.«

Sofort bereute er seine Worte. Der Schmerz, der über Zoras Gesicht flackerte, versetzte ihm einen härteren Schlag, als es jede Faust gekonnt hätte. Doch sie fasste sich, schluckte und entgegnete: »Reden war wirklich eine Scheißidee.«

Und das war das Ende ihres Gesprächs. Eines, über das Lycien noch viele Stunden nachdenken und sich wünschen würde, es wäre anders gelaufen. Sein einziger Lichtblick bestand darin, dass Zora, als sie ging, nicht ihr eigenes Shirt anzog, sondern seins.

»Soll mich das ernsthaft beruhigen?«

Kari

Kari und Nael saßen in einer fliegenden Dschunke, die sie von der Peninsula direkt zu den Docks im Silver District bringen würde. Izumi hatte sich auf dem Sitz neben Kari zusammengerollt und schlief, was gut war, weil die Alternativen darin bestanden, dass sie wie ein aufgescheuchtes Huhn herumlief, sich unter dem Sitz versteckte oder unzusammenhängendes Zeug brabbelte.

»Zora kann ihr bestimmt helfen«, wiederholte Nael zum gefühlt hundertsten Mal. Kari fragte sich, ob er damit sie oder vor allem sich selbst überzeugen wollte. »Ich rufe sie sofort an.«

Doch als er ihre Nummer wählte, ertönte sofort die Mailbox. Er versuchte es noch einmal und noch einmal und noch einmal und noch fünfmal mehr, während sie über die Wolken rauschten. Als sie im Silver District landeten, hatte Zora sich noch immer nicht gemeldet. Nael hob die schlafende Izumi hoch und trug sie wie ein Baby auf seinen Armen bis zur Walled City. Dort begrüßte Quan sie mit einem breiten Grinsen.

»Was für eine süße Familie«, neckte er und Kari streckte ihm die Zunge heraus.

»Was?«, fragte sie, als sie Naels Lächeln bemerkte.

»Kari Nemea, die gefährliche Skarabäuskriegerin, streckt die Zunge raus«, lachte er. »Ich habe dich noch nie so ausgelassen gesehen, beinahe kindisch.«

Kari funkelte ihn zur Antwort böse an.

»Was denn? Ich find's schön«, meinte er – und merkwürdigerweise fand Kari das auch. Für einen kurzen Augenblick, während Nael und Quan sie aufzogen, fühlte sie sich frei. Frei und glücklich und sicher und – nun ja, einfach wie ein ganz normaler Mensch, nicht wie jemand, der seine Vergangenheit verloren hatte und von einem der gefährlichsten Männer des Kontinents gesucht wurde. Doch dieser kurze Augenblick der Unbeschwertheit endete, als Izumi aufwachte. Ihr unsteter Blick hüpfte blitzschnell umher, sie wand sich aus Naels Armen und flüsterte: »Wo, wo bin ich ... wo, ich ... wer bin ich?« Die Kleine zitterte am ganzen Körper.

»Wir müssen ihr helfen«, flüsterte Kari.

Nael antwortete mit grimmiger Miene: »Ich weiß. Ich hatte gehofft, Zora wäre hier.«

Doch ihr Zimmer war leer und sie reagierte nach wie vor weder auf Naels Anrufe noch auf seine Nachrichten. Auch Mama Laquars Büro war verlassen. Mit jeder Minute wurde Izumi stiller. Das zusammenhanglose Gebrabbel war wesentlich weniger beunruhigend als die völlige Weggetretenheit, die sich nun über das Mädchen legte.

»Hey!«, sagte Kari und schnipste mit den Fingern vor Izumis Gesicht. Diese blinzelte nicht einmal. »Es wird schlimmer.«

Das war es, wovor Nael gewarnt hatte. Die Auswirkungen des Vergessenszaubers nahmen zu, und war Izumis Geist erst einmal zu tief im Nebel versunken, gab es kein Zurück mehr.

»Scheiße!«, fluchte Nael, nachdem er zum trillionsten Mal versucht hatte, seine Schwester zu erreichen. »Wir müssen einen anderen Weg finden, ihr zu helfen.«

»Welchen denn? In ein Krankenhaus können wir sie schlecht bringen.« Denn dort würden die Heiler womöglich feststellen, dass für Izumi jede Hilfe zu spät kam, und sie für die Energiesammlung freigeben.

»Nein.« Nael schüttelte den Kopf, dachte nach. »Nein, aber ... vielleicht kann ihr ein Haarschnitt helfen. Wenn Thambi die schlimmsten Gefühle von Verwirrtheit und Verlust wegschneidet, womöglich schafft sie es dann, gegen den Nebel anzukämpfen.«

Kari nickte. Es war einen Versuch wert.

Thambis Friseurkammer befand sich im dreiundvierzigsten Stock der Walled City. Im Zentrum des Raums stand ein einfacher Frisiersessel, dahinter reihten sich in mehreren Regalen Bonbongläser, die bis zum Rand mit bunten Haarsträhnen gefüllt waren. Licht fiel durch ein bodentiefes Fenster.

»Thambis Emotionssammlung«, erklärte Nael und deutete auf die Gläser. »Er behält ein Stückchen, wann immer er jemandem die Haare schneidet.«

»Eine Strähne?«, fragte Kari.

»Ein Fragment Gefühl«, antwortete Thambi an Naels Stelle.

Ein Mann, der Kari gerade einmal bis zur Brust reichte und eine Nickelbrille trug, erhob sich von einem Ledersofa am Rande des Raums und kam auf sie zu. Als er näher trat, erkannte sie die winzigen Hornspitzen, die unter seinen Locken hervorlugten. Sie hatte in Legenden von gehörnten Emotionsmagiern gehört, aber vermutet, diese seien längst ausgestorben.

»Tretet ein, Freunde, und sagt mir, was ich für euch tun kann.«

Sobald Kari über die Schwelle trat, vernahm sie ein Huschen und Knistern, das jeden Winkel des Zimmers auszufüllen schien.

»Keine Angst, meine Freunde. Das sind nur die zurückgelassenen Dämonen meiner Kunden«, erklärte Thambi, als ob das irgendjemanden beruhigen könnte.

»Wir brauchen deine Hilfe, Thambi«, meinte Nael, woraufhin der Friseur wissend nickte.

Thambi streckte Izumi die Hand entgegen, doch anstatt sie zu ergreifen, hielt diese sich wimmernd an Naels Oberschenkel fest. Der versuchte erst, ruhig auf die Kleine einzureden, löste schließlich mit sanfter Bestimmtheit ihre Hände von seinem Bein und trug sie zum Friseursessel. Doch kaum, dass ihre Haut den Stuhl berührte, begann sie zu kreischen. Ihr Schrei war so laut und verzweifelt wie der eines Tiers vor dem Schlachthaus. Nael ließ sie überrascht los, woraufhin Izumi vom Friseurstuhl sprang und in eine Ecke des Raums lief, wo sie zu Boden sank und ihre Knie umschlang.

»Sie muss sich freiwillig die Haare schneiden lassen, sonst kann ich es nicht tun«, erklärte Thambi. »Vielleicht würde es helfen, wenn sie zuerst sehen könnte, wie jemand anderer einen Haarschnitt erhält. Jemand, dem sie vertraut, und vielleicht auch jemand, der ebenso viel Angst vor einem Haarschnitt hat wie unsere kleine Freundin.«

Er lächelte Kari an, und plötzlich lagen alle Augen auf ihr. Die von Thambi und Nael, aber auch Izumis, deren Blick zum ersten Mal, seit sie die Mauernstadt betreten hatten, halbwegs klar wirkte.

»Ich habe überhaupt keine Angst vor einem Haarschnitt«, sagte Kari, woraufhin Thambi noch breiter lächelte.

Er gestikulierte zum Friseurstuhl. »Dann gibt es ja keinen Grund, nicht mit gutem Beispiel voranzugehen.«

Mist. Kari zögerte. Möglicherweise war ihr doch nicht ganz wohl bei dem Gedanken, sich die Haare von diesem

Magier schneiden zu lassen. Doch sie wollte sich nicht die Blöße eines Rückziehers geben, also ließ sie sich auf dem Friseursessel nieder. Thambi band ihr ein dünnes Tuch um die Schultern und schärfte seine Schere mit einem altmodischen Schleifstein.

»Mach dich darauf gefasst, starke Emotionen zu verspüren, womöglich sogar Fantasiebilder zu sehen«, erklärte er. »Unser ehrlichstes Selbst – das, was wir sind und was wir wirklich wollen – ist oft hinter vielen Schichten Dunkelheit verborgen. Manchmal so tief, dass es uns selbst nicht bewusst ist. Mit jedem Schnitt trage ich eine dieser Schichten ab. Du wirst für einen winzigen Augenblick die Dunkelheit spüren. Doch es gibt keinen Grund, dich davor zu fürchten, denn was länger währt, ist das, was dahinter liegt.«

Sollte das Kari ernsthaft beruhigen? Izumis Aufmerksamkeit war auf sie gerichtet, also rang sie sich ein Lächeln ab. Vielleicht würde ihr Beispiel die Kleine wirklich dazu bringen, sich die Haare – und mit ihnen hoffentlich den Wahnsinn des Nebels – abschneiden zu lassen.

»Bereit?«, fragte Thambi und Kari nickte, auch wenn sie sich überhaupt nicht bereit fühlte.

Er hob eine Haarsträhne und schnitt sie ab – und plötzlich blieb die Zeit stehen.

Nael und Izumi erstarrten ebenso wie Thambi selbst, die Locke hing in der Luft und Kari – Kari konnte nicht atmen. Ein Blitz durchzuckte sie, ein Gefühl, als würde sich eine unsichtbare Hand um ihre Kehle schließen und zudrücken. Kari sah Nael an, doch es waren nicht seine Augen, die zurückblickten, sondern die ihres Vaters. Seine Regenpfützen-Augen, die sie flehend anstarrten, während er bettelte: »Bitte, Kari, bitte komm nach Hause.« Die Scham dieses Augenblicks, die

Schuld, ihn weggeschickt zu haben, das Wissen, dass dies ihr letzter Moment mit ihm gewesen war, wirbelten durch Karis Inneres. Eine Sekunde lang, die sich wie eine Ewigkeit in die Länge zog, stand sie wieder vor Daishiros Villa, sah zu, wie das Herz ihres Vaters brach, und hörte sich selbst sagen: »Geh. Und komm nie wieder zurück.«

Doch dann setzte die Zeit wieder ein, die Haarsträhne fiel, und als sie es tat, verschwammen die dunklen Erinnerungen wie Wasserfarben und an ihre Stelle traten andere, echte – so wie der Moment, als Kari in ihrer alten Hütte stand und Nael sie in den Armen hielt, genauso wie falsche. Sie sah sich selbst in der Baracke ihrer Eltern sitzen, trank Tee mit ihnen, hörte das Lachen ihres Vaters und den Gesang ihrer Mutter. Sie empfand eine Geborgenheit, die sie zuletzt als Kind gespürt hatte, und dann hörte sie die Stimme ihres Vaters: »Es ist nicht deine Schuld, Kari. Das war es nie.« Worte, die er nie wirklich ausgesprochen hatte, die sie allerdings so dringend hören musste.

Thambi schnitt weiter und mit jeder Locke, die fiel, durchlebte Kari einen Strudel an Emotionen. Erst kamen die dunklen Erinnerungen, die Schuld, die Trauer, der Schmerz. Doch sobald diese verpufft waren, sobald das freigelegt war, was unter der Dunkelheit schlummerte, war Kari eingehüllt von wohltuenden Erinnerungen und Wunschbildern. Mit jeder fallenden Strähne gingen die Emotionen tiefer, Schnitt für Schnitt für Schnitt für Schnitt.

Strähnen fielen und sie sah Daishiros unzählige Tests ihrer Loyalität vor ihrem inneren Auge vorbeiziehen, sah Haruo, in den sie einst verliebt gewesen war, und Fayola, von der sie sich Freundschaft erhofft hatte, und wie beide sich gegen Kari und für Daishiro entschieden hatten. Sah ihren

Vater, der Daishiro dankbar die Hand schüttelte, als er Kari mit sich nahm, Chichiko, die von Anfang an gewusst hatte, dass Kari wertlos war, und die Baracke, in der ihre Mutter weinte. Ihre Mutter, die Kari damals alleingelassen hatte, und nun noch einmal, viele Jahre später, endgültig und ohne Abschied. Ein Name und ein Datum auf einem Baumstumpf und ein paar weiße Krokusblüten waren alles, was sie zurückließ. Und Kari wusste – wusste es, weil sie es bis tief in ihre Knochen spürte –, dass sie niemandem vertrauen durfte. Menschen waren nicht loyal, Menschen blieben nicht an ihrer Seite. Alle waren selbstsüchtig und alle gingen. Am Ende war Kari allein und würde es immer sein.

Doch die Dunkelheit verschwand, und plötzlich hatte Kari Zoras Stimme im Ohr. »Wisst ihr, was wir machen?«, fragte diese und grinste. »Wir gehen tanzen!« Im nächsten Augenblick hüpfte Kari auf dem Dach der Walled City ausgelassen zur Musik, während die leuchtenden Augen der Schattenkatzen ihre Spotlights waren und Nael sich mit ihr im Takt wiegte und sich langsam, ganz langsam zu ihr hinunterbeugte. »Ich will alles«, flüsterte er in ihr Ohr und ein warmes Gefühl nistete sich in Karis Brust ein, dort, wo einst ein Herz gesessen hatte.

Ein Gefühl, das Zuhause bedeutete.

Der nächste Schnitt, und plötzlich lag Kari bäuchlings auf einem Tätowierstuhl, während die Nadel wieder und wieder in ihren Rücken stach, um sie für immer und ewig als Daishiro Nemeas Paradiesvögelchen zu kennzeichnen. Daishiros Finger streichelten über ihr Handgelenk und er sagte: »Der Schmerz wird verblassen, Tochter, aber das Zeichen bleibt. Auf dass die Welt nie vergessen wird, wer du bist. Eine echte Nemea.« Doch was er meinte, war: *seine* Nemea.

Das Paradiesvogel-Tattoo war ein Zeichen dafür, dass sie ihm gehörte und immer gehören würde. Ihr Körper war nicht ihr eigener, ihr Leben nicht ihr eigenes, keine einzige Entscheidung gehörte mehr ihr, seit ihre Eltern sie mit elf Jahren verkauft hatten. Daishiro Nemea bestimmte, was sie aß, welche Kleidung sie trug, wie sie ihr Haar frisierte, welchen Duft sie auf ihre Haut sprühte. Mit wem sie Zeit verbrachte, wie ihr Tagesrhythmus aussah, was sie lernen und wissen durfte und was nicht. Und eines Tages würde er einen Mann für sie aussuchen. Er würde bestimmen, wem sie sich hingab. Wer sie berühren würde – und ob sie es genießen durfte. Selbst das lag nicht mehr in ihren Händen, sondern in Daishiros.

Ihre Kleidung fühlte sich mit einem Mal wie eine Zwangsjacke an, ihr Tattoo brannte, der Skarabäus auf ihrem Handgelenk schlug seine Klauen in ihr Fleisch. Selbst ihre eigene Haut war zu eng. Doch diese Gefühle verflogen wie alle anderen vor ihnen. Auf einmal war Kari nicht mehr auf dem Tätowierstuhl, sondern in einem reinweißen Bett, mit nichts am Leib als ihrer eigenen Haut.

»Sag mir, was du willst«, flüsterte Nael in ihr Ohr.

»Küss mich«, antwortete sie. »Überall.«

Und das tat er. Seine Lippen zeichneten ihre Schultern nach, seine Zunge leckte über ihren Hals und dann – dann streichelte er über ihren Rücken. Mit den Fingerspitzen fuhr er die Konturen des Paradiesvogels entlang, neigte schließlich den Kopf und hauchte feine Küsse auf jede einzelne Feder. Er ließ sich Zeit, während er jeden Millimeter ihres Rückens mit seinen Lippen erkundete. »Kari«, seufzte er. Die Vibrationen seiner Stimme kitzelten über ihr Rückgrat. Kari stöhnte, als er seinen Arm um sie schlang und sie aufs Bett drückte, als er Daishiros Paradiesvogel mit seinen Lippen und seiner Zunge zu seinem machte. Und Karis Körper gehörte nicht länger Daishiro Nemea, sondern ihr selbst.

Sie warf lachend den Kopf zurück. Eine Windböe fuhr durch ihr Haar. Kari öffnete die Augen und schaute auf die Stadt unter sich. Sie war nicht mehr in Naels Bett, sondern über den Wolken. Unter ihr breitete sich ein endlos blauer Ozean an Möglichkeiten aus. Zum ersten Mal seit so vielen Jahren – vielleicht zum ersten Mal seit jeher – war sie frei. So richtig frei. Ohne Daishiros Kontrolle, ohne die Hoffnungen ihrer Eltern, ohne Erwartungen. Und sie breitete die Flügel aus und flog.

Die letzte Strähne fiel auf den Boden und Kari war zurück im Hier und Jetzt.

Kari merkte erst, dass sie geweint hatte, als Nael ihre sanft eine Träne von der Wange strich.

»Wie fühlst du dich?«, erkundigte er sich.

Eine einfache Frage, die so schwer zu beantworten war. Ein ganzer Bienenstock an Emotionen flirrte in ihrem Inneren. Sie war verwirrt über die Fantasiebilder, die sie gesehen hatte. Sie kam sich leicht vor, als hätte sie ganze Tonnen an Haarsträhnen verloren. Gleichzeitig war da eine tiefe Ruhe und Gelassenheit, eine Nähe zu sich selbst. Karis ganzer Körper fühlte sich anders an, näher, greifbarer. Erst jetzt, wo Thambi die dunklen Schichten weggeschnitten hatte, konnte sie sich zum ersten Mal seit vielen Jahren selbst spüren. Aber weil es schwierig war, all das in Worte zu fassen, antwortete sie: »Gut.«

Nael schmunzelte, als ob er ganz genau verstünde, was in Karis Kopf vorging.

»Sehe ich anders aus?«, fragte sie – denn sie fühlte sich

anders. Nicht nur wegen ihrer kürzeren Haare, sondern als sei sie ... mehr.

»Du siehst aus wie du selbst«, antwortete er. Die Person, die blieb, nachdem sie die Dunkelheit Schicht für Schicht abgestreift hatte, war Kari fremd, und doch erkannte sie sich im Spiegelbild von Naels Augen. Sie fragte sich, ob er sie schon immer so gesehen hatte.

»Wir sollten das Fenster öffnen«, verkündete Thambi. »Hier drin bekommt man ja kaum noch Luft, so sehr flirrt es vor Gefühlen.«

Er zog das Fenster auf, holte anschließend einen Besen, um Karis Strähnen zusammenzukehren und eine davon in ein Bonbonglas zu füllen. Izumi beobachtete ihn aufmerksam. Sie war viel ruhiger als noch vor wenigen Momenten und auch klarer, fast so, als hätte das Flackern der Emotionsfragmente in der Friseurkammer sie zurück in die Gegenwart geholt. Kari musterte Nael von der Seite. Das Fantasiebild war eindeutig gewesen – aber war es das, was sie wirklich wollte? Nackt in Naels Armen zu liegen? Er bemerkte ihren Blick und runzelte fragend die Stirn. Kari spürte die Röte in ihre Wangen schießen. Schnell wandte sie sich ab.

»Wollen wir?«, fragte Thambi und streckte Izumi die Hand entgegen.

Tatsächlich ließ die Kleine sich von ihm zum Friseurstuhl geleiten und beobachtete mit großen Augen, wie er die Schere ansetzte. Für Kari hatte der Haarschnitt sich wie eine kleine Ewigkeit angefühlt. Eine Reise in die Vergangenheit und in eine Zukunft voller Wünsche, die sie sich noch nicht ganz eingestehen konnte. Doch in Izumis kleinem Gesicht spulte sich diese gefühlte Ewigkeit in einem unglaublich schnellen Strudel der Emotionen ab.

Izumi zuckte bei jedem Schnitt heftig zusammen – nur um kurz darauf den Mund vor Staunen aufzuklappen. Ihre Augen füllten sich mit Tränen, die ungebremst ihre Wangen hinunterliefen. Ihre Finger, die eben verkrampft die Stuhllehne umfasst hatten, entspannten sich, und weitere Emotionen tanzten über ihr Gesicht. Angst und Erleichterung, Verwirrung und Ruhe, Freude und ein Ausdruck, den Kari am ehesten als Frieden bezeichnet hätte.

Plötzlich stieg Rauchgeruch in Karis Nase und weckte den Hauch einer Erinnerung. Sie schnupperte in der Luft, sah sich um, konnte jedoch weder die Quelle des Geruchs ausmachen noch, warum dieser ihr so bekannt vorkam. Izumis Nasenflügel zuckten, als auch sie den bleiernen Rauch einatmete. Ein Ruck ging durch ihren Körper. Sie riss ihre Augen auf und sprang vom Friseurstuhl.

»Nein!«, brüllte sie, und dann lief sie zum offenen Fenster.

Thambi hob verdattert die Hand mit der Schere, Nael rief bloß: »Warte!«

Einzig Kari reagierte schnell genug. Instinktiv sprintete sie hinter Izumi her und streckte die Hand nach ihr aus. Da sprang Izumi nach draußen – und Kari ihr nach. Sie bekam Izumi zu fassen und drückte sie an sich. Ihr Magen überschlug sich, doch sie hatte keine Angst. Im Gegenteil, sie fühlte sich ... frei.

Frei und schwerelos und zum ersten Mal ... spürte sie die Magie durch ihre Adern rauschen. Die Schichten der Dunkelheit, die Kari vor sich selbst abgeschirmt hatten, waren verschwunden. Sie hatte heute nicht nur ihre Haarspitzen gelassen, sondern auch die Angst, die Schuldgefühle und Zweifel eines ganzen Lebens, bis nur noch sie selbst blieb. Kari, der Paradiesvogel. Nie hatte sie sich ihrer magischen

Kraft so nah gefühlt wie jetzt, und sie wusste – sie würde fliegen.

Die Euphorie blubberte in ihr hoch wie die Lava eines ausbrechenden Vulkans. Den Wind, der ihr entgegenschlug, bemerkte sie nicht einmal. Jeden Moment, jeden Augenblick wäre es so weit ...

Doch nichts passierte. Sie verwandelte sich nicht. Ihre Haut blieb Haut, ihre Arme wurden nicht zu Schwingen, und sie flog nicht, sie stürzte.

Dreiundvierzig Stockwerke tief.

»Meine Gedanken sind rot-rot-rot!«

Nael

»Kari!«

Naels Finger streiften Karis Haarspitzen, doch er bekam sie nicht zu fassen. Er wollte hinterherspringen, Thambi hielt ihn jedoch zurück. Halb aus dem Fenster hängend sah er, wie Kari, Izumi an sich gepresst, in die Tiefe rauschte.

Alles ging viel zu schnell, um einen klaren Gedanken zu fassen! Nael brüllte, und Kari – sie fiel und fiel. Niemand überlebte einen solchen Sturz. Sie würde aufschlagen und Naels ganze Welt würde auseinanderbrechen, und es gab nichts – nichts, nichts, nichts! –, das er dagegen tun konnte. Seine Gedanken waren schreiend rot. Wie Blut. Wie das Ende. Wie zwei zerrissene Körper auf dem Asphalt. Da war nur noch rot-rot-rot und ein rasendes Herz, das ihm beinahe aus der Brust sprang.

Doch plötzlich rauschte eine dunkle Wolke auf Kari und Izumi zu. Lautes Brummen erfüllte die Luft, als unzählige Motten aus den oberen Stockwerken sausten. Sie waren noch schneller als Karis Sturz – schneller, als es möglich sein sollte – und sie hüllten Kari und Izumi in einem schützenden Kokon aus surrenden Flügeln und winzigen Leibern ein.

»Da«, hauchte Thambi und deutete mit ausgestrecktem Zeigefinger auf einen Punkt unweit des Eingangs zur Walled City.

Dort stand Zora mit ausgestreckten Armen. Ihre Haare leuchteten und bewegten sich, als seien sie elektrisch aufgeladen, und in ihren Augen schimmerte ein Licht, das Nael an den Vollmond erinnerte. Etwas Fremdartiges umhüllte sie, eine Aura der Macht und der Andersartigkeit. Sie war seine Schwester – und doch war sie in diesem Moment so viel mehr. Sie senkte die Arme und die Mottenwolke folgte dem Befehl. Sanft landeten die Tiere am Boden. Als sie auseinanderstoben, lagen dort Kari und Izumi. Beide waren ohnmächtig.

Sie leben, hörte er Zora sagen, und er brauchte einen Atemzug, um zu begreifen, dass er sie eigentlich gar nicht hören konnte. Dass sie zu weit weg war, als dass der Wind ihre Stimme zu ihm tragen würde. Sie hatte in Naels Kopf gesprochen, wie es sonst nur Mama Laquar tat.

Zora sah zu ihm auf, noch immer dieses unwirkliche Licht in ihren Augen. Sie öffnete ihre zitternden Lippen, schloss sie wieder, ohne einen Ton zu erzeugen, doch ihre Stimme war deutlich in Naels Kopf zu hören: *Scheiße, Nael. Ich habe keine Ahnung, wie ich das gerade gemacht habe.*

Das Blut rauschte in Naels Ohren. Er hatte keine Antwort für Zora, wusste nichts – nur, dass Kari lebte und dass das schreiende Rot zu Frühlingsrosa verblasste.

»Toastbrot trifft es ganz gut.«

Kari

Immer wieder wachte Kari für kurze Augenblicke auf, nur um sofort wieder in einer Ohnmacht zu versinken. Schwammig nahm sie wahr, dass sie auf dem Asphalt lag. Motten flatterten in einer Wolke rund um sie herum. Doch ehe sie sich erklären konnte, was los war, driftete sie weg. Als sie das nächste Mal zu sich kam, trug jemand sie in seinen Armen.

»Wo warst du?«, hörte sie Naels Stimme. »Ich habe tausend Mal versucht, dich zu erreichen! Wir hätten dich gebraucht.«

»Ich bin doch rechtzeitig gekommen«, gab Zora zurück.

»Das nennst du rechtzeitig?!«

Mehr bekam Kari nicht mit, da wieder alles schwarz wurde. In ihrer Ohnmacht träumte sie von Motten und Paradiesvögeln und gesichtslosen Magiern und über all den Träumen waberte ein bleierner Rauchgeruch. Als sie langsam zu sich kam, lag sie auf einem gemütlichen Polsterhaufen. War sie in Zoras Zimmer? Sie versuchte, die Augen zu öffnen, aber ihre Lider waren zementschwer. In der Dunkelheit vernahm sie abermals Naels und Zoras Stimmen. »Du willst mir also ernsthaft erzählen, dass Lycien De'Lacours magischer Penis dir besondere Kräfte verliehen hat?«, sagte Nael.

»Sein Penis hatte überhaupt nichts damit zu tun«, gab Zora zurück.

»Ach.«

»Er hat nur seine Zunge benutzt, wenn du es so genau wissen willst.«

Kari hörte Nael einen leidenden Seufzer ausstoßen. »Nein,

ich wollte es nicht so genau wissen! Aber ganz egal, ob Penis oder Zunge, es klingt trotzdem verrückt!«

»Vielleicht würde es weniger verrückt klingen, wenn du mir richtig zuhören würdest«, protestierte Zora.

»Ich höre zu. Lycien hat dir einen außerweltlichen Orgasmus beschert und dir damit magische Superkräfte verliehen. Oder habe ich das falsch verstanden?«

»Okay.« Zora seufzte. »Es klingt wirklich verrückt. Aber es stimmt trotzdem! Sexuelle Energie ist eine potente magische Quelle.«

Kari hörte ein Murmeln, dann Naels etwas lautere Stimme: »Ich glaube, ich habe für heute genug über Lyciens Potenz gehört.«

»Ich würde gerne mehr über Lyciens magischen Penis hören ...«, murmelte Kari.

»Kari!«, riefen beide Geschwister.

Sie fühlte, wie sich Hände um ihre Finger schlangen. Als Kari endlich die Kraft aufbrachte, die Augen zu öffnen, schwebten sowohl Naels als auch Zoras Gesicht über ihr.

»Den Göttinnen sei Dank, dir geht's gut!«, stieß Zora aus.

»Hast du Schmerzen? Zora könnte einen Heilzauber durchführen«, sagte Nael, dem die Erleichterung aus jeder Pore strömte.

»Lass sie doch erst mal in Ruhe aufwachen«, schalt Zora ihn.

Kari grinste. »Sch-schon gut.« Sie wollte sich aufstemmen, aber ihr fehlte die Kraft. Warum war sie plötzlich so schwach?

Als hätte sie ihre Gedanken gelesen, erklärte Zora: »Als ich die Motten zu dir geschickt habe, muss ich aus Versehen deine Energie kanalisiert haben, um den Sturz abzufedern. Ich wollte eigentlich die Energie der Motten verwenden, aber alles ging so schnell. Kann sein, dass du dich für ein paar Stunden wie Toastbrot fühlst.«

»Toastbrot trifft es ganz gut«, murmelte Kari. Nael schob ihr die Arme unter die Achseln und half ihr, sich aufzurichten. Tiefe Furchen zogen sich über seine Stirn.

»Was mein Bruder dringend fragen möchte, sich aber nicht traut, weil er weiß, dass ich ihn dann eine Mama-Glucke nennen werde«, sagte Zora und zog herausfordernd einen Mundwinkel hoch, »ist, ob du irgendwas brauchst?«

»Was ist mit Izumi?«

Bitte, bitte, bitte hatte auch Izumi den Sturz überlebt.

»Sie ist vor dir aufgewacht, und ich habe sie, während sie schlief, mit einem Schutzzauber versehen, damit der Nebel sie nicht wieder angreifen wird. Ich wünschte, ich könnte ihr die Erinnerung an ihre Mutter zurückgeben, aber so kann sie zumindest darüber nachdenken, dass sie mal eine Mutter hatte. Wenn du sie sehen willst, bringen wir dich zu ihr«, antwortete Zora. »Es geht ihr sogar etwas besser als dir.«

»Ihre Energie hast du also nicht versehentlich kanalisiert?«, meinte Kari mit einem schiefen Lächeln.

»Doch, schon ... Sie ist nur etwas *robuster.*«

»Soll heißen ...?«

»Soll heißen, sie hat Magie.«

»Ist sie eine Gestaltwandlerin?«

Die Frage brachte die schmerzhafte Erkenntnis zurück, dass Kari sich nicht verwandelt hatte. Nach Thambis Haarschnitt war sie überzeugt gewesen, ihre Magie endlich spüren zu können. Doch was auch immer sie gefühlt hatte, vielleicht Izumis Energie oder die von Zora oder auch nur die Freiheit, nachdem der Ballast der negativen Emotionen mit ihren Strähnen von ihr gefallen war, ihre Wandlerkräfte waren es nicht gewesen. Sie war noch immer der gefallene Paradiesvogel. Vermutlich würde sie das für immer sein.

Kari kämpfte die Enttäuschung zurück und konzentrierte sich wieder auf Zora.

Die schüttelte den Kopf. »Ich glaube nicht, und soweit ich das mitbekommen habe, wurde sie auch nie in Magie unterrichtet. Sie kann nicht kanalisieren. Noch nicht.«

»Aber du wirst das ändern«, schlussfolgerte Kari.

»Ja, aber zuerst lasse ich ihr Zeit, selber zu entdecken, dass sie magische Kräfte hat.« Izumi wusste also nichts davon. Interessant.

»Sie hat ein Zimmer ein paar Türen weiter«, erklärte Nael. »Mama Laquar hat ihr sofort eines zugeteilt und Zora persönlich beauftragt, auf Izumi aufzupassen.«

»Sie hatte schon immer ein Herz für magische Findelkinder«, fügte Zora schulterzuckend hinzu. »So wie mich. Also, willst du Izumi sehen?«

Natürlich wollte Kari das. Auf Nael gestützt erhob sie sich und verließ Zoras Zimmer. Ihre Füße waren, wie Zora es angekündigt hatte, weich wie Toastbrot. Tatsächlich trug Nael sie mehr, als dass er sie stützte, aber er tat Kari den Gefallen, so zu tun, als würde sie sich aus eigener Kraft fortbewegen.

Izumi saß auf dem Bett. Als Kari eintrat, hob sie den Kopf.

»Hey, Kleine. Alles gut bei dir?«, fragte Zora.

Und Izumi lächelte! »Hallo, Kari«, sagte sie leise, und wäre Kari nicht zu schwach für alles, hätte sie in diesem Moment losgelacht.

Izumis Augen waren klar, frei vom Nebel – und in ihnen funkelte eine Willenskraft, von der Kari gefürchtet hatte, sie wäre für immer verloren.

»Ich werde nicht schreien.«

Haruo

Don Nemea saß in einem gemütlichen Ohrensessel. Er hatte ein Buch auf dem Schoß und blickte nicht einmal auf, als Haruo eintrat.

»Ihr habt mich gerufen«, sagte Haruo.

Der Don blätterte seelenruhig eine Seite um und las weiter. Also wartete Haruo. Wartete und wartete und redete sich ein, dass das Gefühl, das mit scharfen Krallen an der Innenseite seines Magens kratzte, keine Angst war. Schließlich öffnete sich die Tür erneut und Fayola huschte hindurch. Sie trug ein blutrotes Kleid, das ihre Kurven umschmeichelte, und wäre es Haruo erlaubt gewesen, mehr als zwei Sekunden auf die Ehefrau seines Dons zu blicken, hätte er gedacht, dass sie umwerfend aussah.

Don Nemea streckte die Hand nach ihr aus. »Hallo, mein Liebling«, sagte er sanft.

Fayola beugte sich zu ihm herab, um ihn zu küssen. Sie lächelte, doch das feine Zittern ihrer Lippen entging Haruo nicht.

Endlich wandte der Don sich Haruo zu. »Du weißt, warum ich dich heute zu mir gerufen habe?«

Haruo streckte die Schultern durch. »Ich vermute, Ihr wollt Bericht über unsere Suche?«, sagte er. »Wir haben glaubwürdige Aussagen, dass Kari heute in Begleitung eines Mannes, den wir als Lilien-Agent identifizierten, in einer Dschunke Richtung Silver District unterwegs war. Sie hatten die Tochter der Vergessenen bei sich und ...«

Der Don hob zwei Finger, eine Geste, die Haruo bedeutete zu schweigen, und wieder war da dieses Kratzen wie lange Fingernägel, die seine Magenwand hinabfuhren und seine Gedärme piksten.

»Du hast versagt«, stellte der Don fest. »So viele Verschwundene. So viele Lügen. Das Mädchen ist weg. Meine Tochter ist auf der Flucht.«

Haruo schluckte die Erwiderung hinunter, die ihm auf der Zunge lag. Wenn der Don Erklärungen wollte, würde er danach verlangen. Doch dieser schaute zu Fayola: »Verwandle dich, meine Liebste.«

Fayola warf Haruo einen zögernden Blick zu. Der senkte kaum merklich das Kinn und hoffte, dass sie verstand. *Tu es. Bring dich nicht meinetwegen in Gefahr.* Langsam ließ sie ihr Kleid zu Boden gleiten und schlüpfte aus ihren hohen Schuhen. Ein Beben ging über ihre samtene Haut, die sich mit ihrem nächsten Atemzug in Fell verwandelte. Nachdem die Transformation abgeschlossen war, kraulte Don Nemea sie zufrieden zwischen den Ohren.

»Du warst immer mein vielversprechendster Schüler, Haruo«, sagte er. »Ich hielt große Stücke auf dich, so sehr, dass ich dir meinen Nachnamen geben wollte. Das tue ich noch immer.« Seine Finger fuhren durch Fayolas Fell, die ihren Kopf an seinem Knie rieb. »Aber du hast mich enttäuscht. Ich zweifle an deiner Loyalität.«

Er fixierte Haruo mit stechenden Augen. Sah tief in ihn hinein, hinter seine Rippenbögen, bis an die Stelle, wo das Gefühl, das keine Angst sein durfte – denn Angst war Tod –, an Haruos Innereien zerrte.

»Sollte ich an deiner Loyalität zweifeln, Haruo?«

»Niemals, Don Nemea!«

»Möchtest du den Namen Nemea überhaupt noch tragen?«

»Mehr als alles auf der Welt.« Schon bevor Haruo dem Clan mit zwölf Jahren beigetreten war, hatte er an nichts anderes denken können als daran, eines Tages ein Nemea zu werden. Ein Traum, der für einen ärmlichen Jungen wie ihn so weit weg war wie der Mond und die Sterne, weiter sogar, ganze Galaxien entfernt. »Ich würde alles tun ...«

»Bring sie mir.« Ein schwaches Lächeln stahl sich auf die Lippen des Dons, eines, das seine Augen nicht erreichte. »Und keine Geheimnisse mehr, Haruo. Nie wieder.«

»Ich werde euch nicht noch einmal enttäuschen.« Haruo nickte ergeben.

»Gut.« Don Nemea ließ seine Finger knacken. »Ich bin froh, das zu hören. Du wirst jedoch verstehen, dass dein Versagen nicht ohne Konsequenzen bleiben kann.« Er tätschelte Fayolas Kopf. »Du wirst nicht schreien. Du wirst keine Schwäche zeigen. Aber du wirst die Erinnerung an dein Versagen mit dir tragen. Deine Männer werden es sehen und du ebenfalls, jedes Mal, wenn du in den Spiegel blickst. Bist du mit dieser Bedingung einverstanden?«

Haruos Hände öffneten und schlossen sich wie automatisch. Er kämpfte den Instinkt zurück, nach den Messern zu greifen. »Ja«, sagte er. »Was immer Ihr verlangt, Don Nemea.«

Der Don legte den Kopf schief. Er war noch nicht zufrieden mit Haruos Antwort.

»Und ... danke, Don Nemea.« Er räusperte sich und wiederholte etwas lauter: »Danke.«

Endlich lächelte der Don. »Los«, sagte er und gab Fayola einen Klaps.

Fayolas Muskeln spannten sich an und sie fletschte ihre Zähne. Haruos Blick glitt jedoch an den spitzen Fängen vorbei und hin zu ihren Augen, deren Dunkelheit noch tiefer und weiter entfernt war als die Galaxie, die seinen naiven Kindheitstraum beherbergte. Sie würde es tun ... natürlich würde sie das. Alles, was der Don verlangte. Sie hatte keine Wahl. Niemand hatte die, auch Haruo nicht. Er ballte die Hände zu Fäusten und zwang sich stillzuhalten. Don Nemea wirkte zufrieden, als Fayola zum Sprung ansetzte.

Und Haruo – er schrie nicht.

Nicht, als Fayola auf ihn zuraste. Nicht, als ihre Pratzen gegen seine Brust stießen. Und auch dann nicht, als ihre Klauen sich in sein Gesicht rammten.

Zwei Wochen bis zum Sternenfest.

Kari

Die Magnolien atmeten die Vorfreude auf das Sternenfest. Das milde Klima Magnolia Bays erlaubte es Pflanzen, ganzjährig zu blühen, was die Insel in einen Zustand ewigen Frühlings versetzte. Momentan strahlten die Blüten sogar noch satter, wurden von blassem Rosarot und schüchternem Blau zu kräftigen Pink- und Türkistönen.

Und nicht nur die Magnolien sprühten vor Leben. Die Vögel sangen lauter, das bunte Treiben in den Markthallen war noch gedrängter, während Verkäufer und Kunden um Sternenküchlein und Drachenfeuer, den traditionellen Alkohol für dieses Fest, feilschten. Die Luft flirrte mit all den Wünschen, die Menschen in ihre Sternmagnolien geflüstert hatten. Täglich kündigten die Nachrichtensprecher das näher rückende Fest an und endeten ihre Sendungen immer mit der Frage: *Habt ihr euch schon für einen Wunsch entschieden?*

Kari hatte dies nicht getan. Während die Tage vergingen – zwei Wochen bis zum Sternenfest –, wanderten ihre Gedanken immer wieder zu dieser Frage, nicht zuletzt, weil Izumi sie fast täglich darüber ausquetschte. Zora hatte dem Mädchen eine Sternmagnolie geschenkt, und nun war Izumi auf der Suche nach dem perfekten Wunsch. »Ich will, dass meine Mutter zurückkommt«, verkündete sie am ersten Tag. »Ich will mich an sie erinnern«, sagte sie einen Tag später, ein bescheidenerer Wunsch, wenn auch ebenso unmöglich wie der erste.

Kari verbrachte viel Zeit mit Izumi, erzählte ihr Geschichten, tourte mit ihr durch die Walled City und gab ihr, auf Izumis mehrfaches Betteln hin, Selbstverteidigungs- und Kampftraining. Mit jedem Tag blühte die Kleine mehr auf – genauso wie die Magnolien. Es war ein schleichender Prozess, doch das willensstarke Funkeln, das Kari nach ihrem Sturz in Izumis Augen ausgemacht hatte, wuchs, bis es die Schatten des Nebels fast verdrängt hatte.

Sie waren Schwestern, verbunden durch die losen Fäden, die das Verschwinden eines Elternteils zurückließ, nur dass Kari sich im Gegensatz zu Izumi an ihren Vater erinnerte. Niemand konnte sich erklären, warum der Nebel Kari und Izumi nicht auf dieselbe Art beeinträchtigte.

»Der Nebel ist verdammt noch mal kompliziert. Wir wären naiv zu glauben, dass wir ihn wirklich verstehen«, sagte Zora irgendwann. Und das war die beste Erklärung, die Kari bekommen hatte.

Kari hatte nie zuvor Verantwortung für jemanden übernommen und es auch nicht gewollt, aber Izumi unter ihre Flügel zu nehmen, ließ Kari stärker realisieren, dass sie Flügel *hatte*, als es der Geruch nach Lychee und Zuckerwatte jemals getan hatte.

Die Ermittlungen liefen hingegen schleppend – wenn sie denn überhaupt liefen. Nael war von dem Fall abgezogen worden und erhielt nur mehr wenige offizielle Informationen über den Ermittlungsstand. Es schien jedoch, als hätte der gesichtslose Dämon sich zurückgezogen, nachdem Saika verschwunden war.

»Das oder die Agenten, die jetzt mit dem Fall betraut sind, nehmen ihre Sache nicht ernst«, meinte Nael seufzend.

Das Nicht-wissen-und-nichts-daran-ändern-Können setzte ihm deutlich zu. Vielleicht waren es auch das verrückte

Arbeitspensum, die unregelmäßigen Arbeitszeiten oder die Aufgaben – »Alles Drecksarbeit«, meinte Nael, ohne Näheres erklären zu wollen –, die seine Augenringe täglich dunkler werden ließen. Dazu die Nächte, in denen er sich heimlich in die Nemea-Viertel schlich, um dort selbst Ermittlungen anzustellen. Kari fragte sich, wann er überhaupt schlief. Selbst Streetfood und Zoras vehemente Versuche, ihn zum Tanzen zu überreden, hoben seine Laune kaum an. An manchem Tagen war er derart gerädert, dass er sofort in seine Wohnung fuhr, um zu schlafen, ohne die Walled City zu besuchen.

Kari vermisste ihn an solchen Abenden mehr, als sie sich eingestehen wollte. Vor allem vermisste sie die Art, wie er sie in jener Nacht auf dem Dach angesehen hatte, als er gestand, dass er alles von Kari wollte. Alles *mit* ihr. Eine Nacht Freiheit und Schwerelosigkeit, ohne Konsequenzen, ohne an das Morgen zu denken. Nur dass jetzt Morgen war – und Kari nicht bereit, das Gefühl dieser einen Nacht loszulassen.

Sie hätte Nael so gerne die Zuversicht geschenkt, die er mit ihr geteilt hatte, nachdem sie in der Walled City eingezogen war. Aber sie war nie gut darin gewesen, Positivität zu verbreiten, und so waren ihre Bemühungen, ihn aufzuheitern, ungelenk. Vielleicht sollte Kari ihre Sternmagnolie dafür verwenden. Zwischen den unzähligen Möglichkeiten, von denen eine unmöglicher war als die nächste, erschien es ihr nicht am schlechtesten, sich ein Lächeln auf Naels Lippen zu wünschen.

Nael

Naels Tage waren ein Kontrastbild aus Schatten und Farbtupfern. Während die Tage vergingen – zwei Wochen bis zum Sternenfest – ließ sein Chef 13 keine Gelegenheit aus, ihn für sein Versagen bei den Ermittlungen büßen zu lassen. Nael übernahm mehr Cleaning-Aufträge als gewöhnlich und musste zudem für den angeblich kranken 39 die Schichten im Bay Hospital übernehmen. Das war die schlimmste Aufgabe.

Wie sollte man das Zimmer einer Siebzehnjährigen ausräumen, deren Eltern zeitgleich von Magiern behandelt wurden, um nicht dem Nebel zu erliegen, ohne sich zu wünschen, man würde sich selbst in Nebel auflösen? Wie blickte man einem alten Mann in die Augen, während diesem der letzte Funke Lebensenergie ausgesaugt wurde? Wie versprach man einem Todkranken eine zweite Chance, um ihn zum Spiel zu überreden, ohne sich wie ein Mörder, ach was, noch schlimmer als ein Mörder zu fühlen?

Nael wusste es nicht.

Er wusste nur, dass er es durchstehen musste. Egal, wie sehr er sich am Ende seiner Arbeitstage die Haut abziehen wollte, weil ihm das wie der einzige Ausweg erschien, den Dreck seiner Aufgaben loszuwerden. Aufgeben war keine Option, denn wenn er es täte, ohne mehr über die Drahtzieher der Brennenden Lilie herauszufinden, wären all die Opfer der vergangenen Jahre umsonst gewesen.

Der gesichtslose Dämon hatte sich scheinbar in Rauch aufgelöst. Weder gab es neue Spuren noch neue Verschwundene – was Nael vielleicht beruhigen sollte, aber das Gegenteil bewirkte. Vielmehr fühlte es sich an, als sammelte der Magier seine Kraft. Wofür? Nael hatte darauf keine Antwort.

Die Dunkelheit seiner Arbeitstage zog Schlieren über alles, selbst über seine Besuche in der Walled City, die ihn anfangs noch mit Farbe erfüllten. Es war, als ob jemand Öl über Naels Leben ausgeleert hatte, und nun fraß die dunkelgraue Melancholie sich durch die Leinwand seiner Tage und tönte selbst vormals bunte Momente. Zoras strahlend rotes Lachen wurde rostig, Izumis frühlingsgrünes Aufblühen verwandelte sich in grauen Beton und Quans gelb gesprenkelte Scherze bekamen einen verfault-bräunlichen Ton. Nur Kari, deren Ruhe eine ganz eigene Traurigkeit innewohnte, blieb frei von Ölflecken.

Sie verstand, dass Schweigen manchmal das Beste war, weil es zu sehr wehtat, über die Dunkelheit zu sprechen. Zoras Enthusiasmus war hingegen ungebrochen, und sie versuchte laut, lachend und aufbrausend, Nael mit ihrer ungestümen Fröhlichkeit anzustecken.

»Du musst leben, nicht nur überleben!«, war ihr Mantra, und obwohl Nael wusste, dass sie recht hatte, war ihre Fröhlichkeit an manchen Tagen so unerträglich, dass er lieber allein in seiner Wohnung saß, anstatt die Walled City zu betreten.

An einem dieser Tage wartete Kari in seinem Apartment auf ihn. Sie hatte in dem Versuch, etwas für Nael zu kochen, den Biomüll mit verbranntem Essen gefüllt und zwei Töpfe ruiniert.

»Ich habe leider immer noch keine Neuigkeiten über das Mädchen«, sagte Nael, aber Kari wollte überhaupt nicht darüber sprechen.

Sie wollte eine Quizshow ansehen und gebratene Nudeln essen. Oder, wie am nächsten Tag, lernen, Reis zu kochen, »ohne dass der Kochtopf explodiert.« Oder, wie am Tag darauf, einen Film anschauen, damit sie vielleicht endlich verstehen würde, warum manche Leute Stunden damit verbrachten, auf diese viereckige Scheibe zu starren. Sie fragte nicht nach seinem Tag, sie verlangte nicht nach Antworten, sie kommentierte die Dunkelheit nie – und genau dadurch schaffte sie es, ebendiese Dunkelheit für ein paar Stunden mit Farbspritzern zu füllen.

Eines Abends nahm Nael die Sternmagnolie in die Hand, die Zora ihm geschenkt hatte, und flüsterte ihr seinen Wunsch zu. Nichts Großes, denn er hatte gelernt, dass große Wünsche sowieso nicht in Erfüllung gingen, aber doch etwas Wichtiges. »Ich möchte mehr bunte Momente.«

Mehr verbrannte Nudeln, ruinierte Töpfe und hirnfreie Fernsehshows.

Mehr Momente mit Kari auf der Couch.

Mehr Farbsprenkel in der Dunkelheit.

Zora

Lycien war wie eine verdammte Sucht.

Während die Tage vergingen – zwei Wochen bis zum Sternenfest –, konnte Zora kaum an etwas anderes denken als an das Gefühl von Lyciens Zunge auf ihrer Haut, an den Klang seines Herzschlags, an das Feuer, das mit jeder seiner Berührungen auf sie überschwappte und sie stärker machte. Nie hatte sie die Magie tiefer gefühlt als jetzt.

Sie dachte selbst dann an ihn, wenn sie Opferrituale für kranke Kunden ausführte, Izumi Geschichten über die Göttinnen und ihre Generäle erzählte, wenn sie erfolglos versuchte, in den Gedanken anderer zu sprechen – es war ihr nach dem ersten Mal nicht mehr gelungen – oder wenn sie Zeit mit Kari und Nael verbrachte.

Also traf Zora sich mit ihm. Fast jeden Tag. Zu rein professionellen Zwecken, sagte sie sich, denn die gemeinsame Meditation und jede Berührung waren mehr als nur Spaß. Sie waren ein Tor zu Zoras eigener Magie und – vielleicht – eine Chance, gegen Lyciens Krankheit anzukämpfen. Es war unmöglich, Silfurvenen zu heilen, das wusste Zora. Doch das pulsierende Leben, das Lyciens Gegenwart durch ihre Blutbahnen pumpte, ließ die Idee seines Todes unmöglich erscheinen.

Sie schliefen nicht miteinander. Kein einziges Mal, und Zora war selbst am meisten überrascht darüber. Wenn sie einen Mann wollte, nahm sie ihn sich – und war stolz darauf. Lycien wäre nicht ihr erster One-Night-Stand oder Two-Week-Stand oder wie auch immer man es nennen wollte, wenn man sich so oft sah. Aber irgendetwas hielt sie davon ab, sich ihm völlig hinzugeben. War es die Angst davor, was passieren würde, wenn sie diesen Schritt mit ihm tat? Die prickelnde Energie seiner Berührungen brachte sie so schon beinahe um den Verstand, wie intensiv würde es sich erst anfühlen, wenn sie wirklich mit ihm schlief? Und wie würde sie sich danach fühlen? Wenn sie sich ihm hingab, würde sie dem Rausch jemals entfliehen können? Lycien war ihre Droge und sie hatte Angst, süchtig zu werden.

Was vielleicht noch merkwürdiger war als Zoras eigene Zurückhaltung, war die Tatsache, dass Lycien sie nicht drängte. Sie war sich sicher, dass er sie wollte. Seine Blicke und die Reaktionen seines Körpers waren eindeutig, doch er versuchte nie, sie dazu zu überreden weiter zu gehen – und das brachte Zora aus dem Konzept.

An vielen Tagen redeten sie nur. Anfangs war Lycien neugierig, mehr über Haruo zu erfahren und darüber, wieso dieser ihn angegriffen hatte. Überhaupt stellte er viele Fragen nach dem Warum, die Zora ihm nicht beantworten konnte. Oder besser: nicht beantworten *wollte*. Eine leise Stimme in ihrem Kopf sagte ihr, dass sie Lycien vertrauen konnte, doch sie wollte es lieber nicht auf die Probe stellen. Hin und wieder fragte er auch nach Talent Solutions. Was wusste Zora über die Organisation? Wieso hatte sie nach seinem Stundenlohn gefragt (an die genaue Frage erinnerte er sich offensichtlich nicht)? Doch er bohrte nie weiter und vergaß das Thema ebenso schnell, wie es ihm in den Sinn gekommen war. Zora wusste, dass es die Wirkung des Nebels war, die Lycien davon abhielt, über Talent Solutions nachzudenken. Sie ärgerte sich gleichzeitig darüber und war froh, das Thema umgehen zu können. Sie wollte nicht diejenige sein, die Lycien offenbarte, wie viele Leben er durch sein Handeln unwissentlich ausgelöscht hatte – denn wenn er es wüsste, wie sollte er sich jemals verzeihen?

Stattdessen plauderten sie ausgelassen über leichtere Themen. Sie redeten über Lyciens Studium, über seine Großmutter, die, das merkte Zora schnell, der wichtigste Mensch in seinem Leben war, über Zoras Alltag in der Walled City, über Magie, über Bücher, über Gemüsepflanzen und Motten und Musik und Zukunftspläne, die für Lycien ja doch nicht wahr werden würden.

Und schließlich ertappte Zora sich dabei, wie sie, die Sternmagnolie in der Hand, ihren Wunsch dafür verschwendete, dass ein unheilbar Kranker gesund wurde.

Lycien

Lycien wusste genau, welchen Wunsch er am Tag des Sternenfests in den Himmel schicken würde. Die getrocknete Magnolie trug er täglich mit sich herum, als ob der konstante Kontakt die Bitte, die er an die Göttinnen richten wollte, dringlicher machen würde. Was dämlich war, da er nicht einmal an die Göttinnen glaubte.

Während die Tage vergingen – zwei Wochen bis zum Sternenfest –, hatte er alle Mühe, sich auf sein Studium zu konzentrieren, und selbst wenn er seine Oma und Schwein auf Citrin Island besuchte, war er oft abwesend. Zora nahm zu viel Platz in seinen Gedanken ein. Dass sie die Vorstellung, eine Beziehung mit ihm einzugehen, etwa ebenso ansprechend fand wie Durchfall, hatte ihn anfangs möglicherweise ein winziges bisschen gestört. Mittlerweile fand er es jedoch gut. Über Lyciens Kopf hing ein Galgen – zwar ließ Zora ihn das in den gemeinsamen Stunden vergessen, doch sobald er allein im Bett lag, spürte er, wie das tödliche Metall sich langsam senkte. Er hatte keine Zukunft und das hieß auch: keine Zukunft mit *ihr*. Der Moment war alles, was ihm blieb, und es hatte etwas Befreiendes, das Davor und Danach und Was-könnte-Sein auszublenden und einfach nur im Augenblick zu leben.

So sehr, dass er Zora eines Tages in einem Anflug von euphorischer Leichtigkeit einlud, das Sternenfest mit ihm zu verbringen. Na ja, mit ihm und seinen schrecklichen Eltern auf der noch schrecklicheren Networking-Veranstaltung von DeL Inc., die er so gut wie möglich verdrängte, weil ihm das zielsicher die gute Laune vermieste.

»Es wird sicher lustig!«, sagte er und bereute es im nächsten Moment.

Die Zeit mit Zora war etwas Besonderes. Nur sie beide in ihrem Kokon aus Magie und Feuer. Wollte er das wirklich mit der Welt, vor allem, mit der perfekt geordneten, statisch glänzenden Welt seiner Eltern teilen?

»Ich kann mir vorstellen, wie begeistert deine Eltern sein

werden, wenn du eine Azuline anschleppst«, entgegnete Zora.

»Meine Eltern beißen vielleicht, aber ich bin mir sicher, dass du härter zubeißt.«

Wieso hatte er das gesagt? Scheiße! Seine Eltern würden aus der Haut fahren, wenn sie Zora sahen, was Lycien an sich egal war – nicht egal war jedoch, wie Zora reagieren würde.

Zora kräuselte die Nase, während sie überlegte. »Na gut«, sagte sie schließlich, und Lycien wusste nicht, ob er jubeln oder weinen sollte. Aber es war zu spät, es sich anders zu überlegen. Zora wieder auszuladen, wäre ein definitives Eingeständnis dafür, was sie ohnehin schon dachte: dass sie in Lyciens Leben keinen Platz hatte.

Zora dachte, sie sei für ihn ein Abenteuer – die geheimnisvolle Knochenmagierin aus der Walled City –, und vielleicht stimmte das auch. Aber es war nicht alles, was sie war. Sie war ebenso das prickelnde Gefühl von Sonnenstrahlen auf der Haut. Sie war das Lied der Magnolien, wenn der Wind durch die Baumkronen tanzte. Sie war das Gefühl von Schwerelosigkeit, das man empfand, wenn man von einem Sprungbrett hinunterhüpfte. Dieser Moment, wenn der Magen sich überschlug, das Herz einem beinahe aus der Kehle sprang und alles andere plötzlich verblasste, weil es da nur noch die Endlosigkeit unter einem gab und die Euphorie, die man verspürte – kurz vor dem sicheren Fall.

Zora ließ ihn vergessen, wie flüchtig sein Leben war. Nein, viel mehr als das, sie sorgte dafür, dass diese Flüchtigkeit nicht mehr wichtig war. Und so dachte Lycien an sie, wann immer er durch den University Park spazierte, wenn der Wind ihm durch die Haare fuhr oder wenn er in der Nacht zu den Sternen aufblickte. Aber das sagte er ihr nicht. Er war schließlich nicht vollkommen dämlich und er wusste – wusste es ganz genau –, dass sie nichts von seinem liebesdussligen Gerede hören wollte.

Aber hätte er seinen Wunsch nicht bereits für etwas Wichtigeres eingesetzt – das Wichtigste, das ihm einfiel –, dann würde er die Sternmagnolie darum bitten, dass er es Zora doch sagen könnte.

»So viele erste Male.«

Kari

Am Morgen des Sternenfests stand Kari am Fuß der Walled City und schaute nach oben, wie sie es in den letzten Tagen so oft getan hatte. Sie zählte die Stockwerke, bis ihre Augen das dreiundvierzigste fanden. Daran zu denken, wie knapp sie dem Tod entgangen war, hieß auch, sich klar zu werden, wie viel sie verpasst hätte. Es gab so viele Dinge, vor denen Daishiro sie in ihrem goldenen Käfig abgeschirmt hatte. Mehr, als Kari selbst bewusst gewesen waren. Jeden einzelnen Tag in der Mauernstadt erlebte sie erste Male.

Das erste Mal Bubble Tea probieren oder Cheeseburger oder süße Donuts.

Das erste Mal shoppen – wenn auch nur im Walled City Market – und selbst aussuchen, welche Kleidung sie tragen wollte, wobei die geborgten Sweatshirts und Hoodies von Nael nach wie vor Karis Lieblingskleidungsstücke waren.

Das erste Mal selbst Wäsche waschen und von Nael Kochen lernen. Na ja, Reis zumindest.

Das erste Mal für jemand anderen, Izumi, da sein. Das erste Mal Freundschaft schließen.

All das hätte sie verpasst, wäre sie nach ihrem Sprung aus dem dreiundvierzigsten Stock wirklich am Asphalt aufgeschlagen. Und es gab so viel mehr, das sie noch nicht wusste, so viele erste Male, die sie noch erleben wollte. Die Welt außerhalb Magnolia Bays kennenlernen. Ins Kino gehen. Ihre Stimme bei einer Wahl abgeben. Ein Konzert besuchen. Wenigstens hatte sie ihren ersten Kuss gehabt. Doch das warme

Ziehen, das allein die Erinnerung daran hervorlief, ließ sie realisieren, dass es da noch viel mehr gab, das sie nicht erlebt hatte …

Wie aufs Stichwort schlenderte Nael aus der Richtung der Docks auf die Walled City zu. Es war ungewöhnlich, ihn vor Einbruch der Dunkelheit hier zu sehen. Automatisch wanderten Karis Augen zu seinen Lippen. Sie könnte es tun. Könnte ihn hier und jetzt küssen, dann ihren Kopf neigen und ihm ins Ohr flüstern, was sie sich noch von ihm wünschte. Die Männer im Skarabäusclan hatten viel zu viel Respekt vor Daishiro gehabt, um Kari auch nur mit dem kleinen Finger anzufassen, aber Nael hätte keine Angst. Würden sich seine Lippen auf ihrem Rücken, ihren Brüsten, ihren Schenkeln so anfühlen wie in ihrer Fantasie?

»Alles okay?«, fragte er. »Du siehst aus, als wolltest du mich hypnotisieren.«

»Nein, ich …« Kari verscheuchte die Vorstellung von Naels Lippen auf ihrer Haut mit einem Kopfschütteln. Sie löste ihre Aufmerksamkeit von seinem Mund und schaute stattdessen in seine Augen. Seine hellvioletten Augen.

»Du trägst keine Kontaktlinsen«, stellte sie überrascht fest.

»Für das, was ich dir gleich sage, wollte ich … na ja, so ehrlich wie möglich sein.« In das Lila seiner Iriden schlich sich ein grauer Farbton. Unsicherheit?

Nael holte tief Luft. Was auch immer er ihr zu sagen hatte, es würde Kari nicht gefallen. Ein Blick in sein ernstes Gesicht und dieses Grau ließen sie instinktiv begreifen, dass die Ruhe der letzten beiden Wochen vorbei war und mit ihr dieses kurze Gefühl der Freiheit, das die Stadtmauern ausgelöst hatten, die plötzlich eine Geschichte von Möglichkeiten und zukünftigen ersten Malen erzählten.

»Warte«, bat Kari und Nael hielt inne.

Sie war noch nicht bereit, den Geruch der Freiheit loszulassen. Nicht sofort zumindest. Sie wollte diesen Duft ein wenig länger auskosten, wollte spielen – dieses Spiel, das sie laut Nael schon längst gewonnen hatte. Nur ein paar Minuten Leichtigkeit, ehe sie wieder Eis sein musste. Hart, kalt, unzerbrechlich.

»Ich habe an unseren Kuss gedacht«, sagte sie deshalb. »Und an deine Worte in dieser Nacht.«

Sie hatte es in den letzten Wochen tunlichst vermieden, darüber zu sprechen. Weil sie keine Schwäche zeigen wollte und auch, weil sie nicht so richtig wusste, wie sie mit dem komischen Flattern umgehen sollte, das jeder Gedanke an diese Nacht – und an die Möglichkeit, sie zu wiederholen – in ihrem Inneren auslöste.

»Und jetzt fragst du dich, ob ich es ernst gemeint habe?«, hakte er nach.

Kari zuckte die Schultern.

»Hmmm.« Er legte eine Hand in den Nacken. »Ich kann es gerne für dich wiederholen. Auch wenn ich fürchte, dass du es gegen mich einsetzen wirst.« Als er dieses Mal lächelte, hoben sich beide Mundwinkel, was ihn schüchtern wirken ließ. »Na, gut.« Er trat einen Schritt auf Kari zu, atmete langsam ein. »Schau in meine Augen und sag mir, ob ich lüge.« Dabei senkte er seinen Kopf und war ihr nun so nah, dass sein Duft sich mit dem der Freiheit vermischte. Kari sog unauffällig die Luft ein. Sie hätte diesen Geruch ewig einatmen können.

»Ich. Will. Alles«, wiederholte er die Worte, die er unter dem Sternenhimmel zum ersten Mal ausgesprochen hatte, und er betonte jedes einzelne. »Alles mit dir, solange ich nur sicher bin, dass du es genauso möchtest.«

Auch ohne das Farbspiel seiner Iriden hätte Kari nicht bezweifelt, wie ernst er es meinte. Schon auf dem Dach hatte sie das gespürt, auch wenn sie seither nicht mehr darüber gesprochen hatten, was dort oben passiert war – oder warum es passiert war. Wieso sie beide einander in diesem Augenblick so dringend gebraucht hatten und es vielleicht immer noch taten.

Wie von selbst erhob sie sich auf die Zehenspitzen, um das Blau und Dunkelgrün zu sehen, die in seinen Iriden ineinander verliefen wie fließendes Wasser, und den Tanz purpurner Sprenkel auf der Oberfläche.

»Was bedeutet Purpur?«, fragte sie.

Naels linker Mundwinkel zuckte nach oben. »Ich glaube, du weißt ganz genau, wofür es steht.«

Das tat sie. Aber die kleinen rötlichen Punkte, die rund um seine Pupillen tanzten wie die Reflexionen des Sonnenlichts über dem Ozean, waren nicht genug. Sie wollte mehr Purpur. Wollte seine Augen damit fluten. Nur für einen Moment, einen kurzen Augenblick, bevor sie sich dem eigentlichen Grund stellte, aus dem Nael hier war, wollte sie die Person sein, die das mit ihm anstellen konnte.

»Ich frage mich seitdem, ob du bereust, was zwischen uns auf dem Dach geschehen ist«, begann er und die rötlichen Sprenkel verblassten. Aber das würde Kari nicht zulassen.

»Als Thambi mir die Haare geschnitten hat, habe ich zum Schluss dich gesehen«, erzählte sie deshalb. »Wir waren in deinem Bett, wir waren nackt, und du hast jede einzelne Feder meines Vogeltattoos geküsst. Manchmal stelle ich mir vor, wie es weitergegangen wäre.«

Die Purpur-Tupfen wurden zu Burgunder, wuchsen und zerfransten an den Rändern. Rot sickerte durch den blaugrünen Ozean. Der Anblick ließ Karis Mund trocken werden.

»Du hast auf dem Dach gesagt, du würdest alles tun, worum ich dich bitte. Ich will, dass du diese Fantasie für mich weiterspinnst, und halte dich nicht zurück. Wenn es echt wäre, wenn du mich jetzt nackt in deinem Bett hättest, um mit mir zu machen, was auch immer du willst, was würdest du tun?«

Die Frage sandte eine ganze Burgunderwelle durch Naels Augen. Sein Atem wurde schwerer, sein Blick durchdringender, und für einen kurzen Moment dachte Kari, er würde ihr keine Antwort geben.

Doch dann sagte er: »Ich würde nicht nur deinen Rücken küssen, sondern jeden verdammten Millimeter deines Körpers.« Bildete sie es sich ein oder klang seine Stimme rauer als sonst? »Aber nicht sofort«, fuhr er fort. »Erst würde ich dir dabei zuschauen, wie du dich vor mir ausziehst. Ich würde sichergehen, dass ich mir den Moment so lebhaft einpräge, dass ich ihn jederzeit wieder abrufen kann.« Wie um seinen Worten Nachdruck zu verleihen, löste sich sein Blick von ihren Augen und wanderte über Hals bis zu den Rundungen ihrer Brüste. »Erst dann würde ich anfangen, dich zu berühren. Und ich wäre langsam, so, so langsam, bis du mich anflehst, dir mehr zu geben.«

Er legte eine Hand in ihren Nacken und streichelte sanft über die empfindliche Haut, zeichnete dann die Konturen ihres Ohrs nach. Als seine Finger ihren Hinterkopf erreichten, schlossen sie sich fest genug um Karis Haare, um einen schmerzhaften Stich durch ihre Kopfhaut zu senden. Dieses Mal war es definitiv keine Einbildung: Seine Stimme war dunkler, seine Augen in Rubin getränkt, als er fortfuhr:

»Und dann würde ich es in jeder Ecke meiner Wohnung mit dir tun, bis du zu müde bist, um zu stehen. Das ist vielleicht nicht das, was du hören wolltest, aber es ist die verdammte Wahrheit.«

Oh, es war genau das, was sie hören wollte.

Und sie liebte diesen Moment. Liebte es, dass Nael für sie aus seiner einstudierten Rolle des selbstsicheren, kalten Agenten herausgetreten war und ihr einen kleinen Einblick in seine Fantasiewelt gegeben hatte – die Karis nicht ganz unähnlich war.

»Das nehme ich als Versprechen«, murmelte sie und schloss die Augen.

In der Dunkelheit hinter ihren Lidern sah sie die Bilder, die Nael für sie heraufbeschworen hatte, und ein warmes Pochen zog sich durch ihren Unterleib. Verdammt, sie wünschte, sie könnte diesen Moment ewig ausdehnen, könnte Nael an der Hand packen und jetzt auf der Stelle mit ihm zu seinem Apartment fahren, damit er seine Versprechen wahr machte. Aber sie wusste, genauso wie Nael es wissen musste, dass die Realität es einem nicht erlaubte, sie zu lange zu ignorieren. Nael war heute nicht zur Walled City gekommen, um zu spielen, sondern um Kari etwas Wichtiges mitzuteilen. Was auch immer es war, sie musste es hören.

Sie atmete tief ein und aus, ehe sie sich aus der Fantasie löste und die Augen öffnete. Naels Iriden waren noch immer rot, doch durch einen gräulichen Schleier gemattet. Ihm war also auch klar, dass ihr gemeinsamer Augenblick der Freiheit vorbei war.

»Okay«, sagte Kari und nickte. »Ich bin bereit. Sag mir, was passiert ist.«

Er schluckte. »Scheiße, wie gerne würde ich das jetzt nicht

tun und stattdessen da weitermachen, wo wir gerade aufgehört haben.«

Er stemmte beide Arme in die Seite, legte den Kopf in den Nacken und schaute ein paar Sekunden lang den Himmel an. Als er sich Kari wieder zuwandte, war das Burgunder an den Rand seiner Iriden verschwunden.

»Möchtest du dich irgendwohin setzen?«, fragte er.

»Nein.«

»Sicher?«

»Sag es einfach«, forderte Kari. »Was auch immer es ist, sag es.«

»Okay. Also ...« Er schluckte. »Du hast mich doch gebeten, Nachforschungen über das Mädchen anzustellen, das dir so ähnlich sieht.«

»Du hast sie gefunden?«, fragte Kari.

Nael wich ihrem Blick instinktiv aus, fasste sich jedoch und zwang sich, ihr wieder ins Gesicht zu schauen, sie das Grau seiner Augen sehen zu lassen, als er sagte: »Erst konnte das Research-Team der Brennenden Lilie nichts finden. Das lag daran, dass der Nebel alle Erinnerungen und Informationen an sie überlagert hat.«

»Die Kleine ist einen Seelenhandel eingegangen?«, stieß Kari aus. »Aber wieso konnten wir dann ganz normal über sie nachdenken?«

»Weil unsere Wahrnehmung in ihrem Fall bereits durch einen Schutzzauber gegen den Nebel abgeschirmt war. Und nein, nicht sie ist diesen Handel eingegangen, sondern ihr Vater. Kari, sie ... Sie ist deine Schwester ... und sie ist vor etwa einem halben Jahr gestorben. Es tut mir so leid.«

»Was?« Karis Erregung verschwand auf der Stelle, und auch in Naels Augen war kein Purpur mehr. Sie waren nun gräulich-fliederfarben und so hell, als wären sie in Wolken getaucht.

»Ich habe keine Schwester.«

Nael fuhr unbeirrt fort: »Sie wurde vor sechs Jahren im Bay Hospital geboren. Als Eltern sind deine leibliche Mutter und dein Vater eingetragen. Sie ist an Silfurvenen gestorben.« Karis Magen zog sich zusammen. »Ihr Name war Saori, wie deine Mutter«, fügte Nael hinzu.

Und endlich begriff Kari. »An welchem Tag ist sie gestorben?«

Sie kannte die Antwort, ehe Nael sie laut aussprach. Es war das Datum, das auf dem Baumstumpf im Haus ihrer Eltern eingeritzt gewesen war, und darüber die Worte: *Für Saori, unseren Paradiesvogel. Auf dass deine Seele über den Wolken fliegen wird.* Die Inschrift und der Papageienkrokus waren gar nicht für Karis Mutter gewesen, sondern für ihre Schwester.

Ihre kleine Schwester, der gerade einmal fünfeinhalb Jahre auf dieser Welt vergönnt gewesen waren. Die geboren worden und gestorben war, ohne dass Kari die geringste Ahnung von ihrer Existenz gehabt hatte. Wie viele ungenutzte erste Male mochte es für Saori geben? Unzählige!

»Kann ich irgendwas tun? Sag mir, was du willst, Kari, und ich mache es«, flehte Nael leise.

Es war beinahe der gleiche Wortlaut wie der des Fantasie-Naels, der ihr Vogeltattoo geküsst hatte. Und Kari wusste nicht, was über sie gekommen war, vermutlich war es der Schock, der aus ihr sprach, doch sie bat: »Kannst du mich … kannst du … halt mich fest, bitte.«

Naels trauriges Lächeln fühlte sich wie ein unsichtbares Streicheln an, als er die Arme um sie schloss und sie näher zu sich heranzog. Sein Herzschlag beruhigte sie, das feine

Kratzen seiner Bartstoppeln an ihrer Wange erdete Kari und seine Umarmung – sie fühlte sich so anders an als die vorherigen Berührungen. Kein Spiel, kein Purpur. Nein, stattdessen war es wie nach Hause kommen.

Hatte Saori sich in ihrer kleinen Baracke im Silver District zu Hause gefühlt? Hatte sie dieselbe Geborgenheit verspürt wie Kari gerade? In Karis Vorstellung war ihre Schwester schwerelos und sorgenfrei. Doch sie wusste nicht, ob dieses Bild der Wahrheit entsprach. Sie würde es niemals erfahren.

Saoris Tod musste der Auslöser dafür gewesen sein, dass Karis Vater seine andere Tochter so dringend hatte zurückholen wollen. Bestimmt hatte er das Alleinsein nach ihrem Verlust nicht ausgehalten. Dabei war er gar nicht allein gewesen.

Das Todesdatum auf dem Baumstumpf hatte zu ihrer Schwester gehört und das hieß ... »Meine Mutter lebt noch.«

»Neuerdings sind mir Motten lieber.«

Lycien

Lycien ließ seinen Blick durch den Festsaal schweifen. Die Feierlichkeiten fanden im obersten Stockwerk des Starstower im Reyton District statt. Hinter den verglasten Wänden lagen der Kanal und die Stadt, die an diesem Abend heller funkelten als die Sterne am Himmel. Unzählige Kronleuchter aus Magnolien baumelten von der Decke. In einem gläsernen Terrarium, in dem die grünen Hügellandschaften Palays nachgebaut waren, schliefen winzige Drachen, und zwischen allem hatten seine Eltern Kranich-Statuen aus purem Gold aufstellen lassen. Eine Liveband spielte Jazz und Kellner verteilten edelsten Wein, sprudelnden Champagner und Horsd'œuvres. Dekadenz lag in der Luft und Lycien sah ein Meer an Designeranzügen, Ballkleidern und schillernden Diamanten.

Er gehörte nicht hierher, auch wenn alle Welt etwas anderes zu denken schien. Wie gerne wäre er jetzt zusammen mit Zora in seinem kleinen Zimmer oder am Pearl Strip, um zusammen mit seinen Kommilitonen zu feiern, oder im Garten seiner Oma. Irgendwo, nur nicht in diesem prunkvollen Saal, in dem er sich so unglaublich fehl am Platz fühlte.

»Du siehst gut aus«, hörte er die Stimme seiner Mutter und drehte sich um. Sie trug ein schlichtes Kleid aus nachtblauer Seide und hatte die blonden Haare zu einem Knoten gesteckt. Vermutlich, um die Aufmerksamkeit nicht von dem sündteuren Diamantcollier um ihren Hals abzulenken. Nun strich sie Lyciens Anzug glatt und zupfte an seinen Haaren.

»Perfekt«, meinte sie, nachdem sie eine Strähne hinter sein Ohr gesteckt hatte. »Es ist schön, dass du hier bist.«

War es das? »Wo ist mein Vater?«

»Der unterhält sich noch. Aber er freut sich auch, dich zu sehen.« Lycien bezweifelte es. Er schaute in die Richtung, in die sie zeigte, und sofort zog sein Magen sich zusammen.

Sein Vater hatte ihm den Rücken zugedreht und unterhielt sich mit einer Gruppe. Ein Mann in einem grauen Anzug hob den Blick und starrte Lycien direkt an, als wollte er mit seinen Augen Löcher in Lyciens Stirn brennen. Dessen Aufmerksamkeit wanderte jedoch sofort zu den einzigen zwei jüngeren Personen der Runde. Die Erste war bildhübsch, mit Porzellanhaut und hellroten langen Haaren, die in Wellen über ihr silbrig glänzendes Kleid flossen. Der Zweite war Jae. Er sah genauso aus wie früher, als Lycien und er noch beste Freunde gewesen waren. Dieselben schwarzen Locken, die lässig zur Seite gegelt waren, dasselbe Lächeln, bei dem nur ein Mundwinkel gehoben war, als hätte er eben einen Witz erzählt, den bloß er selbst verstand. Einzig ein Detail war anders. Der Rollstuhl, in dem er saß. Schnell wandte Lycien sich ab – bevor Jae ihn entdeckte oder bevor ihm endgültig schlecht wurde.

»Ich höre, du gehst regelmäßiger in die Vorlesung«, sagte seine Mutter. »Und auch, dass deine«, sie lächelte schwach, »*Eskapaden* weniger geworden sind.«

»Ich gehe weniger aus, wenn du das meinst«, entgegnete Lycien. Er verzichtete darauf zu fragen, woher sie diese Informationen hatte. Seine Mutter war schon immer gut darin gewesen, Dinge über ihn herauszufinden, ohne mit ihm reden zu müssen. Denn ein längeres Gespräch mit ihrem Sohn zu führen, war ein zeitlicher Luxus, der in ihrem vollgepackten Kalender keinen Platz fand.

»Wenn du so weitermachst, könnte ich mir vorstellen, dass du bald eine etwas verantwortungsvollere Position einnimmst. Vielleicht lässt sich im Del-Büro etwas finden oder bei Medicals.«

Lycien schnaubte.

»Es sei denn, du genießt es zu sehr, an den Docks zu stehen.« Wieder dieses überhebliche Lächeln. »Zumindest deiner Gesichtsfarbe tut es gut«, fügte sie hinzu und tätschelte seine braun gebrannte Wange.

»Was willst du, Mutter?«

»Zeit mit meinem Sohn verbringen, was sonst? Ich erfahre ja gar nicht mehr, was in deinem Leben vor sich geht. Willst du mir nicht von deiner Freundin erzählen?«

»Das hast du also auch gehört?« Abermals verkrampfte sich sein Magen, wobei es eigentlich auch schon egal war. Zora war bereits auf dem Weg.

»Man erzählt sich, dass du öfter weiblichen Besuch im Studierendenwohnheim empfängst. Das wäre ja nichts Neues, aber ich höre, es ist immer derselbe Besuch ...«

Lycien holte tief Luft, um sich davon abzuhalten, etwas Unbedachtes zu sagen. Dann antwortete er: »Es wird dich freuen zu hören, dass ich sie heute eingeladen habe.«

»Oh?« Ihre Lippen formten einen perfekten Kreis. Ehe sie mehr sagen konnte, holte Lycien die Sternmagnolien aus der Tasche. »Die sind für dich und Vater. Von Oma.«

Seine Mutter nahm die getrockneten Blüten entgegen und zwang sich ein Lächeln ab. Lycien hatte ihre erste uneinstudierte Reaktion jedoch bemerkt: ein Naserümpfen.

»Wie aufmerksam«, sagte sie. »Wir sollten das Geschenk deinem Vater geben.« Lycien wollte protestieren, doch da hob sie bereits einen Arm und winkte ihm. »Rougon«, sagte sie leise, trotzdem hörten alle Umstehenden sie. Die Leute wichen zur Seite aus, um einen Durchgang für Lyciens Vater zu bilden. Noch so eines ihrer Talente: Wenn Amalia De'Lacour etwas sagte, und sei es noch so leise, hörte die Welt zu.

Lyciens Vater drehte sich um, genauso wie die Gäste, mit denen er sich eben unterhalten hatte. Schnell senkte Lycien den Blick – aber nicht schnell genug, um der Verachtung zu entgehen, die durch Jaes Augen blitzte. Er starrte auch dann noch auf seine Zehenspitzen, als sein Vater bereits vor ihm stand.

»Die hat Lycien dir von deiner Mutter mitgebracht«, hörte er seine Mutter sagen, gefolgt von Rougons wenig enthusiastischem: »Eine Sternmagnolie?«

»Von Oma«, flüsterte Lycien.

»Wie hübsch! Ich liebe Sternmagnolien. Ich trage meine seit Wochen mit mir herum und hoffe, dass mein Wunsch in Erfüllung geht«, sagte eine weibliche Stimme.

Langsam schaute Lycien auf, sah erst silbrig glänzenden Stoff, der wie Wasser um die Kurven seiner Trägerin floss – und Lycien unangenehm an seine Silfurvenen erinnerte –, dann hellrote Haarspitzen und schließlich ein freundliches Lächeln. Eines, das ernst gemeint schien. Es war die junge Frau, die eben noch mit seinem Vater gesprochen hatte, und sie kam ihm vage bekannt vor. Bestimmt hatte er sie bereits einmal auf einer dieser Veranstaltungen gesehen, ohne sie richtig zu registrieren.

»Du bist also Lycien«, stellte sie fest und streckte ihm die Hand hin. »Ich bin Melanie. Freut mich.«

»Melanie Travelyn«, fügte sein Vater hinzu, als sie sich die Hand schüttelten.

Travelyn? Natürlich. Wie sollte es auch anders sein. Sein Vater würde seine Zeit nicht damit verschwenden, sich mit irgendwelchen nachnamenslosen Nobodys zu unterhalten. Die Travelyns waren eine der ersten Familien, die nach Magnolia Bay gekommen waren. Davor waren sie reiche Handelsleute im weit entfernten Turmalin gewesen, und obwohl die Fae, die dort gelebt und Magie gewirkt hatten, längst ausgestorben waren – ihre Magie versickert, wie es auch mit den Drachen geschehen war und es jetzt gerade mit so vielen Gestaltwandlern passierte –, sah sie genauso aus wie die Fae in seinen Kinderbüchern. Rote Haare, hellgrüne Augen, in denen Sprenkel wie Sonnenlicht – oder Magie? – tanzten, und ein Lachen, das so viel Leichtigkeit versprühte, als müsste sie jeden Moment davonfliegen. Ein Lächeln wie Schmetterlingsflügel.

Oder *Motten*, dachte er. Motten waren ihm neuerdings lieber.

Lycien wollte sie unsympathisch finden, allein schon, weil er wusste, dass sie die perfekte Schwiegertochter war, von der seine Eltern immer geträumt hatten, doch ihr Schmetterlingslächeln machte es ihm unmöglich.

»Dein Vater hat erzählt, dass du an der City University studierst. Ich war auch ein Jahr dort, aber momentan pausiere ich das Studium für ein längeres Praktikum.«

»Bei DeL Inc.?«, entfuhr es Lycien. Sie zuckte halb belustigt, halb ertappt die Schultern.

Lycien wollte fragen, was die hübsche Melanie studiert hatte. Ihre unbefangene Art machte es ihm leicht zu vergessen, wo er gerade war und wie unwohl er sich noch vor einer Minute gefühlt hatte, doch der zufriedene Ausdruck auf den Gesichtern seiner Eltern ließ ihn die Frage hinunterschlucken. Die beiden sollten bloß nicht glauben, dass er sich von ihnen mit dem erstbesten High Society-Girl verkuppeln ließ.

In diesem Moment vernahm Lycien ein Flattern. Es war viel zu leise, um es wirklich zu hören, leiser noch als sein eigener Herzschlag, trotzdem hatte er keinen Zweifel, zu wem es gehörte. Es war das sanfte Geräusch von Mottenflügeln, das er in den letzten Tagen so oft vernommen hatte. Lyciens Aufmerksamkeit richtete sich wie von selbst auf den Eingang oder besser gesagt auf die breite Marmortreppe, die in den Festsaal führte. Dort stand sie, und sofort verschwanden alle Gedanken an Schmetterlingslächeln, an seinen Vater und seine Mutter und an all die Dinge, die er ihnen gerne gesagt hätte, wenn sie ihm nur einmal richtig zuhören würden. Sogar die Gedanken an Jae verblassten.

Da war nur noch Zora in einem weinroten Kleid, dieselbe Farbe wie ihre Iriden in diesem Augenblick. Lycien wusste, was dieser Rotton bedeutete, denn er hatte diese Tönung viele Male gesehen, wenn er und Zora in seinem kleinen Studentenzimmer allein waren.

Obwohl der Marmor in diesem Saal jegliche Magie abhielt, versprühte Zora ein Knistern, von dem Lycien zuerst glaubte, nur er könnte es vernehmen, doch dann drehten sich weitere Köpfe zu ihr um. Frackträger und Frauen in Ballkleidern hielten in ihren Gesprächen inne und schauten auf, als Zora mit eleganten Schritten die Treppe hinunterglitt – ja, glitt, es war kaum vorstellbar, dass ihre Füße die Stufen berührten, so schwerelos waren ihre Bewegungen. Sie schien, so merkwürdig es auch war, irgendwie hierhinzugehören. Viel mehr als Lycien selbst zumindest.

»Wer ist das?«, hörte er seinen Vater flüstern.

»Zora«, antwortete Lycien.

»Bitte sag mir, dass das nicht deine Freundin ist«, murmelte seine Mutter in ihrem typisch missbilligenden Tonfall und sein Vater schüttelte leicht den Kopf.

»Du tust wirklich alles, um unsere Familie zu blamieren.«

Lycien sparte sich eine Antwort. Sein Vater hielt ihn ohnehin für eine Verschwendung von Platz und Atemluft, was machte es da für einen Unterschied, wenn er eine nicht standesgemäße Begleitung mit auf dieses Fest brachte? Im Gegenteil – Zora war sein einziger Lichtblick.

»Zora, hier!«, rief er und winkte, sehr zum Leidwesen seiner Eltern.

»Sie ist hübsch«, stellte Melanie fest.

Lyciens Vater schnaubte bloß, drehte sich um und ging davon, um der Peinlichkeit zu entkommen, Zora die Hand schütteln zu müssen. Lycien war froh darüber.

»Willst du Hallo zu ihr sagen?«, fragte er seine Mutter.

Die zog eine Augenbraue hoch. »Zahlt es sich denn aus?«

»Wie bitte?«

»Wird sie lange genug bleiben, dass es sich lohnt, mir ihren Namen zu merken? Wenn ich mir deine Eroberungen der letzten Jahre so anschaue, würde ich davon ausgehen, dass es vermutlich Zeitverschwendung ist, sie kennenzulernen.«

Sie schluckte peinlich berührt. Nicht etwa, weil sie ihre Worte bereute, sondern weil Melanie Travelyn aufmerksam mithörte, und die sollte nicht schlecht über Lycien und seine Familie denken.

»Du hast recht«, entgegnete Lycien. »Ich glaube, sie wird sich deinen Namen auch nicht merken müssen.« An Melanie gewandt fügte er etwas freundlicher hinzu: »Es war schön, dich kennenzulernen, auch wenn mir dafür ein anderer Ort lieber gewesen wäre.«

Damit ließ er sowohl seine Mutter als auch ihre Wunsch-

Schwiegertochter stehen und ging auf den einzigen Grund zu, aus dem dieser Abend kein absoluter Reinfall werden würde.

Kaum, dass Zora angekommen war, schnappte sie sich zwei der langstieligen Gläser, die Kellner auf Tabletts herumtrugen, leerte das erste, machte kurz Anstalten, das zweite an Lycien weiterzureichen, leerte es dann aber selbst und zog ihn im nächsten Moment auf die Tanzfläche.

»Wir können gehen, sobald du möchtest«, bot er an.

Zur Antwort verdrehte sie die Augen. »Dann hätte ich mich ja ganz umsonst hübsch gemacht.« Sie grinste. »Komm schon, so schrecklich kann diese Veranstaltung gar nicht sein. Nichts ist schlimm, wenn man tanzt!«

Zora hatte recht. Es dauerte kaum ein Lied lang, da hatte er die Leute um sich herum ausgeblendet. Viele Songs und Gläser Champagner später fühlte Lycien fast so etwas wie Glück. Sein Kopf schwirrte vom Tanzen, als er sich kurz auf die Toilette verabschiedete. Der marmorne Baderaum war leer, als Lycien eintrat. Er war gerade dabei, sich die Hände zu waschen, da wurde die Tür geöffnet.

»Ich bin nicht hier, um dir Ärger zu machen«, sagte eine Männerstimme.

Lycien hob den Kopf und sah im Spiegelbild hinter sich – oh, scheiße! Das war Haruo! Was machte der hier? Er trug einen Anzug, unter dessen Jackett sich leicht Messer verstecken ließen, und er sah gelinde gesagt mitgenommen aus. Über seine rechte Gesichtshälfte zogen sich drei tiefe Einschnitte, die Wange war angeschwollen. Lyciens gesamter Körper spannte sich an. Sollte Haruo ihn wieder angreifen, wäre er bereit.

Hinter dem Skarabäuskrieger trat der Mann im grauen Anzug ein, der sich vorhin mit Lyciens Vater unterhalten und ihn so intensiv gemustert hatte. Er schloss die Tür hinter sich, legte eine Hand auf Haruos Schulter und sagte: »Ich muss mich für ihn entschuldigen. Haruo hat in meinem Namen gehandelt, aber er ist zu weit gegangen. Er hätte dich niemals angreifen dürfen.«

Lycien blinzelte verwirrt. Er sollte etwas entgegnen, bloß was? Wer war dieser Mann überhaupt?

»Ich sollte mich vorstellen«, sagte dieser, trat einen Schritt auf Lycien zu und neigte den Kopf so minimal, dass man die angedeutete Verbeugung nur erahnen konnte. »Mein Name ist Daishiro Nemea.«

Oh, verflucht. Daishiro *fucking* Nemea. Lycien steckte tiefer in Schwierigkeiten, als er es noch vor zwei Sekunden geahnt hatte.

»Freut mich, Ihre Bekanntschaft zu machen«, sagte er, um eine feste Stimme bemüht, und neigte ebenfalls den Kopf. Währenddessen schlugen die Gedanken in seinem Kopf Purzelbäume, und trotzdem brachte er die nächsten Worte ohne Stolpern über die Lippen: »Ich habe Sie vorhin mit meinem Vater sprechen sehen.«

»Nur Geschäftliches«, winkte Don Nemea ab. Welche Geschäfte ließen Lyciens Eltern mit einem verdammten Clanboss zusammenarbeiten? »Sollten wir eine Einigung finden, werden wir uns in Zukunft vielleicht öfter sehen. Darum ist es auch so wichtig, die Fronten zwischen uns zu klären. Nach Haruos Fehltritt dürfte deine Meinung hinsichtlich meiner *Unternehmung* nicht besonders gut sein. Ich versichere dir, dass es sich dabei um einen einmaligen Ausrutscher handelte.«

Bullshit! Alles davon. Jemanden in seinem Zuhause oder, noch schlimmer, der Hütte seiner Oma aufzulauern und mit

Messern anzugreifen, war kaum ein einmaliger Ausrutscher. Lycien wusste außerdem ganz genau, dass Töten und Verletzen zu den Hauptgeschäften des Skarabäusclans gehörten, der alles andere war als ein gewöhnliches Unternehmen. Aber er war nicht so lebensmüde, das laut auszusprechen.

»Sie haben vor, mit DeL Inc. zusammenzuarbeiten?«, fragte er.

Lycien hatte seine Eltern oft dafür kritisiert, dass sie bereit waren, über Leichen zu gehen, wenn nur genug Geld dabei heraussprang. Aber er hatte dabei nie an *richtige* Leichen gedacht.

Don Nemea überging seine Frage jedoch. »Ich habe jemand sehr Wichtigen verloren. Haruo war für mich unterwegs, um diese Person zu suchen, und ich glaube, du kannst mir dabei helfen, sie zu finden.«

Lycien schluckte. »Ich wüsste nicht, wie.«

»Ich denke, das tust du sehr wohl, aber ich weiß deine Vorsicht zu schätzen. Du wärst naiv, mir einfach zu vertrauen. Als Zeichen meines Wohlwollens und als Entschuldigung für Haruos Verhalten«, er warf dem Krieger einen tadelnden Blick zu, der die Hände zu Fäusten ballte und ganz offensichtlich alles andere als begeistert davon war, ermahnt zu werden, »möchte ich dir etwas schenken.«

Er hielt Lycien ein modernes Handy entgegen.

»Ein Smartphone?«, fragte der verdattert.

»Etwas Besseres. Informationen. Sieh selbst.«

Lycien nahm das Gerät zögerlich entgegen und schaute auf den Bildschirm. Sofort lief es ihm eiskalt den Rücken hinunter. Das Display zeigte seine Großmutter in einer heruntergekommenen Gegend mit Häusern im alt-Palay'schen Stil. Waren das die Nemea-Viertel? Was machte sie dort? Lycien schluckte mehrmals, um das Zittern in seiner Stimme zu vertreiben. Er durfte jetzt auf keinen Fall so klingen, als hätte er Angst.

»Sie drohen mir?«, fragte er.

»Im Gegenteil. Sowohl deine Großmutter als auch du standen unter unserer Überwachung.« Don Nemea hob beschwichtigend die Hände. »Eine Verletzung deiner Privatsphäre, ich weiß, aber verzweifelte Zeiten erfordern verzweifelte Mittel. Die Aufnahmen deiner Großmutter sind vor etwas weniger als einer Stunde in den nördlichen Skarabäusvierteln entstanden. Es gibt noch mehr Bilder.«

Lycien scrollte weiter, sah Fotos seiner Großmutter und schließlich von zwei Männern, die sich mit ihr unterhielten. Auf dem nächsten Foto fasste einer der Männer sie am Arm. Auf dem wieder nächsten zerrten beide sie auf einen Wagen zu.

»Was habt ihr mit meiner Großmutter gemacht?«, stieß Lycien aus.

»*Wir* haben gar nichts getan. Das sind Schutzmänner der 134. Einheit.«

»Wieso sollte jemand sie festnehmen?«, fragte Lycien.

Dabei kannte er die Antwort. Die Schutzmänner griffen ansteckende Kranke auf und brachten sie in eines der City Hospitals. Aber Silfurvenen waren nicht ansteckend. Und außerdem war seine Großmutter gut darin, diese zu verbergen.

»Meine Männer melden mir, dass sie vor einer halben Stunde ins Bay Hospital eingeliefert wurde, auf die Lichtstation.«

Die Lichtstation? Lyciens Herz blieb beinahe stehen. Weil er genau wusste, was das bedeutete.

»Es ist eine ganz merkwürdige Geschichte.«

Zora

Zora stand an der Bar und wartete auf Lycien. Er brauchte ziemlich lange auf dem Klo, aber es war wohl das Beste, sich keine Gedanken darüber zu machen, was er dort trieb. Das Eis in den Whiskeygläsern, die sie für sich und Lycien bestellt hatte, schmolz bereits.

»Darf ich?«, fragte eine rothaarige Frau, die Zora bei ihrem Eintreffen mit Lycien hatte plaudern sehen, und griff sich eines der Gläser.

»Das ist eigentlich für einen Freund.«

»*Deinen* Freund, meinst du?«, fragte die Rothaarige zwinkernd. »Keine Sorge, Lycien ist ein großer Junge. Der schafft es, sich selbst ein Glas zu bestellen.«

»Seid ihr befreundet?«

»Nicht wirklich. Meine Eltern schleppen mich liebend gern zu solchen Veranstaltungen und, na ja, da fällt einem auf, wer die anderen Kids sind, die auch brav Hände schütteln müssen«, gab die junge Frau lächelnd zurück. »Aber wir haben uns nie wirklich unterhalten, und ich bezweifle, dass er mich jemals bemerkt hat. Ich bin Melanie.«

Melanie streckte ihr die Hand hin und Zora erwiderte den Händedruck. »Woher kennt ihr euch? Von der Uni?«

Zora schüttelte den Kopf. »Das ist eine lange Geschichte.«

»Eine, die du lieber nicht erzählen würdest?«, meinte Melanie. Zu Zoras Überraschung fragte sie nicht weiter nach, was ihr die junge Frau direkt sympathisch machte.

Zoras Blick wanderte zu der Ecke des Saals, hin zu den Toiletten. Noch immer keine Spur von Lycien. Dafür bemerkte sie, wie ein junger, ebenfalls gut aussehender – alle Leute hier sahen gut aus, es war geradezu so, als hätten die De'Lacours ihre Gäste aus einem Modekatalog ausgeschnitten – Mann im Rollstuhl sie wütend anfunkelte. Umgehend drehte er sich um.

»Wer ist das?«, fragte Zora.

»Der Kerl, der aussieht, als wollte er dich erstechen?«, hakte Melanie nach. »Das ist Jae Soo-Ri, und keine Sorge, er ist harmlos.«

»Ich mache mir keine Sorgen.« Auch wenn es merkwürdig war, mit wie viel Hass er sie musterte.

»Er ist nicht wütend auf dich«, meinte Melanie.

»Sondern?«

Sie seufzte. »Ich sollte das nicht erzählen.« Dabei senkte sie die Stimme auf eine Art, die Zora mitteilte, dass sie ihr brühwarm *alles* erzählen würde, was Zora wissen wollte. Melanie war also jemand, der Gerüchte liebte. »Jae und Lycien waren mal beste Freunde. Soweit ich weiß, haben die beiden sich im Kindergarten kennengelernt und waren bis vor einem Jahr unzertrennlich.«

»Und jetzt nicht mehr?« Zora nahm einen Schluck aus ihrem Glas. Vor einem Jahr hatten Lyciens Eltern ihm den Geldhahn abgedreht. War ein Zerwürfnis mit diesem Jae etwa der Grund dafür?

»Es ist eine ganz merkwürdige Geschichte«, begann Melanie. »Jae hat mir alles erzählt. Wir sind mittlerweile, na ja, vielleicht keine Freunde, aber Bekannte, die sich gut genug verstehen, um ein paar Geschichten miteinander zu teilen.« Ihr verschwörerisches Lächeln ließ Zora glauben, dass Geschichten nicht alles waren, was sie mit Jae teilte. »Jae und Lycien haben eine Party auf einer der Jachten von Lyciens

Eltern organisiert. Irgendwann kam Lycien auf die Idee, mit dem Motorboot rauszufahren, und Jae wollte mitmachen. Ich habe die beiden nie als Freunde erlebt, aber es klang so, als hätte Jae immer versucht, mit Lycien mitzuhalten.«

»Und das war an diesem Tag keine gute Idee«, schlussfolgerte Zora.

»Es war sogar verdammt dämlich. Die beiden waren eigentlich viel zu betrunken, um rauszufahren.« Nun nahm Melanie einen tiefen Zug. »Das Boot hat sich überschlagen, ist dann direkt auf sie gefallen und ... keiner weiß so genau, was danach passiert ist. Jae und Lycien müssen untergegangen sein oder wurden von der Strömung weggespült. Die Wasserrettung hat sie erst Stunden später geborgen. Jae war ein paar Tage lang im magisch induzierten Tiefschlaf. Mein Dad hat mir erzählt, dass die Heiler über zwanzig Knochenbrüche und superviele Schnittwunden behandeln mussten. Aber die Nerven in seinem Rückenmark waren so stark beschädigt, dass sie selbst mit Magie nicht mehr zusammenwachsen konnten. Jaes Dad hat ihn seitdem zu so ziemlich allen Heilern und sogar zu Schwarzmagiern geschleift. Aber keiner konnte ihm helfen.«

»Und Lycien?«, fragte Zora, deren Mund sich plötzlich trocken anfühlte.

Melanie zuckte die Schultern. »Nichts. Das war das Merkwürdigste an der Sache. Er war genauso lange im Wasser wie Jae, aber nachdem sie ihn rausgezogen haben, ist er nach ein paar Minuten aufgewacht. Keine Knochenbrüche, keine Verletzungen, keine Unterkühlung, kein gar nichts. Die Göttinnen müssen an diesem Tag besonders gut auf ihn aufgepasst haben.«

Die Göttinnen oder, viel wahrscheinlicher, sein eigenes Feuer. Eine ganz merkwürdige Geschichte, in der Tat – es sei denn, man wusste wie Zora von der Magie, die durch seine Adern floss.

»Lycien hat danach den Kontakt zu fast allen Freunden abgebrochen«, setzte Melanie hinzu.

»Wieso?«, fragte Zora und schaute erneut zu den Toiletten-Gängen. Kein Lycien zu sehen.

»Die Sache ist«, Melanie seufzte, »Lycien war der, der das Boot gesteuert hat.«

Oh, Lycien ... Das erklärte so einiges. Lycien hatte leichtsinnig und betrunken einen Unfall verursacht, bei dem sein bester Freund schwer verletzt wurde – er selbst aber nicht. Kurz darauf befielen ihn die Silfurvenen. Vermutlich hatte er die Krankheit als verdiente Strafe der Göttinnen gesehen. Zora hätte ihn gerade gerne umarmt ... wenn sie nur wüsste, wo er abgeblieben war.

Melanie hatte offenbar den gleichen Gedanken. »Wo ist er überhaupt? Er verpasst gleich die Rede.«

Denn in diesem Moment betrat seine Mutter unter dem Applaus der Gäste eine kleine Tribüne, auf der ein Rednerpult stand.

»Willkommen, liebe Freunde!«, sagte sie. Obwohl sie nicht laut sprach, erfasste ihre Stimme den gesamten Raum. »Es ist mir eine Ehre und Freude, diesen besonderen Tag, die Geburtsstunde der Magie, mit euch allen zu feiern. Dieses Jahr habe ich keine Wünsche an den Himmel zu schicken, sondern ein großes Dankeschön für all die wunderbaren Dinge, die sich im Laufe der letzten Monate ergeben haben.«

In diesem Moment erspähte Zora Lycien, der sichtlich aufgewühlt in Richtung Ausgang lief.

»Ich freue mich, so viele bekannte Gesichter von Freunden und Geschäftspartnern zu sehen, die mich und uns«, Lyciens

Mutter breitete die Arme aus, »auf unserem Weg begleitet haben! Ganz besonders freue ich mich jedoch, die neuen Gesichter zu begrüßen.«

Lycien schob sich am Rande des Saals zwischen den Leuten hindurch und rempelte dabei einige an. Er wirkte verstört.

»Das letzte Jahr hat einige neue Partnerschaften für DeL Inc. bereitgehalten, und so möchte ich die neuen Mitglieder der DeL-Familie aufs Herzlichste willkommen heißen! Ich bitte um einen tosenden Applaus für unsere neuen Kollegen von Golden Crane«, Applaus brandete auf, »der Dawnlight Media Company«, Lycien hatte den Treppenabsatz erreicht und rannte nach oben, »und Talent Solutions.«

Zora, die eben einen Schluck aus ihrem Glas genommen hatte, musste husten. Hatte sie das gerade richtig gehört? Melanie klopfte ihr auf den Rücken.

»Geht's wieder?«

»Talent Solutions gehört zu DeL Inc.?«, presste Zora schwer atmend hervor.

»Seit fast einem Jahr schon. Kurz nach … na ja, du weißt schon, haben sie Talent Solutions gekauft«, meinte Melanie. Sie sagte noch mehr, aber Zora hörte sie überhaupt nicht mehr. Ein lauter Piepton hatte sich in ihrem Kopf breitgemacht. Talent Solutions war eine Sub-Gruppe der Brennenden Lilie – oder zumindest war sie das bis vor einem Jahr gewesen. Jetzt gehörte sie Lyciens Eltern. All die Menschen, die seither verschwunden waren … Lyciens Eltern mussten davon wissen! Gehörte DeL Inc. womöglich auch zur Brennenden Lilie? Wusste Nael davon? Und Lycien?

Letzterer verließ in diesem Moment den Festsaal, ohne sich noch einmal umzudrehen.

»Ich wünschte, ich hätte dich gekannt.«

Kari

Am Abend des Sternenfests brach Kari allein zur Hütte ihrer Eltern auf. Der *ehemaligen* Hütte, korrigierte sie sich in Gedanken. Alles war genauso leer und einsam wie bei ihrem letzten Besuch. Es war schwer vorstellbar, dass hier vor nicht allzu langer Zeit eine Familie gelebt haben sollte. Nichts wies auf die Präsenz eines Kindes hin und, um ehrlich sein, auch wenig auf die Präsenz von Karis Eltern. Wie lange war es her, dass ihre Mutter gegangen war? Kari vermutete, dass es vor dem Verschwinden ihres Vaters geschehen sein musste, aber wissen konnte sie es nicht.

Es war ein Risiko, das Haus ihrer Eltern zu betreten. Haruo hatte sie schon einmal ausfindig gemacht, und diese Baracke stand mit Sicherheit auf der Liste der Orte, die er auf der Suche nach ihr im Auge behalten würde. Aber gerade war ihr das egal.

Sie durchquerte den kleinen Innenraum und betrat den Hinterhof, wo der Papageienkrokus blühte. Darauf bedacht, keine Blume zu zertreten, zog Kari ihre Schuhe aus und ging barfuß über das Gras. Vor dem abgehackten Baumstumpf mit der Inschrift ließ sie sich auf die Knie sinken. *Saori.* Sie zog die Buchstaben mit ihrem Zeigefinger nach, und im Stillen, ohne ein einziges Wort zu sagen, begann sie ein Gespräch mit ihrer nie gekannten kleinen Schwester. Es war verrückt, doch an diesem besonderen Tag, dem Geburtstag der Magie, fühlte es sich irgendwie richtig an. *Es tut mir leid, dass wir uns nie kennenlernen konnten*, dachte sie. *Ich wünschte, ich wäre für dich da gewesen. Ich wünschte, ich hätte von dir gewusst. Ich wünschte, ich hätte auch nur eine einzige Erinnerung an dich.*

Sie legte ihre Hand auf die Rinde, verdeckte damit die Zahlen, die das Ende von Saoris kurzem Leben bedeuteten. Ihre Brust zog sich schmerzhaft zusammen. Da war eine Schwere, die sie sich nicht erklären konnte, und zugleich eine merkwürdige Leichtigkeit. Ein Gefühl ganz ähnlich dem, das sie unter Thambis Schere empfunden hatte. Vielleicht war sein Haarschnitt, der so viele dunkle Schichten abgetragen und Karis Inneres freier, aber auch verletzlicher zurückgelassen hatte, der Grund, warum sie das dringende Bedürfnis verspürt hatte, heute hierherzukommen. Warum sie sich von einem Menschen verabschieden musste, den sie nicht einmal gekannt hatte.

Ich hoffe, dass du wenigstens ein paar glückliche Erinnerungen sammeln konntest. Ich hoffe, dass du eine schönere Kindheit hattest als ich. Ich hoffe, dass du, wo immer du auch bist, fliegen kannst. Vielleicht war der Haarschnitt auch der Grund dafür, warum plötzlich etwas in Karis Innerem zerbröckelte – so laut, dass sie glaubte, es in der echten Welt hören zu können. Ein Schluchzen bahnte sich seinen Weg ihre Kehle hoch und dann folgten die Tränen.

Kari wusste nicht, wann sie das letzte Mal geweint hatte. Es musste viele Jahre her sein. Tränen waren Schwäche, also hatte Daishiro sie ihr ausgetrieben, bis Kari überzeugt davon gewesen war, nicht einmal mehr die Fähigkeit zum Weinen zu besitzen. Aber nun saß sie barfuß im ehemaligen Garten ihrer Eltern und schluchzte um jemanden, den sie nie gekannt hatte und den sie trotzdem für immer vermissen würde. Sie fühlte es – fühlte die leere Stelle in ihrer Brust, die Saori zurückgelassen hatte.

Irgendwann legte sie sich rücklings auf das Gras und schaute in den Himmel, der mittlerweile von einem Indigofilm überzogen war. Der Mond blinzelte als dünne Sichel durch den Smog und betrachtete die ersten Sternmagnolien, die wie winzige Farbsprenkel auf ihn zuschwebten. Jede davon ein Wunsch, ein Funken Hoffnung – und irgendwie verlieh dieser Anblick Kari selbst Hoffnung.

Sie zog ihre Sternmagnolie aus der Jackentasche. Sie war trocken und braun, doch noch während Kari sie in ihren Fingern hielt, sickerte Farbe durch die Blüte, woraufhin sich langsam die Blätter öffneten.

»Ich habe dir noch gar keinen Wunsch zugeflüstert«, murmelte Kari und lächelte. Es war merkwürdig, wie man gleichzeitig so unendlich traurig und so glücklich sein konnte. Sie hatte so viel verloren, gleichzeitig besaß sie nun jedoch Dinge – Freunde, ein Zuhause, Freiheit und die Macht, Naels Augen purpurrot einzufärben –, von denen sie in ihrem goldenen Käfig nicht einmal geträumt hatte. Über Jahre hatte sie den immer selben Wunsch in den Himmel geschickt. *Ich will fliegen. Ich will mich verwandeln.* Und jedes Jahr hatten die Göttinnen ihren Wunsch ignoriert. Natürlich hatten sie das – weil sie tot waren, genauso wie Chichiko es gesagt hatte.

»Ich will glücklich sein«, flüsterte sie und öffnete ihre Handfläche.

Die Sternmagnolie tanzte über die Dächer und verwob sich schließlich am Horizont mit ihren Geschwistern zu einem regenbogenbunten Teppich. Die Blüten wogten über den Himmel. Wie Wellen sahen sie aus. Wie Rauch.

Und mit diesem Gedanken kam eine Erinnerung. Nein, viele Erinnerungen – und ein Geruch. *Bleierner Rauch.*

Es war, als ob sich in diesem Moment ein Vorhang öffnete,

der es Kari erlaubte, klar zu sehen. Sie wusste nicht, warum. Vielleicht war es der Haarschnitt, vielleicht waren es die Tränen, vielleicht auch nur der Anblick der Blumen. Doch das nagende Gefühl, das sie seit Tagen verfolgte, diese Ahnung, dass sie etwas Wichtiges übersehen hatte, nahm plötzlich Gestalt an. Es war keine Ahnung mehr, es war Wissen.

Bleierner Rauch. Sie hatte diesen Geruch genau vier Mal vernommen.

Das erste Mal vor Nours Brunnen, als der gesichtslose Magier sie angriff.

Das zweite Mal im Büro von Mama Laquar – und schon damals hatte der Rauchgeruch eine Erinnerung in ihr geweckt. Bis Mama Laquar diese Erinnerung mit ihrer Berührung – ihrer Magie? – wegwischte.

Das dritte Mal im Luminer. Kari hatte einen Nachhall des bleiernen Rauchs in der Luft ausgemacht. Das war kurz nach dem Angriff des gesichtslosen Magiers gewesen.

Das vierte Mal in Thambis Friseurstube, kurz bevor Izumi aus dem Fenster gesprungen war. Die Kleine hatte es ebenfalls gerochen. Kari erinnerte sich ganz genau, wie ihre Nasenflügel gezuckt hatten, ehe sie durchgedreht war. Vielleicht deshalb, weil der bleierne Rauch sie an das Monster erinnert hatte, das ihre Mutter hatte verschwinden lassen?

Jedes Mal war Kari kurz davor gewesen, die Zusammenhänge zu verknüpfen. Aber nur einen Moment lang, bevor die Gedanken verflogen. Bevor jemand die Gedanken mit Magie verfliegen ließ? Ihr Puls ging schneller. Die ganze Zeit hatte Nael den gesichtslosen Magier in den Clanvierteln gesucht. Was aber, wenn er – sie! – gar nicht dort war, sondern in der Walled City?

»Anweisung von oben.«

Nael

Die Lichtstation unterschied sich in vielerlei Hinsicht von den normalen Einheiten des Krankenhauses. Es gab weder Operationssäle noch Medizinschränkchen, weder sterile Instrumente noch medizinische Betten. Stattdessen gab es Aquarien, in denen Kois ihre Runden zogen, und zahlreiche Pflanzen. Orangenbäumchen und Schwertlilien, Pfingstrosen und Jasmin, Orchideen und Frangipani, ein ganzes Meer an bunten Blüten, das seinen frühlingshaft-süßlichen Duft verströmte. Die Bettlaken waren nicht weiß, sondern bunt gemustert, und gemütliche Kissen türmten sich auf den weichen Matratzen. Wer wollte, konnte Musik spielen lassen, und auch eine Duftmaschine stand den Patienten zur Verfügung, die dem Raum nach Wunsch ein Aroma von Meeresluft, Nadelwald oder Stadtstraße verlieh. Alles, um ein paar letzte Augenblicke des Friedens zu schenken.

Wenn man Nael fragte, eine bloße Farce, um zu verschleiern, was hier eigentlich geschah. Die Lichtstation war das Ende. Denn dort landete nur, für wen es eben keine Hoffnung mehr gab, und das Einzige, was die Heiler taten, war, Lebensenergie zu kanalisieren.

Nael musste wieder einmal 39 vertreten, und er hasste es, hier zu sein. Er hätte sich zehnmal lieber in den Exekutionsraum des Gefängnisses gestellt, immerhin hatten die Verurteilten ihr Schicksal selbst auf sich gezogen. Aber hier? Das waren alte und kranke Menschen, die niemandem etwas angetan hatten. Den meisten wurde zum Glück nur ihre

Lebensenergie entzogen, doch seit ein paar Wochen ließ die Brennende Lilie jede Person auf der Lichtliste auf Angehörige hin prüfen. Wer keine hatte, dem wurde das Spiel angeboten. Darum war Nael hier – auch wenn jede Faser in ihm sich dagegen sträubte.

Die Nacht des Sternenfests war die perfekte Gelegenheit, so hatte 13 es ihm erklärt. Denn in dieser Nacht der Wünsche ließen sich Leute leichter zu Hoffnung verleiten, wo es keine gab. Es sollte ein Kinderspiel werden, die Todgeweihten davon zu überzeugen, eine schreckliche zweite Chance zu versuchen. Und das machte die ganze Sache schlimmer.

Nael zwang sich, an die Drachen zu denken und an den Blutregen, als sie vom Himmel vielen. An seine Mutter und seine Freunde, die ihr Leben verloren hatten. An Koh Maley. Und daran, wie er die Lilien eines Tages wortwörtlich würde brennen lassen. Wenn es so weit war, würde er auf Momente wie jetzt zurückblicken und wissen, dass es das alles wert gewesen war.

Nael folgte einem Heiler auf die Lichtstation. Eine alte Dame, die gerade in einem Bett hereingeschoben wurde, musterte die Hereinkommenden mit aufmerksamen Augen.

»Sie wurde eben erst eingeliefert«, erklärte der Heiler. »Silfurvenen im Vor-Endstadium. Sie hatte Glück, dass wir sie aufgegriffen haben.« Er warf Nael einen bedeutungsschweren Blick zu. Der Schmerz, den Silfurvenen im Endstadium verursachten, war berüchtigt, doch Nael konnte gerade an nichts anderes denken als an Lycien – und daran, was Zora davon halten würde, wenn jemand Lycien auf diese Art *retten* würde, bevor die Krankheit ihm die Sinne raubte.

Er dachte so sehr an Lycien, dass er sogar glaubte, dessen Stimme zu hören. Nur dass es wirklich seine Stimme war.

»Ich bin Lycien De'Lacour und ich will sofort mit meiner Großmutter sprechen!«, brüllte er und tauchte im nächsten Moment auf dem Gang vor der Lichtstation auf. Einzig eine dünne Glastür trennte ihn von Nael und der alten Frau die … seine Großmutter war? Nael schaute von Lycien zu der alten Dame und zurück. Eine gewisse Ähnlichkeit war unverkennbar. Sie hatte dieselben tiefblauen Augen wie er, denselben aufmerksamen Blick.

Als er Nael entdeckte, weiteten sich Lyciens Augen. »Nael?!«, rief er. Zora musste ihm seinen Namen verraten haben. Scheiße. Seine Kollegen und der Heiler durften eigentlich gar nicht wissen, wie er hieß. Für sie war er bloß 87. Im nächsten Moment hätte Nael sich gerne selbst geohrfeigt. Das war Lyciens Großmutter, die da auf dem Totenbett lag, und er dachte an Geheimhaltung.

»Was macht er hier?!«, schrie Lycien. Er rüttelte an der verschlossenen Glastür, die er selbst mit voller Kraft nicht würde öffnen können. Dafür sorgten die magischen Sicherheitsverriegelungen. Das merkte nun auch Lycien, stieß einen derben Fluch aus und verlangte: »Ich muss sofort mit meiner Oma reden! Lassen Sie mich in die Station!«

Der Pfleger, der neben Lycien auf der anderen Seite der Glasscheibe stand, warf einen fragenden Blick herein. Doch der stationsleitende Heiler schüttelte den Kopf. Kurz darauf tauchten auf der anderen Seite des Glases gleich drei Securitys auf, die Lycien zurückhielten.

Der brüllte: »Oma! Nein, verdammt! Sie machen einen Fehler! Meine Großmutter gehört nicht auf diese Station!«

»Lasst ihn rein«, sagte Nael bestimmt.

»Er hat kein Zutrittsrecht«, antwortete der Heiler. Etwas leiser fügte er hinzu: »Anweisung von oben.«

Also wollte irgendwer von *oben* Lyciens Großmutter tot sehen? Das Krankenhaus? Die Brennende Lilie? Warum?

»Er ist ein De'Lacour«, sagte Nael und starrte den Mann an. »Viel weiter oben als diese Familie gibt es nicht. Wir warten, bis alles geklärt ist.«

»Alles ist geklärt«, entgegnete der Heiler. »Und sie ist nicht deine *Kundin.*«

Kundin – wie Nael dieses Wort hasste.

Die Pfleger schoben Lyciens Großmutter in einen Raum, während Lycien auf der anderen Seite der Glaswand brüllte.

»Bitte«, hauchte die alte Dame und schaute Nael flehentlich an.

»Deine Kunden warten«, sagte der leitende Heiler und stellte sich zwischen Nael und die ältere Dame. Die Nachricht war klar. *Das hier geht dich nichts an, du bist nur ein kleiner Verkäufer.* Nael trat schnaubend um den Mann herum und folgte den Pflegern in das blumenbestückte Zimmer.

»Was denkt der, wer er ist?«, hörte er den Heiler murmeln.

Das hier war eine Überschreitung seiner Kompetenz – von der er momentan ohnehin nicht viel besaß. Doch um die möglichen Konsequenzen konnte er sich später Gedanken machen. Lyciens Oma streckte eine zittrige Hand nach ihm aus, die er ergriff. Sofort fühlte er den kühlen Stein, den sie darin hielt.

»Du bist Zoras Bruder, nicht wahr? Mein Enkel hat mir von dir erzählt. Ich weiß, dass du mir nicht helfen kannst«, flüsterte sie. »Niemand kann das. Aber hilf Lycien. Wenn schon nicht für ihn, dann tu es für deine Schwester.«

Sie sah Nael auf so flehende Art an, dass es ihm beinahe das Herz brach. Was könnte er tun, um sie zu retten? Würde es ausreichen, Zeit zu schinden, bis Lycien seine Eltern verständigt hatte? Die De'Lacours besaßen sicher die Macht, das hier zu verhindern. *Anweisung von oben.* Lyciens Eltern saßen ganz oben.

»Bitte«, wiederholte die Frau. Weitere Personen betraten den Raum. Nael hatte nicht viel Zeit. Schnell öffnete er seine Handfläche und betrachtete den grünlichen Stein, den Lyciens Großmutter ihm gegeben hatte. Es war Jade, deren Oberfläche mit winzigen Schriftzeichen bedeckt war.

»Zeig den Stein deiner Schwester. Sie wird wissen, was es bedeutet. Sag ihr, dass ich es getan habe, um Lycien zu beschützen.« Was meinte sie damit? »Versteck ihn, bevor jemand ihn sieht. Und jetzt geh. Lycien darf sich nicht in Gefahr bringen.«

Sie musste nicht mehr sagen, Nael verstand auch so. Niemand durfte wissen, dass auch Lycien an Silfurvenen litt.

Hinter ihm räusperte sich ein Pfleger ungeduldig.

»Ihr werdet warten müssen. Sag das deinen Heilern. Sie sollen die Frau noch mal untersuchen und sehen, ob sie wirklich ein Fall für eine Energiesammlung ist«, knurrte Nael und drehte sich um. Er fixierte den Heiler mit einem Blick, der keinen Widerspruch duldete. »Und das ist auch eine Anweisung von oben.«

Wenn 13 Wind davon bekam, dass er die Brennende Lilie als Ausrede vorgeschoben hatte, um eine rechtmäßig angeordnete Energiesammlung zu verhindern, würde Nael Ärger bekommen. Aber bis es so weit war, hatte Lycien hoffentlich genug Zeit, seinen Nachnamen einzusetzen, um das hier zu verhindern.

»Nein! Keine Untersuchung!«, stieß Lyciens Großmutter aus. Nael fühlte ihre Finger um sein Handgelenk. »Ich will nicht mehr Zeit. Du kannst das nicht verstehen und mein

Enkel wird es auch nicht tun. Aber bitte, ich flehe dich an, bitte geh«, flüsterte sie so leise, dass nur er es hören konnte. Dann hob sie den Blick. »Ich bin bereit.«

Die letzten Worte waren nicht an Nael gerichtet, sondern an die Heilerin, die eben eintrat und ein Lichtzepter in den Händen hielt.

»Es ist mir egal, wenn ich mich wie ein Arschloch verhalte.«

Lycien

»De'Lacour!«, brüllte er. »Sie wissen, wer ich bin, oder? Und das da drin ist meine Großmutter! Ich will jetzt sofort einen Heiler sprechen!«

Normalerweise hielt Lycien seinen Nachnamen geheim. Er hasste es, wie anders sich die Leute ihm gegenüber verhielten, sobald sie wussten, *wer* er war. Wie Servicemitarbeiter vor ihm katzbuckelten, Frauen ihn plötzlich mit geröteten Wangen ansahen und auf einmal jeder sein Freund sein wollte. Aber De'Lacour war ein Türöffner und gerade die beste Chance, die Lycien hatte, um seine Großmutter zu retten. Er kannte das Protokoll, wusste, was mit Leuten passierte, die keine Chance mehr auf Heilung hatten ... Lycien würde das verhindern!

Nachdem Daishiro Nemea ihm die Aufnahmen gezeigt hatte, war er sofort zum Bay Hospital aufgebrochen. Sein Name hatte ihm die Information verschafft, dass tatsächlich eine alte Frau mit Silfurvenen eingeliefert worden war. Sein Name hatte ihm einen letzten Blick auf seine Großmutter beschert – hinter einer Glasscheibe und in Präsenz von Zoras Bruder Nael. Nur die letzte Tür, die zu seiner Oma, hatte sein Name bisher nicht geöffnet, und so stand Lycien auf dem Gang *vor* der Lichtstation und redete auf den zuständigen Pfleger ein, während gleich drei Wachleute ihn streng musterten. Er war kurz davor, die Männer anzuspringen und herauszufinden, ob er einen Faustkampf mit ihnen gewinnen könnte.

»Wenn ich nicht sofort mit einem Heiler sprechen kann, sorge ich dafür, dass Sie Ihren Job los sind«, drohte er. Es war ihm egal, ob er sich wie ein Arschloch verhielt. Er musste zu seiner Großmutter, bevor es zu spät war.

»Ich habe die zuständige Heilerin bereits verständigt«, gab der Pfleger zurück.

Lyciens Sinne waren so scharf, dass er das nervöse Flattern seines Herzens hörte, das Murmeln hinter den geschlossenen Glastüren und das Piepen der Geräte in den umliegenden Räumen. Er musste sich konzentrieren. Aber seine Gedanken rotierten.

»Da ist sie«, sagte der Pfleger.

Die Fahrstuhltür öffnete sich und eine Frau in weißem Kittel trat, gefolgt von Lyciens Eltern, heraus. Lycien hatte die beiden unzählige Male angerufen, allerdings nicht erreichen können. Nun überkam ihn eine unbändige Erleichterung.

Doch bei den nächsten Worten seiner Mutter verwandelte diese sich in Enttäuschung. »Was ist nur in dich gefahren?«, zischte sie.

Sein Vater und die Heilerin gingen wortlos an ihm vorbei und verschwanden auf der anderen Seite der Glastür.

»Warte!«, rief Lycien, aber seine Mutter hielt ihn zurück.

»Dein Vater regelt alles. Und du musst dich beruhigen.« Sie legte beide Hände auf seine Oberarme und sah ihn eindringlich an. Sie war so verdammt beherrscht. So abgeklärt.

»Ist dir überhaupt klar, dass sie Oma umbringen werden, wenn wir nicht sofort etwas unternehmen?«, fragte Lycien.

Seine Stimme war laut geworden. »Ruhig, Lycien«, meinte seine Mutter. »Was soll das Krankenhauspersonal denken?«

»Was soll ...« Lycien schüttelte den Kopf. »Das ist alles,

was dich interessiert, oder? Dass sich das hier nicht herumspricht. Niemand darf erfahren, dass die Mutter von Rougon De'Lacour Silfurvenen hat. Oh, der Skandal!« Die letzten Worte brüllte er beinahe und genoss es zu sehen, wie die Nasenflügel seiner Mutter sich vor Ärger blähten.

»Dein Vater kümmert sich um alles. Dein Herumgeschreie hilft nicht«, zischte sie.

Und sosehr Lycien es verabscheute zuzugeben, sie hatte recht. Er musste warten.

Warten und darauf vertrauen, dass sein Vater sich durchsetzen würde, wie er es immer tat. Das war wohl das einzig Positive an der Sache. Was Lyciens Vater wollte, das bekam er auch. Die nächsten Minuten zogen sich zu einer Ewigkeit, in der die immer selben Fragen durch Lyciens Kopf zuckten: Was hatte seine Oma im Norden der Skarabäusviertel gewollt? Wer hatte die Schutzleute gerufen? Was hatte Nael mit dieser ganzen Sache zu tun?

Als die Glastüren sich endlich öffneten und sein Vater neutral verkündete: »Es ist alles geregelt«, stürmte Lycien zu dem Raum, in dem er seine Großmutter vorhin hatte verschwinden sehen.

Es war ein ausladend großes Zimmer, in dem mehr Blumen standen als in einer Gärtnerei. In einem Bett im Zentrum lag seine Großmutter, die Hände vor ihrer Brust gefaltet, die Augen geschlossen, und sie war ... sie war ... *Nein!*

Lycien wusste es, bevor er sie berührte. Denn er hörte keinen Herzschlag. Spürte keinen Atem. Da war kein Leben mehr. Nur Leere.

Trotzdem durchquerte er den Raum mit drei langen Schritten und ergriff ihre Hände. Ihre Hände, die zwar nicht kalt waren, aber auch nicht mehr warm. Ihre Haut fühlte sich gummiartig an, als ob er eine Wachsfigur berührte. Wie war das möglich ... so schnell, so ...

»Oma, mach die Augen auf, bitte«, flehte er. Schluchzend legte er seine Hand auf ihre Wange und drückte seine Stirn gegen ihre. »Bitte, bitte, bitte ...«

Doch sie blieb bewegungslos. Kein Atem. Kein Herzschlag. Kein Leben. Kein Licht. Kein ... nichts. Rein gar nichts.

Lycien fuhr herum. »Du sagtest, du hättest dich um alles gekümmert!«, brüllte er seinen Vater an, der mit verschränkten Armen im Türrahmen stand.

»Und das habe ich.«

»Was ist dann das hier?! Sie ist ... sie ...«

Er schaffte es nicht, die Worte auszusprechen, weil sie die Situation noch realer gemacht hätten. Sie war tot. Seine Oma war ... sie ... sie war ...

»Es gibt nichts, das die Heiler für sie hätten tun können. Ihr Leid zu verringern, bevor die Schmerzen zu groß wurden, war die einzig humane Lösung.«

Lycien begann am gesamten Körper zu zittern. »Sie war allein! Hörst du, allein!«

Er hätte bei ihr sein müssen. Hätte ihre Hand halten und ihr sagen müssen, dass er sie liebte. Seine Großmutter hätte niemals – nie, nie, niemals – zugelassen, dass Lycien einsam starb, selbst dann nicht, wenn die Silfurvenen ihn bereits um den Verstand gebracht hätten.

Aber er hatte zugelassen, dass sie allein starb, während er tatenlos auf der anderen Seite dieser Glaswand gestanden und einen auf reiches Söhnchen gemacht hatte. Er hätte es verhindern können. Das hätte er sogar müssen! Don Nemea hatte ihm genug Zeit verschafft, um seiner Oma das Leben zu retten, und was hatte er getan? Nichts, absolut gar nichts!

»Wusstest du es?«, fragte sein Vater. »Wusstest du von ihrer Krankheit?«

Ein bitteres Lachen bahnte sich Lyciens Kehle hoch. Das Entsetzen und die Schuld vermischten sich mit einer brennenden Wut.

»Du hast nicht mal versucht, sie zu retten, oder?«, fragte er. »Wahrscheinlich warst du froh, die Sache schnell hinter dich zu bringen, bevor irgendjemand Wind von ihrer Krankheit bekommt. War es das, worum du dich gekümmert hast? Dass nur ja keine Infos an die Medien dringen?«

Das Ausbleiben einer Antwort bestätigte Lyciens Vermutung.

»Ich verstehe, dass diese Situation schwer für dich ist«, beschwichtigte seine Mutter. »Du bist verwirrt und verletzt. Aber du musst dich zusammenreißen. Die Heiler haben das einzig Richtige getan.«

»Das einzig Richtige für euch«, knurrte Lycien.

»Für uns«, korrigierte sein Vater. »Die Familie zu beschützen, hat oberste Priorität.«

Die Familie? Wohl eher das Business. Lycien lachte bitter. »Ich habe keine Familie mehr«, sagte er, woraufhin seine Mutter die Augen verdrehte.

»Mach dich nicht lächerlich.«

Was hatte es für einen Sinn, mit den beiden zu diskutieren? Sie würden nur das hören, was sie hören wollten, so war es immer schon gewesen. Also stürmte Lycien an seinen Eltern vorbei nach draußen. Seine Mutter rief ihm nach: »Warte!«

Trotzdem hielt niemand ihn auf, als er die Lichtstation verließ. Seine Oma allein in diesem Zimmer zurückzulassen, fühlte sich wie Verrat an. Als würde er sie ein zweites Mal im Stich lassen. Doch er konnte nicht länger in diesem Raum sein, der so viel Frieden vorgaukelte, obwohl dort vor wenigen Sekunden seine Großmutter ermordet worden war. Er ertrug die Präsenz seiner Eltern nicht. Vor allem jedoch hielt er es nicht aus, länger in Gegenwart des Körpers zu sein, der nicht länger seine Großmutter war. Die Leere zu spüren, wo einst Lachen und Liebe und Geborgenheit gewesen waren.

Also verließ er das Krankenhaus und stürmte die Straße entlang. Erst wusste er nicht, wohin, doch irgendwann bemerkte er, dass seine Füße wie von selbst die Richtung der Walled City eingeschlagen hatten, und da begriff er, dass er genau dorthin wollte, genau dort sein *musste*.

Zoras Bruder Nael hatte seine Großmutter getötet – oder zumindest hatte er tatenlos zugesehen, und dafür würde er Lycien Rede und Antwort stehen.

Über ihm sprenkelten die ersten Sternmagnolien den Nachthimmel. Lycien zog seine eigene Sternmagnolie aus der Hosentasche. Bis vor wenigen Stunden war sie trocken gewesen, doch die Magie dieser Nacht hatte sie zum Leben erweckt. Die Blüte hatte eine hellblaue Farbe angenommen und fühlte sich sanft und weich an.

Lycien hatte ihr seinen größten Wunsch zugeflüstert – die eine Sache, die er mehr wollte als alles andere auf der Welt und die er heute in den Himmel hatte schicken wollen. Er schloss die Hand mit der Blüte zu einer Faust und drückte so fest zu, wie er konnte. Als er die Finger wieder öffnete, lagen darin zerquetschte Blätter und vertrocknete Fetzen. Aber was machte das noch für einen Unterschied?

Lycien hatte sich gewünscht, seine Großmutter würde gesund werden.

»Ich kenne diese Stille.«

Kari

Kari rannte zurück in die Walled City, so schnell ihre Füße sie trugen. Sie fand Izumi in ihrem Zimmer. Die Kleine lag in einer Hängematte und las einen Comic. Keuchend blieb Kari stehen.

Izumi schaute auf. »Was ist los?«, fragte sie.

»Sind Zora und Nael hier?«

Izumi schüttelte den Kopf.

Verdammte Scheiße. Kari hatte gehofft, die Geschwister hier anzutreffen. Was nun?

»Ich finde, wir sollten ans Wasser gehen. Die Magnolien fliegen bereits, es wäre schade, wenn wir diesen Moment hier drinnen verpassen«, sagte sie und zwang sich, ihre Stimme ruhig klingen zu lassen.

Die Wände in der Walled City hatten Augen und Ohren. Kari war allzu bewusst, dass Mama Laquar alles hörte, was in der Mauernstadt gesagt wurde, also musste sie auf der Hut sein. Doch ihr warnender Blick signalisierte Izumi, dass eben nicht alles in Ordnung war.

Das Mädchen nickte.

»Das klingt nach einer tollen Idee«, sagte sie etwas zu mechanisch.

Kari fasste ihre Hand und die beiden gingen los. Sie hielt sich davon ab zu laufen – noch gab es keinen Grund dafür. Womöglich hatte Mama Laquar keine Ahnung, was vor sich ging, und unnötige Eile würde lediglich Aufmerksamkeit auf sie ziehen. Andererseits wusste Kari von Zoras Verdacht, dass

Mama Laquar Gedanken lesen konnte. Wenn das stimmte, mussten sie schleunigst hier raus ...

Doch sie waren gerade einmal bis zum Treppenhaus gekommen, als Izumi sich versteifte. Eine Sekunde später machte auch Kari den Geruch aus. *Bleierner Rauch.*

»Lauf«, flüsterte Kari, und beide sprinteten los.

Drei Treppenstufen hinab, dann schossen aus der Dunkelheit Raucharme auf sie zu, schlangen sich um Karis und Izumis Knöchel und brachten sie zu Fall. Karis Knie sangen vor Schmerz, als sie auf den Stufen aufschlug, und auch Izumi stieß ein Quietschen aus.

Wo glaubst du, dass du hingehst?, hörte Kari Mama Laquars Stimme in ihrem Kopf.

Im nächsten Augenblick schob sich ein Schatten ins Treppenhaus und die Magiermeisterin trat vor sie. Sie war genauso schön und genauso Furcht einflößend wie bei ihrem ersten Zusammentreffen. Izumi wimmerte ängstlich, als die Magierin ihre blutroten Lippen zu einem kalten Lächeln verzog.

Glaubst du, ich kenne deine Gedanken nicht?, fragte sie Kari tonlos. Es stimmte also, sie las tatsächlich Gedanken! *Wenn du wegwillst, Paradiesvögelchen, nur zu. Flieg davon. Aber Izumi bleibt hier.*

»Was willst du mit Izumi?«, stieß Kari aus.

Das Mädchen, das Mama Laquars Worte gar nicht gehört hatte, klammerte sich nun mit beiden Händen an Karis Knöchel fest. Diese scannte auf der Suche nach möglichen Waffen das Treppenhaus.

»Ich hatte mehr von dir erwartet«, sagte Mama Laquar dieses Mal mit ihrer richtigen Stimme. »Ich dachte wirklich, du würdest früher oder später selbst begreifen, welche Magie in ihr steckt. Ich selbst habe es gespürt, als Thambi ihre

Haare schnitt. Genauso wie Zora. Aber ihr habt alle nicht erkannt, wie mächtig sie ist.«

»Ich habe keine … ich meine, ich bin nicht …«, schluchzte Izumi.

»Nicht?«, fragte Mama Laquar. »Ein falscheres Wort hättest du nicht wählen können, um dich zu beschreiben, Mädchen. Du bist *alles.*«

Und in Karis Kopf fügte sie hinzu: *Versuch, sie mir wegzunehmen, und ich werde dir die Federn ausrupfen, Paradiesvögelchen.*

Plötzlich ruckte Mama Laquars Kopf herum. Ihre Miene verklärte sich, als sähe sie etwas, das physisch gar nicht vor ihr war. *Sie sind hier*, flüsterte sie in Karis Kopf.

»Wer?« Kari lauschte in die Stille. Sie hörte nichts.

Nichts. Rein gar nichts. Karis Magen zog sich zusammen.

Die Mauernstadt war nie still gewesen. Nicht so wie jetzt. Sie war immer gefüllt mit Geflüster und Musik, mit Glockengebimmel und dem Klackern von Füßen auf Beton. Die Stille, die sich gerade jetzt über die Walled City legte, war tödlich.

Kari kannte diese Stille.

Es war die Ruhe vor einem Angriff.

Und kaum, dass sie das begriffen hatte, vernahm sie die schwere Süße in der Luft. Zuckerwatte und Lychee, der Geruch der Angst, noch weit von ihr entfernt, doch er strömte von so vielen Leibern aus, dass er bis zu ihr durchdrang.

Und sie wusste …

Der Skarabäusclan war hier.

»Beschütze sie«, sagte Mama Laquar. »Mit deinem Leben, wenn du es musst.«

Versprich es mir, fügte sie in Karis Kopf hinzu. *Izumi ist mehr wert als dein Leben oder meines oder das irgendeiner Per-*

son in der Mauernstadt. Selbst wenn die gesamte Walled City fällt – Izumi ist es, die du beschützen musst. Hörst du, Paradiesvögelchen! Weil sie alles *ist.*

Und dann flüsterte Mama Laquar ihr tonlos zu, wer Izumi wirklich war.

»Ich hätte mehr tun müssen.«

Nael

Zora nahm nach dem ersten Klingeln ab. »Wo bist du?«, keuchte Nael.

Er hatte das Bay Hospital so schnell wie möglich verlassen. Und verdammt, er fühlte sich richtig mies deswegen. Es war nicht so, dass er den Tod von Lyciens Großmutter hätte verhindern können. Im Krankenhaus hatte er nichts zu melden. Den Heilstein zu verstecken und damit zu Zora zu gehen, war rational gesehen die einzig richtige Entscheidung gewesen, und es war das, was Lyciens Großmutter gewollt hatte. Sie hatte ihn so eindringlich und flehend angesehen, dass er es nicht über sich gebracht hatte, ihrer Bitte zu widersprechen. Was auch immer der Grund dafür war, dass sie auf keinen Fall Zeit schinden oder noch einmal untersucht werden wollte, es musste ein Wichtiger sein. Warum kam Nael sich trotzdem wie der verwerflichste Mensch auf diesem Planeten vor?

Sein Handy zeigte mittlerweile ein halbes Dutzend verpasste Anrufe von 13, der vermutlich schon von Naels überstürztem Aufbruch erfahren hatte. Darum würde er sich später kümmern. Morgen, ja morgen, würde er sich eine gute Ausrede für seinen Boss einfallen lassen.

»Bist du noch auf der Party?«, setzte er nach.

»Nein, Lycien hat mich einfach stehen lassen, dieser Idiot«, gab Zora zurück.

Natürlich hatte er das. Nael verspürte einen Stich. Seiner Schwester zu erklären, was vorgefallen war, würde alles andere als eine Freude werden. »Ich komme gerade aus der U-Bahn-Station bei den Docks.«

»Ich bin auch gleich da. Warte«, bat er atemlos.

»Was ist los?«

»Erzähle ich dir gleich.« Manche Dinge musste man persönlich sagen, nicht am Telefon.

Er entdeckte Zora sofort. Obwohl an den Docks Menschenmassen unterwegs waren – heute hatte es alle nach draußen getrieben, um ihre Sternmagnolien in den Himmel zu schicken –, stach sie in ihrer roten Robe hervor. Seine kleine Schwester sah wunderschön aus. Sie betonte immer, dass sie eine Hexe war, aber heute wirkte sie wie eine Prinzessin. Nael hasste es, ihre Prinzessinnennacht vollends ruinieren zu müssen.

Ihre Augen hatten einen beunruhigten gräulich violetten Ton angenommen, als er heftig atmend vor ihr stoppte.

»Was ist los?«

Nael hielt ihr den Stein entgegen. »Weißt du, was das ist?«

Sie drehte die Jade herum. »Ein Heilstein. So was wird eingesetzt, um eine Krankheit von einer Person auf eine andere zu übertragen. Woher hast du den?«

Nael schluckte. »Von Lyciens Großmutter.« Und dann erzählte er Zora, was vorgefallen war. Mit jedem Wort wurde sie blasser und ihre Augen trüber.

»Bei den Göttinnen, Nael, sie ist tot?«, hauchte sie. »Lycien liebt seine Großmutter. Sie ist ...« Zora brach ab, starrte dann mit halb geöffneten Lippen auf den Heilstein. »Sie hatte gar keine Silfurvenen. Nicht ursprünglich zumindest ...«

Das hatte Nael bereits geahnt.

»Sie hat Lyciens Krankheit auf sich gezogen, damit die Silfurvenen sich bei ihm nicht so schlimm ausbreiten, oder?«, fragte er. »Das war auch der Grund, warum sie auf keinen Fall eine Untersuchung wollte. Damit die Heiler das nicht herausfinden und Rückschlüsse auf ihn ziehen. Was passiert jetzt, wo sie gestorben ist?«

Zora schluckte. Schluckte noch einmal. Ihre Lippen zitterten. »Es sollte ein wenig dauern, bis die Krankheit ihren Körper verlässt. Ein paar Stunden vielleicht, und dann ...« Sie strich sich mehrmals durch die Locken. »Die Silfurvenen werden mit voller Wucht auf Lycien zurückfallen. Ich weiß nicht, ob ...«

Ob er das überleben wird. Die letzten Worte dachte sie bloß, Nael war es trotzdem, als würde er sie schreiend laut hören.

»Vielleicht kann Mama Laquar ihm helfen. Sie wollte ihn unbedingt heilen«, stammelte Zora. »Komm!«

Sie lief in Richtung Walled City los. Quans üblicher Wachposten war unbesetzt und auch von seinen Schattenkatzen fehlte jede Spur. Eine merkwürdige Stille lag über der Mauernstadt, während die Geschwister nach drinnen liefen und in den einzigen funktionierenden Fahrstuhl stiegen, der sie ratternd bis in Zoras Stockwerk brachte. Sobald die Aufzugtüren sich öffneten, zog Zora das Handy aus ihrer Tasche. »Ich rufe Lycien sofort an und bitte ihn herzukommen.«

Aber Lycien war bereits hier.

»Hilf mir!«

Zora

Lycien stand vor Zoras Zimmertür. Er bebte. Vor Schmerz, dachte Zora im ersten Augenblick – hatte die Krankheit ihn bereits erwischt? Doch dann begriff sie, dass es Wut war, die sein Feuer zum Brodeln brachte. Nein, viel mehr als das. Nicht nur Wut, sondern ungezügelter Hass.

»Du mieses Arschloch!«, zischte er, die Augen auf Nael gerichtet. »Warst du es? Hast du sie umgebracht!?«

»Lass es ihn erklären«, bat Zora, da ihr Bruder keine Anstalten machte, sich zu verteidigen.

Aber Lycien wollte ganz offensichtlich keine Erklärungen. Er wollte einen Sandsack, auf den er einprügeln konnte, einen Schuldigen, dem er seine ganze Verzweiflung entgegenwerfen konnte. »Du bist ein verdammter Mörder«, schrie Lycien.

Er holte aus und schlug Nael mit der Faust ins Gesicht. Naels Kopf wurde herumgerissen, er spuckte Blut. Dennoch wehrte er sich nicht. Wieso tat er nichts?

»Lycien, beruhige dich!«, flehte Zora, woraufhin er bitter auflachte.

»Alle wollen heute, dass ich mich beruhige. Wieso? Sag es mir, wieso bei den verschissenen Göttinnen soll ich ruhig sein?« Erneut holte er aus. »Wie soll ich ruhig sein, wenn dieses Arschloch meine Oma ermordet hat!?«

»Hör mir zu, bitte!«, rief Zora, als Lycien Nael in den Magen boxte. »Scheiße, Lycien, hör auf!«

»Lass ihn«, keuchte Nael. »Er braucht das ...«

Am liebsten hätte sie ihren Bruder geschüttelt. Sie verstand ja, dass er sich schuldig am Tod von Lyciens Großmutter fühlte. Aber sich als Sandsack zur Verfügung zu stellen, damit Lycien seine Wut abreagieren konnte, würde rein gar nichts besser machen. Zora musste Lycien dazu bringen, sich die Situation erklären zu lassen. Er brauchte dringend ihre Hilfe – auch wenn es ihm noch nicht bewusst war. Lycien antwortete irgendetwas, Zora sah, wie seine Lippen sich bewegten, doch sie hörte keine Worte, denn diese wurden von Mama Laquars unendlich lauter Stimme in ihrem Kopf übertönt.

Du musst die Walled City beschützen, Mädchen!

»Was?«, hauchte Zora.

Sie sind hier! Die Skarabäuskrieger sind hier und sie werden die Mauernstadt in ein Schlachthaus verwandeln, wenn wir nichts unternehmen.

Zoras Herz hämmerte schneller. Bei den Göttinnen ... die Skarabäuskrieger? Hier?! In der Mauernstadt?

»Was soll ich tun?«

Setz deine Magie ein. Kämpfe, Mädchen! Du bist stärker, als du denkst.

Bei den Göttinnen, sie musste, sie würde ... »Hört auf!«, brüllte Zora ihren Bruder und Lycien an, die sich gerade über den Boden rollten. »Ihr sollt verdammt noch mal aufhören! Die Skarabäuskrieger sind hier!«

Es dauerte ein paar Sekunden, bis ihre Worte zu den beiden durchsickerten. Doch dann erstarrte Lycien und Nael schubste ihn von sich.

»Was soll das heißen?«, fragte er und stemmte sich hoch.

»Mama Laquar hat es mir eben gesagt. Sie greifen die Walled City an. Wir müssen ... ich ...« Sie schüttelte den Kopf, um ihre wirbelnden Gedanken zum Stillstand zu bringen. Sie musste sich konzentrieren. »Seid einfach ein paar Sekunden lang still.«

Sie wartete nicht auf eine Antwort, sondern schloss die Augen und verband ihren Geist mit den Motten. »Los, meine Babys, fliegt«, flüsterte sie und die Tiere folgten ihrem Befehl.

Zoras Magie machte die Tiere schneller, als es von Natur aus möglich sein sollte. Sie rauschten in einer Wolke aus ihrem Zimmer und schwärmten in unterschiedliche Richtungen aus. Erst war alles ruhig. Durch die Augen der Motten sah Zora unzählige Facettenbilder von leeren Gängen und verlassenen Treppenhäusern, was an sich schon beunruhigend war, in dieser Mauernstadt, die niemals schlief. Die ersten Motten erreichten den Eingang zur Walled City, wo eigentlich Wächter hätten stehen müssen. Gänsehaut breitete sich auf Zoras Armen aus. Da war niemand, oder zumindest wirkte es auf den ersten Blick so. Bis sie durch die Augen der Motten zwei reglose muskelbepackte Körper entdeckte, die jemand wie Müllsäcke in einer dunklen Ecke neben dem Eingang abgeladen hatte. Neben ihnen lagen drei tote Schattenkatzen. Zora wurde schlecht, gefolgt von einer unpassenden Erleichterung, weil keine der Leichen Quan war.

Je weiter die Motten sich ausbreiteten, desto mehr beunruhigende Bilder prasselten auf Zora ein und desto stärker fühlte sie die kalte Panik: dunkle Gestalten, die sich in den Schatten der Treppenhäuser versteckten, City-Bewohner, die mit verschreckten Gesichtern über die Gänge schlichen, unzählige leblose Körper, so viel Leid, so viel Furcht. Zora fühlte die gesammelte Angst bis tief in ihre Knochen.

»Sie sind schon im dreißigsten Stock«, flüsterte sie.

Und plötzlich waren da Schreie.

Die Skarabäuskrieger attackierten koordiniert. Eben noch hatten sie sich versteckt und unbemerkt in der gesamten Walled City ausgebreitet, doch nun griffen alle auf einmal an.

Zora hörte die angsterfüllten Rufe der City-Bewohner hundertfach verstärkt durch die Ohren der Motten. Normalerweise sah sie nur durch die Augen der Tiere, doch heute war ihre Verbindung stärker – vielleicht wegen ihrer eigenen Emotionen, vielleicht wegen Lycien, dessen wütendes Feuer ihre Magie speiste –, sodass sie die Umgebung ihrer Tiere mit allen Sinnen fühlte. Sie hörte, roch, schmeckte das Grauen, das bald jede Faser ihres Körpers ausfüllte.

Zora sah, wie die Krieger aus ihren Verstecken sprangen, wie sie ausströmten und Türen eintraten, wie sie ihre Pistolen und Messer zogen und diese gegen unschuldige Bewohner richteten. Sah, wie manche Bewohner panisch davonrannten, während andere sich versteckten oder sich zu verteidigen versuchten. Auch die Schattenkatzen kämpften. Fauchend warfen sie sich auf die Skarabäuskrieger und schlugen ihre Krallen in deren Fleisch.

Zora hörte das Schreien und Brüllen, das Weinen und Jammern, das Flehen und Fluchen aus Tausenden Mündern von Dutzenden Stockwerken. Hörte das nervöse Schlagen unzähliger Herzen und, noch viel lauter, die Stille, wenn die Herzen verstummten.

Sie spürte spritzendes Blut und harte Schläge und … Tod. Jedes einzelne Leben, das ausgelöscht wurde, nahm sie wie eine eiskalte Welle in ihrem Inneren wahr. Ihr eigenes Herz raste so schnell, als wollte es aus ihrer Brust springen, und war gleichzeitig wie eingefroren.

»Was passiert gerade? Zora, rede mit uns!«, hörte sie Naels Stimme durch den Strudel aus Bildern und Emotionen.

»Sie greifen alle auf einmal an«, antwortete Zora zitternd. »Wo ist Kari? Ist sie hier?«

Natürlich wollte Nael das wissen. Sie sandte die Motten weiter aus. Im Geist hüpfte sie von Bild zu Bild, sah mehr Tod, mehr Zerstörung.

Zoras Motten folgten dem Sog der Magie und entdeckten Mama Laquar. Die Magiermeisterin stand auf dem Gang eines der oberen Stockwerke und vollführte wellenartige Bewegungen mit ihren Armen. Rauchschwaden tanzten um ihren Körper und verdichteten sich zu ihren Füßen. Eine Gruppe Kämpfer stürmte auf sie zu. Mama Laquar wartete, wartete, wartete, und dann, als die Männer nah genug waren, hob sie die Arme und eine dichte Rauchwolke schoss auf die Männer zu, die daraufhin kreischend zu Boden gingen. Zora fühlte auch ihren Tod wie eine Eiswelle. Aber Mama Laquar war noch nicht fertig. Sie dirigierte den Rauch weiter, ließ ihn die Gänge entlang- und über die Treppen wandern, und wann immer ihre Magie auf einen feindlichen Kämpfer stieß, legten sich Raucharme um dessen Kehle und drückten zu.

Schau nicht nur zu, Mädchen, kämpf selbst, zischte die Stimme der Magierin durch Zoras Kopf.

Kämpfen? Wie sollte sie das anstellen, wo die Skarabäuskrieger doch an unzähligen Orten gleichzeitig angriffen?

Zoras Geist hüpfte zum nächsten Mottenbild. Sie entdeckte Kari, die mit Izumi die Treppe hinablief. Zwei Skarabäuskrieger kamen ihnen entgegen. Kari schubste Izumi zur Seite und stellte sich den Kriegern entgegen. Sie duckte sich unter den Armen des ersten hindurch, packte seine Ellenbogen und brachte ihn mit einer gezielten Drehung zu Fall. Irgendwie schaffte sie es dabei, ihm die Pistole abzunehmen, die sie nun auf den anderen richtete. Zwei Schüsse knallten. Zwei verlorene Leben schwappten eisig über Zora hinweg, dann ergriff Kari Izumis Hand und die beiden rannten weiter.

»Kari und Izumi sind im nördlichsten Treppenhaus, sechs Stockwerke tiefer als wir«, sagte sie.

»Danke«, keuchte Nael und rannte nach draußen.

Sie folgte ihm mit den Motten, sah, wie er über die Gänge stürmte. Plötzlich tauchten Schattenkatzen auf und schlossen sich ihm an. Als ein Skarabäuskrieger aus seinem Versteck sprang, riss eines der Tiere ihn in Stücke. Die Katzen und seine besondere Verbindung zu ihnen beschützten ihn – und das erlaubte Zora, ihren Blick von ihm abzuwenden.

Unzählige weitere Bilder prasselten auf Zora ein, bis ihr Geist an einer Szenerie hängen blieb: der Schule der Mauernstadt, wo die Lehrer heute Abend das Sternenfest mit den verwaisten Kindern gefeiert hätten. Mindestens fünfzig Jungen und Mädchen drängten sich weinend in einem Klassenzimmer, dessen Türen von zwei Lehrerinnen verbarrikadiert wurden. Unweit von ihnen schob sich ein ganzer Trupp Krieger über die Gänge, der die Kinder bald erreichen würde.

Zora wusste, ohne Zweifel, dass sie genau dorthin musste!

Sie rannte los, wurde jedoch von Lycien zurückgehalten.

»Was hast du vor?«, fragte er atemlos.

»Ich muss kämpfen!«

»Du kannst nicht ...«

»Ich muss!«, unterbrach sie ihn und setzte sich erneut in Bewegung. »Bleib hier und versteck dich oder komm mit. Deine Entscheidung.«

Sie brauchte nicht auf das Poltern von Füßen zu warten, sie wusste auch so, dass Lycien ihr dicht auf den Fersen war. Seine flirrende Magie stärkte ihr den Rücken.

Es dauerte nicht lange, bis die ersten Krieger sich ihnen

in den Weg stellten. Zora zögerte nicht. Im Geist griff sie nach Lyciens Feuer und kanalisierte es zu einem hellen Strahl, den sie den Männern entgegenschoss. Diese schlugen sich die Hände vor die Augen und gingen kreischend zu Boden. Zora lief an ihnen vorbei ins Treppenhaus. Sie musste die Schule erreichen, ehe etwas Schreckliches geschah!

Ihr Geist war halb im Hier und halb an hundert anderen Orten, die ihre Motten besuchten. Sie sah so viel Zerstörung und Kämpfe, sah wie Mama Laquar unzählige Krieger mit ihrem Rauch ausschaltete, sah Nael, der sich gemeinsam mit den Schattenkatzen zu Kari vorkämpfte, und schließlich die Männer und Frauen in weißen Roben. Waren das Magier? Hatten die Skarabäuskrieger ihre eigenen magischen Kämpfer mitgebracht? Bitte, bitte nicht!

Als Lycien und sie endlich das Stockwerk erreichten, in dem sich die Schule befand, rammte gerade ein Skarabäuskrieger einer Lehrerin ein Messer in den Bauch, ein zweiter trat die Tür ein, hinter der sich die Kinder versteckten.

»Hilf mir«, flüsterte Zora, wartete jedoch keine Antwort ab.

Sie schloss die Augen, blendete die unzähligen Mottenbilder aus und konzentrierte ihren Geist voll auf Lycien – und auf das Feuer, das in ihm loderte. Sie kanalisierte seine Magie, bündelte seine Flammen und ließ sie auf die Männer los.

»Danke.«

Kari

Kari und Izumi kamen nur langsam voran, denn immer wieder stellten sich ihnen Skarabäuskrieger in den Weg. Darunter waren auch bekannte Gesichter. Krieger, deren Training Kari beobachtet hatte, oder junge Bodyguards, die Kari in der Nemea-Villa schüchterne Blicke zugeworfen hatten. Sie hätte sich gerne eingeredet, dass die Männer, die sie ausschaltete, Monster waren und keine echten Menschen mit Gefühlen und Träumen. Doch sie hatte nicht den Luxus, Gnade walten zu lassen. Sie musste Izumi beschützen. Um jeden Preis!

Kari hatte koordinierte Einsätze des Skarabäusclans miterlebt, hatte Daishiro die Anweisungen zu Angriffen geben hören – aber das hier? Das überstieg in seinem Ausmaß alles, was Kari in den letzten Jahren mitbekommen hatte. Daishiro musste seine gesamten Truppen geschickt haben. Warum? Nur, um sie zu finden? Oder wusste Daishiro womöglich von Izumi?

Was auch immer der Grund dafür war, die Walled City hatte gegen die Übermacht der Skarabäuskrieger keine Chance. Izumis Schrei zerriss die Luft. Kari war eine Millisekunde unaufmerksam gewesen. Nun hielt ein Mann in weißer Robe Izumi am Arm fest und riss sie von Kari weg. Wer war das? Sicher kein Nemea-Krieger.

»Lass sie los!«, zischte Kari, als der Mann das goldene Zepter – eine magische Waffe? Ein Energiesammler? – an Izumis Hals heranbrachte.

Ehe das Artefakt Izumis Haut berührte, zischte eine Klinge

durch die Luft und bohrte sich in die Stirn des Magiers. Dessen Mund klappte auf, ein Röcheln entfuhr ihm, dann brach er zusammen. Izumi taumelte wimmernd auf Kari zu, welche die Kleine in ihre Arme zog. Es gab nur einen Assassinen, dem sie einen solchen Messerwurf zutraute.

Kari fuhr herum und ihr Blick fand Haruo, der zwei Treppenläufe unter ihr stand. Er sah mitgenommen aus. Frische, rot glühende Narben zogen sich über seine Wange.

»Kari, warte!«, rief er.

Hinter dem Schattenassassinen stürmten weitere Kämpfer heran. Kari rannte, Izumi vor sich her schubsend, zurück nach oben.

»Du kannst das beenden!«, brüllte Haruo.

Konnte sie das? Wenn die Skarabäuskrieger wirklich wegen Kari hier waren, wäre sie der Schlüssel, um diesen Angriff zu stoppen. Sich auszuliefern hieße allerdings, Izumi allein zurückzulassen. Aber wenn Kari nichts tat, würde die Mauernstadt in Blut versinken.

Jemand trat ihr in den Weg. Instinktiv hob Kari die Pistole, da erkannte sie, dass es Nael war. Zwei Schattenkatzen tauchten neben ihm auf und legten bedrohlich ihre Ohren an. Die Tiere beschützten Nael.

Erleichterung flutete Kari.

»Duck dich!«, rief Nael und zielte mit seiner Waffe auf die Angreifer hinter ihr. Sie presste ihre Hände auf Izumis Ohren, damit sie weder die Schüsse noch den dumpfen Aufprall der leblosen Körper auf den Stufen hörte.

»Wir müssen Izumi in Sicherheit bringen!«, keuchte sie.

»Zora sagt, die gesamte Mauernstadt wimmelt vor Kriegern. Wir werden es nicht nach draußen schaffen. Aber in Thambis Friseurkammer sollten wir in Sicherheit sein«, antwortete Nael. Thambis Kammer, natürlich – die Gläser voller dunkler Emotionen könnten ihnen als Waffe oder sogar Schutzschild dienen!

»Ich bringe euch hin«, sagte Nael.

Nicht sie beide, nur Izumi. Nun, da Nael hier war, um Izumi zu beschützen, würde Kari nicht weiter davonlaufen. Sie konnte nicht! Nicht, wenn auch nur die kleinste Chance bestand, das Blutvergießen in der Walled City zu beenden. Trotzdem nickte sie entschlossen.

»Was auch immer passiert, wir müssen Izumi beschützen. Mit unserem Leben, wenn es sein muss«, wies Kari an.

Sie trat näher an Nael heran und flüsterte ihm die Wahrheit ins Ohr, die sie erst vor wenigen Augenblicken durch Mama Laquar gelernt hatte. Es laut zu sagen, war zu gefährlich. Weil Izumi selbst nicht wusste, wer sie war – *was* sie war –, und weil feindliche Krieger sie hören konnten. Naels Augen wurden vor Überraschung groß, und doch schien auch er zu begreifen, dass Kari die Wahrheit sprach. Wie auch sie selbst es vorhin nicht angezweifelt hatte. Sie alle mussten es irgendwie gefühlt haben.

Kari trat einen Schritt zurück. »Du läufst voran, ich halte euch den Rücken frei«, sagte sie.

Es war eine Lüge, wenn auch eine notwendige. Nael würde niemals zulassen, dass sie sich auslieferte, nicht einmal mit dem Wissen, das sie eben mit ihm geteilt hatte.

Seit dem ersten gemeinsamen Tag hatte er sie beschützen wollen.

Seit dem ersten Tag hatte er ihr Hoffnung gegeben. Er hatte ihr Freiheit gezeigt und ein Zuhause, er hatte sie am eigenen Leib spüren lassen, wie viel Leben und Liebe in der Walled City steckten. Und es war dieses Wissen, das es ihr unmöglich machte, die Mauernstadt im Stich zu lassen. Es war diese Hoffnung, die sie nun antrieb.

Kari nahm Naels Hand und zog ihn zu sich heran. Sie dachte nicht nach, ließ kein Zögern zu, keine Zweifel – und sie küsste ihn.

Als ihre Lippen sich berührten, war es, als zuckte ein Blitz durch ihren Körper. Für einen Moment vergaß sie das Grauen um sich herum und war wieder auf dem Dach der Walled City. Die Schreie und Angst lösten sich in aufgeregtem Kribbeln auf. Nur einen Sekundenbruchteil lang, denn mehr Zeit hatten sie nicht. Doch diese eine Sekunde war alles – sie war Rebellion und Aufregung und Wärme und Freiheit. Und in dieser einen Sekunde erinnerte Kari sich daran, wie es sich anfühlte, glücklich zu sein. Dann löste sie sich von ihm.

»Danke«, sagte sie und sah ihm dabei fest in die Augen. Sie hoffte, dass er eines Tages verstehen würde, wie viel mehr in diesem einen Wort steckte.

»Alles passiert auf einmal!«

Lycien

Es war absolutes Chaos!

Die Walled City war schon an einem normalen Tag voll und laut. Aber heute? Heute war die Mauernstadt Schreie und Blut und Kampfgeräusche, rasende Herzen und knallende Schüsse, lautes Weinen und Schluchzen und Angst. Vor allem Angst!

Übelkeit schwappte in Lycien hoch, als Blutgeruch ihm in die Nase stieg. Das einzig Gute an der Sache war, dass die Panik ihn davon abhielt, seinen Mageninhalt auf dem Boden zu verteilen. Zora stand einige Schritte weiter vor dem Schulraum, in dem die Waisen kauerten. Sie war eingehüllt in eine energetische Lichtwolke und schirmte die Kinder vor den Angreifern ab. Am Boden lagen einige Männer, die sie mit einem magischen Strahl getroffen hatte, die meisten reglos, manche rollten sich wimmernd herum, als stünden sie in unsichtbaren Flammen.

Seinen Flammen, begriff Lycien, auch wenn er nicht verstand, wie so etwas möglich war. Irgendwie musste Zora es geschafft haben, sich im Geist mit ihm zu verbinden. Sie hatte oft von einem unsichtbaren Band gesprochen, das sie zu Heilzwecken zwischen sich und Lycien spann – dieses Band fühlte er auch jetzt.

Die Kinder, die Zora mit ihrer Magie gerettet hatte, drängten sich in ihrem Klassenzimmer eng aneinander.

»Alles wird gut«, versicherte Lycien ihnen und kam sich dabei wie ein Lügner vor.

Woher sollte er wissen, ob irgendetwas gut werden würde, wenn er nicht einmal wirklich mitbekam, was passierte oder wer auf welcher Seite kämpfte? Es war zu viel! Lyciens Sinne nahmen alles auf einmal wahr, und er war komplett überfordert damit! Dazu kamen die Stimmen, die ununterbrochen in seinem Kopf murmelten, obwohl er doch wach war. Bisher hatte er sie nur im Schlaf gehört. Sie brabbelten so schnell und so durcheinander, dass er lediglich einzelne Fetzen ausmachen konnte. *Wach auf! Nutz dein Feuer! Jetzt, jetzt ... Goldjunge!*

Zwei Männer stürmten auf Zora zu. Ihre Magie traf einen der beiden und riss ihn von den Füßen. Der zweite zog ein Messer und zielte damit auf sie. *Nein!*, brüllte eine tiefe Stimme in seinem Inneren. Sie war so anders als das Flüstern der letzten Tage. Viel roher, wütender, geradezu animalisch. Und sie riss Lycien aus seiner Trance. Mit einem Mal waren seine Sinne klar. Er blendete das Chaos rund um sich herum aus und stürzte sich mit einer Geschwindigkeit, die er sich selbst nicht zugetraut hatte, auf den Mann. Ehe dieser das Messer werfen konnte, schlug Lycien ihn nieder. Er fühlte sich stark. Nicht allein wegen seiner Sinne, sondern wegen Zora und wegen des unsichtbaren Bands zwischen ihnen. Es war, als ob Zoras Magie nach ihm riefe – und sein Feuer antwortete. Es loderte heißer. Er spürte es in seinem Magen, in seiner Brust, fühlte sein Blut heiß wie Lava durch seine Venen rauschen. Lycien kämpfte zwei weitere Männer nieder, die auf Zora zurannten. Er hoffte, dass sie wirklich Feinde und keine unschuldigen City-Bewohner waren.

Ein Kerl in Magierrobe tauchte am Ende des Gangs auf und zeigte mit ausgestrecktem Arm auf Zora. Aus seinem Zepter schossen helle Strahlen und prasselten auf ihren Lichtschild nieder. Sie wehrte sie ab. Lycien wollte etwas tun, wollte helfen – musste helfen! Aber wie? Gegen Magie hatte er keine Chance. Und die Stimmen flüsterten weiter. *Jetzt, Goldjunge! Tu es endlich! Wach auf!*

Ein zweiter Magier erschien im Gang, dann ein dritter. Hinter ihnen stürmten Skarabäuskrieger heran. Wenigstens sie könnte Lycien bekämpfen. Er machte sich bereit, hob die Hände ... Doch plötzlich stieß Zora einen Schrei aus. Laut und hoch und pfeifend. Sie legte ihren Kopf in den Nacken, ihre Augen drehten sich nach hinten, ihr Licht dehnte sich aus, warf sich den Männern entgegen, die unter den Strahlen in die Knie gingen. Im nächsten Moment verlosch es und Zora brach zusammen.

Lycien machte einen Satz auf sie zu, um sie aufzufangen. Aus den Augenwinkeln sah er, wie einer der Magier sich aufstemmte. Dann hörte er das Klicken einer Pistole und auch das Schleifen von Metall auf Leder, als jemand ein Messer zog. Sie würden Zora töten! Ohne ihre Magie – und ohnmächtig – war sie schutzlos.

»NEIN!«, entfuhr Lycien ein Brüllen aus seinem tiefsten Inneren.

Und wieder nahm er alles auf einmal wahr.

Den Pistolenabzug, der gedrückt wurde. Die Klinge, welche die Luft durchschnitt. Das Rauschen der feindlichen Magie. Die Schreie und die Angst der Kinder. Die Stimmen in seinem Kopf. Zoras flachen Atem und ihr Herz, das so unglaublich leise schlug. Und das Feuer – das Feuer in seinem eigenen Körper, das sich ausbreitete. Es wuchs und wuchs und die Stimmen in seinem Kopf schrien, *endlich, endlich, er wacht auf, unser Goldjunge!*

Lyciens Feuer explodierte. Sein Körper war ein Vulkan, der

ausbrach. Haut und Finger und Fleisch verwandelten sich in Schuppen und Krallen und Magie. Lycien schrie, doch das Brüllen, das aus seiner Kehle drang, war nicht mehr menschlich. Das Kreischen und die Panik der Angreifer nahm er nur am Rande wahr. Sein Fokus war auf Zora gerichtet, die zusammengesunken am Boden lag.

Er streckte einen Arm nach ihr aus – einen riesenhaften, schuppenbedeckten, mächtigen Arm und nahm Zora in seine Klauen. Sie war so winzig. So unendlich klein im Vergleich zu seinem monströsen Körper.

Zora, wollte er flüstern, und das Monster, zu dem er geworden war, stieß ein Brüllen aus, das die Wände erzittern und die Angreifer auf der Stelle umdrehen und davonlaufen ließ. Dann schwang er sich in die Höhe. Sein Körper durchbrach die Wand, als sei sie aus Pappmaschee gemacht, und er flog höher, immer höher, bis die Sternmagnolien ihn einhüllten. Und selbst dann noch stieg er weiter auf.

»Wie ist das möglich?«

Nael

In einem Moment war Kari direkt hinter Nael und Izumi, im nächsten war sie verschwunden.

Nael wirbelte herum. »Kari?!«, brüllte er.

Doch der Gang war bis auf die Schattenkatzen, die Seite an Seite mit ihm gekämpft hatten, leer.

»Sie ist weg«, flüsterte Izumi. Ihre Augen waren glasig und zitterten, als stünde sie kurz davor, in Tränen auszubrechen. »Haben sie sie erwischt?«

Nael schüttelte den Kopf. Instinktiv wusste er, dass dem nicht so war. Kari hatte nie vorgehabt, sich mit ihm und Izumi zu verstecken. Es hätte ihm in dem Moment klar sein müssen, als sie ihn küsste. Er hatte in ihrem Blick gelesen, dass dies ein Abschiedskuss war – nur hatte er die Bedeutung ihres Ausdrucks nicht verstehen *wollen.*

»Suchen wir sie?«, fragte Izumi.

»Natürlich.« ... nicht. Nael wusste genau, wo Kari jetzt war. Bei Haruo – um sich auszuliefern. Oder um zu kämpfen. Ganz egal, in jedem Fall war es der letzte Ort, an den er Izumi bringen durfte.

»Komm!« Er fasste das Mädchen an der Hand und lief los. Wenn er sie schnell genug in Thambis Kammer versteckte, schaffte er es vielleicht, Kari zu erreichen, bevor sie etwas tat, was sich nicht mehr rückgängig machen ließ. Plötzlich bebte der Boden unter seinen Füßen. Ein bestialisches Brüllen erfüllte die Walled City, gefolgt von einem lauten Knall. Nael wurde beinahe von den Füßen gerissen, als eine Energiewelle über ihn hinwegrollte. Die Pistole flog ihm aus den Händen. Von Weitem hörte er Schreie. Izumi taumelte gegen die Wand. Zitternd hielt sie sich an den Gitterstäben fest, die vor dem verdreckten Fenster des Treppenhauses angebracht waren. Ihr Blick ging nach draußen, ihre Augen weiteten sich.

»Lycien«, hauchte sie.

Auf wackligen Beinen stellte Nael sich neben sie und schaute nach draußen. Durch das gräuliche Glas sah er ... Bei den Göttinnen, war das ein Drache?

Das Biest hatte silbrige Schuppen, die im Sonnenlicht glänzten. Eine weinrote Mähne zog sich von seinem Kopf über seinen schlangenartigen Rücken und den langen Schwanz hinab. In den Krallen hielt es Zora. Naels kleine Schwester baumelte wie eine leblose Puppe in den Klauen des Drachen. Eine Staubwolke folgte den beiden, von wo aus das Biest die Mauer der Walled City durchbrochen hatte. Hieß das, der Drache war *aus* der Mauernstadt gekommen? Wie war das möglich? Es gab keine Großdrachen mehr und doch ... und doch ...

»Lycien«, wiederholte Izumi. Und da begriff Nael.

Dieses Biest war kein richtiger Drache, sondern ein Drachenwandler. Hatte Lycien gewusst, dass er dazu in der Lage war? Bestimmt nicht. Mama Laquar allerdings schon, sie musste es geahnt haben, als sie Zora auf Lycien ansetzte. Zora selbst hatte seine Magie stets als Feuer beschrieben. Drachenfeuer, sickerte es in Naels Verstand.

Er hörte ein Geräusch in seinem Rücken und fuhr herum. Keine zwei Meter vor ihm stand ein Magier in weißer Robe – aber nicht irgendeiner. Es war ein Lilien-Magier! Das konnte nicht sein! Was machte ein Mitglied der Lilien hier? Nael tat einen Schritt zur Seite, um Izumi abzuschirmen. Neben ihm setzten die Schattenkatzen zum Sprung an.

»Versprich mir, dass du weglaufen wirst«, zischte er.

Als der Magier sein Zepter anhob, warf Nael sich auf ihn. Eine energetische Welle traf ihn und alles wurde schwarz.

»Hier bin ich.«

Kari

Die Walled City erzitterte unter dem Brüllen des Drachen. Ein paar Momente lang stand die Welt still. Selbst die Nemea-Krieger hielten vor Staunen den Atem an, doch dann brach das Chaos noch stärker aus als zuvor. Kari hatte früh gelernt, Chaos für sich zu nutzen, und tatsächlich schaffte sie es, zu Haruo vorzudringen, ohne aufgehalten zu werden.

»Du wolltest mich. Hier bin ich«, sagte sie.

Langsam drehte der Schattenassassine sich um. Die schreiend roten Wunden auf seiner Wange ließen ihn gefährlich aussehen. Er musterte sie von oben bis unten, sein Blick war ernst. Sofort rauschten weitere Krieger heran, doch auf Haruos Geste hin stoppten sie.

»Was jetzt?«, fragte Kari.

»Du willst, dass ich den Angriff beende.« Es war eine Feststellung, keine Frage.

»Sag Daishiro, dass du seine verlorene Tochter gefunden hast. Sag ihm, es gibt keinen Grund mehr, die Walled City zu attackieren.«

»Es gibt tausend Gründe«, gab der Assassine zurück.

»Daishiro will mich zurück, nicht wahr?«

»Natürlich. Aber das reicht nicht.« Nicht, um das Blutvergießen zu beenden. Kari hatte es bereits geahnt. Doch sie hatte ein weiteres Ass im Ärmel. »Was, wenn ich etwas habe, das Daishiro unbedingt möchte?«

Ein beunruhigter Ausdruck zuckte über Haruos Gesicht, verschwand jedoch bei Karis nächsten Worten.

»In den letzten Wochen hat eine schwarze Magierin in den Nemea-Vierteln Seelen geraubt. Weiß Daishiro davon?«

Haruo starrte sie bloß an. Er wirkte nicht überrascht. Also, ja. Daishiro wusste es.

»Was, wenn ich euch diese Magierin ausliefere? Reicht das, um den Angriff zu stoppen?«

Haruo legte den Kopf schief und lauschte. In seinem Ohr steckte ein Headset, von dem Kari sicher war, dass es mit Daishiro verbunden war. Bestimmt hatte der Don jedes Wort mit angehört. Nach unendlich langen Sekunden fragte der Assassine: »Wie willst du das anstellen?«

Kari holte tief Luft. »Ihr Name ist Mama Laquar«, sagte sie und hoffte, betete, flehte die Göttinnen darum an, dass die Magiermeisterin sie hörte. »Sie kämpft gerade gegen eure Leute.«

»Das ist mir bewusst«, gab Haruo zurück.

»Aber du weißt nicht, wie ihr sie besiegen sollt«, antwortete Kari.

»Und du schon?«

Sie nickte. »Versprich mir, dass der Angriff endet, wenn ihr sie habt.«

Sie schaute Haruo an, aber eigentlich war ihre Frage an Daishiro gerichtet. Der Don des Skarabäusclans log niemals. Wenn sie ihn dazu brachte, ihr sein Wort zu geben, würde er es halten.

»Okay«, sagte Haruo.

»Ich habe dein Wort? Und das von Daishiro?«

Er nickte.

»Gut.« Kari verzog ihre Lippen zu einem überheblichen Lächeln. So viele Jahre lang hatte sie gelernt, kalt zu sein, auch wenn alles in ihr schrie. Diese Fähigkeit kam ihr jetzt zugute. *Hörst du mich, Mama Laquar*, dachte sie im Geiste.

Sowohl Zora als auch Nael hatten Kari erzählt, dass die Magierin alles tun würde, um die Walled City zu beschützen. Kari hoffte, dass die beiden damit nicht übertrieben hatten.

»Bringt mich zu ihr«, sagte Kari, was reine Show war. »Sie wird sich freiwillig ergeben, wenn sie mich sieht. Denn wenn sie es nicht tut, werde ich euch ein anderes Geschenk unterbreiten.« Und so leise, dass niemand es hören konnte, nicht einmal Haruo, niemand außer der magischen Präsenz Mama Laquars, fügte sie hinzu: »Ergib dich oder ich sage ihnen, wer Izumi ist.«

Kari hielt die Luft an. Würde Mama Laquar ihr diesen Bluff abkaufen? Oder würde sie wissen, dass Kari niemals so dumm wäre, Izumi auszuliefern. Kari dachte an das erste Mal, als sie Mama Laquar getroffen hatte. An die Worte, welche die Magierin damals in ihren Kopf projiziert hatte: *Du wirst etwas für mich tun. Eine Aufgabe erfüllen – dich retten, mich retten, uns alle retten. Noch bist du nicht so weit, aber wenn der Tag kommt, erinnere dich daran, dass ich dich in* meiner *Mauernstadt willkommen geheißen habe.*

Hatte die Magierin diesen Moment gemeint? Kari hoffte es und sie hoffte ebenfalls, dass Mama Laquar sich an ihre eigenen Worte erinnern würde. Und dass diese Worte keine reine Lüge waren, so wie alles andere, was Mama Laquar – die gesichtslose Dämonin – erzählt hatte.

Gut gespielt, Paradiesvögelchen, zischte die Stimme der Magierin in ihrem Kopf. *Ich hoffe, du weißt, was du tust.*

Alles geschah genauso, wie Kari es Haruo versprochen hatte. Sie wurde Mama Laquar vorgeführt, und die Magierin, die bis eben gekämpft hatte – der Beweis dafür waren die vielen leblosen Körper, die auf den Stufen und am Gang rund um sie herum lagen –, ergab sich. Und als sie es tat, waren es nicht die Skarabäuskrieger, sondern Magier in weißen Roben, die ihr marmorne Ketten um die Arme legten und eine marmorne Maske über ihren Kopf stülpten.

Jetzt liegt es an dir, enttäusche mich nicht, flüsterte Mama Laquar in Karis Kopf, ehe der Marmor ihre Magie und damit auch die körperlose Stimme unterdrückte.

Kari atmete erleichtert aus. Die ganze Zeit hatte sie angespannt die Luft angehalten, unsicher, ob die Magierin sich wirklich auf ihre Drohung einlassen würde. Sie hatte gehofft, dass der Schutz der Walled City und, noch mehr, der Schutz von Izumi höhere Priorität für Mama Laquar haben würden als ihr eigenes Leben. Dass die Magierin einsehen würde, dass dies der einzige Weg war, um das Blutbad zu beenden. Mit Sicherheit wusste Kari es erst jetzt. Und obwohl sie erleichtert sein sollte, weil ihr Plan geglückt war, obwohl sie Mama Laquar nach allem, was sie getan hatte – nachdem, was sie ihrem Vater, Izumis Mutter und so vielen anderen Unschuldigen angetan hatte –, hassen sollte, überkam sie eine merkwürdige Reue. Selbst dann noch, als Haruo den Befehl zum Rückzug gab.

Jemand so mächtigen wie Mama Laquar in Ketten zu legen, fühlte sich falsch an. Zora hatte einst gesagt, Mama Laquar sei das schlagende Herz der Walled City. Und als dieses Herz aufhörte zu schlagen, als die Skarabäuskrieger die Magierin in einen Käfig steckten und aus der Mauernstadt trugen, als die Schreie und Kampfgeräusche einer unheimlichen Stille wichen, da fragte Kari sich, ob sie einen Fehler begangen hatte.

Denn wie sollte die Walled City weiterleben – ohne ihr Herz?

»Immer wieder höre ich dieses eine Wort.«

Lycien

Lycien rauschte an der Needle vorbei und flog über die Skyscraper der Stadt. Feuer und Magie pulsierten durch seine Adern, heißer, als sie es je zuvor getan hatten. Wind schlug ihm ins Gesicht, doch er spürte die Kälte kaum. Unter ihm schrumpfte Magnolia Bay auf Spielzeuggröße. Selbst Zora wirkte winzig, ein filigranes Püppchen, das er in seinen viel zu großen Klauen hielt. Er verstand nicht, was mit ihm passiert war. Wieso sein Körper sich in dieses ... dieses Monstrum verwandelt hatte oder wie er es geschafft hatte, sich in die Luft zu erheben. Doch instinktiv wusste er, wie er seinen massiven Körper bewegen musste, um auf dem Wind zu gleiten. Und als er sein Maul öffnete, donnerte ein bestialisches Brüllen über den Horizont.

Seine Sinne waren in diesem neuen Körper noch schärfer und so registrierte er alles. Über ihm ein Meer aus Sternmagnolien auf dem Weg zu den Göttinnen, unter ihm Menschen, klein wie Ameisen, die in den Himmel deuteten und vor Staunen ihre Münder öffneten. Fensterläden wurden aufgestoßen, auf der Straße herrschte Chaos, als zahllose Menschen aus den Gebäuden und U-Bahn-Stationen ins Freie drängten. Selbst die Musik des Sternenfests verklang, während die gesamte Stadt innehielt und zu ihm aufschaute. Er hörte ihre Schreie und ihr Flüstern, hörte Lachen und Weinen und immer wieder dieses eine Wort. *Drache!*

Ein Drache über Magnolia Bay.

Der Chor der Menschen vermischte sich mit den Stimmen in Lyciens Kopf, die nun laut und voller Freude flüsterten. *Hier ist er. Unser Sohn, unser Goldstück. Endlich, endlich, endlich! Komm, du, auf den wir tausend Jahre gewartet haben, komm und lerne, wer du wirklich bist. Finde uns.*

Aber Lycien verdrängte die Stimmen. Für ihn gab es gerade nur ein Ziel: Er musste Zora in Sicherheit bringen!

Und so ließ er die Insel hinter sich und flog über die Wellen. Ein Ozean unter ihm und über ihm ein zweiter, geboren aus Blüten und geflüsterten Wünschen. Er rauschte vorbei an fliegenden Dschunken, deren Passagiere schreiend und schluchzend auf die Knie sanken. Manche pressten ihre Stirn auf die Planken, um ein Gebet an Yuna, Shakari und Feo zu senden. Um den drei Göttinnen zu danken, denn heute, am Tag aller Tage, dem Geburtstag der Magie, waren die Drachen zurückgekehrt.

Bald schon verwandelte sich das Wasser unter ihm in sattgrüne Weite, als er Magnolia Bays Schwesterninsel Citrin erreichte. Das Haus seiner Großmutter war winzig im Vergleich zu seinem neuen Körper. Lycien ließ sich so vorsichtig wie möglich ins Blumenbeet sinken. Zora legte er auf der Wiese ab. Sie rührte sich nicht, doch immerhin atmete sie. Dieses Haus, dieser Garten, hatten für Lycien immer Heimat und Sicherheit bedeutet, und so überkam ihn auch jetzt eine tiefe Ruhe.

Die Gartentür wurde aufgestoßen. Einen winzigen Moment lang meinte Lycien, seine Großmutter würde heraustreten. Aber natürlich tat sie das nicht. Sie würde es nie wieder tun.

Schwein hopste die eine Stufe hinab und rannte mit fröhlich zuckendem Schwanz auf Lycien zu. Es zeigte keine Angst, als erkenne es ganz genau, wer unter der Schuppenhaut steckte. Grunzend stieß es seinen Rüssel in Lyciens Seite. Er schaute hinab und sah ... seine Hände. Menschliche Hände!

Schwein stupste ihn noch einmal, diesmal in die Taille. Eine ganz und gar menschliche Taille. Er war wieder er selbst.

Erleichterung flutete ihn, doch plötzlich durchfuhr ihn ein so heftiger Schmerz, als hätte jemand ein Feuer in seinem Inneren gezündet. Lycien stieß die Luft aus und blickte auf seine Arme. Die Silfurvenen glühten wie Fleisch gewordene Lava und sie wuchsen unglaublich schnell. Sie breiteten sich über seine Schultern aus, schlängelten sich um seine Brust und griffen nach seinem Bauch. Und während sie das taten, brannten sie heißer als jede Flamme. Lycien wollte schreien, doch seine Stimme versagte ihm den Dienst.

Er hörte Schweins aufgeregtes Quieken, hörte sein eigenes Hecheln ... und dann nichts mehr, als sein Geist in Silber und Schmerz versank.

»Was habe ich nur getan?«

Nael

Als Nael zu sich kam, stand die Sonne bereits am Himmel. Die Stille war das Erste, das er bemerkte. Die Kampfgeräusche waren ebenso verklungen wie die Musik, die sonst durch die Gänge tanzte. Auch das vielstimmige Flüstern der Mauernstadt war leiser als gewöhnlich, als trauerte die Walled City um all die verlorenen Leben.

Nael richtete sich hustend auf und klopfte den Staub von seiner Kleidung. Wie lange war er ohnmächtig gewesen? Und was war geschehen, nachdem der Lilien-Magier ihn ausgeknockt hatte? Das Letzte, woran er sich erinnerte, war, wie Lycien sich in einen Drachen verwandelt hatte und gemeinsam mit Zora geflohen war. Heiliger Calisto und Nour, ein Drachenwandler, es war alles so verrückt! Und wie er selbst versucht hatte, sich und Izumi in Sicherheit zu bringen, damit Karis Opfer wenigstens irgendeinen Sinn hätte.

Der Gedanke an Kari schmerzte ihn. Er musste unbedingt herausfinden, ob es ihr gut ging. Ihr und Zora und, ja, sogar Lycien. Doch fürs Erste musste er Izumi finden, denn er hatte Kari versprochen, auf sie aufzupassen – und nun fehlte jede Spur von ihr. Was, wenn der Lilien-Magier sie erwischt hatte, nachdem er Nael ausgeschaltet hatte? Verdammte Scheiße, er durfte gar nicht zu lang daran denken. Schon jetzt spürte er kalten Schweiß. Sorge und Zweifel würden ihn nur blockieren und dafür hatte er gerade keine Zeit.

»Izumi?!«, rief er.

Die Worte hallten von den Betonwänden wider, aber er erhielt keine Antwort. »Wenn du mich hörst, komm bitte aus deinem Versteck.«

Nael marschierte los. Immer wieder rief er Izumis Namen. Er hoffte, dass sie sich entweder nicht allzu weit entfernt oder es bis in Thambis Friseurkammer geschafft hatte. Dorthin war er nun auf dem Weg.

Normalerweise sprühte die Mauernstadt vor Leben, doch heute begegnete ihm keine Menschenseele – das hieß, keine überlebende. Die Gänge waren gesäumt von reglosen Körpern. Schnell wandte Nael den Blick ab. Doch es hatte gereicht, um zu erkennen, dass einer der Körper zu klein war, um zu einem Erwachsenen zu gehören. Mit angehaltenem Atem ging Nael in die Knie und legte zwei Finger auf den Hals des reglosen Jungen. *Bitte*, betete er im Stillen, *bitte hab einen Puls.* Aber die Haut des Jungen war bereits kalt.

Wie viele mehr hatten heute ihr Leben verloren? Und was war mit den restlichen Bewohnern der Walled City geschehen? Waren sie alle geflohen oder versteckten sie sich? Würden sie zurückkehren an den Ort, der einst ein sicherer Hafen gewesen war, oder war die Mauernstadt nun zu einem Friedhof geworden? Und wie viel davon hätte verhindert werden können, wenn Nael die Machenschaften der Brennenden Lilie und des Skarabäusclans rechtzeitig erahnt hätte?

Er erhob sich und ballte die Hand so fest zur Faust, dass es schmerzte. Verdammt, er hatte in den Clanvierteln ermittelt, hatte ein Auge auf Don Nemea und auf die Brennende Lilie gehabt. Als großer Ermittler hatte er sich gesehen, der das Syndikat eines Tages ins Verderben stürzen würde. Dabei hatte er überhaupt nichts erkannt! Er war blind für alles gewesen, was zwischen den Lilien und Nemeas passierte.

Vermutlich hatte er die Skarabäuskrieger sogar in die Walled City geführt, indem er Kari mit hierhernahm.

Die Wut und Enttäuschung über sich selbst entluden sich in einem markerschütternden Schrei. Nael boxte mit voller Wucht gegen die Wand. Seine Knöchel sprangen auf und ein Blutfleck beschmierte den Beton. Der körperliche Schmerz schaffte es jedoch nicht, den anderen zu vertreiben, den, der viel schwerer wog. Das Wissen, dass Nael versagt hatte und dass die Zerstörung, die Leere und der Tod rund um ihn herum seine Schuld waren.

Nael strich sich die Haare aus dem Gesicht. Er musste sich zusammenreißen! Wenn er jetzt in Schuldgefühlen versank, half das niemandem. Er musste Kari und Izumi finden, dann Zora und Lycien. Zusammen würden sie es vielleicht schaffen, sich gegen die Brennende Lilie zu stellen.

Atemlos betrat Nael Thambis Friseurkammer. Wie immer flirrten Emotionsfetzen durch die Luft. Der Friseurstuhl war verwaist, doch in einem Eck des Raums, hinter einem Schreibtisch, kauerte Quan.

»Bist du verletzt?«, fragte Nael und eilte auf ihn zu.

Der Wachmann blickte nicht einmal auf. »Sie sind weg«, murmelte er. Als Nael ihn erreichte, entdeckte er die andere Person, die Quan in den Armen hielt. Thambis Kopf lag auf Quans Brust, die Augen waren geschlossen, als schliefe er, sein rechter Arm hing leblos an ihm herab, die Finger streiften den Boden. Daneben lag seine Brille, deren Gläser zerbrochen waren.

»Ist er ...«, begann Nael, schluckte die Worte dann aber hinunter. Es war offensichtlich, dass Thambis Lebensenergie erloschen war. Nael fühlte die Leere, die ihn und Quan umgab.

»Sie haben Mama Laquar in Ketten gelegt«, flüsterte Quan und sah auf. Seine Augen glänzten nass. »Ich habe es gesehen. Sie haben ihr eine marmorne Maske übergezogen und sie in einen Käfig gesteckt.« Marmor, weil es eines der einzigen Materialien war, die Magie abhalten konnten. »Wie ist das überhaupt möglich?«

Kompletter Unglaube klang aus seiner Stimme, und auch Nael hätte es bis vor ein paar Stunden für unmöglich gehalten, dass jemand Mama Laquar in Ketten legen konnte. Aber die Lilien-Magier hatten es geschafft …

»Sie haben auch Kari mitgenommen«, fuhr Quan fort. »Und das Mädchen. Thambi wollte sie beschützen, aber …«

Quan senkte den Kopf, Tränen flossen über seine Wangen. Seine tiefblaue Verzweiflung zerrte an Naels Herz. Er konnte Quan einige Momente lang nur anstarren. Die Lilien-Magier hatten Kari und Izumi. Oder waren es die Skarabäuskrieger, die sie verschleppt hatten? Ganz egal, beides war schrecklich. Beides bedeutete, dass jede Hoffnung verloren war.

Denk nach, denk nach, denk nach! Nael verließ den Raum und holte das Handy aus seiner Jackentasche, um, ja, wen eigentlich anzurufen? Kari, die er bestimmt nicht erreichen könnte? Oder Zora, die ohnmächtig gewesen war, als er sie zuletzt gesehen hatte? Sein Display zeigte über ein Dutzend verpasster Anrufe und noch mehr Nachrichten, die Hälfte davon von 13, die anderen ebenfalls von Nummern der Brennenden Lilie. Jede Nachricht war eine Erinnerung an sein Versagen und an die Dinge, die er im Namen der Lilien getan hatte.

Da stach ihm eine Mitteilung vom Research-Büro des Syndikats ins Auge, die den Betreff trug: *Deine Anfrage – Saori.* Erst gestern hatte er die Anfrage geschickt, nach Karis Mutter zu fahnden, und wie es schien, hatten die Researcher bereits jetzt etwas gefunden. Nael konnte eine gute Nachricht in dieser ganzen Scheiße gebrauchen, also klickte er auf den Posteingang – und sein Herz blieb beinahe stehen. Neben ein paar Zeilen Text hatten die Researcher ein Foto von Karis Mutter angehängt. Ihre Haare hatten eine traurige gräuliche Färbung, ihre Haut wirkte eingefallen, der Mund verkniffen, doch die blassvioletten Augen, die ihn vorwurfsvoll anschauten, waren eindeutig dieselben wie Karis. Und es waren Augen, in die Nael erst vor einigen Wochen geblickt hatte. Bei den Göttinnen ... was hatte er nur getan?

»Zurück im goldenen Käfig.«

Kari

Nun war sie also zurück in ihrem goldenen Käfig.

Kari wurde in ihr Zimmer geführt, wo ein neues Kleid, Haarschmuck und Schuhe bereitlagen. Zwei Dienerinnen lackierten ihre Nägel in Daishiros liebstem Magnolienton und feilten sie spitz, wie Daishiro es mochte. Dann warteten sie schweigend, während Kari sich duschte, den Körper mit einer nach Lotus duftenden Lotion – Daishiros Lieblingsgeruch – einrieb und sich das Kleid überstreifte. Es war aus dunkelblauer Seide, auf die Paradiesvögel in den Farben von Karis Haaren gestickt waren. Das Kleid reichte ihr bis knapp über die Knie und war am Dekolleté hoch geschnitten, dafür am Rücken offen, sodass ihr Tattoo freilag. Die Schuhe, die er für sie ausgesucht hatte, waren flache Sandalen, keine High Heels. Schuhe, mit denen man weglaufen könnte – nur, dass Laufen keine Option war, so sehr wie es heute in der Nemea-Villa vor Skarabäuskriegern wimmelte.

Die Dienerinnen frisierten Karis Haare, bis sie ihr Gesicht in dicken Locken umrahmten, und schminkten sie dezent. Ein perfektes Vögelchen für den Don. Dann entließen sie Kari aus ihrem Zimmer. Auf dem Gang warteten bereits zwei Männer, die sie in das Esszimmer brachten, wo sie über die Jahre so oft mit Daishiro und seinen Ehefrauen gespeist hatte. Es war ein ausladend großer Raum, in dessen Zentrum eine längliche Tafel stand. Moderne Kunst hing an den Wänden, und der übergroße Bambus-Lampenschirm in der Form einer Gewitterwolke verlieh dem Raum etwas Futuristisches.

Karis Magen zog sich zusammen, als sie eintrat. Wie sollte sie nun, da sie die Freiheit gekostet hatte, je wieder in Daishiros Käfig leben?

Wie immer saß der Don am Kopfende des langen Esstischs, seine Ehefrauen zu beiden Seiten. Links von ihm hatte Chichiko die Hände auf dem Schoß gefaltet und funkelte Kari aus ihren eiskalten Lava-Augen wütend an. Zu seiner Rechten hockte Fayola, die Kari ebenso skeptisch, jedoch mit einem Hauch Neugierde musterte. Ein Geruch nach Granatäpfeln hing in der Luft.

»Mein Paradiesvögelchen«, sagte Daishiro, erhob sich und ging auf Kari zu. »Wie erleichtert ich bin, dich wieder zu Hause zu haben. Und wie froh musst du erst sein.«

Er breitete die Arme aus, um sie zu umarmen. Sie versteifte sich unter seiner Berührung. Seine Stimme klang sanft, in seinem Blick lag etwas Liebevolles, und hätte Kari nicht zehn Jahre lang von ihm gelernt, hätte sie die Maske nicht erkannt, die er trug. Daishiro war alles, aber nicht liebevoll, und Vergebung kannte er keine. Was sollte also diese Show?

»Ich wusste immer, dass du die richtige Entscheidung treffen würdest«, fuhr er fort. »Komm, Tochter, setz dich zu uns.«

Tochter. Am liebsten hätte Kari ihm das Wort vor die Füße gespuckt. Aber sie musste sich zusammenreißen. Kari mochte sich verändert haben, die Regeln im Hause Nemea hingegen nicht. Und die wichtigste war bedingungsloser Gehorsam. Daishiro nahm Karis Hand und führte sie an den Esstisch. Dort bedeutete er ihr, neben Chichiko Platz zu nehmen. Sofort schenkte eine Dienerin ihr Tee ein. Aus den Augenwinkeln sah Kari die drei Skarabäuskrieger, die sich im Hintergrund hielten. Trotz all der gespielten Freundlichkeit hatte Daishiro strikte Sicherheitsvorkehrungen getroffen.

»Chrysanthemenblüten-Tee, deine Lieblingssorte«, sagte er sanft.

Diese Information musste er den Aufzeichnungen über Kari entnommen haben. Erinnern konnte er sich schließlich nicht. Sie verkniff sich einen Kommentar und hob die dampfende Tasse hoch. »Danke«, murmelte sie.

Kurz darauf wurde Haruo von zwei Wachmännern hereineskortiert, einer davon war Karis zweiter Leibwächter, der silberhaarige Genji. Auch Haruo war frisch geduscht und trug saubere Kleidung. Hass vermischte sich mit einer unpassenden Erleichterung, die Kari sofort verdrängte. Haruo war ihr Feind! Das durfte sie nicht vergessen, auch wenn er ihr in der Walled City geholfen hatte, das Blutbad zu beenden.

»Setz dich, Haruo«, sagte Daishiro und deutete auf den Platz Kari gegenüber. Dann wandte er sich wieder ihr zu. »Wir müssen uns alle bei dir entschuldigen. Wie wir dich aus deinem Zuhause gejagt haben, ist unverzeihlich. Haruo tut es besonders leid, nicht wahr?«

»Es tut mir sehr leid, dich angegriffen zu haben, Kari«, murmelte Haruo. Er sah allerdings so aus, als wäre das, was ihm wirklich leidtat, dass er Kari nicht erwischt hatte. »Ich wusste nicht, wer du bist.«

»Und jetzt weißt du es?«, fragte sie scharf.

Der Schattenassassine presste die Lippen aufeinander.

»Er erinnert sich nicht an dich, meine Tochter. Es schmerzt mich zu sagen, dass niemand von uns das tut«, antwortete Daishiro an seiner Stelle. »Nachdem du aus der Villa geflohen bist, bat ich unsere Magier, meine Krieger vor dem Nebel zu beschützen, der durch das Verschwinden deines Vaters heraufbeschworen wurde. Ich nehme an, du weißt mittlerweile, was es mit dem Nebel auf sich hat?«

Kari nickte.

»Das dachte ich mir. Du warst schon immer ein kluges Mädchen.« Sein stolzes Lächeln hinterließ einen klebrigen Film auf ihrer Haut. »Die Magier konnten mir die Erinnerung an dich allerdings nicht zurückgeben. Zum Glück hatte ich Aufzeichnungen.« So wie Kari es sich gedacht hatte. »Stell dir meine Bestürzung vor, als ich realisierte, dass ich meine eigene Tochter vergessen habe. Nachdem ich es herausfand, setzte ich alles daran, dich zu finden. Und diejenigen, die dich mir genommen haben.« Bei den letzten Worten nahm seine Stimme einen dunkleren Klang an. Niemand bestahl den Don des Skarabäusclans. Nicht, ohne den Preis dafür zu bezahlen. »Ich habe dich in den letzten Wochen so genau studiert, dass es mir vorkommt, als würde ich dich wieder kennen.« Kari bezweifelte das. Daishiro hatte die echte Kari nie gekannt, sondern nur das kalte Paradiesvögelchen, das er aus ihr gemacht hatte. »Je mehr ich lernte, desto stärker schmerzte der Verlust. Ich habe Haruo mit der Suche nach dir beauftragt. Er war es auch, der herausfand, was mit deinem Vater geschehen ist. Er war sehr motiviert, den Auftrag zu erfüllen. Erzähl es ihr, Haruo.«

Der schluckte mehrmals hintereinander.

»Erzähl es ihr«, verlangte Daishiro erneut. Seine Stimme war so sanft wie das Streicheln des Windes, und doch war die Drohung klar. Erzähl es ihr oder du verlierst deine Zunge.

»Als ich dein Skarabäus-Tattoo sah, wusste ich, dass du ein Mitglied des Clans sein musst«, begann Haruo mit gepresster Stimme. Dabei stierte er auf die Tischplatte und vermied es, den Blick zu heben. »Don Nemea hat mir Fotos von dir gezeigt und von ... von dem Mädchen.«

»Deiner Schwester«, erklärte Daishiro mit einem zufriedenen Schmunzeln. »Saori. Aber soweit ich informiert bin, hast du auch das herausgefunden.«

Als er das sagte, zog er zwei Fotos aus seinem Jackett und legte sie vor Kari auf die Tischplatte. Das eine war das Foto ihrer Schwester, das sie bereits kannte, das zweite zeigte ebenfalls Saori, jedoch zusammen mit ... Haruo?

»Wusstest du, dass Haruo deine Schwester heimlich besucht und deiner Familie Geld gebracht hat?«, fragte er dann.

Das hatte sie nicht gewusst. Aber wieso? Für Haruo war Kari doch nur eine nervige Arbeitsaufgabe gewesen! Dass er sich heimlich um ihre Familie gekümmert hatte, ergab nicht einmal in der verqueren Welt des Clans Sinn.

»Sprich weiter, Haruo«, forderte Daishiro ihn auf.

»Ich wusste nicht mehr, wer das Mädchen war. Ich habe sie genauso vergessen wie dich, aber als ich die Fotos sah, da dachte ich ...« Er schluckte. Die nächsten Worte murmelte er so leise, dass sie sich fast in Luft auflösten. »Ich dachte, sie wäre meine Tochter.«

»*Eure* Tochter«, korrigierte Daishiro und klatschte in die Hände, als hätte er einen gelungenen Scherz gemacht. »Haruo dachte, du seist seine Geliebte gewesen, und dass ihr beide eine Tochter gehabt hättet. Natürlich wollte er dich finden. Dich und das Mädchen, von dem er glaubte, dass es seins war.«

Mit jedem seiner Worte zuckte Fayola zusammen, als hätte Daishiro ihr eine Ohrfeige versetzt. Chichiko starrte starr geradeaus und Haruos Körper spannte sich so sehr an, als hätte er Mühe, sich nicht auf Daishiro zu stürzen.

»Ich ließ es ihn glauben. Ich dachte mir, es würde ihn entsprechend motivieren, dich zu finden. Vielleicht genoss ich die Show auch ein wenig. Es war geradezu rührend, ihm bei seiner Suche zuzuschauen.«

Darum hatte Haruo Kari im Luminer zur Flucht verholfen und sie so dringend treffen wollen. Nicht, um sie Daishiro auszuliefern, sondern weil er seine – angebliche – Geliebte und Tochter wiederhaben wollte! Kari atmete tief ein und aus. Sie kämpfte ihre Emotionen zurück. Daishiro durfte nicht merken, dass ihr seine Worte nahegingen. Denn genau das war es, was er wollte. Aber Kari war Eis.

»Umso größer war meine Enttäuschung, als er versagt hat. Du wirst verstehen, liebste Tochter, dass ich ihm die Erinnerung an dich nicht einfach so schenken kann. Er muss sie sich verdienen.«

Was sollte das bedeuten? »Bei allem Respekt«, sagte Kari, »aber die Erinnerung an mich ist verloren.«

Ein zufriedenes Lächeln zeigte sich auf Daishiros Lippen. »Nichts ist für immer verloren, wenn man bereit ist, den Preis dafür zu bezahlen. Und wenn man die richtigen Freunde hat.« Dabei streiften seine Finger über eine Lilienblüte, die in einem dekorativen Gesteck auf dem Tisch stand. Sollte das heißen, die Brennende Lilie hatte ihm die Erinnerung an Kari zurückgegeben?

»Du bist skeptisch«, stellte Daishiro fest. »Das war ich auch. Ein Teil von mir ist es noch. Doch die Lilien haben bis jetzt all ihre Versprechen eingelöst, sodass ich keinen Grund habe, an ihnen zu zweifeln. Glaub mir, Tochter, ich zähle die Stunden, bis die Lilien meine Erinnerung an dich wiederherstellen.«

Das hieß, die Brennende Lilie hatte einen Weg, verlorene Erinnerungen zu erwecken!

»Und was gibst du ihnen im Gegenzug?«, fragte Kari.

Das war eine von Daishiros Lektionen: Nichts war umsonst. Selbst Dinge, die als Geschenk getarnt waren, verlangten nach einer Gegenleistung, und Kari bezweifelte, dass die Lilien dies anders handhabten als der Skarabäusclan.

»In den letzten Wochen trieb eine Magierin in meinen Vierteln ihr Unwesen und ließ dort Leute verschwinden. Aber auch davon weißt du bereits, mein Paradiesvögelchen. Nicht wahr?«

Kari nickte. Unter der Tischplatte bohrte sie ihre Finger in die Oberschenkel.

»So etwas ist gefährlich«, fuhr Daishiro fort. »Wenn die Leute zu genau hinschauen, wenn sie begreifen, dass Seelenhandel mehr sind als eine Legende ... Die Brennende Lilie wollte sie unbedingt finden. Und ich ebenso. Du verstehst sicher, dass ich nicht zulassen kann, dass jemand in *meinem* Viertel *meine* Leute verschwinden lässt. Ein gemeinsamer Feind lässt Gegner schnell zu Freunden werden.«

»Was passiert jetzt, wo ihr die gesichtslose Dämonin geschnappt habt?«, fragte Kari.

»Oh, wir haben einiges vor!« Daishiro grinste. »Eine Freundschaft, die im Kampf geschmiedet wurde, lässt sich nicht so leicht wieder lösen, und zusammen können wir viel erreichen.«

»*Was* erreichen?«

»So neugierig«, meinte er lächelnd. »Eigentlich muss ich der gesichtslosen Dämonin dankbar sein. Nur durch sie war unsere Allianz mit den Lilien möglich, und mit ihnen an der Seite steht uns die Welt offen, meine Tochter. Der Norden kann uns gehören. Zu lange mussten wir ihn uns mit den stinkenden Katzen und den Einsiedlern teilen.«

Er sprach vom Klauen- und dem Opalclan, die neben den

Nemeas über den Stadtnorden herrschten. Also hatte er vor, beide zu vernichten und die gesamte Peninsula an sich zu reißen?

»Und dann ...« Er schnalzte zufrieden mit der Zunge. »Einst war Magnolia Bay das Zentrum der Magie, eine heilige Insel, geführt von denen, die Stärke und Weisheit in sich tragen. Aber nun? Schwächlinge, überall. Es ist eine Schande, wozu Magnolia Bay verkommen ist. Findest du nicht?«

Er sprach nicht weiter, lächelte bloß – und Kari verstand. Verstand, dass Daishiro alles von Anfang an geplant hatte. Er hatte Mama Laquar in den Nemea-Vierteln ihr Unwesen treiben lassen. Hatte tatenlos zugesehen, wie sie Leuten ihre Seele raubte und deren Angehörige in den Wahnsinn trieb. Hatte sogar zugelassen, dass Karis eigener Vater seine Lebensessenz verlor. All das war ein kleiner Preis für die Allianz mit den Lilien.

Mit der Unterstützung der Lilien-Magier war Daishiro den anderen Clans überlegen. Er würde den Klauen- und Opalclan zerstören, würde die Peninsula unter seine alleinige Herrschaft bringen. Fürs Erste. Denn er hatte klargemacht, dass es ihm um die Herrschaft von ganz Magnolia Bay ging. Und danach?

Für einen Mann wie Daishiro gab es kein Limit, er hatte nie genug ...

»Auch dir muss ich dankbar sein, mein Paradiesvögelchen. Du bist zu mir zurückgekehrt und nicht nur das. Du hast mir Mama Laquar gebracht«, fuhr er fort. »Sie ist eine der ältesten Magierinnen der Welt, wusstest du das? Mehr Legende als echter Mensch. Es heißt, sie habe schon über hundert Leben gelebt und die Geburt der Magie mit angesehen. Das sind natürlich Märchen, doch für einen Sammler wie mich machen sie Mama Laquar umso wertvoller. Damit hast du mir zwei unschätzbare Geschenke gebracht. Also möchte auch ich mich revanchieren. Ich habe zwei Dinge für dich, die du sicherlich schätzen wirst. Wissen und Rache.«

Er machte eine Handbewegung, woraufhin Genji die Tür zum Esszimmer öffnete und drei junge Männer hereingeschleift wurden. Sie waren geknebelt und strömten einen starken Geruch nach Zuckerwatte und Lychee aus. Kari erkannte die Lilien-Anstecker, die alle drei trugen.

»Was hat das zu bedeuten?«, fragte sie.

Daishiro zeigte zu Haruo. »Er kann es dir erklären.«

»Das sind 201, 146 und 147. Alle drei sind Lilien und für das Verschwinden deines Vaters und den Tod deiner Mutter verantwortlich«, sagte dieser, ohne aufzuschauen.

»Das ist unmöglich«, hauchte Kari. Mama Laquar hatte ihren Vater verschwinden lassen. Und ihre Mutter ... sie war nicht tot. Sie lebte! Kari hatte doch gerade erst herausgefunden, dass sie am Leben war. Das musste alles ein Missverständnis sein oder einer von Daishiros verqueren Tests.

Aber Haruo fuhr fort: »Wir haben herausgefunden, dass eine Untergruppe der Brennenden Lilie, die sich Talent Solutions nennt, einen Seelenhandel mit deinem Vater eingegangen ist.«

Was? Die Brennende Lilie steckte hinter dem Verschwinden ihres Vaters? Sollte Kari das wirklich glauben? Es würde allerdings erklären, warum das ehemalige Haus ihrer Eltern so leer gewesen war, so aufgeräumt. Ohne Spuren der einstigen Bewohner. Weil die Cleaner aufgeräumt hatten.

»Dein Vater hat sich auf das Spiel eingelassen, um deine Freiheit zu erkaufen. Das da«, Haruo deutete auf den Mann, der ganz links stand, »ist der Researcher, der deinen Vater für den Seelenhandel freigegeben hat.«

Ihre ... Freiheit? Karis Kehle zog sich zusammen. Dafür hatte er seine Existenz gegeben? Er musste in der Nacht, nachdem er Daishiro auf Knien angefleht hatte, sie gehen zu lassen, aufgebrochen sein, um das Spiel zu spielen. Gleich nachdem Haruo ihn zum zweiten Mal des Geländes verwiesen hatte. Nachdem Kari ihn davor einfach abgewiesen hatte.

»Eigentlich hätte er deinen Vater gar nicht freigeben dürfen, da er Kinder hatte«, fuhr Haruo fort. »Er hat geschlampt.«

Der Lycheegeruch wurde nun noch penetranter. Die drei Männer zitterten stark. Kari schaffte es kaum, sie anzuschauen. Sie sahen so jung aus. So voller unerfüllter Wünsche und unerlebter erster Male.

»Nachdem dein Vater verschwunden ist, hat der Nebel deine Mutter erwischt«, fuhr Haruo fort und deutete auf die zwei anderen Männer. »Die beiden waren als Cleaner für sie zuständig. Aber anstatt ihr zu helfen, haben sie deine Mutter ins Bay Hospital gebracht. Dort wurde sie zur Energiesammlung freigegeben.«

Energiesammlung, das hieß ... Nein ... Nein, das ... Karis Kehle schnürte sich zu. Sie wusste, was Haruos Worte bedeuteten, auch wenn sie es auf keinen Fall wissen wollte!

»Der Agent, der ihre Überstellung ins Krankenhaus in Auftrag gegeben hat, ist derzeit vermisst. Aber keine Sorge, Kari, wir finden ihn auch noch«, ergänzte Daishiro.

Karis Kopf drehte sich. »Wer war es?«, fragte sie. »Wer hat den Tod meiner Mutter angeordnet?«

Haruo schaute sie unsicher an. »Wir kennen keine Namen«, sagte er schließlich. »Nur seine Nummer ... die 87«, sagte Haruo ... und alles gefror.

87. Das war Naels Nummer.

Nael hatte Karis Mutter getötet.

Nael, der versprochen hatte, alles zu tun, um ihre Mutter zu finden. Der Kari im Arm gehalten und getröstet hatte. Nael, der ihr die Hoffnung auf ein Leben in Freiheit geschenkt hatte. Nael, der Zuhause bedeutete.

»Dies war das erste Geschenk. Wissen«, sagte Daishiro. »Doch ich versprach dir auch Rache. Du darfst entscheiden, was mit ihnen passiert, meine Tochter. Möchtest du, dass sie das Schicksal deines Vaters teilen?«

»Ein Seelenhandel kann nur freiwillig passieren. Du kannst sie nicht dazu zwingen«, widersprach Haruo, und Kari schloss die Augen.

Doch, das konnte er. Daishiro Nemea konnte das. Er würde die drei Männer so lange foltern lassen, bis sie darum bettelten, ihre Seele aus dem Leibe gerissen zu bekommen. Und das wusste Haruo. Er wusste es und hatte sich trotzdem dazu entschieden, Daishiro zu widersprechen. Ein penetranter Geruch nach Urin vermischte sich mit dem Lycheeduft, als einer der Lilien-Männer sich vor Angst in die Hose machte. Was auch immer diese drei getan hatten, sie waren keine Monster.

»Ich will nicht, dass ihre Seele verschwindet«, flüsterte Kari.

»Was willst du dann, Tochter? Sollen sie einen langsamen Tod erleiden?«

Kari schüttelte den Kopf. Was sie wollte, war, dass dieser Moment aufhörte. Sie wollte aus der Villa verschwinden, wollte Daishiro und seine Ehefrauen, Haruo und das Wissen um Naels Verrat hinter sich lassen. Aber das war unmöglich.

»Du möchtest also Gnade walten lassen?«, fragte Daishiro. »Das überrascht mich. Aber ich versprach dir Rache, also liegt die Entscheidung bei dir.«

Kari nickte. Ja, sie wollte Gnade. Soweit das im Hause Nemea möglich war. Sie kannte die Regeln. Verrat wurde immer bestraft, echte Gnade gab es nicht. Denn sie würde Schwäche bedeuten und Schwäche hieß Tod. Aber zumindest würden die drei Männer nicht länger leiden als unbedingt nötig.

Daishiro bedeutete Genji mit einem Wink seiner Hand, seines Amtes zu walten. Der wirkte enttäuscht – vermutlich hatte er sich schon darauf gefreut, die Männer zu foltern –, zog sein Messer und schnitt damit einem nach dem anderen die Kehle durch. Kari zwang sich, den Blick nicht abzuwenden. Sie schluckte mehrmals hintereinander. Das hier war ein Test, genauso wie alles im Hause Nemea. Sie durfte nicht wegschauen, während das Blut über die Hälse der Männer tropfte, durfte nicht zusammenzucken, als deren leblose Körper polternd zu Boden sackten. Es war ganz egal, wie laut es in ihr drin schrie und wie sehr der verletzliche Teil, den Nael nach und nach aufgetaut hatte, den jungen Lilien helfen wollte. Äußerlich war Kari Eis.

Nachdem die drei Lilien reglos am Boden lagen, sagte Daishiro: »Ich habe ein weiteres Geschenk für dich.«

Kari schloss die Augen. Was wollte er ihr denn noch geben? Noch mehr Leid, noch mehr Tod? Er klang aufgeregt, was nichts Gutes bedeuten konnte.

»Ich möchte dir die gesichtslose Dämonin zeigen«, sagte er und bedeutete Kari, ihm zu folgen. »Du auch, Haruo. Komm mit.«

Zögerlich erhob Haruo sich. Er roch nach Lychees. Wieso hatte Haruo Angst?

Auch Fayola und eine Handvoll Wachmänner schritten hinter Daishiro in einen angrenzenden dunklen Raum. »Da wären wir«, meinte er zufrieden und betätigte den Lichtschalter. »Die gesichtslose Dämonin!«

Am anderen Ende des Raums saß, die Hände mit Ketten eng an die Wand gefesselt, nicht etwa Mama Laquar, sondern Izumis Mutter Saika.

»Wenn er stirbt, ist es deine Schuld!«

Zora

Schwein grunzte in Zoras Ohr, bis sie endlich aufwachte. Über ihr rauschten die Blätter eines Ahorns im Wind und die Sonne stand beinahe im Zenit. Es musste Mittag sein. Wie lange hatte Zora geschlafen? Und wo war sie überhaupt?

Sie fuhr hoch, musste jedoch die Augen schließen, als ihr schwindlig wurde. Die Magie, die sie während des Kampfs gewirkt hatte, forderte ihren Tribut, und Zora fühlte sich ausgelaugt. Schwein stupste sie in die Seite und grunzte.

»Alles in Ordnung, kleiner Freund«, murmelte Zora und tätschelte dem Tier den Kopf.

Schwein lief zu Lycien, der zwei Schritte von Zora entfernt in einem Gemüsebeet lag, kein Fitzelchen Stoff mehr am Leib trug und zuckte.

»Lycien?!«, entfuhr es Zora.

Und alles kam zurück: der Kampf in der Walled City und Lyciens Verwandlung ... Er war zu einem Drachen geworden, einem richtig, echten Drachen! Zoras Herz überschlug sich, als sie die schiere Größe dieser Erkenntnis begriff. Sie hätte viel eher erahnen müssen, *wie besonders* sein Feuer war. Bei den Göttinnen, Lycien war der erste Drachenwandler seit Jahrzehnten!

Und womöglich der letzte, so wie er gerade aussah.

Die Silfurvenen hatten sich ausgebreitet. Sie bedeckten nun seinen gesamten Oberkörper, Lyciens Schambereich und seine Oberschenkel und sie bewegten sich. Langsam streckten sie sich, wuchsen seinen Hals hinauf und über seine Knie. Die ganze Zeit stöhnte Lycien leise. Seine Augenlider flatterten, aber er war zu weggetreten, um irgendetwas mitzubekommen. Zora hatte gewusst, dass die Krankheit sich ausbreiten würde, sobald der Heilstein aufhörte zu wirken – aber es war viel schlimmer, als sie es sich ausgemalt hatte.

»Lycien, kannst du mich hören?«, fragte sie und legte eine Hand auf seine Stirn, zog sie jedoch sofort zurück.

Er glühte – und das nicht wie bei einem normalen Fieber. Lycien war so heiß, dass Zora fürchtete, das Gras unter ihm müsste jeden Moment in Flammen aufgehen. Schwein grunzte laut.

»Ich weiß«, sagte Zora, die alle Mühe hatte, ruhig zu bleiben. »Wir müssen ihm irgendwie helfen.«

Aber wie? Die letzten Male hatte Zora die Silfurvenen mithilfe der prickelnden Energie zwischen sich und Lycien zurückgedrängt, doch wie sollte sie Lust oder Lyciens Feuer heraufbeschwören, solange er völlig weggetreten war? Es war ein Wunder, dass er trotz all des Silbers in seinem Körper überhaupt noch atmete.

Zora brauchte Hilfe. Und es gab nur eine Magierin, die wissen würde, was zu tun war.

Den Göttinnen sei Dank hatte sie ihr Handy in der Hosentasche. Sie wählte Naels Nummer und wartete mit angehaltenem Atem. Als er sich meldete, stieß sie erleichtert die Luft aus. Sie hatte gefürchtet, die Skarabäuskrieger hätten ihn erwischt. Zum Glück ging es ihm gut!

»Zora?«, fragte er.

»Ich bin so froh, dich zu hören.« Naels Stimme ließ sie wünschen, sich in seine Arme zu werfen und von ihm trösten zu lassen. Aber sie musste jetzt stark sein. Sie drängte das Bedürfnis zurück, Nael tausend Fragen über die Walled City und den Ausgang des Kampfs zu stellen, und sagte: »Ich brauche deine Hilfe. Das heißt, eigentlich brauche ich Mama Laquar.«

»Was ist passiert?«

»Lycien geht's gar nicht gut.«

»Also haben die Silfurvenen zugenommen?«

Zora unterdrückte das Zittern, das sich bei ihren nächsten Worten ausbreitete. »Er stirbt, Nael.«

Am anderen Ende der Leitung herrschte Schweigen. »Nael?«, fragte Zora.

»Wo seid ihr?«

»Keine Ahnung. In irgendeinem Garten und …« Zora sah sich um. Sie erinnerte sich, wie Lycien von seiner Großmutter erzählt hatte, die auf Citrin Island lebte und in deren Gemüsebeet er manchmal mithalf. Natürlich! Lycien hatte sie an den Ort gebracht, an dem er sich selbst am sichersten fühlte. »Wir sind auf Citrin. Aber wir müssen so schnell wie möglich zurück. Wir haben keine Zeit zu verlieren.«

»Bleibt, wo ihr seid«, wies Nael an. »Die halbe Insel sucht mittlerweile nach Lycien. Die Nemeas, die Brennende Lilie, wahrscheinlich sogar das Militär. Er ist ein Drachenwandler, der Letzte seiner Art. Weißt du, was das bedeutet?«

Natürlich wusste sie das. Lycien war Feuer, war Stärke, war pure Magie. Das hatte Zora die ganze Zeit instinktiv gespürt – und viel zu spät wirklich begriffen. Außer ihm gab es nur noch eine einzige Drachenwandlerin, die kurz vor dem Tod stand und seit über hundert Jahren einen Sitz im Inneren Regierungsrat innehielt – ein Sitz, der nun Lycien zustand. Was ihn zu einem wertvollen Asset für die Clans, das Militär und die Göttinnen wussten, wen noch, machte. Aber um über diese Dinge nachzudenken, fehlte Zora gerade die Zeit.

»Wenn er stirbt, gibt es bald überhaupt keine Drachenwandler mehr.«

»Ihr schafft es nicht, bis hierher, ohne entdeckt zu werden«, entgegnete Nael. »Und was dann?«

Er hatte recht, verdammte Scheiße. Rational gesehen zumindest ...

»Wenn wir hierbleiben und uns verstecken, ist Lycien tot«, fauchte Zora. Verstand Nael denn nicht? Die Zeit rannte ihnen davon. Mit jedem Herzschlag breitete das Silber sich weiter aus, die ersten Venen zogen sich bereits über Lyciens Kinn.

»Du bist eine der besten Heilerinnen der Insel, Zora! Halt ihn am Leben, bis ich Hilfe organisiert habe. Wenn jemand das schafft, dann du!«

Zora versuchte sich zu beruhigen, doch ihre Finger waren so zittrig, dass sie Mühe hatte, das Handy zu halten. Hilfe. Ja, die brauchten sie wirklich.

»Hol Mama Laquar ans Telefon.« Wenn sie Lycien schon nicht zu ihrer Magiermeisterin bringen konnte, dann wollte sie diese wenigstens um Rat fragen.

»Sie ist weg.«

»Was meinst du damit?«

Sie hörte Nael schlucken. »Die Skarabäuskrieger haben Mama Laquar gefangen genommen.«

»Das ist unmöglich«, hauchte Zora. Mama Laquar war die mächtigste Magierin, die Zora bekannt war. Selbst ein Heer an Kämpfern könnte sie nicht übermannen.

»Die Nemeas hatten Magier der Brennenden Lilie dabei«, antwortete Nael. »Beruhige dich, Zora. Ich finde einen Weg, euch zu helfen.«

»Wie?!«, schluchzte sie ins Handy.

»Vertrau mir einfach.«

»Sag mir, was du vorhast!«

»Vertrau mir«, wiederholte er eindringlicher.

Zoras Stimme brach beinahe, als sie sagte: »Du hast keine Ahnung, wie du uns helfen sollst, oder?«

Wenn Nael einen Plan hätte, hätte er ihn Zora mitgeteilt. Er würde ihr seine nächsten Schritte erklären und sie genau anweisen, was sie zu tun hatte. Keine Erklärung hieß kein Plan, und seine Bitte, im zu vertrauen, war nichts anderes als ein schwacher Versuch, sie zu beruhigen und Zeit zu schinden, bis ihm irgendetwas einfiel.

»Okay, okay, ich ...« Zora bohrte die Finger ihrer freien Hand in ihren Oberschenkel, um durch den Schmerz ihre rasenden Gedanken zum Stillstand zu bringen. Doch erst als Schwein sie mit seiner feuchten Nase anstupste, gelang es ihr.

»Geh in Mama Laquars Büro und such nach rituellen Messern, nach Heilsteinen, nach allem, was du findest. Und ... lass mich mit Thambi sprechen!«, sagte Zora. Sie bezweifelte, dass der Friseur die Krankheit einfach so wegschneiden könnte, aber vielleicht wäre er in der Lage, Lycien die Schmerzen zu nehmen und ihn aus dem Delirium zu holen. Dann könnte sie Lyciens Feuer kanalisieren.

»Ich mache mich sofort auf den Weg in Mama Laquars Büro«, sagte Nael.

»Geh zuerst zu Thambi!«

Sie hörte, wie Naels Atem angestrengter wurde, während er über die Treppen lief.

»Nael?«

»Ich bin gleich im elften Stock«, antwortete er.

»Thambi ist gerade wichtiger. Geh zu ihm, bitte.«

Er antwortete nicht, lief bloß weiter.

»Nael?!«, wiederholte Zora ungeduldiger. Dass ihr Bruder

schwieg, musste etwas bedeuten, und sie hatte das ungute Gefühl, dass es ihr gar nicht gefallen würde.

»Thambi ist, ähm ...« Nael räusperte. »Er kann gerade nicht sprechen. Aber ...«

»Was?« Wieso konnte er nicht ... »Wie schlimm ist es?«, hauchte sie.

»Schlimm.«

»Nael!« Ihr Bruder hatte sie immer beschützen wollen, vor den Monstern, den Lilien, vor ihren eigenen Gefühlen, wenn er schlechte Nachrichten überbringen musste. Doch gerade blieb keine Zeit, um ihr vorsichtig beizubringen, dass die Welt in Scherben lag.

Als Nael antwortete, klang seine Stimme leer. Irgendwie so, als wäre etwas in ihm zerbrochen – und vielleicht war es das wirklich. Wie könnte es nicht, bei den Dingen, die er ihr nun offenbarte.

»Thambi ist tot und wer weiß, wie viele andere noch. Die Nemeas haben Mama Laquar gefesselt und in einen Käfig gesteckt. Sie haben auch Kari und Izumi. Ich weiß nicht, wie viele andere Bewohner es erwischt hat. Einige konnten fliehen, aber die Gänge sind voller Leichen. Es tut mir leid, ich wollte dir das nicht am Telefon sagen.«

Zora ließ den Hörer sinken. Alles drehte sich. Ihre Welt war ins Taumeln geraten, und sosehr sie es versuchte, sie fand keinen Halt. Die Walled City, ihr Zuhause, war nicht länger. Kari war weg. Izumi war weg. Thambi war tot. Mama Laquar, die Zora stets für unbesiegbar gehalten hatte, lag in Ketten. Und niemand konnte Lycien helfen.

Niemand außer Zora.

Sie hatte so viel verloren, sie würde ihn nicht auch noch sterben lassen.

»Zora? Bist du noch dran? Zora?! Rede mit mir!«, hörte sie Naels entfernte Stimme aus dem Handy. Sie beendete den Anruf mit einem Knopfdruck, stemmte sich hoch und taumelte zum Haus. Schwein folgte ihr in die Küche, wo sie nach einem Messer suchte.

Was auch immer passieren würde, Zora durfte nicht aufgeben. Sie musste wenigstens versuchen, Lycien zu heilen, wenn schon nicht mit seiner besonderen Energie, dann mit den traditionellen Mitteln. Schwein schaute fragend zu ihr auf und grunzte. Zora nickte zur Antwort: »Wir werden ihm helfen. Ich verspreche es.«

Blut und Knochen und Leben waren der Preis für heilende Energie – und egal wie schlecht die Chancen standen, Zora war bereit, diesen Preis zu bezahlen.

»Sie soll ihn mit bloßen Händen töten.«

Kari

Schwindel erfasste Kari bei Saikas Anblick, und mit einem Mal kamen die Erinnerungen zurück. Daran, wie Saika ihre Wunde verarztet und ihr zum allerersten Mal vom gesichtslosen Dämon erzählt hatte. Auch die Erinnerung an Izumi war schlagartig wieder da. Es war, als hätte jemand einen Lichtschalter umgelegt, der die Momente, die noch vor einer Millisekunde im Schatten gelegen hatten, in gleißende Helligkeit tauchte. Das Wirken des Nebels war wie ein in Watte gepackter Schwindel gewesen, das plötzliche Nachlassen hingegen wie eine Flutwelle, die Kari für einen Moment untertauchte und nach Luft schnappen ließ.

Saikas Hände lagen in marmornen Fesseln, die über eine Kette mit der Wand verbunden waren. Sie trug eine lange schwarze Robe, an deren Saum Federn befestigt waren, und war geknebelt. Kari wusste, was das bedeuten musste – und doch brauchte ihr Verstand einige Herzschläge, um zu begreifen.

»Ich vermute, du erinnerst dich an sie«, sagte Daishiro. »Ich habe es selbst erlebt und muss sagen, es fühlt sich berauschend an, wie alles plötzlich zurückkommt.«

»Aber wieso ...«, hauchte Kari.

Mir ist zu Ohren gekommen, dass du in Saikas Haus gewesen und nach Spuren von ihr gesucht hast. Daher ist mir klar, dass jemand ihren Namen für dich gebannt haben muss.« Davon wusste er also? Verdammt, es gab wirklich nichts, das in den Clanvierteln geschah und dem Don lange verborgen blieb. »Da du unter einem Schutzzauber standest, müsste deine volle Erinnerung in dem Moment wiederhergestellt sein, in dem du ihr gegenüberstehst. Ein kleiner Trick, den mich meine neuen Freunde gelehrt haben.« Er meinte eindeutig die Lilien.

»Du hast ihre Seele zurückgeholt?«, murmelte Kari.

Das brachte Daishiro zum Lachen. »Oh, nein. Eine solche Macht besitze nicht einmal ich. Die Wahrheit ist, sie hat es selbst getan. Saika hat ihre Magie eingesetzt, um ihre Seele nur für den Bruchteil eines Augenblicks aus ihrem Körper zu lösen. Lange genug, um den Nebel entstehen zu lassen, nicht lange genug, um sich in eine Hülle zu verwandeln.« So etwas war möglich? »Ich muss zugeben, dass ich ihre magische Finesse unterschätzt habe. Selbst die Lilien waren beeindruckt von ihrem Zauber. Sie verformte die Nebelpartikel, ehe der Vergessenszauber sich vollends entfaltete. Sie ließ uns ihr menschliches Leben, nicht aber ihr Alter Ego vergessen«, fuhr er fort. »Darf ich präsentieren: der gesichtslose Dämon. Und mein letztes Geschenk an dich, Tochter.«

Saika starrte Kari mit wässrigen Augen an. Darin ein stummes Flehen.

»Ich verstehe nicht …«, murmelte Kari. Ihre Gedanken wirbelten. Wenn Saika die Dämonin war, dann hieß das, dass sie mit Mama Laquar eine Unschuldige ausgeliefert hatte.

»Ich versprach dir Wissen und das sollst du bekommen«, meinte Daishiro und legte seine Hand auf Karis unteren Rücken. Diese widerstand dem Drang, sich der Berührung zu entziehen. Süßlicher Duft erfüllte den Raum, aber Kari konnte nicht ausmachen, von wem genau die Angst kam. »Du bist jedoch nicht die Einzige, die es verdient, die Wahrheit zu erfahren.«

Auf eine Geste hin traten zwei Wachmänner zur Seite und ließen Chichiko ein, die Izumi an der Hand führte. Sofort warf Saika sich nach vorn, wurde von ihren Ketten jedoch zurückgehalten. Kari hatte gehofft – so sehr gehofft! –, dass zumindest Izumi aus der Mauernstadt entkommen war. Dafür war sie bereit gewesen, sich selbst und Mama Laquar zu opfern. Aber es hatte nichts genützt und das hieß ...

Kari wurde schlecht. Daishiro musste wissen, was Izumi war. Vermutlich war es ihm nie um Mama Laquar gegangen. Sie war weder die gesichtslose Dämonin noch der Grund, aus dem die Skarabäuskrieger in die Mauernstadt eingefallen waren. Der Schatz, dem er nachjagte, war Izumi. Und nun hatte er nicht nur sie, sondern auch Kari, Saika und – als ungeplantes Sahnehäubchen – Mama Laquar, das Herz der Walled City.

Izumi trug ein perlenbesetztes Kleid, Ringe funkelten an ihren Fingern, und zahlreiche Bänder lagen rund um ihre dünnen Ärmchen. Doch ihr blasses Gesicht und der Schrecken in ihren Augen passten nicht zu dem pompösen Outfit. So ähnlich musste Kari ausgesehen haben, als Daishiro sie vor zehn Jahren zu sich geholt hatte. Ein Vogel, für immer gefangen in Daishiros Käfig aus Manipulation und Kontrolle. Izumis Augen weiteten sich, als sie ihre Mutter erblickte, ein Ruck ging durch ihren Körper. Auch sie war von Zora mit einem Schutzzauber belegt worden, und das hieß, alle Erinnerungen an ihre Mutter kehrten in diesem Augenblick zurück. Sie wollte zu ihr laufen, doch Genji stellte sich ihr in den Weg. Saikas Schrei war, gedämpft durch ihren Knebel, zu hören.

»Komm her, mein Kind«, forderte Daishiro in einem Ton, der trotz seiner Sanftheit keinen Widerspruch zuließ.

Als Izumi sich nicht sofort bewegte, packte Genji sie am Arm und zerrte sie zu seinem Don. Erst jetzt erkannte Kari, dass um ihr Handgelenk ebenfalls ein Marmorreif lag, der mit Jade und Saphiren verziert war – ein wunderschönes Schmuckstück, das gleichzeitig eine Fessel war, die sie davon abhalten würde, Magie zu nutzen.

»Ich weiß, meine Kleine, es muss hart sein, deine Mutter in Ketten zu sehen. Aber glaub mir, es ist das Beste so«, sagte Daishiro. Er streichelte Izumi über die Haare. »Deine Mutter ist gefährlich. Sie hat uns alle hintergangen, hat schreckliche Dinge getan. Aber du musst keine Angst haben, denn ich werde dich beschützen. Wir alle werden das«, meinte er und deutete in einer ausholenden Geste auf sich, Chichiko, Kari und Fayola. »Wir sind jetzt deine Familie. Und bald, mein Kind, wenn du mir deine Loyalität bewiesen hast, werden wir dir das Zeichen unseres Clans auf die Haut prägen lassen.« Er bedeutete Kari, ihr Handgelenk zu zeigen, auf dem der Skarabäus prangte. Sie gehorchte – für den Moment. Wenn der Zeitpunkt gekommen war, Daishiro anzugreifen oder die Flucht zu wagen, sollte er es nicht kommen sehen. »Dann darfst du dich eine richtige Nemea nennen«, erklärte er. »Das wünschst du dir doch, nicht wahr?«

Er hatte vor, Izumi zu adoptieren? Natürlich ... *natürlich* wollte er das! Daishiro war schon immer ein Sammler gewesen, erst Kari, der gefallene Paradiesvogel, dann Fayola, die wilde Jaguarin, und nun Izumi, das seltenste und außergewöhnlichste all seiner Sammlerstücke.

»Deine Mutter ist eine begabte Magierin. Sie wurde im Old Temple auf Citrin Island in Blutmagie unterrichtet. Ich war sehr erfreut, sie in meinen Rängen willkommen zu heißen. Rate, wer ihre Lehrmeisterin war«, fuhr er mit einem Augenzwinkern zu Kari fort.

Ihre Antwort kam als Flüstern: »Mama Laquar?«

Daishiro nickte. Bei den Göttinnen – daher die Ähnlichkeit ihrer Magie, daher derselbe Geruch nach bleiernem Rauch, der ihre Zauber begleitete. Weil Saika dieselbe Art der Magie ausübte. Kari hatte vorschnell geurteilt, hatte sich von ihren Instinkten in die Irre führen lassen. Verdammt ... verdammt! Sie war so dumm gewesen.

»Deine Mama hat früher als Heilerin für mich gearbeitet«, fuhr er in einem kindgerechten Tonfall fort. »Doch vor zwei Jahren habe ich sie gebeten, eine andere Arbeit für mich zu machen. Eine sehr wichtige. Weißt du, mein Kind, es gibt eine Organisation, die sich Talent Solutions nennt und die schreckliche Dinge mit Menschen tut. Sie lässt arme Leute verschwinden. Verspricht ihnen, ihre Wünsche zu erfüllen, und stiehlt ihnen dann ihre Seele.«

Izumis Lippen bebten, doch sie riss sich zusammen und weinte nicht – genauso wie Kari vor zehn Jahren. Sie trug eine Stärke in sich, die ihr hoffentlich das Leben retten würde.

»Leute, die solch böse Dinge tun, sollte man lieber im Auge behalten, sonst findet man sich selbst bald als ihr Opfer wieder. Merk dir das, Izumi. Wenn du nicht überrascht werden willst, musst du deinen Feinden immer nah sein. Also brauchte ich jemanden, der sich für mich in diese Organisation einschleicht und spioniert. Und weißt du, wer diese Person war, Izumi? Genau. Deine Mama.«

Abermals warf Saika sich nach vorne und stöhnte, konnte mit ihrem Knebel jedoch nichts sagen. Tränen rannen ihre Wangen hinab. Kari hätte zu gerne ihre Version der Geschehnisse gehört.

»Deine Mutter hat ihr Gesicht hinter einer Maske versteckt und Menschen ihre Seele genommen, genauso wie die Leute, die sie eigentlich beobachten sollte.« Er ging in die Knie und zwang Izumi, ihm ins Gesicht zu schauen. »Sie ist der gesichtslose Dämon, mein Kind.«

Izumi schüttelte den Kopf, wieder und wieder. Kari hätte zu gerne geglaubt, dass seine Worte Lügen waren. Doch sie wusste es besser. Daishiro Nemea verdrehte die Wahrheit zu seinen Gunsten, er hielt Informationen zurück, aber niemals – nicht einmal in den letzten zehn Jahren – hatte Kari ihn lügen sehen.

»Darum können wir deine Mama nicht mehr in die Freiheit entlassen. Und ihren Komplizen auch nicht.«

Daishiro musste einen seiner gestischen Befehle gegeben haben, denn plötzlich warfen sich gleich drei Wachmänner auf Haruo und zwangen ihn auf die Knie. Fayola stieß ein Wimmern aus, Saika zog so hart an ihren Fesseln, dass es klimperte. Nur Chichiko blieb kalt.

Haruo hatte mit Saika gemeinsame Sache gemacht? Wieso, wo er doch sein Leben lang danach gestrebt hatte, Daishiro zu gefallen und in seine Fußstapfen zu treten? Doch als Kari in sein Gesicht blickte, entdeckte sie nichts als Hass, der gebündelt auf Daishiro gerichtet war. Da verstand sie, dass sie ihn nie wirklich gekannt hatte. Für sie war er bloß Daishiros Schoßhündchen gewesen, aber in Wahrheit wollte er seinen Meister in Stücke reißen.

»Dachtest du wirklich, ich würde deinen Verrat nicht durchschauen?«, fragte Daishiro nun. »Dachtest du, du könntest dich mit Saika zusammenschließen und gegen mich intrigieren und ich würde es einfach so durchgehen lassen?« Nun erhob er sich. »Ich weiß, was ihr vorhattet. Du wolltest sie nach Palay schmuggeln und Izumi mit ihr. Du hättest mir das Mädchen weggenommen, nach dem ich so lange gesucht habe.«

Darum hatte Saika ihre Erinnerung also ausgelöscht! Um Izumi zu beschützen und um gemeinsam mit ihr weit weg von Daishiros Klauen auf den Palay'schen Kontinent zu fliehen. Die Erinnerung an den gesichtslosen Dämon zu erhalten, machte es einfach, ihr Verschwinden zu erklären. Sie wäre nur ein weiteres Opfer. Niemand würde Fragen stellen.

»Aber ihr wart nicht so klug, wie ihr dachtet. Saika hat versucht, den Nebel zu verformen, damit du sie nicht vergessen würdest, und ihn dabei aus Versehen ihrer eigenen Tochter übergestülpt. Welche Mutter würde so etwas tun? Ihr eigenes Kind vergessen lassen, dass sie je existiert hat?«, fuhr Daishiro fort.

So war das also ... Vermutlich hatten Daishiros Männer Saika geschnappt, ehe sie fliehen konnte, sodass Izumi allein und unter dem Einfluss des Nebelzaubers in der Hütte zurückblieb. Wo Kari sie gefunden hatte.

»Du warst ein Sohn für mich, Haruo«, knurrte Daishiro. »Ich hätte dir alles gegeben. Du hättest Kari zur Frau bekommen, hättest meinen Namen tragen und eines Tages deine eigenen Skarabäustruppen anführen können. Aber du hast dich gegen mich gestellt.«

Anstatt einer Antwort spuckte Haruo ihm vor die Füße.

»Izumi gehört dir nicht«, presste er hervor. »Sie gehört niemandem! Nur ein Wahnsinniger würde sie beherrschen wollen!« Ein Krieger rammte ihm das Knie in den Magen und er stieß keuchend die Luft aus.

Hieß das, Haruo wusste, was Izumi war? Hatte er Saika deshalb geholfen?

Daishiro zog einen Mundwinkel zu einem schiefen Lächeln hoch, in dem so viel Grausamkeit steckte.

»Lass mich Izumi wegbringen«, bat Chichiko. »Sie ist zu jung, um das zu sehen.«

Chichiko fasste Izumi an der Hand, doch die Kleine riss sich los. »Mama!«, brüllte sie. Sie hatte ihre Mutter fast erreicht, als Genji sie packte und wegzerrte. »Nein! Mama, Mama ...«

Ihre Schreie schnitten schärfer als jedes Messer in Karis Haut, selbst dann noch, als Genji ihr die Hand auf den Mund presste, um ihr Flehen zu ersticken. Saikas Tränen tränkten mittlerweile ihren Knebel und sie stöhnte. Daishiro beobachtete das Geschehen mit gleichgültiger Aufmerksamkeit. Schließlich sagte er: »Lass sie bleiben. Sie soll bezeugen, was mit Verrätern passiert.«

Chichikos Augen weiteten sich, doch sie wagte nicht zu widersprechen. Lycheeduft erfüllte jeden Winkel des Raums.

»Die wichtigsten Lektionen sind oft die, die am schwersten zu lernen sind«, fuhr er fort. Er sah Fayola an, als er hinzufügte: »Aber es sind auch die, die sich am tiefsten einprägen.«

Fayolas spitze Eckzähne glänzten, als sie Daishiro mit einem Lächeln antwortete, doch die Kälte in ihren Augen war unverkennbar. Kari hatte gewusst, dass Daishiro in ständigem Konflikt mit den Zalaros stand, und sie hatte sich gewundert, wie kategorisch Fayola sich von ihrer Familie abgewandt hatte und wie loyal sie Daishiro gegenüber war. Kari hatte sie dafür verachtet – und sich nicht die Mühe gemacht, darüber nachzudenken, was Daishiro Fayola angetan hatte, um ihre Loyalität zu erzwingen.

»Was sollen wir mit ihm tun?«, fragte Daishiro.

Kari brauchte einen Moment, um zu realisieren, dass die Frage an sie gerichtet war.

»Du willst, dass ich entscheide?«, fragte sie atemlos.

»Sieh es als weiteres Geschenk.«

Doch in Wahrheit war es ein Test. Wieder einmal. Daishiro wollte wissen, ob Kari bereit war, Haruo zum Tode zu verurteilen. Er hatte tausend Gründe, ihr zu misstrauen. Nun musste sie ihm beweisen, dass sie auf seiner Seite stand. Haruo zu verschonen, würde er als Verrat betrachten.

Kari ließ ihren Blick von Gesicht zu Gesicht wandern. In Haruos Miene lag eine stille Entschlossenheit. Fayolas Lippen zitterten leicht. Die Angst, die sie so sehr zu verbergen versuchte, strömte aus jeder Pore, und selbst Chichiko wirkte alles andere als glücklich. Schließlich landeten Karis Augen auf Saika. Diese kämpfte nach wie vor gegen ihre Fesseln und stieß Laute aus, die man durch ihren Knebel nicht verstehen konnte.

»Sie soll es tun«, sagte sie und deutete auf Izumis Mutter. »Lass sie Haruo töten. Sie soll die Schuld, ihren Partner nicht nur ins Verderben gestürzt, sondern mit ihren eigenen Händen getötet zu haben, mit sich tragen, bis sie selbst ihren letzten Atemzug tut. Und er«, damit deutete sie auf Haruo, »soll wissen, wie es sich anfühlt, von jemandem verletzt zu werden, dem er vertraut hat.«

»Du willst also, dass wir ihre Marmorfesseln lösen?«, fragte Daishiro mit Blick auf Saikas gefesselte Hände.

»Genau. Ich schlage nicht vor, sie Magie wirken zu lassen. Das wäre zu gefährlich. Sie soll ihn mit ihren bloßen Händen töten.« Als Daishiro nichts erwiderte, fügte Kari hinzu: »Du denkst, ich will dich in eine Falle locken. Wie solltest du auch nicht? Haruo hat dich betrogen, ich könnte es genauso tun. Aber du vergisst etwas.« Kari drehte sich zu ihm um und schaute ihm direkt in die Augen, denn diese waren ein Spiegel der Wahrheit. Die Augen verrieten jede Lüge, jeden

Verrat, und Karis waren aus Eis. »Du hast ihre Tochter. Und das Band zwischen Elternteil und Kind bedeutet doch etwas, nicht wahr?«

Drei Herzschläge lang musterte Daishiro sie und schien ihre Worte abzuwägen. Dann sagte er: »Wie du wünschst, meine Tochter. Aber sie wird kein Blut vergießen.«

Denn Blut, das wusste Daishiro genauso gut wie Kari, könnte Saika benutzen, um ihre Magie einzusetzen.

Er wies einen seiner Männer an, einen marmornen Armreif zu bringen und ihn Kari zusammen mit den Schlüsseln für Saikas Marmorfesseln auszuhändigen. »Leg in ihr um, bevor du sie losbindest. Ich will keine Sekunde, in der sie ohne Marmor um ihr Fleisch ist«, befahl er. »Wir wollen doch nicht, dass in unserer Unachtsamkeit ein Unfall passiert.«

Er lächelte kalt. Während Kari auf die Magierin zutrat, beobachtete er jede ihrer Bewegungen. Kari ballte ihre Hand zur Faust und bohrte ihre langen Fingernägel so fest ins Fleisch, wie sie konnte.

»Du wirst deine Hände um seinen Hals legen und zudrücken, bis er seinen letzten Atemzug ausstößt«, wies Kari Saika an und steckte den Schlüssel in ihre Fesseln. In ihrem Rücken hörte sie Daishiro mit der Zunge schnalzen.

»Erst das Band«, sagte er in festem Ton.

»Natürlich«, murmelte Kari. Einhändig legte sie das Marmorband um Saikas Gelenk und schloss die Schnalle – jedoch ohne sie zuschnappen zu lassen. Jetzt musste es schnell gehen. Ehe jemand reagieren konnte, drehte sie den Schlüssel in Saikas Fesseln. Gleichzeitig öffnete sie ihre andere Hand. Die Hand, die eben noch zur Faust geballt gewesen war, um zu verstecken, dass Karis Fingernägel die Haut aufgerissen hatten. Die Hand, die nun voller Blut war.

Kari hoffte inständig, dass sie die Lage richtig eingeschätzt hatte. Saika und Haruo zu vertrauen, war ein Wagnis, gleichzeitig jedoch ihre einzige Chance mit zwei möglichen Enden: Flucht oder Tod.

»Sie blutet!«, brüllte Genji, und dann passierte alles auf einmal.

Zwei Wachmänner zogen ihre Waffen. Doch Saika war schneller. Sie schlüpfte aus den offenen Marmorfesseln, riss sich das Band vom Gelenk und ergriff Karis Hand. Ein schmerzhaftes Ziehen fuhr durch ihren Kopf, als Saika ihre Lebensenergie kanalisierte. Sofort erfüllte bleierner Rauchgeruch den Raum. Ehe die Männer schießen konnten, hob Saika den freien Arm und die zwei fassten sich an die Brust und gingen in die Knie.

Ein Fauchen hallte durch die Luft. Fayola hatte sich in einen Jaguar verwandelt und machte einen Satz auf Genji zu. Der hielt Izumi wie einen Schutzschild vor sich. Fayola wich aus, landete auf dem Boden und rammte ihre Fangzähne in Genjis Unterschenkel. Er zog ein Messer und stach damit nach Fayola, verfehlte sie jedoch.

Haruo bäumte sich lautlos auf. Die drei Kämpfer, die ihn auf den Knien zu halten versuchten, hatten keine Chance. Nach wenigen gezielten Tritten lagen sie am Boden.

Plötzlich wurde die Tür aufgestoßen. Ein halbes Dutzend Skarabäuskrieger drängten herein und bauten sich als lebendiger Schutzwall vor Daishiro auf. Alle zogen ihre Pistolen. Kari griff sich das Marmorarmband – die einzige Waffe, die sie finden konnte – und schleuderte es auf einen Mann zu, der seine Waffe auf Fayola gerichtet hatte. Es traf ihn so hart an der Schläfe, dass er in sich zusammensackte. Saika setzte einen weiteren Krieger mit Magie außer Gefecht. Er fasste sich an den Hals und knickte röchelnd ein. Währenddessen drängten die Wachmänner mit Daishiro rückwärts nach draußen.

Genji riss den Kopf herum und bellte einen Befehl. Dieser Moment der Ablenkung war genug für Fayola. Sie sprang hoch und verbiss sich in seiner Wange. Rücklings stürzte Genji zu Boden. Izumi entwand sich seinem Griff und kroch auf allen vieren auf Saika zu. Diese zog ihre Tochter in die Arme.

Und Fayola – wieder und wieder biss sie zu, bis Genji sich nicht mehr rührte. Erst dann verwandelte sie sich zurück in einen Menschen. Genjis Blut bedeckte ihr Gesicht und ihre Hände. Sie wirkte lebendiger – und glücklicher –, als Kari sie in einer langen Zeit gesehen hatte. Ihr Lächeln verschwand jedoch, als Haruo keuchte: »Don Nemea ist weg!«

Das hieß, es war nur eine Frage von Minuten, vielleicht sogar Sekunden, bis er seine restlichen Krieger auf sie ansetzte.

»Wo können wir hin?«, keuchte Kari. Denn draußen wimmelte es vor Kriegern und, noch schlimmer, Lilien.

»Der Ostflügel!«, antwortete Haruo.

Im Ostflügel befand sich einer der vielen Fluchtwege aus der Nemea-Villa. Kari gab ihm mit einem Nicken ihre Zustimmung und sie liefen – liefen, liefen, liefen –, Fayola, in Jaguargestalt, immer voran. Saika und ihre Tochter rannten in der Mitte, dicht gefolgt von Kari und Haruo.

Plötzlich stieß Fayola ein lautes Brüllen aus. Kari blieb schlitternd stehen.

Wie aus dem Nichts tauchte eine Einheit Krieger vor ihnen auf und versperrte ihnen den Weg. Kari fuhr herum, doch da strömten auch hinter ihnen Wachmänner auf den Gang. Sie kamen von allen Seiten und sie waren bewaffnet.

»Das Mädchen bleibt am Leben!«, rief jemand.

Und das war der einzige Befehl. Niemand forderte Kari und die anderen auf, die Hände zu heben. Niemand rief ihnen zu, sich zu ergeben. Weil das keine Option mehr war.

Sie hatten Daishiro verraten und Verrat hieß Tod.

Jemand brüllte: »Schießt!«

»So wird es nicht enden.«

Nael

Nael stand in einer engen Gasse unweit der Nemea-Villa und beobachtete das Treiben. Seit einer halben Stunde wartete er hier und hatte in dieser Zeit zwei Wägen der Brennenden Lilie vor- und wieder wegfahren sehen. Agenten und Magier betraten das Gelände, dessen Tore mittlerweile von einem Mix aus hauseigenen Kriegern und Lilien-Securitys bewacht wurde.

Unter dem Arm hielt Nael ein Emotionsglas, das er aus Thambis Friseurstube mitgenommen hatte. Es war bis zum Rand gefüllt mit Haarsträhnen, die sich unablässig bewegten, als wehe ein Wind im Inneren des Glases. Der Anblick ließ Nael an seine eigenen Schatten denken, an den Schmerz, den er bereitet hatte, an all die Dinge, die er nie wiedergutmachen könnte. *Ich will fliegen.* Diese Worte verfolgten ihn schon seit Wochen. Wenn er die Lider schloss, sah er den flehenden Ausdruck in den Augen der Frau, die er quasi zum Sterben verurteilt hatte, indem er sie ins Bay Hospital schickte – und hatte trotzdem nicht begriffen, dass es Karis Augen waren, die ihn voller Verzweiflung anschauten. Er hatte Kari versprochen, ihre Mutter für sie zu finden, hatte ihr Retter in weißer Rüstung sein wollen – und dabei nicht realisiert, dass er selbst das Monster war, das ihre Mutter dem Tod geweiht hatte.

Diese Schuld würde er ein Leben lang mit sich tragen, und es gab nichts, das er tun konnte, um sie abzustreifen. Er konnte Karis Mutter genauso wenig zurückholen wie Thambi oder Lyciens Großmutter oder die Hunderten Toten der Walled City. Doch vielleicht, wenn die Göttinnen und ihre Generäle ihm gewogen waren, konnte er zumindest dafür sorgen, dass nicht noch mehr seiner Freunde ihr Leben verloren.

Die Lilien hatten Kari, Izumi und Mama Laquar. Er würde sie retten und dann, zusammen mit der Magiermeisterin, nach Citrin Island aufbrechen, um Lycien zu helfen. Vorausgesetzt sie waren tatsächlich hier. Und dass sie es lebend hinausschafften.

Er straffte die Schultern und ging auf den Eingang der Nemea-Villa zu. An seine schwarze Jacke hatte er die Lilien-Brosche geheftet. Wie selbstverständlich grüßte er die Wachmänner, die vor den Toren postiert waren. Die Skarabäuskrieger musterten ihn skeptisch, ließen ihn jedoch passieren.

Als er durch das Eingangstor trat, hielt er die Luft an. Nie zuvor hatte er so viele Skarabäuskrieger auf einmal gesehen. Zwischen ihnen erkannte er eine Handvoll bekannte Gesichter – Agenten, Magier und Magierinnen der Brennenden Lilie.

»Hey, du!«, rief jemand. Nael tat so, als würde er sich nicht angesprochen fühlen und ging weiter. »Hey! 87!«

Scheiße. Nael beschleunigte seine Schritte. Er durfte nicht geschnappt werden – noch nicht. Es war zu früh! Doch da legte sich eine Hand auf seine Schulter und hielt ihn zurück.

»Hast du mich nicht gehört, 87?«, fragte eine dunkle Stimme.

Nael drehte sich um. Der Mann, der ihn aufgehalten hatte, war einen halben Kopf größer als er, hatte schütteres Haar und dürfte um die vierzig sein.

»Wer will das wissen?« Nael streckte den Rücken durch und funkelte den anderen herausfordernd an.

»39«, antwortete dieser. Er war also der Verkäufer, für den Nael in den letzten Wochen ständig hatte einspringen müssen – und er sah nicht das kleinste bisschen krank aus. Aber wieso kannte er Naels Gesicht? Hatte jemand ihm ein Foto gezeigt? In einer Organisation, die Geheimhaltung über alles schrieb, war das ein mehr als schlechtes Zeichen.

»Gut, dass du hier bist. Wir versuchen schon seit Stunden, dich zu erreichen. Komm.« Er bedeutete Nael, ihm zu folgen.

»Wo gehen wir hin?«

39 antwortete mit der Autorität eines Mannes, der keinen Widerspruch gewohnt war. »Das siehst du dann.«

Scheiße. Hätte Nael eine Wette abschließen müssen, wohin 39 ihn brachte, hätte er auf ein Hinterzimmer getippt, in dem jemand mit gezückter Pistole auf ihn wartete. Vielleicht auch auf einen Verhörraum mit genug Messern, um dafür zu sorgen, dass Nael redete. Als wollten sie seinen Verdacht bestätigen, schlossen zwei Skarabäuskrieger sich ihnen an. Unauffällig ließ Nael seine Hand auf das Holster wandern, in dem seine Pistole steckte.

Sie hatten den Eingang zur Villa fast erreich, als ein Pulk an Skarabäuskriegern nach draußen drängte. Die Männer liefen Schulter an Schulter und das so eng, dass Nael erst nicht sah, wen sie in ihrer Mitte eskortierten. Im Zentrum der Gartenanlage blieben sie jedoch stehen und lichteten ihre Reihe – und da entdeckte er den Mann. Er trug einen Anzug, war um die sechzig Jahre alt, hatte gräuliches, akkurat geschnittenes Haar, glatt rasierte Wangen und ein Gesicht, wie man es auf den Straßen Magnolia Bays zu Hunderten sah. Doch in seinen Augen lag eine Dunkelheit, die Nael erschaudern ließ. Dieser Mann war Daishiro Nemea, der Don des Skarabäusclans.

Einen Moment lang schien es, als fixierten die Augen des Dons Nael. Als wüsste er ganz genau, wer er war und was er vorhatte. Dann wandte er sich allerdings ab. Nael atmete erleichtert aus und betrat hinter 39 die Villa. Irgendwo hier drinnen wurde Kari gefangen gehalten. Was auch immer 39 mit ihm vorhatte, er brachte Nael unwissentlich näher an sein Ziel. Nun steuerte er auf eine Tür zu, vor der ein Wachmann positioniert war.

»Sie sind schon weg«, sagte der Wachmann.

39 seufzte daraufhin genervt. »Was sollen wir machen? Warten?«

In diesem Moment kam Bewegung in die Nemea-Krieger. Nael war unklar, wer den Befehl gegeben hatte – er hatte weder etwas gehört noch gesehen, wusste jedoch von Kari, dass die Skarabäuskrieger gestisch miteinander kommunizierten –, doch plötzlich stürmte gut ein Dutzend Kämpfer an ihnen vorbei. Die Augen des Wachmanns weiteten sich.

»Rein mit euch!«, befahl er, öffnete die Tür und schubste erst 39, dann Nael hindurch.

Nael stolperte in ein elegantes Esszimmer. Das Interieur registrierte er kaum. Stattdessen fiel sein Blick sofort auf die drei Körper, die in einer Blutlache am Boden lagen. 146 und 147 und noch ein junger Mann, den er nicht kannte. Alle drei hatten eine durchgeschnittene Kehle. Die Wunden in ihren Hälsen sahen aus wie klaffende Münder – und Nael wusste instinktiv, warum sie den Tod gefunden hatten.

Es war seine Schuld! Er hatte 146 und 147 beauftragt, Karis Mutter ins Bay Hospital zu bringen, und dafür hatten sie heute den Preis bezahlt. Zwei weitere Leben, die auf seine Kappe gingen.

Er fühlte eine Bewegung im Rücken. Blitzschnell fuhr Nael herum und zog seine Pistole. Der Wachmann, der hinter ihnen eingetreten war, hatte ebenfalls seine Waffen gezückt. Messer, mit denen er nun auf Nael zielte. Ein Schattenassassine? Unwahrscheinlich, denn weder seine Präzision noch sein Tempo reichten auch nur annähernd an Haruo heran. Nael schaffte es, den Messern auszuweichen, und feuerte seine Waffe, bevor der Krieger erneut angreifen konnte. Drei Kugeln trafen den Mann unterhalb des Auges, im Hals, in der Brust. Er war sofort tot.

»Waaaahhh!« 39 stieß einen Kampfschrei aus und trat mit voller Kraft gegen Naels Schussarm. Die Pistole flog ihm aus den Fingern und rutschte über den Boden. Blitzschnell warf 39 sich herum, um die Waffe aufzuheben, doch Nael packte ihn an der Taille und riss ihn zurück. Mit dem Fuß kickte er gegen die Pistole, die über die Fliesen schlitterte und in der Blutlache liegen blieb.

»Du hast dir das selbst zuzuschreiben«, zischte 39 – und warf sich auf Nael.

Die beiden gingen zu Boden. Der Agent holte aus und traf Naels Schulter. Er wollte abermals zuschlagen, doch dieses Mal wich Nael aus. Er spürte klebriges Blut, als er sich zur Seite rollte. Übelkeit wallte in ihm hoch. Im nächsten Moment war 39 über ihm und drückte ihm die Flache Hand aufs Gesicht. Naels Wange presste sich schmerzhaft gegen die Fliesen. Plötzlich hüllte Rot ihn ein, schreiendes, leidendes, unendliches Rot. Kurz flackerten die Bilder seiner Kindheit hoch, der Blutregen, das Drachensterben, die letzten Worte seiner Mutter. Blut klebte auf seinem Gesicht, drang in seine Augen und seinen Mund. Er schmeckte das Eisen und spuckte aus ...

So würde es nicht enden! Nael würde nicht im Blut seiner Kollegen verrecken, während Kari sich in den Fängen der Skarabäuskrieger befand. Auf gar keinen Fall würde er das zulassen!

Mit aller Kraft biss Nael in die Hand des Agenten. Gleichzeitig stieß er diesem den Ellenbogen in den Magen. Ehe 39 seine eigene Waffe ziehen konnte, schlug Nael das Emotionsglas gegen seine Schläfe. Dessen Kopf ruckte herum, seine Augen drehten sich nach hinten. Nael robbte unter ihm hervor und rappelte sich auf. 39 krümmte sich, war für einen kurzen Moment wehrlos, und Nael wusste, dass es ein Risiko war, ihn am Leben zu lassen. Er würde andere Lilien oder Skarabäuskrieger verständigen, würde ihnen sagen, dass 87 entkommen war. Aber als er auf seine blutbefleckten Hände starrte und auf das rot glänzende Emotionsglas, da begriff er, dass er es nicht konnte. Er konnte kein weiteres Leben auslöschen. Die Schuld, die er mit sich trug, war ohnehin viel zu groß.

Also fuhr er herum und sprintete aus dem Raum, während 39 sich stöhnend den Kopf hielt. Nael sah die Rücken von zwei Skarabäusmännern, die am Ende des Ganges abbogen. So schnell er konnte, lief er ihnen hinterher, das Glas mit den Haarsträhnen unter den Arm geklemmt. Sein Herz schlug ihm bis zum Hals. Was auch immer die Männer vorhatten, er war fast sicher, dass Kari in Schwierigkeiten steckte. Also rannte er. Wie durch ein Wunder hielt niemand ihn auf.

Plötzlich hörte er jemanden einen Befehl brüllen: »Das Mädchen bleibt am Leben!« Und kurz darauf: »Schießt!«

Nael bog um eine Ecke und da sah er sie: mehr als zwei Dutzend Krieger, alle bis an die Zähne bewaffnet, ihre Pistolen auf ein kleines Grüppchen in ihrer Mitte gerichtet – Kari und Izumi, eine Jaguarin und zwei weitere Personen. Mama Laquar war nicht dabei. Die Krieger hoben ihre Waffen und Nael ließ die Dunkelheit auf sie los.

Der Deckel des Emotionsglases schnappte auf, unzählige Haarsträhnen trieben auf die Männer zu und mit ihnen die

Trauer und das Leid, die Qual und die Angst, die Schuldgefühle und Reue von Thambis Kunden. Die Männer schrien, als all diese Gefühle auf sie einprasselten. Die meisten gingen in die Knie, manche liefen weg, schlugen auf die Wand ein oder taumelten unkontrolliert umher. Schüsse hallten durch die Luft, aber verfehlten ihr Ziel.

Thambis Emotionsschnipsel trafen auch die Menschen, die Nael retten wollte, und ihn selbst. Nael. Sie zerrten an Nael, verwoben sich mit seiner eigenen Dunkelheit, nährten sich an seinen Schatten und ließen diese gleichzeitig wachsen. Schlimmer war jedoch mit anzusehen, wie Karis Augen sich in Terror weiteten, wie Izumi einen spitzen Schrei ausstieß und sich krümmte. Haruo erstarrte und die Jaguarin warf sich fauchend herum. Plötzlich hob die Frau im Zentrum ihren Arm und murmelte etwas. Helle Funken tanzten von ihren Fingern und auf Kari, Izumi, Haruo und die Jaguarin zu, die sich kurz darauf beruhigten, und auch von Nael ließen die Emotionsschnipsel ab.

Schnell drängte er sich zwischen schreienden und weinenden Kriegern zu Kari durch, die sich zitternd an die Brust gegriffen hatte.

»Geht es dir gut?«, fragte er und hob ihr Kinn mit einer Hand an.

Ihre Augen glänzten feucht. Sie blinzelte mehrmals, bis sich ihr Blick klärte. Schneller, als Nael reagieren konnte, holte sie aus und schlug ihm mit voller Kraft ins Gesicht. Seine Wange sang vor Schmerz.

»Du Lügner!«, zischte sie. Sie wusste es also. Natürlich wusste sie es. Es war ihm klar gewesen, als er die Leichen seiner Lilien-Kollegen gesehen hatte.

»Ich habe es selbst heute erst erfahren. Ich hätte es

dir gesagt«, antwortete er. Er wollte sich entschuldigen, schluckte die Worte aber hinunter. Keine Entschuldigung der Welt könnte wiedergutmachen, was er Kari angetan hatte.

Sie starrte ihn mit bebenden Nasenflügeln an. Nael war sich sicher, dass sie ihn erneut schlagen würde, und er würde es zulassen. Bei den Göttinnen, er hatte weit Schlimmeres verdient als das. Doch dann sagte sie: »Wir müssen weiter.«

Sie hatte recht. Nael hatte keine Ahnung, wie lange Thambis Emotionsschnipsel die Krieger außer Gefecht setzen würden. Es könnte Stunden andauern, Tage sogar. Genauso war es möglich, dass die Männer sich jeden Moment aus dem dunklen Emotionsstrudel lösten. Später könnten sie immer noch über das reden, was er angerichtet hatte. Sofern sie so lange lebten.

»Gehen wir«, sagte Kari, ohne ihn eines weiteren Blickes zu würdigen.

»Zum ersten Mal sehe ich sie.«

Lycien

Das Silber war überall. Es hüllte Lyciens Geist ein, durchflutete seinen Körper und riss ihn gleichzeitig in Stücke. Die Schmerzen waren so heftig, dass sie jegliche Gedanken in glühende Funken verwandelten. In den klaren Augenblicken, in denen er sich an seinen Namen erinnerte, war es ihm, als schmolzen seine Haut und Knochen unter der Hitze des Silbers. Meist spürte Lycien die einzelnen Körperteile jedoch nicht – da waren keine Arme und Beine, keine Brust und kein Kopf mehr, sondern nur noch allumfassender Schmerz, bloß unterbrochen durch kurze Momente des Deliriums, wenn das Silber zu Dunkelheit wurde und Lycien für ein paar wunderbare Sekunden gar nichts mehr wahrnahm.

Doch er war nicht allein. Während er in Silber und Schmerz versank, begleiteten ihn die Stimmen. Sie flüsterten:

Er leidet, Schwestern. Hört ihr ihn schreien? Was sollen wir tun? Unser Junge, auf den wir tausend Jahre gewartet haben, wir dürfen ihn nicht sinken lassen.

Wach auf, Goldkind. Wach auf und kämpfe gegen die Krankheit in deinen Adern. Wach auf und sieh hin. Schau sie dir an, die Bilder, die wir dir zeigen.

Lycien registrierte das Wispern, schaffte es allerdings nicht, ihm einen Sinn abzugewinnen. Da war nur noch Schmerz. Endloser Schmerz und endloses Silber und kein Weg zurück zu sich selbst. Doch irgendwann, nach einer gefühlten Ewigkeit, die Stunden oder Tage oder Jahre oder ganze Millennien angedauert haben könnte, schafften die Stimmen es, bis zu ihm durchzudringen. Sie legten sich wie eine flüsternde zweite Haut um ihn und hielten den Schmerz zurück. Jedes Wort war wie ein Streicheln seines Geists, jedes Wispern spendete Wärme, und sie sagten:

Wir werden dich nicht sinken lassen. Hör hin, Junge, hör und sieh uns – und dann folge dem Weg, komm zu uns. Sieh, wohin du gehen musst, um Heilung zu finden.

Plötzlich war da ein gold-pulsierendes Licht im Zentrum des Silbers. Wie das Herz des Monds. Blendende Helligkeit hüllte ihn ein und nahm ihm die Sicht. *Öffne die Augen, sieh hin, sieh und finde uns.*

Und er sah. Zum ersten Mal sah er sie. Erst nur ein unförmiges Geisterwesen mit unscharfen Konturen, doch dann spaltete es sich auf, und wo eine Gestalt gewesen war, standen nun drei. Es waren alte Frauen, die kein Fitzelchen Stoff am Körper trugen. Als sie synchron ihre Arme hoben, veränderten sich ihre Gesichter und Körper. Falten verwandelten sich in straffe Haut, hängende Brüste wurden fest, graues Haar verfärbte sich schwarz und ihre Bäuche schwollen an, wurden runder und größer, füllten sich mit Leben.

Wir haben dich vermisst, Goldjunge. Du bist es, den wir gesucht haben. Wir sind es, die dich geschaffen haben. Wir sind es, die dich heilen können.

Sie sprachen mit hunderten Stimmen und in unzähligen Sprachen, als ob jede der drei Frauen Seelen aus aller Welt und allen Zeiten in sich trug. Und während ihre Münder sich bewegten, verwandelten sie sich weiter. Ihre Augen waren erst schwarz, dann blau und schließlich weiß. Die Münder mal voll, dann schmale Schlitze. In einer Sekunde hatte Lycien die drei schönsten Frauen vor sich, die er je gesehen hatte, in der nächsten kleine Mädchen, in der wieder nächsten blickten ihn sechs blutleere Augen aus saphirblauen Gesichtern an.

Bis du uns findest, musst du das Silber zurückhalten. Bekämpfe es mit deiner Magie. Lass nicht zu, dass es dich auffrisst. Lass dich nicht sinken.

Als sie das sagten, erfüllte Lycien ein starkes Prickeln, ähnlich dem, das Zora mit ihren Berührungen hervorrief. *Wie*, wollte er fragen, *wie kann ich das Silber im Zaum halten?* Doch da waren die Frauen bereits verschwunden und die Szenerie wechselte. Lycien stand vor einem reinweißen Tempel, dessen Spitze sich wie eine Antenne gen Himmel streckte und aus dessen Toren eine Quelle sprudelte. Das Wasser floss über die Stufen und schlängelte sich über moosbewachsenen Grund, wo es tanzende Tropfen in die Luft blies. Die Quelle mündete in einem ruhigen Teich, um den rosarote Blumen wuchsen. Im Hintergrund schmiegten sich Hügelketten an den Horizont.

Dies ist der Ort, den du suchst. Der Ort, an dem du geheilt werden wirst.

Plötzlich war Lycien in einer riesigen marmorweißen Halle, in deren Wände tausende Augen gemeißelt waren. Das Auge, das Symbol des ersten Gottes – dies musste ein Magnolientempel sein.

Sieh hin. Sieh, wie wir auch dich sehen. Und dann finde uns.

Das Prickeln wurde stärker. Es überrollte Lycien, wie ihn zuvor das Silber überrollt hatte, doch es erfüllte ihn nicht mit Schmerz, sondern mit Kraft, und es zog ihn nicht in die unendliche Tiefe, sondern ließ ihn fliegen.

Erinnere dich, Goldjunge, an all das, was wir dir gezeigt haben.

Und jetzt – wach auf.

»Scheiße … Scheiße, scheiße!«

Nael

Ihre Schritte donnerten über die Steinfliesen. Haruo hatte sie in den Ostflügel der Villa geführt, wo, versteckt hinter einem Gemälde, ein Geheimgang lag. Der unterirdische Tunnel würde sie direkt in das Randgebiet zwischen Nemea- und Zalaro-Viertel führen. Dort könnten sie sich vor den Skarabäuskriegern verstecken. Vorausgesetzt, sie schafften es hinaus, bevor die Kämpfer sie erwischten. Mittlerweile rannten sie eine halbe Stunde, doch der Tunnel nahm kein Ende.

Naels Herz schlug ihm bis zum Hals, sein Atem ging stoßweise, und die Anstrengung der anderen war ebenso spürbar. Aber sie durften nicht stehen bleiben! Ihre Feinde waren ihnen auf den Fersen. Noch waren sie außer Sichtweite, doch ihre Schritte hallten bereits über den Korridor.

In diesem Moment fegte eine unsichtbare Welle über sie hinweg. Körperlose Finger legten sich um Naels Torso, seine Arme, seine Beine und hielten ihn zurück. Die Luft war mit einem Mal dick wie Honig, und sie bremste Naels Bewegungen, machte ihn ungelenker. Er biss die Zähne zusammen und warf sich knurrend nach vorn, schaffte jedoch kaum einen Fingerbreit. Zwar konnte er sich bewegen, allerdings langsamer als gewöhnlich und nur auf der Stelle. Wie sehr er sich auch darum bemühte, er kam nicht vom Fleck.

»Was ist das?«, rief Haruo mit vor Anstrengung verzerrtem Gesicht. Auch er bewegte sich nicht von der Stelle.

Die Magierin – Izumis Mutter Saika und gleichzeitig die

gesichtslose Dämonin, wie Nael nun wusste – murmelte etwas, woraufhin Lichtfunken aus ihrer Handfläche aufstiegen und durch den langen Korridor tanzten. Unter den Sprenkeln wurden unsichtbare Schlieren sichtbar, die sich von ihrer Position bis weit in den Tunnel hineinzogen. Vermutlich bis zum Ausgang.

»Nein«, stieß Saika aus. Ihre Augen zitterten. »Nein, nein ...«

»Was ist los?«, fragte Nael.

»Es ist ein Zauber gesponnen aus Licht- und Luft- und Lebensmagie. Wir stecken fest«, murmelte sie.

Es gab kein Vor, kein Zurück ... Und die Schritte der Skarabäuskrieger hallten lauter.

»Kannst du den Zauber brechen?«, fragte Kari. »Ich gebe dir mein Blut!«

Saika blieb stumm. In ihren Augen stand die Verzweiflung einer Mutter, die im Begriff war, ihr Kind zu verlieren. Dieselbe Verzweiflung, die Nael im Gesicht von Karis Mutter gelesen hatte.

Ich will fliegen.

»Was, wenn du Lebensenergie von uns allen nimmst?«, wollte er wissen. Es war mehr ein Flehen als eine Frage.

»Es ist nicht genug«, flüsterte Saika. »Ich brauche alle Formen der Energie, die in diesen Zauber eingewoben wurden.« Also auch Licht. Mehr als die paar Funken, die über ihrer Handfläche schwebten. Doch das würden sie in der Dunkelheit der Tunnel nicht finden.

Sie saßen fest. Das schienen in diesem Moment auch die anderen zu begreifen. Fayola fletschte die Zähne, Haruo zog zwei Messer und Kari eine Pistole, die sie den Skarabäuskriegern in der Villa abgeknöpft haben musste. Ihre Gesichter waren erfüllt von Kampfgeist und einer Stärke, die aus jahrelangem Leid geschmiedet war.

Inzwischen tauchten die ersten Krieger in ihrem Sichtfeld auf – und es waren Dutzende! Als ob diese Übermacht nicht aussichtslos genug wäre, sah Nael weiße Magierroben aufblitzen. Jemand brüllte etwas, und im nächsten Moment knallte ein Schuss, dann noch einer. Fayola wollte ausweichen, doch gefangen im magischen Spinnennetz streifte die Kugel ihre Flanke. Gleichzeitig stieß Saika einen Schrei aus. Sie drückte ihre Hand auf den Bauch. Blut fraß sich an ihren Fingern vorbei durch den Stoff. Schon wieder Rot – rotrotrot wie das Ende.

»Du bist getroffen«, murmelte Kari.

Scheiße ... Scheiße, scheiße!

Saikas Magie war ihre einzige Verteidigung gegen die Kugeln der Skarabäuskrieger. Sie hatten verloren, das wusste sie alle, aber sie würden nicht aufgeben. Nicht, ohne bis zum letzten Atemzug gekämpft zu haben. Nael sah es in den Augen seiner Gefährten, fühlte ihre Willensstärke. Doch zu kämpfen, hieß zu sterben.

»Wir haben keine Chance«, keuchte er.

»Wir können uns nicht ergeben«, gab Haruo zurück.

»Aber ...«

»Aufgeben heißt Schwäche«, sagte Kari, und Nael verstand.

Verstand, weil er sie diese Phrase so oft hatte sagen hören. Schwäche bedeutete Tod. Es war vorbei ... alles war vorbei!

Die Skarabäuskrieger verlangsamten ihren Lauf. Vermutlich wussten sie von der magischen Falle und wollten nicht selbst hineintappen. Sie drängten sich auf die Seiten des Ganges und ließen eine Lilien-Magierin passieren. Diese hob beide Hände, woraufhin sich Schatten rund um sie sammelten.

Wenn Kämpfen Tod bedeutete und Aufgeben ebenso, dann gab es lediglich eine mögliche Erklärung für diese Schatten. Sie waren das Ende. Schon in der Villa war die Anweisung klar gewesen: Nur Izumi war für Don Nemea von Wert. Alle anderen hatten ihr Leben verwirkt, als sie sich gegen ihn stellten. Sie würden hier unten das letzte Mal atmen, ihre Herzen würden das letzte Mal schlagen, ihre Träume blieben für immer ungeträumt. Aber das durfte nicht passieren ...

Nicht, wenn Nael etwas daran ändern konnte!

Er ergriff Saikas Hand und flüsterte so leise, dass nur sie es hören konnte: »Nimm mich.«

»Es wird nicht reichen«, gab sie gepresst zurück. Ihre Hand drückte sie auf den blutenden Bauch. »Nicht einmal deine ganze Lebensenergie kann diesen Zauber brechen.«

Ihre Augen waren starr auf die Magierin gerichtet, vor der sich die Schatten weiter verdichteten. Nie zuvor hatte Nael eine solch tiefe Dunkelheit gesehen, als ob die Schatten jedes Fitzelchen Licht aus ihrer Umgebung aufsaugten, und sie pulsierten, als seien sie gefüllt mit kaltem, tödlichem Leben.

»Das meine ich nicht«, gab er zurück. Lebensenergie mochte nicht ausreichen, um diesen Bann zu brechen oder die Schattenmagie zu bekämpfen. Doch es gab eine weit stärkere magische Kraft. Eine, mit der sie vielleicht eine Chance hätten und die Saika durch ihre Zeit als gesichtsloser Dämon sicher einzusetzen wusste. Doch sie mussten sich sofort entscheiden, bevor sie mit ihrem Blut auch ihre letzte Kraft verlor.

»Nimm mich«, wiederholte er drängender. »Nimm mich ganz.«

Saika schüttelte den Kopf. »Ich kann dein Opfer nicht annehmen.«

Gleichzeitig verriet die Verzweiflung in ihrer Miene, dass

sie gar keine andere Wahl hatte. Sie musste sein Opfer akzeptieren oder sie starben alle.

Saika sog angestrengt die Luft ein, wandte dann ihren Kopf und fixierte erst ihre Tochter Izumi, anschließend Kari, als sie sagte: »Ihr müsst wissen, dass ich keine Wahl hatte.«

»Wir haben jetzt keine Zeit für …«, begann Kari, doch Saika fuhr unbeirrt fort.

»Don Nemea hat mich gezwungen, für ihn Menschen in den Clanvierteln verschwinden zu lassen. Er wählte die Opfer aus. Ich wusste, dass es falsch war, aber ich musste es tun – ich hatte keine Wahl. Er *ließ* mir keine Wahl.« Dabei streifte ihr schmerzerfüllter Blick Izumi. Eine Mutter, die ihre Tochter beschützen wollte, war eine leichte Beute für den Don.

»Wir müssen wirklich …«, versuchte Kari erneut, sie zu unterbrechen. Die Zeit drängte. Die Schatten, die sich vor der feindlichen Magierin sammelten, wurden immer dunkler und bedrohlicher.

»Er tut so, als hätte ich mich gegen ihn gestellt und auf eigene Faust Menschen aus den Nemea-Vierteln um ihre Seele gebracht. Aber das ist nicht die Wahrheit. Er hat mich dazu gezwungen. Er wollte damit die Aufmerksamkeit der Brennenden Lilie wecken.« Und das hatte er geschafft.

»Ich weiß«, flüsterte Kari. Sie klang nicht überrascht. Vermutlich, weil sie die Grausamkeit des Dons zur Genüge kannte. Dies war nur ein weiterer seiner perfiden Schachzüge.

»Haruo fand das heraus und wollte mir helfen. Mir und Izumi und …« Saika schluckte. »Wir haben versagt. Aber ihr habt noch eine Chance. Izumi, mein Schatz, ich hoffe, dass du es eines Tages verstehen kannst. Warum ich es tun musste. Warum ich …« Ihre Stimme brach. Sie schaffte es gerade noch »Ich liebe dich« zu flüstern. Ein letzter Abschied.

Dann drehte sie ihren Kopf zurück zu Nael und nickte ihm zu. Saika hatte ihre letzten Worte gesagt und das mit einer Inbrunst, die verriet, dass sie nicht mit einer zweiten Chance rechnete, diese Worte je wieder aussprechen zu können. Oder irgendwelche Worte. Jetzt war Nael an der Reihe. Und er hatte nur wenige Sekunden. Denn die Schatten bäumten sich in diesem Moment auf wie Tiere, bereit zum Angriff.

»Kari«, sagte er. Ein letztes Mal suchte er den Blick ihrer blasslila Augen, ein letztes Mal wollte er in ihnen das Spiegelbild der Person sehen, zu der er so gerne geworden wäre. »Ich wünschte, wir hätten mehr Zeit miteinander gehabt. Es gibt so vieles, das ich gerne tun oder sagen würde, so viele Fehler, die ich wiedergutmachen möchte, auch wenn ich es nicht kann. Aber am meisten wünsche ich mir, dass du weitermachst! Wartet nicht auf uns. Rennt, so schnell ihr könnt. Versprich es mir.«

»Was soll das heißen?«, fragte sie.

Nael wollte mehr sagen. So, so viel mehr! Doch in diesem Moment schoss eine Schattenwelle auf sie zu. Eine unendliche Dunkelheit, die sie alle verschlucken würde.

»Es tut mir so leid«, flüsterte Saika und drückte Naels Hand fester.

»Ich habe doch ein Herz.«

Kari

In einem Moment wurde Kari von einer unsichtbaren Barriere festgehalten, sah eine schwarze Masse auf sich zurasen und wusste, dass alles verloren war. Im nächsten erfasste eine Druckwelle sie und schleuderte sie durch die Luft. Karis Ohren klingelten, als sie einige Meter weit weg am Boden aufschlug. *Versprich es mir.* Naels Worte tanzten über den dunklen Korridor. Kari rappelte sich keuchend auf. Neben ihr lagen Izumi, Haruo und Fayola.

Nael und Saika standen am selben Platz wie zuvor, Hand in Hand, ein gleißendes Licht um sich herum.

»Was hat das zu bedeuten?«, murmelte Haruo.

»Ich …« Kari wusste es nicht.

Oder vielleicht *wollte* sie es einfach nicht wissen.

Die magische Barriere, die sie eben noch festgehalten hatte, war verschwunden. Gleichzeitig schossen Lichtstrahlen von Nael und Saika auf die Skarabäuskrieger zu und zerrissen die Schatten. Die Männer schrien, als das Licht sie traf. Einige gingen in die Knie, andere taumelten blindlings umher, als ob ihre Sinne sie verlassen hätten.

Saika und Nael standen reglos da, eingehüllt in einen magischen Heiligenschein. Licht und Energie verließ die beiden und Kari fühlte eine Wärme, die bis zu ihren Knochen drang und noch tiefer. Die ihr versprach, dass alles gut werden würde, während sie Karis Geist langsam in Watte hüllte. Eine Lüge. Nichts war gut.

»Mama!«, brüllte Izumi und wollte auf Saika zulaufen.

Da erfasste sie eine zweite Druckwelle, stärker als die zuvor, und Kari, Fayola, Haruo und Izumi segelten wie auf einer Windböe weiter, immer weiter, bis strahlendes Sonnenlicht ihre Haut küsste. Plötzlich waren sie unter freiem Himmel. Sie lagen auf der Straße außerhalb der Tunnel.

Izumi kroch auf den dunklen Schlund zu, aus dem sie gekommen waren. »Mama, bitte, Mama ...«, wimmerte sie.

Doch da schlug eine schwere Eisentür zu und versperrte den Eingang. Karis Brust zog sich zusammen, während sie auf das Eisen starrte. Sie waren draußen – ausgeschlossen –, und Nael und Saika ...

»Mama!«, brüllte Izumi und riss an der Eisentür, die keinen Millimeter nachgab.

Kari schlang ihre Arme um Izumi und zerrte sie von der Tür weg. Die Kleine strampelte und schrie.

»Du kannst sie nicht retten«, beschwor Kari, auch wenn ihre eigene Stimme unter den Worten brach. Die Schusswunde in Saikas Magen war tödlich, sollte sie nicht schnell genug Hilfe bekommen. Doch die Skarabäus- und Lilien-Magier würden ihr keinen Heilzauber schicken, sondern Kugeln und Schatten und Messer. Und Nael ... Nael ... Kari schluckte und sagte: »Niemand kann das. Es ist zu spät.«

Denn das Licht, das von Nael und Saika ausgegangen war, war nicht bloß irgendwelche Energie. Es war Lebensessenz. Der Anblick von Naels Seele, die funkelnd seinen Körper verließ, war gleichzeitig das Schönste, was Kari je gesehen hatte, und das Schrecklichste.

Izumi wand sich in ihrem Griff. »Lass mich los!«, brüllte sie.

Am liebsten hätte Kari zurückgeschrien. Doch eine unsichtbare Hand legte sich um ihre Kehle und schnürte ihr den Atem ab. Ein Teil von ihr, das kleine Mädchen, das sie über Jahre gelernt hatte, zu ignorieren, und das Nael in den letzten Wochen langsam wieder hervorgelockt hatte, brüllte und brüllte und brüllte. *Nein. Nein! Neinneinnein ...* Aber Kari blieb stumm. Sie hatte keine Worte, und je lauter ihr Inneres schrie, desto leiser wurde die Welt um sie herum.

Sie musste sich zusammenreißen. Musste! Sonst wären Nael und Saikas Opfer wertlos.

»Ich weiß, dass es wehtut«, presste sie hervor. »Aber wir können die beiden nicht retten. Das Einzige, was wir tun können, ist zuzulassen, dass sie *uns* retten!«

Izumi weinte und wand sich. Entweder hörte sie Kari nicht zu oder sie wollte deren Worte nicht verstehen. Die anderen beiden verstanden. Haruo hob die strampelnde Izumi mühelos hoch und warf sie sich über die Schulter. Und dann liefen sie, fort von dem Eisentor, hinter dem Nael seinen letzten Atemzug tat, enge Gassen und verlassene Straßen entlang, hinaus aus den Nemea-Vierteln und bis ins Zentrum der vom Klauenclan kontrollierten Regionen.

Und während ihre Füße über den Stein trommelten, während der Nebel sich langsam um Karis Gedanken legte – um ihre Erinnerung an Nael –, da begriff sie, dass sie doch ein Herz hatte. Denn was sonst könnte der tiefe Schmerz in ihrer Brust sein, wenn nicht ein Herz, das in tausend Scherben zersprang?

»…«

Nael

Nael hatte sich den Seelenhandel immer als einen barbarischen Akt vorgestellt. Als den größten Verlust eines Menschen, als Leere und Schmerz und Panik, denn so musste es sich anfühlen, wenn die eigene Seele aus dem Körper gerissen wurde.

Doch als seine Lebensessenz ihn verließ, verspürte er nichts von diesen dunklen Emotionen. Da waren nur Wärme und Prickeln, Licht und Freiheit und das Wissen, dass er Kari und Izumi gerettet hatte.

Am Rande vernahm er die Schreie der Skarabäuskrieger, gegen die Saika ihre Magie richtete. Doch er blendete sie aus. Daran wollte er nicht denken. Stattdessen rief er sich die Nacht in Erinnerung, in der Zora, Kari und er gemeinsam auf dem Dach der Walled City Champagner getrunken und sich frei gefühlt hatten, und das, was danach geschehen war, unter dem wachsamen Blick der Schattenkatzen und der Sterne. Es war eine bunte Erinnerung, eine, die ihn lächeln ließ – zum letzten Mal, ehe sein Geist sich auflöste und sein Körper sich in eine leere Hülle verwandelte.

»Dieser Moment soll ewig andauern.«

Zora

Immer wieder drohte Zora vor Erschöpfung zusammenzubrechen, aber sie machte weiter. Kanalisierte die Magie der Sonne und des Windes, der Pflanzen und Insekten, der Vögel über ihnen und sogar die Energie der Silfurvenen, um Lycien zu heilen. Schwein schlief tief und fest, da Zora auch seine Energie benutzt hatte. Und ihr eigener Oberschenkel pochte, wo sie sich geschnitten hatte, um Lebensenergie aus ihrem Blut zu lösen und in Lycien zu lenken. Er durfte nicht sterben, er durfte es einfach nicht!

Doch so sehr sie es versuchte, das Silber wich nicht zurück. Plötzlich ging ein Ruck durch seinen Körper. Ein heißer Blitz durchzuckte Zora so heftig, als wäre sie mitten in eine Stromleitung gefallen. Dann schlug Lycien die Augen auf und schnappte nach Luft.

»Lycien!«

Er blinzelte und er war … er war wach! Und er lebte!

»Oh, Lycien!«, schluchzte Zora und schlang ihre Arme um seinen Körper. »Du bist zurück, du bist … Ich dachte, ich hätte dich verloren.«

Sie nahm sein Gesicht in beide Hände und hielt es eine Armlänge weit von sich, um ihn anzuschauen. Schweiß stand auf Lyciens Stirn, er atmete angestrengt. Das Silber bedeckte mittlerweile seine Wangen und zog sich über seinen Nasenrücken. Aber er war am Leben und das war alles, was zählte! Zora zog ihn an sich und küsste ihn. Lyciens Lippen hatten immer nach Zimt oder Schokolade geschmeckt, heute nicht.

Heute schmeckten sie nach Feuer und Asche.

Lycien erwiderte den Kuss und legte seine Arme um Zora. Sie schlang ihre Beine um seine Taille und zog ihn ganz nah an sich heran. Sie musste ihn spüren, musste seine Hitze auf ihrer Haut fühlen, seinen Herzschlag in ihrer Brust, um zu wissen, dass er wirklich und wahrhaftig am Leben war.

Nachdem sie ihre Lippen eine gefühlte Ewigkeit später voneinander lösten, schaute Lycien seinen nackten Körper hinab, der mit Ausnahme vereinzelter Flecken komplett silbrig war. »Scheiße, ich sehe aus wie ein Alumännchen«, murmelte er und lächelte schwach.

»Das tust du wirklich!«

Zora gluckste. Sie wollte sich zusammenreißen, aber sie konnte nicht, nun, da die Angst und Anspannung endlich von ihr abließen. Lycien starrte sie erst aus großen Augen an, doch dann fiel er in ihr Lachen mit ein. Es tat so unglaublich gut, nach all den Schrecken dieses Tages für ein paar Sekunden so zu tun, als wäre alles in Ordnung, als wäre die Walled City nicht verloren. Denn manchmal – das wusste Zora mehr als die meisten Menschen – war der Moment alles, was man hatte. Und dieser Moment, voller Erleichterung, fühlte sich wie der schönste Augenblick in ihrem Leben an.

»Es gibt doch Heilung«, flüsterte Lycien. »Die Stimmen haben es mir gezeigt. Wohin ich gehen muss. Ich ... ich weiß nicht, wo dieser Ort liegt, aber wenn wir ihn finden, dann ... Ich kann gesund werden.«

Er klang ungläubig und gleichzeitig überzeugt. Zora zog ihn zu einem weiteren Kuss heran. Sein Feuer streichelte ihre Lippen. Sie wünschte, dieser Moment würde ewig andauern. Doch plötzlich überkam sie Schwindel.

»Ist dir nicht gut?« Lycien nahm besorgt ihre Hand. Dann

fuhr er mit den Fingern eine ergraute Haarsträhne entlang, ein Zeichen der Lebensenergie, die Zora sich entzogen hatte. »Was hast du getan?«

»Es ist nichts. Ich bin nur ausgelaugt.« Aber noch während sie die Worte aussprach, realisierte Zora, dass es mehr war. Kein einfacher Schwindel, keine Müdigkeit, sondern ... »Nael«, hauchte sie.

Nein. Nein! Das konnte nicht sein! Das hätte er nicht getan. Ihr Bruder würde sich niemals freiwillig auf einen Seelenhandel einlassen. Nie!

Er würde nicht ... Er ...

Nael hatte doch versprochen, für Zora da zu sein. Für immer!

Er für sie und sie für ihn ...

Und trotzdem spürte sie, wie der Nebel ihr die Erinnerung an Nael zu entreißen drohte.

»Was ist los?«, fragte Lycien. »Zora? Rede mit mir?!«

»Er verschwindet. Nael, er ... er ...« Sie zitterte am gesamten Körper. Verdammt, wie sollte sie es so schaffen, einen Zauber zu wirken? Sie hatte ihre ganze Kraft in Lycien fließen lassen, bis kaum mehr etwas übrig war. Und sie brauchte ... sie brauchte ... scheiße, verdammt, sie musste nachdenken! »Ich brauche ein Tier, auf das ich die Erinnerung bannen kann. Ich brauche, ich ... oh, bei den Göttinnen. Nein, nein, nein, nein, nein ...«, murmelte sie.

Es war das erste Mal seit Monaten, dass sie nicht umringt von ihren Motten war, und das, obwohl sie diese gerade am dringendsten brauchte.

Und Lycien verstand. Irgendwie schaffte er es, ihrem aufgelösten Gebrabbel Sinn abzugewinnen.

»Bann seine Erinnerung auf mich! Ich kann dir die

magische Energie geben«, sagte er und streckte ihr seine Hand entgegen. Zora schluckte. Konnte sie das wirklich tun? Lyciens Energie kanalisieren und damit riskieren, ihn erneut an die Silfurvenen zu verlieren?

»Mir wird nichts passieren«, versicherte er und sah ihr dabei fest in die Augen. »Ich kann dir nicht erklären, warum ich das weiß, aber ich weiß es. Mir passiert nichts!«

Zora zögerte eine Sekunde lang. Der Nebel verklärte bereits die Erinnerung an Nael. Schon jetzt konnte Zora sein Gesicht nur noch unscharf heraufbeschwören. Und sie durfte ihn nicht verlieren!

Also schnappte sie sich Lyciens Hand und drückte zu. Sofort prickelte die Magie über ihre Haut. Das Silber glitzerte hell wie Sternenstaub, als Zora die Erinnerung auf Lyciens Haut bannte. Tränen rannen über ihre Wangen, während sie die ersten Worte murmelte und dabei zusah, wie die winzigen Buchstaben auf Lyciens Unterarm auftauchten. »Nael. Mein Bruder.«

Dann schloss Zora die Augen und beschwor die Erinnerungen herauf, die sie am dringendsten bewahren wollte.

Nael und sie, die über den reinweißen Strand Koh Maleys liefen und sich frei fühlten. Die noch nichts von Verlust und Schmerz verstanden.

Nael, der zusammen mit Zora in ihrem Versteck kauerte, als die Brennende Lilie angriff und die Drachen vom Himmel schoss. Der sie in den Armen hielt und ihr zuflüsterte, dass sie keine Angst haben musste, nicht einmal jetzt, in diesem schrecklichen Moment, weil er da war und immer da sein würde, um sie zu beschützen.

Sie beide Hand in Hand auf der Dschunke, die sie in ihr neues Leben in Magnolia Bay bringen würde.

Nael und Zora gemeinsam auf den Straßen der Stadt. Ihr Bruder, der gegen Straßenköter um Essensreste kämpfte, die er allesamt Zora gab, während er selbst behauptete, er hätte keinen Hunger.

Seine leuchtenden Augen, als er und Zora in der Walled City zum ersten Mal seit Monaten ein richtiges Essen – gebratene Nudeln – bekamen.

Das Leuchten, das langsam ausging, während er für die Brennende Lilie arbeitete und mit jedem Tag müder und misstrauischer wurde – und das plötzlich, zumindest als kleiner, hoffnungsvoller Funke, zurückkehrte, nachdem Kari in ihrem Leben auftauchte.

Mit jeder Erinnerung erschienen weitere Worte auf Lyciens Haut, winzige Buchstaben, die schwarze Spuren auf dem Silber hinterließen. Zora klammerte sich mit aller Kraft an seiner Hand fest, als könnte sie Nael damit in der Realität festhalten. Aber der Nebel war stärker. Die Worte zogen sich über Lyciens gesamten rechten Arm und sein Schulterblatt, als die letzte Erinnerung verblasste.

Und Zora vergaß, wie es sich anfühlte, einen Bruder zu haben.

»Hoffnung.«

Kari

Die untergehende Sonne überzog die Dächer des Zalaro-Viertels mit einem goldenen Film. Sie ließ die Schindeln heller glitzern als jedes Schmuckstück und verwandelte die unzähligen Lampions, die sich zwischen den Häusern spannten, in schwebende Edelsteine. Bereits jetzt funkelten vereinzelte Sterne am Himmel und der Mond war neben der Sonne als blasse Sichel zu erkennen, als ob alle drei Göttinnen auf einmal auf die Welt blickten und den Atem anhielten, während sie darauf warteten, was als Nächstes geschah. Eine schöne Vorstellung, auch wenn Kari nun klarer als je zuvor wusste, dass es unmöglich war. Die Göttinnen saßen nicht im Himmel, sie schauten auf niemanden herab – nicht mehr zumindest.

Das Zwitschern der Vögel vermischte sich mit dem Rauschen des Windes zu einem hellrosa Hoffnungsgesang. Die Schönheit des Augenblicks ließ Kari beinahe die Schrecken der vergangenen Stunden vergessen.

Aber nicht ganz.

Sie schaute auf ihre Finger, die vor Dreck stierten und mit Schnittwunden übersäht waren. Auf die bestickte Seide, in die Daishiros Dienerinnen sie gehüllt hatten und die an mehreren Stellen zerrissen oder blutbefleckt war. Auf ihrem linken Handgelenk prangte der Skarabäus, der die Macht des Mondes in den Klauen hielt. Ein Symbol der Stärke, auf das Kari so viele Jahre lang stolz gewesen war, immerhin zeichnete es sie als richtige Nemea aus. Als jemanden, der Bedeutung hatte. Aber heute hätte sie sich das Tattoo am liebsten von der Haut gekratzt, denn der Skarabäus und das zerrissene Kleid waren eine unliebsame Erinnerung an den Mann, der ihr vor zehn Jahren ihre Freiheit genommen hatte und jetzt noch so viel mehr.

Etwas fehlte. Ein wichtiger Teil ihres Lebens, und obwohl Kari sich nicht erinnerte, *was* sie vermisste, so war die Leere deutlich.

Sie hatte immer gewusst, wie gefährlich Daishiro war ... und doch hatte sie es nicht kommen sehen. Hatte nicht geahnt, dass er Saika für seine Zwecke benutzen und sogar bereit sein würde, seine eigenen Leute um ihre Seelen zu bringen, um die Brennende Lilie auf seine Seite zu ziehen. Hatte nicht vorausgesehen, dass er diese Kooperation von langer Hand geplant hatte, um den Klauenclan – Fayolas Familie – und den Opalclan zu vernichten und um schließlich ganz Magnolia Bay unter seine Kontrolle zu bringen. In den letzten Jahren hatte Kari erlebt, wozu der Skarabäusclan fähig war. Wöchentliche Menschen-Opferungen in Calistos Tempel, eine strenge Hierarchie, die mit Gewalt durchgesetzt wurde, Hüllen, die als Übungs- oder Lustobjekte für seine Männer dienten, Frauen und Kinder, denen es kaum besser erging. Im Skarabäusclan gab es harte Strafen für die kleinsten Vergehen. Verrat bedeutete Tod. Schwäche bedeutete Tod. Jeder kleinste Ungehorsam konnte Tod bedeuten, wenn dem Don danach stand. Und dieses Grauen wollte er über ganz Magnolia Bay bringen?

Aber was auch immer er vorhatte, Kari würde bis zum letzten Herzschlag kämpfen, um ihn aufzuhalten. Und dabei war sie nicht allein.

Haruo stand mit verschränkten Armen am Rand des

Daches und blickte ernst in die Ferne. Fayola hatte sich in Jaguargestalt eingerollt und schlief, und irgendwo warteten Zora und Lycien, eine mächtige Knochenhexe und der letzte Drachenwandler der Welt. Es mochte unmöglich erscheinen, dass diese kleine Truppe etwas gegen den Skarabäusclan und die Lilien-Magier ausrichten könnte, aber Kari hatte etwas, wovon Daishiro nur träumen konnte.

Sie schaute auf Izumi, die an Fayola gekuschelt schlief. Die Kleine sah ebenso zerrupft und mitgenommen aus wie der Rest von ihnen, aber sie war am Leben, und das war alles, was zählte. Denn Izumi war nicht einfach nur ein Kind, das Magie in sich trug. Sie war so viel mehr.

Sie war die Wiedergeburt einer Göttin.

Sie trug die Seele Feos in sich, der Göttin des Lichts und der Wärme, Schöpferin der Sonne und allen Lebens. Und was sie einmal getan hatte, das konnte sie wieder tun.

Selbst der Nebel hatte keine Chance, wenn die Sonne hell genug strahlte.

Keine menschliche Magie konnte die Welt ins Verderben reißen oder die Lebenden in ihr kontrollieren, wenn das Licht gegen sie ankämpfte. Auch Daishiro und die Lilien nicht, egal wie viele Seelen sie sammelten, um ihre Macht zu stärken.

Denn Dunkelheit kam nicht gegen Licht an.

Solange Izumi in Freiheit war, war nichts und niemand endgültig verloren.

Izumi war Hoffnung.

Glossar

A

Auge Das Auge ist das Symbol der Urgotts YI, da es heißt, durch sein göttliches Auge sehe er die gesamte Welt und die Geheimnisse all derer, die in ihr wohnen. Kriminelle Organisationen wie der Skarabäusclan benutzen ein geschlossenes Auge als Symbol dafür, dass der Urgott seine Augen vor ihren Taten verschließt.

Azulinen Die Azulinen sind eine Inselgruppe südöstlich von Magnolia Bay. Die Bewohner dieser naturbelassenen Inseln werden ebenfalls als Azulinen bezeichnet. Sie zeichnen sich dadurch aus, dass ihre Augenfarbe je nach Stimmung wechselt.

Äußerer Kreis Der Äußere Kreis ist das gesetzgebende Organ der Regierung. Er besteht aus sieben Ministerien, welche den sieben göttlichen Generälen gewidmet sind.

B

Blutmagie Blutmagie ist eine Unterform der schwarzen Magie, bei der menschliche oder tierische Blutopfer benutzt werden, um magische Energie zu kanalisieren.

Brennende Lilie Die Brennende Lilie ist ein geheimes Syndikat, welches in den Schatten operiert. Ihre Mitglieder werden als Lilien bezeichnet.

C

Calisto Calisto, der Krieger, ist der erste göttliche General. Er ist der Schutzpatron aller Kämpfer.

Carson Carson, der Gestaltwandler, ist der zweite göttliche General. Er ist der Schutzpatron aller Gestaltwandler.

Citrin Island Citrin Island ist eine der drei geografischen Regionen Magnolia Bays. Die Insel liegt westlich von Magnolia Island. Hier befindet sich der Flug- und Industriehafen. Citrin Island ist zu weiten Teilen naturbelassen und ein Ort, an dem viele Aussteiger leben.

Clans Drei kriminelle Clans – der Skarabäus-, Klauen- und Opalclan – kontrollieren den Norden Magnolia Bays (Peninsula).

D

Drachen Großdrachen, welche bis zu fünfzehn Meter lang werden können, gelten mittlerweile als ausgestorben. Ihre wesentlich kleineren Verwandten – die Kleindrachen, welche in etwa die Größe von Papageien haben – werden häufig als Haustiere oder zur Gewinnung von Drachenfeuer gehalten.

Drachenfeuer Sowohl Groß- als auch Kleindrachen spucken Feuer. Drachenfeuer ist heißer als gewöhnliches Feuer und wird, gewonnen von Kleindrachen, zum Antrieb fliegender Dschunken verwendet. Drachenfeuer ist auch die Bezeichnung eines hochprozentigen alkoholischen Getränks, das traditionell zum Sternenfest getrunken wird.

Drachenmark Drachenmark ist ein beliebtes Glücksspiel (Kartenspiel), das vor allem in den Skarabäusvierteln gespielt wird.

E

Energiesammlung Als Energiesammlung wird der Prozess verstanden, wenn Personen ihre komplette Lebensenergie bis zum Tod entzogen wird. Dies geschieht mit zu Tode verurteilten, alten oder kranken Personen. Die somit gewonnene Lebensenergie wird dem Energiespeicher zugeführt und für Heilzauber eingesetzt, während die Seelen wiedergeboren werden.

Energiespeicher Der Energiespeicher befindet sich im Magnolia Temple. Hier werden große Mengen magischer Energie aufbewahrt, welche für Zauber sowie die energetische Versorgung der Stadt benutzt werden.

F

Feo Feo ist eine der drei Göttinnen und die Zwillingschwester der Göttin Yuna. Feo gilt als Göttin des Lichts und der Wärme, Sonnengöttin und Schöpferin allen Lebens.

G

Gestaltwandler Gestaltwandler haben in Magnolia Bay einen besonderen Status. Sie haben Anspruch auf einen Sitz im Äußeren Kreis (im Carson-Ministerium), wodurch ihnen neben allgemeinem Ansehen politische Macht zukommt. Früher gab es zahlreiche Gestaltwandler-Linien, die meisten sind mittlerweile ausgestorben.

Generäle Die sieben göttlichen Generäle Calisto, Carson, Kurun, Shiya, Reyton, Jaswinder und Nour sind die ersten Kreationen der Göttinnen. Sie wurden erschaffen, um die Welt und das Leben in ihr zu beschützen. Gläubige beten zu den Generälen, um ihre Unterstützung für bestimmte Lebensbereiche zu erbitten.

Göttinnen Die drei Göttinnen Feo, Yuna und Shakari gelten als die Erschafferinnen allen Lebens. Sie werden in

Tempeln und Kunst meist als Sonne, Mond und Sterne dargestellt.

H

Hüllen Hüllen sind Sklavenwesen ohne eigenen Willen. Sie können nicht sprechen und tun alles, was ihre Meister ihnen befehlen.

I

Innerer Kreis Der Innere Kreis fungiert als engster Beraterkreis des Ha-Shen (Regenten) sowie als höchstes gerichtliches Schiedsorgan. Er besteht aus drei weiblichen Mitgliedern, welche auf Lebenszeit gewählt werden und die drei Göttinnen repräsentieren.

J

Jaswinder Jaswinder, der Beschützer des Waldes, ist der sechste göttliche General. Er ist der Schutzpatron der Natur und aller Tiere.

K

Klauenclan Der Klauenclan ist einer der drei Clans, welche den Norden Magnolia Bays kontrollieren. An der Spitze des Klauenclans steht die Zalaro-Familie. Viele Mitglieder sind Katzen-Gestaltwandler. Zu ihren Hauptgeschäften zählen Sklavenhandel, Menschen- und Tierschmuggel und Rauschgifthandel.

Knochenmagie Knochenmagie ist eine Unterform der schwarzen Magie, bei der Knochen(staub) benutzt wird, um Erinnerungs- oder Emotionsmagie zu wirken.

Kurun Kurun, der Heiler, ist der dritte göttliche General. Er ist der Schutzpatron aller Heilenden, Kranken und Kinder.

L

Lebensenergie Als Lebensenergie wird magische Energie bezeichnet, welche an das Leben von Menschen geknüpft ist. Sie wird zu Heilzwecken eingesetzt.

Lebensessenz Als Lebensessenz wird magische Energie bezeichnet, welche an die Existenz bzw. die Seele von Menschen geknüpft ist. Sie ist die stärkste magische Energiequelle, da sie für alle magischen Zwecke eingesetzt werden kann.

Lilien Als Lilien werden die Mitarbeiter bzw. Mitglieder der Brennenden Lilie bezeichnet.

M

Magie Magie funktioniert nach einem Kreislauf-Prinzip. Um Magie zu wirken, muss diese zuvor kanalisiert und umgeformt werden. Je nach magischer Quelle unterscheidet man Elementar-, pflanzliche, Lebens- und Emotionsmagie. Eine Umformung magischer Partikel ist nur innerhalb dieser Sparten möglich.

Magier schwarz/weiß Magier ordnen sich entweder einem schwarzen oder weißen Orden zu. Schwarze Magier bestehen auf einen direkten Austausch von Magie. Beispielsweise können Heilzauber nur mittels direkter Opferung von Lebensenergie getätigt werden. Weiße Magier hingegen sammeln und speichern magische Partikel, um später auf diese zugreifen zu können.

Magnolia Bay Magnolia Bay ist ein Stadtstaat, welcher aus drei Bereichen besteht: der Hauptinsel Magnolia Island, der kleineren Schwesterninsel Citrin Island sowie der nördlichen, an das Festland angrenzenden Peninsula.

Magnolia Island Magnolia Island ist die Hauptinsel und das Zentrum Magnolia Bays. Sie besteht aus sieben Stadtvierteln, in deren Zentrum sich der Magnolia Temple befindet.

Magnolia Temple Der Magnolia Temple ist der Hauptsitz der weißen Magier. Er ist zudem eine Pilgerstätte für Gläubige und Touristen und er beinhaltet den City Speicher, wo magische Energie aufbewahrt wird.

Marmor Marmor ist das einzige Material, das Magie abhalten kann.

N

Nachnamen Nur wenige Familien Magnolia Bays besitzen einen Nachnamen. Auf dem Palay'schen Kontinent, welchem Magnolia Bay geografisch angehört, wurden Nachnamen nur an Adelsfamilien vergeben. Einwanderer aus anderen Teilen der Welt, in denen Nachnamen gebräuchlicher sind, konnten sich das Recht, ihren Nachnamen zu behalten, mit einer hohen Summe erkaufen. Bis heute tragen deshalb nur wenige, meist einflussreiche und wohlhabende Familien einen Nachnamen.

Needle Die Needle ist das höchste Gebäude Magnolia Bays. Sie befindet sich im Central District und beinhaltet den Regierungssitz.

Nour Nour, der Meister des Flüsterns, ist der siebte göttliche General. Er ist der Bewahrer aller Geheimnisse und der einzige General, dem es erlaubt ist zu lügen. Er gilt als Schutzpatron all jener, die Geheimnisse bewahren, um den Frieden zu schützen.

O

Opalclan Der Opalclan ist einer der drei Clans, welche den Norden Magnolia Bays kontrollieren. Im Gegensatz zu den anderen beiden Clans, ist nicht bekannt, wer an der Spitze des Opalclans steht, wie viele Mitglieder er umfasst und welche Geschäfte er betreibt. Gerüchten zufolge verfügt der Opalclan über eine außerordentliche magische Quelle. Es heißt auch, dass ihm Reh- und Fisch-Wandler angehören. Dies ist jedoch nicht bestätigt.

P

Palay Magnolia Bay liegt auf dem Kontinent Palay. Palay ist für seine weitläufigen Hügellandschaften sowie die Bergregionen im Norden bekannt. Das einstige Kaiserreich zeichnet sich heute durch kulturelle Diversität aus.

Partikel Als Partikel werden die kleinsten magischen Bestandteile bezeichnet, welche von Magiern und Magierinnen kanalisiert, verformt und für Zauber eingesetzt werden können.

Peninsula Die Peninsula ist eine der drei geografischen Regionen Magnolia Bays. Die Halbinsel befindet sich nördlich von Magnolia Island und schließt ans Festland an. Der Norden und Westen der Peninsula bestehen zu weiten Teilen aus Waldland. Die südöstlichen Regionen werden von den Clans kontrolliert.

R

Regierung Die Regierung Magnolia Bays ist der göttlichen Ordnung (137) nachempfunden. An ihrer Spitze steht der YI-Shen (Regent), welcher als Stimme des Urgotts YI auf Erden gilt. Er wird vom Inneren Kreis, den Repräsentantinnen der drei Göttinnen, beraten. Die täglichen Regierungsgeschäfte sowie Gesetzgebungs- und Budgetverfahren werden von den sieben Ministerien des Äußeren Kreises getätigt.

Reyton Reyton, der Schatzmeister, ist der fünfte göttliche General. Er ist der Schutzpatron aller Geschäftsleute.

S

Schattenassassine Nur eine Handvoll der gefährlichsten Kämpfer des Skarabäusclans trägt den Titel des Schattenassassinen. Die Assassinen sind dafür bekannt, so schnell und sauber zu töten wie ein Schatten.

Shakari Shakari ist eine der drei Göttinnen und die kleine Schwester der Göttinen Feo und Yuna. Shakari gilt als Mutter aller Sterne und erste Magierin. Mit ihrer Magie soll sie die Ozeane, Berge, Flüsse und Schluchten erschaffen haben.

Shiya Shiya, der Bewahrer des Wissens, ist der vierte göttliche General. Er ist der Schutzpatron aller Lehrenden, Lernenden und Forschenden.

Silfurvenen Silfurvenen sind eine unheilbare Krankheit, welche nur Personen mit magischem Potenzial befällt (z.B. Magier, Gestaltwandler). Sie sind als silbrige Linien auf der Haut erkennbar. Beschwerden richten sich danach, welche inneren Organe von den Sifurvenen befallen sind. Im Endstadium sind sie so schmerzhaft, dass die meisten Erkrankten dem Wahnsinn verfallen oder Suizid begehen.

Skarabäusclan Der Skarabäusclan ist der größte der drei Clans, welche den Norden Magnolia Bays kontrollieren. An der Spitze des Skarabäusclans steht die Nemea-Familie unter der Führung des Dons. Zu den Hauptgeschäften des Skarabäusclans zählen Glücksspiel, Rauschgifthandel, Schmuggel von Juwelen und Kunstgegenständen.

Skarabäuskrieger Die kämpfenden Mitglieder des Skarabäusclans werden als Skarabäuskrieger bezeichnet. Zu ihnen zählen Kämpfer, Wachmänner, Schutzgeldeintreiber und Auftragsmörder. Die meisten Skarabäuskrieger werden für all diese Tätigkeiten eingesetzt.

Sternenfest Das Sternenfest gilt als Geburtstag der Magie. An diesem Tag lassen die Bewohner Magnolia Bays ihre Wünsche mit fliegenden Sternmagnolien in den Himmel steigen.

V

Voliar Der Voliar ist das traditionelle Kleidungsstück schwarzer Magier. Je nach schwarzmagischem Orden unterscheidet sich das Design des Voliars.

W

Walled City Die Walled City ist ein autarker Zusammenschluss mehrerer Hochhäuser im Südwesten Magnolia Bays. In ihrem Inneren befinden sich neben zahlreichen Wohnungen auch Shops, Arztpraxen und alles andere, was man zum Leben braucht.

Y

YI YI ist der Urgott und Vater der drei Göttinnen. Sein göttlicher Funke bildet den Ursprung der gesamten Welt. Meist wird er als Auge dargestellt, durch welches der Urgott die Welt und alle Geheimnisse derer, die in ihr leben, erblickt.

YI-Shen Der YI-Shen, auch als YIs Stimme auf Erden bekannt, ist der Regent Magnolia Bays. Er wird als einziges

Mitglied der Regierung für jeweils sieben Jahre von der Bevölkerung direkt gewählt.

Yulani Yulanis sind Bäume, aus deren Blüten Vögel oder Insekten wachsen.

Yuna Yuna ist eine der drei Göttinnen und die Zwillingsschwester der Göttin Feo. Yuna gilt als Göttin des Windes und der Drachen, Mondgöttin und erste Drachenwandlerin, die allem Leben Atem eingehaucht hat.

Z

Zementhaut Zementhaut ist eine Krankheit, welche durch Verschmutzungen ausgelöst wird und dafür sorgt, dass Organe, Fleisch und Haut versteinern. Zementhaut lässt sich heilen, führt unbehandelt jedoch zum Tod.

Danksagung

Manche Geschichten springen einen ganz überraschend an, andere schlummern eine lange Zeit im Hintergrund und warten darauf, endlich geschrieben zu werden. Diese hier gehört zur zweiten Gruppe. Fünfzehn Jahre, so lange hat es von der ersten Idee bis zur Veröffentlichung gedauert. Damit ist »Magic so Pure and Evil« mit Abstand die Geschichte, die mich am längsten verfolgt hat (im besten Sinne).

Ich war siebzehn, als ich die Grundidee ausarbeitete: Ein Vater verschwindet und niemand erinnert sich mehr an seine Tochter. Eine Suche nach sich selbst, ein gefährliches Spiel und ganz viel Magie. »Schattenspiel« nannte ich das Werk, das ich mit neunzehn Jahren beendete (mein erstes fertiges Manuskript!). Die Geschichte spielte in einer fiktiven italienischen Stadt namens San Trimonte, in der Boote auf magischen Kanälen Hügel hinaufflossen, es gab nur zwei Protagonisten, keine Gestaltwandler, keine Hüllen, keine Walled City ... Ihr seht schon, irgendwie ganz anders, aber der Kern war damals schon da.

Nicht nur war »Schattenspiel« mein erstes beendetes Manuskript, es war auch das erste, das ich in fremde Testleser*innen-Hände gegeben und das ich, nach fast einem Jahr Überarbeitung an Agenturen geschickt habe. Ohne Erfolg. Irgendwann landete die Geschichte in einer Schublade und ich habe mich neuen Projekten gewidmet. Ganz losgelassen hat sie mich aber nie.

Mit dreiundzwanzig habe ich ein Jahr lang in Hongkong studiert und mich Hals über Kopf in die Stadt verliebt. Seit damals spiele ich mit der Idee, diese unglaubliche Stadt und all die Erfahrungen, die ich dort gemacht habe, als Basis für eine

Fantasywelt zu nehmen. Es hat aber noch einige Jahre gedauert, bis ich diese zwei gedanklich getrennten Ideen zu zusammengefügt habe. Während des ersten Covid-Lockdowns habe ich dann endlich mit dem Worldbuilding begonnen, habe mir Magie-, Glaubens- und politisches System usw. ausgedacht – und Magnolia Bay, die Stadt des ewigen Frühlings, war endlich geboren. In den kommenden drei, vier Jahren habe ich mit vielen On und Offs immer wieder an der Geschichte geschrieben, bis ihr sie jetzt endlich lesen könnt!

Ihr könnt euch sicher vorstellen, wie viele Menschen und Erfahrungen das Buch in dieser Zeit beeinflusst haben, und an all sie (euch) geht ein dickes, fettes Dankeschön!

Zuallererst, danke an meine wunderbare Familie – die beste, die man sich vorstellen kann –, weil ihr immer für mich da seid, und insbesondere an meine Eltern, die mich sogar in Hongkong besucht und mit mir die leckersten Dim Sum-Läden ausfindig gemacht, Tempel besucht und im Schatten der riesigen Skyscraper die Stadt entdeckt haben. Einige dieser Momente erkennt ihr vielleicht in der Geschichte wieder.

Danke an Mau für die langen Spaziergänge, in denen ich dich mit meinen neuesten Plot- oder Worldbuilding-Ideen verwirren durfte, und für deine Geduld, wenn ich wieder einmal bis Mitternacht am Manuskript saß. Und danke, dass ich deinen Traum von einem Friseur, der zusammen mit den Haarsträhnen Emotionen wegschneidet, »ausborgen« durfte.

Danke an meine Testleser*innen, die mir geholfen haben, das Beste aus diesem Buch herauszuholen. Mir ist absolut bewusst, wie viel Zeit und Arbeit es braucht, um ein ganzes (unlektoriertes) Manuskript zu lesen und zu kommentieren, daher geht ein großes Dankeschön an euch:

An Bernd, der »Schattenspiel« vor über zehn Jahren gelesen und mir damals im Grunde ein gratis Lektorat + Schreibunterricht verpasst hat. Lieber Bernd, du warst die beste Schreibschule, die man sich vorstellen kann!

An Michelle und Beccy, die eine Person sind, und zwar nicht bloß irgendeine, sondern meine treuste Testleserin seit Jahren. Vielen Dank für deine immer konstruktive und hilfreiche Kritik und für deinen Blick aufs Detail!

An Julia für dein unglaublich liebes Feedback und deine Geduld, auch wenn ich dich mit langen Frage-E-Mails bombardiert habe.

Und an Lena für all deine tollen Kommentare, die mich hautnah haben mitfiebern lassen, wie sich das Buch als Leserin anfühlt.

Danke auch an das Team von Loomlight, dass ihr dieser Geschichte trotz ungewöhnlichem Setting eine Chance gegeben habt, und für die super Zusammenarbeit! Allen voran geht mein Dank hier an meine zwei Lektorinnen, Ute und Stefanie. Liebe Stefanie, vielen Dank für die tolle Vorarbeit, Planung und immer superliebe Kommunikation. Liebe Ute, Lektorate mit dir sind sowieso meine Lieblingslektorate, weil du mit deiner Detailverliebtheit immer das Beste aus der Geschichte herausholst! Liebe Leserinnen, falls ihr Nael sexy findet, dürft ihr dafür meiner tollen Lektorin danken ☺.

Und schließlich danke an dich, liebe/r Leser*in, weil du das Buch nun in den Händen hältst und dieser Geschichte eine Chance gegeben hast. Ohne dich würde sich das Schreiben gar nicht lohnen, und ich hoffe, dass dir die geistige Reise nach Magnolia Bay ebenso viel (oder zumindest halb so viel) Spaß gemacht hat, wie ich ihn beim Schreiben hatte!

Folgende Inhalte können dich möglicherweise triggern:

Körperliche & seelische Gewalt

Blut

Mord

Tieropferungen

Schreder, C. F.
Magnolia Bay – Magic so Pure and Evil
ISBN 978 3 522 50869 8

Umschlaggestaltung: Giessel Design unter Verwendung von Bildern von Shutterstock.com: Apostrophe/ilonitta/DJOE n REIZ/xiaobaiv/ANN_UDOD/Marina AFONSHINA
Landkarte: erstellt mit INKARNATE
Druck und Bindung: CPI Books GmbH, Leck

FSC www.fsc.org MIX Papier | Fördert gute Waldnutzung FSC® C083411

2. Auflage 2024